KB272344

이 책을, 이름 없이 살다 이름 없이 사라진
이 땅의 사람들에게 바친다.
그들의 삶이 곧 역사였음을 기억하기 위하여.

항복하지 않은 성
― 의병장 정봉수

이광희 장편소설

역사는 결코 침묵하지 않는다

문재인 | 대한민국 제19대 대통령

『항복하지 않은 성 - 의병장 정봉수』는 잊혀진 한 영웅의 이름을 다시 우리 앞에 세우는 작품이다. 1627년 정묘호란, 조선이 굴욕과 혼란 속에 휩싸였던 그때, 왕이 도성을 버리고 도망가던 그 시간에도 끝내 무릎 꿇지 않고 조선의 자존심을 지켜낸 이가 있었다. 그가 바로 용골산성의 의병장 정봉수다.

정봉수는 패배의 시대 속에서도 희망을 만들었다. 그는 오랑캐의 대군 앞에서도 물러서지 않았고, 백성을 버리지 않았으며, 끝내 한 성(城)을 조선의 마지막 보루로 세웠다. 그의 의로움은 시대를 넘어선 '정신의 승리'였다.

이 책은 단지 한 장수의 항전을 복원한 기록이 아니다. 그는 온몸을 던져 조선을 지켰고, 자존을 지켜 민족의 혼을 일으킨 사람이다. 작가는 오랜 사료 탐구와 역사적 상상력을 통해 그의 삶과 시대를 생생히 되살려냈다.

400년이 흐른 지금, 우리는 여전히 같은 질문 앞에 서 있다. 국가란 무엇인가. 나라가 위기에 처했을 때, 우리는 무엇을 지켜야 하는가. 정봉수의 대답은 명확하다.

"나라의 자존심을 지켜야 한다."

이 소설은 그 대답을 오늘의 언어로 다시 묻는다. 그리고 우리 모두에게 잊지 말아야 할 교훈을 전한다. 나라의 힘은 결국 국민의 용기와 신념에서 비롯된다는 사실을 말이다.

잊혀진 이름을 되살린 이 작품이 오늘의 대한민국에 또 한 줄기 빛이 되길 바란다. 정봉수의 정신이 시대를 넘어 우리 모두의 마음속에 오래 살아 있기를 바란다.

2025년 11월 2일

문재인

대한민국 제19대 대통령

목차

추천사 - 문재인(대한민국 제19대 대통령)

I.

조짐

1. 어명, 산성을 버려라 | 11

2. 검은 바다를 건너 | 16

3. 낭선 | 35

4. 칼춤 | 47

5. 《기효신서》의 밤 | 54

II.

무너지는 나라

6. 전쟁의 그림자 | 67

7. 의주성의 함락 | 90

8. 병마절도사 본진 | 115

9. 배신의 벼슬 | 132

10. 불타는 안주성 | 151

11. 강화로 가는 행조 | 162

Ⅲ.

산에 오른 사람들

12. 피난 | 181

13. 용골산에 들다 | 207

14. 모의 | 214

15. 계략 | 238

16. 의병장 | 249

Ⅳ.

항전을 위하여

17. 향을 피운 왕 | 265

18. 성의 방책 | 276

19. 음모를 품다 | 297

20. 전추태산 | 320

21. 돌아온 전사 | 326

Ⅴ.

성은 말하지 않는다

22. 눈엣가시가 되다 | 333

23. 삼만 대군의 침공 | 344

24. 승전보를 전하라 | 366

25. 곡성 | 371

26. 행조의 희망 | 381

27. 칼보다 무서운 격문 | 393

28. 목숨을 건 전령 | 408

Ⅵ.

포위된 시간

29. 처단 | 439

30. 두 번째 침공 | 449

31. 독부의 후원 | 467

32. 서로의 기별 | 476

33. 조선의 칼잡이 | 483

34. 몽골 기병 | 505

Ⅶ.

항복하지 않은 성

35. 타들어가는 밤 | 519

36. 불타는 산성 | 539

37. 죽음의 행군 | 556

38. 조정의 분노 | 572

39. 어명, 돌아가라 | 579

40. 무너지지 않은 성 | 590

I.

조짐

1. 어명, 산성을 버려라

용골산은 한성에서 1천 리나 떨어진 곳이다. 역참을 통해 말을 갈아 타며 달려도 꼬박 7일이 걸리는 먼 거리였다. 게다가 산성은 지형이 험했다. 집채만 한 바위들이 날카롭게 솟아 있었다. 그 정상 부근에 산성이 자리 잡고 있었다.

"어명이오, 어명이오!"

타는 햇살이 용골산성을 집어삼킨 오후였다. 숨 가쁜 외침이 고요하던 성문 앞을 일순간에 뒤흔들었다. 묵직한 돌바닥을 치는 말발굽 소리와 거친 말의 숨소리가 요란하게 뒤섞였다. 전령은 성문 앞에 이르자 말의 고삐를 거칠게 당겼다. 등에는 '령'자가 선명한 붉은 깃발이 꽂혀 있었다.

성 문루에서 수문장이 화들짝 놀라 아래를 내려다보았다.

혹시 적이 아군으로 위장한 것은 아닐까, 의심의 눈으로 보았다. 등에 꽂힌 붉은 깃발을 보고서야 서둘러 진충루에 소식을 전했다.

진충루는 진중의 가장 중심 건물이었다. 거칠게 다듬은 주춧돌 위에 여러 개의 아름드리 기둥이 누각을 떠받치고 있었다. 그곳에 서서 내려다보면 성내는 물론 용골산 주변까지 한눈에 들어왔다.

진충루까지는 장정 걸음으로 2백 보 거리였다. 그리 멀지 않았다. 의병장 정봉수도 서둘러 움직였다. 관아 내실로 들어가 의관을 정제했다.

"주상 전하의 어명이오. 서둘러 어명을 받드시오."

전령이 숨을 고르며 엄숙한 목소리로 소리쳤다.

전령은 가슴 깊이 품고 온 전교[1]를 조심스럽게 꺼냈다. 촘촘하게 바느질된 붉은 비단이 예사롭지 않았다. 주단에 싸인 전교는 보는 것만으로도 위엄이었다.

정봉수는 전교를 향해 천천히, 그리고 정중하게 네 번 큰절을 올렸다.

전령은 무릎을 꿇고 두 손으로 교지를 받쳐 들었다.

제장들이 진충루 마룻바닥에 무릎을 꿇고 엎드렸다. 장수들의 무게에 마룻바닥이 삐걱거렸다.

전령은 조용한 목소리로 전교를 읽어 내렸다.

"용천 부사 정봉수에게 명하노라. 너는 후금이 이 조선을 강점하려 할 때, 분연히 일어나 용골산성을 홀로 외롭게 지켰다. 그 노고로 말미암아 조선의 위상이 반듯하게 일어섰으며, 그 충의로 후금과의 관계에서 비굴함이 없었다. 또 너의 애국으로 한 치의 땅도 더 빼앗기지 않았으며, 그 열정으로 후세에 전할 근거를 남겼다. 이럴진대 너의 노고는 어떤 말로 칭송하여도 모자람이 있도다. 그러하나 후금이 용골산성을 비우지 않으면, 지난 모월 모일 있은 맹약을 어기는 것이라 주장하고 있도다. 만에 하나 성을 비우지 않으면, 저들이 재차 대군으로 침공하여 조선 백성을 도륙 내겠다고 협박하니 가당치도 않구나. 하지만 양국이 서로 싸우지 아니하고 사이좋게 살기로 맹약한 이상, 이를 따르지 않는 것도 조선에 명분이 없도다. 내 마음은 너와 같아 언제까지라도 그곳을 지키고 싶도다. 하나 세태가 이러하니 너도 양보하여 성을 비우는 게 합당하도다. 나는 네가 용천 브사의 소임을 다하도록 할 것이며, 그 행함에

---

1) 전교: 임금이 명령을 내림, 혹은 그 명령지.

불편함이 없게 하겠노라. 허니 명을 받는 즉시 산성을 비우도록 하여라. 내가 너를 아껴 이르는 말이며 마음이 늘 함께함을 잊지 말라.”

정봉수의 팔이 심하게 떨렸다.

‘즉시 산성을 비우도록 하라…. 즉시 산성을….’ 같은 대목을 반복하여 되뇌었다. 그는 한참 동안 무릎을 꿇고 엎드려 울었다. 수많은 전우의 피와 땀으로 지켜낸 곳이었다. 이제 와서 아무 저항 없이 내어주어야 한다는 현실이 그를 질식시켰다.

어명은 거역할 수 없는 지상명령이었다. 그는 간신히 입을 열었다.

“전하, 성은이 망극하옵니다.”

그의 목소리는 갈라지고 있었다. 그 말은 왕명에 대한 마지막 복종의 선언이었다. 진충루에는 그의 절규와 흐느낌만이 맴돌았다. 용골산성의 운명은 이제 바람 앞의 등불처럼 위태롭게 흔들리고 있었다.

그의 슬픔은 전염병처럼 진충루를 감쌌다. 옆에 늘어선 여러 장수도 그를 따라 엎드려 울음을 이어갔다.

엄중함 속에 진충루에서 제장 회의를 열었다. 용골산성을 짓누르며 낮게 내려앉은 하늘은 그들의 심정을 대변했다.

정봉수가 가운데 앉고, 제장들이 양옆으로 도열하여 앉았다.

정봉수는 한동안 굳게 다문 입을 열지 못했다. 모인 장수들을 하나하나 눈에 담았다. 마지막 회의가 될지도 모른다는 생각이었다. 그는 애틋한 심호흡으로 겨우 감정을 다스렸다.

장수들은 모두 고개를 떨군 채 눈물을 흘렸다. 죽음을 각오하고 싸워온 지난날들이 주마등처럼 스쳐갔다. 숱하게 쓰러져 간 전우들이 눈앞에 아른거렸다. 그토록 필사적으로 지켜온 성이었다. 그곳을 스스로 포기해야 한다는 현실은 마음을 더욱 무겁게 했다. 그러나 한편으로는 길고 긴 사투 끝에 고향으로 돌아갈 수 있다는 안도감이 희미하게 스쳤다.

"우리는 빈손으로 이 성에 들어와 조선의 자존심이 무엇인지 보여주었다. 우리가 있었기에 조정의 체면이 섰다. 백성들이 희망을 노래할 수 있었다. 훗날 역사가들이 오랑캐들에게 이 나라 강토가 짓밟혔다고 기록한다 해도, 우리가 있었기에 모두 그러했다고는 기록하지 못할 것이다. 이 모든 공적은 여기 있는 제장들과 성안 백성들의 것이다. 진심으로 감사한다."

정봉수는 잠시 말을 멈추고 진충루 너머를 아득히 쳐다보았다.

"여러 장수들의 생각도 나와 같을 것이라 믿는다. 내일은 너무 촉박하니, 이틀의 말미를 주겠다. 모레 이른 새벽, 성을 나서도록 하자."

정봉수의 말이 끝나자, 장수들은 참았던 울음을 터뜨렸다. 일부 장수들은 진충루 마룻바닥을 주먹으로 치며 울분을 토했다. 추상같은 어명 앞에서 어찌할 도리가 없었다. 그들의 절규는 진충루의 육중한 기둥 사이를 맴돌았다. 용골산성의 밤을 더욱 비통하게 만들었다.

이틀이 지났다. 용골산성의 새벽은 그 어느 때보다 무겁고 차가웠다. 아직 해가 뜨기도 전이었다. 희미한 여명조차 비치지 않는 어둠 속에서 의병장 정봉수의 침통한 목소리가 성안에 울려 퍼졌다.

"성안의 모든 의병과 백성들은 성을 비워라. 이는 주상 전하의 어명이시다."

그의 목소리에는 지난 회의에서 보였던 체념을 넘어선, 짙은 슬픔과 단념이 섞여 있었다.

군사들의 발걸음 소리와 짐을 꾸리는 백성들의 낮은 웅성거림이 뒤섞였다. 묵묵히 서로를 바라보는 시선들이 어둠 속에서 교차했다. 성을 나서야 하는 현실 앞에서 망연자실했다.

늙은 기수는 진충루와 가까운 거리에 있던 장대에 올랐다. 새벽바람을 맞으며 떨리는 손으로 징채를 들었다.

징 소리는 단순히 성을 비우라는 명령을 알리는 것은 아니었다. 용골산성의 역사가 이로써 끝이 난다는 슬픈 사실을 알리는 것이었다. 머뭇거리던 그의 손이 이내 징을 내리쳤다. 눈물이 핑 돌았다.

"징, 징, 징."

용골산 꼭대기에서 울리는 징 소리는 거대한 산의 심장이 터져 나오는 소리였다. 푸른 산등성을 넘어 멀리 골안개처럼 아득하게 퍼져나갔다. 그 소리는 산을 내려가면서 더욱 큰 울림으로 번져갔다. 성벽을 타고 내려와 성안의 모든 이들의 가슴을 직접 두드렸다. 징 소리 하나하나에 서린 회한과 비통함은 차가운 새벽 공기를 더욱 싸늘하게 만들었다. 징 소리가 메아리치는 동안, 성안의 병사들과 백성들은 말없이 각자의 짐을 챙겼다. 밤샘 걱정과 슬픔으로 인한 피로가 역력했다. 더 이상 싸울 필요가 없다는 안도감이 느껴졌다. 또 삶의 터전을 떠나야 하는 막막함이 뒤섞여 있었다.

2. 검은 바다를 건너

    1605년. 핏기 왕성한 34세의 젊은 무사 정봉수는 전라도 무안 땅에 첫발을 내디뎠다. 정유재란이 끝나고 여섯 해가 지난 뒤였다. 그의 눈에 비친 남도는 처참했다 끔찍했던 임진왜란과 정유재란의 상흔이 채 가시지 않은 땅이었다. 온통 잿더미로 변해 있었다.

    삶에 지친 백성들은 복구조차 엄두를 내지 못했다. 민초들의 삶은 처참하기 그지없었다. 뿔뿔이 흩어진 가족을 찾지 못한 이들이 대부분이었다. 집집이 죽음의 그림자가 드리워져 온전한 가정을 찾기 어려웠다.

    7년간의 전쟁은 조선 사람들의 삶을 산산이 조각낸 후에야 끝이 났다. 양반과 상민 모두 삶의 벼랑 끝에 매달려 있었다. 살아있다는 사실에 감사했다. 하지만 숨 쉬는 것도 고통스러운 현실이었다. 산과 들은 몸에 난 종기처럼 죽은 자들의 무덤으로 변해 있었다. 조선 천지가 그러했다. 무안 땅 또한 예외는 아니었다. 불탄 집들은 버려진 채 흉물스럽게 허물어져 을씨년스러운 분위기를 더했다. 백성들의 삶 또한 황량하고 모질었다. 그들에게 가장 절박한 것은 목숨을 부지하는 일이었다. 산 사람들은 그렇게 또 하루하루를 살아갔다.

무안 현감[2]으로 부임한 정봉수는 그들의 고통을 마주할 때마다 가슴이 미어졌다.

백성들은 굶주림에 허덕였다. 관아 또한 전쟁의 여파로 곡간이 텅 비어 있었다. 새내기 현감 정봉수는 매일 관내를 순찰하며 백성들의 안위를 살폈다.

일찍이 익힌 수령칠사[3]를 신줏단지처럼 소중히 여기며 실천하려 애썼다. 그의 진심은 백성들의 얼어붙은 마음에 조금씩 온기를 불어넣고 있었다. 그러나 닳고 닳은 늙은 아전[4]들은 젊은 현감을 어린아이처럼 취급했다. 파란만장한 세월을 살아온 아전들에게 서른네 살의 젊은 사또는 솜털도 채 마르지 않은 애송이에 불과했다.

"사또 나리, 백성들에게 너무 정을 주시면 아니 되옵니다. 적당히 거리를 두셔야 고을을 다스리는 데 더 도움이 되옵니다."

"백성들을 제 살처럼 여기면 버릇없어지는 것이 백성의 본성입니다요."

"우리 사또께서는 마음이 너무 고우셔서 백성들을 자식처럼 여기시지만, 그러다 상처받으실까 염려됩니다. 만백성은 그저 백성일 뿐이옵니다."

아전들은 하나 같이 적절한 관리와 거리 유지를 조언했다. 그러나 정봉수는 밤잠을 설쳐가며 백성들을 보살피는 데 온 힘을 쏟았다. 형편에 따라 관아에 내는 세금을 늦춰주기도 하고, 일시적으로 세금을 면제해주기도 하였다. 백성들을 괴롭히는 폐단을 찾아내어 즉시 시정토록 하

---

2) 현감: 조선시대 지방에 파견하는 종6품 벼슬로 수령직에서 최하위직이었다. 백성들은 이들에게 사또라고 칭했다.

3) 수령칠사: 수령이 힘써야 할 일곱 가지 일. 먼저 농업과 잠업을 부흥시키고, 인구를 늘려야 하며 교육을 일으켜야 했다. 또 군대의 의무를 공평하게 하고, 세금을 균등하게 하며 소송을 간결하게 처리하고 간사하고, 교활한 자들을 없애야 했다.

4) 아전: 조선시대 지방관청에 소속되어 실무를 담당하던 중인계층의 하급관리 총칭.

였다. 송사는 가능한 한 빨리 처리하도록 했다. 그것이 그가 고을 원으로서 해야 할 최선의 방책이었다.

젊은 현감의 열정은 황폐한 무안 땅에 작은 희망의 씨앗을 뿌리고 있었다. 그러나 부패한 아전들에게는 오히려 불만의 씨앗이었다. 고을 현감이 직접 백성들에게 은혜를 베풀자, 자신들이 설 자리가 없어졌다. 세금을 깎아주는 대신 몰래 챙기던 뒷돈도 받을 수 없었다. 송사에 개입하여 부당한 이득을 취하던 일도 더 이상 어려웠다. 소소하게 아전들의 손에서 처리되던 일들도 백성들에게 폐해가 될 수 있다고 판단하여 현감이 직접 챙겼다. 그러니 그들의 수중에 들어오던 떡고물이 끊겼다. 게다가 밤늦도록 관아 일을 보느라 기생집에 드나들 시간도 없었다. 그게 가장 큰 불만이었다.

"젊은 사또께서 무슨 일이 그리 많다고 밤잠을 설쳐대시는지. 그런다고 안 될 일이 될 리 없고, 될 일이 안 될 리 없는데. 철없는 사또 모시는 건 성질 못된 계집 다루는 것보다 어렵구면."

나이 든 아전이 불만 가득한 표정으로 마른침을 삼키며 투덜거렸다.

"맞습니다요. 어린 사또를 모시려니 여간 고된 게 아닙니다. 이참에 저도 저 멀리 섬 지역으로 발령받아 떠날 수 있으면 좋겠습니다."

젊은 아전들까지 빈정거렸다.

고을의 아전들은 본디 수령을 보좌하여 백성을 다스리는 자들이었다. 그러나 그들은 관아의 그늘 아래서 법을 방패 삼아 사욕을 채웠다. 백성들의 피땀 어린 곡식을 가로채고 송사 하나에도 은전을 요구했다. 겉으로는 근엄한체했으나 속내는 탐욕으로 가득하였다.

정봉수라고 그들의 속셈을 모를 리 없었다. 정봉수는 그들의 기를 확실히 꺾어 놓을 필요가 있다고 생각했다.

무안 현감 관할 구역 중 가장 멀리 떨어진 곳은 흑산도였다. 무안에서 흑산도는 육로를 제외하고도 뱃길로 3백 리나 되는 먼 거리였다. 당시로서는 아주 먼 바다에 있는 외딴섬이었다. 이전 현감들은 그곳까지 가지 않았다. 다녀온 것처럼 그럴듯하게 장계를 꾸며 올렸다. 아전들은 그것이 관례라고 당연하게 여겼다. 정봉수는 그런 행태가 마음에 들지 않았다. 그는 직접 가서 실정을 살펴볼 생각이었다.

흑산도로 가는 길은 멀고 험했다. 정봉수는 직접 가겠다고 나섰다. 당연히 아전들은 질색하며 어떻게든 막으려 했다.

"너무 먼 길입니다. 그동안 어떤 사또께서도 그곳은 다녀오시지 않았습니다. 게다가 그곳에 가시려면 이곳 관아를 며칠 동안 비워두셔야 합니다. 그것이 가능하겠습니까? 혹 조정에서 급한 전갈이라도 오면 어찌하시려고 관아를 비우신단 말입니까? 저희가 염려하시지 않도록 철저히 관리하겠습니다."

아전들은 온갖 핑계를 댔다. 더구나 그 바다는 늘 순하지 않았다. 잠잠하다가도 이내 풍랑이 일고, 거친 파도가 길을 가로막았다. 바다의 기운은 변덕스러워 한나절 앞의 형세조차 헤아릴 수 없었다. 그런 곳으로 사또가 몸소 나선다는 것은, 아무리 생각해도 권하기 어려운 일이었다. 그들의 걱정에도 일리는 있었다. 조정에서 내려오는 공문 처리에 차질이 생길 수 있었다. 하지만 정봉수의 생각은 달랐다. 그곳 역시 조선의 땅이었다. 그곳 백성들을 다스리는 것 또한 자기 책무였다. 그러니 당연히 가봐야 했다.

"더 이상 말하지 마시오. 떠날 채비를 서두르고 내일 아침 일찍 길을 나서도록 준비하시오."

사또의 엄중한 명령에 아전들은 죽을 맛이었다. 사또가 가겠다는데 안 된다고 할 수도 없었다. 가자니 너무 멀어 엄두가 나지 않았다.

흑산도행은 정봉수가 아전들에게 보내는 분명한 경고였다. 그는 계획대로 이른 아침, 흑산도를 향해 길을 나섰다. 무안 고을 사또의 위엄 있는 행차였다.

꿩 털이 꽂힌 흑립을 쓰고, 붉은 기가 은은히 도는 도포를 걸쳤다. 허리에는 푸른 띠를 바짝 조여 맸다. 잘 다려진 옷자락이 몸에 낯설게 달라붙었으나, 그 어색함마저 결의를 드러내는 장식처럼 보였다.

사또 행차의 앞줄에는 아전들이 도열했다. 관아의 병사들이 창을 세워 들고 그 뒤를 따랐다.

사또가 길을 나설 때 관아에는 최소한의 인원만 남기는 것이 관례였다. 현감이 곧 살아 있는 수령이었고, 그가 발을 옮기는 곳이 곧 관아였기 때문이다.

정봉수는 일부러 나이 많은 아전부터 고참 순으로 사람을 골랐다. 그날의 행차는 단순한 이동이 아니라, 사또가 살아 있음을 분명히 알리는 선언처럼 보였다.

"젊은 아전들이 함께하는 것이 어떻겠습니까? 사또 나리를 더욱 충실히 모실 것입니다."

늙은 아전들이 눈치를 살피며 건의했다.

"무슨 말이오. 경륜 많은 분이 함께 가야지요. 이번 기회에 바다 구경도 하고 섬들도 둘러보며 유람하는 기분으로 같이 갑시다."

정봉수는 늙은 아전들을 달래는 척하며 변명할 여지를 주지 않았다.

선임 아전들은 쓴 입맛을 다셨다. 먼 길을 가야 하는 데다 잠자리도 불편할 것이 뻔했다. 사또를 수발드는 일 또한 고된 일이었다. 끌려가듯 마지못해 뒤를 따랐다.

정봉수는 유람 아닌 유람에 기분이 나쁘지 않았다. 무안에 온 후 줄곧 일에만 매달렸던 그였다. 백성들을 살피고 그들의 안위를 걱정하는 일로 시간 가는 줄 몰랐다. 그러다 흑산도로 향하는 길에 오르니 마음이 홀가분해졌다.

고을 변두리를 벗어나자 광활한 들판이 끝없이 펼쳐져 있었다. 답답했던 마음을 시원하게 뚫어주었다. 낮은 언덕과 끝없는 평야에는 무성하게 자란 보리가 바람에 일렁거렸다.

청보리밭을 가로질러 사또의 행렬이 지나가는 풍경은 한 폭의 그림이었다.

본래 사또의 행렬은 요란했다. 나장들이 앞에서 길을 트고 뒤이어 태평소가 공기를 찢는 음으로 분위기를 잡았다. 그 뒤를 따라 징과 북이 박자를 맞추며 나아갔다. 또 나각과 나발은 저음으로 행렬의 무게감을 더했다.

중간에는 사또의 권위를 상징하는 깃발이 기수들에 의해 도열했다. 군관과 포졸들이 사또를 호위했다. 후미에 물자를 운반하는 실무자들과 이를 관리하는 이방과 호방이 따랐다. 누가 보아도 거창한 볼거리였다. 오방기가 바람에 펄럭이는 모습만으로도 풍성해 보였다.

하지만 정봉수는 전란의 상처가 채 가신 뒤라 모든 것을 생략했다. 약간 명의 아전들과 호위군만 함께 하도록 했다. 그날의 행차는 그런 모습이었다.

끝없는 들판을 따라 점점이 이어지는 모습은 그 자체로 낯선 풍광이었다. 들에서 만난 백성들은 멀리서부터 허리를 굽혀 예를 표했다.

정봉수는 손을 흔들며 넓은 들판을 지나갔다. 말을 타고 땅끝인 운남까지 간 후, 신월에서 다시 배를 탔다. 고이도와 마산도를 거쳐 암태도로 향했다.

낮은 구릉 사이로 끝없이 펼쳐진 암태도의 들판은 육지와 다르지 않았다. 넉넉한 곡식과 풍부한 물산이 섬을 채우고 있었다. 바다는 고요했다.

임진왜란의 상흔은 이곳에 이르러 한결 옅어졌다. 다른 땅들에 비해 왜군의 발길이 깊지 않았던 까닭이었다. 전란 동안 이순신 장군이 수군 통제사로 전라도와 남해를 굳게 지키고 있었다. 그 버팀목 덕에 이 섬은 큰 파괴를 면했다.

그가 이곳에 발을 들였을 때는, 이미 장군이 노량의 바다에서 쓰러진 지 여섯 해 남짓이 지난 뒤였다. 사람은 떠났으되, 그가 남긴 흔적과 보호의 여운은 아직 섬 곳곳에 머물러 있었다.

정봉수는 그 밤을 암태도에서 보냈다. 잔잔한 바람과 조용한 물소리 속에서 마음을 가라앉혔다. 그리고 이순신 장군이 남긴 평안에 잠시 몸을 맡긴 뒤, 다시 길을 나섰다.

암태도의 백성들은 난생처음으로 고을 사또를 보았다. 그들에게 사또는 너무도 먼 존재였다. 그 아래 아전도 그들에게는 높은 벼슬아치였다.

검은 갓, 붉은 도포, 바람에 나부끼는 푸른 허리띠, 구름 같은 말을 탄 사또의 모습은 백성들에게 경외와 두려움을 동시에 안겨주었다. 백성들은 가는 길마다 엎드려 사또의 행차를 맞이했다. 그 모습에 정봉수는 오히려 마음이 불편했다. 전쟁의 고통 속에서 간신히 살아남은 백성들이었다. 자신의 행차가 또 다른 짐이 될까 염려스러웠다.

흑산도까지 가는 길은 며칠이나 걸리는 먼 여정이었다.

정봉수는 곧장 흑산도로 가지 않았다. 길목의 섬들을 잠시 들러 백성들을 위로하고 삶을 살펴보았다. 오랜 민원을 해결하고, 작은 송사는 즉시 처리하여 백성들의 불편을 덜어주었다.

섬 백성들의 민원은 뱃길 순서, 농사 피해, 아이들 싸움 같은 사소한 것들이었다. 사또의 한마디에 모든 갈등은 쉽게 해결되었다. 정봉수는 섬 순찰에서 진정한 보람을 느꼈다. 그러나 늙은 아전들은 고통스러웠다. 관아에서 편히 지내던 그들에게는 고역이었다. 그들의 발은 붓고 허리는 끊어질 듯 아팠다. 뱃멀미에 시달리며 뱃전에 매달려 토악질을 했다. 갑판 여기저기에 힘없이 쓰러졌다. 노골적인 짜증과 고통이 그들의 면상에 뒤섞여 있었다. 그래도 정봉수 앞에서는 감히 내색하지 못했다.

비금도와 도초도를 지나 흑산도로 향하는 데 이틀이 더 걸렸다. 길은 멀고도 험했다. 흑산도로 가는 바다는 또 다른 느낌이었다. 거친 물살,

기이하게 솟아오른 섬들의 풍경이 그의 눈길을 사로잡았다. 좁은 물길을 따라 섬을 지나고, 배를 타고 노를 저어 바다를 건넜다.

햇살 아래 눈부시게 빛나는 염전 앞에서 정봉수는 말을 멈췄다. 소금밭에서 일하는 백성들의 고된 삶을 바라보며 쓸쓸한 마음을 삼켰다. 안타까움이 가슴속에 밀려왔다. 그들의 거친 손을 어루만졌다. 갈라지고 굳은살이 박인 손에서 짠 내음과 삶의 고단함이 느껴졌다.

고된 여정 끝에 마침내 흑산도에 도착한 정봉수는 여전히 일에 빠져들었다. 그는 밤새 백성들의 이야기를 경청했다. 소소한 이야기들이 오갔고, 백성들의 민원을 들어주었다. 작은 다툼은 서로 화해하도록 도왔다. 겉보기에는 모든 것이 평화롭게 진행되는 듯했다.

"하늘 같은 사또께서 이 먼 곳까지 오시다니 꿈만 같사옵니다."

흑산도 백성들은 땅에 엎드려 감히 고개를 들지 못했다.

"제 평생 사또 나리 행차는 처음 봅니다요."

피골이 상접한 노인이 엎드려 떨리는 목소리로 현감의 발끝을 바라보았다. 그의 흰 수염이 바람에 날렸다.

"나리의 은혜로 걱정 없이 잘살고 있사옵니다."

"사또께서 편히 쉬시다 돌아가시면 저희 백성에게 큰 복이옵니다."

그들의 말은 어색하거나, 능숙하거나, 한결같았다. 듣기 좋은 말만 하라는 아전들의 하명이 있었던 터였다.

백성들과의 형식적인 만남은 그렇게 끝나는 듯했다. 갑자기 낮게 엎드려 있던 사내가 주저하다 얼굴을 들었다. 헝클어진 머리를 땋아 내린 그의 모습은 영락없는 떠꺼머리총각이었다. 검붉게 탄 얼굴과 남루한 옷차림이 더욱 초라하게 보였다. 붉은 울분이 그의 눈에 서려 있었다. 그는 불안한 기색으로 주변을 살폈다.

"사또 나리, 한 말씀 올려도 되겠사옵니까?"

그의 목소리는 심하게 떨렸다. 그 속에 담긴 절박함은 주변의 웅성거림을 잠재웠다. 아전들은 눈살을 찌푸렸다. 다른 어부들도 불안한 기색으로 젊은 사내를 향해 눈치를 주었다.

젊은 사내는 잠시 망설이다 끝내 울부짖었다.

"사실은⋯ 저희 아비가 왜놈들에게 붙잡혀 갔습니다요!"

정봉수가 자리에서 벌떡 일어섰다. 화기롭던 면담 분위기는 납치 소식에 얼음처럼 차갑게 경직됐다.

"언제 그런 일이 있었느냐. 자세히 말하여 보거라."

정봉수의 목소리에서 쇳소리가 섞여 나왔다.

"어젯밤 섬에 온 왜놈들이 포작[5]을 하고 돌아오던 아비를 붙잡아 갔습니다요. 아는 것은 그것뿐입니다, 사또 나리."

"그럼, 그들은 어디로 갔느냐?"

정봉수는 가쁘게 물었다.

"이미 바다로 나갔을 것이옵니다. 자세한 것은 모르옵니다요, 사또 나리."

젊은 사내의 얼굴에 염려가 먹구름처럼 엉겨 있었다.

"내 백성이 왜놈에게 끌려가다니. 있을 수 없는 일이다!"

정봉수는 주변 아전들을 매섭게 쏘아보며 말했다. 현실을 묵인해 온 아전들에 대한 불쾌함과 분노가 그의 표정에 가득했다.

"이런 일이 또 있었느냐?"

"⋯"

사내는 더 이상 입을 열지 않았다. 옆에 있던 늙은 어부가 아전들의 눈치 속에 머뭇거리며 말했다.

"예, 관아는 멀고 바다는 넓어 왜놈들이 자주 와서 괴롭히옵니다."

아전들의 눈총이 두려웠지만, 자신이 나서야 한다고 생각했던 모양이

---

5) 포작: 전복을 전문적으로 잡아 진상하는 사람 혹은 그 일.

었다. 그러나 더 이상 말을 잇지는 않았다.

떠거머리 사내와 늙은 어부의 말에 아전들은 초조함과 당황스러움이 역력했다.

정봉수는 그들의 무능함과 방관에 대해 당장이라도 질책하고 싶었다. 애써 분노를 삼켰다.

"형방과 이방은 즉시 왜놈들의 행방을 알아보라. 만약 섬을 벗어나지 않았다면, 내가 용서하지 않겠다. 날이 밝는 대로 그들을 잡으러 나설 것이니 준비하라!"

정봉수는 서릿발 같은 음성으로 잘라 말했다.

당시는 전쟁은 끝났지만, 왜구의 약탈은 계속되고 있었다. 어부들을 죽이거나 납치하는 일도 흔했다. 섬 백성들은 왜구 때문에 힘겨운 나날을 보내고 있었다. 정봉수도 흑산도에 왜구가 출몰할 것이라고 어렴풋이 짐작했다.

아전들은 왜구에 대한 보고를 귀찮게 받아들였다. 변변한 병졸도 없는 처지에서 섬을 순찰하는 것은 어려운 일이었다. 게다가 사실을 조사하고 보고하는 것도 번거로운 일이었다. 그래서 아예 보고 자체를 막는 것이 서로에게 편했다. 각자 알아서 살라는 의미였다. 하소연하는 자만 더 괴로워진다는 것을 백성들은 알았다.

이른 새벽이었다. 아직 어둠이 걷히지 않았다. 정봉수는 배를 타고 흑산도 해안을 샅샅이 둘러보았다. 혹시나 왜구들이 그때까지 가까운 바다에 머물고 있을지도 모른다는 생각 때문이었다.

흑산도는 그의 생각보다 훨씬 아름다웠다. 이른 새벽이라 안개가 산허리를 감아돌며 섬 전체를 신비로운 베일로 감싸고 있었다. 하지만 햇살이 드러나자 묵직하고 장엄한 기운이 섬을 품고 있었다. 거친 절벽이 층층이 포개져 가는 실금을 연출했다. 파도는 쉼 없이 부딪히며 흰 포말을 일구었다. 해안선을 따라 만들어진 검푸른 절벽은 세월에 질긴 모습으로 기묘한 형상을 자아냈다. 깊이를 알 수 없는 바다는 고른 숨을 고르고, 바람에는 짭짤한 바다 맛이 녹아 있었다.

'이토록 아름다운 강토를 지키지 못하고, 왜구들이 마음대로 드나들 도록 방치하고 있다니…'

정봉수는 혼잣말처럼 중얼거렸다.

바위로 이루어진 섬을 돌자, 또 다른 섬이 그림처럼 다가왔다. 멀어지는 듯하다가 다시 가까워지고, 다가오는 듯하다가 멀리 사라지는 섬은 묘한 매력이 있었다. 그러나 이곳에서 살아가는 어부들에게는 그 아름다움 뒤에 숨겨진 고된 현실만이 존재했다. 정봉수는 그것을 누구보다 잘 알고 있었다.

정봉수가 탄 배가 흑산도 모퉁이를 돌아 솔섬을 지나려 할 때였다. 저 멀리 작은 꽃섬 근처에 낯선 배 한 척이 나타났다. 조선 배의 돛이 아니었다. 낯선 형태의 돛은 그가 보아온 조선 배와 확연히 달랐다.

"저 배는…?"

배를 몰던 어부가 질겁하며 외쳤다. 그의 몸은 장승처럼 굳어버렸고, 온몸을 부들부들 떨었다. 낯빛은 순식간에 하얗게 질렸다. 공포가 눈에 가득했다. 아전들은 식은땀을 흘리며 입을 열지 못하고 떨고만 있었다. 이방이 흥분을 억누르며 간신히 입을 열었다.

"사또 나리, 왜… 왜놈입니다! 큰일 났습니다."

그는 호들갑을 떨며 공포에 질려 있었다. 눈치를 보던 어부가 배를 돌리려 했다.

"그대로 가거라. 왜놈들이라면 내 저들을 가만두지 않겠다."

"…"

"저놈들이 필시 어제 우리 백성을 납치한 놈들일 거다."

정봉수가 단언했다. 그는 주저함이 없었다.

"어서 노를 저어라! 저 배에 납치된 우리 백성이 있을지도 모른다. 게

다가 조선의 바다에 함부로 들어온 왜놈들을 그냥 보낼 수는 없다!"

그는 잠시도 머뭇거림이 없었다.

"어제 우리 백성을 납치했다면 저들이 이곳에 머물러 있겠습니까? 전복 따던 자가 물가에 나간 뒤 아직 돌아오지 않았을 수도 있습니다. 물질하는 삶이 원래 그렇습니다. 제발 배를 돌리시지요."

이방의 목소리는 점점 작아졌다. 형방과 다른 이들도 눈치만 보며 울상을 지었다. 그들은 두려움에 허리도 바로 펴지 못했다.

"무슨 말인가! 눈앞에 우리 백성을 납치해 달아나는 적을 보고, 돌아가자는 것이 말이나 될 법한 이야기인가? 어서 노를 저어라!"

정봉수는 눈을 부릅뜨고 호통쳤다. 사또의 분노와 결의에 압도당한 그들은 감히 거역할 엄두도 내지 못했다.

사또를 태운 배는 멈칫거리며 제자리에서 맴돌았다. 철썩거리는 파도가 쉴 새 없이 뱃전을 두드렸다. 아전들의 눈치를 살피던 선주는 끝내 노를 젓지 못했다.

사또의 명령을 따르자니 아전들의 눈치가 보였고, 앞으로 나아가자니 왜놈들이 두려웠다. 온몸이 나무토막처럼 굳어 있었다. 그들이 머뭇거리는 사이, 왜구들이 오히려 배를 돌려 천천히 다가왔다. 멀리서 보아도 그들은 자신감에 차 있었다. 뱃전에 너덧 명이 보였다. 노 젓는 이도 둘이나 되었다. 왜선은 파도를 가르며 정봉수의 배를 향해 서서히 다가왔다. 일촉즉발의 긴장감이 바다를 뒤덮었다.

왜구들은 바다에서도 육지처럼 날렵하게 움직였다. 그들이 보기에 배 위에 선 아전들과 병사들은 허수아비에 불과했다. 조선의 관리쯤은 쉽게 제압할 거로 생각했다. 빤히 보이는 배 위의 병사들은 긴 창을 들고 어설프게 서 있을 뿐, 두려워할 대상이 아니었다. 뱃머리를 돌리게 한 이유였다. 반면, 아전들과 호위병들은 잔뜩 겁을 먹고 있었다. 작은 배 위에서 어찌할 바를 모르는 모습이 역력했다. 모두 사시나무 떨듯 떨고만 있었다.

　그들은 정봉수를 알지 못했다. 그저 외딴 고을에 처음 부임한 앳된 사또로만 여겼다. 반면 왜적들의 칼이 훨씬 빠르다는 것은 너무나 잘 알고 있었다. 7년간의 전쟁을 겪으며, 보고 들은 것이 있었다. 왜놈들에 대한 공포가 뼛속 깊이 박혀 있었다. 고을 현감이 왜놈들에게 해를 당한다면 더욱더 큰일이었다. 이는 현감을 모시는 처지를 넘어, 자신들의 안위마저 위협받는 상황이었다. 병사들 역시 왜구들과 싸워 이길 자신이 없었다. 살기 위한 본능적인 공포만 그대로 드러내고 있었다. 정봉수의 결연한 의지와 아전들의 극심한 공포가 극명하게 대비되고 있었다.

　"배를 가까이 대라."

　정봉수는 아랫배에 힘을 주며 다그쳤다. 선주는 마지못해 떨리는 손으로 노를 천천히 저었다. 배는 더디게, 그러나 꾸준히 파도를 가르며 앞으로 나아갔다. 철썩거리는 파도 소리가 뱃전을 때릴 때마다, 아전들의 심장은 더욱 격렬하게 맥동했다. 이윽고 배는 왜선과 머리를 맞대었다.

　왜선은 생각보다 크지 않았다. 배의 높이는 정봉수가 탄 배와 비슷했다. 두 배는 서로 마주 보며 위태롭게 바다 위에 떠 있었다. 긴장감이 감도는 정적 속에서 정봉수가 먼저 입을 열었다.

　"네 이놈들! 여기가 어디라고 감히 범하느냐!"

　그의 목소리는 폭풍이 이는 바다처럼 사나웠다. 조선 해역을 침범한 자들을 준엄하게 꾸짖었다. 그러나 호위병들은 창을 겨누었지만, 곧 닥쳐올지도 모를 싸움에 대한 공포에 질려 있었다.

　정봉수는 왼손으로 병사들의 창을 거칠게 밀어냈다. 이어 지체 없이 재빨리 왜선으로 뛰어올랐다. 스라소니가 먹이를 덮치듯, 그의 움직임은 날렵하고 거침없었다. 그의 등 뒤에 서 있던 아전들과 병사들은 놀라움에 비명을 질렀다.

"아, 아니 되옵니다!"

그가 이미 왜선 갑판 위로 몸을 던진 후였다. 이제 그의 앞에는 왜구들만 서 있었다.

왜놈들은 가소롭게 웃었다. 멸시와 거드름이 그들의 눈 끝에 가득했다. 그들 중 한 명이 앞으로 나섰다. 깡마른 몸에 교활한 눈빛을 지닌 왜놈은 히죽거리며 정봉수에게 다가왔다. 어눌한 조선말로, 그러나 비웃음이 섞인 목소리로 말했다.

"이 바다가 누구 바다인지 표가 있느냐? 표를 대라. 죽고 싶어 환장했구나."

그는 긴 칼을 차고, 가슴에는 단검 2자루를 꽂고 있었다. 소매 넓은 저고리에 검은색 겹주름 치마를 입고 있었다. 노략질을 위해 이곳에 온 무뢰배가 틀림없었다.

왜놈들은 왜란을 통해 조선의 칼솜씨가 그다지 빼어나지 않다는 걸 잘 알고 있었다. 속도와 기술 모두 부족했다. 조선에도 무예는 있었지만, 왜놈들의 검법에는 미치지 못했다. 항왜[6]들이 이괄의 난[7] 때 조선군을 쉽게 제압했던 것처럼, 왜놈들의 검술은 빠르고 강했다. 그들은 자신들의 압도적인 실력을 믿어 의심치 않았다.

정봉수는 왜놈의 거만한 태도를 보며 불쾌감을 느꼈다. 그는 틀림없이 지난 전쟁 때 조선의 강토를 짓밟던 족속이었다. 그런 생각이 들자, 정봉수의 미간에 더욱 선명한 분노가 서렸다. 그는 침착함을 잃지 않았다.

깡마른 왜놈이 천천히 정봉수에게 다가왔다. 그의 뒤에 몰려선 다른

---

6) 항왜: 임진왜란 당시 조선에 귀순한 일본인 무사.

7) 이괄의 난: 인조반정 직후인 1624년 평안도 병마절도사 이괄이 자신과 아들을 제거하려는 음모에 항거하여 일으킨 반란.

왜놈들도 칼에 손을 올렸다. 그들 역시 노략질하러 온 무뢰배들이었다. 험상궂은 인상과 살기 도는 느낌이 그것을 말해주었다. 갑판에는 모두 여섯 명의 왜놈이 있었다.

"이놈들아. 남의 나라를 침범했으면 사과하고 돌아갈 일이지. 이 무슨 고약한 짓이냐!"

그는 왜선 갑판에 성큼 내려서며 호통쳤다.

칼끝의 사정거리가 멀지 않았다.

"나는 이 바다를 다스리는 조선의 고을 사또다. 내 바다에 너희가 허락 없이 들어오는 것을 두 번 다시 보지 않겠다. 너희가 내 바다에 와서 못된 짓을 저질렀지만, 이번만은 용서할 테니 순순히 돌아가라. 다만 너희가 납치한 조선 어부를 방면하라."

정봉수는 다시 점잖게 타일렀다. 마지막 경고였다.

"용서? 네놈이 감히 우리를 용서한다고? 게다가 납치라니. 그자는 스스로 우리를 따라왔다!"

왜놈은 히죽거리며 비웃었다. 그리고 나무 게다를 벗어 던졌다. 시퍼런 일본도를 천천히 뽑아 들었다. 햇살이 날 끝에 부딪혀 번쩍거리며 눈부셨다.

일본도는 살기 감도는 날과 날렵한 칼등, 단단한 손잡이를 가졌다. 칼을 쓰는 이라면 탐낼 만한 물건이었다. 그것을 함부로 휘두르면 맞서기 어렵다는 것을 정봉수도 잘 알고 있었다.

무안 관원들은 뱃전에 돔을 숨기고 떨고 있었다. 고을 현감이 왜놈들의 칼에 목숨을 잃을까 불안한 눈치였다. 병사들을 앞세우고 뒤에 숨어 그 광경을 지켜보았다.

왜놈은 칼을 천천히 흔들며 정봉수에게 다가왔다. 차디찬 날이 섬뜩하게 빛났다. 매서운 시선이 정봉수의 눈에 꽂혔다.

"좋게 말로 보내려 했더니 안 되겠구나. 혼이 나 봐야 정신을 차리겠느냐!"

정봉수가 더욱 큰 소리로 위압감을 주었다. 하지만 왜놈은 정봉수의 호통이 하찮다는 표정이었다.

이번에는 더욱 날렵하게 칼을 휘둘렀다. 시퍼런 날이 공기를 가르며 정봉수의 코 앞으로 아슬아슬하게 지나갔다. 자칫하면 코를 베일 뻔했다.

그의 눈과 발의 움직임은 명확한 공격 태세를 보였다. 칼날에 시퍼런 살기가 푸르게 서려 있었다.

왜놈의 도발에 정봉수는 더 이상 참지 않았다. 그의 오른손이 천천히 왼손에 잡은 칼자루로 향했다. 칼날이 햇빛에 번쩍이며 날 선 기세를 새파랗게 드러냈다. 푸른 살기가 그의 칼끝에 감돌았다. 그것은 정의롭지 못한 자들의 목숨을 재촉하는 냉기였다. 보는 이의 눈을 시리게 할 만큼 차가운 기운을 뿜어냈다.

"안 되겠구나. 너희가 다시는 이 나라에 발을 붙이지 못하도록 해 주마."

정봉수는 칼끝으로 왜놈을 겨누며 자세를 잡았다. 그의 자세는 흐트러짐 없이 견고했다.

깡마른 왜놈은 정봉수의 위협에도 아랑곳하지 않았다. 가슴을 부풀리며 거만하게 숨을 들이켰다. 그는 칼을 머리 위로 치켜들어 정면을 향해 내리쳤다. 짧은 기합 소리와 함께 번쩍이는 일본도의 날 선 칼이 바람을 가르며 섬광처럼 빠르게 꽂혔다. 눈 깜짝할 사이였다.

"얍!"

늙은 아전과 관병들은 눈을 질끈 감고 몸을 움츠렸다. 그들의 손에는 식은땀이 흥건했다. 현감의 위기가 분명했다. 아전들은 엉거주춤 떨며 한쪽 눈을 겨우 뜨고 그 광경을 지켜보았다. 입술은 바싹 말랐다. 공포에 질려 맥동이 미친 듯이 뛰었다. 뒤에 몰려 있던 다른 왜놈들도 칼을 뽑을 태세를 취하며 비열한 미소를 지었다. 그러나 그들의 오만은 오래 가지 못했다. 정봉수는 번개같이 움직였다. 왜놈의 칼끝을 옆으로 가볍게 피하며 칼로 일본도를 쳐냈다. 허공에서 섬광이 번쩍였다. 왜놈의 칼은 정봉수의 옆을 스쳐 지나갔다. 그 움직임은 너무 빨라 눈으로 좇을 수 없을 정도였다. 정봉수는 몸을 돌리며 왜놈의 목을 베었다.

"삭-"

일본도가 허공을 가르며 갑판에 떨어졌다.

"팅그랑-"

강철같은 금속음 뒤에 둔탁한 소리가 이어졌다. 왜놈의 목도 칼과 함께 갑판 위를 굴렀다. 붉은 피가 잉크처럼 갑판과 난간을 삽시에 물들였다. 솟구치는 피가 정봉수의 도포에 묻었다. 그는 아랑곳하지 않았다.

목이 잘린 왜놈은 눈을 감지 못한 채 혀를 내밀고 멍하니 허공을 응시했다. 피가 분수처럼 솟는 몸통이 우두커니 서 있다가 나무처럼 둔탁하게 쓰러졌다. 단칼에 목이 날아간 것이었다. 뒤에 서 있던 왜놈들은 놀라며 움찔했다. 거드름 대신 충격과 공포가 급습했다. 그들이 칼을 뽑아 들고 달려들었다. 좁은 갑판 위에서 칼을 아래위로 마구 휘둘렀다.

정봉수는 몸을 좌우로 유연하게 피하며 삽시간 앞에 섰던 두 명의 목을 베었다. 그의 칼은 왼쪽 왜놈의 목을 스쳤다. 목에는 붉은 선이 그어지자마자 피가 뿜어져 나왔다. 동시에 옆에서 칼을 휘두르던 왜놈의 겨드랑이를 파고들었다. 어느새 그의 칼은 턱을 지나 귀밑으로 빠르게 빠져나갔다. 갑판은 붉은 피로 물들었다. 놀란 왜놈들은 더욱 거세게 덤볐다. 살기 어린 광기가 그들에게 서려 있었다. 하지만 그들은 정봉수의 상대가 되지 않았다.

순식간이었다. 여섯 명의 왜놈이 갑판 위에 피를 뿌리며 쓰러졌다. 갑판은 피비린내로 가득했다. 정봉수의 볼에도 붉은 피가 튀었다.

뒤늦게 선실에서 왜놈 들이 뛰쳐나왔다. 그들은 피투성이 갑판과 끔찍하게 죽어 있는 동료들을 보고 기겁하며 손에 쥐었던 칼을 버렸다.

"제발 살려주시오모니다."

그들은 연신 머리를 조아리며 목숨을 구걸했다.

"너희들이 납치한 우리 백성은 어디 있느냐?"

정봉수는 싸늘한 목소리로 물었다. 왜놈들은 떨리는 손으로 갑판 아래 내실을 가리켰다. 늙은 어부가 공포에 질려 떨고 있었다.

"네가 조선인이냐?"

정봉수는 칼로 왜놈들을 겨누고 어부에게 물었다.

"예, 나리."

어부의 목소리에는 살아남았다는 안도감이 섞여 있었다.

정봉수는 그의 손을 잡아 조선 배로 넘긴 후, 남은 왜놈들을 향해 다시 입을 열었다.

"너희를 살려주겠다. 다시는 흑산도 앞바다에 나타나지 마라. 다시 나타나면 용서하지 않겠다. 너희 나라에 돌아가거든 정봉수라는 자가 흑산도를 지키고 있다고 전해라. 그에게 잡히면 살아남지 못한다고 똑똑히 전해라. 알겠느냐?"

"하이, 하이, 하이."

왜놈들은 죽음의 문턱에서 살아남았다는 안도감에 그저 고개만을 조아릴 뿐이었다. 더욱 놀란 것은 조선 관원들이었다. 사또가 이토록 뛰어난 무예를 지녔을 줄은 상상조차 하지 못했다. 후덕한 인상과 달리 민첩한 칼솜씨는 그들이 난생처음 보는 무예였다. 경외심과 감탄이 가득했다. 늙은 아전들이 건방지게 현감을 내려다보던 시선은 온데간데없이 사라졌다. 정봉수에게 감히 시선을 맞추지도 못했다.

정봉수는 아전들을 돌아보았다. 새파랗게 질린 아전들이 움찔 놀라며 눈을 아래로 떨구었다.

정봉수는 죽은 왜놈의 등에 피 묻은 칼을 천천히 닦았다. 그의 모습은 더욱 엄숙하고 강렬하게 보였다.

"돌아가자. 잡혀간 백성을 찾았으니 됐다."

정봉수의 차분한 목소리에 아전들은 연신 허리를 굽실거리며 그의 눈치를 살폈다. 그들은 빠르게 노를 저어 배를 돌렸다.

아전들이 알지 못했던 정봉수의 진짜 실력이 드러난 셈이었다. 무안 현감은 더 이상 그들에게 만만한 존재가 아니었다. 흑산도의 바다는 정봉수의 위용을 기억할 터였다.

3. 낭선

1592년. 임진왜란의 포성이 온 조선을 뒤흔들었다.

젊은 정봉수는 고향 철산에서 하던 공부를 접었다. 당시 조선은 글을 숭상하여 무반보다 문반의 출셋길이 넓었다. 같은 벼슬이라도 문반이 우선이었다. 할아버지가 어모장군[8]으로, 아버지 정양년이 무반으로 평생을 전장에서 보냈다. 정봉수는 그들의 설움을 너무나 잘 알고 있었다. 평화로운 일상에 살던 문관들과 달리, 그의 아버지 정양년은 늘 긴장과 고단함 속에 살았다. 그는 관직에서 물러나 고향에 내려와 있던 아버지에게 자기 뜻을 조용히 여쭈었다.

"아버님, 송구하오나 진로를 무과로 바꾸고자 하옵니다."

사랑채에 무릎을 꿇고 앉은 그의 목소리는 차분했다.

"그게 무슨 말이냐. 갑자기 무과라니?"

아버지 정양년은 놀라움을 금치 못했다. 무관으로 당상관에까지 올랐던 그였다. 하지만 아들에게 무반을 권하고 싶지 않았다. 자신이 겪었던 고통과 설움을 아들이 다시 겪게 하고 싶지 않았다. 문반을 포기하겠다는 아들의 뜻에 쉽사리 동의하지 못했다. 그러나 정봉수의 마음은 확고

---

8) 어모장군: 조선시대 정3품 이하 당하관에 해당하는 무관.

했다. 전란의 시대에 문사로 왜적에 맞서기보다, 무사로 나라를 지키는 것이 급하다는 논리였다. 흔들림 없는 굳건한 각오가 서려 있었다.

아버지 정양년은 입을 굳게 다물었다. 더 이상 아무 말도 하지 않았다.

전란 중에 무관이 된다는 것은 위험천만한 일이었다. 자신이 수많은 죽을 고비를 넘기며 뼈저리게 깨달은 일이었다. 쏟아져 들어오는 왜적에 맞서겠다며 무과에 응시하는 아들을 말리지 않을 부모는 없었다. 그럼에도 정양년은 더 이상 반대하지 않았다. 뒤늦게 이 사실을 안 어머니 충주 김 씨는 울며 하소연했다. 하지만 그의 뜻을 꺾지 못했다. 결국 조부가 어모장군, 아비가 절충장군[9]을 지낸 집안의 운명이라 여기고 받아들였다.

정봉수는 곧바로 무과에 응시했다. 어릴 때부터 무예를 익혔다. 아버지에게서 배운 것도 있었다. 오랜 연마 끝에 그는 이미 칼의 길을 터득했다. 힘을 빼고 칼이 가는 대로 휘두르면 거침이 없다는 깨달음을 얻은 후였다. 그의 칼솜씨는 비범하게 발전했다. 무과 시험에서 심사관들은 그의 칼솜씨에 혀를 내둘렀다. 당연히 급제였다. 탁월한 무예 덕분에 그는 임진왜란 피난길의 선조를 호위하는 무사가 되었다. 그렇게 십여 년을 호위무사[10]로 지내다 전란 후 첫 외직으로 무안 현감에 임명됐다. 그의 인생은 문반의 길을 버리고 무인의 길을 택하면서 거침없이 나아가기 시작했다.

무안 현감 임기를 마친 정봉수는 곧이어 영산 현감으로 발령받았다.

영산은 창녕군 일부의 옛 이름이었다. 경상도 영산은 무안에서 오백

---

9) 절충장군: 조선시대 정3품 이상 당상관에 해당하는 무관.

10) 호위무사: 왕의 신변 보호를 위해 따라다니는 무사. 시쳇말로 대통령 경호실 요원이었다.

리가 넘는 먼 길이었다. 낙동강과 가까운 내륙 지역이었다. 거리는 멀었지만, 무안 아전들이 보낸 파발 덕분에 무안에서의 소문이 영산까지 파다하게 퍼져 있었다.

"이번에 오는 사또는 칼잽이라 하더라. 칼이 안 보이게 빠르다더만."

"무안에 있을 때, 흑산도에 온 왜놈 여섯 명을 단칼에 베었다 안 하더나. 게다가 임금님 호위무사를 십 년이나 한 양반이라 하더라. 그곳 아전들이 전하는 말이니, 틀림없을 기다."

"칼 좀 쓴다는 이 동네 건달들도 조심 안 하면 큰일 날 기다."

정봉수가 처음 영산에 발을 디디자, 아전들이 달려 나와 허리를 굽히고 예를 갖췄다. 인근 지역의 건달들도 그에게 무릎을 꿇었다. 무안의 늙은 아전들이 자세한 소식을 전했던 터였다. 하지만 어디든 별종은 있는 법이었다. 그의 칼솜씨를 시험하려는 듯, 부임 직후 난동을 부리는 무뢰배가 있었다. 박종무라는 자였다. 그는 남녀노소 가리지 않고 긴 칼을 차고 다니며 겁박했다.

"내가 누구냐. 영산의 박짱이 아니더냐. 한양 높으신 판서 대감님들과 교분을 가지고 산다는 게 그리 쉬운 일인 줄 아느냐 이 천한 것들아."

그는 걸핏하면 한양의 대감들을 들먹이며 그들과의 친분을 과시했다. 백성들에게 해를 끼치는 일도 잦았다. 행인에게 행패를 부리고, 아녀자를 희롱했다. 하인 폭행은 다반사였다. 양반임을 내세워 저잣거리에서 온갖 악행을 저질렀다. 영산 백성들은 그가 나타나면 멀리 피해 다녔다. 그의 이름 석 자만 들어도 몸서리를 쳤다.

박종무는 한양 고관들과 친분이 있는 집안 자손이었다. 관아에서도 함부로 대하지 못했다. 게다가 무사에 손색없는 칼솜씨를 자랑했다. 칼솜씨를 믿고, 안하무인이었다. 그는 영산의 골칫거리였다. 전임 사또들도 그를 눈엣가시처럼 여겼다. 그의 칼솜씨에 맞설 자가 없어 직접 제지하지 못했다. 그런 그가 하필 사또 순찰 중에 난동을 부렸다. 관졸들은 그를 말리지 못했다. 오히려 그의 칼을 피해 다녔다. 공포가 관졸들의 얼굴에 서려 있었다.

"사또나리, 자리를 피하시지요. 저자는 눈에 뵈는 게 없는 자이옵니다."

"혹 잘못 건들다 다치기라도 하신다면 관아의 체면이 말이 아니옵니다. 사또나리."

아전들이 울상을 지었다. 박종무는 더욱 기고만장했다. 사또 앞에서도 칼을 거두지 않고 거만하게 대들었다.

"신임 사또께서 무고한 양반을 어찌하시겠소이까? 한양의 높은 분들이 지켜보고 계십니다. 내 말 한마디면 사또의 처사도 무사하지 못할 겝니다."

그는 목에 힘을 주고 고래고래 소리쳤다.

정봉수는 애써 고개를 돌렸다. 하지만 그는 가만히 있을 위인이 아니었다. 그의 표정이 얼음을 깨문 듯 싸늘하게 변했다. 사또가 박종무에게 다가가자, 그자가 칼을 들어 올렸다. 무례하기 이를 데 없었다. 주변의 관졸들은 아찔한 형세를 지켜볼 뿐이었다.

정봉수가 칼을 뽑아 드는가 싶었는데 이미 칼은 다시 칼집에 천천히 꽂히고 있었다. 순간 단말마의 비명이 터져나왔다.

"악!"

서릿발 소리와 함께 박종무는 그 자리에 쓰러지며 칼을 놓았다. 오른손잡이인 그가 다시는 칼을 잡지 못하도록 엄지손가락을 잘라버렸다. 박종무는 고통과 충격으로 일그러졌다. 절규가 영산의 거리에 울려 퍼졌다.

이 일이 있고 난 뒤, 영산은 순시에 조용해졌다. 이제 누구도 '칼잽이 사또' 정봉수에게 함부로 대할 엄두를 내지 못했다. 그의 존재 자체가 영산에 새로운 질서를 세웠다.

정봉수의 고향은 의주목에 속한 평안도 철산이었다. 그곳은 지금 자신이 발 디딘 영산현에서 2천 리가 더 떨어진 머나먼 곳이었다. 철산은 바닷가였지만, 새로운 임지 영산은 내륙이라 모든 것이 낯설었다. 말씨도, 산도, 바람도 고향과는 달랐다. 낯선 환경 속에서도 정봉수는 특유의 차분함으로 주변을 살폈다.

영산현은 임진왜란 때 왜놈들에게 빼앗겼던 땅을 가장 먼저 되찾은 곳이었다. 정유재란 때는 경상도를 통해 북상하려는 왜놈들과 가장 먼저 싸운 곳이기도 했다. 그래서 왜놈들에 대한 남다른 적개심이 이 땅 깊숙이 숨겨져 있었다. 그는 아전에게 고을 인심을 물었다.

"그래도 이곳은 사람들이 순박하고 붙임성이 좋으며, 먹을 것이 넉넉해서 인심이 좋사옵니다."

정봉수는 고개를 끄덕이며 듣는 척했지만, 아전들의 태도에서 이미 영산현의 분위기를 짐작하고 있었다.

아전들은 갓 부임한 사또에게 잘 보이려고 애썼다. 무안에서의 첫 부임지와는 분위기가 사뭇 달랐다. 무안에서의 왜구 섬멸과 영산 무뢰배 박종무를 처리한 일이 확실히 아전들에게 묵직한 인상을 심어준 덕분이었다. 무안과 달리 기강이 잡혀 있어 일하기가 훨씬 수월했다.

정봉수는 영산현에 머물면서 지천으로 널린 대나무에 관심을 가졌다. 그의 고향 철산에는 대나무가 나지 않아 구하기 어려웠다. 대나무는 그에게 귀한 물건이었다. 하지만 영산현에서는 흔한 것이 대나무였다. 집집마다 대나무로 울타리를 이루고 있었다. 산과 언덕에는 곧게 뻗은 대나무가 가득했다. 바람만 불어도 대나무 우는 소리가 여기저기서 갈잎 비비듯 들려왔다.

정봉수는 이 풍요로운 대나무를 보고 문득 묘안을 떠올렸다. 관아 병졸들에게 대나무를 잘라 잘 말리도록 지시했다. 그리고 잘 마른 대나무를 세 발 크기로 잘라 보관하도록 했다.

"사또, 대나무를 어디에 쓰시려고 그러십니까?"

아전들이 의아한 표정으로 물었다. 그들은 대나무가 너무 흔해서 그 가치를 알지 못했다. 그들은 현감의 지시에 군말 없이 따랐지만, 여전히 의아함을 지우지 못했다.

정봉수는 마음속으로 낭선을 염두에 두고 있었다. 낭선은 적을 막는 데 매우 유용한 병기였다. 강하게 공격하기는 어렵지만, 다른 아군 병기들이 제 역할을 하도록 돕는 데 뛰어난 무기였다. 영산현의 풍부한 대나무를 이용해 병기를 만들고, 언젠가 다시 닥쳐올지도 모를 왜적의 침입에 대비할 생각이었다. 그는 곧바로 관아의 소목을 불렀다.

"밑동에 뿌리를 붙여 뭉툭하게 잘라내고, 세 발 되는 지점 위쪽도 자르되, 잔가지는 위에서 대여섯 개만 남기고 모두 잘라내도록 하라."

정봉수는 소목에게 상세히 지시했다. 소목이는 연신 허리를 굽히며 사또의 지시를 귀담아들었다.

"잔가지도 한 자 정도로만 남기고 끝을 뾰족하게 깎도록 하라. 대나무 몸통에 잔가지 다섯 개 정도가 양쪽으로 붙어있는 형태가 되어야 한다."

소목이는 잘라낸 잔가지를 챙기며 물었다.

"아랫부분에서 잘라낸 잔가지는 모두 버릴까요?"

"아니다. 그것도 한 자 정도로 잘라, 가지와 가지 사이에 덧붙여 칡 줄기로 꽁꽁 묶어라."

소목이는 마른 칡 줄기를 물에 불려 부드럽게 만든 다음, 현감의 지시에 묵묵히 따랐다. 그의 손놀림은 숙련되어 있었다. 곧 엉성한 대나무 빗자루 모양의 기묘한 물건이 만들어졌다. 그 모습은 영락없이 괴상했지만, 소목이의 얼굴에는 작은 기대감이 스쳤다.

"대장간에 주문 한 모는 왔느냐?"

정봉수가 물었다. 모는 장대 끝에 꽂는 창날이었다. 옆에 있던 아전이 재빨리 대답했다.

"예, 사또. 그런데 이것은 무엇입니까? 대나무 빗자루도 아닌 것이 이상하게 생겼습니다."

아전은 난생처음 보는 기묘한 물건에 호기심을 감추지 못했다. 대나무 막대기나, 대나무 창이라고 하기에도 묘한 생김새였다.

"낭선이라는 병기다."

정봉수는 만족스러운 미소를 지으며 말했다. 그는 대나무 끝에 대장간에서 만든 모 창날을 단단히 꽂도록 했다. 모 창날 뒤로 대나무 잔가지가 수북한 창이 되었다. 만져보니 탄탄했다. 그것이 바로 낭선이었다. 그는 자신이 얻은 《기효신서》의 정보를 응용하여 낭선을 만들었다. 조선에는 없는, 그 시대 최신 병기였다. 정봉수는 낭선을 들고 직접 시범 보이며 설명했다.

"칼 든 적을 막고 성을 지키는 데 좋다. 가벼워 초병에게도 유용하다. 하지만 얕보고 덤비면 죽음을 피하기 어렵다. 왜구 출몰이 잦은 곳에서는 아주 좋은 병기다. 우리 고을에서도 잘 활용해야 한다."

정봉수는 곧바로 병졸들에게 낭선 사용법을 가르쳤다. 병졸들은 둔중한 장창보다 가볍고 다루기 쉬운 낭선을 반겼다.

"군사들은 적을 정면에서 보면 두려워 물러서기 쉽다. 칼이나 창을 든 적이 다가오면 움츠러들어 제대로 실력을 발휘하지 못한다. 하지만 낭선을 들면 칼로 베기 어렵고 접근도 쉽지 않다."

사또의 설명에 병졸들은 고개를 끄덕였다. 그들은 낭선이 주는 심리적 안정감과 실질적인 방어 효과를 이해하기 시작했다.

낭선은 앞에 창이 달린 대나무와 흡사했다. 잔가지를 겹쳐 달았으므로 장창도 제대로 찌르지 못했다. 더욱이 칼과 맞설 때는 두어 발 떨어진 곳에서 적을 대적하기에 효과적이었다. 당연히 병사들의 담력이 커졌다. 칼을 맞대는 대신 낭선으로 적을 막으니, 겁이 없어지는 것은 당연했다. 왜놈들을 만나도 더 이상 두려워할 일이 없었다.

낭선은 분명 좋은 병기였다.

정봉수는 낭선을 활용한 왜적 대응법을 체계적으로 훈련시켰다. 왜적뿐만 아니라 건달이나 무뢰배들을 다스리는 데도 유용하다는 것을 병사들에게 주지시켰다.

그는 왜놈 한 명에 우리 군사 두 명이면 충분히 제압할 수 있다고 생각했다. 늘 그 점을 염두에 두고 훈련에 임하도록 했다. 정신 교육도 빼놓지 않았다. 그의 지휘 아래 병사들은 점점 강해지고 있었다.

영산현은 낙동강을 따라 내륙에 있어 왜적 출몰이 잦았다. 칼 잘 쓰는 왜적을 군졸들이 혼자 상대하기는 어려웠다. 정봉수는 소규모 분대를 만들어 대적하도록 훈련시켰다. 영산현의 훈련장은 매일같이 기합 소리로 가득했다. 현감 정봉수는 직접 병졸들을 지도하며 낭선술의 정수를 가르쳤다. 그의 목소리는 우렁찼고, 그의 시범은 정확하고 날렵했다.

"요보퇴세, 곧게 나아가 곧바로 찔러라!"

정봉수의 외침에 병졸들은 낭선을 앞으로 쭉 뻗으며 적을 향해 일직선으로 찔러 나갔다. 그들의 눈은 진지했고, 자세는 흐트러짐이 없었다.

"중평세, 양팔을 펴고 바람처럼 빠르게 공격하라. 천하에 맞설 자 없는 자세다!"

이번에는 낭선을 좌우로 빠르게 휘두르며 넓은 범위의 공격을 연습했다. 바람을 가르는 훈련 소리가 연병장을 가득 채웠다. 땀방울이 병졸들의 목덜미에 흘러내렸다. 고된 훈련 속에서도 무언가를 깨달아가는 즐거움과 자부심이 엿보였다.

"기룡세, 용이 일어나듯 정면을 눌러 적을 막는 자세다!"

낭선을 위로 치켜든 다음 다시 앞을 내리눌러 적의 공격을 막아내는 방어 자세를 익혔다. 그들의 움직임은 점차 유연해졌다. 낭선은 그들의 몸의 일부처럼 자연스럽게 움직였다.

"구개세, 자세를 낮추고 달려들어라. 적이 낮은 자세로 공격하면 아래로 눌러 막아라!"

땅에 바짝 엎드리듯 자세를 낮추어 적의 하단 공격을 방어하고 반격하는 훈련이 이어졌다. 흙먼지가 풀풀 날렸지만, 병졸들은 개의치 않았다.

"가상세, 창이 높이 오면 가지를 써라. 위아래를 살피고 음양을 반복하며 다리는 바람처럼 움직여라!"

낭선의 잔가지를 활용하여 적의 공격을 쳐내고 역습하는 기술을 익혔다. 복잡해 보이는 자세였다. 정봉수의 시범을 따라가며 병졸들은 점차 요령을 터득했다.

"갑하세, 상대 하체를 공격할 때는 낮춰 찔러라. 다리를 들어 힘을 실어 찔러라!"

마지막으로 적의 다리를 공격하여 무력화시키는 기술까지 익혔다.

낭선은 이제 단순한 대나무 막대가 아니었다. 살아 움직이는 매서운 병기로 변모해 있었다. 단순한 병기를 넘어, 영산 군졸들에게 자부심과 용기를 심어주었다.

어느덧 영산현에 정봉수가 부임한 지 수개월이 흘렀다. 낭선 훈련은 꾸준히 이어졌다. 병졸들의 숙련도도 향상되었다. 평화가 지속되던 날이었다. 낙동강 하류에서 수상한 움직임이 포착되었다는 급보가 관아에 전해졌다. 뱃길을 따라 거슬러 올라온 왜구들이 영산현 인근의 작은 마을을 습격했다는 소식이었다. 정봉수는 즉시 갑옷으로 갈아입고 칼을 빼 들었다.

"병졸들은 즉시 나를 따르라!"

그의 우렁찬 외침에 훈련된 병졸들이 일사불란하게 움직였다. 그들의 손에는 이제 익숙한 낭선이 들려 있었다.

정봉수가 이끄는 병사들이 마을에 도착했을 때는 이미 왜구들이 약탈하고 돌아가려는 참이었다. 십여 명의 왜구들은 노획물을 가득 실은 배에 오르려 하고 있었다. 그들의 칼에는 아직 마을 사람들의 피 냄새가 남아 있었다.

"왜놈들이다! 낭선 앞으로!"

정봉수가 말을 달리며 호령했다. 병졸들은 훈련받은 대로 낭선을 거세게 잡고 왜구들을 향해 달려들었다. 왜구들은 갑작스러운 조선 군사들의 등장에 당황한 기색을 감추지 못했다. 그들은 재빨리 칼을 뽑아 맞서려 했다.

왜놈들 앞에 펼쳐진 것은 처음 보는 기묘한 형태의 병기였다. 뾰족한 창날 뒤로 얼기설기 묶인 대나무 가지들은 털북숭이 짐승의 가시처럼 뻗어 있었다.

"저게 뭐냐!"

왜구의 우두머리가 당황한 목소리로 외쳤다. 그들은 낭선의 위협적인 외형에 쉽게 접근하지 못하고 머뭇거렸다. 그 틈을 타 정봉수가 재빠르게 말을 달려 왜구들의 선두로 파고들었다. 그의 칼날은 번개처럼 번쩍이며 대장쯤으로 보이는 자의 어깨를 베었다. 비명과 함께 왜구가 쓰러지자, 병졸들이 일제히 낭선으로 찔렀다.

낭선의 활용법은 단순했지만 효과적이었다. 얽힌 대나무 가지들은 왜구들의 칼을 막아냈다 쉽게 접근을 허용하지 않았다. 좁은 공간에서 칼을 휘두르기 어려워진 왜구들은 낭선의 뾰족한 잔가지에 찔리고 엉키면서 제대로 된 공격을 펼치지 못했다. 낭선의 긴 자루는 왜구들과의 거리를 유지하며 안전하게 싸울 수 있도록 해주었다.

정봉수는 몸소 낭선을 휘두르며 왜구들을 제압했다. 그는 낭선의 뾰족한 창으로 왜구의 가슴을 찌르기도 하고, 얽힌 가지를 이용하여 왜구의 발을 걸어 넘어뜨리기도 했다. 그의 숙련된 무예와 낭선의 독특한 방어력은 왜구들을 혼란에 빠뜨렸다.

"도대체 저게 뭐냐. 싸울 수가 없구나!"

왜구들은 속수무책으로 무너져 내렸다. 그들이 익숙하게 다루던 칼은 낭선의 촘촘한 방어망 앞에서 힘을 쓰지 못했다. 병졸들은 사또에게 배운 대로 낭선을 휘두르며 용감하게 싸웠다. 이전의 두려움 대신 자신감이 넘쳤다. 마침내 왜구들은 더 이상 버티지 못하고 도망치기 시작했다. 정봉수는 도망치는 왜구들을 추격하여 몇 명을 더 베었다. 살아남은 자들은 혼비백산하여 뱃길로 미친 듯이 달아났다. 싸움이 끝나자, 마을 사람들은 환호성을 질렀다.

"오늘 낭선의 위력을 보았을 것이다. 앞으로 낭선을 더욱 숙련하여 어떤 적의 침입에도 단단하게 맞설 수 있도록 훈련에 매진해야 할 것이다."

정봉수의 말에 병졸들은 더욱 강하게 낭선을 움켜쥐었다.

영산현에 처음 등장한 낭선은 그렇게 왜구의 침략을 막아내는 데 공을 더했다. 정봉수는 한편으로 고향 철산을 잊지 않았다. 그는 낙동강에서 마른 대나무를 배에 실어 고향 철산으로 보냈다. 동생 정기수에게 보관하라는 편지도 함께 보냈다.

"마른 대나무를 보내니 잘 보관하시게. 이 대나무는 좋은 병기가 될 것이네. 혹시 궂은일이 생기면 쓸 것이니 가볍게 여기지 말고 창고에 잘 두시게. 굵은 나무를 가로로 놓고 그 위에 두거나, 새끼줄에 묶어 천장에 매달아 두는 것도 좋은 방법이네.

그리고 대나무 개수만큼 모를 만들어 끼워두시게. 아우님이 알아서 잘하리라 믿네. 이만 줄이네."

북방의 오랑캐 침입이 잦은 고향 철산의 안위가 정봉수의 마음속에 늘 자리 잡고 있었다. 영산현의 풍부한 대나무를 활용하면 훗날 고향을 지키는 데 쓸모가 있으리라 생각했다.

언젠가 동생과 나눈 대회가 떠올랐다.

"후금은 감히 우리를 넘보지 못할 것입니다, 형님. 명나라가 있는데 어찌 감히 침공하겠습니까."

"나라가 약해지면 적은 문을 두드리지 않네. 담장을 넘어 들어오지."

정봉수는 눈을 감았다.

4. 칼춤

철산은 압록강만 건너면 오랑캐 땅이었다. 눈 감으면 잡힐 듯 가까운 곳. 늙은 부모님과 동생, 그리고 사랑하는 처자가 그곳에 있었다. 임지가 멀리 떨어져 쉽게 갈 수 없었다. '까마귀도 고향 까마귀가 반갑다'라는 속담처럼, 그의 마음은 늘 고향에 가 있었다.

정봉수는 늙은 부모를 아내 수안 계씨에게 맡기고 먼 타향에 나와 있는 것이 늘 미안하고 안쓰러웠다. 아내에게 해줄 수 있는 일도 없다는 무력감에 마음이 무거웠다.

그래서 그는 마음을 담아 가끔 편지를 보냈다.

"임자, 늙으신 부모님을 임자에게 맡기고 천 리 타향에 나와 있자니 마음이 무겁소. 하지만 조선의 관리로서 위로는 임금의 뜻을 받들고, 아래로는 백성들의 어려움을 살펴야 하니 어쩔 도리가 없구려. 머지않아 고향으로 돌아갈 날이 오면, 뒤도 돌아보지 않고 부모님과 임자가 있는 그곳으로 돌아가리다."

정봉수는 아내 수안 계씨의 내조 덕분에 직무에 어려움 없이 전념할 수 있었다. 가족이라는 든든한 버팀목이 그에게 힘든 타향살이를 견뎌낼 용기를 주었다.

정봉수가 영산 현감으로 부임한 이듬해였다. 고향집 하인이 영산까지

2천 리나 되는 길을 걸어 찾아왔다. 그의 몰골은 말이 아니었다. 두 눈은 움푹 들어가 있었다. 광대뼈는 튀어나왔으며, 깊게 파인 주름이 고단함을 말해주었다. 날씨가 춥지 않은 것이 다행이었다. 발에는 물집이 잡혔고 짚신은 발가락이 툭 불거져 나와 있었다. 광목옷은 때에 절어 검은색인지 흰색인지 구별이 안 될 정도였다. 그러나 정봉수는 단번에 그를 알아보았다.

"이게, 돌식이 아니냐! 네가 이 먼 곳에 어인 일이냐?"

정봉수는 그를 덥석 끌어안았다. 하인의 몸에서는 고된 여정의 땀 냄새와 흙먼지 냄새가 났지만, 정봉수에게는 그리운 고향의 냄새였다.

"나리… 고향 철산에 계시는 영감마님께서 몹시 편찮으셔서 소인이 찾아왔습니다."

돌식이는 품에서 헤지고 낡은 편지를 꺼냈다. 동생 정기수가 보낸 글이었다. 편지를 받아 든 정봉수의 손이 미세하게 떨렸다.

"형님, 아버님께서 몹시 편찮으셔서 급히 전갈을 보냅니다. 매우 다급한 일이 없다면 한번 다녀가시길 바랍니다. 아우 정기수."

정봉수는 그 자리에 주저앉았다. 다리에 힘이 풀렸다. 아버지의 위독 소식에 아무 생각도 떠오르지 않았다. 아버지는 그의 희망이자 든든한 큰 버팀목이었다. 어려울 때면 언제든 기댈 수 있는 믿음직한 존재였다. 그런 아버지에게 무슨 일이 생긴 것인지 알 수 없었다. 아무것도 손에 잡히지 않았다. 그의 마음은 불안감과 초조함으로 가득 찼다. 정봉수는 서둘러 상부에 휴가계를 냈다. 마음이 급했다. 그는 지체할 시간이 없었다. 정봉수는 말을 한 필 더 구해 하인을 데리고 고향 평안도 철산으로 밤낮없이 달려갔다.

영산에서 철산은 2천 리가 넘는 길이었다. 말 그대로 땅의 끝과 끝이나 다름없었다. 며칠 밤낮을 달리고 또 달렸다. 말을 타고 달려도 먼 길이었다. 새우잠을 자고 눈만 뜨면 다시 고삐를 잡았다. 지친 몸으로 마침내 고향집에 도착했을 때, 그의 몰골은 하인 돌식이와 다를 바 없이 엉망이었다. 수염이 덥수룩하게 자랐고, 옷은 흙먼지로 더럽혀져 있었다. 땀에 찌든 몰골이 초라했다.

"아버님… 소자가 돌아왔습니다."

아버지는 이불 속에 누워 눈을 감고 있었다. 정봉수는 아버지의 야윈 손을 잡고 애타게 불렀다. 아버지는 의식을 차리지 못했다. 정봉수는 자신이 멀리 있어 아비를 봉양하지 못했다는 자책감에 시달렸다. 눈에서는 뜨거운 눈물이 흘러내렸다.

그의 지극한 정성 덕분이었을까, 얼마 지나지 않아 아비는 희미하게 눈을 뜨며 의식을 되찾았다.

아버지는 많은 이야기를 해주었다. 그가 장군 출신이었으므로 무관의 삶에 관한 이야기들이 많았다.

아비는 늘 입버릇처럼 말했다.

"성은 돌로 쌓지만, 나라를 지키는 것은 사람의 마음이다. 사람이 무너지면 성도 무너진다."

정봉수는 그것이 아비의 철학이라고 믿었다.

그러나 인생은 유한한 것, 예로부터 왔다가 가지 않는 자는 없었다. 그가 철산에 돌아간 지 5년 뒤, 아버지는 마침내 평화롭게 세상을 떠났다.

그의 아버지 정양년은 정삼품 절충장군 충무위부사과를 지낸 인물이었다. 철산에서는 그 정도 벼슬에 오른 사람이 드물었다. 정봉수는 같은 무반으로서 아버지를 깊이 존경했다. 아버지가 돌아가신 후, 정봉수는 3년 동안 아버지 묘 옆에 움막을 짓고 시묘살이[11]를 했다. 매일 아침

---

11)　시묘살이: 부모가 돌아가신 뒤 무덤 옆에 움막을 짓고 일정기간 살며 효를 다하는 것, 보통 27개월 정도 실시했다.

저녁으로 문안을 드리고 정성껏 음식을 올렸다. 아버지에 대한 사무치는 그리움에 목 놓아 울었다. 3년이라는 시간은 그의 슬픔을 달래기에는 너무나 짧았다. 삼을 마쳤음에도 아버지 묘를 떠나지 못했다. 관직에 복귀하지도 않았다. 그의 마음은 아버지가 없는 상실감에 갇혀 있었다. 아랫사람들도 그런 정봉수를 보며 안타까운 마음에 수군거렸다.

아버지를 잃은 사무치는 슬픔 속에, 정봉수는 아비의 묘가 있는 산을 떠나지 않았다. 그는 슬픔을 삭이는 대신, 그 에너지를 자신을 단련하는 데 쏟아부었다. 처음에는 시묘살이로 쇠약해진 탓에 산을 뛰는 것조차 고통스러웠다. 발걸음마다 폐가 찢어지는 고통이 뒤따랐다. 봉우리를 오르내리고, 얼음장 같은 계곡물에 몸을 씻었다. 수년간 혹독한 훈련에 몰두했다. 마침내 그는 산을 평지처럼 달릴 만큼 강인한 체력을 얻었다. 그의 숨결은 깊고 고요했다. 그의 발걸음은 깃털처럼 가벼웠다. 산을 날쌔게 뛰어다녔다. 평지를 유유히 거닐었다.

이 고된 과정에서 정봉수는 칼에 대한 심오한 깨달음을 얻었다.

칼은 단순히 힘으로 휘두르는 흉기가 아니었다. 그것은 오랜 세월을 담아 연마하는 무예였다. 나아가 춤과 노래, 그리고 생명에 대한 깊은 이해였다. 그의 마음속에서 칼은 더 이상 차가운 강철이 아니라 살아있는 예술이 되어갔다. 나른한 봄날의 햇살처럼 온몸의 힘을 완전히 빼야 비로소 칼은 명쾌해졌다. 바람에 흔들리는 버드나무 가지처럼 유연하게 움직이다가, 어느 순간 강하게 휘몰아치는 것이 바로 칼의 진정한 힘이었다. 얇은 회초리가 불을 베듯, 칼은 휘어짐과 부드러움 속에 춤추는 예술이었다.

칼은 단지 담금질한 강철 덩어리가 아니었다. 베고 써는 단순한 도구가 아니었다. 그것은 저급한 차원의 이해였다. 칼은 사용하는 자의 마음이었다. 살아있는 존재의 고통을 최소화하며 생을 끊는 방편이었다. 죽임과 동시에 사랑이었다. 고통을 줄여 현생을 끝내는 최선의 도구였다. 이러한 깨달음을 현실로 구현하는 것이 바로 무예였다. 그의 검 끝에는 단순한 살기를 넘어선 고귀한 정신이 깃들었다.

무예의 첫 단계는 칼의 속도였다. 바람을 가르는 순간적인 움직임. 억지로 힘을 쓰거나 완력으로 하는 것이 아니었다. 부드러운 손목과 몸의 조화가 필수였다. 온몸의 힘을 빼고 물결처럼 유연하게 칼의 길을 따라야 했다. 처음에는 절제와 직선을 추구했다. 빠르게 베고 멈추고 칼을 거두는 속도에 집중했다. 하지만 시간이 흐르면서 직선만이 전부가 아님을 깨달았다. 절제와 자유로움 속에 진정한 무예가 있었다.

절제는 직선을 요구했다. 자유로움은 곡선을 갈망했다. 직선과 곡선의 조화. 그것이 무예의 궁극적인 목표였다. 수직으로 베는 것보다 사선이 어려웠다. 사선보다 곡선이 더 어려웠다. 빗겨 치면서 휘두르고, 휘두르면서 빗겨 치는 것이 진정한 무예였다. 그의 칼은 이제 예측 불가능한 궤적을 그리며 허공을 갈랐다.

무예는 붓글씨와 같았다. 선비들이 붓의 강약으로 정신을 표현하듯, 무사는 칼의 강약으로 마음의 세계를 그렸다. 붓글씨처럼 칼도 느림과 빠름의 조화 속에서 완성됨을 깨달았다. 무조건 빨라야 하는 것도, 무조건 느려야 하는 것도 아니었다. 빠르게 지나치다 어느 순간 느리게 흐르는 것이 자연의 이치였다. 좁은 돌 사이를 흐르는 물은 빠르지만, 넓은 강에서는 느리게 흐르는 것과 같았다. 문인의 그림과 글씨, 무사의 칼 흐름이 모두 그러했다. 칼이 붓이고, 붓이 칼이었다. 문사에게 붓이 칼이라면, 무사에게 칼은 붓이었다. 서도와 서법이 있듯, 검도와 검법이 있었다. 바람처럼 부드럽게, 얼음처럼 차갑게, 불처럼 뜨겁게 움직이는 것이 무예였다. 무용수가 뒤꿈치를 들고 손끝에 매달린 비단을 바람에 날리듯 칼이 춤추는 것이 무예의 절정이었다.

칼이 춤을 춰야 했다. 사람이 춤추는 것이 아니었다. 사람은 칼이 춤추도록 이끄는 존재이자 조력자였다. 이보다 더 큰 힘은 침묵이었다. 칼의 힘보다 더 강력한 것이 침묵이었다. 말없이 시간 속에 고요히 흐르는 침묵, 모든 것의 영혼이 깃든 침묵, 그것은 어둠과 같았다. 그렇게 세월이 흘러갔다.

어느 날이었다. 아늑한 밤, 달빛도 없는 칠흑 같은 어둠 속에서 정봉수는 늘 그러했듯이 산을 뛰어오르고 있었다. 그의 발은 소리 없이 땅을 밟았다. 그의 숨소리조차 들리지 않았다.

숲의 가장 깊은 곳, 우람한 노송 아래에서 섬광 같은 움직임이 그의 시야에 들어왔다. 거대한 몸집의 호랑이였다. 산군의 위엄이 느껴지는 호랑이는 그림자처럼 유연하게 움직이며 밤의 숲을 지배하고 있었다. 정봉수는 숨을 죽였다. 그는 겉으로 평온했지만, 온몸의 신경은 팽팽하게 곤두섰다. 그는 호랑이의 움직임을 눈으로 좇았다. 호랑이는 한참을 움직이더니, 갑자기 몸을 낮추고 숲속의 작은 짐승을 향해 맹렬하게 돌진했다. 그 폭발적인 힘과 속도, 그리고 먹이를 향한 집념은 정봉수에게 짙은 인상을 남겼다.

호랑이가 사냥을 마친 후, 정봉수는 느릿느릿 몸을 일으켰다. 그는 호랑이에게 조용히 다가갔다. 호랑이는 정봉수의 존재를 알아차린 듯 고개를 돌렸다. 밤하늘을 가르는 예민한 시선으로 그를 응시했다. 정봉수는 칼을 뽑아 들었다. 그러나 그것은 공격을 위한 것이 아니었다. 그는 칼끝을 하늘로 향하게 한 채, 호랑이 앞에서 자신이 수련해 온 칼춤을 추기 시작했다.

그의 칼은 바람처럼 유연했다. 물결처럼 흐르다가, 번개처럼 빠르게 허공을 갈랐다. 때로는 고요한 호수처럼 정지했다. 때로는 폭풍처럼 휘몰아쳤다. 칼날이 허공을 가를 때마다 달빛이 없던 밤하늘에도 섬광이 터져 나왔다.

호랑이는 눈을 떼지 못하고 정봉수의 칼춤을 응시했다. 그의 춤 속에는 삶과 죽음, 자연의 이치, 그리고 생명에 대한 존중이 녹아 있었다. 칼춤이 끝난 후, 호랑이는 신기하게도 정봉수에게 어떠한 위협도 가하지 않았다. 오히려 고개를 끄덕이는 움직임을 보였다. 이어 유유히 숲속으로 사라졌다. 정봉수는 그 자리에 한참을 서 있었다.

영물과의 만남은 그에게 칼의 본질에 대한 더욱 심오한 깨달음을 주었다. 칼은 단지 죽이는 도구가 아니라, 생명을 존중하고 이해하는 매개체가 될 수 있음을 그는 몸소 경험했다. 이후 사람들은 그를 철산의 호랑이라 불렀다. 그는 날렵하고, 대담하게 무예로 세월을 보내며 병법을 익혔다. 그의 몸과 마음, 그리고 칼은 완전한 조화를 이루며 하나의 존재가 되어가고 있었다.

5. 《기효신서》의 밤

정봉수의 눈을 새롭게 뜨게 한 것은 다름 아닌 한 권의 병서였다. 임진왜란 당시, 의주로 피난했던 선조를 호위하던 무사 시절이었다. 온갖 어려움 속에서 마침내 손에 넣게 된 보물이 있었다. 바로 《기효신서》였다.

처음 그 책을 접했을 때, 그의 가슴은 격렬하게 두근거려 숨도 쉬지 못했다. 온몸의 피가 역류하는 전율을 느꼈다. 그의 눈은 희망과 놀라움으로 가득 찼다. 그는 몇 번이고 깊은 심호흡을 하고 나서야 겨우 떨리는 손으로 책장을 넘길 수 있었다. 책의 내용은 충격 그 자체였다. 볼수록 신기하고 놀라워서, 세상에 이런 책이 존재한다는 사실이 믿기지 않았다. 기존에 자신이 알고 있던 무예와 병법의 상식을 송두리째 뒤흔드는 충격이었다. 이 책이야말로 혼란에 빠진 조선을 구할 지혜가 깃들어 있다는 확신이 그의 뇌리에 번개처럼 스쳤다.

그는 밤을 새워 책을 읽고 또 읽었다. 한 글자도 놓치지 않으려고 꼼꼼히 읽었다. 중요한 구절은 신중하게 베껴 썼다. 서툰 솜씨였지만, 그림까지도 하나하나 따라 그렸다. 그의 손은 붓과 먹으로 얼룩졌다. 피곤함도 느끼지 않았다. 책장이 너덜거릴 때까지 읽고 또 읽기를 반복했다. 헤지고 낡아가는 책장은 풀을 발라 한지로 덧대어 말렸다. 그렇게 여러 번, 이 귀한 병서가 닳아 없어지지 않도록 정성을 다했다. 그는 지식에 대한 갈증과 새로운 무예에 대한 열정으로 이글거렸다. 그가 그토록 소중히 여기며 베껴 쓴 병법서《기효신서》는 임진왜란 초기에 조선에 들어온 귀한 책이었다.

명나라의 명장이자 전략가인 척계광이 왜구에 맞서 싸우며 직접 경험하고 정리한 실전 병법서였다. 왜적과의 싸움에 절실했던 조선의 무관들에게는 가뭄의 단비와 같은 존재였다. 정봉수는 이 책을 통해 조선 무예의 한계를 뛰어넘고, 백성을 지킬 새로운 힘을 얻을 수 있을 것이라 직감했다.

임진년 이듬해인 1593년 겨울이었다.

선조는 임진왜란을 피해 의주로 갔다. 그는 명나라에 망명을 고려하고 있었다. 암담한 나날이 이어졌다. 명나라 대장 이여송이, 왜군이 점령한 평양성을 함락시켰다. 왜적을 남쪽으로 밀어냈다는 희소식을 전했다. 이는 선조에게 한 줄기 빛과 같았다. 선조는 감사의 마음을 전하고 싶었다. 명군이 더욱 힘차게 남쪽으로 진격하도록 격려하기 위해 이여송을 의주 인산관에 초대했다.

전쟁 중이라 연회장은 간소하게 꾸며졌다. 은은하게 풍악이 울리고, 의주 기생들이 한자리에 모였다. 가야금은 애절하게 울었다. 해금은 피를 토하는 듯 애련한 선율로 심금을 울렸다. 장구는 흥을 돋우려 했지만, 전란 중이라 흥취가 덜했다. 최소한의 분위기만 연출하며 여흥을 즐기기에 알맞게 기악이 울렸다. 술자리에 노래가 빠질 수 없었다. 흥겨운 경기민요를 부를 분위기는 아니었다. 잔잔하고 애끓는 북청민요가 가라앉은 분위기를 조용하게 깨웠다. 노래하는 이들은 왕을 따라 한양에서 의주까지 온 악공들이었다.

의주 기생들은 유난히 아름다웠다. 의주는 명나라와 물류 교역이 활발한 곳이라 자연히 많은 상인이 모여들었다. 돈이 넘쳐났다. 경제적으로 풍족하니 여색을 탐하는 이들이 많았다. 조선 팔도에서 빼어난 기생들이 의주에 모였다. 사신 접대와 명나라로 가는 사절단이 머물며 마음을 달래는 곳도 의주였다. 젊은 양반들과 기생들이 사랑에 빠져 애태우는 곳 역시 의주였다. 소위 '물 좋은 곳'이었다. 선조가 베푸는 주연이라 더욱 아름다운 기생들이 모였다. 둘러봐도 향기로운 꽃밭이었다. 술자리의 분위기는 묘하게 달랐다. 화려함 속에서도 전쟁의 그림자가 드리워져 있었다.

선조는 촛불 아래 푸짐한 음식을 차려 놓고 좋은 술로 이여송을 위로했다. 왕은 감사의 마음을 담아 진심으로 술을 권했다. 그럴 때마다 이여송 옆에 앉은 기생들은 갖은 교태를 부리며 술을 따랐다. 값싼 웃음이 묘한 분위기를 띄웠다.

이여송은 명나라 관원처럼 푸른 관복을 입고 있었다. 이 자리의 주인은 조선의 임금인 선조였다. 기생들은 입을 가리며 조심스러워했다. 함부로 입을 놀렸다가는 순식간에 사라질 수도 있는 엄혹한 자리였다. 술자리가 무르익을 즈음이었다. 선조는 손을 들어 손가락을 부드럽게 두어 번 밀어내는 시늉을 했다. 기생들은 그 의미를 알아차린 듯 즉시 자리에서 일어나 뒷걸음으로 물러났다. 이제 둘만 남았다. 어둠이 사방을 감쌌다. 촛불만이 그들의 모습을 비쳤다. 범상치 않은 두 사내의 얼굴이 어둠 속에서 빛났다.

선조는 이여송보다 3살 아래였다. 기름기가 번들거리는 이여송이 더 젊어 보였다. 푸른 관복과 관모는 유난히 권위적이었다. 반면 오랜 피난 생활에 지친 선조의 듯안은 초췌했다. 기름기 하나 없이 메말라 보였다. 하지만 왕으로서의 위엄은 여전히 살아 있었다.

"대장군, 그대 덕분에 이 나라가 온전히 보존된 것이오. 그 은혜를 어찌 갚아야 할지 모르겠소이다."

왕은 술기운이 오른 이여송을 바라보며 정중하게 말했다. 그의 말은 진심이었다. 이여송이 명나라 황제의 명을 받아 원정하지 않았다면, 조선은 이미 의주까지 왜군에게 짓밟혔을 것이다. 돌이켜보면 끔찍한 일이었다. 의주까지 피난 온 것도 모자라 압록강을 건너 명나라로 도망쳤을지도 모를 일이었다. 생각만 해도 부끄럽고 고통스러웠다.

이여송은 부리부리한 눈을 끔벅이며 고개를 숙였다. 그의 검은 얼굴빛은 술기운 때문인지 본래 피부색인지 알 수 없었다. 툭 튀어나온 광대뼈와 턱으로 이어지는 굵은 수염이 강렬한 인상을 심어주었다. 치켜 올라간 눈꼬리가 매서웠다.

"대명 황제 폐하의 황명을 받들어 싸웠습니다. 평양성을 되찾아서 다행입니다. 이 또한 황제 폐하의 은덕입니다."

그는 술을 마시면서도 굳이 명 황제를 언급했다. 충성심을 과시하듯 말끝마다 황제 타령이었다.

선조는 그의 태도가 불편했지만, 나라의 안위가 달린 문제였기에 참을 수밖에 없었다. 미묘한 불쾌감과 절박함이 뒤섞여 있었다.

밤은 깊어지고 술기운이 방 안에 가득 찼다. 귀한 술의 은은하고 향긋한 냄새가 감돌았다. 문틈으로 새어드는 바람결에 술향기는 꽃처럼 피어났다. 술잔이 오가고 분위기는 점차 부드러워졌다.

선조는 입맛을 다시며 이여송에게 물었다.

"대장군, 대명 군사들은 어찌하여 그리 용맹하오? 왜놈들이 대명 군사들 앞에서 맥을 추지 못했다 들었소이다."

"대명 병사들에게는 특별한 비책이 있지요."

"비책이라니요?"

선조의 눈이 반짝였다.

"절강병법이라고…"

"절강병법은 또 무엇이오, 그 병법이 어떠하기에 육전[12]에서 그리 뛰어난 것이오?"

선조는 그 비결이 궁금했다. 그는 내심 간절했다.

"절강성 도독이었던 척계광 대장군이 만든 병법이지요. 《기효신서》라고…."

이여송은 자랑스럽게 말했다.

예로부터 중국은 넓은 땅만큼 다양한 병법이 발전했다. 넓은 평원에서의 병법은 기병전을 중심으로 했다. 산악 지역에서는 산을 이용한 병법이 발달했다. 해안가에서는 왜구와의 싸움을 대비한 병법이 있었다. 척계광의 《기효신서》는 중국 남방 절강성의 육전을 중심으로 한 병법이었다.

"참으로 대단하구려. 《기효신서》라고 하셨소이까, 그렇다면 조선에 온 대명 군사들이 절강병법으로 무장된 이들이라고 봐도 되겠오?"

선조는 고개를 빼고 그의 말에 귀 기울였다.

"그렇소이다. 《기효신서》는 매우 중요한 병법 서책이라 대명에서는 함부로 내돌리지 않소이다."

선조는 무릎을 치며 감탄했다.

명나라가 대군을 보냈다는 보고만 받았다. 그들이 왜구와 싸운 경험이 있는 남방 병사들이라는 것도 처음 들었다. 놀라운 계책이었다. 왕은 모든 것이 부러웠다. 조선군은 육전에서 왜군에게 연이어 패배하고 있었다.

"대장군, 내 청이 하나 있소이다."

선조는 조용히 목소리를 낮추며 술을 권했다. 빈 잔을 그의 손에 들려주고 술을 가득 따랐다.

---

12)　육전: 육상에서 펼쳐지는 전투.

"대왕께서 무슨 청이 있다는 말씀이시오이까?"

"《기효신서》를 한 권만 구해 주시오. 그 은혜는 잊지 않겠소이다."

선조는 간절하게 당부했다.

이여송의 대답은 단호했다. 그는 술잔을 내려놓으며 차갑게 말을 잘랐다.

"그것은 군사 기밀이라 절대 밖으로 내돌릴 수 없는 서책이외다. 당연히 조선에 드릴 수 없지요."

그가 얼음 같은 말을 내뱉자, 방 안에 감돌던 온기는 한순간에 얼어붙었다. 이여송은 미간을 찌푸리며 몸을 물렸다. 조금 전까지 온화했던 기운이 자취를 감추었다.

선조는 말끝을 잇지 못한 채 잠시 머뭇거렸다.

조선에서 임금의 뜻을 거스르는 일은 곧 목숨을 내놓는 것과 다름이 없었다. 하나 명의 대장군 앞에서는 그 위엄조차 힘을 잃었다. 그의 시선 끝에 실망과 쓸쓸함이 엇갈려 스쳤다.

명나라 군세는 왜군과 맞붙는 육전마다 눈에 띄는 전과를 쌓아 올렸다. 그 정점이 평양성이었다. 그 싸움은 명군의 위세를 숨김없이 드러내며 천하에 각인시켰다.

명나라는 왜군의 이질적인 전술을 세밀히 해부한 끝에, 조선에 남방의 정예 병력을 보냈다. 이여송의 말처럼, 그들은 왜구와의 전투를 염두에 두고 단련된 병사들이었다. 절강의 전장 경험과 전법을 몸에 익힌 이들이었다.

'절강병법'이라는 말이 선조의 머릿속을 떠나지 않았다. 술기운에 기억은 흐릿해졌으나, 《기효신서》라는 서책 명만큼은 또렷하게 남았다. 조선 군세를 바로 세울 방법, 그토록 찾고 있던 해답이 그 안에 담겨 있음을 본능처럼 느꼈다.

이여송과의 술자리가 끝나자마자 늦은 밤, 영의정 류성룡을 침소로 불렀다.

"영상, 어떻게든 《기효신서》라는 책을 구하라. 조선의 군사력을 강화하는 데 이보다 좋은 방법이 없다."

왕의 밀명을 받은 류성룡은 책을 구하기 위해 모든 방법을 강구했다. 명나라에 가는 사신들에게도 《기효신서》를 구해 오라 밀명을 내렸다. 그의 마음은 조급했다. 겉으로는 침착함을 유지하려 애썼다. 그러나 달포를 기다려도 소식은 감감했다. 《기효신서》에 대한 보안이 너무 철저하여 좀처럼 구하지 못했다. 낡은 책이라도 볼 수 있는 곳은 다 뒤졌지만, 어디에도 없었다. 이여송의 '군사 기밀'이라는 말이 거짓이 아니었다. 따로 사람을 보냈지만 허사였다. 류성룡은 다방면으로 수소문했지만, 별다른 소득이 없어 초조함이 깊어졌다. 하지만 길이 없는 것은 아니었다. '마음을 두는 곳에 기회가 생기는 법'이라 했다. 류성룡은 조선에 와 있던 명나라 군부 수뇌들 가운데 《기효신서》를 알 만한 사람들에게 사람을 붙였다. 극비리에 이 일을 맡은 이들은 조선의 상단이었다. 그들의 임무는 돈과 미색으로 명나라 장수들의 입을 여는 것이었다. 조선 상단은 저녁마다 그들을 불러내 의주 인산관에서 술을 사고 기방을 드나들게 했다.

인산은 의주의 옛 지명으로, 조선에서 명나라로 갈 때 사신들이 쉬어 가는 곳이었다. 명나라에서 조선으로 올 때도 그곳에서 여정을 풀었다. 서북 지방 최고의 미인들이 인산관에 모여 있었다. 하급 기생들은 감히 넘볼 수도 없는, 조선 최고의 기방이었다.

인산관에 단향이라는 여인이 있었다. 앙증맞은 키와 가녀린 몸매가 물 찬 제비보다 아름다웠다. 바람만 불어도 가는 허리가 버들가지처럼 낭창거렸다. 붉은 입술은 한 떨기 꽃잎 같았다. 다홍치마를 왼손으로 잡고 손톱을 물며 다소곳이 돌아서면, 그 어떤 사내도 무너지지 않을 수 없었다. 그녀의 눈망울은 깊고 그윽했다. 그녀의 몸짓 하나하나에는 뭇 사내들의 혼을 빼놓는 교태가 서려 있었다.

상단은 그 기생을, 《기효신서》를 알고 있을 법한 명나라 장수에게 붙였다. 장수는 단향의 아름다움과 교태에 이미 정신을 빼앗긴 상태였다.

단향은 고운 손가락으로 안주를 집어 장수의 입에 넣어주었다. 그녀의 손길이 닿을 때마다 넙죽넙죽 받아먹었다. 술잔도 정신없이 기울였다. 그의 볼은 홍조를 띠었고, 눈은 이미 풀려 있었다.

명나라 장수는 단향의 달콤한 속삭임과 부드러운 허리, 앵두 같은 입술의 아양에 완전히 정신을 놓을 지경이었다. 술과 미색에 잠식당하고 있었다. 입은 이제 막 지켜야 할 비밀을 술술 내뱉을 준비를 하고 있었다. 단향의 눈은 미소 짓고 있었지만 왕의 밀명을 수행해야 하는 조선의 기녀로서의 냉철함이 빛나고 있었다.

"이 좋은 밤에 취한들 어떠하겠소. 강물 흐르듯 세월도 가는 것을. 청춘이 다 가기 전에, 아늑한 밤이 새기 전에, 임과 함께 댓잎에 누워, 하늘의 별을 셀 수 있다면, 무엇이 더 부럽겠소."

단향은 달콤한 시를 읊조리며 명나라 장수의 귓가에 조용히 속삭였다. 그녀의 목소리는 비단처럼 부드럽고, 그 속삭임은 꿀처럼 달콤했다.

"아, 그렇군. 살면서 너처럼 풍류와 멋, 기품을 아는 이는 처음 보았다. 네가 원하는 것이 있다면 무엇이든 다 주고 싶구나."

"정말, 정말 그럴 것이오니까?"

단향은 애교스럽게 되물으며 그의 마음을 더욱 들뜨게 했다. 그녀의 눈은 순진한 듯 반짝였지만, 그 속에는 계산된 목적이 번뜩였다.

"그럼, 하늘의 별이라도 따다 주지."

장수는 너털웃음을 웃으며 그녀의 품에 안겼다. 그는 자신이 얼마나 어리석은 약속을 하고 있는지 전혀 알지 못했다.

그와 단향은 기방에서 살림을 차리다시피 매일 밤을 함께했다. 밤마다 태산이 무너지고 바다가 춤을 추는 열정이 오고 갔다. 높던 바위산은 하룻밤 새 벌판이 되고, 마른 들녘은 홍수에 밤을 지새웠다. 산토끼는 골골마다 굴을 뚫었다. 물길은 지날 때마다 산사태를 일으켰다. 여름밤은 그렇게 인산관 추녀 아래서 몽롱하게 밝았다. 단향은 장수의 마음을 완전히 사로잡았다. 그는 그녀의 작은 손짓 하나에도 좌지우지되었다.

"낭군님, 청이 하나 있는데…"

어느 날 밤, 단향이 옷고름을 물고 조용하게 말했다. 이제껏 들려주지 않았던 미묘한 주저함이 그녀의 목소리 속에 섞여 있었다.

"청이라니?"

장수는 취한 듯 멍한 눈으로 그녀를 바라봤다. 단향의 작은 청이라면 무엇이든 들어줄 기세였다.

"하나뿐인 오라비가 꼭 구하고 싶어 하는 책이 있는데, 그걸 구해 줄 수 없을까?"

그녀는 애교스러운 표정으로 옷고름을 손가락에 돌돌 말며 말했다. 그녀의 손가락 끝은 그의 몸을 간질이는 듯했다.

"책이라니. 흔한 것이 책인데 말해보거라. 당장 구해다 주지. 그 책이 무엇이냐?"

장수는 호기롭게 말했다.

"《기효신서》라고…"

그녀의 말에 명나라 장수는 입을 다물었다. 그의 훤한 이마에서 핏기가 가시는 듯했다. 술기운에 흐려졌던 정신이 번쩍 드는 모습이었다. 그 책이 어떤 의미를 가지는지 잘 알고 있었다.

"싫으면 말고…"

단향은 토라진 듯 어깨를 돌렸다. 실망감이 눈꼬리에 스치는 듯했지만, 이는 완벽한 연기였다.

"《기효신서》라?"

　장수는 난처한 표정을 지었다.

　단향은 다시 애교를 부리며 간지럽게 그에게 다가갔다. 그녀의 몸에서 풍기는 향기는 그의 이성을 더욱 마비시켰다. 결국 장수는 고개를 끄덕였다.

　"알겠다. 그런데 이건 절대 비밀로 해야 한다. 알겠느냐?"

　체념과 어쩔 수 없다는 푸념이 섞여 있었다.

　"그럼. 당신과 나만 아는 거지요. 누구에게 말하겠어요."

　단향은 쾌재를 불렀지만, 겉으로는 아무렇지 않은 듯 고개를 끄덕였다. 그렇게 긴 밤을 보낸 장수는 다음 날, 자기 속옷 깊숙이 책을 품고 나왔다. 그는 책을 보자기에 싸서 늦은 밤 단향에게 건넸다. 불안감과 사랑하는 여인의 소원을 들어줬다는 만족감이 뒤섞여 있었다.

　"당신이 최고야."

　단향은 활짝 웃으며 그에게 말했다. 그녀는 그에게 술상을 차리고 향긋한 냄새를 풍겼다. 그녀의 미소는 장수에게는 세상 무엇과도 바꿀 수 없는 행복이었다. 단향에게는 성공적인 임무 완수의 대가였다.

　보자기에 싸인 《기효신서》는 조선 상단을 거쳐 류성룡의 손에 마침내 들어갔다. 류성룡은 왕에게 어명이 이루어졌음을 아뢰었다. 그리고 사랑에 혼자 앉아 어렵게 구한 《기효신서》를 펼쳐보았다. 오랜 기다림 끝에 얻은 귀한 책이라 마음이 설렜다. 그는 밤늦도록 불을 밝히고 책을 읽었다. 하지만 이해하기 어려운 부분이 많았다. 군사들의 움직임을 글로 적은 것이라, 실제 행동을 보지 않고는 알 수 없었다. 글은 이해했지만, 행동을 짐작하기는 어려웠다. 새로운 문제에 직면한 그에게 깊숙한 고뇌가 드리워졌다.

　류성룡은 곧바로 조선 상단의 우두머리인 대방을 불러들였다. 그는 조선 상단을 이끄는 총책임자였다. 거상들의 모임을 총괄하며 조선 전체 물류 흐름을 실질적으로 조정하는 막강한 인물이었다. 그는 왜란을 피해 의주에 머물고 있었다.

"영상 대감께서 어찌 저 같은 미천한 놈을 불러주시옵니까?"

상단 대방은 몸을 낮추며 겸손하게 말했다. 영의정이 자신을 부른 것에 대한 긴장감이 녹아 있었다.

"이번 국사에 그대들의 공이 크네. 긴히 그대와 상의할 일이 있어 불렀네."

류성룡은 수염을 쓸어내리며 조용히 말했다.

상단 대방은 엎드려 거리를 조아렸다.

"그대들 도움으로 명나라 병법 서책《기효신서》를 얻었네. 하지만 읽어보니 행동을 기록한 것이라 도무지 이해하기 어려운 부분이 많고, 행동거지를 짐작하기 어렵네. 절강병법을 몸으로 익힌 자를 찾아 그 병법을 전수 하도록 도와주어야겠네."

류성룡은 대방의 손을 잡으며 간곡히 부탁했다.

"이는 조선의 사활이 걸린 문제이네. 장차 이 나라 군사력을 키울 중대한 일이니 함부로 발설하지 말고 일이 성사되도록 도와주어야 하네. 대왕께서 명하신 일이니 각별히 명심하게."

"예, 영상 대감. 분부 받자와 한 치의 소홀함 없이 방도를 찾겠사옵니다."

상단 대방은 비장한 마음으로 대답했지만, 막중한 임무에 대한 부담감이 마음 한쪽에 묵직하게 매달렸다. 그러면서도 나라를 위해 이바지한다는 자부심이 교차했다.

상단 대방은 물러나 부장인 도방에게 절강병법을 체득한 명나라 장수를 극비리에 찾도록 지시했다.

도방은 곧바로 상단을 풀어 그런 자를 찾아 나섰다. 얼마 지나지 않아 명나라 군부에서 한 장수를 찾았다. 상단은 그에게 상당한 금액을 지불하기로 했다. 그리고 무예와 병술에 밝은 한교[13]를 시켜 그 전법을 배우도록 했다. 한교는 밤낮으로 절강병법을 익히고 연구하며 몸소 체득했다. 그리고 이를 먼저 왕실 호위무사들에게 적용하여 훈련시켰다. 동시에 훈련도감에서 정예병을 뽑아 그들을 훈련했다.

정봉수는 이때 호위무사로 절강병법을 훈련받았다. 그 책을 직접 접하여 베껴 썼다. 그는 그 책을 보고 또 보았다. 그렇게 병법을 익히며 30여 년의 세월이 흘렀다. 정봉수는 나름대로《기효신서》의 절강병법을 재해석했다.

조선은 중국 동남부 절강성과 달랐다. 지형도 그렇고, 성의 형태, 전투 방식 모두 같지 않았다. 병사들의 구성과 연령대 등 유사점도 있었지만, 엄밀히 말하면 전혀 달랐다. 그래서 그는 절강병법을 개량하여 조선군에 최적화된 병법을 만들었다. 그것을 철산병법이라고 이름 붙였다. 그러다 보니 나름 병법에 자신감이 생겼다. 철산 일대에서는 그가 병법에 능하다는 것을 모르는 이가 없었다.

---

13) 한교: 1565-1627, 한명회의 5대손으로 의흥 현감을 지냄. 류성룡의 추천으로《기효신서》의 강해를 받았다.

Ⅱ.

무너지는 나라

6. 전쟁의 그림자

1627년 1월 12일. 설을 보내고 보름도 채 되지 않았다. 새해 벽두부터 몰아친 한파는 살을 에는 듯 매서웠다. 압록강에서 불어오는 바람은 볼을 찢었다. 스산한 달빛 아래, 강변의 갈대는 모질게 울었다. 그 소리는 고단한 민초들의 신음처럼 들렸다.

압록강 갈대는 키가 컸다. 사람이 그 속에 숨어도 보이지 않았다. 두 발은 족히 넘는 높이였다. 달빛 아래 일렁이는 갈대는 거대한 물결처럼 흔들렸다. 그 모습은 거친 세상 속에서 흔들리며 살아가는 민초들의 삶과 너무나도 닮아 있었다.

겨울은 만물이 숨을 고르는 때였다. 민초들은 추위를 피해 골방에 불을 지폈다. 투전판을 벌이거나 옥수수로 담은 술을 마시며 고단함을 녹였다. 북방의 모진 바람은 더욱 그들을 따뜻한 방 안으로 몰아넣었다. 저녁마다 주막에는 사내들이 모여 앉아 있었다.

"푼돈이라도 걸어보세. 그래야 재미있지 않겠나?"

사내가 투전 패를 만지작거리며 말했다.

"당연한 소리. 돈 안 걸고 무슨 재미로 하겠나?"

다른 사내가 맞장구쳤다. 서로의 처지를 너무나 잘 알기에, 그들은 그저 빤히 쳐다보며 빙긋 웃었다.

“올해는 운세가 어쩌려나. 자네가 한번 봐 보게.”

“이 사람아, 천기를 누설하면 단명일세. 나보고 일찍 죽으란 말인가?”

“그럴 수야 없지. 올 농사가 어떨지… 그 정도 발설했다고 천기누설이라면. 하늘님도 아니지. 안 그런가.”

서로 농담을 주고받았다. 고된 농사일과 함께 희미한 미래에 대한 불안감이 농담 속에 녹아 있었다.

사내가 입술을 오물거리며 육갑을 짚었다.

“올 3월 3일은 하늘이 사람 마음을 시험하는 날일세.”

“그게 무슨 말인가?”

“나도 모르이. 운세가 그리 나왔네.”

“이 사람 싱겁기는. 술이나 들세.”

“그럼세. 양반들은 기방이라도 가지만, 우리는 고린내 맡기도 어려우니 늙은 주모나 안아야지.”

사내들은 늙은 주모의 툭툭한 엉덩이를 장난스레 툭 쳤다. 소박한 유쾌함이 엿보였다.

“에구구, 못 하는 말이 없구먼. 누가 안기기라도 한대나. 돈도 없고 거시기도 시원찮아 쫓겨난 주제에….”

늙은 주모는 앞치마로 코를 닦으며 빈말을 받았다. 그녀의 푸념 속에는 거친 삶을 살아온 연륜과 넉넉함이 묻어있었다. 민초들은 그렇게 서로에게 농을 던지며 한 해의 고단함을 달랬다. 그날 밤도 다르지 않았다.

압록강변 민초들은 일찍 저녁을 먹고 방에 누웠다. 어떤 이들은 새끼를 꼬며 밤이 깊어가는 것을 아쉬워하기도 했다.

“배 채우고 누워있으면 임금님도 안 부럽지.”

사내가 아내의 엉덩이를 거친 손으로 만졌다. 소박한 삶의 만족감이 배어 있었다.

"밤도 깊었는데, 당신은 잘 생각이 없나 보오."

젊은 아낙은 어둠 속에서 웃으며 남편에게 다가갔다. 고단한 삶 속에서도 피어나는 사랑과 활력이 그녀의 웃음소리에 녹아 있었다. 서민들의 삶은 그렇게, 소박하고도 한결같았다.

늦은 밤, 평화롭던 압록강 변에 불길한 기운이 감돌기 시작했다. 후금[14] 군이 요란한 대장기와 적, 청, 황색의 깃발을 날리며 얼어붙은 의주 북쪽 압록강으로 들어섰다.

"히히힝!"

말 울음소리가 차가운 밤공기를 가르며 긴장감을 전했다. 철갑을 두른 기병들이 뒤따라 얼음판 위로 말을 몰아넣었다. 대규모 부대가 그 뒤를 이었다. 언 강을 넘을 때는 야밤이어야 했다. 수많은 말발굽과 군사들의 무게에 얼음 갈라지는 소리가 밤의 정적을 깨웠다. 그 소리는 천둥처럼 웅장하고도 섬뜩하게 들렸다. 대군이 움직일 때마다 원색의 깃발들이 거칠게 휘날리며 뒤따랐다.

군사들은 손에 병장기를 들고 강을 건넜다. 그들은 얼어붙은 강길을 따라 어적도, 구리도, 송도 등 압록강의 전략적 요충지에 병력을 모았다. 그곳은 우기에는 강물이 넘쳐흐르는 그런 곳이었다. 건기인 겨울에는 끝없는 갈대밭 평야로 변해 있었다. 넓이가 수만 평에 달하는 갈대숲은 장대한 미로 같았다. 그 넓고 빽빽한 갈대숲에 숨은 대군은 밤의 어둠 속에서 전혀 보이지 않았다. 그들은 유령처럼 소리 없이 조선 땅으로 스며들고 있었다.

빗발치는 바람 소리가 더욱 스산하게 울었다. 그것은 적의 침략을 알

---

14) 후금: 1115년 여진족이 지금의 만주, 몽골, 화북지역에 세운 국가를 금나라라고 하며 1616년 누르하치가 세운 여진족 나라를 후금이라고 칭했다. 누르하치가 동족이 세운 금나라의 이름을 후대에 차용했다.

리는 듯했다. 갈대들도 분노하여 거세게 울부짖었다. 갈대밭을 가로지르는 차가운 바람은 피비린내 나는 전쟁의 서막을 알리는 전주곡이었다.

1627년 1월 13일, 인조 5년 정묘년. 마침내 후금의 침략이 시작되었다. 역사에 정묘호란이라 기록될 비극의 밤이 압록강을 뒤덮고 있었다. 민초들은 평화로운 꿈속에서, 다가올 비극을 전혀 알지 못한 채 깊은 잠에 빠져 있었다.

얼어붙은 압록강을 건너 조선을 침략한 후금의 움직임은 단순한 무력시위가 아니었다. 그들의 침략 뒤에는 복잡한 대내외적 요인들이 난마처럼 얽혀 있었다.

외부적으로는 명나라로부터의 완전한 독립이라는 거대한 목표가 있었다. 후금 태조 누르하치의 뒤를 이은 홍타이지는 명나라의 간섭을 극도로 싫어했다. 진정한 후금 국가 건설을 위해서는 명나라로부터의 독립이 최우선 과제였다.

또 다른 이유는 세력 확장이었다. 쇠퇴하는 명나라를 멸망시키고 중원의 주인이 되고 싶다는 심대한 욕망이었다. 대륙을 품으려는 야망이 그의 마음속에 도사리고 있었다.

후금은 명나라를 점령하기 위해 차근차근 발판을 다져왔다. 1619년 사르후 전투[15]에서 명나라에 대승을 거두며 그들의 군사적 우위를 증명했다. 당시 명나라, 조선, 여진 연합군은 후금에 처참하게 패배하여 많은 군사를 잃었다. 조선은 이 전투에서 큰 피해를 입고, 후금에 투항하

---

15) 사르후 전투: 1619년 후금이 명을 쳐들어가 중국 사르후에서 치른 전투. 이 전투에는 명과 조선, 여진족이 동참하지만, 후금에 대패하면서 멸망의 길로 가는 출발점이 되었다. 후금군 6만과 명군 8만 8천 명, 조선군 1만 5천 명, 여진군 2천 명 등 10만 5천 명이 싸웠으나 후금군이 크게 승리했다. 조선군은 8천 명의 군사를 잃고 항복했다.

는 굴욕을 겪었다.

후금은 이 전투를 승리로 이끌면서 자신감을 얻었다. 명나라를 복속시키려는 계획을 본격적으로 준비했다.

홍타이지는 명나라를 치기 전에 지리적으로 가까운 조선을 먼저 침략하여 후방을 안정시켜야 했다. 조선이 명나라와 관계를 유지하지 못하도록 막고, 최소한 조선의 발목을 잡아두는 게 필요했다. 명나라를 공격할 때 후방에서 조선이 침공하는 것을 막는 것은 절실했다.

후금은 자력으로 명나라를 굴복시키는 데 한계가 있었다. 전투력은 막강했지만, 막대한 병력을 유지할 식량과 물자 보급이 원활하지 못했다. 아직 국력이 명나라만큼 충분하지 않았다. 게다가 1627년까지 만주지역에 3년 동안이나 극심한 흉년이 들었다. 곡물값이 8배나 폭등했다. 후금의 국내 경제는 말이 아니었다. 막대한 군대를 유지하는 것도 힘든 입장이었다. 이런 이유로 후금은 조선을 후방 물자 지원처로 판단했다. 전쟁 비용과 식량을 충당할 생각이었다. 그들에게 조선은 단순한 적이 아니라, 생존의 발판이었다.

내부 문제 또한 복잡했다. 권력 다툼의 그림자가 후금 황실에 드리워져 있었다. 누르하치의 뒤를 이은 것은 8번째 아들이었다. 2대 황제 태종 홍타이지가 그였다. 그는 황제 자리를 놓고 끝까지 경쟁했던 아민을 극도로 혐오했다. 그는 아민을 궁지에 몰아넣어 제거할 방법을 끊임없이 모색하고 있었다.

아민은 그의 가장 큰 스트레스이자 눈엣가시 같은 존재였다.

아민은 황제 누르하치의 동생 슈르가치의 아들이었다. 홍타이지의 사촌 형이었다. 그는 황제의 조카였지만 누르하치의 신임을 얻어 차기 황제가 될 것이란 기대를 모았다. 이 때문에 아들인 홍타이지와 사사건건 경쟁했다. 그 경쟁은 끝까지 이어졌다.

아민은 황제 자리를 놓고 홍타이지와 경쟁했기에 함께 있는 것이 불편했다. 그의 존재 자체가 태종 홍타이지에게는 위협이었다. 황제 지위를 이용해 당장 처단할 수 있었다. 그러나 홍타이지는 형제들의 눈치를 보았다. 사촌을 죽였다는 잔인한 소리를 듣고 싶지 않았다. 명분 또한 약했다. 그렇다고 내버려두자니 아민의 존재 자체가 위협 요소였다. 하늘에 두 개의 태양이 있을 수 없듯, 아민도 사라져야만 했다. 그는 자연스럽게, 물 흐르듯 아민이 사라지게 할 방도를 찾고 있었다.

홍타이지의 심복 책사가 조용히 입을 열었다.

"조선 정벌 임무를 아민 장군에게 맡기시면, 심려를 덜 수 있을 것이옵니다, 폐하."

"…"

"그가 조선 정벌에서 공을 세우지 못하면 책임을 물어 벌하면 되시옵니다. 또 공을 세운다 해도, 곧이어 명나라를 칠 때 다시 임무를 주어 공을 세우도록 하면 되옵니다."

책사의 설명에 홍타이지의 눈이 번쩍 뜨였다. 전혀 생각지도 못한 방안이었다.

"괜찮겠는가?"

"그러하옵니다, 황제 폐하. 조선 침공에서 승리하고 이어 명나라를 치는 데 공을 세우고 돌아오기는 결코 쉽지 않사옵니다. 많은 군사의 피를 감내해야 하므로 어려운 고비가 될 것이옵니다."

책사는 홍타이지의 욕망과 아민에 대한 증오를 정확히 꿰뚫고 있었다. 그의 제안은 아민을 제거할 완벽한 시나리오였다.

"그 좋은 계책이로구나. 그렇다면 조선을 정벌할 명분은 무엇인가?"

후금 태종은 이제 아민 제거와 조선 정벌이라는 두 마리 토끼를 동시에 잡으려는 야심 가득한 미소가 입가에 번졌다.

살을 에는 겨울밤, 압록강을 넘어선 후금의 대군은 그렇게 황실 내부의 권력 암투와 거대한 야망 속에서 조선을 향해 나아가고 있었다. 후금 태종 홍타이지의 심복 책사는 조선 침략의 명분을 조목조목 설명하기 시작했다. 황제의 마음을 꿰뚫는 노련함과 치밀함이 성겨 있었다.

"현재 조선의 왕은 인조라는 자이옵니다. 그는 우리 후금과 친교를 맺은 광해[16]를 몰아내고 왕이 되었사옵니다. 광해가 우리와 우호 관계를 맺었으나 부당하게 폐위되었으니, 인조에게 죄를 묻는 것은 당연한 명분이옵니다."

조선은 광해군 때 후금과 외교 문서를 교환하며 실리 외교를 펼쳤다. 인조반정[17] 이후 명나라와의 친교 정책으로 돌아서며 후금과의 관계를 단절했다. 후금은 이를 매우 불쾌하게 여겼다.

"다음은 무엇이냐?"

홍타이지가 턱을 괴고 앉아 조용히 물었다.

"명나라 장수 모문룡과 조선의 관계를 끊어야 하옵니다."

모문룡은 요동 군사를 이끌고 후금과 싸웠으나 크게 패했다. 그 후 평안도 철산 앞바다 가도 섬에 숨어들어 후방을 교란하고 있었다. 후금은 조선이 모문룡을 뒤에서 지원하고 있다고 생각했다.

"명나라를 치는 데 조선이 배후가 되어서는 아니 되옵니다. 지금도 모문룡을 뒤에서 돕는 것은 조선이옵니다. 이를 막는 것은 우리에게 매우 중요한 전략이옵니다. 그러므로 이들 관계의 끈을 끊어야 하옵니다."

책사는 명분을 조목조목 설명했다. 그의 논리는 빈틈이 없었다.

홍타이지는 이미 결심하고 있었다. 입을 다물고 고개를 끄덕였다. 만족스러운 미소가 눈가에 떠올랐다. 이 모든 명분이 조선을 침략할 합당

---

16) 광해군: 조선 15대 왕으로 명과 후금 두 나라 가운데서 양단 정책으로 난국을 극복하던 왕이었다. 당쟁에 휩쓸려 인목대비를 유폐시키는 등 악행으로 인조반정이 일어나 폐위됐다.

17) 인조반정: 1623년 이귀, 김류 등 서인들이 광해군과 집권 세력인 대북파를 몰아내고 능양군을 인조로 즉위시킨 정변.

한 이유라고 생각했다. 그의 야망을 정당화시켰다.

한편, 황제의 사촌 형 아민도 고민이 많았다. 권력 다툼에서 밀려난 왕족에게는 죽음이 기다리고 있었다. 후금에 남는다면 그의 앞날은 암울할 뿐이었다. 홍타이지의 감시와 견제 속에서 하루하루가 고통이었다. 그곳을 벗어나는 것이 최선임을 아민은 직감했다. 그도 책사와 묘책을 논의하며 살길을 모색했다. 불안감이 드리워져 있었다.

"이곳에 하루라도 더 머무는 것이 고통스럽구나. 어찌하면 좋겠는가?"

아민은 마음속에 눌러 두었던 생각을 꺼내 놓았다. 그러나 책사는 끝내 응답하지 않았다. 시선만 허공을 떠돌 뿐, 입술은 굳게 봉인된 듯 움직이지 않았다. 재촉이 거듭되자 그는 마침내 정적을 찢듯 입을 열었다.

"왕자님, 이곳 후금에는 왕자님이 설 자리가 없사옵니다. 불충하여 감히 말씀드리지 못했으나, 이곳에 머문다면 불미스러운 일만 있을 것이옵니다. 서둘러 이곳을 떠나는 것이 상책이옵니다."

책사의 말에 그는 더욱 가슴을 졸였다. 홍타이지가 자신을 눈엣가시처럼 생각하고 있다는 사실이 뼈저렸다.

"방책이 무엇인가?"

"조선 침공이옵니다. 조선 침공을 주청하십옵소서. 조선은 지금 빈집이나 다름없사옵니다."

아민은 뜻밖의 제안에 놀랐다.

"빈집이라니. 엄연히 왕이 있고 나름 방비를 하는 나라가 아니더냐?"

"물론 그렇사옵니다. 하지만 임진년과 정유년, 저 바다 건너 왜놈들이 쳐들어가 엉망이 되었사옵니다. 그들과 7년 전쟁을 치르느라 쇠약해졌고, 몇 년 전에는 내란까지 일어나 모든 고을이 비어 있사옵니다. 그러니 무주공산과 무엇이 다르겠사옵니까?"

후금 책사들은 조선 정황을 정확히 파악하고 있었다. 물론 이 정보는 조선에서 넘어온 자들의 밀고 때문이었다. 그들은 조선을 손쉽게 정복하리라 확신했다.

당시 조선은 후금 책사의 말처럼 심각한 어려움에 처해 있었다. 후금이 쳐들어올 수 있는 지름길인 평안도는 텅 비어 있었다. 그 이유는 복잡했다.

1592년부터 1598년까지 7년간의 임진왜란은 조선의 국가체제 전반을 흔들어 놓았다. 왕권은 피난과 명에 대한 의존 속에, 권위가 약화 되었다. 공신 책봉과 논공행상 과정에서 붕당 갈등은 더욱 심화되었다. 전쟁 이전부터 갈라져 있던 동인과 서인은 전후처리 문제와 세자 책봉 문제를 두고 치열하게 대립하였다.

선조는 의주로 몽진하며 왕으로서의 권위를 크게 잃었다. 백성들 사이에서는 실망과 불신이 깊어졌다.

반면 세자로 책봉된 광해군은 임란 동안 분조를 이끌며 민심을 수습했다. 군량 확보를 주도하며 조선군의 전의를 북돋았다. 신료들 사이에서는 광해의 실무능력을 인정하는 분위기가 형성되었다.

전쟁이 끝난 뒤 선조는 점차 세자의 권한이 커지는 것을 경계했다. 전쟁 중 어쩔 수 없이 부여했던 권한이 고착화 되는 걸 우려했다. 자신의 통치 기반이 약화 될 수 있다는 불안감에 시달렸다.

특히 계비[18] 소생인 영창대군을 둘러싼 세자 교체논의는 정치적 긴장을 증폭시켰다. 일부 서인 세력은 적통 문제를 제기하며 광해를 견제했다. 왕권과 세자 사이의 미묘한 갈등은 붕당정치와 결합 되어 혼란을 더했다.

선조는 명분과 적통을 앞세워 왕권을 지키려 했다. 반면 광해는 실무 감각을 바탕으로 입지를 넓혔다. 이 긴장은 결국 선조 말년의 정치적 혼란과 이후 광해군 즉위 후의 격동으로 이어지게 되었다.

---

18) 계비: 왕비가 죽거나 폐위된 뒤에 다시 맞은 두 번째 왕비.

　1608년 조선은 전쟁의 상흔에서 벗어나지 못한 채 정치적 혼란까지 겹쳐 국력은 바닥을 헤매고 있었다. 후금에게 조선침공은 절호의 기회였다.

　조선 제15대 왕 광해군 이혼은 1608년 34세의 나이에 즉위하였다. 임진왜란의 상처가 채 아물지 않은 나라를 재건하고, 당파 싸움에 휘둘리지 않겠다는 결의로 출발했다. 그는 무너진 성곽을 보수하고 병기를 정비했다. 호패법을 정비해 인구를 파악하고 병력을 확충했다. 또한 쇠퇴하는 명과 부상하는 후금 사이에서 균형 외교를 펼치며 국익을 도모하려 했다.

　그러나 정국은 그의 뜻대로 흘러가지 않았다. 대북파의 정인홍·이이첨·허균 등이 권력을 장악하며 정치는 더욱 왜곡되었다.

　즉위 직후 친형 임해군을 유배 후 사사하고, 이어 어린 영창대군마저 죽음에 이르게 하면서 왕권은 피로 얼룩졌다. 계축옥사[19]와 칠서의 옥[20]은 수많은 인명을 희생시켰고, 인목대비는 서궁에 유폐되었다. 이에 좌의정[21] 이항복 등이 간언했으나 받아들여지지 않았고, 결국 유배되었다. 서인 세력은 이를 명분으로 반정을 모의하였다. 김류·이귀 등이 능양군을 추대하여 1623년 거병했다. 결국 광해군은 폐위되었다. 이 사건이 인조반정이다. 그러나 반정은 외교 노선을 친명으로 돌려 후금과의 갈등을 심화시키는 계기가 되었다.

　인조 집권 후 공신 간 갈등이 깊어졌다. 특히 이괄은 공신 책봉 문제

---

19)　계축옥사: 1613년 대북파가 영창대군과 반대파를 제거하기 위해 벌인 옥사를 말했다.

20)　칠서의 옥: 광해군이 왕권의 위협 요소로 판단한 영창대군, 인목대비, 인목대비의 아버지 등을 제기하기 위해 7명의 서자가 이들과 역모를 꾸몄다는 고변을 하도록 한 사건.

21)　좌의정: 조선시대 의정부에 속하여 백관을 통솔하는 일반 정치 및 외교를 맡아보던 정일품 벼슬. 삼정승의 하나.

와 좌천 인사에 불만을 품었다. 아들이 역모에 연루되자 그는 궁지에 몰렸다. 결국 1624년 반란을 일으켰다. 한성은 일시 함락되었으나 북악재 전투에서 장만·정충신 등에 패해 진압되었다. 이괄의 난으로 서북로 정예 병력 1만 3천여 명이 소멸되었다. 평안도는 사실상 병력이 공백 상태에 놓였다.

조선은 상비군이 아닌 지역 군역 체제였다. 사라진 병력을 신속히 보충하기 어려웠다. 더구나 인조는 서북로를 역적의 땅으로 여겨 군사 활동을 제한했다. 그 결과 국경 방위는 크게 약화되었다. 이 틈을 후금은 정확히 파악하고 있었다.

"조선을 침공하면?"

아민은 책사의 말에 귀를 세웠다. 오랜 고뇌 끝에 찾아온 한 줄기 희망이 스쳤다. 게다가 황제 홍타이지가 조선 침공을 고민하고 있다는 첩보가 있었다. 선수를 치는 것이 중요했다. 홍타이지의 의중을 먼저 파악하고 본인이 나서서 조선 침공을 자청한다면, 살길이 열릴 것으로 생각했다. 그것이 목숨을 구하고, 심양을 탈출할 절호의 기회였다.

"왕자님께서 조선을 침공하시겠다고 주청하시어 그 청이 받아들여진다면 즉시 조선으로 들어가셔야 하옵니다. 그곳에 가셔서 왕자님의 왕국을 건설하는 일도 좋은 방안이옵니다."

책사의 말은 아민의 귀에 달콤한 유혹처럼 들렸다. 자신의 왕국을 건설할 수 있다는 생각에 아민의 눈이 번쩍 뜨였다.

"왕국을 건설한다고? 좋은 계책이로다. 내 그리하겠노라!"

아민은 즉시 황제 태종이 있는 심양궁으로 들어갔다. 그의 발걸음은 가벼웠다. 얼굴에는 결의가 가득했다. 그러고는 홍타이지에게 조선 침공을 건의했다.

홍타이지는 뜻밖의 제안에 적잖게 놀랐다. 자신이 그렇게 하겠노라고 마음먹고 있던 참이었다. 그런데 아민이 들어와 스스로 조선 침공에 나서겠다고 요청했다. 홍타이지는 놀라움과 함께 만족감을 느꼈다.

둘의 이해관계가 완벽하게 맞아떨어졌다. 홍타이지는 아민을 제거하면서 동시에 조선을 침략할 명분을 얻게 된 것이다.

후금 태종은 즉시 조선 침공에 필요한 다양한 정보를 수집하도록 명했다.

이괄의 난 때 북방으로 도망쳤던 이난영, 한윤, 정매 등이 정보 제공에 큰 역할을 했다. 후금은 그들을 조선 침공의 길잡이로 삼을 계획이었다. 이들 가운데 가장 적극적으로 조선 침공에 앞장선 자는 바로 한윤이었다. 그는 조선에 대한 원한이 사무쳐 있었다.

그의 아비 한명련은 황해도 출신의 천민이었다. 용맹하기로 이름나 있었다. 임진왜란이 일어나자, 그는 수많은 전투에서 선봉장으로 용감하게 싸웠다. 그 공로를 인정받아 정2품의 위치까지 올라 길주 목사를 역임하는 등 입지전적인 인물이었다. 임진왜란 때는 야전의 영웅으로 추앙받았다. 하지만 인조반정 이후, 그는 이괄의 난에 휩쓸리면서 역적으로 몰려 참살당하는 비극을 맞았다.

한명련은 억울한 부분이 많았다. 그는 평생 야전에서만 살아온 무장이었다. 그런 그에게 대신들이 조정에 들어와 일할 것을 주청했다. 하지만 그는 아는 게 없었다. 싸움 이외에 달리할 수 있는 것이 없었다. 그런 그가 조정에 들어가 한 일은 눈치를 살피는 것뿐이었다. 그는 변방으로 보내줄 것을 수차 간곡히 요청했다. 결국 왕은 그를 최전방 평안도에 보내주었다.

이것이 화근이 되었다. 그가 역모에 가담하지 않았음에도, 일부 간신배들이 그가 역모에 가담했다고 교묘하게 엮었다. 그 올가미에 걸려 그는 부득이하게 살기 위해 이괄의 난에 가담했다. 결국 난이 실패로 돌아가면서 그는 이괄과 함께 부하들에게 목이 잘리는 수모를 당했다. 그의 마지막은 너무나도 비참했다. 한윤은 이런 아비 한명련의 앙갚음을 위해 칼을 갈고 있었다. 조선에 대한 분노와 증오가 활화산처럼 가슴속에 끓어올랐다. 후금에 망명한 것도 그 때문이었다. 그는 복수를 위해 모든 것을 내던질 준비가 되어 있었다.

후금 태종은 마침내 그를 심양궁으로 불러들였다. 한윤에게는 절호의 기회였다. 그토록 알현을 기대하던 후금 황제로부터의 호출이었다. 그는 복수심에 이글거렸다. 이제 조선을 향한 송곳이 될 기회를 엿보고 있었다.

한윤은 후금 대전에 들어서자마자 기어서 황제가 앉은 용상 근처로 다가갔다. 살쾡이상을 한 그는 변발하고 후금 복식을 입은 탓에 누가 보아도 그곳 사람이었다. 간교함이 두 눈에 숨어있었다. 삶이 그의 인상을 그렇게 만들었는지, 아니면 인상이 그의 삶을 그렇게 만들었는지는 알 수 없었다. 하지만 그는 한눈에 보아도 음흉하고 간교해 보였다.

후금 황제는 어깨까지 오는 청색의 용상에 앉아 그를 발아래로 내려 다보았다. 의자에는 붉은색 수가 놓인 보료가 등을 받치고 있었다. 몸 전체를 울처럼 두른 당초문 의자에 몸을 기대고 양손을 각각의 허벅지 위에 올리고 염주처럼 생긴 장신구를 만지작거렸다. 금으로 만든 단추 와 암청색의 저고리가 대조를 이루며 그의 위엄을 더했다.

그는 머리에 붉은색 실을 뒤덮은 삿갓 형태의 챙 넓은 모자를 쓰고 있었다. 턱 아래로 단단하게 맨 끈에는 진귀한 보석이 매달려 있었다.

양 눈매가 아래로 처진 모습은 넉넉해 보였다. 용안에 비해 입은 작은 편이었다. 콧수염과 턱수염도 다른 대신들과 달리 숱이 많지 않아 겨우 입 주변을 검게 물들이고 있었다. 그런 탓에 그의 둥근 면상이 더욱 넉 넉해 보였다. 달덩어리를 보는 듯 푸근한 분위기였다. 그는 무표정하게 눈을 내리깔았다. 굳게 다문 작은 입이 무겁게 느껴졌다. 밑에서 올려다 보기도 어려울 만큼 앉은 자리가 높았다.

무사들이 큰 칼을 차고 눈을 부라리며 주변에 입시하고 있었다. 앞가슴을 가죽으로 가린 옷을 입은 그들은 하나같이 험상궂고 거칠어 보였다. 외양만으로도 두려움이 느껴졌다.

한윤이 대전에 들어서자, 무사들은 일제히 칼자루에 손을 가져갔다. 그 위엄에 주눅이 들어 오금이 저렸다. 한윤은 20보쯤 떨어진 양모 바닥에서 멈췄다. 더 앞으로 기어가려 하자 내관이 눈짓으로 그를 막았다. 그곳에 엎드려 아뢰도록 했다. 양모가 곱게 깔린 바닥은 자신이 보아 온 어떤 보료보다 부드러웠다. 손가락 끝에 예민하고 부드럽게 느껴지는 촉감이 황제의 위엄을 더욱 실감 나게 했다. 겉으로는 최대한 침착한 척했다.

"조선에서 몇 년 전 있었다는 반란은 무엇이던가?"

후금 태종은 눈을 지그시 내리뜨고 저만치 발아래 엎드려 있던 한윤에게 물었다. 그의 목소리는 조금 낮았으며 무거웠다. 그 목소리만으로도 '위엄이란 게 이런 것이구나' 하는 것을 느낄 정도였다.

그는 여전히 염주 같은 장신구를 만지작거리며 손가락을 놀렸다. 파란 소매 속에 숨어있는 뽀얀 손가락이 어렴풋이 너머다 보였다. 황제는 앞날을 결정할 정보원을 앞에 두고도 여유를 잃지 않았다.

"조선에서 일어난 정난은 크게 잘못된 것이옵니다. 우리 후금과 친교를 맺고자 하던 왕 광해를 내쫓고 능양군이 그 자리를 빼앗은 사건이옵니다. 그들은 지금 저물고 있는 명나라를 섬기기 위해 혈안이 되어 있사옵니다. 저의 아비 한명련 장군은 이에 반기를 들고 잘못을 바로잡으려는 정의로운 의거를 실행했던 것이옵니다."

한윤은 눈물을 흘리며 이괄의 난을 합리화시키려 호소를 이어갔다. 억울함과 분노가 그의 목소리에 뒤섞여 있었다. 진실인 양 가장한 비통함이 가득했다. 그는 자신이 그 한가운데서 경험한 일처럼 소상하게 고했다.

아비 한명련이 간신배들의 모함에 걸려 역모에 휘말리게 된 것과 정란에 나서서 죽음에 이른 것까지 빼놓지 않았다. 그는 죽을 고비를 넘기며 후금으로 도망쳐 온 내력도 고했다. 다시없을 기회라고 생각하고 조선 조정을 힐난하는 데 열중했다.

바닥에 엎드린 채 머리로 땅을 찧었다. 때로는 울고 때로는 분노하며 말을 이었다. 후금 황제를 움직여 조선을 침공한다면 거짓이라도 덧붙이겠다는 심산이었다. 그의 머릿속은 오직 조선이 후금군의 말발굽 아래 허물어지는 모습을 기어이 보고야 말겠다는 생각으로 가득 차 있었다. 그는 말끝마다 "우리 후금"이라고 했다. 자신이 이미 후금의 충성스러운 신하임을 강조했다.

한윤이 저간의 사정을 고하는 동안에도 황제는 미동도 없었다. 손가락을 움직이며 장신구를 만지작거렸다. 그는 한윤의 이야기를 듣는 것인지 혹은 듣지 않고 있는 것인지 알 수 없었다. 그냥 눈을 내리감고 그렇게 입을 우물거리고 있었다. 그의 면상에서는 아무런 감정도 읽을 수 없었다. 그러다 한윤의 말이 끝났다고 생각하자 다시 물었다.

"현재 조선의 군사력은 어떠한가?"

후금 태종이 고개를 빼고 그를 내려다보았다. 그의 질문은 핵심을 뚫는 것이었다.

"한마디로 오합지졸이옵니다. 이괄 장군이 영변에 진을 치고 저희 아비 한명련 장군이 길주에 버티고 있을 때는 만만치 않았사옵니다. 1만 3천여 정예 병사가 한성으로 가는 길목을 지키고 있었기 때문이옵니다. 하지만 지금은 그 병력이 반란이란 이름으로 관군에게 모두 참살당하여 모든 성이 비어 있사옵니다. 지금이라도 폐하의 군사들이 쳐들어간다면 하루거리도 되지 않을 것이옵니다."

한윤은 거품을 물며 연신 머리를 조아렸다. 그의 이마가 바닥에 깔린 양모 바닥에 부딪히는 둔탁한 소리가 대전의 정적을 깨뜨렸다. 그의 목소리는 조선에 대한 증오심으로 격앙되어 있었다. 황제에게 자신의 정보를 확신시키려는 광기마저 느껴졌다. 그는 아비의 죽음과 조선의 몰락을 맞바꾸려는 복수의 화신이었다.

"명나라 모문룡의 군사는 어떠한가?"

후금 태종은 황좌에서 배를 내밀며 비스듬히 몸을 뒤로 젖혔다. 양쪽으로 축 처진 눈매 때문인지, 졸고 있는 듯도 하고 딴전을 피우는 것처럼 보이기도 했다. 하지만 조선에 대한 정보를 갈망하는 황제의 예리한 계산이 그의 무심한 면상 뒤에 숨어있었다.

"그 또한 오합지졸이 옵니다. 그들은 현재 평안도 철산 앞바다 가도에 숨어있지만, 정규군이 거의 사라진 상태입니다. 패잔병들로 이루어져 폐하의 군사가 일어서면 하루아침에 해치울 것이 옵니다. 게다가 그들은 수군이 주력 부다라 육상 전투에는 취약하옵니다. 폐하의 군사들이 가도로 들어간다면 코든 잔병이 도륙날 것이옵니다. 다만 가도로 들어가는 게 문제인데, 그도 현지 조선군들을 활용하면 문제가 없다고 판단되옵니다."

한윤은 아비의 억을한 죽음에 대한 분풀이를 위해 후금 태종의 조선 침공을 더욱 부추겼다. 그의 쥐새끼 같은 눈초리는 연신 태종의 분위기를 살피며, 그가 원하는 말을 골라 입맛에 맞게 대답했다. 자신의 고변으로 황제를 움직일 수만 있다면 더없는 성과라고 믿었다. 그가 노리는 최고의 성과는 조선의 몰락이었다. 과장과 확신이 그의 말에 뒤섞여 있었다.

후금은 한윤 등이 망명하기 이전에는 조선에 대한 정보가 거의 없었다. 조선과 친교를 갲지 않아 군사력에 대한 정보가 없었다. 물론 조선에 대한 전반적인 정보도 똑바로 갖지 못했다. 광해군 때 강홍립 등이 대거 후금에 항복하면서 심양에 붙잡혀 있긴 했다. 그러나 그들로부터 얻는 정보는 한정되어 있었다. 그들은 조선의 관료 출신들이라 조선의 처지에서 말할 뿐이었다. 조선에 불리한 내용을 결코 소상하게 털어놓지 않았다. 따라서 후금 태종은 조선의 정보에 목마름을 느끼고 있었다. 정보 부족에서 오는 답답함과 명나라를 정복하기 위한 필수적인 단계로서 조선의 정보를 얻고자 하는 갈증이 분명했다.

조선이 어떤 나라이며, 군사력은 어떠하고, 재정 상태는 어떤지 알 길이 없었다. 명나라를 치기 위해서는 조선을 어떻게든 제어해야 했다. 무력이든 협박이든, 어떤 수단이든 중요하지 않았다.

명나라를 침공하는 데 뒤에서 조선이 예상치 못한 행동을 하면 곤란했다. 그들의 궁극적인 목적은 명나라를 치는 데 있었다. 그러기 위해서는 먼저 조선에 대한 조치가 필요했다. 후금은 조선으로부터 인력과 물자를 공급받고 양식을 지원받을 생각을 하고 있었다. 후방에서 물자 지원 없는 대규모 전쟁은 불가능했다. 이를 위해 조선의 침공은 필수적이었다.

후금 태종은 한윤의 보고를 바탕으로 조선에 대한 정보를 폭넓게 구했다. 아울러 군사들을 재편하기 시작했다. 조선을 발판 삼아 명나라를 정복하려는 그림이 머릿속에 그려지고 있었다. 후금의 침략은 피하기 어려운 현실이 되어가고 있었다.

후금 황제는 만주족 8기 군을 직접 관장했다. 군을 재편하는 문제를 군사 담당 책사와 논의했다. 조선 정벌에 대한 원대한 계산과 야심이 고요함 속에 숨어있었다.

"조선을 침공하는 데 얼마의 병력이면 되겠느냐?"

그의 목소리는 낮고 차분했다. 절대자의 권위가 그 속에 성겨 있었다. 책사는 연신 허리를 굽신거리며 공손함을 잃지 않았다. 장삼에 변발하고 늘어뜨린 머리에는 금장으로 치장하고 있었다. 황제의 심기를 거스르지 않으려는 조심스러움과, 자신의 지략을 과시하려는 미묘한 긴장감이 엿보였다.

“황제 폐하. 우리에게는 만주족 8개 기군과 몽골족 5개 기군, 그리고 한족 3개 기군. 모두 16개 기군이 있사옵니다. 이 가운데 6개 기군을 아민 왕자에게 주어 조선을 침공토록 하면 큰 어려움이 없을 것이 옵니다.”

후금의 1개 기군은 6천여 명을 기준으로 하고 있었다. 6개 기군은 총 3만 6천 명에 달하는 대군이었다. 책사는 숫자를 제시하며 황제의 마음을 안심시키려 했다.

“그러다 혹 저자가 역심을 품는다면?”

사촌 형 아민이 군을 돌려 자신에게 대항할지 모른다는 염려와 불안감이 홍타이지의 질문에 섞여 있었다. 만에 하나라도 그런 일이 발생한다면 골칫거리였다. 모든 가능성을 열어둘 필요가 있었다. 간과하기에 그 점 또한 가볍지 않았다. 복잡한 심경이 미간에 엉겼다.

“폐하, 염려를 놓으셔도 되옵니다. 6개 기군의 대장군들을 황제 폐하의 심복 장수들로 포진시킨다면 무슨 염려가 있겠사옵니까? 혹 진중에서 그런 역모의 기운이라도 감지하는 날에는 즉각 아민을 참하도록 일러두시면 무엇이 걱정이겠사옵니까? 도리어 아민 왕자가 자칫 황제 폐하의 심복들에게 변을 당하지 않을까 우려되옵니다.”

책사의 말은 노련했다. 그는 아민을 제거하려는 황제의 속마음을 정확히 읽고 있었다. 그 욕망을 자극하며 자신의 계책을 정당화했다. 교활함이 번득였다. 그제야 홍타이지는 고개를 끄덕이며 안도했다.

그는 책사의 말에 따라 6개 기군의 대장군을 직접 임명했다.

제1기군은 아민이 맡도록 했다. 다만 부장은 황제의 수족과도 같은 심복을 배치하여 아민을 견제하게 했다. 제2기군은 대장군 지르가랑, 제3기군은 대장군 아지거, 제4기군은 대장군 두두, 제5기군은 대장군 요토, 제6기군은 대장군 쇼토를 임명했다. 이들은 모두 홍타이지의 충실한 장수들이었다.

후금의 태종은 조선 원정의 큰 줄기를 남의 손에만 맡기지 않았다. 그는 직접 조선의 지도를 펼쳐 들고, 몇 날 며칠을 밤과 함께 보냈다. 촛불 아래에서 산줄기와 강줄기를 더듬고, 길목과 성곽을 짚어 가며 가장 짧고 가장 치명적인 길을 골랐다. 확신이 서자 태종은 각 대장군을 심양 황궁의 대전으로 불러 모았다. 황제가 직접 전투를 설계하는 형국이었다. 대장군들은 저마다 숨을 고르며 대전에 들어섰다. 황명의 무게가 어깨를 눌렀다. 다가올 피비린내 나는 싸움의 예감이 공기처럼 감돌았다.

태종은 누르하치의 곁에서 수없이 전장을 넘나들며 전쟁을 몸으로 배운 인물이었다. 그 경험 위에 쌓아 올린 전략이 이미 그의 안에 있었다. 그는 대장군들을 둘러보며 단호한 목소리로 말을 꺼냈다.

"아민 왕자는 이번 정벌의 총대장으로서 각별히 명심하라. 조선 침공을 반드시 성사시켜야 한다. 지금까지 모은 정보를 종합해 보면, 조선은 사실상 비어 있다. 속전속결로 밀어붙이면 보름 안에 전 국토를 손에 넣을 수 있을 것이다. 그러나 조선 땅에 오래 머무는 것은 곧 명나라를 치는 데 장애가 된다. 제장들은 이 점을 잊지 말라."

그의 말끝에는 조선보다 더 큰 목표, 곧 명나라 정복을 향한 조급함이 섞여 있었다.

"예, 황제 폐하. 분부를 한 치도 어기지 않겠나이다."

총대장군 아민이 깊이 머리를 숙였다. 그 절에는 충성뿐 아니라, 이번 원정을 발판 삼아 입지를 굳히려는 야심도 함께 스며 있었다. 다른 장수들 역시 차례로 머리를 조아렸다.

태종은 아민을 똑바로 바라보며 물었다.

"6개 기군을 어떤 경로로 움직일 생각인가?"

그 시선은 시험하듯 매서웠다. 아민은 한 치의 흔들림도 없이 대답했다.

"전군은 먼저 의주를 함락시킬 것이옵니다. 첫 관문인 의주가 무너지면 조선의 사기는 크게 꺾일 것이옵니다."

"좋다. 그다음은?"

황제의 입가에 잠시 만족스러운 기색이 스쳤지만 오래가지 않았다.

"제1기군은 소신이 직접 지휘하여 용천을 치고 안주로 나아갈 것이옵니다. 제2기군은 지르가랑 대장군이 철산을 공략한 뒤 가도의 모문룡 군진을 소탕할 것이옵니다. 제3기군의 아지거, 제4기군의 두두, 제5기군의 요토는 각각 선천과 곽산, 정주를 점령한 뒤 안주로 집결할 것이옵니다. 제6기군의 쇼토는 후미를 정리하며 뒤따를 것이옵니다."

아민의 설명은 군더더기가 없었고, 말 사이사이에는 자신감이 배어 있었다. 조선의 지형과 길이 이미 그의 머릿속에 또렷이 그려져 있는 듯했다.

태종은 지휘봉으로 안주를 짚었다.

"그렇다면 첫 집결지는 안주성이겠군."

"그러하옵니다, 폐하. 그 뒤에는 평양성을 치고, 곧장 한성으로 진격할 계획이옵니다."

황제는 고개를 끄덕이며 다시 엄중히 당부했다.

"이번 원정은 무엇보다 속도가 생명이다. 지체되면 보급이 막힌다. 한 겨울 전투인 만큼 군량 문제를 특히 경계해야 한다. 명심하라."

그는 지난 전쟁들에서 배운 교훈을 누구보다 잘 알고 있었다. 군량이 끊기면, 승리는 허깨비가 된다는 사실이었다.

"예, 폐하. 군량은 최대한 현지에서 조달하겠사옵니다."

아민의 대답에는 계산된 담대함이 배어있었다. 잠시 얼어붙은 고요가 흐른 뒤, 태종이 다시 입을 열었다.

"이번 침공에 조선에서 우리에게 몸을 맡긴 자들도 함께 나서는가?"

그 질문에는 의미심장한 빛이 담겨있었다. 광해군 시절, 후금에 투항했던 조선의 병사들이었다. 그들의 칼마저 이 전장에 쓰일 것인지, 황제는 이미 마음속에서 다음 수를 그리고 있었다.

광해군은 명나라의 요구를 외면하지 못했다. 조선군 1만 5천을 후금과의 전장으로 내보냈다. 총지휘자는 도원수 강홍립이었다. 문관의 몸이었으나 중국어에 능통했다. 그 점이 총대장의 자리에 그를 올려놓았다. 출정에 앞서 광해군은 사람을 물리고 그를 불러 조용히 말했다.

"싸움터에 나가 명나라 장수의 말만 좇지 말라. 이길 욕심보다 먼저, 패하지 않을 길을 찾으라. 조선의 군사를 살리는 것이 네 임무다."

그 말은 명령이라기보다 절박한 당부였다. 형식상 전쟁의 지휘권은 명나라에 있었고, 강홍립은 그 휘하의 한 부장에 지나지 않았다. 그러나 광해군은 전장의 흐름을 냉정하게 읽고 있었다. 이 싸움은 승패보다 손실이 더 두려운 싸움이었다. 그는 강홍립에게 조선 병사들의 희생을 최소로 하라고 거듭 일렀다. 하지만 사르후의 전장은 그 계산을 허락하지 않았다. 싸움은 일방적으로 기울었다. 조선군 8천이 눈앞에서 쓰러졌다. 더 버틴다는 것은 남은 병사들을 몰살시키는 일에 불과했다. 강홍립은 끝내 칼을 내려놓았다. 그것은 비겁한 항복이 아니라, 막다른 선택이었다.

아민이 담담하게 보고했다.

"그들은 제2군에 배속시켰사옵니다."

그 말 속의 '그들'은 한때 조선의 군권을 쥐었던 사람들이었다. 전 도원수 강홍립, 부원수 김경서, 종사관 이민환. 전장에서 패하여 이름을 잃고, 살아남기 위해 적의 진영에 선 자들이었다.

후금의 태종은 전장의 세목을 하나하나 짚어 물으며, 자신이 그려 온 큰 구상을 거듭 되새겼다. 그는 마치 이미 싸움터를 꿰뚫어 보듯, 날이 서 있었다. 말끝마다 승리에 대한 확신이 묻어났다.

"우리 군은 이미 단련되어 있다. 만주의 벌판을 달리며 몸으로 익힌 싸움이다. 중무장한 철기군을 앞세워 정면으로 밀어붙이면, 적의 진형은 마른 장작처럼 갈라질 것이다. 그 뒤에 장검과 활을 든 병사를 세우고, 속도를 살린 기병대는 후미에서 움직여라. 그러면 전장은 우리 뜻대로 열릴 것이다."

태종은 장수들을 향해 훈시하듯 말을 이었다. 그것은 책상 위에서 꾸민 계책이 아니라, 수많은 전투를 몸으로 건너온 자만이 가질 수 있는 전술이었다. 자신의 손으로 빚어낸 싸움의 형식에 대한 확신, 그리고 반드시 이긴다는 의지가 그의 음성에 단단히 서려 있었다.

"황제 폐하의 높은 뜻을 받들어, 반드시 승전보를 올리겠나이다."

총대장 아민이 깊이 머리를 숙이며 맹세했다. 다른 장수들 또한 일제히 고개를 떨구었다. 대전 안에는 황명의 무게와 다가올 피의 전장을 향한 각오가 동시에 내려앉았다. 태종은 다시 한번 기병대를 가리켜 강조했다.

"기병은 창검 부대를 받들고, 적의 옆구리를 치거나 도망치는 자들의 뒤를 끊어라. 협공이 이루어지면 전과는 배가될 것이다. 이 전술은 선황제께서 즐겨 쓰시던 방식이다. 그 뜻을 이어받아 잘 활용하라."

태종은 누르하치의 이름을 꺼내며 장수들을 북돋았다. 그것은 단순한 회상이 아니라, 후금이 지녀 온 싸움의 전통과 자부심을 다시 불러오는 말이었다. 그는 장수들에게 술을 내리며 승리를 기원했고, 빠른 결전을 다시 한번 명했다.

잔이 오가며 대전의 공기는 뜨겁게 달아올랐다. 장수들의 눈동자에는 이미 불길 같은 전의가 타오르고 있었다.

후금군은 즉시 조선 침공에 나섰다. 조선에서 망명한 자들이 길 안내를 맡았다. 한윤과 같은 망명객들은 조선의 지리에 익숙했다. 조선군의 약점을 누구보다 잘 알고 있었다. 그들은 압록강이 얼어붙는 한겨울에 출전할 것을 적극 권했다. 침공 날짜가 음력 1월로 잡힌 것도 바로 그들의 조언 때문이었다 후금의 승리가 곧 자신들의 영달로 이어질 것이라는 기대감이 가득했다.

그들이 출정하던 날 매서운 한파가 몰아쳤다. 태종은 대신들을 이끌고 심양 경계까지 나와 직접 그들을 배웅했다. 그의 눈은 멀리 산 너머의 조선을 향해 있었다. 수만 명의 후금군이 얼어붙은 대지를 박차며 진군하는 모습은 장관을 이루었다. 그들의 함성과 말발굽 소리는 겨울밤의 정적을 깨뜨렸다. 후금의 야망을 대변하는 듯했다.

7. 의주성의 함락

후금군은 계획대로 1527년 1월 14일, 조선 침공의 첫 번째 목표인 의주성을 향해 움직였다. 아직 봄기운은 멀리 있었다.

의주성은 천혜의 요서였다. 압록강에 발을 담근 강변은 깎아지른 절벽이었다. 낮은 산들이 남쪽으로 완만하게 이어져 의주를 포근히 감싸고 있었다. 공격하는 후금군에게는 불리한 지형이었다. 그럼에도 후금군은 단숨에 의주를 점령할 거로 믿었다. 하지만 그들의 예상은 곧 빗나갔다.

압록강을 건넌 후금 총대장 아민은 의주성이 훤히 보이는 남쪽 벌판에 대규모 영채[22]를 세웠다. 3만 6천 명에 달하는 대군이 그곳에 진을 쳤다. 이른 새벽, 살을 에는 매서운 바람이 휘몰아치는 벌판에서 작전회의가 열렸다. 군막은 심하게 흔들렸다. 그 흔들림은 아민의 조급한 마음을 대변했다. 어둠이 채 가시지 않은 시간이었다. 흔들리는 등잔불 아래 의주 지도를 펼치고 각자의 임무를 부여했다. 첫 전투에서 반드시 승리해야 한다는 부담감과 예상치 못한 저항에 대한 불안감이 뒤섞여 있었다. 아민이 공격 개요를 설명했다.

---

22)　영채: 군대가 집단으로 거처하는 집.

"이 도시를 감싼 것이 의주 읍성이다. 둘레가 20리에 달하는 큰 성이다. 사대문과 연못, 수십 개의 우물이 있다고 들었다. 조선에서 가장 중요한 관문이니, 단숨에 격파해야 한다. 이곳에는 의주 부윤[23] 이완이라는 자가 2천 남짓한 군사를 이끌고 성을 지키고 있다. 3만 6천 대군에 비하면 보잘것없다. 피난민이 있다 해도 우리 군사력에는 미치지 못한다."

아민은 조선에서 넘어온 앞잡이들로부터 얻은 상세한 정보를 바탕으로 공격 방향을 지시했다. 조선군을 얕보는 오만함과, 승리에 대한 확신이 번득였다. 그는 지휘관들에게 공격 방향과 방법을 하달하도록 명했다.

작전 지시가 마무리될 무렵, 부장이 백성들의 처리 방침을 물었다. 아민의 대답은 싸늘했다. 그의 눈 끝에는 일말의 머뭇거림도 없었다.

"항복을 권유한 후 받아들이지 않으면 모든 백성을 죽여라. 단 한 명도 살려두지 말라. 항거하는 백성은 도륙 내 본보기로 삼으라!"

참으로 살벌한 명령이었다. 어린이와 노약자를 포함하여 모든 백성을 무참히 살해하라는 뜻이었다. 조선 백성들에 대한 일말의 연민도 그의 마음속에는 없었다. 오직 후금의 위엄을 과시하고 전쟁의 효율성을 극대화하려는 냉혹한 계산만이 자리 잡고 있었다.

의주 성은 역사적으로 조선의 중요한 성이었다. 오랑캐 침입의 첫 관문이자, 중국 사신 왕래의 길목이었다. 북방으로 향하는 문이자 군사적 요충지였다.

"선두는 단숨에 밀어붙여라. 숨 쉴 틈도 주지 마라. 대군의 위력을 확실히 보여주라. 알겠는가?"

---

23) 부윤: 조선시대 관아 부의 우두머리로 종이품직을 말하며 지금의 시장에 해당된 직책이었다.

아민은 장수들을 몰아붙였다. 찬 바람 부는 새벽 분위기는 삼엄했다. 장수들 또한 나름대르 긴장했다. 침공의 새벽이 밝아오고 있었다. 작전 회의 후, 아민은 각자 맡은 지역으로 가서 성을 포위하라고 명령했다. 신호가 떨어지면 일제히 공격할 것을 지시했다. 어둠이 완전히 걷히기도 전에 후금 군사들은 의주 성을 에워쌌다. 그들이 보기에 의주 성은 쉬운 상대였다. 승리는 이미 자신들의 것이라고 확신하고 있었다.

한편, 의주 성안에서도 차가운 긴장감이 감돌았다. 의주 부윤 이완은 3천 명의 군사를 이끌고 방어 태세를 갖추고 있었다. 서북 지방에서 가장 큰 성이자 최전선이라 비교적 많은 병력이 배치되어 있었다. 하지만 3만 6천에 달하는 후금 대군에 비하면 턱없이 부족한 숫자였다. 이완은 이른 새벽 비상을 걸고 관아에서 장수들과 방어 대책을 논의하고 있었다.

성벽 위에서 멀리 후금군의 거대한 진영을 바라보는 그의 표정은 무거웠다. 그 속에는 백성들의 안위에 대한 묵직한 우려가 자리 잡고 있었다. 의주성 안의 백성들도 밖의 전황에 귀를 기울이며 불안한 아침을 맞이하고 있었다. 곧 다가올 비극의 그림자가 서서히 드리워지고 있었다.

"오늘 새벽, 북방 오랑캐들이 압록강을 넘어 침공했다. 이곳은 조선의 최전선이다. 우리에게는 정예 3천 군사가 있다. 수만 오랑캐가 몰려와도 성을 견고하게 지킨다면 무너질 이유가 없다. 제장들은 평소 훈련대로 각자 임무를 다하라. 의주 백성들도 오랑캐를 막는 데 함께해야 한다."

의주 부윤 이완은 침착하게 회의를 이끌었다. 전쟁을 맞은 최전선 장수의 마음은 비할 데 없이 무거웠다. 장수들은 그의 말 한마디 한마디를 경청했다.

이완은 전투 경험이 풍부한 노장이었다. 임진왜란과 이괄의 난에도 참전하여 공을 세웠다. 야전에서 잔뼈가 굵은 백전노장이었다. 특히 이순신 장군의 조카로, 명량해전[24]에서 공을 세웠다. 이순신 장군 전사 후에는 해군을 지휘하여 승리를 이끌기도 했다. 수많은 전장에서 살아남은 자의 강인함이 그의 운명에 묻어있었다.

"전쟁은 고통스러운 기억이다. 하지만 피하기 힘든 게 전쟁이다. 의주는 더욱 그렇다. 제장들은 차분하게 평상심을 잃지 말고 적에 맞서라. 제장들이 흥분하면 군사들이 동요하고 백성들이 흔들린다. 백성의 마음이 하늘이고 승리의 근원이다. 동요하지 않도록 자제하며 싸워라. 담대하게 적을 맞이하라. 알겠는가?"

이완의 목소리는 단순한 명령이 아니었다. 전우들에게 보내는 진심 어린 당부였다. 백성에 대한 애틋한 사랑과, 극한 형국에서도 이성을 잃지 않아야 한다는 노장의 지혜가 녹아있었다.

장수들은 그의 말에 고개를 끄덕였다. 사기충천한 표정으로 굳건한 각오를 보였다. 하지만 그들의 속에는 말 못 하는 걱정이 자리하고 있었다. 적의 수가 너무나 압도적이었기 때문이다. 겉으로는 큰 소리로 외쳤지만, 속은 타들어 갔다. 3천 명의 병사는 많다면 많았다. 하지만 3만 6천 명의 대군을 막기에는 턱없이 부족했다. 오랜 혼란을 겪은 조선이라 군량과 무기도 충분하지 않았다. 장수들은 그 점을 염려하며, 불안감을 감추지 못했다.

후금군의 첫 공격은 사시에 시작됐다. 오전 9시였다. 날이 밝고 두어 시간이 지난 무렵이었다. 압록강에서 불어오는 칼바람이 볼을 에었다. 요란한 나팔 소리와 함께 북이 울렸다. 징 소리가 귀를 먹먹하게 할 정도로 시끄럽게 들려왔다. 진격 나팔 소리는 온 의주 성을 뒤흔들며 조선군을 압도했다. 그들은 징, 북, 나팔 소리로 심리전을 펼치며 조선군

---

24) 명량해전: 1597년 정유재란 때 이순신이 10척의 배로 일본 적선 133척을 맞아 크게 승리란 해전. 이 해전에 패배한 일본은 전 병력을 철수했다.

의 사기를 꺾으려 했다. 오색 깃발을 펄럭이며 서서히 성을 에워쌌다.

총대장 아민의 군기가 저 멀리 후방에서 펄럭였다. 네 명의 거한이 깃대를 잡고 있었다. 그 기세만으로도 후금군의 위용이 느껴졌다. 아직 녹지 않은 땅을 박차고 달려드는 대군의 발소리가 지축을 울렸다. 수많은 다듬질 방망이로 언 바닥을 두드리는 느낌이었다. 거대한 파도가 해안을 덮치는 것만 같은 위압감이었다.

의주 성안의 조선군과 백성들은 그 압도적인 기세에 숨을 죽였다.

후금은 3만 대군으로 의주성을 촘촘하게 포위했다. 그러고는 곧이어 총공세에 나섰다. 조선으로 들어가는 첫 관문인 만큼, 어떻게든 무너뜨려 기세를 꺾으려 했다. 들개처럼 짖고 물며 날뛰는 적들은 성을 에워싸고, 하늘을 가릴 만큼 많은 화살을 쏘아댔다. 거대한 짐승처럼 막무가내로 밀어붙였다. 요령도, 전술도 없었다. 다만 수가 많다는 이유로 봇물 터지듯 밀려왔다.

후금군의 눈에는 으직 성벽을 넘어 조선을 짓밟으려는 광기만 서려 있었다. 하지만 예상과 달리 의주성은 견고하여 쉽게 뚫리지 않았다. 금방이라도 무너질 듯했지만, 물먹은 삼나무처럼 질기고 강건했다. 의주 백성들과 군사들의 결연한 의지가 성벽 하나하나에 스며든 듯했다. 한 무리의 적이 물러서자, 다음에는 성난 물소처럼 또 다른 적들이 쳐들어 왔다. 그들은 닥치는 대로 떠받았다. 계곡과 능선, 바위 옆으로 몰려들며 야단법석을 떨었다. 그럴 때마다 의주성 사람들은 민군이 따로 없었다. 성 위에서 던질 수 있는 것은 모두 던졌다. 찌르고 깨고 소리쳤다. 여물 자르는 작두가 허공을 날아다녔다. 아녀자들의 부엌칼이 춤을 췄다. 심지어 마소를 매는 말뚝마저 흉기가 되어 오랑캐 머리 위를 날아다녔다. 죽기 살기로 덤비는 조선 백성들의 필사적인 저항에는 당해낼 재간이 없었다. 또 다른 무리가 산에서 굴러 내리는 바위처럼 의주성을 향했다. 그러나 뜻을 이루지 못했다. 말을 달리고 사다리를 놓았다. 그도

성을 허무는 데는 소용없었다.

후금군은 하루 종일 여러 차례 공격했다. 성과는 없었다. 3천 명의 조선 군사와 기천 명의 의주 백성이 혼연일체가 되어 활을 쏘고 돌을 던졌다. 후금군에게 수백 명의 사상자가 발생했다. 밤이 깊어지자, 그들은 마침내 후퇴했다.

"장군, 저들이 후퇴하고 있습니다."

부장이 장군대[25]에 있던 이완에게 보고했다. 기쁨과 안도감이 뒤섞여 있었다.

"그래. 우리 군사들이 이토록 열심히 싸워준다면 3만 대군인들 뭐가 무섭겠는가?"

이완은 당당하게 말했다. 그의 모습에는 피로감이 뚜렷하게 묻어있었다. 그래도 눈동자만은 승리감으로 빛났다. 그는 군사들과 의주 백성들에게 한없는 고마움을 느꼈다. 모두가 혼연일체가 되어 적에게 항거하는 모습이 더없이 든든했다. 백성과 함께 이겨냈다는 뿌듯함과, 다가올 내일에 대한 결의가 마음속에 단단하게 뭉쳐졌다.

"내일 저들이 다시 총공세를 펼칠 것이다. 모든 군사는 쉬도록 하고, 제장들은 경계에 소홀함이 없도록 밤새 저들의 동태를 감시하라."

이완은 막료 회의를 통해 뜻을 전했다. 모두 지쳐 있었다. 승리의 기운이 감도는 장수들의 사기는 높았다. 그들은 서로 격려하며 내일 전투에 대비할 것을 다짐했다.

이에 비해 후금 총대장 아민은 체면이 크게 손상되었다. 3만 대군을 이끌고 첫 전투에서 조선의 성 하나 함락시키지 못하고 패배한 것은 치욕적인 수치였다. 황제에게 보고될 자신의 정치적 입지를 위해서라도 의주 함락은 필수적이었다. 그의 눈자위는 분노로 시뻘겋게 달아올랐다.

---

25)　장군대: 전투를 위해 장군이 올라 군사들을 지휘하는 높은 자리.

"도대체 무엇들 하는 거냐? 3만 대군이 기천도 안 되는 작은 성 하나 함락시키지 못하고 빌빌거리다니. 이 무슨 수모이고 망신인가!"

아민은 지휘봉으로 바닥을 내리쳤다. 쩌렁쩌렁 울리는 그의 고함에 장수들은 고개를 들지 못했다. 패배의 무게가 장수들을 짓눌렀다. 아민의 분노도 장수들에게 부담이었다. 하루 종일 싸워 수백 명의 사상자만 남기고 퇴각한 결과가 그 무게였다.

"이러고서 어찌 조선을 공략한다는 말이냐? 제장들은 무슨 수를 써서라도 내일까지 의주가 함락됐다는 소식을 가져오라. 알겠느냐?"

아민이 고함을 질렀다. 장수들의 회의는 냉랭했다. 다음 날은 어떻게든 의주성을 점령해야 했다. 마음이 급해진 아민은 수단과 방법을 가리지 말고 의주성을 함락시킬 방책을 만들라고 재촉했다. 3만 6천 대군을 이끌고 조선에 와서 첫 전투에 승리하지 못했다는 보고는 끔찍했다. 그렇지 않아도 입지가 좁아지는 형국이었다. 패전 소식까지 전해지면 설 자리가 더욱 없어질 터였다. 아직 전투가 끝난 것은 아니었다. 그래도 체면에 큰 흠이 간 것은 분명했다. 광기로 번뜩였다. 내일은 반드시 의주성을 짓밟고 조선군에게 처절한 복수를 하리라 다짐했다.

의주성의 고민도 깊어지고 있었다. 하루의 격렬한 전투로 화살과 화약이 바닥을 드러냈다. 단 한 번의 큰 전투로 모든 비축량이 소진되었다. 당시 의주성의 군수물자 비축량은 그 정도에 불과했다. 나름대로 대비했다고는 하나, 3만 대군이 한꺼번에 몰려올 줄은 미처 예상하지 못했기에 창고의 물자는 바닥날 수밖에 없었다. 다시 후금군이 진격해 온다면 막아낼 화력이 부족했다. 화살뿐만 아니라 포탄도 이미 바닥난 상태였다. 이런 참담한 현실을 아는 성내 병사들의 사기는 말이 아니었다. 이완 장군은 괜찮다고 부하들을 독려했다. 하나 병사들은 현실을 너무나 잘 알고 있었다.

쉬쉬하며 서로의 눈치를 살폈다.

일부 병사들은 살기 위해 야밤을 틈타 성에서 탈출을 시도했다. 병장기를 버리고 어둠 속으로 줄행랑을 놓기 일쑤였다. 그들은 필사적으로 달아났다. 그러나 대부분은 성을 에워싼 후금 군사들에게 붙잡혀 참수되었다. 어둠 속에서 들려오는 비명은 다른 병사들의 간담을 서늘하게 했다. 탈출은 거의 불가능했다. 일부 항복한 병사들은 후금 군사들에게 붙잡혀 정보를 제공하고 목숨을 건졌다. 하지만 그들의 삶도 전혀 녹녹하지 않았다. 적에게 잡혀 모진 매를 맞거나 반죽음이 된 뒤 포로가 되었다.

포로는 인간 이하의 취급이 당연했다. 개돼지만도 못한 처우를 받았다. 처우랄 것도 없었다. 팔이 뒤로 묶인 채 꽁꽁 언 땅바닥에 머리를 거꾸로 처박고 있었다. 혹은 옆으로 쓰러져 있었다. 추위에 떨며 이를 악물었다. 얼어 죽어도 어쩔 수 없는 체념이 그들에게 드리워져 있었다. 살아있는 자들을 끌어내 마음에 들지 않으면 단칼에 목을 잘라버리는 잔혹함이 자행되었다.

이렇게 붙잡혀 온 포로를 맞아 선 이는 뜻밖에도 한윤이었다. 그는 머리를 말끔히 밀고 뒤통수에만 머리카락을 늘어뜨린 변발을 하고 있었다. 몸에는 후금의 옷을 걸치고 있었다. 멀리서 보면 누가 보아도 오랑캐의 모습이었다. 다만 입을 열면 흘러나오는 말이 조선말이라는 점만이, 그가 어디서 왔는지를 겨우 증명해 줄 뿐이었다.

그의 얼굴에는 자부심과, 지난 고난을 끝내 견뎌냈다는 거드름이 뒤섞여 있었다. 어깨는 자연스레 으쓱 올라가 있었다. 시선에는 이제 쫓기는 자가 아니라 쫓는 자가 되었다는 확신이 배어 있었다. 불과 얼마 전만 해도 그는 도망자였다. 이괄의 난을 주도한 한명련의 아들로, 그 난에 깊숙이 가담한 이유로 역모의 죄명이 씌워졌다. 설명도 변명도 허락되지 않았다. 살아남기 위해 등을 돌렸다. 밤길을 건너 후금으로 몸을 던졌다. 그때의 공포와 굴욕은 아직도 생생했다. 숨을 죽인 채 달아나던 날들, 언제 들이닥칠지 모를 추격의 그림자. 그러나 지금은 달랐다. 그는 후금을 등에 업고 있었다. 한때 자신을 사지로 몰았던 자들을 사냥하기 위해 명령을 내리는 자리에 서 있었다. 과거의 자신이 감히 상상하지 못했던 위치였다.

한윤은 가슴 깊은 곳에서 묘한 쾌감이 치밀어 올랐다. 자부심은 점점 부풀었고, 그의 어깨는 더욱 당당히 펴졌다.

그의 앞에는 팔이 뒤로 묶인 채 언 땅에 무릎 꿇은 수십 명의 포로가 있었다. 그들은 고개를 숙이고 어두운 낯빛을 감추지 못했다. 포로 신세였지만, 살아서 나갈 보장은 없었다. 하나같이 암울한 현실 속에서 살아남기 위해 무엇이든 하겠다는 절박한 심정이었다.

한윤은 가늘게 뜬 눈으로 간교하게 말했다. 살쾡이 같은 그의 미간이 실룩거렸다. 입가에는 비웃음인지 모를 웃음기가 어렸다. 그는 조선 포로들의 생사여탈권을 쥐고 있었다.

"내가 조선 명장 한명련 장군의 아들 한윤이다. 너희들, 잘 왔다. 너희 목숨은 내 손에 달렸다."

그것은 사실이었다. 포로들의 삶과 죽음은 그의 손에 달려 있었다. 그의 손짓 하나에 목숨이 허공으로 사라질 수 있었다.

한윤은 포로들 앞에 천천히 나섰다. 칼집으로 그들의 턱을 거칠게 들어 올리며 얼굴을 하나하나 훑었다. 비굴과 공포가 뒤섞인 그들의 속내를 꿰뚫어 보겠다는 듯 눈알을 굴렸다. 그러나 그의 눈을 받아주는 이는 없었다. 포로들은 수치에 눌려 고개를 떨군 채, 얼어붙은 땅만을 바라보고 있었다. 노골적으로 시선을 피하는 그 모습에 한윤의 입가에는 비웃음이 번졌다.

그 마음을 모를 리 없었다. 자신 역시 처음 후금에 발을 들였을 때, 똑같은 눈초리와 취급을 견뎠다. 조선에서 넘어온 항복자들은 늘 경계와 멸시 속에 살아야 했다. 그래서 그는 속으로 다짐했다. 언젠가 이 자리에 서게 되더라도, 결코 같은 짓은 하지 않겠노라고. 하지만 막상 그 자리에 서자, 그의 몸은 다르게 움직이고 있었다. 말보다 먼저 나온 것은 습관처럼 밴 오만이었다. 손에는 힘이 실려 있었다.

"후금은 새롭게 일어서는 대국이다. 후금에 맞서는 조선은 어리석다. 너희는 좋은 기회를 잡았다. 후금 백성이 된다면 더없는 영광을 얻을 것이다."

그는 허황된 소리를 늘어놓았다. 턱을 치켜들고 포로들을 내려다보며 가소롭다는 듯 장광설을 펼쳤다. 포로들이 지쳐갈 무렵, 그는 본론을 꺼냈다.

"너희 중 의주성에 잠입할 방도를 말하는 자가 있다면 후금에 알려 크게 포상하겠다. 그 포상은 황제의 신민으로서 부족함이 없을 것이다."

그는 깔깔한 어투로 포로들을 내려다보며 힘주어 말했다. 하지만 포로들은 아무도 나서지 않았다. 살기 위해 도망쳤지만, 반역자가 되고 싶지는 않았다. 모두 고개를 숙이고 입을 다물었다. 죽은 듯이 무릎을 꿇고 앉아 있었다.

한윤이 모든 포로를 둘러보았다. 나서는 자는 없었다. 잠시 숨 막히는 정적이 흘렀다. 한윤의 눈가에 짜증이 피어올랐다.

"말하는 자가 없다면, 네놈들을 한 명씩 참하겠다."

한윤은 독기 서린 눈으로 포로들을 훑었다. 그러다 가장 나이 많은 늙은 군인을 지목했다. 초라한 복장에 남루한 모습이 애처로웠다.

굶주림에 볼은 움푹 패었다. 주름진 얼굴은 퀭한 눈만 남기고 온전한 곳이 없었다. 툭 불거진 광대뼈는 그가 얼마나 고된 삶을 살았는지 여실히 보여주었다. 굵은 손마디의 앙상한 손등에는 핏줄이 툭툭 튀어나와 고난의 세월을 그대로 드러냈다. 그래도 삶을 포기한 모습은 아니었다.

"네놈들이 아무도 방도를 말하지 않는다면, 이자의 목부터 벨 것이다.”

늙은 군인의 눈알이 심하게 흔들렸다. 그의 파랗게 질린 눈자위가 더욱 떨렸다. 주름진 눈가에 눈물이 맺혔다. 고향의 처자식이 그의 슬픈 눈에 어른거리며 눈물에 매달려 흘러내렸다. 죽음 앞에서 발버둥 치는 인간의 본능적인 공포가 배어 나왔다. 그 역시 오랑캐의 손에 죽고 싶지는 않았다.

한윤은 옆에 호위하고 있던 후금 군사에게 손짓했다. 오랑캐 군사는 노인을 포로들 앞에 무릎 꿇렸다. 그러고는 칼을 느릿하게 들어 올렸다. 노병은 더욱 불안한 표정으로 눈을 질끈 감았다. 그의 마지막 숨결은 차가운 공기 속으로 흩어졌다. 후금 군사의 차디찬 칼이 ‘얍!’ 하는 기합 소리와 함께 떨어졌다. ‘툭’하는 둔탁한 소리가 들리고, 노인의 목이 땅바닥에 나뒹굴었다. 목을 잃은 몸에서는 붉은 선혈이 울컥 쏟아져 나왔다. 후금 병사는 발로 노인의 깡마른 몸통을 밀었다. 노인의 몸이 옆으로 쓰러지며 다리를 떨었다. 군사의 손에 들린 시퍼런 칼날에서는 묽은 피가 뚝뚝 떨어졌다. 포로들은 일제히 눈을 감고 탄식했다. 극도로 예리한 공포가 그들의 마음속에 밀려왔다. 자신에게도 닥칠지 모르는 죽음에 대한 예감이었다. 하나같이 몸을 떨며 두려움에 몸서리쳤다. 피 냄새가 진동하는 차가운 밤공기 속에서, 의주의 비극은 깊어 가고 있었다.

한윤은 이래도 말하지 않으면 또 다른 자의 목을 베겠다고 협박했다. 차가운 살기가 번득였다. 포로들은 모두 두려움에 오줌을 지릴 지경이었다. 앞줄에 선 이들은 헛구역질하며 쓰러졌다가 목숨이 달아날까 두려워 곧바로 몸을 일으켰다. 죽음의 공포가 그들의 영혼을 옥죄었다. 한윤은 다시 포로들을 둘러보다 이번에는 중년쯤 되어 보이는 사내를 지목했다. 발끝으로 그를 툭 찼다.

“이자를 끌어내라.”

한윤의 말이 떨어지자, 후금 군사들이 중년 사내를 포로들 앞으로 거칠게 끌고 나왔다. 역시 초라한 복색의 사내에게 죽음의 그림자가 짙게 드리우고 있었다. 파랗게 질린 미간과 입술, 똑바로 뜬 눈에는 두려움이 가득했다. 그의 심장은 미친 듯이 뛰었다. 온몸은 사시나무 떨듯 흔들렸다. 그 역시 한윤의 말 한마디에 목숨이 달아날 판이었다. 끌려 나오는 동안 오줌을 지렸는지, 사타구니가 축축하게 젖어 있었다. 그들은 그를 포로들 앞에 무릎 꿇렸다.

"이번에도 실토하는 자가 없다면, 이자의 목을 벨 것이다."

한윤은 한 치의 머무름도 없이 군사에게 목 벨 준비를 하라고 지시했다. 그의 목소리는 냉혹했고, 광기에 물들어 있었다.

군사는 무지막지하게 다시 피 묻은 칼을 들어 중년 사내의 목 위에 올리고, 조준하듯 그를 노려보았다. 이어 칼을 높이 쳐들었다. 군사의 눈은 중년 사내의 목 한가운데를 뚫어 보고 있었다. 자신이 내려쳐야 할 지점, 목뼈 사이를 벨 작정이었다. 그는 한윤의 명령만 기다렸다. 중년 사내는 죽음을 직감했던지 눈을 질끈 감았다.

그때, 젊은 병사가 고개를 들며 가쁜 목소리로 말했다.

"잠깐만요! 저분은 저의 아비올시다. 어찌 아비가 죽는 것을 보고 입을 다물고 있겠소이까?"

젊은 군사가 눈물을 글썽이며 앞으로 나섰다.

"서둘러 말하라."

한윤이 냉정하게 재촉했다. 젊은 병사의 고뇌 따위는 아랑곳하지 않겠다는 생각이 서려 있었다.

"제 아비를 살리기 위해 어쩔 수 없이 말하지만, 진심이 아님을 아시오."

젊은 사내는 한윤 앞에 무릎을 꿇고 고개를 떨구었다. 스스로 배신자가 되었다는 비참함과, 아비를 살려야 한다는 절박함이 뒤섞여 있었다. 아비의 목숨이 경각에 달려 있었기에 다른 선택은 없었다.

한윤은 그를 자신의 군막으로 데려갔다. 차가운 바람을 피하는 곳이었다. 군막 안에는 약간의 침구와 그의 옷가지로 보이는 보자기가 있었다. 한윤은 따뜻한 차를 가져오게 하여 그에게 한 사발 마시게 했다. 사내는 따뜻한 차를 마시고 몸이 풀리자 그제야 길게 숨을 내쉬었다. 그의 몸은 따뜻해졌지만, 마음속의 고통은 더욱 깊어지고 있었다.

"어디로 가면 되느냐?"

한윤은 칼을 만지작거리며 물었다.

"의주성 밖 4백 보쯤에 작은 수로가 있소. 그 수로를 따라 들어가면 의주성 수문[26]과 연결되어 있소. 그리로 들어가면 성안으로 잠입할 수 있소이다."

젊은 군사는 마지못해 털어놓았다. 그의 목소리는 떨리고 있었다. 아비의 목숨을 구하기 위해 성의 동료들을 배신했다는 죄책감이 몰려왔다. 견디기 힘든 고통이었다. 말을 마친 사내는 그 자리에 얼굴을 묻고 울었다. 흐느끼는 그의 어깨가 들썩였다. 한윤은 그것도 용납하지 않았다. 매서운 눈으로 그를 노려보았다.

"좋다. 그럼, 네가 앞장서라."

한윤의 마지막 명령은 차갑고 선명했다. 젊은 사내는 끝이 보이지 않는 어둠에 빠진 채 고개를 들었다. 이제 그는 자기 손으로 의주성을 무너뜨리는 비극의 선봉에 서야만 했다. 밤은 더욱 깊어졌다. 한윤은 성공에 대한 확신과 야심을 느꼈다. 그는 즉시 후금 총대장 아민에게 달려갔다.

아민은 장수들과 작전회의를 열고 있었다.

첫날 전투에서 의주성을 함락시키지 못한 굴욕 때문에, 그는 정면 공격 외에 다른 방도를 찾으며 뼈저린 한숨을 내쉬고 있던 참이었다. 한윤

---

26)　수문: 성내에서 흘러내리는 물을 밖으로 빼기 위해 만든 문.

이 군막에 들어가 보고하자, 아민은 자리에서 벌떡 일어서며 그를 힘껏 끌어안았다.

"잘했다. 내일 의주성이 무너지면, 이는 네 공이다. 내 이를 가상히 여겨 황제 폐하께도 아뢰겠다. 충성을 다하라."

아민은 한윤에게 술잔을 내밀고 가득 채웠다. 이제 살길이 열렸다는 안도감이 서렸다.

"예, 대장군. 제게 병력 80명을 주신다면, 그들을 사냥꾼으로 변장시켜 성안으로 침투하겠사옵니다."

한윤은 간교하게 아민을 올려다보며 요청했다. 기회를 놓치지 않으려는 영악함이었다.

"직접 들어간다는 말이더냐?"

"그러하옵니다. 제가 진두지휘하겠사옵니다."

한윤은 자신의 복수극에 대한 열망을 숨기지 않았다. 아민은 그의 손을 잡으며 술을 권했다. 자신도 벌컥벌컥 들이켰다. 이제 승리가 코앞이라는 확신이 가득했다.

늦은 밤, 한윤은 아민이 넘겨준 80여 명의 군사들을 사냥꾼으로 변장시켰다. 옆구리에 꿩 털을 매달고 머리에는 털모자를 썼다. 몸 곳곳에 토끼털을 매달았다. 누가 보아도 사냥꾼처럼 보였다. 그들은 조선인 포로를 앞세우고, 어둠 속으로 스며들었다.

늦은 밤, 칼바람이 살을 에는 듯 매서웠다. 북방의 정월 바람은 예리한 날처럼 귓가를 베며 스쳤다. 탁 트인 들판은 더욱 차가운 바람의 세상이었다. 몸을 움츠렸지만, 냉기는 뼛속까지 스며들어 온몸을 얼렸다. 턱이 딱딱 부딪혔다. 추위와 함께, 미지의 침투 작전에 대한 긴장감이 그들에게 서려 있었다.

한윤은 조선인 포로를 앞세우고, 성 밖 4백 보쯤 떨어진 배수구를 향해 천천히 나아갔다. 넓은 벌판이라 움직임이 쉬이 눈에 띄었다. 그들은 논둑 아래 바짝 엎드려 기어갔다. 보름 전날 밤, 휘영청 밝은 달이 떠올라 사방을 훤히 비쳤다. 그들이 몸을 낮춘 이유였다. 달빛 아래 그림자처럼 움직이는 그들의 모습은 흡사 사냥감을 노리는 짐승 같았다.

한윤은 복수심으로 가득 찼다. 동시에 이 위험한 임무를 성공시켜야 한다는 중압감에 짓눌렸다. 앞서가는 조선인 포로는 자신의 발걸음이 조국의 멸망을 앞당기고 있다는 죄책감에 시달렸다. 떨리는 몸을 겨우 가누고 있었다.

배수구는 벌판 한가운데 교묘하게 숨겨져 있었다. 양쪽 돌 위에 덮개 돌을 얹고 흙으로 덮어 만든 수로였다. 주의 깊게 보지 않으면 수로인 줄 알 수 없었다. 논둑을 길게 쌓은 것처럼 보였다. 배수구 끝은 작은 하천으로 이어져 있었다. 크기는 성인 남자 한 명이 기어서 들어갈 정도로 넉넉했다. 가까이 다가가자, 안쪽은 검은 배관처럼 텅 비어 있었다. 그늘진 바닥은 아직 얼어붙어 얼음이 희미하게 보였다. 차가운 지하의 공기가 그들을 맞이했다. 한윤의 명령에 조선인 포로가 먼저 수로 안으로 기어들어 갔다. 그의 미간은 죄스러움과 체념으로 일그러졌다. 아비의 목숨을 구하기 위해 순종했다고 자위했지만 내심 반역자의 무게를 느꼈다. 서서히 몸을 움직여 수로 깊숙이 기어들어 갔다.

한윤은 칼을 비스듬히 차고 뒤를 따랐다. 80여 명의 후금 군사들이 사냥꾼 복장을 하고 차례대로 수로 안으로 몸을 밀어 넣었다. 어두운 수로 안에서의 움직임은 극히 느렸다. 그들은 차가운 얼음과 진흙을 헤치며 의주성 수문으로 잠입했다. 그들의 침투는 고요한 밤, 의주성으로 향하는 죽음의 서곡이었다.

의주성은 자신들의 운명이 어떻게 될지 알 길이 없었다. 성 위에서는 멀리 물러간 적의 동태만을 살폈다. 어둠처럼 짙은 불안감이 그들의 마음속에 파고들었다. 밤사이 일부 군사들이 도망쳤다는 소식은 남아 있는 이들의 마음을 더욱 흔들었다. 백성들도 불안에 떨며 밤을 새웠다.

차가운 공기와 함께 절망의 그림자가 성안에 드리워지고 있었다.

"큰일이로세. 화살도, 화약도 바닥이 났는데… 내일 아침이면 저놈들이 다시 밀려오지 않겠나."

문루 위에서 성문을 지키던 늙은 부장이 성 밖 어둠을 오래 내려다보다가 낮게 탄식했다. 추위에 떨리는 어깨 위로 세월이 눌러앉아 있었다. 깊게 파인 주름마다 달빛이 고였다. 그의 얼굴은 마치 오래된 지도처럼 훤히 드러났다. 입을 열 때마다 흰 입김이 새어 나와 뺨을 스치고 흩어졌다. 정월의 밤공기는 살을 파고들 듯 매서웠다. 휘영청 떠 있는 달빛은 성벽을 창백하게 적셔 오히려 한기를 더했다. 수십 년 전장을 떠돌아다닌 노장의 몸에는 피로가 켜켜이 쌓여 있었다. 그 피로 위로, 이제는 피할 수 없는 끝을 감지한 사람만이 느끼는 비장함이 어둡게 배어 있었다.

"정말 심상치 않습니다. 성 안 백성들이 술렁이고 있습니다. 오늘은 어찌어찌 막아냈지만, 내일도 그럴 수 있을지는… 장담하기 어렵습니다."

젊은 부장은 제자리를 찾지 못한 채 서성였다. 추위는 이미 문제도 아니었다. 지금 그는 살 것인가, 죽을 것인가의 문턱에 서 있었다. 불안은 몸을 감싸 쥐었고, 그의 눈자위는 파랗게 질려 있었다. 눈동자가 제 뜻과 달리 흔들렸다.

"그러게 말일세."

늙은 부장이 다시 어둠 속을 바라보며 중얼거렸다.

"이 바닥에서 한평생을 굴렀지만… 이곳이 내 마지막 근무지가 될 것 같다는 예감이 드는구면."

그의 말에는 체념이 실려 있었다. 체념 아래에는 긴 삶의 끝자락을 미리 바라보는 사람만이 아는 묵직한 먹먹함이 엉겨있었다.

"참담합니다."

젊은 부장은 거의 울먹이듯 말했다.

"집에 아이들이 아직 어린데… 이 전장 한가운데서 살아남을 길이 보이지 않습니다. 대체 어찌해야 합니까."

그는 고개를 떨궜다. 아직 죽기에는 너무 이른 나이였다. 머릿속에는 고향의 집과 처자식의 얼굴이 끊임없이 떠올랐다. 성 밖을 힐끗힐끗 바라보며 그는 몸을 떨었다. 죽음이 바로 앞에 앉아 있는 듯한 자리였다. 살아서 고향으로 돌아갈 가능성은 손에 잡히지 않았다. 이 젊은 나이에 의주성 성벽 아래 뼈를 묻을지도 모른다는 생각이 그의 정신을 갉아먹었다. 그는 떨리는 시선으로 늙은 부장의 얼굴을 살폈다. 아무 말도 하지 못한 채, 그 눈썹 사이에는 오직 하나의 마음만이 선명히 매달려 있었다. 살고 싶다는 갈망이었다.

늙은 부장이 그의 마음을 모를 리 없었다. 노장은 잠시 생각에 잠기더니 조용히 말했다. 그의 목소리에는 결심을 굳힌 자의 비장함이 배어 있었다.

"내 눈을 감아줄 테니, 이 길로 성을 넘어 도망가게. 살길은 그 길밖에 없네. 내일 아침이면 필시 성은 무너질 것이네. 그리되면 어찌하겠나. 젊은 자네라도 살아남아 훗날을 기약하는 게 옳지 않겠나? 살아서 돌아간다면 내 집에 안부나 전해주게. 나는 의주성에서 장렬히 전사했다고 말일세."

늙은 부장은 눈물을 글썽이며 한숨을 쉬었다. '전사'라는 단어에 힘을 주었다. 거친 찬바람이 언 볼을 스쳤다. 그 역시 죽음이 두렵지 않은 것은 아니었다. 하지만 스스로 죽을 자리를 알고 있었다. 평생을 최전선에서 살아온 삶이었다. 이제 끝이 보인다는 생각에 눈물이 흘렀다. 고향의 처자식과 많은 이들이 눈에 밟혔다. 최선은 젊은 부장을 살리는 거라고 생각했다. 그리고 자신은 의주성에서 삶을 마감하리라 다짐했다. 그의 마음은 비록 슬펐지만, 동시에 숭고한 희생을 택한 자의 평온함이 있었다.

“그래도 비열하게 어찌 도망가겠습니까?”

젊은 부장은 불안한 눈으로 성 밖을 내다보다 눈치를 살폈다. 그의 마음속에서는 살고 싶은 욕망과 마지막 자존심이 충돌하고 있었다.

“백의종군하는 한이 있어도 살아남아야지. 젊은 자네는 어서 서두르게. 나 혼자 성루를 지키겠네. 내가 눈을 감지. 어서. 어차피 무너질 성. 자네가 있다고 안 무너지지 않을 걸세. 경험에서 하는 소리네.”

늙은 부장이 젊은 사내를 다그치듯 떠밀었다. 그제야 젊은 사내는 그의 손을 잡고 뜨거운 눈물을 흘렸다. 염치를 뒤로하고 성을 넘어 숲으로 몸을 숨겼다. 밝은 달빛에 그가 숲으로 숨어드는 모습이 훤하게 내려다보였다. 그는 숲으로 숨으면서도 늙은 부장의 모습이 안쓰러워 고개를 돌려 눈인사했다.

늙은 부장이 추위에 떨며 혼자 긴장 속에 성루를 지키고 있을 때였다. 젊은 부장이 달아난 지 얼마 지나지 않은 시간이었다. 보름처럼 둥근 달은 더욱 밝게 의주성을 비추고 있었다. 의주 시가를 휘감으며 이어지는 성은 저 멀리 어둠 속으로 사라지고 있었다. 달빛이라도 어두웠다면 덜 쓸쓸했을 터였다. 밝은 달빛은 거대한 성을 드러누운 괴물처럼 힘없이 보이게 했다. 늙은 부장이 넋 놓고 그 모습을 보고 있을 때였다. 그의 쓸쓸한 뒷모습 위로, 비극의 그림자가 짙게 드리워지고 있었다.

“꽝, 콰광, 꽝!”

갑자기 성내 가운데 있던 화약고가 폭발하며 거센 불길이 치솟았다. 축포처럼 검은 허공을 향해 불꽃을 날렸다. 한두 번이 아니었다. 연이어 거친 폭발음과 함께 화려한 불꽃이 하늘로 맹렬하게 타올랐다. 폭발은 여러 차례 이어졌다. 그나마 얼마 남지 않은 화약고가 터지면서 성안의 화약은 바닥을 드러냈다. 겉보기에는 화려했지만, 실제로는 의주성의 죽음을 알리는 참혹한 서곡이었다.

성안에 있던 이들은 갑작스러운 폭발음에 혼비백산하여 비명을 질렀다. 곧이어 민가들이 모인 곳에서 불길이 치솟았다. 초가집으로 이루어진 장마당 집들이 여기저기서 불을 뿜으며 저잣거리를 환히 밝혔다. 집들도 연이어 불길에 휩싸였다. 한옥이고 초가집이고 가리지 않았다. 온통 성내가 불바다로 변했다. 일순간이었다. 불길 속에서 수로로 잠입한 한윤의 잔당들이 뛰어다니며 불을 질렀다. 그들이 추녀 끝에서 뽑아낸 불쏘시개를 이용하여 불을 옮기는 모습이 곳곳에 보였다. 불그림자를 드리우며 뛰어다니는 그들의 모습은 괴귀의 몸짓이었다.

"불이야! 불이야!"

그들은 의도적으로 소리 질러 불안감을 고조시켰다. 그들의 의도대로 놀란 백성들이 몰려나와 우왕좌왕하며 갈피를 잡지 못했다.

성내는 깨진 병처럼 어수선했다. 백성들은 누가 불을 질렀는지도 모른 채 혼비백산하여 우왕좌왕했다. 공포와 혼란이 그들의 눈에 뒤섞여 있었다. 칼을 든 병사들도 마찬가지였다. 병사들은 칼과 창을 들고 이리저리 뛰어다녔다. 온통 성이 불바다로 변한 탓에 누가 어디서 지휘해야 할지도 몰랐다. 모든 것이 갑작스러운 불길에 무너지고 말았다.

의주성은 삽시간에 혼돈의 아비규환으로 변했다. 여러 곳에서 불길이 치솟자, 후금군은 이를 신호로 일제히 총공격을 감행했다. 잔당들이 성문을 열자, 후금 군사들이 산사태에 밀려오는 진흙처럼 성안으로 쏟아져 들어왔다. 갑작스러운 기습이었다. 성안 백성들은 혼비백산했다. 장수들도 어찌 대처해야 할지 몰라 우왕좌왕했다. 예상치 못한 기습에 대한 당혹감과 함께, 절망적인 공포가 서려 있었다.

의주 부윤 이완도 당황하기는 마찬가지였다. 하루 종일 전투에 지친 병사들도 밤이 되어 휴식을 취하고 있었다. 전투태세도 갖추지 못한 상태에서 야습당한 것이었다.

"영루로 오르라! 무슨 일이더냐?"

　이완은 허겁지겁 영루[27]에 올랐다. 이미 성내는 후금 군사들로 가득 차 있었다. 그들은 성내 주요 도로를 장악하고 골목을 휘저었다. 조선 군사들은 그들의 검날 아래 무참히 쓰러졌다. 3천 군사는 제대로 싸워 보지도 못하고 죽어갔다. 백성들도 마찬가지였다. 집마다 불길을 피해 뛰쳐나오는 백성들은 오랑캐의 칼날에 무참히 살해당했다. 오랑캐들은 어린아이, 어른 할 것 없이 닥치는 대로 베고 잘랐다. 의주 백성들이 죽어가며 내지르는 괴성은 하늘을 찔렀다. 수천 명이 한꺼번에 지르는 고통 소리는 아비규환 그 자체였다.

　"아니, 저놈들이! 저 오랑캐 놈들이! 저놈들을 무찔러라! 우리 군사는 어디 갔느냐! 무엇들 하는 것이냐!"

　이완은 영루에서 이리 뛰고 저리 뛰며 전투를 지휘했다. 그를 따르는 군사는 많지 않았다. 푸른 날을 휘두르며 외롭게 적을 호령했다. 이미 기울어진 전세를 되돌리기에는 역부족이었다. 하지만 그 역시 위기를 피하지 못했다.

　후금 군사들이 창과 큰 칼을 들고 그를 향해 미친 듯이 몰려들었다. 화살이 여기저기서 날아왔다. 몸 둘 곳도 없었다. 죽음이 그의 눈에 선명하게 보였다. 허공을 가르며 날아온 화살이 온몸 곳곳에 고슴도치처럼 박혔다. 더는 움직이지 못하고 영루 기둥에 위태롭게 기대섰다. 입에서는 선혈이 울컥 쏟아져 내렸다. 영루 바닥은 흘러내린 선혈로 얼룩졌다.

　이완은 오랑캐 발굽 아래서 최후를 맞고 싶지 않았다. 최소한 조선 장수로서의 자존심은 지키고 싶었다. 옆에서 자신을 돕던 사촌 동생 이신에게 고함쳤다. 하지만 어떤 소리도 나오지 않았다. 이신 역시 이미 한쪽 다리에 화살을 맞은 상태였다. 그는 얼떨결에 이완을 올려다보았

---

27)　영루: 적을 막기 위해 돌로 쌓아 올린 튼튼한 구축물.

다. 온통 화살을 맞은 모습으로 간절하게 무언가를 호소하고 있었다. 너무나 혼란스러워 아무 말도 들리지 않았다. 하지만 이완의 시선은 한 곳을 가리키고 있었다.

"불을! 불을 질러! 불을!"

잉어처럼 입만 벙긋거렸다. 영루 아래 약간의 화약이 쌓여 있었다. 이신은 그제야 이완의 뜻을 간파했다. 눈물이 핑 돌았다. 그의 마음속에는 슬픔과 함께, 마지막 명령을 수행해야 한다는 비장함이 밀려왔다. 이완의 명령대로 급히 불을 구해 들고 영루로 몸을 던졌다.

"꽝! 꽈광 꽝!"

고막을 찢는 폭음과 함께, 이완과 이신, 그리고 그를 돕던 몇몇 병사들이 영루와 함께 허공으로 날아갔다. 수많은 파편과 함께 그들의 몸도 흩어졌다. 그들 중에는 조선 군사뿐만 아니라 후금 오랑캐들도 상당수였다.

영루는 거대한 불꽃과 함께 무너져 내렸다. 그 잔해와 함께 의주성도 비극적인 함락을 맞고 말았다. 밤하늘을 수놓은 불꽃은 조선의 첫 번째 관문이 무너졌음을 알리는 슬픈 신호탄이었다.

같은 시각, 의주성 동문에서는 최몽량이 수비군을 이끌고 필사적으로 항거하고 있었다. 영루에서 터져 나오는 폭발 소리를 들은 그는 가슴이 더욱 격하게 뛰었다. 그것이 이완 부윤의 비극적인 최후를 알리는 소리였음을 알 리 없었다. 칼을 높이 쳐들고 눈을 부릅뜨며 목청껏 고함을 질렀다.

"물러서지 마라! 적들을 살려 보내서는 안 된다! 공격하라!"

그는 본래 문관 출신으로, 벌써 나이 50을 바라보고 있었다. 희끗희끗한 수염이 바람에 거칠게 날렸다. 얼마나 독려의 고함을 질렀는지 온몸이 땀으로 얼룩져 있었다. 그는 의주 부윤 이완 휘하의 판관으로 일하고 있었다. 전란을 맞아 칼을 들고 병사들에게 싸움을 독려하는 모습은 백전노장 못지않았다. 조국을 지키겠다는 비장한 각오가 내비쳤다. 그가 한창 성 위에서 군사들의 싸움을 독려하고 있을 때였다. 성 아래 후금 군사 속에 말을 탄 강홍립이 보였다. 그는 말에 걸터앉아 다른 후금 군사들의 호위를 받으며 성안으로 들어오고 있었다. 많은 후금 장수 속에 섞여 있어 그를 알아보기는 쉽지 않았다. 최몽량은 언젠가 그의 휘하에서 일한 적이 있어 그를 알아볼 수 있었다. 강홍립의 얼굴에는 아무런 감정도 드러나지 않았다. 그의 눈은 오직 성안을 향해 있었다.

강홍립은 광해군의 명으로 도원수[28]가 되어 명나라와 후금 전투에 나선 뒤, 후금에 항복했던 인물이었다. 그는 그 후 후금에 머물다 이제 그들과 함께 조선 땅을 밟고 있었다. 그의 존재는 최몽량에게는 분노와 치욕 그 자체였다.

"네 이놈! 네놈은 한때 이 나라 도원수 강홍립이 아니더냐! 인간 탈을 쓰고 어찌 나라를 배신하고 오랑캐 앞잡이가 되어 돌아오느냐! 당장 네 놈 목을 베어도 시원치 않은데, 그러지 못하는 내가 한스럽구나! 이 역적 놈아!"

최몽량은 성 위에서 목이 터지라 외쳤다. 강홍립에 대한 사무친 증오와, 조국을 배신한 자에 대한 분노가 엉겨있었다. 말을 탄 강홍립은 아무 말 없이 앞만 보며 성문을 지나쳤다. 그의 무표정은 최몽량의 분노를 더욱 부추겼다.

"네 이놈! 네가 조국을 배신한 역적 강홍립인 것을 조선 사람이라면 다 안다! 왜 말이 없느냐! 너는 천 년을 두고 조국을 판 놈으로 길이 기억될 것이다! 이 매국노야!"

최몽량은 그를 내려다보며 고함을 질렀다. 후금군이 그가 있는 성 위를 포위하며 포진을 좁혀 왔다. 그는 조금도 물러서지 않았다. 오히려

---

28) 도원수: 조선시대 전쟁 때 군무를 통괄하던 임시 직책.

더욱 기세등등하게 소리쳤다. 그의 눈은 광기에 가까울 정도로 강홍립을 노려보았다.

"이 오랑캐 앞잡이, 조선의 역적! 천 년을 두고 역적의 이름을 지울 수 없는 놈! 네놈이 아무리 떳떳하게 조선에 들어온다 해도, 조선 사람들은 너를 역적으로밖에 보지 않을 것이다! 이 역적 놈아!"

그는 발악하며 칼을 휘둘렀지만, 문관 출신이라 칼 솜씨는 변변치 못했다. 결국 후금 군사들에게 붙잡히고 말았다. 그의 몸이 제압당하면서도, 여전히 강홍립을 향한 분노로 불타올랐다. 포로가 되어서도 그는 강홍립에 대한 분노를 삭이지 못했다.

"놓아라! 이 오랑캐 놈들아! 이 땅은 조선 땅이다! 내 나라 내 땅을 지키는 것이 무슨 죄가 된다고 나를 포박하느냐! 이 오랑캐 놈들아!"

그는 후금군에게 거세게 항의했다. 끝내 굴복하지 않았다. 볼에 상처가 나고 발에 차여 온몸이 멍투성이가 되었다. 그는 물러서지 않았다. 두 팔이 뒤로 묶여 꼼짝 못 하는 여건에서도 입으로 온갖 욕설을 퍼부으며 후금군에 맞섰다. 그의 마음속에는 선비로서의 자존심과 조국에 대한 맹렬한 충성심만이 가득했다.

후금 대장군은 그의 기개를 높이 사 항복하면 살려주겠다고 제안했다. 그는 끝까지 굴하지 않았다.

"내 이 자리에서 죽는 한이 있어도 오랑캐에게 무릎 꿇지는 않겠다! 조선의 관리로서, 선비로서 당당히 죽는 것이 장부의 도리다! 내 나라 내 땅을 지키기 위해 싸움에 나서는 것은 당연한 일이다! 그럼에도 너희 오랑캐 놈들이 나를 죽인다면 기꺼이 받겠다! 무엇이 두려워 내가 너희들에게 굴복하겠느냐!"

최몽량은 고개를 꼿꼿이 쳐들고 말했다. 그의 목소리는 흔들림 없는 강철 같았다. 함께 끌려온 동생 최몽직과 두 조카 최호, 최준이 포승줄에 묶여 그의 옆에 무릎을 꿇고 있었다. 두려움보다 숙연한 각오가 서려 있었다.

"네가 항복하지 않으면 네 동생과 조카들도 함께 몰살시킬 것이다."

후금 장수는 그를 협박했지만, 그는 조금도 굴하지 않았다. 오히려 큰 소리로 그들을 호령했다. 그의 마음은 이미 초연했다. 가족들의 죽음 또한 자기 뜻을 따르는 것이라 믿었다.

"내가 죽음을 달게 받는다면, 내 동생과 조카들도 이를 마다하지 않을 것이다! 어찌 저들이라고 너희 오랑캐에게 살려달라고 애원하겠느냐!"

최몽직과 최호, 최준은 고개를 끄덕이며 기꺼이 목을 내밀었다. 가족과 함께 의롭게 죽겠다는 결의가 차돌 같았다. 그렇게 네 사람은 함께 죽음을 맞았다.

의주성 함락으로 그곳을 지키려 헌신한 이들은 모두 피를 토하며 스러졌다. 그들의 희생은 의주성의 참혹한 비극 속에서 한 줄기 숭고한 빛으로 남았다. 그렇게 의주성은 이틀을 버티지 못하고 무너졌다. 더 비참한 것은 성안의 백성들이었다.

"아민 대장군의 명령이다. 단 한 명도 살려두지 마라. 후금에 항거하는 족속들은 모조리 도륙당하는 것을 분명히 보여주어야 한다."

후금 장수들이 병사들을 독려했다. 잔혹한 명령은 광기가 되어 성을 감쌌다. 군사들은 의주성의 모든 백성을 닥치는 대로 베고 찔렀다. 3만 대군이 한꺼번에 몰려들어 만나는 자는 모조리 토막 냈다. 칼이 번득이고 도끼가 날아다녔다. 의주 백성들은 그들의 광기에 희생되어 무참히 죽어갔다. 어린아이의 비명과 노인의 절규, 부녀자들의 울부짖음이 뒤섞여 하늘을 찔렀다. 그렇게 참살당한 이들이 수만이었다.

성 전체가 도살장으로 변했다. 지옥이 따로 없었다. 개들은 죽은 사람의 팔다리와 살점을 물고 돌아다녔다. 피비린내가 성 전체에 자욱하게 고여 있었다. 참혹했다. 성에서 흘러내리는 도랑마다 백성들의 피가 질펀했다. 길거리와 골목, 성한 곳은 단 한 군데도 없었다. 사체들이 나뒹굴었다. 의주성은 살아있는 자 하나 없는 거대한 무덤으로 변했다.

　후금은 자신들에게 항거한 성은 초토화한다는 것을 알리기 위해 백성들을 모조리 참살했다. 그들은 죽은 백성들의 옷을 벗겨 군사들에게 나누어 주었다. 그것을 덧입혀 추위를 피하도록 했다. 의주성의 눈물겨운 비극은, 후금의 잔혹한 조선 침략의 시작이었다.

8. 병마절도사 본진

　의주성이 피와 불길 속에서 무너져 내리던 그 시각, 의주와 지척에 있는 용천 부사 이희건은 평안도 구성에 머물고 있었다. 그는 평안도 병마절도사 남이홍에게 자문을 구하기 위해서였다. 용천의 미래, 아니 조선 서북방의 운명을 가늠할 중요한 내용이었다.

　평안병사[29]의 본진은 본래 견고한 철옹성인 영변이었다. 거란, 몽골, 홍건적의 침입에도 끄떡없던 난공불락의 요새였다. 35리나 되는 성안에는 3개의 개천이 흐르고 50개가 넘는 우물이 있었다. 문을 닫으면 누구도 넘볼 수 없었다. 하지만 북방 오랑캐의 준동 첩보가 잇따르자, 조정에서는 평안병사 본진 위치에 대한 논의를 재개했다.

　도체찰사[30] 장만과 평안병사 남이홍은 안주성에 본진을 두어야 한다고 강력히 주장했다. 3년 전 이괄의 난을 함께 평정했던 그들은 한 몸처럼 움직였다. 장만은 늘 남이홍을 부장으로 데리고 다녔다. 서로를 깊이 신뢰했다. 서북 군진에서 잔뼈가 굵은 그들은 현실적이고 실리적인 판

---

29)　평안병사: 평안도 병마절도사의 준말. 병마절도사는 각 지방의 병마를 지휘하던 종이품 무관벼슬로 해당 지역 총사령관이었다.

30)　도체찰사: 조선시대 전쟁이 발생하면 군무의 최고 책임자, 의정이 겸임했다.

단을 중시했다.

장만은 이괄의 난 때 왼쪽 눈을 잃고 검은 안대를 한 채 조정에 나와 자신의 주장을 펼쳤다. 갸름한 인상에는 총기와 너그러움이 함께 어려 있었다. 그는 조용히 아뢰었다.

"안주성은 북으로 청천강을 경계로 삼고 있사옵니다. 고구려 을지문덕 장군이 수나라 대군을 무찔렀던 살수대첩 지가 바로 그곳이옵니다. 하지만 묘당[31]에서 거론하는 구성에는 성이 없사옵니다. 성 없는 벌판에서 기병에 능한 대군을 맞서는 것은 불리하니, 안주성을 지키는 것이 합당하옵니다."

평안도 병마절도사 남이흥 역시 장만의 주장에 힘을 실었다. 오랜 야전 경험에서 우러나오는 확신이 녹아있었다.

"전하, 북방 오랑캐들은 평야지대에서 단련된 자들이옵니다. 성 없는 구성에서 그들과 맞서는 것은 크게 불리하옵니다. 병사의 본진은 안주성에 두어야 하옵니다."

야전 경험이 풍부한 두 사람은 청천강이 가로막고 있어 적의 침입이 어려운 안주성을 본진으로 삼아야 한다고 역설했다. 강과 인접한 산 능선과 절벽을 이용해 쌓은 안주성은 평지에서 오는 적을 막기에 최적이었다. 하지만 인조반정 후 실세가 된 우찬성 김류는 북방 요충지인 구성을 지켜야 한다고 강하게 밀어붙였다. 그곳은 의주와 가까운 안주 전방 1백50리 지점이었다. 김류의 깡마른 체구에 검버섯 핀 볼에는 완고함이 묻어있었다.

"평안도를 책임지는 병마절도사가 뒤로 물러나면, 최전방 장수들은 누구를 믿고 싸우겠사옵니까?"

김류는 평안병사가 본진을 앞으로 옮겨야 한다고 주장했다. 그는 여

---

31) 묘당: 조선시대 최고 행정기관인 의정부를 이르는 말.

러 논쟁에도 뜻을 굽히지 않고 구성에 본진을 두어야 한다는 논리를 펼쳤다. 그의 주장은 명분론에 입각한 것이었다. 이는 곧 인조의 마음을 움직일 수 있는 근거가 되었다.

두 진영의 의견은 팽팽했다. 김류의 주장대로 후방에 앉아 전방 장수들에게 방비를 명하는 것은 옳지 않았다. 그러나 성 없는 벌판에서 기마병을 맞서는 것도 위험했다. 왕은 고심 끝에 명했다.

"평안병사 본진 문제는 더 논의가 필요하다. 서로 논의하여 결과를 올려라."

대전에서 물러난 김류와 장만은 뜰을 걸으면서도 논쟁을 이어갔다. 김류는 장만을 향해 날이 서도록 비난했다.

"대감, 남이흥이 안주에 물러나 지키다 적이 맹산 길을 거쳐 바로 한성으로 들이닥치면, 이는 영공께서 일전에 이괄이 멋대로 경성을 범하게 한 것과 다름없소이다."

'영공'은 장만을 가리키는 말이었다. 이괄이 장만이 지키던 평양성을 우회하여 한성을 침공한 일을 빗대어 그의 실책을 꼬집은 것이다. 김류의 말에는 장만에 대한 불신과 자신의 주장이 옳다는 확신이 서려 있었다. 장만도 맞받아쳤다. 백전노장으로 전장에서만 살아온 그에게 더 물러설 곳은 없었다. 진정 물러나는 것은 낙향하는 길이었다. 왕이 놓아주지 않아 도체찰사를 맡고 있었다. 그의 미간에는 불쾌감이 확연했다.

"내게 병권을 주었으면 병사 본진은 내가 판단하는 것이오. 어찌 대감이 왈가왈부하시오!"

장만은 불쾌한 표정을 지으며 발끈했다. 문관인 김류가 군무에 간섭하는 것이 못마땅했다.

"이는 국가 존망이 걸린 일이오. 나라가 망하면 나도 죽는데 어찌 상관이 없다는 것이오!"

김류도 물러서지 않았다. 돌처럼 굳은 표정으로 자신의 주장을 폈다.

문관인 그는 무관의 삶을 알지 못했다. 장만도 문관이었다. 하지만 젊은 시절부터 군무를 접하면서 무관처럼 살았다. 따라서 그가 전란 속에서 군을 움직였다면, 김류는 왕을 보필하며 전란을 겪은 인물이었다. 두 사람은 목소리를 높여 다투었다. 그들의 논쟁은 단순한 의견 차이를 넘었다. 각자의 신념과 정치적 이해관계가 얽힌 치열한 대립이었다. 결국 왕은 김류의 손을 들어주었다. 반정 공신인 그의 입김을 무시하지 못했다.

"평안도 군사를 관장하는 병마절도사가 몸을 뒤로 물리는 모습은 온당치 않다."

왕은 그렇게 하교했다. 결국 평안병사 본진은 구성으로 옮겨졌다. 남이흥 병마절도사가 구성에 머물렀던 이유가 바로 여기에 있었다.

용천 부사 이희건과 평안병사 남이흥은 오랜 친구였다. 동갑인 데다 무과 급제 후 서북로에서 주로 관직을 지냈다. 서로를 너무나 잘 아는 사이였다. 남이흥이 먼저 용천 군수를 지냈다. 안주 목사도 번갈아 역임했다. 그들은 서북지역에서 잔뼈가 굵은 장수들이었다. 이괄의 난 때도 장만 휘하에서 함께 싸웠다. 한양 안현 무악재에서 반란군을 평정할 때도 함께였다. 남이흥은 진무공신 1등, 이희건은 2등에 책록되었다. 전장에서 생사를 함께한 전우이자 친구였다. 그래서 누구에게도 말 못 할 속내를 털어놓을 수 있었다.

"병사께서도 아시겠지만, 용천은 후금과 너무 가깝네."

이희건의 눈에는 피로와 고민이 함께 고여 있었다. 압록강은 배로 한나절도 걸리지 않는 거리였다. 그 얕은 물길 하나가 조선과 후금을 갈라놓고 있었다. 백성들은 경계를 넘나들며 살아왔다. 상인만이 아니었다. 평범한 사람들조차 두 나라 사이에서 말을 나누고 정보를 흘렸다. 용천은 전장이기 전에 회색의 땅이었다.

“차라리 싹 쓸어낼까도 생각했네.”

그의 말에는 전운을 앞둔 조급함이 묻어있었다. 내부의 불씨를 그대로 두고서는 싸울 수 없다는 강박이 그를 몰아붙이고 있었다. 남이흥은 고개를 저었다.

“강경책은 화를 부르네. 백성을 적으로 만들면, 자네는 물 위의 기름처럼 고립될 걸세. 달래되 지켜보게. 움직임을 놓치지 말고, 변고가 일어나기 전 우두머리만 정확히 치는 게 옳네.”

그 역시 용천 부사를 지냈다. 민심이 돌아서면, 성은 안에서부터 무너진다는 사실을 잘 알고 있었다. 그는 넉넉한 얼굴로 이희건을 바라봤지만, 한없이 신중했다.

“협수장 장사준이 문제네.”

이희건이 낮게 말했다.

“아무리 봐도 이중 간자야. 백성들 성향이 그러니 어쩔 수 없이 곁에 두고 있지만, 언젠가 내 등을 찌를 놈이네.”

남이흥은 잠시 생각하다가 조용히 답했다.

“그런 자일수록 더 가까이 두게. 관리하고, 증거를 쌓게. 간계가 농후한 자는 성급히 치면 오히려 빠져나간다네.”

이희건은 깊은 숨을 내쉬었다. 심증은 차고 넘쳤지만, 물증은 없었다. 은밀히 뒤를 캐도 허탕이었다. 보이지 않는 적을 안고 싸워야 하는 무력감이 그의 마음을 갉아먹고 있었다.

“난리가 나면 용천 절반은 오랑캐 편에 설지도 몰라. 그들을 데리고 성에 들어가 싸운다는 게 무슨 의미가 있겠나. 장사준 같은 자는 혼란 속에서 살아남겠지.”

그의 눈빛이 서늘해졌다. 불신과 예감이 뒤엉킨 눈이었다.

“그래도 손 놓을 수는 없네.”

남이흥의 목소리가 단단해졌다.

"감시는 더 촘촘히, 결단은 더 냉정히. 혐의가 잡히면 가차 없이 베어야 하네. 싸움은 이미 시작된 셈이야."

이희건은 천천히 고개를 끄덕였다.

"이런 이야기를 나눌 사람이 자네 말고 또 어디 있겠나."

남이흥은 빙긋 웃었다. 두 사람은 자리에서 일어서려다 다시 찻잔을 바라봤다. 아직 식지 않은 차의 온기가 손끝에 남아 있었다. 그 따뜻함이, 다가올 싸움 앞에서 잠시나마 그들을 붙잡고 있었다.

"대감! 급보이옵니다!"

부장이 헐레벌떡 그들이 앉아 있던 병사의 방으로 뛰어 들어왔다. 거친 숨을 몰아쉬는 모습은 불길한 예감을 드리웠다. 간단히 인사하고 자세를 바로 했다. 그 몸짓 하나하나에 긴박함이 엉겨있었다.

"무슨 일이냐?"

남이흥은 자리에서 벌떡 일어나 방을 나서며 말했다. 불길한 예감에 대한 경계심이었다.

"큰일 났사옵니다! 오랑캐 놈들이 의주를 침공했다고 하옵니다!"

"뭐라? 오랑캐들이 의주를 침공했다고?"

남이흥의 미간이 순식간에 굳어졌다. 옆에 있던 이희건도 놀라움에 붉게 달아올랐다. 의주성이 첫 번째 목표일 것이라는 예측은 했지만, 이렇게 빨리 쳐들어올 줄은 몰랐다.

"그러하옵니다."

부장의 확인에 두 장수의 얼굴에는 초조함이 드려졌다.

"이보게. 서둘러 용천으로 가셔야겠네. 가는 대로 용골산성에 들어가 최대한 그곳에서 저들을 잡아두게. 시간을 벌어야 하네."

남이흥은 이희건의 손도 잡아주지 못하고 부장들을 긴급히 소집했다. 긴박한 전황에 대한 대처방안이 머리에 맴돌았다.

"그리하겠네."

이희건은 남이흥의 말을 듣자마자 즉시 말을 몰았다. 구성에서 용천까지는 2백 리 길이었다. 쉼 없이 말을 달리면 하루 안에 도착할 거리였다. 그의 마음은 더욱 급했다. 후금이 침공했다면 의주성이 첫 번째, 용천이 두 번째 목표라는 사실을 그는 잘 알았기에 숨이 가빴다. 뒤도 돌아보지 않고 말을 내달렸다. 등 뒤로 휘몰아치는 찬 바람은 다가올 전운을 예고하고 있었다.

용골산은 평안도 용천과 피현 주변에 걸쳐 있는 산이었다. 그 두 번째 봉 꼭대기에 산성이 있었다. 용골산성이었다.

용골산성은 가파르고 거친 바위틈을 구불구불 힘겹게 올라야 옛집처럼 올려다보였다. 바위산 자체가 천혜의 요새였다. 낭림산맥 끝자락에 험준하게 매달려 있었다. 용골산은 경동지괴의 영향으로 완만하게 서해로 뻗어 나가는 여타의 산세와 달랐다. 높이는 4백70여 미터에 불과했지만, 압록강 최하류 지역 잔구였다. 앙상하게 뼈대만 남은 용골처럼 험준하게 솟아 있었다. 그래서 용골산이라는 이름이 붙었다. 산등성은 나무도 바르게 자라지 못했다. 황량하고 메마른 돌산이었다. 용골산성은 그런 곳에 쌓은 성이었다. 겉으로 보기에도 매의 발톱처럼 단단하고 견고했다.

고구려가 쌓은 성을 고려와 조선이 그대로 사용했다. 성 높이는 15자, 평균 4미터 정도였다. 절벽 위 바위와 바위를 이은 형태라 절대 낮지 않았다. 둘레는 1천 5백보가 되지 않았다. 면적은 9천여 평 남짓한 작은 성이었다. 험준한 바위산이라 오르기에 어려웠다. 침공은 더욱 어려웠다. 하지만 방어에는 최적의 요새였다.

이희건의 머릿속에는 오직 이 견고한 산성을 지켜야 한다는 생각만이 가득했다. 그는 밤새 말을 달려 다음날 용천부에 도착했다. 서둘러 초주검이 된 말을 뒤로하고 민첩하게 움직였다. 이미 용천에도 오랑캐가 의주에 쳐들어왔다는 소문이 파다하게 퍼져 백성들이 술렁이고 있었다.

“부장들은 즉시 용천부 백성을 모두 용골산성으로 피신시켜라! 각자 먹을 것은 스스로 지고 들어가도록 조치하라. 최대한 식량을 많이 확보하라. 그리고 군량 확보에도 만전을 기하라. 알겠느냐?”

이희건은 다급하게 명령했다. 부장들은 서둘러 백성들을 용골산으로 피신시켰다. 백성들은 식량을 머리에 이고 등에 진 채 산성으로 향했다. 각자 먹을 것을 가져가라는 부사의 엄명에 어린아이부터 노인까지 짐보따리가 하나 가득이었다. 우마차를 끌거나 타고 산을 올랐다.

“무슨 팔자에 또 전쟁인가.”

“그러게, 말일세. 왜놈이 치고 오랑캐가 치고. 기구한 팔자에 또 전쟁을 맞는구면.”

백성들은 푸념을 주고받으며 산성으로 가는 길을 재촉했다. 용골산으로 오르는 길은 용천 피난민들로 북새통을 이루었다. 개미 장날처럼 산성 길이 구불구불 하늘로 이어졌다. 이희건은 급히 산성에 올라 부장들을 관아에 불러 모았다.

“우리는 용골산성을 거점으로 후금군과 싸우면 승산이 있다. 적은 병력이 문제지만, 5백여 근사와 백성이 한마음으로 성을 지킨다면 불가능한 일도 아니다. 험준한 지세를 이용해 장기 항전 태세를 갖춘다면 최대한 적의 발목을 잡을 수 있다.”

부장들은 큰 소리로 답하며 이희건의 말에 힘을 보탰다. 비장한 각오와 함께, 성을 지켜야 한다는 책임감이 성애처럼 엉겼다.

“이 성은 작아 쉽게 무너질 듯 보이지만, 바위산 꼭대기에 있어 적의 측면 공격이 어렵다. 역사적으로 함락된 적이 없는 견고한 성이다. 산꼭대기에 천정샘 우물도 있어 물 걱정 없이 버틸 수 있다. 우리가 성문을 열어주지 않으면 얼마든지 버틸 수 있다. 제장들은 자신감을 가지고 싸워라. 우리는 무너지지 않는다. 결코.”

이희건은 힘주어 말했다. 그는 전장에서 단련된 장수였다. 오랜 경험으로 적을 맞서는 데 문제가 없다고 판단했다. 고단하겠지만 적에게 패하는 일은 없을 것이라 확신했다. 제장들은 다시 한번 큰 소리로 결의를 다졌다. 곧이어 장수들을 이끌고 장대에 올라 산성 주변을 둘러보았다. 주변이 훤히 내려다보였다. 서남쪽으로는 넓고 평평한 염주벌이 이어졌다. 서북쪽으로는 용천읍성이 보였다. 동북쪽으로는 백마산성이 아득히 눈에 들어왔다.

"이 산성은 산마루 양 끝이 높고 중간이 약간 들어간 말 안장 모양이라 방어에 유리하다."

이희건은 부장들에게 지세를 설명했다. 용골산성을 이용한 방어 전략이 그의 뇌리에 선명하게 그려지고 있었다.

의주를 함락시킨 후금군은 15일 본격적인 조선 공격을 서둘렀다.

"나는 주력 부대를 이끌고 해안을 따라 용천으로 가겠다. 다른 대장군들은 사전 계획대로 철산과 선천을 공격하라."

후금 대장군 아민의 명령에 따라 후금군은 크게 셋으로 나뉘어 공격을 시작했다. 의주를 함락시킨 자신감과, 확신에 차 있었다. 만주 평야에서 단련된 그들은 산악 지형에는 익숙하지 않았다. 평야를 철기군으로 질주하는 전술에는 능숙했다. 당연히 평야가 펼쳐진 해안가를 주 공격로로 삼았다. 이제 용천은 후금군의 거대한 파도에 정면으로 맞서야 할 운명에 놓였다. 아민이 이끄는 후금 주력 부대는 의주성을 함락시킨 지 불과 하루 만에 용천으로 방향을 잡았다. 두 지역의 거리는 70리 남짓이었다. 철기군의 속도에는 아무것도 아니었다.

후금 대장군 아민의 길잡이는 다름 아닌 한윤이었다. 의주성 전투에서의 공로로 그는 한껏 고무되어 있었다. 아민 역시 그를 가까이 두고 그의 말을 경청했다.

"대장군, 전에 말씀드린 것처럼 조선은 이괄 장군의 반란으로 초토화된 상태입니다. 서북 방면 방어 태세는 없다고 해도 과언이 아닙니다. 그저 거점 관아와 성을 지키는 정도에 불과합니다. 우리를 상대로 방어 전을 치를 만큼 준비가 되어 있지 않습니다.”

한윤은 확신에 찬 목소리로 아민에게 말했다.

“오, 그런가? 그렇다면 더없이 좋은 일이 아닌가?”

아민의 얼굴에 느긋한 만족이 번졌다. 입가에는 숨길 생각조차 없는 미소가 걸렸다. 피 흘리며 힘겹게 이길 필요가 없었다. 적이 스스로 무너져 내린다면, 그것만큼 달콤한 승리는 없었다. 더구나 조선군이 상대조차 되지 않을 만큼 허약하다면, 전장은 이미 끝난 것이나 다름없었다. 그의 머릿속에는 그림 하나가 또렷이 떠올랐다. 성은 차례로 열리고, 길은 저절로 갈라지며 조선 땅 전체가 천천히 그러나 확실하게 후금의 손아귀로 빨려 들어오는 장면이었다. 아직 칼이 부딪히기도 전이었지만, 아민에게 승리는 이미 완성된 이야기처럼 느껴지고 있었다.

“그러하옵니다. 소신이 조선 침공을 역설한 것도 이 때문입니다.”

한윤은 고개를 숙이며 자신의 공을 다시 한번 내세웠다.

조선 조정도 그 사실을 잘 알고 있었다. 부득이 한성을 중심으로 한 방어 태세만 갖추고 있었다. 서북로[32]는 이괄이 난을 일으킨 지역이라 더없이 불충한 곳으로 낙인찍었다. 반란 이후 군사도 원상태로 배치하지 않았다. 반란의 씨앗이 곳곳에 묻혀 있는 곳이었다. 많은 병력을 주는 것은 두려운 일이었다. 불충은 또 다른 불충을 부르는 법이었다. 그들 가운데 어떤 자들이 다시 반란을 일으킬지 알 수 없었다. 자라 보고 놀란 가슴이 솥뚜껑 보고 놀라듯, 조정은 최대한 서북로 훈련을 자제시켰다. 군사력 보강도 거부했다. 최전선에서는 많은 어려움을 호소했다.

---

32)　서북로: 한반도의 서북지역인 평안도지역을 이르는 말. 명나라로 가는 지름길이었으며 후금이 쳐들어온 길이기도 했다.

조정 입장에서는 서북로가 버려진 땅이나 마찬가지였다. 후금이 침공한다면 북방에서 최대한 시간을 벌어주면 그만이었다. 최후의 보루는 도성이었다. 도성을 지킬 군사력만 충분하다면 서북로가 무너지는 것은 큰 문제가 아니라고 판단했다. 그만큼 서북로에 관한 관심은 지극히 적었다.

"조선은 청야전술로 우리 대군에 맞설 것입니다."

한윤은 다음 전략을 설명했다. 조선의 약점을 꿰고 있다는 자신감이 성겨 있었다.

"청야전술이 무엇이냐?"

아민은 흥미로운 듯 되물었다.

"서둘러 고을을 비우는 전술로, 백성을 산성으로 피신시키고 들과 집에 먹을 것을 없애는 방책입니다. 들을 비운다는 의미로 청야라고 했습니다. 먹을 것이 없으면 대군이 버티기 힘드니 그런 전술을 쓰는 것입니다."

"우리도 속전속결을 요구하는 것이 바로 그 때문이다. 이곳에 오래 머물면 군량 보급이 어렵다. 현지에서 조달할 방법이 없으면 어쩌겠느냐. 그래서 서두르라고 하는 것이다."

아민이 답했다. 그는 이른 시일 안에 조선을 정복해야 한다는 조급함에 사로잡혀 있었다. 후금의 대군은 보급에 취약했기에, 청야전술은 그들에게 치명적일 수 있었다.

"그러하옵니다. 조선은 정유재란 때도 이 묘책을 유익하게 활용했습니다."

한윤은 조선 전황을 낱낱이 아민에게 고했다. 서북로 일대는 평야 지대지만, 험준한 산악 지형과 맞닿아 있었다. 서부는 평야에, 동부는 산악 지대에 기대어 있었다. 산성은 대체로 동부 지역에 있어 그곳에 의지하면 항전에 도움이 되었다. 후금군 발목을 잡아 시간을 벌 수 있었다.

용골산성도 그중 하나였다.

용골산 꼭대기 산성은 명절을 앞둔 장마당처럼 북적거렸다. 피난민들의 발소리와 웅성거림이 산성을 가득 채웠다.

아민은 용천으로 접어들었다. 다른 대장군들은 사전 계획대로 철산과 선천을 공격하기 시작했다.

산성으로 피신한 백성들은 두려움에 떨었다. 그들 앞에 놓인 현실은 여전히 냉혹했다.

두어 해 전의 일이었다.

용천에 부임한 부사 이희건은 허물어진 용골산성부터 챙겼다. 천 년 가까이 된 고구려의 옛 성은 세월의 무게를 견디지 못하고 곳곳이 무너져 있었다. 그의 눈에 비친 것은 단순히 낡은 성벽이 아니었다. 백성들의 생명과 평화가 걸린, 이 땅의 마지막 보루였다.

"평화를 위해 전쟁을 준비하는 것이 군인의 본분이다. 이 성은 우리에게 평화와 생명을 가져다줄 것이다. 게을리 말고 힘껏 쌓아 올려라. 성돌 하나하나가 백성들의 목숨과 같다!"

그는 부임 후 곧바로 산성복원에 돌입했다. 이희건은 백성들을 동원하여 매일 부역을 일궜다. 무너진 성벽과 위태로운 산성은 허물고 다시 성을 쌓았다. 아무리 작은 산성이라도 인력으로 그것을 다시 쌓고 보수하는 것은 힘든 고역이었다. 매일 이어지는 고된 부역에 병사들과 백성들은 입을 내밀었다.

"이렇게 조용한 시기에 무슨 성을 쌓는다고 백성들을 괴롭히는 건지. 영감님[33] 속셈을 도통 모르겠네."

---

33) 영감: 조선시대 종2품 이상의 고위관리에게 붙이는 높임말. 통상 관찰사 이상 직급에 붙였다.

땀을 훔치며 투덜거리는 병사들의 불평은 삽시간에 퍼져나갔다.

"맞아. 백성들만 힘든가? 우리는 매일 쉴 새 없이 중노동인데. 무슨 전쟁이 난다고 저러시는지 이해가 안 돼."

그들의 피로와 불만은 하늘을 찔렀다. 차마 크게 소리내지는 못했다. 이희건 부사가 누구보다 먼저 돌을 나르고 나무를 짊어지며 솔선수범했기 때문이었다. 그는 백성들과 함께 흙먼지를 뒤집어썼다. 땀으로 범벅된 모습으로 성벽을 쌓아 올렸다. 그의 헌신은 눈물겨웠다. 백성들의 피와 땀은 성벽 한 조각 한 조각에 스며들었다. 몇 년에 걸친 고통스러운 작업 끝에, 용골산성은 마침내 강고한 모습으로 재탄생했다. 겉보기에도 쉽게 무너질 성은 아니었다. 이렇게 흘린 피와 땀이 이제야 결실을 보게 됐다. 이희건이 용골산성에 대해 자신감을 갖는 것도 이런 연유였다.

용천 땅에 들어선 아민은 휘하 장수들을 불러 작전 회의를 열었다. 용천부를 장악하고 진격 방향을 논의했다. 의주성 함락 과정에서 예상치 못한 피해가 발생했던 점을 염두에 두었다. 용골산성 역시 만만치 않으리라 생각했다. 그렇다고 대군을 쉽게 투입할 곳도 아니었다.

"용천 백성들이 모두 용골산성으로 들어간 듯합니다. 고을이 텅 비었습니다, 대장군."

"저들의 전술이다."

"이번에도 전군에게 산성을 공략하도록 명령하실 생각이십니까?"

부장이 물었다.

"용골산 꼭대기의 작은 용골산성을 치는 데 많은 군사가 필요하지 않다. 부대의 절반은 용골산성을 공격하고, 나머지 절반은 용천에 대기한다. 만약 산성 공격에 어려움이 생기면 후방 부대가 다시 공격한다."

아민은 그렇게 결정했다. 이는 애초 계획된 작전이었다. 속전속결이 중요했다. 지체할 시간이 없었다.

"용골산성을 점령하지 않으면 저들이 우리 배후를 교란할 염려가 있다. 반드시 용골산성을 접수해야 한다. 명심하라."

아민은 장수들에게 명령했다.

후금군은 먼저 용천부를 평정하고 서둘러 용골산으로 군사를 보내 산성 인근 고지대를 점거했다. 정황을 살핀 후 산성을 포위했다. 개미 떼처럼 용골산을 병력으로 에워쌌다. 병력이 넉넉했기에 작은 산성을 포위하는 것은 어렵지 않았다. 그러고는 심리전을 위해 시간을 끌었다.

산성이 포위되자 성내 민심이 불안하게 흔들렸다.

"큰일 났네. 오랑캐 놈들이 우리를 완전히 포위했어. 저렇게 꼼짝 못하게 묶어 놓으면 어쩌란 말인가. 문 열고 나갈 수도 없고."

피난민들은 저마다 불안한 말을 쏟아냈다.

"이제 우리는 죽을 길만 남은 거요."

다른 피난민이 맞장구쳤다.

"그러게, 말입니다. 우리는 이제 어떻게 되는 거요."

성내에 불안감이 번져갔다. 그 불안감은 들불처럼 빠르게 퍼져나갔다. 누구랄 것도 없이, 사람들의 불안한 말들이 모여 성이 금방이라도 무너질 것처럼 흔들렸다. 성이 흔들리는 것이 아니라 민심이 흔들리고 있었다. 싸움터에서 직접 싸우는 군사와 달리 백성들은 후방 지원에 불과했다. 하지만 그들이 흔들리면 전군이 흔들리고 성이 흔들렸다. 가장 경계해야 할 것은 민심 동요였다. 심리전에 휘말리면 패전으로 이어질 가능성이 컸다. 그것을 막는 것이 부사의 몫이었다.

이희건은 군사들에게 경계를 강화하라고 명령했다. 곧이어 부장 회의를 소집했다. 중군 이충걸과 협수장 장사준이 자리했다. 부장들도 각자 자리에 앉았다.

"이럴 때일수록 침착해야 한다. 함부로 입을 놀리는 자는 용서하지 않겠다. 가장 무서운 것은 유언비어다. 적이 많으니, 우리가 진다느니, 성이 무너지겠다느니, 그런 헛소리를 하는 자는 그 자리에서 베어도 좋다."

이희건은 강력한 유언비어 통제를 지시했다. 한시도 늦출 수 없는 일이었다.

"그렇습니다. 오랑캐들이 성을 포위하자 온갖 흉흉한 소문들이 떠돌고 있습니다. 그런 말을 함부로 하는 자는 보이는 즉시 베겠습니다."

중군이 말했다.

"그렇게 하라. 우리가 비록 숫자는 적지만 절대 무너지지 않는다. 이 성은 그렇게 쉽게 무너지는 성이 아니다."

이희건은 부장들을 다독였다. 그리고 백성들에게 동요하지 말 것을 거듭 당부했다. 하지만 시간이 흐를수록 불안감은 끓어오르는 죽처럼 성내에 퍼져갔다. 백성들은 술렁거렸다. 일부 백성들은 이희건 부사의 선견지명이 탁월했다고 칭찬하기도 했다. 힘든 성 쌓기 작업이 없었다면 지금쯤 오랑캐 말발굽 아래 짓밟혔을 것이라는 말도 나왔다. 고생한 보람이 있다는 이야기도 있었다. 하지만 걱정과 우려의 목소리가 더 컸던 것이 사실이었다.

해 질 녘, 한 사내가 관아 앞으로 끌려왔다. 초라한 행색으로 보아 성 안에서 잡일을 하던 농사꾼이었다. 손은 나무껍질처럼 거칠었다.

"무슨 일인가?"

이희건은 하던 일을 멈추고 그들을 내려다보았다.

"이놈이 성 밖에 있는 오랑캐 놈들과 몰래 연락을 주고받았습니다. 성 근처 나무 그늘에 숨어 밖의 놈들과 은밀히 이야기하는 것을 붙잡아 왔습니다."

성을 지키던 초병이 사정을 설명했다. 이어 사내를 무릎 꿇렸다.

"네 이놈. 무슨 말을 했느냐?"

이 부사는 눈을 부릅떴다. 손에 든 칼로 그를 지목하며 매섭게 노려보았다. 사내는 당장이라도 해코지를 당할 것 같아 몸을 움찔하며 입을 열었다.

"저는 아무 말도 하지 않았습니다."

40대 중반쯤으로 보이는 사내는 머뭇거렸다. 그는 아무 말도 하지 않았다고 했다. 거칠게 뻗은 수염이 헝클어져 인상이 좋지 않았다.

"뭐라고? 이놈. 당장 목을 베어버리겠다. 사실대로 말하라."

부사는 시퍼런 칼을 뽑아 높이 쳐들었다. 그제야 사내는 새파랗게 질려 그 자리에 엎드려 살려달라고 빌었다. 그는 연신 머리를 땅바닥에 박으며 애원했다.

"죽을죄를 지었습니다, 영감마님. 사실은 성 밖에 있던 동생 놈이 성 안 사정을 알려달라고 해서 피난민만 많고 군사는 별로 없다고 말했을 뿐입니다. 정말 그것뿐입니다."

사내는 당황하여 숨을 몰아쉬며 모든 것을 쏟아냈다. 마지막까지 모른다고 둘러댈 생각이었다. 하지만 눈앞의 시퍼런 날 끝은 그의 모든 허세를 꺾어버렸다.

"뭐라고? 그 동생이란 놈은 어떻게 밖에 있느냐?"

이희건의 추궁이 이어졌다.

"몇 년 전 난리가 났을 때 압록강을 건넜습니다."

"역적 이괄이 난을 일으켰을 때 오랑캐가 되었다는 말이렸다."

"그러하옵니다. 그 동생이 이번 전란에 저들과 함께 들어왔습니다."

사내는 필사적으로 숨을 몰아쉬며 실토했다.

"네가 저지른 일이 얼마나 큰 죄인지 아느냐?"

이희건의 말투에는 실망과 분노가 뒤섞여 있었다.

"모릅니다. 그냥 가볍게 이야기했을 뿐입니다."

사내는 자신의 어리석음을 깨닫지 못했다.

이희건은 잠시 생각에 잠겼다. 그의 미간에는 깊이 파인 주름이 잡혔다.

"네 어리석음 때문에 칼을 들어야 한다니 참으로 비참하구나. 하지만 네 죄는 죽어 마땅하다. 적과 내통한 죄이기 때문이다. 어쩔 수 없이 너를 베니 원망은 마라."

그의 목소리는 차갑게 가라앉았다. 더 이상 주저하지 않았다. 이희건은 부장에게 사내를 문밖으로 끌어내 참하라고 명령했다. 사내는 울부짖었지만 소용없었다. 병사들은 그를 끌고 관아 앞으로 나갔다. 성안에 모인 백성들이 횃불 아래로 모여들었다. 기천 명은 되어 보였다. 부장이 우렁찬 목소리로 외쳤다.

"용골산성 백성들은 들으시오. 이자는 밖에 있는 오랑캐와 내통한 자이므로 참형에 처하는 것이오. 앞으로 누구든 성 밖에 있는 오랑캐와 내통하거나, 저들에게 진영의 하찮은 이야기라도 전하는 자는 이 자와 똑같이 엄벌에 처할 것이오."

사내는 무릎 꿇고 울부짖었지만, 용서는 없었다. 본보기였다. 병사들은 사내의 팔을 뒤로 묶고 무릎을 꿇린 후, 목을 앞으로 내밀도록 명령했다. 사내는 무슨 생각을 하는지 길게 목을 뺐다. 부장이 날 선 칼을 하늘로 치켜들었다. 휘익- 하는 바람 소리가 성을 가로질렀다. 사내의 목이 횃불 아래 땅바닥으로 굴러떨어졌다. 검붉은 선혈이 하늘로 솟구쳤다. 진중에 모인 사람들은 '아!' 하는 짧은 탄성을 내뱉고는 조용해졌다. 대단히 무미건조한 처형이었다. 어떤 감정도 느껴지지 않았다. 그 사건 이후 성안은 한동안 잠잠했다. 유언비어나 동요는 더 이상 일어나지 않았다. 그러나 싸늘하게 떨어진 사기는 어쩔 수 없었다. 몰려오는 오랑캐의 공격에 과연 얼마나 버틸 수 있을지, 모두의 마음에 의문이 드리워져 있었다.

9. 배신의 벼슬

용골산성을 집어삼킨 밤의 장막 아래, 후금의 앞잡이 한윤은 그림자처럼 은밀하게 움직였다. 그의 손에 들린 검은 서찰은 용골산성 협수장 장사준의 손에 쥐어질 운명이었다.

한윤은 이미 성 내부의 미묘한 기류를 꿰뚫고 있었다. 성안 첩자들이 전해준 정보 덕분이었다. 성주 이희건이 부장들을 의심하고 있었다. 그 중에서도 장사준이 가장 짙은 의심을 받고 있다는 보고는 한윤의 확신을 굳혔다. 구체적인 이유는 알 수 없었다. 이 미묘한 이상 기류가 장사준을 포섭할 절호의 기회임을 직감했다.

늦은 밤이었다. 장사준은 홀로 등잔불을 밝혔다. 그의 눈은 불안하게 주변을 훑었다. 인기척이 없음을 확인한 후에야 가만히 밀지를 펼쳤다. 손끝이 미세하게 떨렸다. 어둠 속에서 누군가 그의 가슴팍에 쑤셔 넣고 사라진 서찰이었다. 그는 크게 두어 번 숨을 몰아쉬었다. 밀지의 내용이 그의 눈에 들어왔다.

"장사준 협수장에게.

나는 조선 장군 한명련의 아들 한윤이다. 작금의 전황은 조선에 절대적으로 불리하다. 산성에서 항복하면 모든 성민을 보살피겠다는 후금 아민 대장군의 밀명을 받았다. 하지만 항거한다면 의주성에서처럼 성안의 모든 백성을 참살할 것이다. 후금군은 무자비하다. 이 점을 명심하라. 그대는 내 특별히 아민 대장군께 말씀을 올렸다. 그대를 용골진장에 삼도록 요청드렸다. 그대의 가족이 의주에 있다는 것을 잘 알고 있다. 부디 심사숙고하라."

밀지를 움켜쥔 장사준은 얼음처럼 굳어졌다. 충격으로 인해 밀지를 놓칠 만큼 온몸이 후들거렸다. 심장이 격렬하게 요동쳐 숨도 쉴 수 없었다. 그는 두어 번 길게 숨을 내쉰 후에야 겨우 떨리는 가슴을 진정시켰다.

'가족이 의주에 있다'는 마지막 문장은 노골적인 협박이었다. 등줄기에서 식은땀이 주르륵 흘러내렸다. 그는 한동안 멍하니 앉아 있었다. 머릿속은 하얗게 비어 있었다. 너무나 충격적인 내용에 사고가 마비되는 듯했다. 가족이 적의 손아귀에 잡혀 있다는 사실에 다른 선택의 여지가 없음을 깨달았다. 어떻게 하면 가족을 구할지 필사적으로 묘책을 찾아보았다.

문득 장사준은 기울어져 가는 조선과 달리, 후금은 떠오르는 강국이란 걸 생각했다. 만약 후금이 명나라처럼 조선을 완전히 장악한다면, 그는 후금을 등에 업고 부귀영화를 누릴 수 있을 것이라는 달콤한 상상이 그의 뇌리를 스쳤다. 선택은 오직 자신에게 달려 있었다. 그는 떨리는 손으로 붓을 들었다. 그리고 짧지만 치명적인 답장을 썼다.

"약간의 시간을 주시오. 산속에서 손쓸 준비를 하겠소."

장사준의 답장은 어둠 속으로 사라졌다.

용골산성은 알 수 없는 운명 속으로 깊이 빠져들고 있었다. 극심한 공포와 탐욕 사이에서 갈등하던 장사준은 결국 항복을 택했다. 가족에 대한 지독한 걱정과 자신의 안위를 보장받고 싶은 끓어오르는 욕망 사이에서 그는 혼란스러워했다. 결국 배신이라는 달콤하지만 치명적인 유혹에 굴복했다. 이제 남은 문제는 단 하나, 성내 백성들의 분위기를 바꾸는 것이었다. 그들을 동요시켜 항복의 길로 이끄는 것이 급선무였다.

달빛마저 숨어버린 어둠 속에서 장사준은 은밀히 심복들을 불러 모았다. 그의 목소리는 낮게 깔렸다. 계산된 비장함이 그 속에 숨겨져 있었다.

"성 밖에 후금 군사가 수만이다. 그들은 잘 훈련된 철기군을 앞세우고 파죽지세로 밀고 내려오고 있다. 조만간 조선은 그들의 손아귀에 들어갈 수밖에 없다. 그런데 우리는 고작 5백여 군사뿐이다. 어찌 저들을 막아낼 수 있겠는가?"

장사준은 심복들을 둘러보며 산성의 패배가 명확함을 암시했다.

"우리는 살아야 한다. 백성들도 살려야 한다. 그러기 위해서는 항복하는 길밖에 없다. 항복하지 않으면 저들이 의주에서처럼 모든 백성을 참살한다고 했다. 백성을 살리기 위해서는 달리 방도가 없다."

그는 백성을 살리기 위함이라는 그럴듯한 명분을 내세워 자신의 배신을 포장했다. 심복들도 공포와 함께 동조하려는 기색이 역력했다.

"그렇습니다. 의주성 소식을 들었습니다. 성안의 수많은 백성을 모두 죽였다고 합니다."

심복들 가운데 문간에 앉은 자가 맞장구를 쳤다.

"맞다. 저들은 무자비하다. 항복하지 않으면 모든 백성이 끔찍하게 죽는다. 각별히 명심하라. 지금부터 백성들을 살리기 위해서는 항복만이 살길이라는 것을 알려야 한다. 알겠는가? 첫째도 백성, 둘째도 백성이다. 이것은 백성을 위한 길이다."

장사준의 말은 겉보기에 당당해 보였다. 명분도 확실하게 여겨졌다. 그의 지시에 따라 심복들은 성내에 불안감을 퍼뜨렸다. 항복만이 유일한 살길이라는 헛소문을 퍼뜨리기 시작했다. 발 없는 말은 순식간에 작은 성안을 바람처럼 휘저었다. 백성들은 낙담과 체념에 긴 한숨을 내쉬었다. 이런 사실을 꿈에도 모르는 용천 부사 이희건은 중군 이충걸과 협수장 장사준을 불렀다. 그의 마음속은 떨어진 성내 군사들의 사기를 끌어올려야 한다는 절박함에 젖어 있었다. 그러기 위해서는 선제공격만이 유일한 해답이라고 믿었다.

"성안 군사들과 백성들의 사기가 바닥이다. 이럴 때는 먼저 선제공격을 감행하여 승전보를 울리는 것이 사기를 진작시키는 데 큰 도움이 된다."

이희건은 확신에 찬 목소리로 말했다. 그의 눈은 불꽃처럼 타올랐다. 그러나 중군 이충걸은 무겁게 눈을 아래로 깔았다.

"하지만 완전히 포위된 상태에서 어떻게 승리를 거두어 사기를 올릴 수 있겠습니까?"

회의감이 뚜렷했다.

"내가 기회를 보아 성문을 열고 적들을 기습하겠다."

이희건은 입술을 깨물었다.

장사준의 간드러진 목소리가 끼어들었다.

"그것은 너무나 위험합니다. 적들은 많고 우리는 수적으로 열세이니 선제공격은 무모합니다. 차라리 굳건한 방어로 성을 지키는 것이 최선입니다."

그의 말은 논리적으로 옳았다. 이희건은 그를 의심하고 있었기에 그의 말을 믿고 싶지 않았다. 오히려 그의 만류가 이희건의 결심을 더욱 견고하게 만들었다.

"그렇다고 사기가 떨어진 진영을 이대로 둘 수는 없다. 기회가 닿으면 내가 비밀리에 적의 후방을 치겠다."

이희건의 의지는 완고했다. 그는 장사준의 이중적인 태도를 눈치채고 있었기에 그의 의견에 동의하지 않았다. 아니, 만약 장사준이 진정으로 성안의 사기를 북돋우기 위해 선제공격을 주장하며 스스로 나서겠다고 한다면, 그것을 빌미로 그를 처단할 생각까지 했다. 하지만 장사준은 혀처럼 부드러운 말만 늘어놓았기에 그럴 수도 없었다.

"내 생각에는 동문 쪽 경사가 완만하니, 저 오랑캐들이 물러날 때 내가 직접 공격하겠다. 혹 내가 성을 비우게 되더라도 중군과 협수장은 성을 단단히 지키도록 하라. 알겠는가?"

"예, 알겠습니다. 그럼, 몇 명의 유격대가 필요하겠습니까?"

중군 이충걸은 걱정스러운 마음을 감추지 못했다. 성을 지키며 적들의 발목을 붙잡아 두는 것만으로도 용골산성의 역할은 충분하다고 생각했다. 그러기에, 부사의 무모한 선제공격은 납득하기 어려웠다. 하지만 이희건의 불같은 성격을 잘 알기에 차마 만류하지 못하고 속으로만 걱정했다. 그러나 협수장 장사준의 눈은 음흉하게 빛났다. 이희건의 말은 그에게 절호의 기회였다. 회의가 끝나자마자 그는 지체 없이 후금 군영의 한윤에게 밀지를 보냈다.

"용천 부사 이희건은 귀 후금 군이 물러나면 즉시 후방을 쳐서 교란하려는 계략입니다. 따라서 귀 후금의 동쪽 군이 후퇴하는 척하면 부사 이희건이 움직일 것입니다. 그때 그를 사로잡으면 성안은 항복할 것입니다. 단, 서쪽 능선에 작은 길을 터주시오."

밀지는 어둠 속으로 사라졌다. 장사준의 배신은 이제 돌이킬 수 없는 파국을 향해 용골산성을 밀어 넣고 있었다.

밤의 장막이 걷히고 여명이 트기 시작한 이른 새벽이었다. 용골산성 관아에 있던 이희건에게 급한 전갈이 날아들었다. 잠들어 있던 성 전체가 깨어나는 듯했다.

"영감마님. 초병에게서 전갈이 왔습니다. 오늘 이른 새벽부터 동문 밖을 에워쌌던 오랑캐들이 물러나고 있다고 합니다. 무슨 영문인지 모르겠으나, 저들이 다른 곳으로 군사를 옮기는 모양입니다."

부장은 놀라움과 혼란스러움을 드러냈다. 그러나 이희건의 입가에는 오히려 희미한 미소가 떠올랐다.

"그래? 그럼 그렇지. 내가 기다리던 일이 드디어 왔구나. 즉시 중군을 불러라."

그의 목소리는 확신에 차 있었다. 드디어 때가 온 것이다. 부장이 황급히 물러가고, 얼마 지나지 않아 중군 이충걸이 숨을 헐떡이며 달려왔다.

"지금 동문 밖 오랑캐들이 후퇴하는 움직임이 포착되었다. 즉시 유격대를 편성하라. 30기면 충분하다."

이충걸은 여전히 불안한 기색을 감추지 못했다. 상관의 명령에 따를 수밖에 없었다.

"중군은 내가 성을 비우더라도 성을 단단히 지키도록 하라. 장사준은 믿지 말고, 혼자 성을 지킨다는 일념으로 굳게 지키고 있어라. 알겠는가? 특별히 명심하렸다."

이희건은 한 치의 빈틈도 없이 방비에 전념할 것을 거듭 강조했다. 장사준에 대한 의심을 숨기지 않고 신신당부했다. 그러고는 더 이상 지체할 새 없이, 기마병 30기를 이끌고 성문을 박차고 나갔다.

새벽 공기를 가르는 말발굽 소리가 닫힌 성문 너머로 울려 퍼졌다. 그들은 말을 몰아 경사가 완만한 동쪽 구릉을 따라 빠르게 내달렸다. 내리막길에는 짙은 운해가 깔려 거대한 흰 바다와 같았다. 기마병들의 질주하는 모습은 바람 같았다. 삽시간에 산 중턱까지 이르렀다. 그곳은 산성에서 그리 멀지 않은 곳이었다. 고개만 돌리면 바로 성으로 돌아갈 수 있는 거리였다. 그러나 이른 새벽에 후퇴했다는 오랑캐들은 보이지 않았다.

이희건의 미간이 찌푸려졌다. 께름칙했지만, 그는 말에게 더욱 거세게 박차를 가했다. 이윽고 소나무 숲이 울창한 곳에 다다랐다. 그제야 후퇴하는 오랑캐들이 무리를 지어 내려가고 있었다. 그들은 희뿌연 안개 속으로 도망치듯 산을 내려가고 있었다. 먼지가 자욱하게 일어 안개와 뒤섞여 앞을 분간하기 어려웠다. 먼지와 안개가 뒤섞인 아득한 풍경 속에 검은 군사들의 잔영이 어른거렸다. 그들은 필사적으로 산을 내려가는 듯했다.

"네 이놈들아! 게 섰거라!"

이희건은 칼을 높이 쳐들고 산에서 내려가는 오랑캐들을 향해 바람처럼 달려갔다. 뒤따르는 30명의 기병도 예검을 번쩍이며 이 부사의 뒤를 따라 경사지를 맹렬히 내달렸다. 자욱한 안개와 먼지 속에서 달아나는 오랑캐 무리는 이미 죽은 목숨이나 다름 아니었다. 순식간에 쓸어버릴 수 있다고 생각하니, 칼을 쥔 손에 저절로 힘이 들어갔다.

불과 수십 미터면 그들을 따라잡을 수 있었다. 이희건이 마지막 박차를 가하던 때였다. 좌우 소나무 숲에서 망령처럼 오랑캐 궁수들이 솟아났다. 희뿌연 안개와 먼지 속에 나타난 그들은 이 세상 사람이 아닌 듯했다. 얼굴도 보이지 않는 검은 형체만 어렴풋이 보였다. 그들은 굵은 소나무 뒤에 몸을 숨긴 채 일제히 활시위를 당겼다. 삽시에 흙먼지 속에서 솔잎 같은 화살이 빗발처럼 날아들었다. 정신을 차릴 수도 없었다. 바람을 가르는 매서운 소리와 함께 수많은 화살이 좁은 공간을 가득 메웠다.

선두에 섰던 이희건은 말머리를 재촉해 번개처럼 달려 나갔으나, 이미 모든 것은 끝난 뒤였다. 허공을 가르며 날아든 화살들이 그의 몸을 고슴도치처럼 덮쳤다. 첫 화살이 어깨를 꿰뚫는 순간, 그는 칼자루에 힘을 줄 틈조차 없었다. 이어 가슴과 배, 목과 옆구리를 가리지 않고 화살이 쏟아졌다. 숨은 막혔고, 몸은 더 이상 말을 듣지 않았다. 갑옷조차 갖추지 못한 살과 피 위로 화살이 겹겹이 박혔다. 그가 탄 말 또한 가슴에 화살을 맞고 비명을 지르며 그 자리에 무너졌다. 뒤따르던 기마 유격대도 다르지 않았다. 방향을 틀 겨를도, 물러설 틈도 없었다. 말 울음과 함께 기병들은 하나둘 안장에서 튕겨져 나갔다. 그 모습은 봄바람에 잘린 꽃잎이 허공을 떠돌다 땅에 떨어지는 것과도 같았다.

30명의 기병은 그렇게 숲속으로 스러져 갔다. 검붉은 피를 토하며, 온몸에 화살이 박힌 채 이름 없이 쓰러졌다. 이희건과 그의 기병대는 용골산성의 외진 자락에서 그렇게 비참한 끝을 맞았다. 누구도 알아주지 않은 싸움이었고, 너무도 허망한 죽음이었다. 참으로 애석한 일이었다.

이번 작전은 완전히 실패였다. 너무나 당연한 결과였다. 오랑캐들은 장사준이 알려준 정보대로 덫을 놓았다. 그곳에 이희건 부사와 기마대가 걸려들었다. 그 결과는 전멸이었다.

용골산성에 주둔하고 있던 군사들과 백성들의 사기를 끌어올리기 위한 작전이었다. 그러나 작전이 수포가 되면서 사기는 걷잡을 수 없이 추락했다. 오히려 나가지 않은 것만 못했다.

성 위에서 이 모든 광경을 지켜보던 부장들은 기겁했다. 그들은 주눅이 들어 싸울 엄두도 내지 못할 만큼 사기가 떨어졌다. 오들오들 떨리는 몸을 가눌 수 없었다. 대장을 잃은 군사들은 갈 길을 잃고 방황했다. 전의 상실 정도가 아니라 민심이 크게 요동쳤다. 성안은 혼돈 그 자체였다. 이 틈을 놓치지 않고 아민은 총공격을 명령했다. 그의 목소리가 용골산에 울려 퍼졌다.

"용골산성을 공격하라! 성주 이희건이 참살되었다고 알려라!"

후금군의 공격이 시작되었다. 이 계곡 저 계곡에서 적들이 포위망을 좁혀 왔다. 수천 명의 군사들이 창칼을 번쩍이며 개미 떼처럼 새까맣게 기어 올라왔다. 뒤에서는 나팔 소리가 울려 퍼지고 징 소리가 요란하게 울렸다. 용골산을 포위한 오랑캐들은 물 샐 틈도 주지 않았다. 그러나 구심점을 잃은 백성들은 우왕좌왕하며 어찌할 바를 몰랐다.

용골산성은 순식간에 비탄의 심연으로 빠져들었다. 용천 부사 이희건의 비참한 죽음으로 홀로 남겨진 중군 이충걸은 어찌할 바를 몰랐다. 후금군에 맞서는 것은 달걀로 바위를 치는 격이었다. 그의 머릿속은 텅 빈 백지 같았다. 그 어떤 계략도, 대책도 떠오르지 않았다. 눈앞이 하얗게 흐려지는 것을 느꼈다.

"적들이 온 계곡을 검게 물들이며 맹렬히 올라오고 있습니다! 중군, 이제 어찌해야 합니까!'

이충걸의 심복이 쫓기듯 물었다.

이충걸은 손에 땀을 쥔 채 멍하니 앉아 있었다. 식은땀만이 그의 이마에서 삐질삐질 흘러내렸다.

"중군, 어서 피하십시오! 적은 수로 저 많은 대군을 상대하는 것은 죽음과 같습니다. 차라리 후일을 도모하는 것이 현명합니다!"

심복들은 두려움에 떨며 한목소리로 도망치자고 재촉했다. 지체하는 것은 죽음이었다. 절박한 이충걸의 입에서 겨우 한마디가 터져 나왔다.

"좋다. 후일을 기약하자."

해가 저물 무렵, 이충걸은 몇몇 심복만을 데리고 서둘러 성을 빠져나갔다. 그들은 서쪽 능선을 따라 그림자처럼 사라졌다.

뒤돌아보는 이 하나 없었다. 성안 사람들은 그들이 언제, 어떻게 사라졌는지도 알지 못했다.

협수장 장사준은 중군 이충걸마저 성을 버리고 달아나자, 자신의 계략이 성공했음을 확신했다. 은밀히 쾌재를 불렀다. 게다가 오랑캐들은 벌 떼처럼 성을 에워싸고 달콤한 목소리로 항복을 권유했다.

"항복하면 모두 살려줄 것이다. 하지만 끝까지 저항한다면 의주에서처럼 단 한 명도 살아남지 못할 것이다. 명심하라."

오랑캐 장수들은 번갈아 성문 앞에 나서서 쩌렁쩌렁 외쳤다. 그들의 거친 목소리에 맞춰 기천 명의 군사들이 일제히 함성을 질렀다. 그 기세에 눌려 성안에서는 작은 소리도 들리지 않았다. 성안의 부장들은 혼이 나간 사람처럼 이리저리 뛰어다녔다.

장사준은 후금에 항복하면 목숨을 부지할 거로 확신했다. 그는 나름

대로 성을 지키고 백성들을 보호하는 유일한 길은 항복뿐이라는 논리로 측근들을 설득했다.

후금은 조선에 들어온 초기에는 백성을 죽이고 약탈을 일삼았다. 시간이 지나면서 그 잔혹함을 억눌렀다. 조선 백성들을 후금으로 귀화시키기 위한 술책이었다. 그 결과, 점령지의 조선 사람들은 잇따라 머리를 깎고 후금에 투항했다. 장사준 역시 가족들이 의주에 있었기에 이러한 형편을 누구보다 잘 알고 있었다. 그는 불안에 떨고 있는 제장들을 급히 불러 모았다. 그들의 눈은 하나같이 초점을 잃고 퀭했다. 오직 도망칠 궁리만 하는 듯 보였다. 정신이 나가 부들부들 떠는 이들도 있었다.

"지금은 절체절명의 순간이다. 죽느냐 사느냐의 갈림길에 서 있다. 후금 군사들이 성문 앞에서 항복을 권하고 있다. 어찌하면 좋겠는가. 시간이 없다."

장사준은 다급하게 물었다. 팽팽한 긴장감이 감돌았다. 그는 이번 회의를 자기 뜻대로 이끌어 항복 분위기를 조성할 생각이었다. 제장들을 둘러보며 그들의 속내를 간파하려 애썼다.

"당연히 싸워야 합니다. 마지막 한 사람이 남을 때까지 싸워야 합니다. 우리는 조선의 장수들이 아닙니까!"

그들 사이에서 본부 무사 김종민이 주변을 쏘아보며 목소리를 높였다. 그의 굳게 다문 입술과 서릿발 같은 눈길에서는 결연함마저 느껴졌다. 그는 당장이라도 혼자 뛰쳐나가 싸울 듯 굳은 의지를 드러냈다. 하지만 아무도 대답하지 않았다. 모두 고개를 숙인 채 어두운 한숨만 내쉬고 있었다. 먼 산을 바라보는 자도 있었다. 김종민과 눈을 마주치지 않으려 애써 시선을 피하는 자도 있었다. 먼저 나서서 항복하고 싶지는 않았다. 그렇다고 죽을 때까지 싸워야 한다는 데 동의하는 눈치도 아니었다. 무언은 그들의 복잡한 심경을 고스란히 드러냈다.

"그렇다고 무작정 죽는 것만이 능사는 아니지 않소?"

　장사준의 측근이 김종민의 눈치를 살피며 기어들어가는 목소리로 말했다. 그러자 기다렸다는 듯 여기저기서 부장들이 싸우는 것만이 최선은 아니라고 목소리를 높였다. 살아야 훗날이 있다고 다그쳤다. 죽음을 각오하겠다는 말은 단 한마디도 나오지 않았다. 모두 살 궁리만 하고 있었다. 김종민은 조선의 무사로서 참으로 부끄러운 마음이 들었다. 어쩔 수 없어 체념했다. 정작 자신도 홀로 나서서 싸우다 죽을 용기는 없었다. 김종민 역시 입을 다물었다.

　"그렇다. 무모하게 죽는 것만이 능사는 아니다. 살아서 훗날을 도모하는 것도 좋은 방책이다. 그렇지 않은가?"

　장사준은 오히려 큰 소리로 당당하게 외쳤다. 그러자 둘러앉아 있던 부장들은 그의 말에 일제히 동의했다. 모두 한목소리로 항복할 것을 제안했다. 장사준의 계획대로 의견이 모인 것이다.

　장사준은 급히 성 부의 후금군 장군에게 성안의 상태를 알렸다. 그의 소식은 파발마를 통해 용천에 주둔하던 아민 대장군에게 신속히 전달되었다.

　장사준은 항복에도 격식이 필요하다고 제안했다. 그의 간청은 아민에게 흔쾌히 받아들여졌다. 이는 그가 쌓아 올린 치밀한 배신의 계획이 성공했음을 알리는 신호탄이었다. 다음 날 이른 아침, 용골산성의 닫혔던 육중한 성문이 마침내 활짝 열렸다. 굉음과 함께 열린 성문은 모든 것을 내어줄 것처럼 입을 벌렸다. 곧이어 대군이 산성에 몰려들었다. 거대한 군병이었다. 성안이 떠나가도록 나발을 불고 북을 쳤다. 성 안을 온통 후금군이 휘감고 있었다.

　진충루 난간에는 후금군 총대장군 아민이 호기롭게 의자에 앉아 거드름을 피우고 있었다. 정복자의 거만함과 승리자의 여유가 눈가에 가득했다. 그의 양옆으로는 위압적인 분위기의 부장들이 갑옷을 번쩍이며 늘어서 있었다.

성안의 모든 군사는 성 마당에 줄지어 섰다. 배신자 협수장 장사준이 맨 앞에 섰다. 그 뒤를 이어 나머지 부장들이 무리를 지어 나란히 섰다. 그리고 그 뒤로는 수많은 성안 백성이 불안한 표정으로 촘촘히 들어서 있었다.

장사준은 적장 아민 앞에 나아가 무릎을 꿇었다. 그는 땅에 닿도록 머리를 깊이 숙였다. 그 굴욕적인 광경에 다른 부장들도 기계적으로 그를 따라 무릎을 꿇었다.

장사준은 자신이 차고 있던 칼을 두 손 높이 들어 적장에게 바쳤다. 명백한 투항이었다.

"용골산성의 협수장 장사준과 이하 장수들, 그리고 백성들은 대후금 군에 투항하겠사옵니다. 하해와 같은 아량으로 저희를 받아주시옵소서."

그는 그 자리에서 다시 일어나 이마를 땅에 박고 엎드렸다. 성안의 모든 군사는 칼과 병장기를 내려놓고 무릎을 꿇었다. 그 뒤에서는 성 사람들이 눈물을 글썽이며 떨리는 무릎을 꿇었다. 억눌렸던 울음소리가 희미하게 성 마당에 퍼져 나왔다. 성안의 모든 이들이 후금 대장군 아민을 향해 머리를 조아리며 항복했다.

용골산성은 그렇게, 너무도 허망하게 무너졌다. 고구려가 돌을 쌓아 올리고 천 년의 세월 동안 수많은 침략을 버텨 온 성이었다. 칼과 불, 포위와 굶주림 앞에서도 끝내 고개를 숙이지 않던 그 견고함이, 장사준의 배신 앞에서는 아무 힘도 쓰지 못했다. 이희건 부사가 피와 땀을 쏟아 다시 일으켜 세운 성은 한 번의 치열한 공방조차 겪지 못한 채 적의 손에 넘어갔다. 성벽은 무너지지 않았고, 문도 부서지지 않았다. 무너진 것은 사람의 마음이었다. 열려 버린 것은 안쪽에서였다. 천 년을 버텨 온 돌성보다, 한순간의 배신이 더 무서웠다. 그렇게 용골산성은 싸워보지 못한 채 패배했다. 그 허망함은 성 위에 오래도록 그림자처럼 남았다.

용골산성을 손쉽게 접수한 후금군은 그곳에서 성대한 승리 축하연을 벌였다. 승리의 함성이 성 전체를 뒤흔들었다. 고구려가 성을 쌓은 이래, 이토록 허망한 함락은 처음이었다.

용골산성의 함락은 단순한 성의 몰락이 아니었다. 그것은 배신과 좌절이 빚어낸 비극적인 역사였다.

장사준은 후금군과 성내 백성들이 지켜보는 가운데, 옆구리에 차고 있던 예리한 단검을 뽑아 들었다. 많은 백성이 그의 돌발적인 행동에 의아한 시선을 보냈다. 후금 군사들도 다르지 않았다. 긴장하는 기색이 감돌았다. 어떤 이들은 새로운 희망을 기대했다. 그가 단검으로 스스로 목숨을 끊어 조선 무장의 자존심을 지킬 것으로 생각했다. 또 어떤 이들은 더 큰 불행의 전조를 느꼈다. 하지만 기대는 곧 허물어지고 말았다. 그는 잠시 길게 숨을 내쉰 다음, 스스로 자신의 상투를 잘랐다. 검은 머리채가 바닥에 툭 떨어지자, 성안에는 미세한 탄식이 흘렀다. 곧이어 옆에 있던 심복에게 잘린 자기 머리카락을 들이밀었다.

"나도 장수들처럼 저렇게 머리를 깎아라."

이 광경을 지켜보던 아민이 호탕하게 웃으며 명령했다.

"저자의 머리를 깎아주어라."

그의 표정은 만족감으로 충만했다. 곧이어 후금 군사 가운데 머리 깎는 솜씨가 좋은 자가 장도칼을 들고나와 장사준의 머리카락을 깨끗하게 밀어버렸다. 뒷머리 일부만을 남기고, 남은 머리카락을 땋아 내렸다. 쏟아지는 햇살에 그의 삭발한 머리가 문어 대가리처럼 번들거렸다. 이 모습을 지켜보던 후금 대장군이 손뼉을 치며 크게 환호했다.

"좋다! 아주 좋아! 장사준 협수장은 진정 용기 있는 장수다!"

주변에 있던 후금 장수들도 손뼉을 치고 칼을 두드렸다. 그의 변절을 축하했다. 그들은 자신들의 힘과 성공에 취해 있었다. 뿐만이 아니었다.

장사준은 자신의 충성심을 증명이라도 하듯 앞장서서 후금군을 극진히 대접했다. 소와 말을 잡아 진상했다. 귀한 술을 내어 그들의 기분을 맞추었다. 떡과 쌀밥을 정성껏 준비하여 올렸다. 용골산성은 온통 잔치 분위기였다. 후금 군사들은 흥에 겨워 술에 취해 비틀거렸다. 그들의 눈은 이미 먹잇감을 찾아 헤매고 있었다.

밤이 깊어지자, 축연은 점차 악몽으로 변해갔다. 후금 군사들은 술에 취해 아녀자들을 함부로 겁탈하기 일쑤였다. 눈에 띄기만 하면 칼을 목에 들이대고 흉악한 짓을 저질렀다.

"이게 무슨 짓이냐!"

아녀자가 자신에게 달려드는 후금 군사를 향해 필사적으로 소리쳤다. 그녀는 있는 힘껏 몸부림치며 저항했다. 공포와 함께 살고자 하는 처절한 의지가 눈에 차돌처럼 엉겼다.

"이 년. 너희들은 이제 후금의 종이 되었다. 종은 주인을 잘 섬기면 될 일. 무슨 말이 그리 많으냐."

후금 병사는 시퍼런 날을 더욱 깊숙이 그녀의 목에 들이댔다. 아녀자가 더욱 거세게 저항하자, 그들은 칼을 그녀의 입에 물리고 몹쓸 짓을 저질렀다. 이를 거부하거나 강하게 반항하는 아녀자는 그 자리에서 무참히 살해했다. 밤마다 여기저기서 아녀자들의 울부짖는 소리와 비명이 성을 뒤덮었다. 성안의 백성들은 공포에 질려 숨죽인 채 이 모든 것을 들어야 했다. 이를 지켜보던 남정네들도 숨을 죽였다. 그들 역시 조금이라도 마음에 들지 않으면 칼로 베었다. 그들은 속으로 울부짖었다. 목숨의 위협 앞에서 무력감에 몸서리쳤다. 산성의 아녀자들은 하루아침에 성을 점령한 후금 군사들의 노리갯감이 되었다.

후금 군부 역시 이러한 만행을 공공연히 묵인했다. 겉으로는 아녀자를 겁탈하는 병사는 엄벌하겠다고 했다. 하지만 실제로는 방조했다. 심지어 조선에 후금의 씨앗을 뿌리는 것이 병사들에게 주어진 또 다른 임무였다. 그들은 날만 새면 간밤에 얼마나 많은 아녀자에게 못된 짓을 저질렀는지 서로 자랑하기에 바빴다. 또 얼마나 많은 조선 백성을 죽였는지도 자랑거리였다. 심지어 악독한 오랑캐들은 아녀자들을 겁탈하고도 모자라 그들을 잔인하게 살해했다. 다른 사람이 겁탈하지 못하도록 코를 베고 귀를 잘랐다. 그들의 만행은 상상을 초월했다. 심지어 임산부의 배를 가르고 태아의 탯줄을 잘라 모자를 함께 죽이는 잔혹한 만행까지 저질렀다. 그들의 잔혹함은 차마 눈 뜨고 볼 수 없을 정도였다.

성안의 사내들은 밤마다 터져 나오는 아녀자들의 처절한 울음소리와 비명에 몸서리쳤다. 그들은 귀를 막고 어두운 구석으로 숨어들었다. 자기 여인조차 지켜주지 못했다는 자괴감에 괴로워했다. 생존이 그 무엇보다 우선이었다. 함락된 성의 백성들은 이미 죽은 목숨과 다름없었다. 짐승만도 못한 짓을 당해도 감히 나서지 못했다. 누구든 나서는 자는 그 자리에서 목이 잘렸다. 조선 백성들은 숨을 죽인 채 모두 고개를 돌렸다. 항복한 성의 백성이 맛보는 쓰디쓴 현실은 참으로 비참했다. 그들에게는 삶에 대한 모든 희망이 사라진 공허함만 남아 있었다.

용골산성 진충루에서 벌어진 술판은 광란의 도가니였다. 후금군 장수들의 거친 웃음소리와 술잔 부딪치는 소리가 밤하늘을 갈랐다. 한윤이 교활하게 몸을 굽혀 아민의 귓가에 무언가를 속삭였다.

아민은 그 말에 벌떡 일어나 술잔을 높이 치켜들었다. 술에 취해 있던 모든 장수는 숨소리조차 죽이며 그를 주목했다. 정적이 흐르는 가운데, 아민의 거친 목소리가 진충루에 울려 퍼졌다.

"나, 후금 대장군 아민은 오늘 용골산성의 승리를 자축하며, 우리에게 충성을 맹세한 용골산성 협수장 장사준을 용골진장으로 임명한다. 장사준이야말로 진정한 즈선의 용사이며, 우리 후금에 더없이 고마운 존재이다. 앞으로 이 성을 장사준에게 맡길 것이니, 더욱 충성스러운 후금 황제의 신하가 되도록 하라."

장사준은 온몸에 전율이 흐르는 것을 느꼈다. 감격과 흥분, 그리고 승리자의 비열한 미소가 입가에 뒤섞여 있었다. 그는 자리에서 일어나 높이 든 술잔을 바닥까지 깨끗하게 비웠다. 술잔을 비운 뒤, 그는 연거푸 깊은 절을 올렸다. 그의 행동은 오랜 꿈을 이룬 자의 간절한 의식 같았다. 그러자 모든 후금 장수가 술잔을 높이 들고 새로운 진장이 된 장사준을 축하했다. 그들의 환호성 속에 장사준은 자신이 드디어 성공했음을 확신했다. 밀지를 건넸던 한윤이 장사준과 눈이 마주치자, 의미심장하게 한쪽 눈을 찡긋했다. 장사준 역시 그를 향해 머리를 깊이 숙였다. 두 사람의 시선 속에 은밀한 공모의 흔적이 숨어있었다.

장사준이 용골산성을 장악하면서 바람직하지 않은 변화들이 연이어 일어났다. 그에게는 후금에 대한 충성을 증명하고, 자신의 권력을 확고히 할 기회였다. 가장 큰 변화는 바로 조선의 오랜 전통인 상투를 자르는 일이었다. 장사준은 모든 부장과 성안 백성들에게 변발을 강요했다. 자신처럼 상투를 자르고 오랑캐의 머리 모양을 따르도록 명령했다. 복종하지 않는 자는 용서치 않겠다고 포고했다. 당연히 격렬한 반발이 터져 나왔다. 조상 대대로 이어져 온 소중한 풍습이자 조선인의 상징과 다름없는 상투를 하루아침에 자르라는 명령은 부당하기 짝이 없었다. 백성들은 실의와 분노에 사로잡혔다. 부장들 사이에서도 신중하게 반대의 목소리가 터져 나왔다.

"진장 나리, 부디 상투만은 자르지 않도록 해 주십시오. 많은 백성이 그것을 간절히 원하고 있습니다."

부장이 눈치를 살피며 기어들어 가는 목소리로 간청했다.

그러나 장사준은 단호했다.

"무슨 헛소리냐? 우리가 후금의 신민으로 살아가려면, 그들의 풍습을 따르는 것은 당연한 일이다. 이를 거역하는 자는 즉시 목을 벨 것이다. 목이 잘리는 것보다 머리카락을 자르는 것이 훨씬 나을 텐데, 어리석은 소리는 집어치워라.”

그의 목소리는 냉정했다. 흔들림 없었다. 손은 이미 칼자루를 움켜쥐고 있었다.

장사준의 위협에 장수들은 더 이상 감히 입을 열지 못했다. 성안에서는 모두 강제로 변발을 했다. 백성들은 여기저기 양지바른 곳에 모여 앉아 상투를 자르고 앞머리와 옆머리를 밀었다. 날이 선 칼과 낫으로 삭발하듯 머리카락을 잘랐다. 그것이 잘려 나갈 때마다 조선인의 혼이 함께 뜯겨 나갔다.

어린아이들은 서로의 기괴한 모습을 보며 깔깔거리고 놀려 댔다. 슬픔과 비통함이 그림자처럼 어른들에게 드리워져 있었다. 겉으로 보기에는 상투 자르는 일이 순조롭게 진행됐다. 속내는 그렇지 않았다.

조선인의 자긍심은 짙은 상처를 입었다. 그들의 마음속에는 후금과 장사준에 대한 검푸른 증오가 싹트기 시작했다.

노을이 지고 어둠이 깔리기 시작했다. 강제로 상투를 자르는 암담함 속에서도 한 늙은 사내만은 완강하게 버텼다. 그의 다문 입술에는 조상 대대로 이어온 조선인의 자긍심이 선명하게 새겨져 있었다.

“내 늙어 죽을 날이 얼마 남지 않았는데, 굳이 조상 대대로 이어온 상투를 잘라야겠소? 나는 차라리 죽을지언정 상투는 못 자르겠소이다.”

늙은 사내는 관아로 자신을 끌고 온 군졸들 앞에서 당당하게 외쳤다. 그의 목소리는 비록 노쇠했지만, 그 안에는 절대 꺾이지 않는 강철 같은 고집이 서려 있었다. 결국 그는 관아에 끌려와서도 뜻을 굽히지 않았다.

진충루에 앉아 이 모든 광경을 내려다보던 장사준의 눈매가 매서워졌다. 늙은 사내의 완강한 태도에 심기가 불편했다.

“끝까지 상투를 자르지 않겠다는 것이냐?”

그의 목소리는 차갑게 가라앉았다.

“소인은 죽어도 상투는 못 자르겠소이다. 후금을 위해 일하라면 그리

하겠소이다. 하지만 상투만은 아니 되겠소이다. 이것은 조상님께 물려
받은 혼이기에 그렇소이다.”

늙은 사내는 진충루를 올려다보며 쇠붙이 부딪히는 목소리로 외쳤다.

장사준은 잠시 흔들리는 듯했지만, 그것은 찰나에 불과했다. 이내 미
간에 냉혹함이 서렸다.

“성안의 모든 백성이 똑똑히 보도록, 저자를 성 마당에 끌어내라.”

주저함 없이 명령이 떨어졌다. 명령이 떨어지자마자 부장들은 늙은 사
내를 관아 앞으로 질질 끌어냈다. 이윽고 요란한 북소리가 울려 퍼지며
백성들을 불러 모았다. 백성들은 장사준이 어떤 처분을 내릴지 숨죽인
채 지켜보았다.

“설마 상투를 자르지 않았다고 목을 베기야 하겠어?”

대부분 사람은 설마 그런 극단적인 처벌은 내리지 않을 것이라고 예
상했다. 그들의 마음속으로는 그렇게 되기를 간절히 바랐다.

“아니야. 장사준 저놈은 이미 오랑캐나 다름없어. 저 늙은이 목을 베
고도 남을 악독한 놈이야.”

“그래도 그렇지. 아무리 그래도 사람 목숨을 함부로 하겠나? 곤장 몇
대 치는 선에서 끝나겠지. 장사준도 인간인데.”

“두고 보세. 틀림없이 저 노인의 목이 떨어질 걸세.”

성안 사람들은 불안한 목소리로 수군거렸다. 그들의 시선은 늙은 사
내와 장사준을 오갔다. 그러나 장사준은 변하지 않았다. 그의 손가락
이 사선을 그으며 아래로 떨어지자, 부장은 주저하지 않고 백성들이 보
는 앞에서 늙은 사내의 목을 단칼에 베어 버렸다. 칼은 섬광같이 번쩍였
고, 이내 핏빛이 허공을 갈랐다. 목이 잘리기 직전까지도 노인은 자신이
죽을 것이라고는 생각하지 못하는 눈치였다. 그의 표정은 평온했다. 설
마 목을 치겠느냐는, 믿음으로 가득 차 있었다. 그러나 그의 믿음은 처
참하게 짓밟혔다. 그것은 돌이킬 수 없는 죽음이었다. 이 사건 이후, 성

안 백성들은 모두 두려움에 떨며 스스로 상투를 잘랐다. 그들은 더 이상 저항할 의지를 잃었다.

용골산성은 완전히 후금의 지배 아래 놓였다. 후금 군사가 나타나면 필사적으로 도망쳐 숨는 것이 유일한 방책이었다. 그들의 눈에 띄면, 고통과 죽음만이 기다리고 있었다. 특히 아녀자들의 고통은 이루 말할 수 없었다. 그들의 눈에는 더 이상 눈물도 흐르지 않았다.

장사준의 배신으로 성을 적에게 넘겨준 모든 백성은 깊이 후회했다. 그들은 분노와 무력함에 대한 자괴감으로 신음했다. 하지만 강력한 군사력을 앞세운 후금군에 맞서는 것은 불가능했다. 그들은 죽은 듯 숨죽인 채 하루하루를 버텨나갈 뿐이었다.

용골산성에는 체념의 그림자가 짙게 드리워졌다. 그들의 미래는 한 치 앞도 알 수 없는 어둠 속으로 잠겨들고 있었다.

10. 불타는 안주성

후금 2기군 대장군 지르가량은 칼바람을 가르며 가도의 모문룡을 칠 기세로 말을 몰았다. 용천에서 아민과 잠시 발을 맞췄으나, 그는 곧바로 군진을 정비하고 철산으로 향했다. 용천에서 1백 리가 넘는 길을 하루 종일 달려, 1월 15일, 드디어 철산에 도착했다.

후금군은 철산 관아를 점령한 후 군장을 풀었다. 피곤함도 잠시였다. 지르가량은 일부 병력을 이끌고 서포의 분진을 급습하며 본격적인 가도 침공의 서막을 열었다.

후금군은 철산반도를 따라 남하했다. 기봉도라 불리는 지점을 돌아 마침내 푸른 바다가 눈앞에 시원하게 펼쳐지는 지점에 영채를 세웠다. 넓은 백사장에 진을 치고, 건너편 잡힐 듯 보이는 가도를 지르가량은 매섭게 노려보았다.

가도는 철산 미곶에서 5리 남짓한 가까운 거리였다. 육지에서 보면 손만 뻗으면 닿을 듯했다. 차가운 바다가 그 사이를 가로막고 있었다.

지르가량은 답답함과 난감함에 고민했다. 드넓은 만주 벌판을 지배하던 그들에게 바다는 미지의 영역이었다.

지르가량은 철산의 모든 배를 끌어모았다. 바다를 건너지 않고서는 가도를 칠 수 없었다. 하지만 후금 군사들은 드넓은 만주 벌판에서만 싸움을 익힌 터였다. 배를 타고 바다로 나서는 것은 어색하고 서툴렀다. 병사들은 낯선 바다에 대한 불안감에 떨고 있었다. 가도가 빤히 보이는 곳에 진용을 갖추었다. 배를 이용해 공격하기에는 여러모로 어려움이 많았다.

6천여 군사를 이끌고 온 지르가랑은 부장들과 머리를 맞대고 방책을 논의했다. 얼어붙은 고요가 흐르는 가운데, 그들은 고심했다. 그들이 궁리 끝에 낸 방안은 다름 아닌 조선군 출신들을 앞세우는 것이었다.

조선의 전 도원수 강홍립과 부원수 김경서, 종사관 이민환 등이 이미 2기군에 배속되어 있었다. 해전에 약한 후금 군부는 조선군 투항자들을 2기군에 전진 배치했다. 그들은 해전 경험이 있었으므로, 가도 침공의 선봉에 세우기로 했다.

강홍립 등은 마지못해 후금 군사들을 이끌고 가도 침공의 선두에 섰다. 쓸쓸함과 함께 피할 수 없는 운명에 대한 체념이 드리워져 있었다. 그들은 고국을 침략하는 적의 선봉에 서야 하는 비참한 현실을 견뎌야 했다.

2기군의 가도 침공 목표는 명나라 소속 모문룡을 꼼짝 못 하게 묶어 두는 것이었다. 표면적으로는 그들을 섬멸할 계획이었다. 그것이 여의찮으면 그들의 발을 묶어 후방의 위협을 제거하는 것도 중요한 목적이었다.

지르가랑은 이 작전의 성공을 확신하며 냉정하게 병사들을 독려했다.

가도의 모문룡은 갑작스러운 후금의 침공에 속수무책이었다. 당혹감을 감추지 못했다. 그에게는 패잔병으로 이루어진 1만여 명의 군사가 있었다. 싸울 만한 병력은 거의 없었다. 훈련 또한 제대로 되어 있지 않았다. 게다가 1만여 명의 유민들은 전투와는 거리가 먼 피난민들이었다. 그들을 이끌고 후금과의 싸움에 나서는 것은 명백히 불리한 여건이었다.

　모문룡은 본래 육군과 해군을 오가며 바다에서 게릴라전을 펼치던 인물이었다. 그러다 보니 바다에서는 강했다. 후금 군사들이 섬에 상륙하기 전에 제압하는 게 방책이었다. 발을 붙이면 후금 군사들의 막강한 전투력을 감당하기에 어려웠다. 하지만 모문룡 부대와 후금 군사들의 싸움은 싱거울 정도였다. 조선의 전 도원수 강홍립이 선두에 섰기 때문이었다. 그의 안내와 더불어 후금 군사들의 맹렬한 기세에 모문룡의 병사들은 순식간에 무너졌다.

　후금 군사들은 조선 군사들의 안내에 따라 별다른 어려움 없이 가도로 진격했다. 가도에서의 전투는 당연히 후금의 압도적인 우세로 끝났다. 연이은 패배에 모문룡은 백지장처럼 창백해진 채 남은 군사들과 유민들을 이끌고 신미도로 후퇴했다.

　신미도는 가도에서 30리나 더 떨어진 외딴섬이었다. 선천에서도 10리 이상 떨어진 곳이었기에, 후금 군사들은 감히 엄두를 내지 못했다. 배를 타고 30리나 되는 먼바다를 건너 공격하는 것은 거의 불가능한 일이었다. 불과 몇 리도 안 되는 거리를 배로 이동하면서도 심한 뱃멀미에 고생하는 그들이었다.

　지르가량은 신미도로 후퇴한 모문룡을 보며 아쉬움이 남았지만 일단 당장 목표는 달성했다는 만족감에 흐뭇한 미소가 떠올랐다.

　가도 침공은 후금의 완벽한 승리로 끝났다.

　강홍립은 모문룡 부대를 완전히 섬멸하기 위해 적극적으로 나서지는 않았다. 그의 마음속에는 복잡한 심경이 뒤얽혀 있었다. 그는 후금 군부에 30리나 되는 뱃길을 건너 공격하는 것은 무리라고 보고했다. 가도에서도 소극적으로 움직였다.

　강홍립은 조선의 전 도원수였다. 본래 육지 전투에도 익숙하지 않은 문관이었다. 그에게 망망대해를 건너는 해전은 익숙지 않은 영역이었다. 더욱이 강홍립은 후금에 적극적으로 충성하려는 의지를 보이지 않았다.

그는 불가피하게 포로가 되어 9년 동안 후금에 머물다 이제 고국 조선으로 돌아왔다. 그의 마음 깊숙한 곳에는 조국에 대한 연민과 함께, 적을 위해 목숨을 바칠 이유가 없다는 냉정한 계산이 자리하고 있었다. 후금의 벼슬을 달고 조선에 왔으니, 적당히 전황을 보면서 처신할 생각이었다. 그가 모문룡을 끝까지 추격하지 않은 데에는 이러한 복잡한 속셈이 숨어있었다.

한편, 아민이 이끄는 후금의 주력 부대는 안주를 향해 쏜살같이 말을 달렸다. 선천, 곽산, 정주가 연이어 함락되었다는 소식이 전해질 때마다 조선군의 사기는 바닥으로 곤두박질쳤다. 거대한 파도처럼 밀려오는 후금 군사들 앞에서 조선군은 속수무책으로 무너졌다. 병사들은 공포와 허탈감에 발버둥 쳤다. 똑바로 저항도 해보지 못했다.

아민은 단 한 순간도 지체하지 않았다. 그는 함락된 성에서 전군을 재정비하여 안주로 진격했다. 압록강을 건넌 지 불과 6일 만에, 후금의 3만 대군은 안주성 코앞까지 다다랐다. 그야말로 파죽지세였다. 조선의 성들이 곳곳에 견고하게 서 있었다. 하나 그곳을 지키는 병력은 고작 천여 명 안팎이었다. 후금의 거대한 물결 앞에서 조선군은 계곡에 휩쓸려 가는 작은 새 둥지에 불과했다.

아민은 이미 안주성이 함락되었다고 생각했다. 조선은 폭풍우에 휩싸인 나뭇잎처럼 흔들리고 있었다.

평안도 병마절도사 남이흥은 절절한 허탈감에 고심했다. 그는 후금의 파죽지세 소식을 구성에서 뒤늦게 들었다. 조정의 엄명으로 병마절도사의 본진을 구성으로 옮긴 탓이었다.

북방의 요충지로 의주 아래에 있던 구성은, 후금이 대군을 선천, 곽산, 정주로 몰아치는 바람에 졸지에 후방이 되어 버렸다. 적을 막기 위해 구성에 진을 치고 있었지만, 적들은 그곳과는 멀리 떨어진 서해안으로 대군을 몰았다. 황당하고 분통이 터질 따름이었다.

남이흥이 이 위급한 정보를 입수한 것은 1월 17일경이었다. 북방에서 급한 전갈이 연이어 도착했다. 후금의 군사들이 이미 정주를 지나 안주를 향하고 있다는 소식이었다. 그는 즉시 평안 감사에게 증원군을 요청하여 안주성에 합류하도록 했다. 그리고 1천5백 명의 군사를 이끌고 바로 안주로 향했다.

구성에서 안주까지는 1백50리의 먼 길이었다. 죽을힘을 다해 달려도 하루 반나절은 족히 걸리는 거리였다. 적들이 이미 안주로 거세게 돌진하고 있다는 보고를 받은 상태에서, 한시라도 머뭇거릴 시간이 없었다. 게다가 적들은 기마병을 중심으로 한 강력한 철기병들이었다. 말을 채찍질하며 남쪽으로, 남쪽으로 빠르게 이동하고 있었다. 반면 남이흥이 이끄는 조선군은 대부분 보병이었다. 아무리 발을 재촉해도 기마병의 빠른 속도를 따라잡을 수 없었다. 그의 속은 타들어 갔지만, 달리 방도가 없었다. 그는 병사들을 독려하며 이마의 땀을 훔쳤다. 병사들 역시 지쳐 있었다. 절박한 형세를 알기에 묵묵히 발걸음을 옮겼다.

밤낮없이 말을 달린 남이흥은 1월 19일에야 겨우 안주성에 도착했다. 병사들은 이미 지칠 대로 지쳐 있었다. 안주에 도착하자마자 그는 급히 군진을 펼쳤다. 병사들은 극심한 피로에 제대로 서 있지도 못했다. 쉴 시간이 부족했다. 밤샘 행군으로 병사들의 기력은 이미 바닥을 드러낸 상태였다.

남이흥은 병사들을 쉬게 하는 것이 급선무라고 생각했다. 시시각각 다가오는 적들의 위협 때문에 그마저도 쉽지 않았다. 그는 안주의 백성들을 모두 성안으로 피신시켰다. 그들 중에서 싸울 만한 사내 1천5백여 명을 선발하여 민병으로 편성했다.

백성들은 두려움에 떨면서도, 자신들의 고향을 지키기 위해 무기를 들었다. 그렇게 해서 안주성에는 총 3천 명의 병력이 갖춰졌다. 하지만 적은 무려 3만 대군이었다. 정면으로 맞서는 것은 계란으로 바위 치기와 다름없었다.

남이흥은 암담한 전황 속에서 오직 충성심에 기댈 수밖에 없었다. 그는 성내 일부 가옥에 불을 질렀다. 적의 화공에 대비하기 위해서였다. 그는 병사들을 향해 죽음을 각오하고 싸울 것을 독려했다. 그렇게 또 하루가 지났다.

후금 총대장군 아민은 안주성 앞에 진을 치고 군사들을 쉬게 했다. 그러면서 두 차례에 걸쳐 항복을 요구했다. 그의 고함은 성벽을 넘어 위협적으로 울려 퍼졌다.

"항복하지 않으면 성안의 모든 백성을 살려두지 않겠다!"

섬뜩한 경고가 그의 말에 스며있었다. 그러나 평안도 병마절도사 남이흥은 단호하게 맞섰다. 일말의 흔들림도 없었다.

"분명히 그럴 일은 없을 것이다."

그의 결의는 강철 같았다. 백성들을 지키겠다는 굳은 의지가 흔들림 없이 성벽을 지탱했다.

안주성 전투는 1월 21일 새벽, 어둠이 채 가시기도 전에 시작되었다.

3만 대군은 겹겹이 성을 에워싸고 총공격을 퍼부었다. 그들의 함성은 천지를 뒤흔들었다. 땅이 진동했다. 2만 4천여 명의 군사들은 거대한 파도처럼 정면으로 공격해 왔다. 곳곳으로 흩어져 성벽을 기어올랐다. 6천여 명의 기병들은 말을 타고 성 주변을 빠르게 돌며, 성을 공격하는 후금군을 엄호 사격했다. 말발굽 소리는 천둥처럼 울렸다. 화살이 빗발쳐 성벽을 덮쳤다.

조선군 역시 격렬하게 화포를 쏘아댔다. 화포에서 뿜어져 나오는 불길은 허공을 갈랐다. 굉음은 귀청을 찢었다. 공격과 방어가 이어지며 몇 차례 성벽이 무너지는 듯했다. 안주성은 좀처럼 함락되지 않았다.

조선군 병사들은 필사의 힘으로 성벽을 사수하며, 죽음의 공포 속에서도 용감하게 맞섰다. 나라를 지키겠다는 굳은 의지가 새파랗게 살아 있었다.

 후금 군사들은 뛰어난 기동력을 바탕으로 수시로 약한 지점을 골라 강력한 공격을 퍼부었다. 그러기를 여러 차례 반복하는 동안, 수많은 이들이 쓰러져 갔다. 조선군의 화포가 불을 뿜을 때마다, 후금 군사들은 찢어진 종잇조각처럼 허공으로 날아갔다. 전투는 이날 오후 4시를 넘어서면서 더욱 격렬해졌다. 양측 모두 지쳐가고 있었다. 병력 손실 또한 많이 늘어났다. 특히 적은 병력으로 수많은 적을 상대하던 안주성 군사들은 극심한 피로에 시달렸다. 그들의 몸은 이미 천근만근이었다. 정신은 혼미해지고 있었다. 게다가 구성에서 밤샘 행군을 강행했던 탓에, 그들의 피로는 이미 한계점을 넘어선 상태였다. 싸우면서도 졸음이 쏟아질 지경이었다. 하지만 그들은 무의식적으로 검을 휘두르고 활시위를 당겼다. 그렇게 치열한 접전이 이어지던 중, 후금 군사들이 동남쪽 성벽에 사다리를 걸쳤다. 그동안 안주성 군사들의 필사적인 저항 때문에, 성벽에 사다리를 걸기도 어려웠다. 마침내 이곳에 처음으로 사다리가 놓인 것이다. 그러자 조선군 병사들의 눈에는 성이 무너진다는 참담함이 어렸다. 그러자 후금 군사들이 사다리를 타고 쏜살같이 성안으로 쏟아져 들어왔다. 백상루가 거센 바람을 일구며 불탔다. 그들은 굶주린 짐승처럼 조선군을 향해 달려들었다. 한쪽 성벽이 무너지자, 북쪽 성벽 역시 사다리에 의해 허물어졌다. 후금 군사들은 거대한 물줄기처럼 무너진 성벽을 넘어 쏟아져 들어왔다. 그들은 청남문 등 4대 문을 열고 부수며, 동시에 맹렬하게 진격했다.

 조선 군사들은 화살과 무기가 바닥나, 뒤로 밀리며, 마침내 성내의 관아로 몰렸다. 관아는 아수라장으로 변했다. 검과 창이 부딪히는 소리, 사람들의 비명과 신음이 뒤섞여 지옥을 방불케 했다. 적군은 두 겹, 세 겹으로 관아를 에워싸고 숨통을 조여 왔다. 죽여도 죽여도 끝이 보이지 않았다.

조선군 병사들은 피와 땀으로 범벅이 된 채 있는 힘을 다해 저항했다. 마지막 지점까지 몰린 남이홍은 군인으로서 자기 삶이 이제 끝났음을 직감했다.

그는 다급하게 소리쳤다.

"화약을 모아라! 화약을…"

군사들이 남은 화약을 관아에 쌓았다. 그의 목소리는 떨렸지만, 그 안에 담긴 명령은 분명했다. 그리고 자신이 아꼈던 부장들에게 모두 도망가라고 명령했다. 그들을 살릴 유일한 길이라고 생각했다.

관아 깊숙이 몰린 남이홍은 마지막을 직감했다. 눈은 뜨거운 눈물로 번져갔다. 아비규환의 전장이었다.

"이제 그대들은 살길을 찾아라."

그는 소리쳤다.

"…"

"나는 이곳에서 이 성과 함께 최후를 맞겠다."

"…"

적의 함성이 귀를 찢었다.

"병사들이 제대로 훈련 한 번 받지 못하고 죽게 하니, 그것이 한스럽구나."

그의 말에는 애틋한 회한과 함께 부하들에 대한 연민이 묻어났다. 그러나 부장들은 울면서 꿈쩍도 하지 않았다.

"저희도 공과 함께 목숨을 바치겠소이다!"

그들은 칼을 쳐들고 한목소리로 외치며, 마지막까지 함께 항전할 뜻을 굽히지 않았다.

관아 앞마당은 이미 적과 아군이 뒤섞여 처절한 육박전이 벌어지고 있었다. 누가 아군인지 적군인지 구별하기 어려울 정도였다. 수많은 군병이 뒤엉켜 서로 죽이고 죽는 혈투를 벌이고 있었다. 살기 어린 비명과 쇠붙이 부딪히는 소리가 아수라장으로 변한 공간을 가득 채웠다. 마지막 한 명까지 필사적으로 싸우고 있었다.

평안도 병마절도사 남이흥은 백병전을 벌이고 있을 때, 쌓아두었던 화약의 심지에 불을 붙였다.

"지지직-"

심지 타는 소리와 함께 매캐한 화약 냄새가 번져나갔다. 이것이 자신이 할 수 있는 마지막 저항이자, 조국에 바칠 수 있는 최후의 충성임을 그는 알고 있었다. 곧이어 천지를 뒤흔드는 굉음이 울려 퍼졌다.

"꽝! 꽈광꽝!"

엄청난 폭발음과 함께, 가늠하기도 힘든 불기둥이 하늘로 솟구쳐 올랐다. 관아 전체가 불덩어리로 변했다. 폭발의 충격파는 모든 것을 집어삼켰다. 모든 것이 멎어 버렸다. 귀는 멀고 눈도 멀었다. 오직 검은 연기와 거친 화염만이 안주성을 처참하게 불태웠다. 모든 것이 사라져 버렸다.

관아에서 서로 죽이고 죽어가던 병사들 역시, 거대한 폭발에 휩쓸려 흔적도 없이 사라졌다. 그들의 마지막 비명은 불꽃 속에 묻혔다. 물론 평안도 병마절도사 남이흥 또한 예외는 아니었다. 그는 자기 병사들과 함께, 그리고 안주성과 함께 역사 속으로 사라졌다. 이때 그와 함께 장렬하게 순절한 이들은 김준 부자, 장돈, 전상의, 송도남, 이상안, 김양언 등이었다. 그들 모두는 순식간에 검은 연기 속으로 영원히 사라져 버렸다. 그들의 희생은 안주성의 처참한 함락 속에서도 빛나는 마지막 불꽃으로 기억 속에 새겨졌다.

안주성은 그렇게 붉은 화염 속에서 후금 군의 발아래 무너졌다. 장렬히 산화한 남이흥 장군의 나이, 52세였다. 그의 뜨거운 충정은 요란한 폭발음과 함께 불꽃으로 피어올라, 조선의 하늘에 아로새겨졌다.

안주성을 잿더미로 만든 아민은 남이흥의 처참한 죽음에 큰 충격을 받았다. 그는 조선 서북방을 지휘하던 최고 사령관이었다. 더욱이 성을 사이에 두고 마주하그 서 있던 사이였다. 성 망루 위에서 현장을 지휘했던 장군의 모습을 눈앞에서 보았던 터였다. 그런 장군이 스스로 목숨을 끊다니. 수많은 군사와 함께 화약을 터뜨려 산산이 부서지는 그의 마지막 모습은 아민에기 심각한 파문을 던졌다. 그는 조선의 충의가 이처럼 뜨겁고도 단단하리라고는 예상하지 못했다. 한윤이나 장사준처럼 나라를 등지고 후금에 몸을 맡긴 자들만이 전부일 것이라 여겼다. 그러나 눈앞에서 한 장수가 조국을 위해 끝까지 물러서지 않고 스스로 죽음을 껴안는 모습을 보았을 때, 그의 생각은 송두리째 뒤집혔다. 아민의 시선 속에서 조선의 장수들은 전혀 다른 존재가 되었다. 정복자의 오만은 자취를 감추었고, 그 자리에 착잡한 심정만 내려앉았다. 흔적조차 남기지 않은 채 사라진 남이흥 장군의 마지막을 떠올리며, 그는 말없이 고개를 떨구었다. 굳게 다문 입술 사이로 낮은 숨소리가 새어 나왔다. 그것은 한숨이었고, 동시에 경의의 표식이었다.

남이흥의 처절한 사투에도 불구하고 안주성이 함락되자, 조선의 북방 전선은 순식간에 허물어지기 시작했다. 모래성이 파도에 휩쓸려 가듯했다.

평양을 지킨다는 명분 아래, 남이흥의 절박한 구원 요청을 차일피일 미루던 평안 감사는 후금의 대군이 눈앞까지 밀려오자, 뒤도 돌아보지 않고 달아났다. 그 소식은 삽시간에 퍼졌다.

평안 감사가 달아났다는 말이 전해지자, 황해도 병마절도사 또한 싸울 뜻을 잃었다. 칼을 쥔 손은 힘을 잃었고, 성을 지켜야 할 의무는 허공으로 흩어졌다. 그는 성을 버린 채 허둥지둥 뒤로 물러났다. 급한 걸음에 몸조차 가누지 못한 채, 패배를 인정하듯 도망쳤다.

안주성이 무너진 뒤의 풍경은 참담했다. 한성 이북으로 펼쳐진 광활한 땅은 순식간에 비어 버렸다. 지킬 사람도, 맞설 의지도 사라진 들판은 황무지처럼 적막했다. 성은 서 있었으되, 그 안에는 주인이 없었다. 그렇게 조선의 북방은 저항 한 번 제대로 치르지 못한 채 후금의 발아래 놓였다. 말발굽이 지나간 자리마다 질서는 무너졌고, 두려움이 국경을 대신했다. 무너진 것은 성과 군대만이 아니었다. 나라의 등줄기였던 북방 전체가, 그날 조용히 꺾이고 말았다.

11. 강화로 가는 행조[34]

후금의 칼끝이 조선을 범한 지 나흘째였다.

1월 17일 새벽, 싸늘한 어둠이 채 가시기도 전이었다. 차가운 새벽 공기는 모든 소리를 집어삼키는 듯했다.

비국 당상[35]이 치계[36]를 움켜쥐고 황급히 내전으로 뛰어들었다. 정월의 늦은 해는 아직 모습을 드러내지 않았다. 궁궐은 묵직한 침묵 속에 희미한 그림자만 드리우고 있었다.

비국 당상은 얼어붙은 돌바닥을 박차고 뛰었다. 급한 마음에 내관들에게 왕의 알현을 서둘도록 일렀다. 하지만 왕은 뜻밖에도 태연했다.

"…"

인조는 아무런 대답도 하지 않고 손을 느리게 내저었다. 비국 당상의 속이 타들어 갔지만, 왕은 느긋했다. 그는 여전히 느린 모습으로 의관을 갖춰 입었다. 상투에 금으로 된 관자를 끼웠다. 동경에 비친 자기 모

---

34) 행조: 전시를 맞아 임금이 다른 지역으로 움직인 상태의 조정을 말함.

35) 비국 당상: 조선시대 군국의 사무를 맡았던 기관으로 전시에만 두었던 비국의 최고 책임자. 비국은 조선 후기여는 상설로 만들었다. 비변사를 이르는 말이었다. 비국 제조로 불리기도 했다.

36) 치계: 왕에게 보고하는 지방의 상황보고서.

습을 살피며 흡족할 때까지 고개를 갸웃거렸다. 관자가 마음에 들지 않으면 다른 것으로 골라 끼웠다.

비국 당상이 동동발을 구르고 있는 동안에도 침전의 문은 열리지 않았다. 그러고도 한참이 지난 뒤였다. 느리게 문이 열리고 그제야 왕이 침전의 한가운데 앉아 있었다.

그는 평소와 다름없이 차분했다. 정갈한 비단옷은 왕의 위엄을 잃지 않게 했다. 그의 침착함은 폭풍 전야의 고요함과 같았다.

"대체 무슨 일인가? 비국 당상이 이른 새벽부터 이리 소란인가?"

왕은 검은 수염을 쓰다듬으며 옷매무시를 가다듬었다. 너무나 태연했다.

"전하, 큰일이 났사옵니다. 전란이옵니다!"

비국 제조는 왕 앞에 엎드려 떨리는 목소리로 고했다. 그는 숨 가쁘게 격앙되어 팔까지 떨고 있었다. 이마와 콧등, 눈가에는 식은땀이 맺혔다.

"무슨 말이냐? 전란이라니?"

왕의 눈동자가 흔들렸다.

"지난 13일, 후금 오랑캐들이 일제히 국경을 넘었다는 치계이옵니다."

비국 당상은 떨리는 목소리로 아뢰었다.

왕은 그제야 자세를 바로 하고 허리를 곧게 폈다.

"접반사[37] 원탁이 올린 치계이옵니다."

"서둘러 읽어보아라."

한시도 지체해서는 안 될 급박한 형편이었다.

"이달 13일, 후금 군사가 의주를 포위하고 접전하였으나, 승패는 아직 알 수 없다고 하옵니다. 정주 목사 김진도 치계를 올렸사옵니다."

---

37) 접반사: 외국 사신을 접대하는 임시직 벼슬.

비국 당상은 떨리는 손으로 치계를 펼쳤다.

"14일에 후금 군대가 와서 능한을 포위했다가 싸우지 않고 퇴각하여, 곧바로 읍내에 대진을 쳤다고 합니다. 이미 선천과 정주의 중간까지 육박하였으니, 장차 얼마 후 안주에 도착할지 모르는 일이라고 하옵니다!"

비국 당상은 더 이상 말을 잇지 못하고 가쁜 숨을 몰아쉬었다.

"변고가 일어난 것이로다. 서둘러 대신들을 소집하라."

비국 당상은 황급히 내전 밖으로 뛰어나갔다. 이른 아침부터 궁궐에는 날벼락이 떨어졌다. 생각지도 못한 전쟁이 발발한 것이다. 다행히 이날 대신들은 다른 일로 왕의 명을 기다리기 위해 이미 궐하에 나와 있었다.

대전에는 촛불이 하나둘씩 켜지며 어둠이 물러갔다.

영중추부사[38] 이원익, 판중추부사[39] 정창연과 신흠, 좌의정[40] 윤방, 우의정 오윤겸이 차례로 대전에 들어섰다. 곧이어 비국 당상 김류, 이귀, 이정구, 장만, 김상용, 이서, 서성, 신경진, 김신국, 구굉, 최명길, 이현영, 장유, 대사헌[41] 박동선, 대사간 이목이 급히 입시했다. 승지 이여황과 김상 등도 이미 일찍부터 대전에서 왕을 기다리고 있었다. 평소와 달리 서둘러 대전에 들라는 왕명에, 모두 무슨 영문인지 불안한 기색으로 주변을 살폈다. 형세를 아는 이는 아무도 없었다. 대신들은 서로 수군거리며 초조하게 왕의 눈치를 살폈다. 대전 안은 알 수 없는 불안감으로 가

---

38) 영중추부사: 조선시대 중추부의 으뜸 벼슬로 정일품 무관이었다.

39) 판중추부사: 조선시대 중추부의 두 번째 벼슬로 종일품 벼슬이었다.

40) 우의정: 조선시대 의정부에 속한 정일품 벼슬.

41) 대사헌: 조선시대 사헌부의 으뜸 벼슬로 종일품이었다. 백관의 감찰과 기강 확립에 주력하는 기관장.

득 찼다.

왕은 입을 굳게 다문 채 마음을 다잡으려 애썼다. 손가락이 미세하게 떨렸다. 격랑치는 감정을 애써 누르며, 길게 숨을 내쉬고 조용히 자세를 바로잡았다. 국난 앞에서 그는 군주의 위엄을 잃지 않으려 했다.

"전하, 대소 신료들이 모두 입시하였사옵니다."

도승지가 아뢰자, 그제야 왕은 입을 열었다.

"비국에서 올린 치계에 따르면, 북방 후금이 지난 13일 새벽을 기해 의주를 침공하였다. 적의 기세가 꺾이지 않고 계속 밀려온다면, 관서 지방은 구제가 어려울 듯하다. 어찌하면 좋겠는가? 경들의 생각을 듣고 싶다."

왕의 말투에 긴장감이 묻어났다. 애써 태연한 척했지만, 표정은 속내를 숨기지 못했다. 대신들도 예상치 못한 소식에 놀란 기색을 감추지 못했다. 갑작스러운 사태에 묘안을 쉽사리 떠올리지 못했다. 입만 다물고 있었다. 착 가라앉은 정적이 대전을 짓눌렀다.

중간쯤에 서 있던 장만이 앞으로 나섰다.

그의 왼쪽 눈은 여전히 검은 안대로 가려져 있었다. 어린 시절 앓았던 심한 홍역의 흔적인 곰보 자국이 볼에 자잘하게 남아 있었다. 그의 온화하고 너그러운 성품은 인상에 고스란히 드러나 있었다.

"전하, 하삼도는 속히 징병하도록 하고, 황주와 평산에는 급히 별장을 보내도록 하시옵소서."

왕은 급하게 장만의 말을 받아들였다.

"좋은 말이다. 비국은 즉시 이를 시행하도록 하라. 그런데 저들이 모장을 잡으려고 온 것인가, 아니면 전적으로 우리나라를 침략하기 위하여 온 것인가?"

왕은 아직 정확한 정보를 파악하지 못하고 있었다. 그에게 주어진 것은 현장에서 급히 올라온 치계뿐이었다.

'모장'이란 명나라의 장군으로, 평안도 철산 앞바다의 가도에 머물고 있던 모문룡을 가리키는 것이었다.

후금은 그동안 모문룡을 잡기 위해 조선에 끊임없이 압력을 가했다. 조선은 곤란한 입장을 내세우며 이를 들어주지 않았다. 이러한 정황 때문에 왕은 후금이 혹시 모문룡을 잡기 위해 침입한 것은 아닌지 생각하고 있었다.

다시 장만이 앞으로 나섰다.

"들자 하니 홍태시[42]란 자가 매번 우리나라를 침략하고자 했다는데, 만일 이자가 이번 일을 맡았다면 반드시 그 계획을 실행에 옮길 것이옵니다."

장만의 목소리는 냉철했다. 그의 판단은 예기가 서려 있었다. 이번 침략이 단순한 국경 분쟁이 아닌, 조선 전체를 겨냥한 본격적인 침략이라는 것이었다.

장만은 3년 전 이괄의 난 때 서북 지역 체찰사를 맡아 반란을 성공적으로 진압한 공신이었다. 그의 말에는 확신과 경험이 배어 있었다.

왕의 마음은 더욱 급해졌다. 그의 눈가에는 초조함이 확연했다.

"평안도 병마절도사는 즉시 물러나 안주를 수비하도록 하라!"

얼마 전 김류의 주장에 따라 구성으로 올라간 평안병사의 본진을 서둘러 후방의 요충지인 안주로 옮기라는 왕의 급박한 명령이었다. 참으로 숨이 막히는 형국이었다. 애초에 장만과 평안병사 남이흥의 말대로 안주를 굳게 지켰더라면, 사태가 이 지경까지 흘러오지는 않았을 터였다. 그러나 후회는 언제나 늦었다. 이미 적의 선봉은 안주를 향해 번개처럼 다가오고 있었다. 이제 와서 전방에서 멀리 떨어진 병마절도사에게 내려오라 명하는 것이 과연 현실적인 판단이었을까. 왕 스스로 생각해

---

42)　홍태시: 후금 2대 황제 태종 홍타이지를 가리킴.

도 부끄럽고 한심한 일이었다. 명은 내려졌으나, 그것은 종잇장 위의 말일 뿐이었다. 전갈이 구성에 닿을 즈음이면, 안주성은 이미 무너지고도 남았을 것이다. 판단은 늦었고, 선택지는 사라졌다. 국경의 숨통은 점점 조여 오고 있었다. 그 답답함이 왕의 가슴을 짓눌렀다.

장만이 급하게 아뢰었다.

"전하, 급히 선전관을 보내 하유하시옵소서."

"누가 적임자인가?"

왕은 숨 돌릴 틈도 없이 물었다. 그의 눈은 장만에게 고정되어 있었다.

"기전[43]은 이서가, 경중[44]은 신경진이 함께 담당하도록 하시옵소서."

"그리하도록 하라."

왕이 다시 입을 열었다.

"체찰사는 오늘 중으로 즉시 내려가되, 기전의 군대는 해서 지방에 보내고, 그 나머지는 경성을 방어하도록 하는 것이 좋겠다."

그의 목소리는 명령이었지만, 그 안에는 불안감이 섞여 있었다. 어명이 떨어지기가 무섭게 체찰사 장만이 아뢰었다.

"예, 알겠나이다. 위급하고 어려운 시기에는 마땅히 인재를 등용해야 하옵니다. 청컨대 김자점을 다시 불러다 쓰시옵소서."

하지만 왕은 탐탁지 않았다. 김자점에 대해 미심쩍은 표정으로 잠시 생각에 잠기는 듯했다.

이번에는 좌의정 윤방이 앞으로 나섰다. 그는 영의정을 지낸 윤두수의 맏아들이었다. 아버지가 영의정을 지낸 명문가의 자손으로, 자신 또한 좌의정에 올랐으니 당대 최고의 명문가 출신이었다. 그의 성품은 온후하고 원만했다. 처세술 또한 뛰어났다. 선조 때 과거에 급제하여 관직

---

43) 기전: 조선시대 경기도 일대를 이르는 말이다.

44) 경중: 서울의 안쪽, 도성을 이르는 말.

에 오른 후, 임진왜란 때 선조를 호종[45]했다. 광해군 때에는 병조판서를 역임했다. 인조반정 후에는 예조판서로 일하다가 이쯤에 좌의정에 올랐다. 덕을 많이 베풀어 가는 곳마다 백성들의 존경을 받는 인물이었다.

"하삼도에 만일 별도로 체찰사를 임명한다면, 한준겸이 그 직임에 적합하옵나이다."

윤방의 목소리는 차분했다. 그의 제안은 합리적이었다. 어전 회의는 계속해서 혼돈과 불안 속에서 이어지고 있었다.

하삼도란 충청도, 경상도, 전라도를 아우르는 지역이었다. 이미 평안도, 함경도, 황해도, 강원도의 체찰사가 장만으로 결정되었으니, 하삼도의 체찰사로는 한준겸이 적절하다는 조언이었다. 그러나 왕은 떨떠름한 표정을 지으며 탐탁지 않다는 기색을 드러냈다.

한준겸은 왕의 장인이었다. 장인을 전장의 총괄지휘관으로 내보내는 것은 못마땅했다. 자칫하면 책임을 물 수도 있는 자리였다. 만약 장인에게 전쟁의 책임을 물어야 한다면 어찌 되겠는가. 그 자체가 부담이었다. 그러자 이번에는 이귀가 허리를 깊이 숙이며 앞으로 나섰다. 그는 인조반정의 일등 공신으로, 조정 내에서 확고한 권력을 쥐고 있는 실세였다. 검버섯이 핀 그의 볼에는 당돌할 만큼 강한 기세가 서려 있었다. 나이가 적지 않았음에도 불구하고 그의 눈빛은 여전히 강렬했다. 그는 신중하게 목소리를 낮추며 아뢰었다.

"전하, 해서 지방 역시 반드시 지켜낼 수 있을지 장담하기 어렵사옵니다. 강화도를 피난처로 미리 정해 두셨다가, 만일 안주에서 불리한 소식이 들려오거든 즉시 강화도로 피난하셔야 하옵니다."

이귀의 목소리는 신중했지만, 그 안에 담긴 제안은 왕의 심기를 거슬렀다.

---

45) 호종: 보호를 담당하며 따라다녔던 일.

인조의 표정이 싸늘하게 식었다. 그는 이귀의 제안에 짜증 섞인 반응을 보였다. '눈치 없는 소리'라는 냉담함이 묻어났다. 이처럼 위급한 국면에 도망갈 궁리부터 먼저 하자는 것이냐고 쏘아붙이고 싶은 심정이었다. 왕은 간신히 분노를 억누르는 듯했다. 그의 주먹은 살짝 쥐어져 있었다.

"그런 의논은 차차 하도록 하라. 적이 지금 쳐들어오고 있지 않은가!"

왕은 고개를 숙인 이귀를 싸늘하게 내려다보며 입을 다물었다. 그의 목소리는 차갑게 가라앉았다.

장만은 부장으로 신경원과 박상을, 찬획사[46]로 김기종을 임명해 달라고 요청했다. 왕은 장만에게 급박한 목소리로 물었다. 한시가 급한 어전 회의였다. 깊이 고민하고 결정할 시간도 없었다. 즉석에서 인사를 단행하고 있었다. 전란이 발생했을 때는, 그것을 현장에서 직접 경험한 이들의 조언이 절실했다. 수많은 대신들이 있었지만, 장만만큼 폭넓게 전황을 파악하고 적절한 조처를 할 인물은 드물었다.

"하삼도에서는 얼마만큼의 병력을 징발해야 하겠는가?"

왕의 눈은 장만에게 고정되어 있었다.

"신의 생각으로는 2만에서 3만 명 정도면, 충분히 대항이 가능할 것이옵니다."

장만은 확신에 차 있었다.

"알겠노라. 적이 이미 성을 포위하였으니, 체찰사는 속히 군마를 정돈하여 오늘 중으로 출발해야 할 것이다."

왕의 목소리는 숨 가빴다.

"예, 전하. 분부대로 그리하겠나이다."

---

46) 찬획사: 조선시대, 난리가 났을 때 그 지방에 나아가서 주장을 보좌하고 전술·전략 등에 관하여 계획하는 일을 맡은 군직 또는 벼슬아치.

장만은 왕에게 큰절을 올리고 빠른 걸음으로 물러났다. 전장으로 달려가야 할 길이 멀었다.

왕은 그를 곁에 두고 전황을 보고받으며 함께 대처할까도 생각했다. 그럼에도 현장에서 난국을 지휘할 노련한 장수가 절실했다. 스스로 생각해도 장만만큼 믿음직한 신하는 없었다. 장만이 나가자, 이원익을 바라보며 왕이 물었다. 그는 갸름한 인상에 얇은 수염을 하고, 단정하게 서 있었다. 언제나 차분하고 조리 있게 정황을 보고하는 신중한 인물이었다. 그의 존재는 불안한 대전 분위기 속에서 작은 위안이 되었다.

"경은 적의 형세를 어떻게 보는가?"

"저들은 철기를 앞세워 거침없이 진격해 올 것이옵니다. 하루에 8, 9식의 길을 달릴 수 있을 것이니, 시급히 대비해야 하옵니다."

1식은 30리였으니, 하루에 최소 240리[47] 길을 달려올 수 있다는 뜻이었다. 그 말을 듣자 왕의 마음은 더욱 급해졌다.

"징병하는 일이 시급하니, 마땅히 하삼도 병마절도사로 하여금 군사를 인솔하여 오게 하되, 3만 명을 기본 수로 삼아 조속히 출발하도록 하라."

왕은 급히 어명을 내렸다.

전쟁은 적재적소에 적합한 인재를 등용하는 것이 무엇보다 중요한 일이었다. 대신들은 각자의 생각을 가슴 깊이 묻고 있었다. 감히 왕에게 섣불리 천거할 엄두를 내지 못했다.

전쟁은 탁상공론이 아닌, 피와 살이 튀는 실전이었다. 대신들은 신중할 수밖에 없었다. 어설픈 천거로 일이 틀어지면 그 책임은 고스란히 자신들의 몫이었다.

이귀가 먼저 도체찰사를 임명해야 한다고 눈치를 살피며 청하자, 왕

---

47)   240리: 96킬로미터 정도의 거리다.

은 즉시 이원익을 지목했다.

"영부사를 마땅히 체찰사로 삼아야 한다."

왕의 목소리가 대전 안에 번지자, 영중추부사 이원익은 예상치 못한 지명에 움찔하며 놀란 표정을 지었다. 그의 갸름한 얼굴에는 당혹감이 역력했다. 그는 왕의 자문 기구 수장으로 정1품의 높은 자리에 있었다. 왜소한 체구에 주저하는 기색을 보였다.

"신은 이미 늙고 정신마저 흐릿하여, 죽은 송장과 다름없으니, 감히 그 중책을 감당하기 어렵사옵니다."

이원익은 뒷걸음질 치며 초조하게 왕의 눈치를 살폈다. 간절한 거절의 뜻이 배어있었다. 전쟁의 엄중함을 알기에, 자신의 노쇠한 몸으로 그 막중한 책임을 감당하는 게 두려웠다.

"경은 임진왜란 때부터 군진 편성 과정을 낱낱이 겪었다. 심기원 또한 재능이 뛰어나니, 경은 부디 그를 감독하고 이끌어 지휘하도록 하라!"

왕은 다급하게 명했다. 이 위기를 해결할 자는 이원익밖에 없다는 절박함이 묻어났다. 하지만 이원익은 다시 낮은 목소리로 난색을 표했다.

"나이도 많고 몸도 쇠약하여, 도저히 그 임무를 감당할 수 없사옵니다."

부담감이 그의 미간에 가득 성겼다.

"경 말고 누가 적임자란 말이냐!"

왕이 목소리를 높였다. 노기가 서려 있었다. 더 이상 물러설 곳이 없었다. 왕의 노여움은 거역으로 비칠 수 있었다. 이원익은 마침내 허리를 숙였다. 그의 어깨는 육중한 짐을 진 듯 처져 있었다.

"알겠사옵니다. 분부 받들겠사옵니다."

이원익의 목소리는 체념과 비장함이 뒤섞여 있었다. 그는 이제 늙은 몸을 이끌고 다시 전장의 소용돌이 속으로 뛰어들어야 했다. 조선의 운명이 노 재상의 어깨에 놓이게 된 것이다.

왕은 목소리를 낮추고 담담하게 말했다.

"먼저 경상도에서 2천 명, 충청도에서 5천 명, 전라도에서 3천 명을 병마절도사로 하여금 인솔하여 오도록 하고, 수사는 배를 준비시켜 강화도에 와서 대기하도록 하라."

조정은 하루 종일 전방에 보낼 인사들을 임명하는 작업으로 분주했다. 대신들의 몰골에는 긴장감과 피로가 뚜렷했다. 탁상에서 논의하는 것과 실제 전장에서 적을 맞서는 것은 전혀 다른 문제임을 왕은 너무나 잘 알고 있었다.

왕은 며칠 밤을 바로 잠들지 못했다. 눈에 핏발이 서 있었다. 어떻게 이 위기를 극복해야 할지 깊이 고심했다. 답은 보이지 않았다. 적들이 쳐들어오는 속도는 점점 더 빠르게 느껴졌다. 전방의 성들이 하나둘씩 무너졌다는 비통한 소식만이 연이어 전해져 왔다. 더 이상 지체할 시간이 없었다. 또 하루가 지났다. 1월 19일이었다.

왕은 한성에 머물고 싶었다. 하지만 적들의 거침없는 진격 속도는 그것을 허락하지 않았다. 암담한 시간이 궁지로 몰아가듯 왕을 조여 오고 있었다. 조정은 출구가 막힌 공간처럼 답답함만 그득하게 고여있었다. 왕은 어탑 앞을 부질없이 오가며, 좌불안석이었다.

판중추부사 신흠이 앞으로 나섰다. 그는 인조반정 이후 이조판서를 거쳐 우의정을 역임한 관료였다.

"전하, 예로부터 전정에서 승리를 거둔 것은 반드시 노련한 장수에게서만 비롯된 것은 아니옵니다. 초야에 묻혀 있던 평범한 사람들도 나라가 위기에 처했을 때 혁혁한 공을 세운 사례가 많사옵니다. 백성들의 마음을 격동시키는 특별한 조치가 있은 후에야 비로소 이 국난을 똑바로 대처할 수 있을 것이옵니다."

신흠의 말은 왕의 가슴에 깊이 와닿았다. 이제 남은 희망은 백성들의 자발적인 봉기와 그들의 뜨거운 충심뿐이었다. 조선은 지금, 백성의 힘에 모든 것을 걸어야 할 절체절명의 순간이었다.

신흠의 말이 떨어지자마자, 왕의 눈이 번쩍 뜨였다. 스스로 왜 그런 생각을 미처 하지 못했는지 자책했다. 신흠의 말은 지극히 옳았다. 재야에 숨어있는 인재들이 나라의 위기에 적극적으로 나설 수 있도록 길을 열어주는 것은 매우 중요한 일이었다. 왕은 무릎을 쳤다.

곧바로 대사헌 장유에게 백성들에게 알릴 교서를 준비하도록 명했다.

장유는 반정 공신으로, 이괄의 난 때 왕을 호종하여 공주에 머물렀던 인물이었다. 왕은 자신의 암담한 심정을 글로 담아 백성들에게 알리고, 그들의 충성스러운 참여를 간절히 호소할 생각이었다.

"참으로 비통한 일이 아닐 수 없구나. 나라를 다스리는 데 흥하고 망함이 있는 것은 피할 수 없는 이치이다. 그러나 그 까닭을 깊이 살펴보면, 언제나 한 사람 임금의 잘잘못에 달려 있지 않은 적이 없다. 나는 이치를 환히 깨달을 만큼 현명하지 못했다. 백성들에게 은혜를 베풀 만큼 어질지도 못했다. 사람들의 마음을 감동시킬 만큼 신의롭지도 못했다. 난리를 능히 제압할 만큼 무예가 뛰어나지도 못했다. 정사를 펼치고 일을 도모할 때마다 번번이 도리에 어긋났다. 백성들의 부역은 번거롭고 무거워 그들과 군병들은 피로에 지쳐 있었다. 갑자년 이괄의 변란에는 역적이 반기를 들고 일어나 종묘사직이 위태로운 지경에 빠졌었다. 난이 일어나게 된 근본적인 원인을 깊이 생각해 보면, 그 모든 허물은 실로 나에게 있었다. 하늘의 재앙과 괴이한 일들이 달마다 끊이지 않고 일어났으며, 백성들의 비방과 원망은 끝없이 이어져 왔다. 장졸들이 기회를 놓쳤는데도 나는 그것을 알지 못했다. 이웃의 강한 적국이 틈을 엿보고 있었는데도 나는 깨닫지 못했다. 그래서 결국 오랑캐들이 대거 출동하여 갑자기 서쪽 변경을 침범하는 참담한 결과를 초래하게 되었다. 무기와 군량은 모조리 적의 손에 들어가 버렸다. 후금 군병의 침입은 이미 정주를 넘어섰는데도, 그 저돌적인 기세를 막아낼 방도가 없다. 백성들이 도탄에 빠진 것, 그리고 거듭된 옥사로 원한을 품은 이들이 늘어난 것 또한 모두 나의 잘못이다. 서북방 가도의 모문룡에게 백성들이 먹어야 할 양식을 넘겨, 백성들을 곤궁하게 만든 책임 또한 나에게 있다. 백성들의 세금을 줄여주기 위해 실시한 호패법에 대한 오해로 백성들의 원성이 높은 것 또한 민심을 잃게 한 중요한 요인이었다. 나는 무릎을 꿇고 사죄하는 심정으로 백성들에게 간절히 요청한다.

나의 진심을 이 한 장의 종이에 담아 사방에 널리 알리노라. 부디 나의 이 마음을 헤아려 충의를 떨치고, 온몸의 힘을 다해 의병을 일으켜 군영으로 달려오라. 군량미를 모아 군인들 앞으로 실어 보내라. 제각기 힘이 미치는 대로 나라를 위해 분한 마음을 다하도록 하라.”[48]

왕은 이 방을 전국에 붙이도록 명했다. 어투는 명령이었지만, 그 속내는 간절한 애원이었다. 전황이 절박했다. 백성들의 봉기만이 방책이었다.

대전 안은 짓눌린 기운으로 가득 찼다.

대신들과 비국 당상, 양사 장관들을 불러 대책 마련에 골몰했다. 좌의정 윤방이 분위기를 살피며 아뢰었다.

“변변한 보고가 아직 올라오지 않으니, 혹시 적병이 더 이상 진격하지 않는 것은 아닌지 모르겠사옵니다.”

그것은 적들의 공격이 멈추었기에 소식이 없는 것이라는 간절한 바람이자 억측이었다. 하지만 현실과는 너무나 동떨어진 희망이었다. 분명 적들은 멈추지 않고 계속해서 공격의 고삐를 조이고 있었다. 왕은 그 사실을 너무나 잘 알고 있었다.

“비록 적들이 정주에 머물고 있다 하더라도, 어찌 변변한 보고 하나 없을 수 있단 말이냐.”

<hr>

48) 인조실록 15권: 인조 5년 1월 19일 정해 7/7 기사 / 1627년

왕은 조바심과 불길한 예감이 동시에 밀려왔다. 전선에서 올라오는 소식이 끊겨, 조정은 눈과 귀를 잃은 듯 막막했다. 적이 어디까지 움직였는지, 무슨 수를 꾸미고 있는지 짐작조차 할 수 없었다. 알 수 없음에서 비롯된 초조함이 궁궐 안을 짓누르고 있었다.

판중추부사 신흠이 다시 앞으로 나섰다.

"혹시 적들이 안주를 버리고 샛길을 이용하여 남하하는 것은 아니겠사옵니까? 임진강의 저탄은 반드시 군병을 배치하여 수비해야 하옵니다. 비록 병력이 지쳐 있다고는 하나, 전방의 단 한 곳에도 주둔병이 없어서야 되겠사옵니까? …이귀의 분조하자는 요청은 매우 타당하옵니다. 또한 서둘러 애통한 하교를 내려 백성들의 마음을 수습하되, 급히 심기원을 남방에 보내어 백성들에게 호소하도록 하고, 정경세에게 전적으로 영남 지방을 위임하는 것이 마땅하옵니다."

"옳은 말이다. 그렇게 하는 것이 좋겠다. 병조로 하여금 그 일을 즉시 시행하도록 하라."

왕은 한 호흡을 쉰 다음 말을 이었다.

"임진강을 지키는 것은 과연 경의 말과 같으나, 삼남 지방의 군병이 도착한 이후에 다시 의논하여 처리하도록 하겠다. 모든 일은 일단 결정한 뒤에는 다시 번복해서는 안 된다!"

왕은 대신들을 내려다보며 강하게 말했다. 더 이상 후퇴는 없다는 결의가 느껴졌다.

"강화도에 들어가고 나면, 우리는 등을 지고 싸워야 한다. 어찌 단지 피난처로만 여길 수 있겠는가."

대신들은 세자를 분조하여 삼남 지방으로 내려보내는 문제와, 병력을 서둘러 징발하는 문제 등을 심도 있게 논의했다. 하지만 모두 말끝이 흐려지고 있었다.

이원익이 조용하게 입을 열었다.

"나라가 무너질 때는 먼저 궁궐이 무너지는 것이 아니라, 사람의 기개가 먼저 무너지는 것이오."

그의 말에 대신들은 눈을 아래로 내렸다.

왕은 강화도로 피난 할 경우 필요한 병력과 식량 문제에 대해서도 미리 꼼꼼하게 점검할 것을 명했다. 왕은 이미 백성들과 함께 싸울 준비를 마친 듯했다. 하지만 북방에서 들려오는 소식은 여전히 답답했다. 암울한 소식만 이어졌다. 왕은 더 이상 지체할 수 없다고 판단했다. 늦은 밤 왕은 마침내 강화도로 피난할 것을 결정하고 하교했다.

"강도로 파천하라."

그의 목소리는 젖어 있었다. 비통함과 현실에 대한 체념이 엉겨있었다. 뜬 눈으로 날밤을 사웠다. 날이 채 밝기도 전이었다. 왕은 싸늘한 새벽 공기를 가르며 말에 올랐다. 그의 입은 굳게 닫힌 채 어떤 감정도 드러내지 않았다. 다른 중신들도 입을 다문 채 뒤따라 강화도로 향했다.

1백 리의 먼 길이었다. 꼬박 하루를 말 위에서 보내야 하는 고된 여정이었다. 파발처럼 급히 말을 달린다면 해 지기 전에 도착이 가능했다. 하지만 길게 이어진 피난 행렬은 더디기만 했다. 언제 적들이 뒤쫓아 올지 모르는 불안감에 왕의 마음은 더욱 초조하게 타들어 갔다.

이른 새벽 한양을 떠난 왕의 행렬은, 김포를 지나 해가 서쪽 하늘로 기울 무렵에야 강화로 건너는 갑곶나루에 도착했다. 그곳에는 수사[49]가 미리 준비해 둔 크고 작은 배 수십 척이 저무는 그림자 속에 묵묵히 떠 있었다. 바닷물은 차갑고 검게 흐르고 있었다. 왕의 일행이 배에 오르는 데도 시간이 걸렸다. 마음은 급했지만 수사의 일이 그리 간단하지만 않았다.

왕과 대신들이 먼저 배에 몸을 실었다. 발걸음은 천근만근 무거웠다.

---

49) 수사: 조선시대 각 도의 수군을 통솔하는 일을 맡아보던 정삼품 외직

다른 이들도 뒤를 이어 배에 올랐다. 좁은 바다를 건너 2리에도 못미치는 강화도로 향했다. 배가 바다 중간쯤에 이르렀을 때 해가 서쪽 섬 언저리 너머로 사라지고 있었다.

왕을 태운 배는 가까스로 강도에 닻을 내리고 일행이 섬으로 들어섰다.

강화도의 나루는 왕을 맞이하기에는 참으로 초라한 풍광이었다. 왕과 대신들은 먼저 언덕에 올라 다음 배를 기다렸다. 타고 온 어마를 건네는 배가 오지 않아 발이 묶였다. 말을 배로 건너는 건 여간 어려운 일이 아니었다. 말이 작은 배 위에서 날뛰거나 크게 움직이면 뒤집힐 수도 있었다. 이 때문에 사람을 건넌 다음 말을 실어 옮겼다.

이런 탓에 왕과 대신들은 모두 언덕 위에 올라선 채, 떼 지어 바다를 건너는 배들을 하염없이 내려다보며 애절한 한숨만 내쉬었다. 도승지는 어쩔 줄을 몰라 뛰어다녔지만 방법이 없었다. 초조함과 답답함이 그들의 안색에 교차했다. 일행의 대부분이 바다를 건넜을 즈음에는, 해가 서쪽 지평선 너머로 사라져 버렸다.

갑곶나루에는 어둠이 무겁게 내려앉았다. 횃불이 하나둘 주변을 밝히기 시작했다. 횃불만으로 나루 전체를 밝힐 수는 없었다. 시간이 지날수록 나루는 더욱 두터운 어둠으로 둘러싸였다. 어둠이 짙게 드리운 나루에는 횃불만이 밝게 타올랐다. 언덕 위에서는 서로를 애타게 부르는 절규와 울음소리가 밤하늘을 가득 채웠다. 캄캄한 밤바다를 건너다 떨어진 가족들을 찾는 처절한 외침은 밤새도록 이어졌다. 이 언덕에서 소리를 지르면, 저 언덕에서 메아리처럼 울려 퍼졌다. 서로를 놓친 사람들은 밤새도록 언덕을 오르내리며 흐느꼈다. 비통함과 참담함이 뒤섞여 있었다.

늦은 밤, 강화의 언덕 위에 비극적인 아비규환의 풍경이 펼쳐지고 있었다.

　나루에 횃불을 더욱 높이 세워 주변을 대낮처럼 밝혔다. 강화로 건너오는 배에 너무 많은 피난민이 한꺼번에 몰리면서 배가 잇따라 뒤집히고 침몰하는 참사가 벌어졌다. 왕은 이 모든 광경을 무력하게 지켜봐야 했다. 차가운 바다에 빠진 사람들은 몇 번의 비명도 지르지 못한 채, 검은 어둠 속으로 떠내려갔다. 왕과 대신들은 그 광경을 고스란히 지켜본 후, 뒤늦게 비통한 마음으로 건너온 어마를 타고 행궁으로 향했다.

　인조의 어깨는 한없이 처져 있었다. 침잠한 무력감과 초라함에 휩싸였다. 격한 자괴감이 한꺼번에 밀려왔다. 넓은 강화 들판에 홀로 내팽개쳐진 기분이었다. 구덩이라도 있다면 그 속으로 숨어들고 싶었다. 많은 성조들이 이룩한 이 땅을 적에게 빼앗기고, 초라한 모습으로 궁지로 피신해 온 자신의 모습이 너무나 부끄러웠다.

　강화 행궁에 도착했을 때는 이미 짙은 어둠이 온 세상을 덮은 아득한 밤이었다.

Ⅲ.

산에 오른 사람들

정봉수는 철산 서쪽, 외진 해곡이 그의 고향이었다. 황해와 맞닿은 그곳은 바닷가 마을은 아니었다. 푸른 바다가 지척이었다. 들판 너머로 넘실대는 파도와 짠 내음 가득한 바람이 불어왔다.

그의 눈은 늘 푸른 바다를 향해 있었다. 언제나 고향 땅에 뿌리내리고 있었다.

의주에서 조금 떨어진 철산은 북방의 소식이 더디었다.

평화로운 정월 보름께, 문간 아비가 숨 가쁘게 사랑채로 뛰어들었다. 그의 얼굴은 새파랗게 질려 있었다. 거친 숨결에 하얀 입김이 쏟아졌다.

"영산 나리! 큰일 났습니다요."

정봉수가 문을 열자, 얼음 같은 냉기가 일순간에 볼을 스쳤다. 그의 예리한 시선이 문간 아비에게 향했다.

"무슨 일이기에 그리 야단이냐?"

정봉수는 침착하게 물었다.

"나, 나, 난리가 났습니다요! 온 동네 백성들이 짐 싸 들고 난리입니다요. 피난민들이 밀물처럼 밀려옵니다요. 북, 북방 오랑캐들이 이틀 전 압록강을 넘어와 백성들을 닥치는 대로 죽인다고 합니다요."

문간 아비는 떨리는 목소리로 아뢰었다.

“무어라? 오랑캐들이?”

정봉수는 그제야 몸을 일으켰다.

“의, 의주성이 함락되고 피현도 함락됐다는 소문이 파다합니다요. 잡히는 대로 죽인다고 모두 피난 간다고 야단입니다요.”

울먹이는 문간 아비는 발을 동동 굴렀다. 그의 눈에는 이미 눈물이 그렁그렁했다.

“의주와 피현이 함락되었다고?”

정봉수의 목소리는 걷을 수 없다는 듯 낮게 깔렸다.

“예. 닥치는 대로 약탈하고 죽이고, 지옥이 따로 없었다고 들었습니다요.”

문간 아비는 고개를 떨군 채 말했다.

“이 무슨 날벼락인가?”

정봉수는 잠시 멍하니 있었다.

“영, 영산 나리, 우리도 빨리 피난 가야 하지 않겠습니까요?”

문간 아비가 재촉했다. 그는 당장이라도 떠날 듯 안절부절못했다.

“안채에 가서 군장을 챙기라 하고, 아우에게 내가 보자고 급히 전해라.”

“예, 영산 나리.”

문간 아비는 초조한 모습으로 서둘러 안채로 향했다.

정봉수는 오랑캐 침입을 짐작했다. 북방 소식이 심상치 않았기에 언젠가 큰 난리가 날 것이라 생각했다. 그래도 정초부터 들이닥칠 줄은 몰랐다.

그는 장검을 쥐고 안채로 들어가 군장을 챙겼다.

“임자, 난리가 났으니 방책을 찾아야겠소. 임자는 서둘러 피난 준비하시오.”

부인은 담담하게 군장을 챙겨주었다. 장군 집안 맏며느리다운 침착함이 서려 있었다. 동요하는 기색도 없었다. 그녀는 활과 화살을 남편에게 건네고, 아랫사람들을 시켜 피난 채비를 서둘렀다.

철산부사 안경심[50]이 말을 타고 급히 달려왔다. 말발굽 소리가 얼어붙은 땅을 불안하게 울렸다. 정봉수 집 앞에서 말을 세운 그의 입에서는 하얀 입김이 뿜어져 나왔다. 그는 한 살 터울이라 친구처럼 지내고 있었다.

"부사 영감께서 어인 일이시오?"

정봉수는 헐레벌떡 뛰어온 안경심을 맞았다. 그의 이마에는 굵은 땀방울이 흘렀다. 그만큼 전황이 급박하다는 것을 직감했다.

"영산, 소식 들었소? 벌써 의주가 무너지고 용천도 함락됐다 하오. 철산부도 텅 비었소. 장졸들은 모두 도망가고 나 홀로 남았으니, 무슨 묘책 없겠소?"

안경심은 쫓기듯 숨 가쁘게 말했다. 새파랗게 질린 눈에는 허탈감이 비쳤다.

"사랑채로 드시지요. 함께 방도를 찾아봅시다."

정봉수는 차분하게 그를 사랑채로 안내했다. 그들은 마주 앉아 묵직한 한숨을 내쉬었다. 사랑채 안에는 숨 막히는 정적이 흘렀다.

"부사 영감, 이 난리에 무슨 묘책이 있겠소이까? 관군들이 모두 도망갔다면 큰일이 아니겠소."

"글쎄 말이오. 그래도 그대는 병법에 밝지 않소?"

"한 가지 묘책이 있기는 하오이다."

정봉수가 신중하게 입을 열었다.

"부사 영감, 차라리 영감과 내가 함께 적을 막아보는 건 어떻겠소? 온 조선 천지가 오랑캐 세상이 되었지만, 우리가 힘을 합쳐 싸운다면 이 고

---

50) 안경심: 1571년생, 철산과 성천부사를 역임했다.

을만이라도 지킬 수 있을 것이오. 철산성으로 들어가 웅거하며 적을 막으면 그것이 묘책이 될 수 있을 것이오!"

하지만 안경심은 긴 한숨을 내쉬며 고개를 저었다.

"군사도 없는 마당에 어찌 저들을 대적하겠소?"

그의 목소리는 힘없이 가라앉았다.

"영감, 의병을 모으면 불가능한 일도 아니오. 꼭 군사가 있어야만 싸울 수 있는 건 아니지 않소?"

정봉수는 확신에 찬 목소리로 말했다. 하지만 안경심은 어두운 빛으로 고개만 끄덕였다.

"여, 영산 나리, 갑자기 나리를 급히 뵙겠다는 군사가 왔습니다요."

문간 아비가 급하게 뛰어들었다.

"누구냐?"

정봉수는 미간을 찌푸렸다. 이미 전란의 소식으로 심란한 터였다.

"용천부에서 왔다고 합니다요."

"들라 하라."

정봉수는 문을 활짝 열었다.

"저는 용천 사람 김춘경이라고 합니다. 후금 대장군 아민이 영산 나리께 전할 말씀이 있어 왔습니다."

그의 목소리는 잔뜩 기어들어 가 있었다.

정봉수는 사내의 손에 들린 화살을 보았다.

"손에 든 것은 무엇이냐?"

"영전[51]입니다."

김춘경은 더듬거리며 답했다. 사내는 품에서 간찰을 꺼내 머뭇거리며 건넸다. 아민의 짧은 편지였다. 정봉수는 간찰을 펼쳐 읽었다.

---

51) 영전: 군령을 전하는 화살.

“나는 대후금 왕자 아민이다. 영산 현감 형제들이 철산 백성들을 잘 다독여 그들이 현감 형제에게 기대고 있다는 소식을 들었다. 지금 투항하면 가솔뿐만 아니라 백성들도 보전할 것이다. 아울러 철산 지방 관리를 그대에게 맡기려 하니 호응하라. 그리하지 않으면 모든 식솔과 백성들이 도륙당할 것이다.”

정봉수가 간찰을 읽는 동안 김춘경은 눈치만 살폈다. 그의 등줄기에서는 식은땀이 흘렀다. 정봉수는 점점 더 크게 눈을 부라렸다. 양 볼이 분노로 붉게 달아올랐다.

“내가 불행하게도 난리를 만나 나라에 보답할 길이 없으니, 나라를 위해 죽을 뿐이다. 더 무슨 말이 필요하겠느냐!”

정봉수의 날카로운 말소리에 싸늘한 냉기가 사랑채를 감돌았다.

김춘경은 무안한 표정으로 물러나 급히 달려 나갔다.

안경심의 안색도 창백하게 변했다.

“영산, 나는 급히 웅골산[52]으로 가겠소. 그곳에 들어가 비책을 구하겠소.”

안경심의 목소리는 다급했다.

“부사 영감, 그곳은 안전하지 않소. 차라리 이곳 철산성을 지키는 것이 옳소.”

정봉수의 간곡한 만류에도 안경심은 자리에서 일어나 사랑채를 나섰다.

정봉수가 집에 머무는 동안, 오랑캐에 대한 불길한 소식이 끊임없이 들려왔다. 그의 마음은 편할 날이 없었다. 사람들은 두려움에 떨며 그를 찾아와 소식을 묻고, 앞날을 걱정했다.

---

52) 웅골산: 웅골산은 용천 설암산에 위치한 산이다. 설암산은 366미터의 산이며 웅골산은 이 산의 갈래산이다. 웅골산은 곰의 뼈를 닮은 산이라고 그렇게 이름 지어졌다.

능한 산성 함락 소식에 이어, 창성, 선천, 곽산마저 차례로 오랑캐의 손에 떨어졌다는 비보가 전해졌다. 곧 정주마저 위태롭다는 소식이 들려왔다. 정봉수가 은신한 철산 역시 이미 오랑캐의 그림자가 드리워져 있었다. 외딴 해곡만이 아직 그들의 마수에서 벗어나 있을 뿐이었다. 묘책을 찾기 위해 깊은 생각에 잠긴 정봉수를 아우 정기수가 찾아왔다. 나이 차는 있었지만, 두 형제는 두터운 신뢰와 끈끈한 우애로 맺어져 있었다. 정기수는 늘 형의 뜻을 따랐다.

"형님, 부르셨습니까?"

"어서 오게. 자네 의견이 필요하네."

정봉수가 문을 열며 맞이했다. 사랑채 안에는 몇몇 사내가 숨죽인 채 두 형제의 표정을 살피고 있었다.

"형님, 흉흉한 소문 들으셨지요? 오랑캐 놈들이 의주를 피바다로 만들었다는…"

"그래, 막 들었네. 그래서 자네를 보자고 한 것이네."

"벌써 곽산을 지나 정주까지 이르렀다고 합니다. 이곳 철산도 언제 저들의 손아귀에 들어갈지 모릅니다. 서둘러 난을 피해야 합니다."

정봉수의 안색이 굳어졌다.

"용천부사 이희건이 용골산성을 지키다 장렬히 전사했다고 합니다."

정기수의 목소리는 촌통했다.

"그럼 용골산성마저 무너졌단 말이군."

정봉수의 입술이 파르르 떨렸다.

"그렇습니다. 용천부사 전사 후, 장사준이 산성을 통째로 오랑캐에게 넘겼다고 합니다. 천벌을 받을 놈입니다."

"장사준? 자네가 잘 아는 사람 아닌가?"

"예, 저와 친분이 있는 자입니다."

"그런데 그게 무슨 소린가?"

"아침에 들으니, 그 협수장 장사준이 항복했다고 합니다. 성문을 활짝 열고 오랑캐 놈들을 맞아들였다고 합니다. 이런 죽일 놈이 어디 있습니까!"

"한심한지고. 이 지경에 누가 나라를 위해 목숨을 바치고 헌신하겠는가."

정봉수는 사무치는 탄식을 내뱉었다.

"형님, 부디 서둘러 난을 피하십시오. 달리 방도가 없는 듯합니다."

정기수의 목소리는 간절했다.

"정녕 방도가 없단 말인가? 철산성에 들어가 의병을 일으켜 저들과 맞서 싸우려하는데, 아우마저 피난을 가자는 건가?"

정봉수의 목소리는 절규에 가까웠다.

"지금은 어렵습니다. 백성들이 모두 떠나는 판에 의병을 일으키는 것은 불가능합니다. 다음 기회를 기다리시지요."

사랑방에 모인 다른 이들도 고개를 끄덕였다. 현실의 냉혹함과 포기가 그들의 눈망울에 뒤섞여 있었다.

"다음 기회라니. 나라가 풍전등화인데 싸우지도 않고 피난부터 간다는 게 말이 되는가."

정봉수는 쓴 침을 삼켰다. 현실의 냉혹함과 자신의 의지 사이에서 갈등하는 그의 모습은 암울했다.

"달리 도리가 없습니다. 온 천지가 저들의 소굴이 되었습니다. 차라리 동창이나 송원으로 들어가 그곳에서 기회를 보는 것은 어떻겠습니까? 멀긴 하지만…"

정기수는 말을 흐렸다. 동창과 송원은 산악 지대로, 후금 군사의 접근이 쉽지 않은 곳이었다.

달리 방도가 없었다. 정봉수 역시 피난 외에 선택지가 없었다. 잠시 숨을 돌렸다.

"아우, 그곳은 너두 머네. 동창은 삼백오십 리, 산길을 돌아가야 하지 않은가. 송원도 오백 리나 된다네. 식솔들을 데리고 가기엔 너무 험난한 길이야."

정봉수는 고개를 저었다.

"그럼 어디로 가야 합니까, 형님?"

정기수의 목소리는 숨 막히는 막막함에 둘러싸여 있었다.

"깊이 생각해 보진 않았지만, 이럴 때는 바다로 가는 수밖에 없네. 저들이 온 나라를 짓밟고 다니는데, 어디로 피난을 가겠는가? 발길 닿지 않는 바다로 가면, 그곳엔 저들의 힘이 미치지 못할 걸세. 오랑캐들은 바다에는 약하지 않은가."

"그 좋은 생각입니다. 그러시지요. 그럼 서둘러 섬으로 가시지요. 그런데 형님, 창고에 쌓아둔 대나무 창들은…?"

정봉수가 영산에 있을 때 배로 실어 온 대나무들이었다. 낭선을 만들어 창고에 보관해 두었다.

"다음에 쓸 날이 오겠지. 몇 개만 챙겨 가세. 병장기도 챙기고."

정봉수는 야음을 틈타 고향 철산에서 가장 가까운 섬, 월은도로 향했다. 사마귀 앞발처럼 튀어나온 철산 곶 끝에 매달린 작은 섬이었다.

정봉수는 처자와 동생 정기수 가족 등 식솔들을 이끌고 월은도로 들어갔다.

철산 곶에서 손에 닿을 듯한 섬에는 이미 많은 피난민이 몰려와 발 디딜 틈도 없었다. 길이가 2리가 조금 더 되는 데다 폭은 1리에도 미치지 않았다. 작은 섬 대부분은 바위투성이였다. 사람들이 거주할 만한 곳은 얼마 되지 않는 비탈뿐이었다. 정봉수는 그곳에 몸을 숨기자 비로소 마음이 놓였다. 그의 어깨를 짓누르던 불안감이 조금은 가신 듯했다. 피난처가 있다는 것만으로도 다행이었다. 그러나 그의 마음 한편에는 여전히 나라를 향한 걱정과, 언제까지 이곳에 숨어 지낼 수 있을지에 대한 불안감이 자리 잡고 있었다. 월은도는 잠시의 안식처였을 뿐, 결코 영원한 피난처가 될 수는 없었다. 며칠 후, 동생 정기수가 숨을 헐떡이며 정봉수가 있는 움막으로 뛰어들었다.

"형님, 서둘러 육지로 나가야 합니다!"

정기수의 목소리는 절박했다.

"조만간 가도로 들어갔던 오랑캐 대군이 이곳을 지난다고 합니다."

정기수는 숨을 고르며 말했다.

"일전에 오랑캐 대군이 모문룡을 잡기 위해 가도로 들어갔다고 합니다. 이제 그들이 다시 이곳을 통해 뭍으로 돌아온다는 소문을 들었습니다. 그리된다면 저들이 그냥 지나치겠습니까. 혹시 이곳을 치고 지난다면 필시 큰 어려움을 겪게 될지도 모를 일이옵니다."

정봉수는 그제야 깨달았다. 그의 머릿속에서 모든 퍼즐 조각이 맞춰지는 듯했다.

월은도는 가도로 들어오는 중요한 길목이었다. 게다가 월은도에서 가도까지는 뱃길로 불과 5리밖에 되지 않았다.

정봉수 역시 동생의 판단이 옳다고 생각했다.

"그렇다면 어디로 가야 한단 말이냐?"

그의 목소리는 낮게 깔렸다.

"형님, 소도로 들어가시지요. 그게 최선입니다."

정기수는 확신에 찬 목소리로 말했다.

"소도라면 소대계도를 말하는 것이냐?"

"예, 그곳도 육지와 가깝지만, 모 도독이 있는 곳과는 거리가 먼 곳이니 안전할 것입니다."

정기수는 고개를 끄덕였다.

"여기서 그곳까지는 50리는 될 텐데."

정봉수는 거리를 가늠하며 말했다.

"그리될 겁니다. 서둘러 가면 하루면 닿을 곳입니다."

정봉수는 서둘러 피난 보따리를 꾸리고 다시 육지로 나왔다. 그리고 소도로 향하는 해안 길을 따라 북쪽으로 발길을 옮겼다. 정초의 바닷바람은 서릿발처럼 차가웠다. 살갗을 에는 추위에 정봉수는 연신 손을 불며 말을 몰았다.

육지에는 또 다른 불안감이 감돌았다. 언제 어디서 오랑캐가 나타날지 모르는 위험한 상태였다.

정봉수는 아들 정경호를 앞세웠다.

"경호야, 말을 타고 나가 전방을 살피거라. 무슨 일이 있으면 즉시 알리고."

"예, 아버님."

아들 경호는 씩씩하게 말을 타고 앞서 나갔다. 그는 척후병이었다. 혹시 모를 형국에 대비허 칼을 차고, 말 엉덩이에는 낭선을 비스듬히 꽂았다. 멀리서 보면 대나무 비를 꽂은 듯 보였다. 가까이 다가오는 적을 막는 데는 칼보다 훨씬 유용했다.

반나절쯤 이동했을 때, 앞서 나갔던 아들 경호가 멀리서 말을 타고 미친듯이 달려오고 있었다. 제법 먼 거리였다. 흰 두루마기 자락이 바람에 날리는 것으로 보아 경호임이 분명했다.

아들 뒤에는 오랑캐 서넛이 검은 옷깃을 휘날리며 말을 타고 뒤쫓아 오고 있었다. 그들의 기세는 맹렬했다. 정봉수는 즉시 해안가에 진지를 구축했다.

"기수, 자네는 왼쪽에서 활을 들게. 내가 중앙에서 저들을 막겠다. 그리고 식솔들은 병장기를 들고 해안가 언덕에 몸을 숨기도록. 서두르게!"

정봉수는 칼을 고쳐 잡았다.

정봉수의 부인을 비롯한 식솔들은 숨 막히는 긴장감 속에 해안가 언덕 옆에 바짝 몸을 붙였다. 차가운 바람에도 불구하고 등줄기에서는 식은땀이 흘렀다. 사내들은 병장기를 들고, 언덕 넘어 상태를 주시했다.

정봉수는 평소 식솔들에게 유사시 진형을 갖추는 훈련을 시켜왔다. 《기효신서》에서 얻은 지식을 바탕으로, 그들에게 맞게 변형한 전법이었다. 선두의 장정에게는 가마솥 뚜껑을 방패 삼아 장검을 들게 하고, 양옆에는 낭선으로 빈틈없이 방어선을 구축하게 했다. 그 뒤로는 장창수를 배치하여 다섯 명씩 한 조를 이루어 스스로를 보호하도록 훈련했다. 최전방인 철산의 특성상, 예기치 않은 침입에 대비하기 위한 훈련은 일상과 같았다.

정봉수의 명령이 떨어지자, 하인들은 일사불란하게 언덕 아래 진을 펼쳤다. 그들의 움직임은 혼란 속에서도 질서 정연했다. 부인, 며느리, 하인들은 모두 언덕 뒤에 몸을 숨겼다. 정봉수를 따라온 피난민들도 불안한 안색으로 그 뒤에 웅크렸다. 정봉수는 활시위에 화살을 걸고, 다가오는 오랑캐를 겨눌 태세를 갖췄다. 그의 눈매는 맹수처럼 날렵하게 변했다. 마침내 아들 경호가 거친 숨을 몰아쉬며 말을 달려왔다. 그의 이마와 볼은 땀과 먼지로 뒤범벅되어 있었다. 정봉수 앞에서 급히 멈춰 선 그의 입에서는 하얀 입김이 터져 나왔다.

"아버님, 오랑캐들입니다."

그의 목소리는 급박했다. 몸은 미세하게 떨리고 있었다.

"알았다. 내 뒤로 숨어라."

정봉수는 말 위에서 자세를 바로잡고 뒤따라오는 오랑캐들을 향해 활을 높이 치켜들었다. 그리고 침착하게 조준했다. 가장 선두에 선 자를 먼저 쏘아 떨어뜨릴 생각이었다. 경호는 이미 낭선을 뽑아 든 채였다.

오랑캐들은 갑자기 말고삐를 잡아당기며 말의 질주를 멈췄다. 말들은 앞발을 높이 쳐들며 멈춰 섰다. 거친 숨을 몰아쉬었다. 그들은 더 이상 추격해 오지 않았다. 정봉수는 우렁찬 목소리로 오랑캐들을 꾸짖었다.

"내 너희들을 해칠 생각은 없다. 하지만 더 다가오면 결코 살려두지 않겠다. 명심하여라!"

오랑캐들은 잠시 머뭇거리더니, 이내 말머리를 돌려 왔던 길로 돌아갔다. 그들이 사라진 뒤에야 정봉수는 긴 숨을 내쉴 수 있었다. 그의 몸을 짓누르던 긴장이 일순간 풀리는 듯했다.

"앞에 오랑캐들이 닿더냐?"

정봉수는 경호에게 물었다.

"소도로 가는 길에 백여 기의 기병대가 있었습니다. 그들이 본진은 아닌 듯하고, 약탈을 일삼는 유격대 같았습니다."

경호는 여전히 숨을 헐떡이며 답했다. 해가 저물 무렵, 정봉수는 식솔들을 이끌고 소도로 가는 길목에 도착했다. 그곳 포구 역시 소도로 들어가려는 피난민들로 가득했다. 모두 짐을 바리바리 싸 들고 썰물 때를 기다리고 있었다.

소도는 썰물 때면 좁은 자갈길이 드러나 걸어서 건널 수 있었다. 피난민들은 그 기적 같은 시간을 간절히 기다리고 있었다. 이윽고 조수가 빠져나가 갯벌 길이 모습을 드러냈다. 정봉수는 식솔들을 먼저 피난민들과 함께 소도로 들어가도록 하고, 자신은 동생 기수, 아들 경호와 함께 포구 후미를 지켰다. 혹시라도 피난민들을 해치러 달려올지 모를 오랑캐를 막기 위해서였다. 그들은 말 위에 올라 병장기를 높이 든 채, 다가올지 모르는 위협어 대비했다.

끝없이 몰려든 피난민들로 현장은 혼돈의 도가니로 변해갔다. 좁은 갯벌 길을 통해 어떻게든 소도로 들어가려는 사람들로 포구는 발 디딜 틈도 없었다. 너나 할 것 없이 살기 위해 앞만 보고 밀어붙였다. 절박함과 공포가 뒤섞여 있었다. 어느새 밀물이 차오르기 시작해 갯벌 길이 점점 잠기고 있었다. 더 이상 건너기 어려웠다. 사람들은 멈추지 않고 차가운 바닷물 속으로 발을 내디뎠다. 정봉수는 더 이상의 진입은 위험하다고 판단하고 피난딘 행렬을 막아섰다. 그들은 막무가내였다. 오히려 일부는 차가운 겨울 바다의 거센 물살에 휩쓸려 떠내려갔다. 그들의 비명소리가 차가운 바다에 울려 퍼졌다. 장정들이 급히 바다로 뛰어들어 그들을 구조하느라 포구는 더욱 극심한 혼란에 빠졌다.

갑자기 오랑캐들이 말을 타고 나타나 후미에 있던 피난민들을 무참히 도륙하기 시작했다. 여기저기서 터져 나오는 요란한 비명과 울부짖음이 쏟아졌다. 붉은 피가 하얀 갯벌을 낭자하게 물들였다. 포구는 삽시간에 아비규환의 장이 되었다. 공포에 질린 사람들은 폭풍을 만난 개미 떼처럼 사방으로 흩어져 숨어들었다.

포구를 지키는 이는 정봉수와 그의 아들 정경호, 동생 정기수뿐이었다. 그들은 말을 타고 날뛰는 오랑캐 기병들에게 활을 쏘아댔다. 활시위를 떠난 화살은 정확히 목표물을 향해 날아갔다. 두어 명이 화살에 맞아 말에서 떨어져 나뒹굴었다. 오랑캐들은 말 뒤에 몸을 숨긴 채 간신히 포구를 벗어났다. 소도로 향하는 피난민들을 끌고 가려던 오랑캐들은 더 이상 다가오지 못하고 멀찍이 멈춰 섰다. 그리고 정봉수에게 사람을 보냈다.

어색한 푸른 군복을 입은 조선군 출신의 사내가 말에서 내려 정봉수 앞에 넙죽 엎드렸다. 그는 변발을 하고 있었다.

"영산 나리 아니십니까?"

정봉수는 얼음처럼 차가웠다. 경멸감이 선명했다.

"어찌하여 오랑캐의 앞잡이가 되었느냐."

그의 꾸짖음에 사내는 감히 고개를 들지 못했다. 그의 몸은 미세하게 떨리고 있었다.

"송구하옵니다…. 포로가 되어 어쩔 수 없이 통역을…."

쥐어짜듯 이어지는 사내의 말에 정봉수는 낮지만 분노가 서린 목소리로 물었다.

"저들이 무슨 말을 전하라 했느냐?"

사내는 굴욕적인 제안을 늘어놓았다.

"영산 나리께서 길을 열어 주시면 응당한 보상을…. 또한, 후금에 투항하시면 관직과 농토를…."

정봉수는 냉소적인 웃음을 흘렸다. 그의 입꼬리가 비웃는 듯 올라갔다.

"헛소리 집어치워라! 조선의 녹을 먹던 내가 어찌 오랑캐에게 붙어살겠느냐!"

그의 목소리는 단호했다.

"예…. 영산 나리…."

사내는 땀에 젖은 모습으로 간신히 대답했다. 그의 몸은 두려움에 떨고 있었다.

"명심해라. 포로가 되어 더러운 앞잡이 노릇을 하는 네놈을 이번만은 살려주겠다. 하나, 다시는 내 눈에 띄지 마라. 그때는 네놈도 용서받지 못할 것이다."

정봉수의 매서운 경고에 사내는 하얗게 질린 채 황급히 물러났다.

정봉수는 멀어져 가는 사내의 뒷모습을 차가운 시선으로 응시했다. 배신자들에 대한 짙은 경멸감이 마음속에서 소용돌이쳤다.

잠시 후, 오랑캐 군영에서 날랜 두 필의 말이 쏜살같이 달려왔다. 베일 듯한 기세로 칼을 번쩍이며 괴성을 지르는 그들의 모습은 지옥에서 튀어나온 악귀와 같았다. 그들의 거친 숨소리가 차가운 공기를 갈랐다.

정봉수는 말 위에서 미동도 없이 활을 들어 올렸다.

화살이 시위에 걸리고, 완벽한 조준이 이루어졌다. 사내가 수십 보 앞으로 다가왔을 때, 정봉수의 손가락이 번개처럼 움직였다. 팽! 짧고 예민한 활시위 소리와 함께 화살은 사내의 왼쪽 가슴을 정확히 뚫었다. 그는 비명도 지르지 못한 채 말에서 떨어져 땅에 처박혔다. 붉은 피가 하얀 갯벌을 낭자하게 물들였다. 정봉수는 즉시 다음 화살을 시위에 걸었다. 그의 움직임은 물 흐르듯 자연스러웠다. 뒤따르던 자 역시 십여 보 앞에서 목을 관통당하고 말에서 떨어졌다. 두 기병의 처참한 죽음을 목격한 오랑캐들은 감히 더 다가서지 못하고 멀찍이 멈춰 서 있었다. 정봉수는 다시 활시위를 당겼다. 오랑캐들은 자신들이 활의 사정거리 밖에 있다고 생각했다. 정봉수의 화살은 그들의 예상보다 훨씬 멀리 날아갔다. 공포에 질린 오랑캐들은 비명을 지르며 말머리를 돌려 도망쳤다. 그들의 뒷모습은 허둥지둥 혼란스러웠다.

정봉수와 아들 경호, 동생 기수는 뒤늦게 소도로 들어갔다. 그곳 역시 끝이 보이지 않는 어둠으로 쌓여 있었다. 옹색한 공간에는 불안에 떠는 피난민들이 발 디딜 틈 없이 들어차 있었다. 그들은 지쳐 있었으며 끝없는 불안감에 떨고 있었다. 그곳은 더 이상 안전한 피난처가 아니었다. 정봉수의 마음은 어두웠다. 잠시의 안식도 허락되지 않는 현실에 어깨는 더욱 무거웠다.

정봉수는 좁은 소도와 많은 피난민들을 둘러보며 동생 정기수와 아들을 불렀다.

"이곳은 피난처가 못 된다. 너무 협소하고 사람이 많으니, 어찌해야겠느냐?"

아들이 머뭇거리며 입을 열었다.

"아버님, 바로 옆 대도로 옮기시는 것이 어떻습니까?"

정기수도 동의했다.

"형님 조카의 말이 맞습니다. 대도는 이곳보다 열 배나 넓으니, 오랑캐가 들이닥쳐도 피할 곳이 있을 겁니다."

정봉수는 결단했다.

"좋다. 대계도로 식솔들을 옮기자. 함께 갈 백성들이 있다면 동행하도록 하자."

정봉수는 곧바로 대계도로 거처를 옮겼다.

2리 남짓 떨어진 대계도는 소도보다 10배나 큰 섬이었다. 그곳에는 제법 규모 있는 마을이 형성되어 농사와 어업이 가능했다. 정봉수를 따라 많은 이들이 대계도로 건너왔다. 그의 존재를 안 더 많은 피난민이 대계도로 몰려들었다. 섬은 여전히 피난민으로 북적였다. 넓은 면적 덕분에 숨통이 트였다. 사방으로 바다가 펼쳐지고, 섬 중앙의 높은 산은 넉넉한 품세를 자랑했다. 전란 중이라는 사실을 잠시 잊을 만큼 평화로운 풍경이었다.

정봉수는 오랜만에 찾아온 여유를 만끽했다. 나른한 봄날 오후처럼 마음이 느긋해졌다. 그는 칼바람이 부는 해안을 따라 섬을 둘러보았다. 육지에서 바라보던 섬과는 전혀 다른 모습이었다.

검푸른 물, 맑고 차가운 바람, 넓은 백사장이 어우러진 섬은 선비들의 휴양처 같았다. 백사장을 말 타고 달리며 들이켜는 맑은 공기는 폐부를 깨끗하게 정화하는 듯했다. 칼바람 끝에 실려 오는 짭짤한 바다 내음은 달콤하기까지 했다. 그렇게 정봉수는 대계도에 짐을 풀고 여러 날을 보냈다.

어느덧 음력 2월이 되었다.

완연한 봄기운이 느껴졌다. 뼈를 시리게 하던 추위는 물러갔다. 피난 온 백성들은 섬에서 숨죽인 채 지냈다. 다행히 큰 변고는 없었다.

후금 군사들은 육전에 강했지만, 해전에는 속수무책이었다. 바다를 건너는 것은 물론, 강을 건너는 것도 서툴렀다. 덕분에 정봉수의 식솔들이 머문 대계도는 평온한 시간을 보내고 있었다.

해 질 녘, 서쪽으로 기우는 붉은 태양이 바다를 물들일 즈음이었다. 저 멀리 수평선 위에 큰 배 한 척과 여섯 척의 작은 배들이 상어 떼처럼 소도 옆 등곶을 향해 움직였다. 그 낯선 풍광에 피난민들은 삽시간에 얼어붙었다. 등 뒤에서 들려오는 정기수의 다급한 외침은 불안감을 더욱 증폭시켰다.

"형님, 큰 배와 작은 배들이 앞바다에 나타났습니다. 가도에서 온 배들 같습니다. 무슨 일인지 모르겠습니다."

정봉수는 읽고 있던 책을 내팽개치듯 내려놓았다.

"무어라? 큰 배와 작은 배가? 가도에서 등곳으로 간다고? 모두 몇 척이냐?"

그의 말소리는 불안하게 떨렸지만, 이내 예기가 서렸다.

"일곱 척입니다."

정기수의 대답에 며칠 전 장서방에게 들었던 흉흉한 이야기가 섬광처럼 뇌리를 스쳤다.

장서방은 해곡에서 관 땅을 부치며 살던 소작농이었다. 그의 이야기는 정봉수의 평온했던 마음을 뒤흔들었다. 장서방의 이야기는 이러했다.

얼마 전 명나라 사람 전준과 그 일행이 후금 군사를 피해 철산 해곡에 숨어들었다. 마을 무뢰배들은 그들로 인해 마을에 피해가 올 것을 우려했다. 전준 일행이 다른 곳으로 갈 것을 주문했다. 하지만 그들은 거부했다. 이 과정에서 싸움이 일어났다. 마을 무뢰배들은 싸움 끝에 대부분의 전준 일행을 참살했다.

한 나머지 그들을 살해했다. 오랑캐들은 모문룡의 졸개들에게 협조하는 마을은 쑥대밭을 만들겠다고 엄포를 놓아온 상태였다. 이 때문에 그들은 몽둥이와 괭이, 도끼 등으로 그들을 무참하게 때려죽였다. 장서방의 잔인한 묘사가 정봉수의 귓가에 쟁쟁했다. 그런 중에 전준이란 자는 간신히 살아남아 가도로 도망쳤다고 했다.

명나라 사람들이 떼죽음을 당하고, 그중 한 명이 가도로 도망친 사건이었다. 모문룡이 이 사실을 알았다면 가만있을 리 없었다. 섬뜩한 예감이 정봉수의 온몸을 휘감았다. 보복이란 단어가 심장을 옥죄었다. 고향 마을 사람들이 명나라 잔당들에게 무참히 당하는 모습을 보고만 있을 수는 없었다. 물론 잘못은 마을 무뢰배들에게 있었다지만, 가도의 무리

가 복수를 위해 해곡에 들이닥친다면 마을 사람들의 안위는 보장이 불
가했다.

정봉수는 현직이 아니었다. 군사를 모을 수도, 누군가의 도움을 기대
하기도 어려웠다. 하지만 마을이 쑥대밭이 되는 것만은 막아야 했다. 우
려처럼 저 멀리 등곶으로 향하는 일곱 척의 배가 그의 눈에 들어왔다.

"큰일이군. 저들이 혜곡을 쑥대밭으로 만들 셈인가 보네."

그의 낮은 혼잣말에 정기수가 화들짝 놀라 되물었다.

"예? 그게 무슨 말씀이세요?"

정봉수는 자신이 들은 참혹한 이야기를 동생에게 설명했다. 정기수는
순식간에 새파랗게 질렸다. 그는 이 일에 휘말리고 싶지 않았다. 하나
정봉수는 그렇지 않았다.

나설 수 있는 사람은 자신, 동생, 그리고 아들, 단 세 명뿐이었다.

"형님, 셋이서 저들을 막기에는 역부족입니다. 그리고 형님 연세도 있
으시니 다른 방도를…"

"그러면 어쩌란 말인가. 마을 사람들이 몰살당하도록 두고 볼 텐가?"

정기수는 더 이상 말을 잇지 못했다. 형의 결의를 꺾을 수 없었다. 그
들은 배를 대고 어둠이 짙게 깔린 뭍으로 향했다. 전준보다 먼저 도착
해야 했다.

"필시 전준이란 놈이 오는 게 분명하다. 그놈이 아니라면 다행이지만,
저들이 우리 마을을 쑥대밭으로 만드는 것은 막아야 한다."

정봉수의 목소리는 비장했다. 그의 눈은 칠흑 같은 어둠 속에서도 형
형하게 빛났다.

육지에 발을 디딘 순간, 그들은 뜸들일 겨를도 없이 말에 박차를 가
했다. 짙은 어둠이 세상을 집어삼켰다. 고향 마을 길은 눈을 감고도 훤
했다. 그들은 마을 입구에 급하게 진을 쳤다.

정봉수는 중앙에 우뚝 서서 적을 맞이할 준비를 했다. 정기수는 조금

떨어진 나무 뒤에 몸을 숨긴 채 활시위를 당길 준비를 마쳤다. 아들 경호는 마을을 돌며 담력 있는 장정들을 불러 모으기 위해 어둠 속으로 사라졌다.

한 시간 남짓, 숨 막히는 정적이 흘렀다. 이른 봄답게 마을 쪽에는 짙은 안개가 드리워져 있었다. 포근했지만, 새벽의 냉기는 여전했다. 세 사람은 긴장 속에 안개 낀 어둠을 주시했다. 마침내 어둠 저편에서 웅성거리는 소리가 들려왔다. 그리고 곧, 예상대로였다. 횃불을 높이 든 명나라 무뢰배들이 왁자지껄하게 마을로 들이닥치고 있었다. 그들은 해곡으로 들어오는 인근 마을에서 술을 거나하게 마시고 담력을 키운 다음 마을로 향하고 있었다. 하나같이 취기에 흔들리는 모습이었다.

마을 입구에서부터 난동의 불길이 치솟았다.

"쾅! 쨍그랑!"

집 문이 부서지고 장독이 깨지는 요란한 소리가 밤의 정적을 갈랐다. 입구에 살던 백성들은 혼비백산하여 사방으로 흩어졌다. 소리는 바로 코앞에서 들렸지만, 짙은 안개는 시야를 완전히 가려 형체도 분간하기 어려웠다. 오직 횃불만이 희뿌옇게 어둠을 밝혔다. 다른 곳은 지척에서도 보이지 않았다. 어둠과 안개가 뒤섞여 눈을 감은 듯했다. 정봉수는 몸을 낮추고 다가오는 무뢰배들을 매서운 눈으로 노려보았다.

횃불은 여러 개였다. 투박한 발소리는 점점 더 가까워졌다. 횃불의 수로 보아 적어도 수십 명은 되어 보였다. 그는 그들이 더욱 가까이 다가오기를 기다렸다. 온몸의 신경이 곤두섰다. 무리 속으로 뛰어들어 칼을 휘두를 생각이었다. 이처럼 시야가 제한된 형편에서는, 적의 한가운데를 가로지르며 공격하는 것이 가장 효율적인 방법이었다. 동생과 아들이 뒤에서 튀어나오는 적들을 막고, 자신이 무리 속으로 파고든다면 승산이 있었다. 동생과 아들에게 작전을 지시하고, 정봉수는 깊게 숨을 들이켰다.

어둠을 찢는 횃불이 마침내 눈앞에 다가왔다. 검은 그림자들이 불빛 아래 짐승처럼 어른거렸다. 건장한 사내들이 밤안개 속에서 서서히 모습을 드러냈다. 수십 명의 무리가 뿜어내는 살기는 마을을 집어삼킬 듯 흉흉했다.

정봉수의 호통이 어둠을 갈랐다.

"네 이놈들! 무슨 일로 남의 마을을 짓밟는 것이냐?"

정봉수의 일갈에 무뢰배들은 발걸음을 멈추고 횃불을 치켜들었다. 짐승의 울음 같은 고함이 터져 나왔다.

"어떤 놈이 감히 우리 앞길을 막느냐!"

무리의 우두머리로 보이는 사내가 앞으로 나섰다. 텁수룩한 수염, 넙데데한 면상, 그리고 이마의 선명한 흉터 자국. 횃불 아래 드러난 그의 모습은 가도로 도망친 전준이란 자가 분명했다.

"무슨 일이냐?"

정봉수는 한 치도 물러서지 않았다.

"이 마을 놈들이 내 형제들을 죽였다. 그 원수를 갚으러 왔다. 이 마을 인간들을 모조리 죽여 버릴 것이다."

그의 입에서 뿜어져 나오는 살기는 밤안개마저 얼어붙게 만들었다.

"마을 사람들은 죄가 없다. 당장 돌아가라. 네놈들이 찾는 자들은 내가 벌할 것이다."

정봉수의 목소리엔 흔들림 없는 결기가 깃들어 있었다. 하나 전준의 귓가에는 들리지 않는 듯했다.

"닥쳐라! 우리를 막는다면 네놈부터 갈기갈기 찢어 죽여주마."

분노에 찬 전준의 위협과 함께 검날이 번쩍였다. 마을을 핏빛으로 물들일 듯 달려들었다. 정봉수는 잠시도 주저하지 않았다. 그의 손에서 칼이 벼락처럼 뽑혀 나와 허공을 갈랐다. 섬광처럼 번쩍인 칼날은 안개를 찢고 사내들의 목을 예리하게 베어냈다. 붉은 피가 핏빛 안개비처럼 거칠게 흩뿌려졌다. 비명도 지르지 못하고 퍽, 퍽 소리를 내며 쓰러지는 몸뚱이들.

정봉수의 칼은 살아있는 생명체처럼 춤을 추었다. 때로는 버드나무 가지처럼 유려하게 휘감아 돌았다. 때로는 무희의 손길처럼 부드럽고도 치명적으로 적들을 갈랐다. 벼린 기운이 지나갈 때마다 어둠 속에 붉은 꽃이 피어났다. 뼈 부러지는 소리, 살점이 찢어지는 비명 소리가 적막했던 어둠을 가득 채웠다. 횃불이 바닥에 떨어져 나뒹굴며 핏빛으로 물든 광경을 더욱 선명하게 드러냈다. 사방에서 날아드는 화살들이 스치고 지나갔다.

정봉수의 칼은 바람마저 벨 듯 예리하게 허공을 갈랐다. 피가 튀고, 살점이 흩날리는 아비규환 속에서 정봉수의 온몸은 땀과 피로 흥건하게 뒤덮였다. 비릿한 피 냄새가 코를 찔렀다. 짐승처럼 울부짖던 사내들은 하나둘 힘없이 쓰러져갔다. 흉악했던 고함소리가 잦아들자 어둠 속에는 오직 차가운 죽음의 정적만 남았다.

정봉수는 숨이 턱까지 차올라 더 이상 버틸 수 없었다. 주변은 고요했다. 죽음의 침묵과 희미한 신음만이 감돌았다. 그제야 정봉수는 힘없이 무릎을 꿇고 거친 숨을 몰아쉬었다. 온몸은 피범벅이었다.

어둠 속에서 아들 정경호와 동생 정기수의 급한 목소리가 들렸다. 그는 대답하고 싶었지만, 마른 입술이 닫혀 말이 나오지 않았다. 칼에 의지해 겨우 몸을 지탱했다. 그의 육체는 이미 한계에 다다른 듯 말을 듣지 않았다. 거친 숨소리가 어둠을 찢었다.

눈앞이 하얗게 변해갔다. 의식이 아득해지는 가운데, 희미한 안개 속에서 두 사람의 그림자가 다가왔다. 동생 기수와 아들 경호였다.

"여기 있네."

정봉수는 소리치고 싶었지만, 입이 떨어지지 않았다. 몸을 일으키려 했지만, 천근만근 무거웠다. 칼자루에 고개를 떨구고 있을 때 정기수가 그에게 다가왔다.

"형님, 괜찮으시요?"

아들 경호의 목소리도 들렸다.

"아버님, 아버님."

정봉수는 겨우 입술을 열었다.

"나는…"

하지만 그 한마디도 뱉어내지 못하고 말을 삼켰다. 그의 의식은 점차 희미해지고 있었다.

정봉수는 그 자리에 주저앉았다.

밤안개가 조금씩 걷히면서, 어둠 속에 마을 입구가 어렴풋이 모습을 드러냈다. 정봉수의 온몸은 난도질당한 듯 만신창이가 되어 있었다. 양 팔과 다리에는 깊게패인 상처들이 길게 늘어져 있었다. 두꺼운 옷 덕분에 목숨은 건졌지만, 팔다리는 성한 곳이 없었다. 등과 가슴의 흉한 상처에서도 피가 쉴 새 없이 흘러내렸다. 온몸이 피와 흙먼지로 뒤덮인 상처투성이였다. 온전한 곳이라고는 찾아볼 수 없었다. 옆에 쓰러져 있던 정기수 역시 오른팔에 화살을 맞아 팔을 쓰지 못했다. 그는 화살이 빗발치자 잠시 달아났다가 형을 찾아 겨우 돌아온 참이었다. 다행히 아들 경호만이 온전했다. 정봉수는 의식을 잃기 직전이었다. 그의 얼굴은 달빛처럼 창백했다. 거친 숨소리가 폐부를 찢는 듯했다.

"아버님, 위급합니다! 서둘러야 합니다!"

경호의 가쁜 외침이 정봉수의 귓가에 희미하게 들려왔다. 그는 대답할 힘도 없었다. 더 이상 지체할 시간이 없었다. 경호는 어둠 속에서 말을 찾았다. 언덕 밑에서 말 울음소리가 들렸다. 잠시 후, 아들은 말고삐를 쥐고 헐떡이며 언덕을 올라왔다. 정봉수의 애마가 주인의 위급함을 아는지, 그들을 기다리고 있었다.

경호와 정기수는 피투성이가 된 정봉수를 말 등에 실었다. 물에서 건져 올린 나락 단을 실 듯 그렇게 정봉수를 말 등에 올렸다. 그는 겨우 숨을 토하고 있었다.

화살을 맞은 정기수는 아픈 오른팔 대신 왼팔로 말을 몰았다. 그렇게 그들은 늦은 밤, 목숨을 걸고 대계도로 향했다.

정봉수의 의식은 점차 희미해져 갔다. 피난처에 도착하자마자 그는 그대로 정신을 잃었다. 밤새 경호는 등잔불 아래에서 아버지의 상처를 치료했다. 윗옷을 벗기자 찢어지고 짓이겨진 등, 가슴, 허벅지가 적나라 하게 드러났다. 경호는 떨리는 손으로 불에 달군 바늘을 들었다. 너덜 너덜한 생살을 굵은 바늘로 묶어나가듯 꿰매었다. 아버지의 허벅지 상 처가 특히 깊었다. 피가 멈추지 않고 흘러내렸다. 정봉수는 이미 의식을 잃어 고통을 알지 못했다. 경호의 미간은 아버지와 고통을 함께 나누는 듯 수시로 일그러졌다.

아침이 밝아올 무렵, 겨우 처치가 끝났다. 깨끗한 물로 몸을 닦아내자 비로소 피와 오물이 씻겨 나갔다. 정기수도 화살촉을 뽑고 상처를 소독 한 후 꿰맸다. 그들에게는 참으로 길고 고단한 하루였다. 당시 정봉수 의 나이는 56세였다.

경호는 혼신을 다해 아비를 간호했다. 약초를 뜯어다 상처에 붙였다. 밤낮으로 안위를 걱정하며 잠시도 아비 곁을 벗어나지 않았다. 수시로 펄펄 끓는 아비의 열을 수건에 찬물을 묻혀 식혔다. 아비는 실없는 소 리를 토하고 허공을 향해 허한 소리를 내질렀다. 그렇게 며칠이 지났다. 정봉수는 겨우 의식을 되찾았다. 강골임에도 며칠 동안 죽은 듯이 누워 있었다.

아들 경호는 그사이 철산 쪽 육지를 다녀왔다. 정봉수는 여전히 누워 있었다. 그의 몸은 회복되고 있었지만, 그날 밤의 기억은 사무치는 상처 로 남아 있었다. 경호의 소식은 정봉수에게 잠시나마 안도의 한숨을 선 사했다.

"아버님, 가도의 명나라 도독은 해곡 사건을 후금 군사의 소행으로 안다고 합니다. 복수를 다짐했다 들었습니다."

아들의 말에 정봉수는 깊게 숨을 내쉬었다.

"다행이구나. 우리가 한 일인 줄 알면 큰일이다."

그는 혹시라도 아들에게까지 불똥이 튈까 봐 걱정스러운 표정으로 경호를 바라봤다.

"그렇습니다. 그날 30명 가까이 죽었다고 합니다."

경호의 말에 정봉스는 고통에 인상을 찌푸리면서도 묘한 만족감을 느꼈다.

"그럴 테지. 내 칼어 죽은 자들이 그 정도 될 거라 생각했다. 네 삼촌은 좀 어떠냐?"

그의 목소리는 여전히 힘이 없었다. 하지만 송곳 같은 예민함이 살아 있었다.

"많이 좋아지셨다고 들었습니다. 아버님은 어떠십니까?"

경호의 물음에 정봉수는 눈을 감았다.

"내일쯤 일어나야지. 계속 누워 있을 수만은 없다."

"안 됩니다. 더 쉬셔야 합니다. 상처가 깊습니다."

경호가 극구 만류했지만, 정봉수는 단호했다.

"괜찮다. 네 삼촌이 좀 나으면 보고 싶다고 전해라."

그는 고통을 참으며 억지로 위엄을 보이려 애썼다. 경호는 아버지의 뜻을 거스를 수 없어 정기수에게로 향했다.

정기수 역시 많이 호전된 상태였다. 오른팔은 아직 쓸 수 없었지만, 부기는 눈에 띄게 가라앉아 있었다. 경호는 정기수를 부축해 정봉수의 방으로 데려갔다. 두 형제는 서로의 상태를 확인하며 안도와 동시에 씁쓸한 미소를 지었다. 적지 않은 나이에 무리한 싸움을 벌였으니 다치는 것이 당연했다. 무예 덕분에 이 정도였지, 보통 사람 같았으면 목숨을 잃었을 것이다. 스스로 대견해하면서도, 삶의 덧없음을 곱씹는 쓴웃음이었다.

정기수가 오자 경호는 며칠 전의 일을 다시 설명했다. 30명 가까이 죽었다는 말에 정기수는 놀라움을 금치 못했다. 자신이 처치한 자는 한 명도 안 될 터. 그 모든 죽음이 정봉수의 칼 아래 스러진 것이 분명했다. 동생은 입을 다물지 못했다.

"그 얘기는 그만하고, 앞으로 어찌할지 생각해 보세."

여전히 불편했지만, 그는 더 이상 누워있고 싶지 않았다. 아들의 부축을 받아 겨우 몸을 앉혔다.

"바다고 뭍이고 우리 식솔들이 몸 붙일 곳이 없어 보입니다. 모두 오랑캐 손에 떨어졌으니 어찌하면 좋겠소이까?"

정기수의 오른팔 통증은 여전했다. 그보다 더한 현실적인 고통이 그를 짓눌렀다. 전투는 끝났지만, 생존을 위한 또 다른 전투가 시작된 것이었다.

"그러게 말이네. 그래도 찾아보면 방법이 있을 것이네. 며칠 누워 생각해 보니… 용골산성으로 가는 것은 어떻겠나 싶네."

그의 목소리는 쉬어 있었다. 절박한 바람이 묻어났다. 정기수는 형의 말에 화들짝 놀라 눈을 크게 떴다.

"용골산성이요? 그곳은 이미 적의 손에 떨어진 곳 아닙니까?"

정봉수는 고개를 끄덕였다.

"자네가 말하지 않았나. 장사준이란 자가 성문을 열어 그들에게 바쳤다고 말일세."

정기수는 형의 말을 이어받으며 재차 반문했다.

"제가 말씀드렸지요. 그럼 오랑캐 소굴로 들어가자는 말씀이십니까?"

그의 눈동자는 놀라움에 물들어 있었다. 하지만 정봉수의 생각은 달랐다.

"거꾸로 생각해 보면 오랑캐 손에 있으니 오히려 안전할 수도 있네. 그곳에서 전란을 보며 훗날을 도모하는 것도 방법이네."

확신에 찬 기색이 확연했다. 식솔들을 구하고 다음을 기약할 유일한 길은 그것뿐이라고 믿었다. 그러나 정기수는 즉시 반대했다.

"오랑캐 소굴에 들어간다면 죽을 일밖에 더 있겠습니까? 장사준 그놈이 우리를 살려두겠습니까?"

그는 정색하며 형의 제안을 거부했지만, 정봉수의 결정은 번복되지 않았다.

"다른 방법이 없네. 그리로 가세. 장사준이 자네를 봐서 살려줄지 누가 알겠나?"

정봉수의 눈동자는 모든 논쟁을 끝내려는 듯 가라앉았다.

위험한 도박이었다. 하지만 그들에게는 선택의 여지가 없었다.

13. 용골산에 들다

후금군은 장사준을 용천부사에 임명했다.

용천부사 벼슬까지 얻은 장사준의 손아귀에 용천 일대가 들어갔다. 그의 간사한 충성심 덕분이었다. 그는 입안의 혀처럼 간사하게 굴며 아민의 마음을 헤아려 움직였다. 그에 대한 후금의 신망은 두터웠다.

"용천은 오랑캐 약탈을 피했다더군. 그곳에 가면 죽음을 면한다는구면."

소문은 피난민들 사이로 빠르게 퍼졌다.

"정말인가? 그럼 그리로 가야지. 이러다 몰살당하지 않겠나."

"우선 살아야지. 그 소문이 확실한가?"

불안감 속에서도 희망을 찾는 절박한 목소리들이었다. 하지만 오랑캐 소굴이라는 사실은 여전히 꺼림칙했다.

정봉수는 이 난국을 역이용하려 했다. 그는 용골산성에 귀의하는 척하며, 그 소굴에 들어가 훗날을 도모할 생각이었다. 그의 결정에 정기수는 묵묵히 짐을 쌌다. 경호는 식솔들에게 이주 준비를 시켰다. 함께 온 피난민들에게도 소식을 전하자, 피난민 무리가 용골산성을 향해 움직이기 시작했다.

대계도에서 용골산성까지는 70리, 하룻길이었다. 그러나 굶주림과 고단함에 쉽게 갈 수 없는 거리였다.

늦은 오후, 정봉수 일행은 용골산이 아스라이 보이는 마을에 도착했다. 그들은 길 위에서 비참한 광경을 수없이 보았다. 개울마다 시체가 산처럼 쌓여 있었다. 길바닥에는 내장이 흩뿌려져 발 디딜 곳도 없었다. 후미진 곳에는 시체 더미가 흉측하게 널려 있었다. 정봉수는 아녀자들의 눈을 가리게 했다.

해는 산마루 너머로 천천히 가라앉고 있었다. 그곳은 용골산으로 들어가기 전 마지막으로 만나는 마을이었다. 한때 백여 호가 넘게 모여 살던 마을은 이미 형체를 알아보기 어려운 폐허가 되어 있었다. 불길에 그을린 기둥과 무너진 담장들이, 이곳을 스쳐 간 전쟁의 잔혹함을 말없이 증언하고 있었다. 사람의 기척은 끝내 보이지 않았다.

더는 길을 재촉하기 어려웠다. 밤에 산길을 오르는 것은 위험했다. 아녀자들이 함께한 행군은 생각보다 훨씬 더뎠다. 결국 그들은 그 자리에서 발걸음을 멈추었다. 어둠은 순식간에 내려앉아 마을을 완전히 삼켜버렸다.

매서운 바람이 골목을 헤집고 다녔다. 음력 이월이라 하나, 해가 지고 난 뒤 불어오는 칼바람은 여전히 살을 베듯 날이 서 있었다. 정봉수 일행은 지친 몸을 이끌고 마을 어귀에 서 있었다. 이대로 찬바람 속에서 밤을 지새워야 한다는 생각만으로도 숨이 막혔다. 언제 오랑캐의 창검이 어둠을 가르며 들이닥칠지 모른다는 불안은, 피로보다 더 깊게 그들을 옥죄었다. 처마 아래서라도 몸을 눕히고 싶다는 간절함이 온몸에 차올랐다.

그때 정봉수는 앙상해진 손가락을 들어, 마을 한가운데 남아 있던 커다란 기와집을 가리켰다. 무너짐 속에서도 비교적 온전해 보이는 집이었다. 그는 잠시 그곳을 바라보다가, 곁에 서 있던 아들 경호를 불렀다.

"저 집 주인에게 하룻밤 묵어가자고 여쭤보거라. 너무 멀리 와서 식솔들이 지쳤다. 내 몸도 성치 않으니, 제발 하룻밤만 묵어가게 해달라고 간곡히 청하거라."

경호는 굳게 닫힌 대문 앞에 섰다. 그는 마른침을 삼키고 헛기침을 한 후, 숨을 죽이고 주인장을 불렀다.

'삐걱!' 낡은 대문이 메마른 소리를 내며 열리고, 낯선 사내가 모습을 드러냈다. 머리를 변발한 사내였다. 경호의 가슴이 철렁 내려앉았다. '혹시 후금 놈의 집인가?' 후회했지만 이미 늦었다.

"주인어른, 너무 먼 길을 와서 식솔들이 지쳤습니다. 아버님이 편찮으셔서 하룻밤만 묵어가게 해주십시오."

경호는 최대한 공손하게 말했다. 사내는 경계하는 모습으로 그를 훑어보며 거만한 말투로 물었다.

"어디서 오는 누구네 식솔들인가?"

"저희는 철산의 영산 나리 댁 식솔들입니다. 날이 어두워 부득이하게 드리는 말씀이오니 이 밤만 머물게 해주십시오."

경호는 예의를 갖춰 답했다.

"무어라? 철산 영산 댁 식솔이라고?"

사내는 놀란 듯 눈을 크게 뜨고 문을 활짝 열었다.

"예, 그렇습니다."

경호가 답하자, 사내는 더욱 놀란 눈으로 되물었다.

"그럼 정봉수 영산 나리 댁 식솔들이란 말이오?"

"예, 제 아버님이 저 밖에 계십니다."

사내는 주저 없이 뛰어나가 정봉수에게 깊이 허리를 숙였다.

"소인은 용천 사람 이광립입니다. 영산 나리 존함은 익히 들었습니다. 어서 안으로 드시지요."

경호는 긴장이 풀리며 안도감이 생겼다. 죽음의 문턱에서 뜻밖의 조력자를 만난 것이었다.

이광립은 정봉수 일행을 따뜻이 맞았다. 굶주리고 지쳤던 식솔들은 오랜만에 음식으로 배를 채우며 안도했다. 그들은 사랑채에 짐을 풀었다. 이내 이광립의 동생들이라 소개한 사내 네 명이 찾아왔다.

"영산 나리, 먼 길 고생하셨습니다. 이곳에서 쉬시지요."

그들의 말에 정봉수는 깊이 감사했다.

"고맙네. 그대들의 후의를 잊지 않겠네."

밤늦도록 이어진 대화 속에서 이광립은 자신의 사정을 털어놓았다.

"소인은 이희건 용천부사 휘하 좌수였습니다. 부사 영감 사후, 관직을 그만두려 했으나 장사준이 협박하여 그의 휘하에 있습니다. 변발도 했습니다. 불충을 용서받을 수 있을지 모르겠습니다."

그는 울먹였다. 정봉수는 그런 그를 위로했다.

"자책 마시게. 나라가 이 지경이니 어쩔 수 없었을 것이네. 앞으로 충성할 기회가 있을 거네."

그들은 밤늦도록 작금의 난국과 앞으로의 대책을 논의했다.

"영산 나리께서는 당분간 이곳에서 쉬시며 거취를 결정하십시오."

이광립의 조심스러은 제안에 정봉수는 고마워했다.

"그리해주시면 감사하겠네. 며칠 머물며 전황을 보겠네."

이광립의 집에서 며칠을 쉬는 동안, 정봉수 일행은 지친 몸과 마음을 회복했다. 정봉수의 안색에도 생기가 돌았다. 정기수의 팔도 눈에 띄게 나아졌다. 잠시나마 평화가 찾아온 듯했다. 하지만 그 평화는 그리 오래가지 못했다. 며칠 후, 굶주린 늑대 떼처럼 후금 기병들이 들이닥쳤다. 괴성을 지르며 말을 탄 채 이광립의 집을 에워쌌다. 집 안은 순식간에 공포에 휩싸였다.

"큰일 났습니다. 후금 기병들이 쳐들어왔으니 어찌해야 하옵니까?"

이광립 형제들이 창백하게 질렸다.

"차라리 머리를 깎는 게 어떻겠습니까? 변발하면 해치지 않을지도 모르지요."

형제 가운데 한 명이 떨리는 목소리로 제안하자, 형제들은 허둥지둥 변발을 시작했다. 다른 식솔들도 서둘러 머리를 깎으며 투항의 의지를 보였다.

"형님, 어찌해야 합니까?"

정기수가 급히 물었다. 이광립 역시 불안한 표정으로 정봉수를 바라봤다.

"내 나이 오십 중반이다. 나라의 은혜를 받았는데, 이제 와서 목숨 구걸하겠다고 머리를 깎는단 말이냐? 차라리 싸우다 죽겠다."

정봉수의 차돌 같은 말에 이광립은 잠시 머뭇거렸다. 그러나 이내 결심한 듯 자리에서 일어섰다.

"잠시만 기다려 주십시오. 제가 어떻게든 해보겠습니다."

이광립은 동생들에게 양식을 우마차에 실으라 말했다. 그는 직접 양식을 끌고 나가 후금 기병들에게 바쳤다. 변발한 이광립이 고개를 숙이며 양식을 건네자, 기병들은 흡족한 듯 포위를 풀고 사라졌다. 이광립은 안도하며 집으로 돌아와 설명했다.

"이제 됐습니다. 돌아갔으니 당분간 안 올 겁니다."

하지만 정봉수는 이미 다음 단계를 생각하고 있었다.

"그렇지 않네. 곧 다시 올 거네. 차라리 식솔들을 데리고 용골산성으로 가는 게 낫겠네."

이광립은 정봉수의 제안에 깜짝 놀랐다.

"용골산성이요?"

그는 용골산성 병영 좌수였기에 더욱 뜻밖의 제안이었다.

"용골산성은 튼튼하고 병장기도 잘 갖춰져 있지 않은가? 이희건 부사가 수리했다 들었네. 장사준이 후금과 친하게 지내니, 후금도 공격하지 않을 것이네."

정봉수는 차분하게 설명했다.

"그렇습니다. 튼튼한 성입니다. 하지만 영산 나리께서 어찌….'"

이광립은 여전히 놀라움을 감추지 못했다. 정봉수는 이광립과 그의 형제들을 둘러봤다.

"우선 용골산성에 들어가 후일을 도모하는 게 좋겠네. 그렇지 않은가, 이 좌수?"

이광립은 고개를 끄덕였다.

"좋은 계책입니다."

이광립의 동생들도 동의했다.

"영산 나리께서 가신다면 저희도 따르겠습니다."

"말이 나왔으니 오늘 밤에 산성으로 올라가세."

"오늘 밤에 말입니까?"

"결심했으면 더 미룰 필요가 있겠는가?"

주저 없는 그의 결정에 그들은 더 이상 토를 달 수 없었다. 그들은 서둘러 짐을 쌌다. 야음을 틈타 움직였지만, 아녀자들과 노약자들 때문에 속도를 내기 어려웠다. 하지만 지체할 시간은 없었다. 낮에는 오랑캐들의 활동이 잦았다. 마주치는 것은 불길한 일이었다. 어둠을 틈타 피하는 것이 상책이었다. 이들은 밤을 새워 산성으로 향해 새벽녘에야 성에 올랐다.

다음 날 아침, 예상대로 오랑캐들이 이광립의 집을 덮쳤다. 굶주린 짐승처럼 재물을 털고, 무자비하게 불을 질렀다. 용골산성에서도 그 광경은 선명하게 보였다.

"영산 나리, 제 집이 불타고 있습니다!"

이광립이 울부짖듯 말하며 불타는 집을 바라봤다. 평생의 보금자리가 사라지는 슬픔과 처절함이 심중에 뒤섞여 있었다.

"안됐구려. 정든 집이 불타니 마음이 얼마나 아프겠는가, 하지만 큰

화를 피했으니 다행이네. 저들의 속셈이 그런 것이네. 어젯밤 올라오길 잘했네."

정봉수의 말에 이광립은 애써 고개를 끄덕였다.

이광립은 성 난간으로 달려가 불타는 집을 내려다보았다. 안채와 사랑채는 이미 거대한 불길에 휩싸여 검은 연기를 하늘로 뿜어내고 있었다. 마구간과 아래채만 겨우 남아 있었지만, 그곳도 곧 위험해 보였다. 평생을 살아온 집이 불타는 모습은 그의 가슴을 찢는 듯했다.

산성에 오던 날, 하늘도 그들의 불안한 마음을 아는 듯 변덕스러웠다. 산성 높은 곳, 총진대 앞 깃발이 거센 바람에 모질게 휘날렸다.

정봉수가 용골산성에 왔다는 소문은 빠르게 퍼져나갔다. 절박한 피난민들이 하나둘 산성으로 몰려들기 시작했다. 노인을 부축하고, 아이를 이끄는 그들의 모습은 처량하기 짝이 없었다. 난을 피해 뿔뿔이 흩어졌던 이들이었다. 의지할 곳 없이 떠돌다 정봉수의 소식을 듣고 희미한 희망을 찾아 이곳까지 왔다. 정봉수는 그들의 눈빛에서 묵직한 책임감을 느꼈다.

14. 모의

　피난민들이 용골산성으로 물밀듯이 몰려들자, 협수장 장사준의 안색에 불안감이 일었다.
　"아니, 어찌 인간들이 이리 많이 몰려든단 말이냐?"
　장사준은 조급하게 졸개들을 불러 다그쳤다.
　"모르겠습니다, 다만, 영산 나리라는 분이 들어오신 뒤부터 피난민들이 물밀듯이 몰려들고 있습니다."
　졸개 하나가 두려움을 누르며 대답했다.
　"영산이라니?"
　장사준은 미간을 잔뜩 찌푸리며 물었다.
　"영산 정봉수 나리라고 합니다."
　'영산 나리'라는 말에 장사준의 심기는 더욱 불편해졌다. 자신은 용천 부사라 불리지만, 그것은 후금이 임의로 부여한 벼슬에 불과했다. 성안의 백성들이 보기에는 그것이 배신의 관직이자 나라를 팔아 얻은 치욕스러운 자리라는 것을 잘 알고 있었다. 그래서 백성들이 자신을 존경하지 않는다는 것도 짐작하고 있었다. 하지만 정봉수는 달랐다. 영산 현감 출신인 그는 철산뿐만 아니라 주변 지역 백성들의 존경을 한 몸에 받고 있었다. 심지어 철산과 용천 일대에서 그를 모르는 사람은 거의 없었다.

"피난민들이 한꺼번에 많이 산성에 몰리면 대국의 의심을 살 수 있다. 더는 산성에 들이지 마라. 알겠느냐?"

장사준은 졸개들에게 분명하게 못 박았다.

장사준은 정봉수를 추종하는 무리가 더 늘어나는 것을 결코 원치 않았다.

"이제 용골성에는 더 들어올 수 없소이다. 돌아가시오. 장사준 부사님의 명령이오."

졸개들은 고함을 질렀다. 동시에 성벽에는 더는 피난민을 받지 않는다는 방이 나붙었다. 성문 앞에 몰려든 피난민들은 아우성을 질렀다. 더는 들어갈 수 없다는 말에 발을 동동 굴렀다.

용골성의 성주는 장사준이었다. 그의 엄명이 떨어지자 어쩔 도리가 없었다.

용골성의 졸개들은 기다렸다는 듯이 피난민들의 소와 말을 인정사정없이 빼앗아 성안으로 끌고 들어갔다.

"아니! 소는 우리 전 재산이오. 이것만큼은 안 됩니다."

백성들이 소를 끌어안고 울부짖었지만 소용없었다.

"무슨 말이냐? 용천부사 영감의 엄명이다."

졸개들은 무지막지하게 우마를 빼앗았다. 이를 가로막는 백성들을 발로 걷어차고 두들겨 팼다. 성문 앞은 삽시간에 피난 온 백성들의 울음바다로 변해버렸다. 살길을 구걸하듯 찾아왔건만, 남은 재산 전부였던 우마까지 모조리 빼앗기고 말았다.

사람들은 울부짖으며 성문 앞에 주저앉았지만, 졸개들은 눈길 한 번 주지 않았다. 애원은 바람에 흩어졌고, 문은 끝내 열리지 않았다. 기대가 남아 있던 마지막 자리에서 그들이 맞닥뜨린 것은 또 하나의 배신이었다. 의지할 곳이라 믿었던 성 앞에서, 삶의 버팀목마저 허물어지는 소리를 들었다. 피난민들의 가슴에는 슬픔과 분노가 뒤엉켜 끓어올랐다.

장사준은 빼앗은 우마로 기름진 고기반찬을 만들었다. 백성들의 피눈물로 빚은 술을 들고 후금 진영으로 내려갔다. 이런 그의 파렴치한 처사에 성을 찾아온 피난민들은 물론 성안의 백성들도 불만이 이만저만이 아니었다. 장사준에 대한 원망은 하늘을 찔렀다.

"영산 나리, 미친놈이 따로 없습니다. 우리 백성들의 말과 소를 빼앗아 오랑캐들에게 기름진 음식을 만들고 술을 빚어 진상하는 놈이 조선 백성입니까? 저런 쳐 죽일 놈을 그냥 두고 봐야 합니까?"

이광립의 형제들이 분노에 차 이구동성으로 불만을 토로했다. 동생 정기수 역시 분노를 감추지 못하고 주먹을 꽉 쥐었다. 옆에 있던 좌수 이광립은 난처한 표정을 지으며 고개만 떨구고 있었다.

정봉수는 길게 한숨을 내쉬었다. 하나 애써 침착함을 유지하려 노력했다.

"좀 기다려 보세. 그래도 장사준의 술수로 우리가 온전하지 않은가. 성안 백성들의 평안을 위해 저러는 것으로 생각하고 조금 참아보세."

정봉수는 도리어 자신을 찾아온 이들을 달랬다. 그들의 심정을 모르는 바 아니었다. 하지만, 산성에 몸을 피한 처지라 달리 방법이 없다는 현실이 그의 목을 조여왔다. 그는 장사준의 입장을 들먹이며 백성들을 위로했다.

장사준은 용천 관아에서 기름진 술판을 벌이고 있었다. 그는 오랑캐 장수들을 불러 술과 고기를 푸짐하게 대접하며 아첨했다. 후금 장수들은 흐뭇한 표정으로 호응했다.

"장부사는 최고 덕인이다."

"용천 백성들은 장브사 덕분에 살아있는 거다. 장부사가 아니었다면 벌써 결딴이 났을 것이다."

장사준은 연신 허리를 굽히며 비굴하게 웃었다.

"과찬입니다. 죄 없는 백성들입니다. 조선 고관들이 썩었습니다. 백성들은 무지하니 너그러이 봐주십시오."

장사준은 온갖 아첨을 늘어놓으며 오랑캐들의 비위를 맞추려 애썼다.

"후금의 은덕을 깨달은 백성들이 성으로 돌아오고 있사옵니다. 모두 후금의 은혜이옵니다."

그의 입가에는 간사한 웃음이 가득했다.

"좋은 일이다. 후금과 조선 모두에게…."

후금 장수들은 흡족한 듯 고개를 끄덕였다.

장사준이 백성들의 피눈물로 술판을 벌이는 동안, 정봉수는 묵묵히 산성을 살폈다. 가장 높은 곳에 올라 주변 지리를 둘러보았다. 서쪽으로는 드넓은 용천벌이 펼쳐져 있었다. 그 너머 희뿌연 서해가 아득하게 보였다. 북쪽은 가파른 절벽이라 접근이 쉽지 않았다. 산성으로 오르는 길조차 없었다. 멀리 법흥산이 어렴풋이 보였다. 동쪽으로는 용골산 주봉이 솟아 있었지만, 산성에서 멀리 떨어져 직접적인 영향은 없었다. 완만한 내리막을 지난 다음에야 주봉으로 올랐다. 남쪽은 비교적 완만했지만, 일반 산보다는 가팔랐다. 산성으로 오르는 길이 그곳으로 구불구불 이어지고 있었다. 사면 모두 어느 한쪽도 대군이 한꺼번에 몰아칠 곳은 없었다.

정봉수의 눈에는 이곳이 천혜의 요새로 보였다. 적의 처지에서 공격은 쉽지 않았다. 수성에는 극도로 유리했다. 그는 산성과 내부를 꼼꼼히 분석했다.

성 면적은 작았지만, 수천 명을 수용할 만큼 효율적인 공간이었다. 크기가 아닌 견고함이 중요했다. 성문은 바위 사이에 지어져, 자연의 일부처럼 튼튼했다. 사각 돌 성벽은 견고함 그 자체였다.

성안 동남쪽에는 맑은 샘이 솟아나고 있었다. 높은 곳에 있는 샘은 천혜의 요새에 생명을 불어넣는 심장과 같았다. 포위되더라도 샘물만 있다면 능히 버틸 수 있을 터였다. 바위틈에서 솟아나는 샘은 오랜 사용으로 움푹 패어 있었다. 물줄기는 세지 않아도 잘 관리하면 귀하게 쓰일 물이었다. 정봉수는 물을 맛보았다. 시원하고 달콤한 물이 그의 목젖을 적셨다. 봄날 산꼭대기의 샘은 축복처럼 느껴졌다. 북쪽 장벽 또한 견고했다. 고구려 때 쌓아 올린 돌은 천년의 세월을 견뎌내며 튼튼하게 성을 지탱하고 있었다. 성벽의 경사는 오히려 오르기 어렵게 만들어 적의 접근을 더욱 견고하게 차단했다.

정봉수는 돌출된 바위에 올랐다. 하마 주둥이처럼 튀어나온 장대였다. 아래에서는 똑바로 보이지 않는 곳이었다. 활도 닿지 않을 거리였다. 그곳에 서자 용골산과 용천이 한눈에 들어왔다. 그의 눈에 비친 것은 완벽한 방어 시설이었다. 작은 성이었지만 수십개가 넘는 치가 있었다. 거대한 바위들이 자연스럽게 치 역할을 대신하며 방어에 유리하게 작용했다. 성가퀴 또한 수백 개나 되어 숨어서 공격하기 좋은 구조였다.

정봉수는 허점과 방어하기 어려운 곳을 세심히 찾았지만, 성의 견고함에 연신 감탄할 뿐이었다. 성을 둘러보는 것만으로도 그의 가슴은 벅차올랐다. 고구려 장인들의 기술력에 경이로움을 금치 못했다. 천 년이 지나도록 강건한 성벽은 놀라움이었다. 다양한 상황을 고려한 정밀한 건축이었다. 큰 바위를 기둥 삼아 돌을 쌓은 기법은 놀라움 그 자체였다. 오랜 세월에도 온전한 모습은 감동적이었다. 물론 이희건 부사가 보수한 곳도 있었다. 그의 노력이 엿보였다. 성안에는 관아, 창고, 무기고가 짜임새 있게 배치되어 있었다.

정봉수는 산성을 돌며 혼잣말처럼 중얼거렸다.

"이 성이 언젠가 폐허가 되더라도, 다시 올라와 이 성을 바라볼 사람이 있어야 한다."

그는 이를 굳게 깨물었다.

성안 분위기는 장시준에 대한 불만과 그 덕에 안전하다는 상반된 의견으로 나뉘어 있었다. 정봉수는 상황을 신중하게 지켜봐야 한다고 판단했다. 섣부른 행동은 위험했다. 그는 동생 기수, 아들 경호, 그리고 이광립을 움막으로 불렀다. 좁은 공간에 넷이 앉으니 비좁았다. 등불도 없이 마주 앉아 어둠 속에서 은밀한 이야기를 나누었다.

"용골산성은 정말 견고하네. 여기서 은거하면 저들의 공격을 막아낼 수 있을 거야."

정봉수가 조용하지만, 확신에 찬 목소리로 말했다.

"이 많은 사람이 버티기엔 너무 작지 않습니까, 형님?"

정기수가 불안한 듯 속삭였다.

"아니, 작은 고추가 맵다 하지 않나. 작은 성이 지키기 쉽네. 큰 성은 방어하기 어렵고. 작은 성은 오히려 허물기 어렵다네. 호박 깨기는 쉬워도 마른 추자 깨기는 어려운 것과 같은 이치지."

정봉수는 조용한 어투로 분명하게 말했다. 그의 확신은 흔들림이 없었다.

"맞습니다. 이희건 부사께서 정성껏 보수하신 성입니다. 저도 그분을 따라 성 보수에 힘썼습니다. 군사들뿐 아니라 용천 백성들의 피와 땀이 서린 성입니다."

이광립은 지난날을 떠올리며 눈시울이 붉어졌다. 자부심과 슬픔이 뒤섞여 있었다.

"그럼!, 둘러보면서 그걸 느꼈네. 참 고생 많았네."

정봉수는 이광립의 손을 잡으며 진심으로 위로했다.

"이제 어찌해야 합니까?"

"기다려야지. 지금은 때가 아니네. 기다리다 보면 기회가 올 거네. 숨 죽이고 있게. 좌수 노릇 잘하고."

정봉수의 목소리는 차분했다.

"예, 명만 기다리겠습니다."

이광립이 고개를 숙였다.

"내 조만간 장사준을 만나봐야겠네. 무슨 생각을 하는지 알아봐야 하지 않겠나?"

정봉수의 말에 움닥 안의 공기는 다시금 긴장감으로 가득 찼다.

정봉수는 용골성 관아에 장사준이 올라오기를 애타게 기다렸다. 장사준은 용천부에 머물며 후금 오랑캐들과 어울리느라 성안에서 만나기 어려웠다. 관아 군사에게 장사준이 돌아오면 알려달라고 부탁했다. 며칠 후 드디어 그를 만날 수 있었다.

관아 집무실 문을 열자, 따뜻한 온기가 정봉수의 얼어붙었던 몸을 감쌌다. 며칠간 춥고 불편한 잠자리에 지쳤던 그의 몸 여기저기가 쑤셨다. 온돌방의 온기가 그의 지친 몸을 위로하는 듯했다.

장사준은 간단한 술과 안주로 술상을 내왔다. 용골성에 온 후 처음으로 받아보는 대접이었다.

"장 부사 영감."

정봉수는 허리를 숙이며 예를 갖췄다.

"영감님 명성은 익히 들었습니다. 뵙기는 처음입니다."

피난민 신세였기에 그는 최대한 공손히 행동했다.

"별말씀을…"

장사준은 흡족한 미소를 지으며 술잔을 건넸다.

"영산 나리께서 오셨다는 소식은 들었습니다. 경황이 없어 인사가 늦었습니다."

정봉수가 자신을 '용천부사'라 칭하고 '영감'이라 존대하자, 장사준은 어깨를 으쓱이며 거만한 태도를 보였다. 자신이 현직 부사임을 잊지 말라는 태도였다. 정봉수는 그의 속셈을 뚫어 보았지만, 모르는 척 웃으며 대꾸했다.

"영감님 덕분에 피난민들이 편안히 지낸다고 들었습니다. 진심으로 감사드립니다."

정봉수는 술잔을 기울이며 목소리를 낮췄다.

"당연히 할 일을 했을 뿐입니다."

장사준은 겸손한 척 말했지만, 입가에는 만족감이 묻어났다.

술잔이 몇 순배 돌자, 분위기는 조금씩 누그러졌다. 서로 경계를 풀고 덕담을 주고받으며 어려운 처지를 이야기했다. 대화는 자연스럽게 이어졌다.

"용골산성은 요새라고 들었습니다. 산성도 튼튼하고요. 마음만 먹으면 충분히 지킬 수 있지 않겠습니까?"

정봉수가 숨을 누르며 본론을 꺼냈다. 장사준은 술잔을 내려놓으며 비웃듯 말했다.

"산세가 아무리 험해도 소용없습니다. 피 흘려 싸우는 것보다 후금과 화친하는 게 낫습니다. 그들의 보호 아래 평화롭게 사는 게 현책입니다."

자신의 비굴한 선택을 합리화하려는 뻔뻔함이 묻어났다.

"영감님이야말로 참 정치를 아시는 분이십니다."

정봉수는 씁쓸하게 웃으며 안주를 집었다. 짠 산나물 절임이 그의 마음처럼 썼다.

"저는 늙은이라 고리타분한 생각만 합니다."

그는 자신을 낮추며 장사준의 비위를 맞췄다.

"그렇지 않습니다."

장사준은 괜한 웃음기를 머금고 껄껄거리며 말했다.

"하지만 강한 후금과 맞서는 건 어리석습니다. 그들은 강하고, 우리는 약합니다. 싸우는 건 스스로 죽는 길입니다. 이럴 땐 화친하고 비위를 맞추는 게 최선입니다."

그는 느끼하게 웃으며 정봉수를 내려다봤다.

늙고 고집 센 노인에게 한 수 가르쳐주는 거만한 태도였다. 정봉수는 속이 뒤틀렸지만, 필사적으로 참았다.

"영감님 말씀을 들으니 정말 그렇습니다. 제가 촌에 살다 보니 미처 깨닫지 못했습니다."

정봉수는 쓴 술에 목이 타는 것을 느끼며 술잔을 길게 비웠다. 울컥 올라오는 역겨움을 간신히 삼켰다.

"후금 장수들이 피난민들을 괴롭히지는 않겠지요?"

정봉수가 수염을 쓸며 조심스럽게 물었다.

"제가 있는 동안은 없을 겁니다. 하지만 제가 없으면 장담하기 어렵지요."

술에 취한 장사준은 더욱 거만해졌다. 용골산성의 평화를 지키는 영웅인 양 뽐내며, 오랑캐 앞잡이 노릇을 자랑스럽게 떠벌렸다.

정봉수는 역겨움을 참으며 밤늦도록 그의 이야기를 들었다. 그의 말 한마디 한마디에서 장사준이 이미 조선을 배신했음을 확신했다. 속으로 끓어오르는 분노를 삭이며, 정봉수는 그의 말을 되새겼다. 이제는 다른 방법을 찾아야 할 때였다. 그 후로도 정봉수는 여러 번 장사준을 만났다.

그의 말 한마디, 행동 하나를 놓치지 않고 살폈다. 장사준의 약점을 찾고 신뢰를 얻으려 애썼다. 시간이 흐를수록 그의 연기는 더욱 능숙해졌다. 그는 장사준의 속내를 꿰뚫어 보게 되었지만, 와신상담했다. 짐승 굴속에 숨어든 사냥꾼처럼, 완벽한 기회를 엿보았다.

용골산성은 잔칫날처럼 들썩거렸다.

소 울음소리가 멎은 자리에는 숯불이 붉게 피어올랐다. 아낙들의 손끝은 지글거리는 전을 부치느라 쉴 새 없이 움직였다. 독한 술이 오가고, 통째로 삶아진 돼지와 닭이 상에 올랐다. 작은 성안은 온통 축제 분위기였다. 여인들은 저마다 음식을 나르느라 분주했다. 기름진 고기 냄새와 전 부치는 고소한 향이 성 전체를 뒤덮었다. 굶주린 백성들은 침만 꿀꺽 삼킬 뿐이었다. 배고픔에 허리도 펴기 힘든 백성들에게, 돼지기름에 지글거리는 전 냄새는 고문과도 같은 고역이었다. 코를 막아도 스며드는 기름 냄새는 정신마저 흐릿하게 만들었다. 정신 줄을 단단히 잡지 않으면 당장이라도 음식 더미로 달려들 판이었다. 성안 백성들은 속으로 끓어오르는 원초적인 욕망을 필사적으로 억눌렀다. 굶주림과 함께 억압된 분노가 그곳에 서려 있었다.

장사준은 진충루 위에 성대한 술상을 차려놓고 아침나절부터 손님을 기다렸다. 오가는 병사들을 붙잡고 연신 성 밖 동태를 캐물으며 혹시라도 늦어질까 봐 전전긍긍했다.

어느덧 해는 중천에 걸렸다. 햇살은 유난히 맑고 따스했다. 겨울의 매서운 바람은 자취를 감춘 채 부드러운 바람이 불어왔다. 잔치를 벌이기에 더없이 좋은 날씨였다. 움막에서 고개를 내민 성안 사람들은 잔치 구경에 나섰다. 곳곳에서 침 삼키는 소리가 들려왔다. 풀죽으로 겨우 연명하는 피난민들이었다. 꿈에서도 보기 힘든 음식들이 눈앞에 펼쳐지자, 그들의 시선은 진충루에 닿아 떨어질 줄 몰랐다. 고기 굽는 냄새만으로도 황홀경이었다. 뱃속에서는 쉴 새 없이 꼬르륵거리며 속이 요동쳤다.

징 소리가 성 전체를 뒤흔들며 울려 퍼졌다. 동시에 흥겨운 풍악이 시작되었다. 둥둥 울리는 북 소리는 성벽을 타고 퍼졌다. 꽹과리 소리는 요란하게 성을 흔들었다. 구성진 태평소 곡조는 잠들어 있던 성을 깨웠다.

진충루에 서 있던 장사준이 맨발로 뛰어나왔다. 그는 말 탄 무리에게 머리가 땅에 닿도록 깊이 숙였다. 두꺼운 갑옷에 큰 칼을 찬 오랑캐 장수들이었다. 그들의 모습은 웅장한 그림자처럼 위압적이었다. 그중 가장 화려한 차림의 사내가 앞장서 누각으로 올랐다. 그는 용천부에 주둔한 후금 대장군이었다. 그의 뒤로는 부하로 보이는 무장들이 칼 부딪히는 소리를 내며 위풍당당하게 따랐다. 성안의 모든 시선이 그들에게 집중되었다.

장사준은 후금 대장을 진충루 중앙으로 극진히 안내했다. 그의 부하들은 그 양옆으로 자리를 잡았다. 짧고 형식적인 인사가 오가자, 풍악 소리는 더욱 격렬하게 성안을 울렸다. 술판이 벌어지고, 끌려온 관기들은 억지로 교태를 부리며 값싼 웃음소리를 성안 가득 퍼뜨렸다. 멀리서 보아도 술자리는 이미 흥건히 무르익어 있었다.

술기운에 몽롱해진 후금 대장이 묵직한 손짓으로 좌중을 압도했다. 그의 입가에는 잔인하고 오만한 미소가 걸려 있었다. 그는 불현듯 나른한 목소리로 물었다.

"이 성중에, 나의 활시위를 당길 자가 있겠느냐?"

그의 목소리는 진충루 아래 웅성거리는 군중에게 던져진 돌덩이처럼 낮고 묵직하게 울려 퍼졌다. 그 질문은 단순한 물음이 아니었다. 숨겨진 조롱과 시험이 담긴 위협이었다. 장사준은 그 말에 화들짝 놀라며 연신 허리를 굽실거렸다. 그는 비굴하게 술잔을 받치며 아첨했다.

"대장군의 위엄 앞에, 어찌 감히 누가 활시위를 당기겠습니까? 이 성안은 모두 겁먹은 백성들뿐입니다."

그는 후금 대장의 심기를 거스르지 않으려 안간힘을 쓰고 있었다.

"혹 모르지. 뜻밖의 용사가 있을 수도 있지. 있다면, 후한 상을 내릴 것이다."

그의 눈빛은 번득이는 칼날처럼 날카로웠다. 말 속에는 알 수 없는 꿍꿍이가 숨겨져 있는 듯했다. 장사준은 난처한 표정으로 이마의 땀을 훔치며 애써 부인했다.

"어찌 감히 대장군의 활시위를…. 조선 팔도 어디에도 그런 장수는 없을 것입니다."

그의 말은 단정적이었다. 속으로는 불안감이 꿈틀거렸다. 혹시라도 대장의 심기를 거스를까, 아니면 정말로 활시위를 당길 자가 나타날까 하는 초조함이었다.

대장은 호탕하게 웃으며 명령했다.

"아니야, 있을지도 모르지. 활시위를 당길 만한 자를 찾아보라."

그의 목소리는 거역할 수 없는 권위를 담고 있었다. 장사준은 마지못해 군사들을 불러, 활시위를 당기게 했다. 그러나 팽팽한 활줄은 미동도 하지 않았다. 강철 덫처럼 억센 활은 조선 군사들의 힘으로는 도저히 당길 수 없을 듯이 보였다. 장사준 자신이 활을 들어 당기는 시늉을 했다.

"이런 활을 어찌 당기겠습니까? 조선 천지에도 이런 활을 당길 자는 없을 것입니다."

장사준은 안도의 한숨을 내쉬었다. 스스로 당길 힘이 없다는 것이 도리어 다행이었다. 시위를 당길 자가 있다고 할지라도 내세울 이유가 없었다. 대장군의 기분을 풀어주는 것이 이날의 소임이었다. 대장도 만족스러운 표정으로 술잔을 기울였다. 그의 옆에 앉은 부장이 맞장구쳤다.

"그렇습니다. 대장군의 활시위를 당길 자는 아마 없을 것입니다."

그들의 웃음소리는 진충루 아래까지 울려 퍼졌다. 그 웃음은 백성들의 암담함을 비웃는 듯, 거만하고 잔인한 승리자의 비웃음이었다.

술판은 점차 광란으로 치달았다. 관기들은 오랑캐 장수들의 품에 안겨 가증스러운 웃음을 흘렸다. 성내 군사들은 활시위를 당기려 안간힘을 쓰며 땀을 비 오듯 흘렸다. 그들의 모습은 짐승처럼 추악하고 비열했다. 누각 위에서 벌어지는 탐욕스러운 잔치는 아래 백성들의 고통과 극명한 대비를 이루었다.

대장과 오랑캐 장수들은 먹다 남은 갈비를 짐승의 먹이처럼 누각 아래로 던졌다. 굶주림에 눈먼 아이들은 들개처럼 달려들어 뼈를 뜯었다. 그 처참한 광경을 보며 오랑캐들은 낄낄거렸다. 그들의 웃음소리는 짐승 소리처럼 역겹고 섬뜩하게 성안을 메웠다.

해 질 녘, 술에 취해 비틀거리는 그들 앞에 어깨가 떡 벌어진 건장한 사내가 그림자처럼 나타났다. 그의 몸은 팽팽하게 당겨진 활시위처럼 단단해 보였다.

"나는 철산에서 온 무사, 이인이오."

그의 목소리는 흔들림이 없었다.

장사준은 불쾌하게 그를 쏘아보았다.

"네놈이 감히 무엇을 하겠다는 게냐?"

그는 위협하듯 이인의 눈을 노려보았다. 하지만 이인은 장사준의 행동에 조금도 위축되지 않았다.

"이 활시위를 당겨보겠소."

그의 말은 짧았지만, 주변 공기마저 압도했다.

장사준은 코웃음을 치듯 비웃었다.

"네놈이 감히 대장군님의 활시위를? 당치 않은 소리 집어치우고 물러가라!"

그의 목소리에는 븐노가 차오르고 있었다. 하지만 대장은 흥미로운 눈으로 이인을 바라보며 말했다.

"당겨보게 하라."

그는 맹수의 눈처럼 번득였다. 예상치 못한 상황에 장사준의 안색이 하얗게 변했다.

"네 이놈, 감히 대장군님의 활을….."

분노가 뒤섞인 그의 말에는 불편함이 있었다. 이인은 장사준의 외침을 아랑곳하지 않았다. 왼손으로 활을 잡고 길게 숨을 들이마신 다음 그는 온 힘을 집중해 활시위를 잡아당겼다.

"으라차차!"

힘찬 기합이 진충투를 뒤흔들었다. 그의 근육은 찢어질 듯 꿈틀거렸다. 핏줄이 불거져 나왔다. 순간, 팽팽하게 당겨진 활줄이 튕겨 나가며 '뚝!' 하는 둔탁한 파열음이 진충루 전체에 울려 퍼졌다. 커다란 활의 몸통이 그의 손아귀에서 절반으로 부러졌다. 주변의 모든 소리가 멎었다. 술에 취해 비틀거리던 오랑캐 장수들마저 얼어붙었다. 경악과 함께 알 수 없는 두려움이 좌중에 내려앉았다. 정적 속에서, 부러진 활의 절반이 바닥에 나뒹구는 소리만이 유난히 크게 들렸다.

성안 백성들은 순간 탄성을 지를 뻔했다. 속에서 터져 나오려던 소리를 간신히 삼켰다. 그들은 침묵 속에 전율 같은 유쾌함을 느꼈다. 하지만 이를 지켜보던 대장의 눈매가 매섭게 찌푸려졌다. 술기운은 순식간에 날아가 버렸다. 그는 입을 굳게 다물었다. 다른 오랑캐 장수들도 살벌한 분위기에 숨을 죽였다. 장사준의 안색은 잿빛으로 변하며 공포에 질린 표정이 뚜렷했다.

"저런! 대장군님의 활을 부수다니. 당장 끌어내 죽여도 시원찮을 놈."

장사준이 벌떡 일어나 벼락같은 고함을 질렀다. 당장이라도 달려들어 이인을 찢어 죽일 기세였다. 오랑캐 대장이 손을 들어 그를 제지했다.

"장 부사, 노여워 마라. 그럴 수도 있는 일이지."

대장은 그렇게 말했지만, 불쾌한 기색은 역력했다. 그는 옷자락을 털고 자리에서 일어섰다. 부장들도 따라 일어섰다. 그들은 진충루를 내려와 말에 올랐다. 채찍을 휘둘러 성 밖으로 질주했다. 부장들도 황급히 뒤를 따랐다. 장사준은 맨발로 뛰어나가 그들의 뒷모습에 연신 머리를 조아렸다.

어렵사리 마련한 잔치가 엉망이 됐다. 장사준의 가슴속에서는 격한 분노가 치밀어 올랐다. 그들이 성을 벗어나자, 그는 옆에 있던 장졸의 육모방망이를 빼앗아 진충루로 달려 올라갔다. 망연히 고개를 숙인 채 앉아 있던 이인의 뒤통수를 인정사정없이 내리쳤다. '퍽!'하는 둔탁한 소리와 함께 이인이 힘없이 꼬꾸라졌다.

"더러운 철산 놈! 함부로 힘자랑해! 무식한 놈."

장사준은 멈추지 않고 방망이를 휘둘렀다. 이인의 머리에서 피가 솟구쳤지만, 그는 멈추지 않았다.

이인의 뒤통수는 형체를 알아볼 수 없을 정도로 짓뭉개졌다. 이인은 그 자리에서 숨을 거두었다. 참혹한 광경을 지켜본 성안 사람들은 충격에 입을 다물지 못했다. 격렬한 분노가 그들의 가슴을 뚫었다.

"저런, 저런!"

"저런 죽일 놈이 있나! 무사가 무슨 죄가 있다고."

백성들은 온몸을 떨었다. 당장이라도 달려가 장사준을 죽이고 싶었지만, 그는 오랑캐가 임명한 용천부사였다. 그의 뒤에는 오랑캐의 막강한 힘이 버티고 있었다. 그들은 분노를 삼키며 이를 악물었다.

이인은 철산부사 안경심 휘하의 용맹한 무사였다. 철산부가 함락되고 안경심마저 피난길에 오르자, 정봉수를 따라 용골산에 합류했던 인재였다. 비록 직접적인 교류는 많지 않았지만, 그의 용맹함과 충성심은 정봉수가 익히 알고 있었다. 정봉수는 그런 그를 아꼈다.

"아까운 인재를 잃었구나."

그의 목소리는 낮게 떨렸다. 장사준의 잔혹한 만행은 정봉수의 분노를 더욱 거칠게 자극했다. 내면에서는 맹렬한 폭풍이 휘몰아치고 있었다.

이인의 죽음 이후, 장사준의 감시는 철산 출신 피난민들에게 더욱 매서워졌다. 특히 정봉수를 향한 그의 시선은 집요했다. 졸개들을 풀어 그들의 동태를 샅샅이 살폈다. 정봉수의 움직임 하나하나를 실시간으로 보고받았다.

"오늘은 종일 집 안에 틀어박혀 있었습니다. 뒷간에 갈 때 외에는 그림자도 보이지 않았습니다."

졸개의 답에도 그는 만족하지 못했다.

“빈틈없이 감시하라. 밤에도 예외는 없다.”

불신과 함께 날카로운 경고가 성긴 말이었다.

정봉수를 향한 의심과 경계심이 장사준에게 가득했다. 오랑캐들 또한 그를 눈여겨보고 있었다. 그들은 용천부로 장사준을 불러들여 특별한 지시를 내렸다.

“영산현감이라는 자와 그의 동생이 용골산성에 들어왔다는 보고를 받았다. 그들이 무슨 일을 꾸미는지 알 수 없으니, 각별히 감시하라.”

오랑캐 장수는 차갑게 쏘아붙였다. 경고와 숨길 수 없는 의심이 서려 있었다.

“예, 세밀히 감시하고 있습니다. 조금이라도 수상한 움직임이 보이면 흔적도 없이 처리하겠습니다.”

장사준은 그의 눈치를 살피며 대답했다.

“지난번 활을 부순 철산 무사 놈도 그들과 한패가 아니더냐? 그것은 단순한 우연이 아니다. 우리를 모욕하기 위해 계획적으로 벌인 짓이다. 그 배후에는 정봉수가 있다. 그를 철저히 감시하고, 유사시에는 즉시 제거하라. 알겠느냐?”

살기가 묻어났다.

“예.”

장사준은 짧게 답하며 등줄기에 식은땀을 흘렸다. 이것은 오랑캐가 장사준에게 내린 은밀한 명령이자 정봉수의 목숨을 노리는 비밀지령이었다. 그러나 이 밀지는 얼마 지나지 않아 정봉수의 귀에 흘러 들어갔다.

장사준이 보낸 졸개 중에 한 병사가 이런 사실을 귀띔했다. 그는 양심의 가책 탓인지 혹은 다른 생각이 있어서였는지는 알 수 없었다. 다만 조용한 분위를 보아 은밀하게 정봉수에 밀고했다.

창틈으로 스며드는 달빛이 방 안을 희미하게 비췄다. 정봉수는 칼을 쥔 채, 어둠 속에서 들려오는 미세한 소리에 온 신경을 곤두세웠다.

"영산 나리, 불은 켜지 마십시오."

칠흑 같은 어둠 속에서 귀에 익은 목소리가 들려왔다.

"무슨 일인가?"

정봉수는 침착하게 물었다.

"장사준이 나리 형제분들을 해칠 음모를 꾸미고 있습니다. 저희가 매일 영산 나리를 감시하는 것도 그의 지시입니다."

사내는 숨소리를 죽인 채 나지막이 속삭였다.

"오랑캐 놈들과 손잡고 우리 형제들을 해치려 한다는 말이냐?"

"그러하옵니다. 항상 몸조심하셔야 합니다. 다만 성안 분위기도 심상치 않습니다. 지난번 철산 무사의 일로 민심이 싸늘하게 식었습니다. 장사준이 조선을 배신한 인간이라는 소문까지 돌고 있습니다."

사내는 급박하게 전했다. 두려움과 경고가 뒤섞여 있었다.

"나리, 그럼 이만."

사내는 그림자처럼 어둠 속으로 사라져 갔다. 그의 발소리는 흔적도 남기지 않았다.

그리고 며칠 뒤 용글산성 본부무사 김종민이 정봉수를 찾아왔다. 늦은 시각이었다. 봄밤의 바람은 여전히 차가웠다. 정봉수는 늦은 밤까지 깨어 있었다.

성안의 불안한 기류는 감시의 눈길을 더욱 촘촘하게 만들고 있었다. 그는 본능적으로 위험을 감지하고 있었다. 예측 불허의 상황 속에서 한순간도 방심할 수 없었다. 신경은 곤두서 있었다. 미세한 소리에도 예민하게 반응했다. 그는 동생 기수와 아들 경호, 그리고 이광립 형제들에게 현재의 위태로운 상황을 다시 한번 짚었다.

"저들이 언제 우리를 덮칠지 모른다. 항상 경계하며 대비해야 한다."

정봉수는 가능한 한 신중하게 행동하고, 함부로 움직이지 말 것을 강조했다. 매사에 각별한 주의를 기울이도록 신신당부했다. 자신을 중심으로 긴밀한 협력 체계를 구축하여 위기가 발생하면 즉각적으로 대응하도록 대비했다. 그는 잠자리에 들 때도 늘 칼을 곁에 두고 경계를 늦추지 않았다.

"본부무사라고 하였는가?"

김종민과 마주 앉았다. 어둠 속 달빛 아래 비친 그의 모습은 꽤 나이가 들어 보였다. 솔직히 정봉수는 그에 대해 아는 게 없었다.

"어찌 나를 찾아왔는가?"

정봉수는 경계심을 감추고 차분한 목소리로 물었다. 혹 김종민이 언제든 자신을 해칠 수 있는 자객일 수도 있었다.

"소신은 본래 의주가 고향으로, 금년에 쉰다섯이 되었습니다. 문과에 급제하여 임진년에는 함양에서 사근찰방을 지냈습니다."

"그리 보니 나와 동갑이구면."

동갑이라는 말에 정봉수의 경계심이 조금 누그러지는 듯했다.

"그렇습니다."

사근찰방은 종6품 벼슬로, 함양군 수동 하산리에 있던 사근역참의 역장이었다.

"함양에서 왜란을 겪으셨구면."

정봉수가 중얼거렸다.

"그러하옵니다. 하지만 당시 저는 어렸고 경험도 부족하여 왜놈들이 쳐들어왔을 때 두려움에 떨며 도망치기에 급급했습니다."

그의 목소리는 기어들어 가는 듯했다. 짙은 자괴감이 섞여 있었다.

"문관 출신 찰방이 어찌 칼을 들고 왜적과 싸울 수 있었겠는가? 탁상공론일 뿐이지."

정봉수가 위로하며 다독였다. 그는 동정심과 함께 현실에 대한 씁쓸함으로 그를 위로했다.

"그 일로 조정에서 벌을 받고 백의종군한 뒤, 다시 이곳 용천으로 와서 무사로 살고 있습니다."

그의 관직은 과거의 불명예스러운 일 때문이었다.

"그러셨군. 그런데 오늘은 무슨 일로 나를 찾아온 것인가?"

정봉수는 어둠 속에서 그를 응시하며 다시 물었다. 긴장의 끈을 놓지 않는 그의 시선은 여전히 김종민을 꿰뚫고 있었다.

"나리께서는 무슨 연유로 이곳에 오셨습니까?"

김종민은 조용히 되물었다. 어둠 속에서 그의 삭발한 머리가 희미하게 빛났다. 범상치 않은 분위기에 정봉수의 경계심은 다시 줄을 당겼다. 잠시 정적이 내려앉았다. 방 안에는 경직된 분위기가 감돌았다.

"이 나이에 무슨 다른 이유가 있겠는가? 식솔들과 곤궁한 처지에 놓여 돌아갈 곳도 없어 몸을 의탁하러 온 것이지…."

정봉수는 여전히 경계를 늦추지 않았다.

"저는 나리의 심오한 뜻을 헤아리고 있습니다."

김종민의 눈빛이 어둠 속에서 날카롭게 빛났다. 칠흑 같은 어둠 속에서도 그의 눈은 형형하게 빛나고 있었다.

"자네가 어찌 나의 속마음을 안다는 말인가?"

정봉수가 되물었다. 김종민의 도발적인 말에 미세한 동요가 느껴졌다.

"어찌 모르겠습니까? 영산께서 걸어오신 삶을 보건대, 용골산성에 오신 것이 어찌 단순한 피신이겠습니까? 구차한 목숨을 부지하기 위해 이곳에 오셨을 리 만무합니다."

그는 단호하게 말했다. 그의 말은 영민하고 날카로웠다. 정봉수는 날카로운 칼날을 마주한 느낌이었다. 조심스러웠다. 옆에 놓인 칼자루를 슬며시 쥐었다. 그러면서 김종민에게 속내를 털어놓아도 될지 주저했다. 예측이 어려운 상황에서는 조금 더 지켜볼 필요가 있다고 생각했다. 성 안의 장사준 졸개들은 끊임없이 자신을 감시하는 무리였다. 그 누구보다 장사준의 측근인 본부무사가 자신의 생각을 읽었다는 것은 불길한 징조이자 동시에 묘한 기대감을 불러일으켰다. 그의 머릿속은 복잡하게 얽혔다.

"저는 나리와 함께 죽기를 원합니다."

김종민이 몸을 낮춰 바싹 다가와 말했다. 어둠 속이었지만, 그의 목소리에서 진심이 느껴졌다. 그는 두 손으로 정봉수의 손을 붙잡고 그 위에 머리를 깊이 숙였다. 완벽한 복종의 의미였다. 그제야 정봉수는 마음이 놓이는 듯, 속으로 긴 한숨을 내쉬었다. 하지만 여전히 마음 한구석에는 그를 완전히 믿어도 될지에 대한 망설임이 남아 있었다.

손끝에 따뜻하게 전해지는 그의 온기가 느껴졌다. 그의 눈에서는 뜨거운 눈물이 흘러 정봉수의 손을 축축하게 적셨다. 그제야 정봉수는 길게 숨을 고르고 입을 열었다. 더 이상 숨길 필요가 없었다.

"내가 이곳에 온 이유가 어찌 구차한 삶을 구하기 위해서였겠는가. 과연, 잘 보았네. 사태가 위급해지면 목숨을 버리고 의를 좇기 위함이라네."

정봉수가 자세를 바로잡으며 말했다. 확고한 의지가 추상같이 살아 있었다.

"오랑캐 아래서 구차하게 살아가느니, 차라리 죽음의 길을 택하겠습니다. 부디 저를 거두어 주십시오. 나라와 백성을 위해 온 힘을 다해 싸우겠습니다."

김종민은 눈물을 글썽이며 다시 정봉수의 손을 붙잡았다. 정봉수도 그의 손을 힘껏 잡아주었다.

"하나, 지금 성안에는 장사준이 있고, 성 밖에는 강한 오랑캐들이 버티고 있습니다. 게다가 성안의 사람들은 대부분 전투를 피해 흩어졌던 무리라, 의거에 동참시키기가 쉽지 않을 것입니다."

김종민은 말에는 걱정이 성겨 있었다. 현실적인 어려움에 대한 그의 우려가 느껴졌다.

"그렇지 않네. 지금은 시기도 다르고 상황도 변했네. 능히 도모하는 자는 기회를 만들어 공을 이룰 수 있는 법이야. 지금 오랑캐들이 사방에서 살육과 약탈을 자행하여 백성들은 돌아갈 곳이 없네. 이는 조선 백성들이 사지에 몰린 것이 아니라, 도리어 저들이 깊이 패인 수렁에 빠진 것과 다름없네. 이러한 상황에서 살길을 찾아 격려한다면, 어느 누가 분발하여 의거에 합세하려는 마음을 갖지 않겠는가?"

정봉수가 그의 손을 더욱 단단하게 잡았다. 손끝에 느껴지는 힘에서 확고한 신념과 백성에 대한 깊이 있는 연민이 느껴졌다. 김종민은 정봉수의 뜨거운 열정에 압도당했다.

"내 동정을 저들이 엿보고 있으니, 섣불리 움직일 수는 없네. 자네는 본부 사람이니, 성안 사람들의 마음을 잘 알 수 있을 것이네. 자네가 설득한다면 거사에 동참할 것이 틀림없네. 그리된다면 진실로 불운이 행운으로 바뀌고, 공을 세워 나라에 보답할 수 있을 것이니, 이보다 더 값진 일이 어디 있겠는가?"

정봉수는 흔들림 없는 확신과 강렬한 호소로 설득했다.

"제가 그리하겠습니다."

김종민은 어둠 속에서 한 줄기 빛을 발견한 듯, 연신 머리를 조아렸다. 체념의 늪 속에 갇혀 지낸 지난날의 어둠을 떨쳐낼 절호의 기회를 맞았다고 여겼다.

김종민은 은밀히 뜻을 같이할 동지들을 모으기 시작했다. 그는 정봉수와 긴밀히 논의한 내용을 용천사람 이개립, 이촉립 형제에게 귀띔했다.

"우리가 이리 살 수는 없지 않은가? 조선 사람으로서 오랑캐 머리를 하고 그들의 비위를 맞추며 구차하게 사느니, 나라를 위해 깨끗하게 죽는 것이 낫지 않겠는가?"

김종민의 목소리는 단호했다.

"옳은 말씀이오! 기꺼이 함께하겠소이다!"

그들은 망설임 없이 따르겠다고 나섰다.

김종민은 이희로, 심일, 최인립, 백우립 등을 차례로 포섭했다.

거사를 위한 그들의 첫 만남은 다음 날 밤이었다. 숨소리도 들리지 않을 만큼 고요했다. 허공을 가르는 산성의 바람 소리만이 윙윙거렸다.

그들은 그림자처럼 어둠 속에서 하나둘씩 비밀스럽게 모여들었다. 그들의 발걸음은 소리 없이 땅에 스며들었다. 역사의 물줄기를 바꿀 작은 불씨들이 모이기 시작했다.

정봉수의 거처는 늘 감시의 눈길이 닿는 곳이었기에, 그들은 경비가 소홀한 협수장 이광립의 집으로 발걸음을 옮겼다. 방 안은 들어설 틈도 없이 사람들이 속속들이 모여들었다. 어둠 속에서도 활줄 같은 긴장감이 느껴졌다.

방 아랫목에 정봉수가 자리를 잡았다. 그의 옆에는 동생 기수가 앉았다. 그리고 이광립, 이개립, 이촉립, 이희로, 심일, 최인립, 백우립이 차례로 자리를 채웠다. 문간에는 본부무사 김종민이 몸을 낮춰 앉았다. 아들 경호는 혹시 모를 감시를 피하기 위해 집 밖에서 망을 보았다. 그들은 거동 하나하나를 조심하며 숨소리도 죽였다. 극도의 경계를 유지했다. 어둠 속이었지만, 서로의 존재를 느낄 수 있었다. 정봉수가 진중하게 입을 열었다.

"모두 잘 와 주셨네. 나는 확신하네. 오늘 우리가 여기서 도모하는 이 거사가 짓밟힌 이 나라의 자존심을 다시 세우는 단초가 될 것임을 말이네."

"…"

"보게나, 저 천인공노할 오랑캐 놈들이 우리 강토를 유린하여, 전례 없는 고난이 닥치지 않았는가. 임금님의 안위조차 알 길 없고, 무고한

백성들은 어두운 수렁 속에서 피눈물을 흘리고 있으니…. 참으로 통탄할 노릇이 아니겠나.'

"…"

"하지만 여보게들 결코 낙담하여 주저앉아 있을 때가 아니네. 우리에게는 아직 꺾이지 않는 기개와 희망이 있단 말일세. 바로 이 용골산이 우리의 마지막 보루이자 저들을 몰아낼 승리의 시작점이 될 것이야. 나를 믿고 일어서게. 우리가 아니면 누가 이나라를 지키겠나."

모두 입을 다물고 있었지만, '용골산성'이라는 말에 그들의 눈빛이 빛났다.

"내 며칠 동안 성을 꼼꼼히 살펴보았네. 성곽은 물론, 성의 지형과 우물까지 세밀하게 검토했지. 그리고 이 정도면 충분히 해낼 수 있다는 확신을 얻었어."

정봉수는 확신에 찬 목소리로 말했다.

"이 작은 성이 그리 대단하다는 말씀입니까?"

어둠 속에서 한 사내가 숨을 죽인 채 물었다. 반신반의하는 기색이었다.

"그렇다네. 이 성은 고구려의 산성이야. 이미 오래전에 침략하는 적을 효과적으로 격파하기 위해 설계된 요새지. 겉으로 보기엔 평범해 보이지만, 자세히 살펴보면 그 사실을 알 수 있어. 치와 성곽의 각도와 높이, 그리고 지형과의 유기적인 관계를 보면, 이 성은 결코 만만히 볼 수 없는 곳이야. 이 성을 무너뜨리려면, 수비 병력의 최소 열 배 이상의 군사가 필요할 거야. 그것이 쉬운 일이겠는가? 게다가 성의 길이가 짧아, 한꺼번에 많은 병력이 공격할 수도 없지. 이것이 이 성의 가장 큰 장점일세. 성이 넓은 곳은 열 배의 병력으로 밀어붙이면 가능하겠지만, 이 성은 다르네. 만 명의 군사가 좁은 논둑길을 따라 진군한다면, 한 명씩 차례로 공격하는 것과 무엇이 다르겠는가? 한 명 한 명을 처단하면, 만 명의 군사도 무용지물이 되는 것과 같은 이치지."

정봉수의 설명에 그 자리에 모인 이들은 서로의 눈을 마주 보며 놀라움에 입을 다물지 못했다. 그들은 작은 성의 규모 때문에 방어가 어려울 것으로 생각했지만, 정봉수는 오히려 그것이 결정적인 이점이 될 수 있다고 강조했다.

"어찌하면 되겠습니까?"

어둠 속에서 누군가가 다시 물었다.

"동지들을 규합하는 것이 가장 중요하네. 우리 각자가 백 명씩만 모을 수 있다면, 거사는 어렵지 않게 성공할 거네. 그 점을 명심하면 될 일이네."

정봉수의 말은 간결했지만, 그들의 가슴에 깊이 박혔다.

"알겠습니다! 그럼, 내일부터 당장 동지들을 규합하도록 하겠습니다."

모두 자신감에 찬 목소리였다. 그들은 서로 손을 맞잡고 반드시 거사를 성공시키자고 굳게 다짐했다.

그들은 늦은 밤까지 모의를 계속했다. 마침내 어둠 속으로 조용히 흩어졌다. 각자의 가슴속에는 이제 꺼지지 않는 불꽃이 타오르고 있었다.

15. 계략

동지 규합은 밤의 장막 아래 은밀히 진행됐다.

그림자처럼 움직이는 발걸음은 횃불 없는 어둠 속에서 더욱 조심스러웠다. 사냥 나선 맹수처럼, 흩어진 이들의 흔적을 쫓아 은밀한 접촉을 이어갔다. 하지만 기대와 달리, 냉혹한 현실은 싸늘한 얼굴을 드러냈다. 숱한 사람들을 만나 희미한 희망의 불씨를 찾았다. 하나 돌아온 것은 싸늘한 외면과 두려움에 질린 눈뿐이었다. 그들의 말은 바람에 흩날리는 먼지처럼 허망했다. 정봉수 일행의 열정은 숨 막히는 적막감에 짓눌려 빛을 잃어갔다. 깊은 늪에 빠진 그들은 좌절의 수렁에서 헤어나지 못했다. 매 순간, 불안과 초조가 그를 옥죄었다. 누군가의 밀고라도 생긴다면, 순식간에 파멸이 닥쳐올 터였다.

본부무사 김종민은 정봉수를 찾아 참담한 형세를 토로했다.

"큰일입니다. 여러 사람을 만났지만, 모두 몸을 사리느라 응하지 않습니다. 어찌해야 할지 몰라 이렇게 찾아뵈었습니다."

정봉수는 길게 한숨을 내쉬었다.

"민심을 얻지 못하고서야 어찌 거사를 이룬단 말인가?"

그때 가라앉은 분위기를 깨며 정기수가 나섰다.

"형님, 제게 비책이 있습니다."

정봉수는 놀란 눈으로 동생을 바라보았다.

"비책이라니?"

"성안 사람들은 겁먹은 군졸들과 난리를 겪은 백성들입니다. 의로써는 움직이지 않을 겁니다. 계략이 필요합니다."

"뭐라? 대사를 치르는 데 술수라니? 당치 않은 소리."

정봉수는 언짢은 표정으로 동생을 꾸짖었다.

하지만 정기수는 고개를 저으며 말을 이었다.

"아닙니다, 형님. 성안군[53]은 기묘한 계책을 쓰지 않아 지수에서 패했습니다. 전단은 신을 스승이라 속여 제나라를 되찾았습니다. 어느 쪽이 이득이고 어느 쪽이 손해겠습니까?"

정기수의 논리에 정봉수는 더 이상 반박할 말을 찾지 못했다. 그의 마음속에는 복잡한 감정이 소용돌이쳤다. 옳고 그름의 경계가 모호해지는 현실 앞에서, 그는 번민했다.

"그럼 어찌하면 되겠는가?"

결국 그는 동생의 뜻을 따르기로 했다.

"어렵지 않습니다, 형님. 먼저 성내 유식한 자들과 호걸들의 명단을 작성하는 겁니다."

"그래서?"

"거짓으로 서명한 명부를 백성들에게 돌리면 모두 동참할 겁니다."

정봉수는 잠시 생각에 잠겼다가 결심한 듯 고개를 끄덕였다.

김종민은 정봉수의 명에 따라 식자들과 호걸들의 명단을 작성하고, 각기 다른 필체로 서명했다. 그 명부를 들고 다시 한번 동지 규합에 나섰다.

"성내 이름 있는 선비들과 무사들이 모두 동참하기로 했는데, 너희들

---

53) 진여(기원전 205년)는 초한 전쟁기 조나라의 대신이다. 성안군(成安君)이라고도 한다.

만 어리석게 오랑캐 편에 서서 죽을 셈이냐?”

김종민의 호통에 사람들은 놀라움을 금치 못했다. 그들의 표정에는 동요와 함께 부끄러움이 스며들었다.

“그럼 안 되지요. 성안 분위기가 그렇다면 우리도 따라야지요.”

그들은 하나둘씩 동참을 약속했다. 은밀히 동참을 밝힌 사람들은 순식간에 수백 명에 달했다. 그들은 서로 연락하며 거사를 기다렸다. 더 이상 규합에 나서지 않았음에도, 동참을 원하는 이들이 들불처럼 번졌다.

성안의 분위기는 점차 고조되었다. 긴장감 속에서도 희망의 불씨가 뜨겁게 타올랐다.

그러나 폭풍 전야의 고요처럼, 불안한 정적이 그들의 주변을 감쌌다.

누더기처럼 해진 옷을 걸친 늙은 계집종이, 귀신처럼 음산한 기운을 풍기며 관아 문 앞에 섰다. 그녀의 몸에서는 켜켜이 쌓인 먼지와 땀, 역겨운 악취가 풍겨 나왔다. 헝클어진 머리카락은 쇠약한 몰골을 더욱 초라하게 만들었다. 퀭한 눈빛은 한없이 깊은 절망의 늪처럼 흐릿했다.

관아 문을 지키던 본부무사는 그녀의 몰골에 혐오감을 감추지 못하고 코를 막았다.

“여기가 어디라고 천한 것이 발을 들이느냐? 여긴 용천부사 영감께서 집무 보시는 신성한 곳이다. 당장 꺼지거라!”

무사의 호통에도 늙은 계집종은 못 들은 척 꿋꿋이 들어섰다.

“알고 있수다. 그래서 온 것이요.”

늙은 계집종의 태도는 거만함마저 느끼게 했다.

“무슨 일이냐? 어서 말하고 돌아가라!”

무사는 칼집으로 그녀를 거칠게 밀치며 경멸스러운 표정을 지었다. 하지만 늙은 계집종은 물러서지 않고 다시 한 걸음 다가섰다.

“역모…. 역모에 관한 것이오.”

그녀의 입에서 흘러나온 단어는 얼음송곳처럼 차갑고 날카롭게 다가왔다.

“뭐라고? 역모라니?”

무사는 믿을 수 없어 되물었다.

“분명히 들었소. 영산이란 자가 역모를 꾸민다고.”

늙은 계집종의 말은 횡설수설했다. 역겨운 냄새가 끊임없이 풍겼다.

“무슨 헛소리를 하는 것이냐? 네가 역모가 무슨 뜻인지나 알고 지껄이는 것이냐?”

무사는 그녀를 비웃으며 쏘아붙였다.

“하여튼 분명히 들었소.”

늙은 계집종은 더 이상 자세한 말을 하지 못했다. 눈빛이 불안하게 흔들렸다. 입술은 파르르 떨렸다.

“이런 헛소리를 하려고 감히 이곳에 발을 들인 것이냐? 당장 꺼지지 못할까. 다시는 얼씬도 하지 마라!”

무사는 늙은 계집종을 거칠게 밀어내며 돌을 던졌다. 미친개를 쫓아내듯 사정없이 내쫓았다.

그 시각, 동지 규합에 나섰던 심일은 새파랗게 질린 모습으로 정봉수를 찾아왔다. 온몸은 식은땀으로 젖어 있었다. 입술은 공포에 질려 떨렸다.

“나리. 큰일 났습니다. 거사…. 거사의 기밀이 새어나갔습니다.”

심일은 울먹이는 목소리로 말했다. 그의 안색은 죽은 사람처럼 창백했다.

“제 할머니의 늙은 계집종이 오늘 장사준에게 이 일을 고하러 갔다고 합니다…. 저희 집안에서 비롯된 것이 분명합니다.”

심일은 자기 잘못을 자책하며 눈물을 흘렸다. 하지만 정봉수는 의외로 냉정했다. 그는 눈을 감고 묵직한 숨을 내쉬며 말했다.

"성패는 하늘에 달렸네. 경거망동하지 말게. 우리가 준비한 안전한 계책이 있으니, 너무 걱정하지 말게."

정봉수의 목소리는 차분했다. 하나 눈빛은 폭풍 전야의 고요처럼 불안하게 흔들리고 있었다. 마음속에서는 여러 가지 생각이 복잡하게 얽히며 빠르게 돌아갔다.

심일은 그의 말에 겨우 숨을 골랐다. 마음속 불안감은 쉬이 가시지 않았다. 어떤 묘책이 숨겨져 있는지, 속 시원히 알 수 없었기에 답답함이 밀려왔다. 솔직히 정봉수 역시 마찬가지였다. 심일을 안심시키려 둘러댔다. 거사의 기밀이 새어나간 것은 명백한 위기였다. 밤은 깊어졌지만, 그의 눈은 쉽게 감기지 않았다. 모의가 발각되는 순간, 그 어떤 안전한 계책도 무용지물이었다. 죽음의 그림자가 그들의 코앞까지 드리워지고 있었다.

그날 밤, 장사준은 정봉수의 동생 정기수를 은밀히 자신의 처소로 불러들였다.

그들은 오랜 친우였다. 장사준이 용천부 협수장으로 부임하기, 훨씬 이전부터 인연을 맺어온 사이였다. 본래 천안 출신인 장사준은 임진왜란 당시 의병으로 활약했다. 전란 후 무관으로 발탁되었다. 타지인 철산에서 외로이 지낼 때, 정기수가 먼저 그에게 손을 내밀어 우정을 쌓았다. 객지에서 만난 그들은 각별한 정을 나누는 벗이었다.

장사준은 정기수를 방으로 들이고 주변을 물렸다. 작은 술상이 놓였다. 장사준은 정기수에게 술잔을 권했다. 방 안에는 싸늘한 침묵만이 감돌았다. 정기수는 그가 건넨 술을 받아 마셨다. 이번에는 장사준이 잔을 들어 단숨에 비웠다. 그리고 조용하게 입을 열었다.

"최근 좋지 않은 소문을 들어 염려되어서 하는 말이네. 솔직하게 답해주시게. 오랜 벗 사이에 숨길 것이 무엇이 있겠는가?"

장사준은 정기수의 미세한 표정 변화까지 놓치지 않으려 깊숙이 그의 눈을 응시하며 물었다. 그의 나지막한 목소리에는 묘한 압박감이 실려 있었다.

"무슨 말씀인지요?"

정기수는 일부러 그의 눈을 똑바로 쳐다보며 되물었다.

"그대와 나는 오랜 우정을 나눠온 사이네. 그런데 듣자 하니, 그대의 형제들이 망령된 짓을 꾸미고 있다는 이야기가 들리더구먼. 그게 사실인가?"

장사준은 단도직입적으로 핵심을 찔렀다.

"아니, 그게 대체 무슨 해괴한 말씀입니까? 저희 형제가 어찌 그런 불순한 모의를 꾸미겠습니까?"

정기수는 적극 부인하며 목소리를 높였다.

"저희 형제는 죽을 고비를 수없이 넘기고, 이제 겨우 영감께 의탁하여 목숨을 부지하고 있습니다. 더군다나 영감께서는 저희를 진심으로 후대해 주셨습니다. 저희 형제는 이 은혜를 어떻게 갚아야 할지 밤낮으로 고심하고 있습니다. 그런데 어찌 망령된 모의라니요."

정기수는 북받쳐 오르는 감정에 울먹이며 격정적으로 호소했다. 그의 연기는 진심이 담긴 듯 절절했다. 너무나 간절한 정기수의 말에 장사준의 마음도 흔들렸다. 그는 애틋한 생각에 잠긴 뒤 입을 열었다.

"나 또한 그 말을 믿지 않네. 그대 형제의 평소 행실로 보아, 그리 생각하지 않았네. 다만 성안 사람들이 그리 수군거리기에 덮어둘 수 없어 하는 말일 뿐이네. 어찌 경솔하게 거취를 결정할 필요가 있겠는가."

장사준은 오히려 따뜻한 어조로 그를 위로했다. 겉으로는 연극이 성공한 듯 보였지만, 정기수의 마음은 불안감으로 가득했다.

정기수는 늦은 밤이 돼서야 돌아와 장사준과의 대화를 정봉수에게 상세히 전했다. 심일이 우려하던 일이 결국 벌어진 것이었다.

"분명 큰일이다. 장사준이 우리를 의심하기 시작했다면, 오늘은 넘어
갈 수 있을지 모르나 내일은 어찌 될지 알 수 없는 일이다."

어둠 속에서 두 형제는 마주 앉아 대책을 숙의했다. 아들 경호도 옆에
서 그들의 이야기를 조용히 들었다.

"형님, 저도 같은 생각입니다. 장사준이 남들의 말을 믿지 않았다고
했지만, 이미 그의 마음속에는 수심 가득한 의심이 자리 잡았음을 느꼈
습니다."

정기수는 길게 한숨을 내쉬었다.

"그러니 답답할 노릇이다. 여기서 발각되면 모두 큰 화를 입을 텐데,
어찌하면 좋겠느냐?"

정봉수의 목소리에도 미세한 초조함이 묻어있었다.

"이럴 때는 먼저 움직이는 것이 상책입니다. 내일 날이 밝기 전에 식솔
들만 데리고 성을 나서는 것입니다."

"그것은 도망치는 것과 다르지 않다. 뜻을 함께하기로 한 이들은 어
찌하고?"

정봉수는 언짢은 어투로 반문했다. 그의 자존심이 허락지 않았다.

"형님, 저희가 먼저 성을 떠나는 것처럼 소란을 피우자는 것입니다. 일
종의 연극인 셈이지요. 그러면 장사준도 나름의 조처를 할 것입니다."

"어떤 조치…?"

정봉수의 표정이 흔들렸다.

"필시 저희를 붙잡아 이곳에 더 머물라고 할 것입니다. 어제 경솔하게
거취를 결정할 필요가 없다고 말한 것으로 보아, 제 판단이 틀리지 않
을 것입니다."

정기수는 담담한 어투로 말했다. 그의 확신에 찬 모습에 정봉수는 잠
시 고민에 잠겼다.

"그래. 달리 방도가 없다."

정봉수는 결국 동생의 계책을 받아들였다.

"그렇게만 해주시면, 제가 장사준을 만나 담판을 짓겠습니다. 나름대로 생각한 바가 있으니, 부디 염려를 거두십시오, 형님."

정기수는 정봉수의 손을 잡으며 확신에 찬 모습으로 말했다.

어둠이 걷히고 동녘 하늘이 희미하게 밝아오기 시작했다. 정봉수는 식솔들을 깨웠다. 밤새도록 잠 못 이룬 탓에 그들의 안색은 피로와 긴장감이 선연했다. 낡은 보따리에는 얼마 되지 않는 살림살이가 간신히 담겨 있었다. 깊이 가라앉은 심정으로 마지막 짐을 챙겨 거처 앞에 나섰다. 짐을 짊어진 채 굳은 표정으로 앉아 있는 그들의 모습은 누가 보더라도 성을 떠나려는 행렬이었다. 새벽의 적막을 깨고 그들의 모습을 목격한 이들은 놀라움을 감추지 못하며 수군거렸다.

"어찌 된 일이오? 영산 나리께서 식솔들을 이끌고 성을 떠나실 모양이네."

"뭐라고? 영산 나리께서?"

"설마 그럴 리가…"

"아니, 저렇게 짐까지 싸서 나오셨는데 어찌 거짓이라 하겠소?"

"그렇다면 우리도 나리를 따라나서야 하는 건가?"

"나리께서 떠나신다면 우리도 함께해야지."

백성들은 불안한 모습으로 서로를 바라보며 정봉수의 움직임을 살폈다. 그들의 마음속에는 혼란과 두려움이 뒤섞여 있었다. 정봉수의 갑작스러운 행동이 그들의 불안한 심리를 더욱 자극했다.

동생 정기수는 날이 밝기도 전에 무욕당 장사준의 침실로 달려갔다. 예상치 못한 방문에 장사준은 당황하며 허둥지둥 옷을 걸치고 사랑채로 나왔다.

"아니, 이 새벽에 어쩐 일인가?"

잠결이라 약간의 짜증이 묻어났다. 정기수는 침통한 모습으로 장사준에게 깊이 허리를 숙였다.

"가솔들을 이끌고 성을 떠나려 합니다. 이에 마지막 인사를 드리러 왔습니다."

그의 안색에는 비장함이 배어 있었다. 장사준은 안타깝게 정기수를 바라보며 말했다.

"어찌하여 이리 갑작스러운 결정을 내리셨는가? 혹 어젯밤 내가 드린 말씀 때문에 영산께서 마음이 상하셨다면 부디 너그러이 용서해달라고 전하시게."

그의 말에는 정기수를 붙잡고 싶은 마음과 함께 자신의 실수를 인정하는 기색이 보였다. 정기수는 눈물을 글썽이며 말을 이었다.

"저희 형제는 영감의 은혜에 깊이 감사하며 진심으로 따랐을 뿐입니다. 하지만 저희를 향한 의심의 눈초리가 끊이지 않으니, 더 이상 이곳에 머무를 수 없게 되었습니다. 부디 오해는 마십시오."

진심인 듯 애절했다. 장사준의 마음을 움직이려 애썼다.

장사준은 정기수를 붙잡으며 말했다.

"내가 어찌 그대를 의심하겠는가? 부디 성에 남아주시게. 아울러 영산께도 내 진심을 전해주시게."

그의 눈에는 우정을 지키려는 최소한의 아량이 담겨 있었다. 그러나 정기수는 간절한 눈빛으로 장사준의 손을 잡으며 거듭 떠나겠다는 뜻을 전했다. 그의 표정 뒤에 숨어있는 마음을 읽고 있었기 때문이었다. 그러자 장사준이 단단한 어조로 말했다.

"나는 절대 그대를 의심하지 않네. 오해 마시게."

그의 말속에는 의심이 사라졌지만, 눈 속에는 남아 있는 듯했다. 정기수는 여기까지라고 생각했다. 눈물을 닦으며 깊이 고개를 숙였다.

"저희 형제가 어찌 영감의 은혜를 저버릴 수 있겠습니까?"

정기수의 마음속에는 옅은 안도감이 스몄다.

정기수의 묘책을 들은 정봉수의 입가에 희미한 미소가 번졌다. 그는 즉시 식솔들을 불러 말했다.

"짐을 다시 풀도록 하라."

말투에는 그동안 짓눌렸던 묵직한 짐을 덜어낸 안도감이 있었다. 새로운 계획에 대한 확신이 묻어났다. 짐을 풀고 제자리로 돌아가는 식솔들의 모습을 지켜보던 백성들은 다시 술렁였다. 새벽의 불안과 혼란은 호기심과 궁금증으로 바뀌어 그들의 입술을 통해 퍼져나갔다.

"어찌 된 일이오?"

한 백성이 조심스레 물었다.

"글쎄, 장사준 나리께서 정봉수 나리께 간곡히 청하여 성에 머물도록 하셨다더군."

다른 백성이 귀띔하듯 말했다.

"그래? 역시 그럴 줄 알았지. 저 어른을 그냥 보낼 리 없지."

또 다른 백성이 고개를 끄덕이며 동의했다.

"암, 저 어른 그늘에 우리가 살고 있는 것이나, 다름없지."

백성들의 이야기는 순식간에 성안 곳곳으로 퍼져나갔다. 정봉수 형제가 성을 떠나려다 장사준의 만류로 다시 머물게 되었다는 소식은 잔잔한 호수에 던져진 돌멩이처럼 파문을 일으켰다. 그들의 단순한 대화는 정봉수 형제의 계획에 힘을 실어주는 촉매제가 되었다.

정봉수 형제는 자신들이 성을 떠나려 했으나 장사준의 간곡한 설득으로 잔류하게 된 것처럼 꾸몄다. 이는 백성들의 의심을 잠재우고 그들의 신망을 얻기 위한 절묘한 술책이었다.

장사준과 정기수가 수시로 서로의 거처를 드나드는 모습은 오랜 친구처럼 자연스러워 보였다. 그들의 잦은 왕래는 성안 사람들에게 짙은 인상을 남겼다. 백성들 사이에 오가는 거사 모의 이야기는 거짓이라는 믿음을 심어주었다. 누군가 음모를 꾸민다고 해도 사람들은 믿지 않았

다. 눈앞에 펼쳐지는 광경이 너무나 평화롭고 신뢰할 만했기 때문이었
다. 정봉수 형제는 이러한 분위기를 이용하여 자신들의 계획을 은밀히
진척시켜 나갔다.

16. 의병장

3월 2일이었다.

눈부신 봄 햇살이 쏟아졌다. 대지의 만물이 기지개를 켜듯 생동했다. 부드러운 바람이 메마른 땅을 어루만지며 따스한 온기를 불어넣었다. 성안에는 파릇한 새싹들이 돋아나 싱그러움을 더했다.

성안 백성들의 모습에도 오랜만에 화색이 돌았다. 아이들이 성안을 뛰어다니며 웃는 소리는 모처럼의 평화를 더욱 돋보이게 했다. 그러나 그 평화는 오래가지 못했다.

성을 비웠던 성주 장사준이 열댓 기의 기병을 이끌고 정오 무렵 위풍당당하게 돌아왔다. 그의 모습에 성안 분위기는 삽시간에 얼어붙었다. 훈훈한 봄바람은 싸늘한 냉기로 변했다. 아이들의 웃음소리는 자취를 감췄다. 성안 사람들의 시선은 일제히 성 중앙의 진충루로 향했다.

'징' 소리가 울려 퍼졌다. 백성들을 소집하는 신호였다. 무슨 불길한 명령이 떨어질지 모르는 불안감 속에 백성들은 서로 눈치를 보며 진충루 아래로 모여들었다.

장사준이 부하에게 신호를 보냈다. 부장은 진충루 난간 앞으로 나섰다. 큰 목소리가 백성들의 귓전을 울렸다.

"오늘 아침, 후금 군부에서 새로운 명령이 하달되었다. 성안의 남자와 여자는 각각 쌀 열 말씩을 짊어지고 의주 군영으로 옮겨라. 이는 후금 대장군의 엄명이니, 거역하는 자는 즉시 참할 것이다. 쌀 운반은 내일 이른 아침부터 시작한다."

명령이 떨어지자, 벅성들 사이에서 동요가 일기 시작했다. 성 사람들이 먹고살아야 할 양식을 적의 군영으로 옮기라는 터무니없는 명령에 분노가 들끓었다. 그러나 거역하면 목숨을 잃을 수밖에 없는 현실 앞에서, 그들은 입을 다물었다. 해산 명령 후, 백성들은 삼삼오오 모여 불만을 토로했다.

"이게 말이 되는 일이오? 우리가 먹고살 양식을 오랑캐들에게 바치라니!"

"내래 죽어도 못 하디요."

"장부사가 미쳐도 단단히 미쳤구먼."

격앙된 목소리가 여기저기서 터져 나왔다.

장사준의 명령이 전래지자, 정봉수의 얼굴빛이 일순간 닫힌 문처럼 굳어졌다. 그는 즉시 김종민과 몇몇 핵심 인물들을 은밀히 불러 모았다.

"큰일입니다, 나리. 성안의 쌀을 오랑캐 군영으로 옮기라니요. 이건 말도 안 되는 일입니다."

옆에 있던 이광립이 격앙된 모습으로 덧붙였다.

"지금 성안 백성들도 먹지 못하고 있습니다. 그런 쌀을 오랑캐 놈들의 배를 채우는 데 쓰다니요. 이건 정말 어떻게든 막아야 합니다."

그의 주먹이 부들부들 떨렸다. 심일은 분노에 찬 모습으로 주먹을 불끈 쥐며 말했다.

"맞습니다, 나리! 저런 자가 성주라니 정말 한탄스럽습니다. 우리도 가만히 있을 수 없습니다. 무슨 수를 써서라도 막아야 합니다."

그의 눈이 이글거렸다. 그러나 잠시 후, 이개립이 침착하게 핵심을 찔렀다.

“물론 막아야 하지만, 어떻게 막을 것인지가 문제입니다.”

그의 말에 모두의 시선이 정봉수에게 쏠렸다. 침잠한 분위기가 흐르는 가운데, 뜻밖에도 그는 느긋한 미소를 머금은 채 입을 열었다.

“참으로 좋은 일이로다.”

모두의 눈이 휘둥그레졌다. 쌀을 적에게 넘겨야 하는 판국에 ‘좋은 일’이라니, 도저히 이해가 안 됐다.

“이제야 우리가 바라던 바가 이루어질 것이네.”

“예? 바라던 바가 이루어진다니요?”

김종민이 당황한 듯 물었다.

“잘 듣도록 하게. 지금부터 내가 이르는 대로 해야 하네. 알겠는가?”

정봉수는 모인 이들을 향해 차분하면서도 담담한 목소리로 말했다.

“지금부터 그대들은 성안 사람들에게 이렇게 전하게. 오랑캐들이 용골성에 사람이 많은 것을 두려워하여 쌀을 운반하라는 명령을 내렸다고 말이네. 그리고 쌀을 짊어진 남녀는 의주에 도착하면 반드시 압록강을 건너게 될 것이라고 말하게. 강을 건너는 순간, 여자들은 겁탈당하고, 힘센 남자들은 강제로 군에 끌려갈 것이라고 말하게. 힘없는 남자들은 모두 무참히 살해될 것이라고 소문을 퍼뜨리게.”

정봉수의 말에 모두 고개를 끄덕였다.

정봉수는 이촉립과 김종민에게는 별도의 행동을 지시했다. 그들이 각자 돌아가 소문을 퍼뜨리자, 성안은 순식간에 혼란에 휩싸였다.

동이 트자, 장사준의 명령에 따라 10세 이상의 남녀들이 하나둘 진충루 뒤편 창고 앞으로 모여들었다. 그들의 모습에는 좌절과 두려움이 뒤섞여 있었다. 죽지 못해 끌려 나온 그들은 명령을 거부하면 참형을 당할 것이라는 공포에 짓눌려 있었다.

장사준은 이날 정봉수를 진충루로 초대했다.

백성들이 자신의 명령에 일사불란하게 따르는 모습을 보여주려는 속셈이었다. 용골산성의 진정한 지배자는 자신임을 과시하려는 의도도 담겨 있었다. 그는 거만하게 의자에 몸을 기댄 채 창고 쪽을 내려다보았다. 그의 주변에는 네 명의 장수가 검을 찬 채 버티고 서 있었다.

정봉수도 태연하게 장사준 옆에 앉아 창고를 내려다보고 있었다. 그의 모습에는 아무런 감정도 드러나지 않았다. 눈빛은 깊이를 알 수 없었다.

성안의 장수들도 모두 칼을 차고 창고 옆에 도열해 있었다. 그들의 기세가 백성들을 더욱 위축시켰다. 누구라도 그 광경을 본다면 백성들이 장수들의 위압에 굴복하여 부역에 나선 것이 분명해 보였다.

좌수 이광립이 창고 열쇠를 들고 진충루를 향해 고개를 들었다. 창고 문을 열어도 되는지 묻는 신호였다. 장사준은 자신의 지휘봉을 들어 창고 개방을 승인했다. 그러자 닫혀 있던 창고 문이 육중한 소리를 내며 서서히 열렸다.

창고 안에는 쌀가마니가 산더미처럼 쌓여 있었다. 언제 저리 많은 쌀을 모았는지 짐작도 어려웠다. 정봉수는 그 광경을 지긋이 내려다보며 속으로 희미한 미소를 지었다. 그의 입꼬리가 미세하게 올라갔지만, 장사준은 알아채지 못했다.

협수장 이광립은 대기하던 병졸들에게 쌀가마니를 끌어내라고 지시했다. 몇 가마니를 쌓아두고 느릿하게 가마니를 풀도록 했다. 가마니가 열리자, 군침이 돌 정도로 탐스러운 옥색 쌀이 가득 드러났다. 병졸들은 남자들에게 5말, 여자들에게는 3말씩 쌀을 나누어주었다. 소두 쌀 5말은 약 20kg, 3말은 약 12kg 정도였다.

백성들은 무거운 쌀을 짊어지고 느릿느릿 움직이며 시간을 끌었다. 그들의 더딘 움직임은 장사준에 대한 노골적인 반항이자, 폭발 직전의 분노를 애써 억누르는 몸짓이었다. 성안의 공기는 얼어붙은 듯 무겁게 가라앉아 있었다.

　백성들이 평소 같았으면 쌀 한 톨이라도 먼저 받으려고 아우성쳤겠지만, 이날은 딴판이었다. 그들은 뜨거운 쇠붙이라도 밟는 듯 엉덩이를 뒤로 빼며 쉽사리 나서지 않았다. 여기저기서 불안한 목소리들이 웅성거렸다. 그러던 차였다.

　본부무사 김종민과 이촉립이 시퍼런 칼을 뽑아 들고 쌀가마니 위로 성큼 올라섰다.

　그들은 우뚝 선 채 우렁찬 목소리로 외쳤다. 창고 안을 가득 채운 외침은 메아리처럼 울려 퍼졌다. 김종민이 먼저 포효했다.

　"용골산성 백성들이여! 그대들은 오늘, 이 쌀을 짊어지고 압록강을 건너, 오랑캐의 외로운 귀신이 될 것인가? 아니면 이 쌀로 굶주린 배를 채우고 이 산성을 지키는 충신이 될 것인가?"

　갑작스러운 외침에 모든 시선이 일제히 김종민에게 꽂혔다.

　백성들은 혼란과 갈등에 사로잡혔다. 도대체 이게 무슨 일이란 말인가. 산성을 지키는 장수들이 일제히 들고 일어난 게 아닌가. 순간 어리둥절했다. 백성들의 심장은 불안하게 요동쳤다. 김종민의 말은 그들의 깊은 곳에 자리한 두려움을 직시하게 했다. 김종민은 목소리를 더욱 높여 외쳤다.

　"지금, 이 쌀을 오랑캐들에게 보내고 나면, 설령 그대들이 목숨을 부지하여 돌아온다 한들, 무엇으로 굶주린 배를 채울 것인가? 이는 스스로 제 발로 도적에게 양식을 바치는 어리석은 짓이다. 그대들은 어찌 이리 혼미하여 스스로 죽음의 길을 택하려 하는가?"

　그의 외침에 백성들은 서로 바라보며 웅성거렸다. 그러자 옆에 섰던 이촉립이 번쩍이는 칼을 높이 치켜들고 더욱 강하게 소리높여 외쳤다.

　"이래도 그대들은 쌀을 짊어지고 내려갈 셈인가? 아니면 나를 따라 거사에 동참하여 함께 싸울 것인가?"

　이촉립의 외침이 끝나자, 눈치를 보던 백성들은 약속이라도 한 듯 일

제히 함성을 터뜨렸다. 그들은 주먹을 불끈 쥐고 하늘을 향해 우렁차게
외쳤다.

"산성을 지키자!"

"산성을 사수하자!"

여기저기서 터져 나오는 함성은 삽시간에 들불처럼 성 전체로 번져나
갔다. 창고 앞에 모인 백성들은 하나가 되어 주먹을 높이 치켜들고, 목
이 터지라 외쳤다. 그들의 함성은 천둥소리처럼 용골산성을 뒤흔들었다.

진충루 위에서 그 광경을 내려다보던 장사준은 자리에서 벌떡 일어
섰다.

"저런 패역한 놈들을 보았나. 부장! 당장 저들을 처단하지 않고 무얼
하는 게냐!"

장사준은 진충루를 이리저리 오가며 고래고래 악을 썼다. 분노에 휩
싸인 그는 손에 쥔 지휘봉을 마구 휘두르며 미친 듯이 날뛰었다.

"장수들은 대체 무얼 하고 있는 게냐!"

그는 장수들이 도열한 곳을 향해 거듭 소리쳤다. 그러나 장수들은 굳
건히 제자리를 지켰다. 장사준의 광기 어린 명령에 아무런 동요도 보이
지 않았다. 장수들의 태도에 백성들의 분노는 더욱 거세게 들끓었다. 그
들은 일제히 자리에서 일어나 성을 지키자고 외쳤다. 어디서 구했는지
모를 몽둥이와 농기구를 손에 들고 성안을 뛰어다녔다. 거대한 물굽이
가 모든 것을 집어삼키듯, 성안 백성들의 분노는 광대한 회오리바람을
일으켰다. 여기저기서 울려 퍼지는 항거의 함성은 성안 마당을 가득 메
웠다. 순식간에 성안 모든 사람들이 마당 한가운데로 몰려나와 목이 터
져라 외쳤다.

"산성을 지키자!"

"오랑캐를 몰아내자!"

성안 분위기는 이제 돌아올 수 없는 강을 건너고 있었다. 모든 것이

장대한 폭풍 속으로 휘말려 들어가고 있었다.

장사준은 심상찮은 분위기를 감지하고 급히 관아로 몸을 숨겼다. 그의 호위 무장이 뒤를 따랐다. 정봉수는 잠시 형편을 지켜본 후, 그를 따라 관아로 들어섰다. 본부무사 김종민의 지휘 아래 건장한 무사들이 정봉수를 에워싸고 함께 들어갔다.

관아 문이 닫히는 소리가 무겁게 울렸다. 무장 뒤에 숨은 장사준은 불안하게 주변을 살폈다. 그의 모습은 방금 전의 위풍당당함과는 거리가 멀었다. 쥐구멍이라도 찾아 숨으려는 듯 안절부절못했다. 김종민은 그런 장사준을 매섭게 노려보며 칼칼한 목소리로 쏘아붙였다.

"백성들의 분노가 하늘을 찌르고 있소! 모두 쌀을 내놓지 않겠다며 거세게 들고일어섰소! 장차 어찌하실 작정이시오!"

김종민의 눈에는 살기가 번득였다. 그의 말투는 위협적이었고, 장사준을 궁지로 몰아가고 있었다. 정봉수는 김종민을 가로막으며 차분한 목소리로 말했다.

"장 부사, 그대는 조선의 은혜로 높은 관직에 오른 몸이 아니시오? 의리를 생각해서라도 오랑캐를 격퇴하여 나라에 보답해야 할 것이오. 그것이 바로 귀인의 도리요. 우리도 미력하나마 힘을 보탤 터이니, 함께 뜻을 모아보는 것이 어떻겠소?"

정봉수는 부드럽게 장사준에게 말했으나 그 안에는 강한 압박감이 실려 있었다. 그러나 장사준의 반응은 냉담했다.

"함부로 말하지 마시오. 재앙이 닥칠 것이오. 의주는 나라의 강대한 번진이었으나 순식간에 도륙당했소. 능한산성 또한 그러했소. 안주는 정예 병사들의 진영이었으나 멀리서 적의 기세만 바라보다 무너졌소. 하물며 이 용렬하고 패잔병 같은 백성들이 어찌 저 대군의 창검에 맞설 수 있겠소."

장사준은 눈을 부릅뜨고 고개를 저으며 말했다. 두려움과 비웃음이 섞여 있었다.

장사준은 후금의 위세를 빌려 제 안위를 도모하려는 속셈을 노골적으로 드러냈다. 그는 정봉수에게 감히 자신을 건드리면 후금의 무서운 보복을 피하지 못할 거라고 으름장을 놓았다.

"그래도 이 산성에서 우리가 마음을 합친다면 분명 활로를 찾을 수 있을 것이오. 부디 다시 한번 깊이 헤아려 주시오."

정봉수는 냉정을 잃지 않고 차분히 설득했다.

"내 가족 모두가 후금의 손아귀에 묶여 있소. 어찌 나 혼자 살겠다고 처자식을 버릴 수 있겠소? 더 이상 그런 모진 말씀은 꺼내지 마시오."

장사준의 목소리는 무거웠지만, 완강한 거부가 섞여 있었다. 가족을 보호하려는 생각과 자신을 합리화하려는 집념이 뒤섞였다. 정봉수는 끈기 있게 설득했지만, 장사준은 꿈쩍도 하지 않았다. 결국 정봉수는 더 이상 설득이 어렵다는 걸 깨닫고, 무거운 발걸음을 옮겨 관아를 나섰다.

정봉수가 관아 안에서 장사준을 설득하는 동안, 바깥에서는 이촉립이 격렬한 어조로 백성들을 선동하고 있었다.

"영산 나리께서는 평소 덕망이 높으시고, 뛰어난 지략을 가진 분입니다. 이 위태로운 성을 지켜낼 수 있는 분은 오직 영산 나리뿐입니다. 하늘이 이미 영산 나리께 이 성을 맡기셨으니, 이 절호의 기회를 놓쳐서는 아니 됩니다. 여러분, 동의하십니까?"

이촉립의 외침에 곳곳에서 함성이 터져 나왔다.

"옳소. 옳소. 옳소."

오랜 침묵 끝에 터져 나오는 뜨거운 열망이 백성들의 모습에 가득했다.

덩치가 크고 장대한 사내가 칼을 뽑아 들고 군중 앞으로 나섰다. 그는 무사 이희로였다.

"우리의 의병 대장은 이미 정해졌소. 더 이상의 무슨 말이 필요하겠소.

영산 나리를 모시러 갑시다.”

이희로는 칼을 휘두르며 앞장섰다. 수많은 백성이 그의 뒤를 따라 관아로 향했다. 삽시간에 성안 백성들이 관아 앞으로 몰려들어 하늘을 찌를 기세로 외쳤다. 장마당에 모여드는 장꾼들처럼 순식간에 관아를 에워싸고도 남을 만큼 인원이 불어났다. 그 수가 무려 기천에 달했다. 손바닥만 한 작은 성안에 기천여 백성들이 운집하여 외치자, 그 기세에 하늘이 진동하는 듯했다.

위협을 느낀 장사준은 심복들을 거느리고 황급히 관아 뒷문으로 빠져나가 자신의 집으로 숨어들었다. 비겁함과 극심한 공포가 뒷모습에 엉겨있었다.

사람들은 관아 앞에 가득 모여 목이 터지라 외쳤다.

“산성을 지키자!”

“오랑캐는 물러가라!”

용골산성은 장대한 폭풍의 중심이 되었다. 그들 가운데 몇몇이 관아에서 나오던 정봉수를 정중히 부축하여 마당으로 나왔다. 이미 그곳에는 성안의 거의 모든 이들이 모여 있었다. 어른, 아이 할 것 없이 모두 시위에 동참하고 있었다. 조금 전까지의 두려움 대신 분노와 희망이 뒤섞인 뜨거운 열기가 감돌았다.

사내들은 정봉수를 성주가 타던 가마에 태웠다. 앞에서는 장수들이 번쩍이는 칼을 높이 쳐들고 길을 인도했다. 뒤이어 정봉수의 가마가 늠름한 무사들의 호위를 받으며 천천히 뒤따랐다. 가마 뒤에는 기천의 성 사람들이 어깨를 들썩이며 덩실덩실 춤을 추며 줄을 이었다. 대규모 군중이 회오리처럼 몰아치며 산성을 도는 모습은 한 폭의 그림 같았다. 언제 가져왔는지 북을 울리고 징을 쳐 분위기를 고조시켰다. 태평소의 명쾌한 가락이 흥을 돋우었다. 용골성 백성들은 손에 든 칼과 농기구를 두드려 흥겨운 장단을 맞추었다. 그들의 함성과 악기 소리는 성벽을 뒤흔드는 파도와 같았다. 피난살이 하는 백성들에게 이 순간보다 더 행복한 때는 없었다. 핍탁과 눈치 속에서 살아온 고된 삶이었다. 파리 목숨보다 못한 천대 속에서 간신히 삶을 이어왔다. 구차한 목숨을 부지하기위해 벌레처럼 숨어 지내던 나날 속에서, 이런 감격스러운 날이 찾아올줄이야. 그들의 모습에는 오랜 억압에서 벗어난 해방감과 벅찬 감동이고스란히 드러났다.

백성들은 "하하" "호호" 마음껏 웃었다. 아이들은 깔깔거리며 신나게뛰어다녔다. 늘 오늘만 같았으면 좋겠다는 간절한 바람이었다. 먹을 것이 부족해도 마음만이라도 편안했으면 하는 소박한 소망이었다. 그 순간만큼은 모든 고통과 불안이 사라진 듯, 오직 순수한 기쁨과 희망만이성안을 가득 채웠다. 그들의 웃음소리는 새로운 시작을 알리는 종소리처럼 울려 퍼졌다.

"아리랑 아리랑 아라리요. 아리랑 고개를 넘어간다."

선소리꾼이 선창하자 모든 이들이 뒤따라 노래했다.

"모진세월 풍파만ㄴ 오고가다 발들인곳,
　용골산성 꼭대기어 깃발달아 마음폈네."
"아리랑 아리랑 아타리요. 아리랑 고개를 넘어간다."

"영산 나리 앞세우고 우리세상 피워보세.
　너도나도 일어서서 용골산성 지켜보세."
"아리랑 아리랑 아라리요. 아리랑 고개를 넘어간다."

"대명천지 밝은날에 오랑캐가 웬말이냐.
　무찌르고 무찌르세 오랑캐를 무찌르세."
"아리랑 아리랑 아ㄹ리요. 아리랑 고개를 넘어간다."

백성들은 아리랑 후렴을 목청껏 뽑아 불렀다. 선소리꾼이 선창하면 힘차게 후창했다.

그동안 오랑캐 소리만 들어도 가슴이 철렁 내려앉았다. 잡아다 주리를 틀지 몰라 늘 가슴을 졸였다. 백성들은 그들의 눈에 띄지 않으려고 애썼다. 그런데도 어쩌다 그들과 마주치는 날은 죽기보다 싫었다. 굽실거리며 비굴하게 굴어야 했다. 그러지 않으면 볼기를 맞거나 심하면 칼에 맞아 죽는 경우도 허다했다. 살기 위해서는 무조건 그들 앞에서 죽는시늉까지 해야 했다. 엉금엉금 기라면 기었고 벗으라면 벗었다. 그렇게 굴욕적인 나날들을 보냈다. 누구 하나 예외는 없었다. 양반과 상민의 구별 없이 오로지 구차한 목숨을 부지하기 위해 그들 앞에 납작 엎드려 기어다녔다. 하지만 이날은 달랐다. 오랑캐들의 만행도 더 이상 두렵지 않았다. 그들의 앞잡이 노릇을 하던 장사준도 기를 펴지 못하고 숨어든 판국이었다. 생각만 해도 절로 신명이 났다.

"얼씨구 절씨구 지화자 좋다."

다시 선소리꾼이 목청을 높였다.

"이 마당이 누구네 마당이냐. 이 산성이 누구네 산성이냐!"

"얼씨구 절씨구 지화자 좋다."

"내 나라 내 땅 조선이로다. 조선 백성 살 터로다!"

"얼씨구 절씨구 지화자 좋다."

그들은 산성 마당을 두어 번 크게 돈 다음 장대 옆에 있던 총진대에 이르렀다.

산성에서 가장 높은 곳이었다. 큰 바위 위에 지휘 본부인 장대가 웅장하게 서 있었다.

총신대는 장대로 오르는 길목이었다. 그곳에 돌을 정성껏 쌓아 단을 만들고, 그 위에 깃대를 꼿꼿하게 세웠다. 그곳에는 용골산성의 기상을 짓누르듯 후금 대장군의 깃발이 거세게 펄럭이고 있었다. 백성들은 그 깃발을 끌어내렸다. 이어 갈기갈기 찢어 불태워 버렸다. 억눌렸던 분노와 해방감이 동시에 폭발하고 있었다. 백성들은 그곳에서 정봉수를 늠름한 의병장으로 추대하는 예를 올렸다.

가마에서 내린 정봉수는 당당하게 총진대 옆 돌계단에 올라섰다. 그러고는 그곳에 우뚝 서서 의병들과 백성들을 굽어보았다. 모진 고난 속에서 살아왔음에도, 이날만큼은 모두에게 환한 웃음꽃이 피어 있었다. 희망에 가슴 벅찬 표정들이었다. 성안 백성들이라 다소 격식은 없어 보였지만, 그들 나름의 질서가 있었다. 모두 웅성거리며 계단에 오른 정봉수를 우러러보았다.

본부무사 김종민이 앞으로 나섰다. 그는 목청을 높여 힘껏 구령을 외쳤다.

"의병들과 백성들은 의병장 영산 나리께 예를 갖추시오."

그의 구령에 맞춰 므두 일제히 선 자리에서 머리를 깊이 숙였다. 그사이 웅성거리던 분위기는 순식간에 쥐 죽은 듯 조용해졌다. 처음 해보는 일이라 모두 어색한 듯 서로의 눈치를 살폈다.

"바로 하시오."

산성의 모든 것이 순간 멈춰 선 느낌이었다. 수많은 사람이 총진대 앞에 모여 있었지만, 숨소리도 들리지 않았다. 그들은 정봉수의 일거수일투족에 온 신경을 곤두세웠다.

다시 김종민이 앞으로 나서 소리쳤다.

"의병장, 영산 나리의 하교가 있겠습니다."

정봉수는 그제야 의병들과 백성들을 굽어보며 앞으로 성큼 나섰다.

"용골산성에 모인 제장들과 백성들이여! 작금의 이 나라 조선은 바람 앞의 등불처럼 백척간두의 위기를 맞고 있소이다. 북쪽의 오랑캐들이 대군을 이끌고 새해 벽두에 쳐들어와 숱한 백성들을 무참히 도륙하고 있소이다. 물밀듯이 밀려온 오랑캐들은 우리의 부모 형제들을 죽이고, 이 아름다운 조선 강토를 붉은 피로 물들이고 있소."

부모 형제를 죽였다는 그의 말에 백성들은 곳곳에서 흐느끼는 소리가 터져 나왔다. 그 누구 하나 아픔 없는 이가 없었다. 그들의 가슴속에 슬픔과 함께 오랑캐에 대한 증오가 번져갔다.

"조정은 행조를 꾸려 험한 피난길에 올랐소이다. 우리는 이곳 용골산성에 모여 숨죽이며 지내왔소. 비록 우리가 전란을 피해 이곳에 피신했지만, 우리의 정신마저 오랑캐에게 굴복한 것은 아니외다."

정봉수는 단아한 어조로 결의를 담아 말했다.

"조선이 오랑캐의 말발굽 아래 신음하는 것을 더 이상 두고 볼 수 없소이다. 나아가 우리는 이 나라 조선의 백성으로서, 더 이상 오랑캐들의 강압에 굴복해서는 아니 되오이다. 의로운 기개로 분연히 일어나, 기필코 저들의 심장을 도려내야 할 것이오. 우리는 죽는 날까지 싸워, 오랑캐들을 이 땅에서 깨끗이 몰아내야 하오이다. 우리가 살기 위해, 또 우리의 소중한 자손들을 위해 싸워야 할 것이외다."

"옳소! 옳소!"

백성들의 목소리는 성난 파도처럼 터져 나왔다.

"조선이 저들과 맞서 승리하는 그날까지, 용골산성은 절대로 무너지지 않을 것이오. 단 한 명의 백성이 남을 때까지, 우리는 끝까지 싸워 반드시 승리할 것이외다. 우리 백성들이 대동단결하여 오랑캐들과 죽을 각오로 싸운다면, 절대적으로 승리할 것을 확신하오이다."

"옳소! 옳소!"

백성들의 함성은 천지를 뒤흔들었다.

"제장들과 백성들이 다 함께 이 정봉수를 의병장으로 추대하였으니, 지금부터 내가 앞장서겠소. 모두 나를 따르시오."

정봉수는 장검을 뽑아 높이 치켜들며 백성들과 하나가 되었다. 그들의 함성은 성안에 메아리치며, 용골산성 의거의 웅장한 서막을 알렸다.

용골산성은 끓어오르는 용광로와 같았다.

북을 힘차게 두드리고, 징 소리가 성 아래로 번져갔다. 꽹과리는 요란하게 잡귀를 쫓듯 성 사람들의 혼을 빼놓았다. 백성들은 너도, 나도 손에 든 몽둥이와 괭이, 삽으로 땅을 두드리며 사기를 드높였다. 더 많은 백성은 두 발로 땅을 힘껏 박찼다. 그들의 함성에 천지가 진동하고 지축이 흔들리는 듯했다.

"용골산성의 제장들과 백성들이여. 지금부터는 우리는 하나다. 이 성을 지켜 조선의 자존심을 세울 것이다. 한 치의 땅도, 한 톨의 양식도 저들에게 내주지 않을 것이다."

그러자 이번에는 모든 이들이 "천세. 천세"를 큰 소리로 외쳤다.

그들의 모습에는 이제 주저함이나 두려움 같은 것은 없었다. 그들은 이어 용골산성이 공식적인 조선의 성임을 널리 알리는 전패[54]를 세웠다. 간단한 술과 음식을 마련하여 하늘에 제를 올렸다.

이날이 3월 3일이었다.

---

54) 전패: 임금을 상징하는 전(殿)자를 새겨 각 고을의 객사나 성 등에 세우는 나무패. 이곳이 조선의 땅임을 표시하는 표식인 셈이다.

IV.

항전을 위하여

　조선의 강산에는 어김없이 초목이 움텄다. 이름 모를 들풀들은 저마다의 색깔로 꽃망울을 터뜨려 온 천지를 수놓았다. 스치는 바람결에는 향기가 묻어났다. 그러나 자연의 생명력이 절정을 향해 치닫는 동안, 조선의 운명은 나락으로 떨어지고 있었다.

　지난 정월, 압록강을 건너온 오랑캐들에게 무릎을 꿇고 치욕적인 맹세를 해야 하는 날이었다.

　3월 3일, 그날 밤이었다. 참담함과 암울함은 여전히 생생하게 남아 온몸을 짓눌렀다. 용골산성에서 정봉수가 의병장이 된 바로 그날이었다.

　인조는 애절한 고독 속에서 강화행궁 장녕전에 홀로 앉아 있었다. 후금과의 굴욕적인 화약 의식을 눈앞에 두고 있었다. 그의 마음은 끝없이 가라앉았다. 행궁 서문 밖, 넓게 마련된 대청을 중심으로 대신들과 훈신들은 동쪽 계단 위에 나란히 섰다. 반대편 서쪽 계단 위에는 후금에서 온 사신 호차 등이 냉랭하게 자리를 지켰다. 도승지와 좌우승지, 사관, 그리고 여러 대신들이 대청에 늘어섰다. 숨 막히는 정적만이 그 공간을 가득 채웠다. 도승지 홍서봉이 조심스러운 발걸음으로 장녕전 안으로 들어섰다.

　“전하, 모든 준비가 끝났사옵니다.”

그의 목소리는 낮게 떨렸다. 거대한 재앙을 알리는 불길한 속삭임 같았다. 왕은 묵묵부답이었다. 죄책감과 비통함이 그를 짓눌렀다. 선왕들을 뵐 면목조차 없었다. 협약은 '맹약'이라는 이름으로 포장되었다. 실상은 후금을 형님으르 섬기겠다는 굴종적인 약속이었다. 자발적인 선택이 아니었다. 오직 무력과 강압에 굴복하여 형이라 부르기로 한 것이다. 그의 가슴속에서는 을분과 무력감이 뒤섞여 끓어올랐다. 왕은 눈을 감고 용상에 깊숙이 기대앉았다. 그 자리는 가시방석과 같았다.

"전하, 맹약을 위한 모든 준비가 완료되었사옵니다. 이제 행차하시옵소서."

도승지가 다시 한번 간절하게 재촉했다. 마침내 왕은 무거운 몸을 일으켰다. 느릿한 걸음으르 장녕전을 나섰다.

어둠이 짙게 드리운 강화의 밤 풍경은 낯설고 차가웠다. 도승지의 안내를 받으며 왕은 천천히 행궁 서쪽 문밖에 마련된 대청으로 향했다. 그리고 마침내 대청 위에 올라섰다. 발걸음마다 치욕의 무게가 느껴졌다. 장예충이 후금의 대신 유해 등을 데리고 들어왔다. 그들의 거만하고 냉랭한 시선이 왕의 폐부를 더욱 깊이 찔렀다.

인조는 익선관을 쓰고 검은색 곤룡포를 장중하게 걸쳤다. 그 위에 검은 혁대를 매고 탁자 앞에 섰다. 그의 심정을 반영하듯, 온통 무거운 색이었다. 어둠 속에서 걲은 옷은 그의 존재마저 희미하게 만들었다. 이 자리는 다름 아닌 비굴한 항복을 선언하는 자리였다. 맹약이라는 이름만 빌려 항복 문서를 낭독하는 의식과 다름없었다.

왕의 용안은 납빛처럼 질려 있었다. 차마 입에 담지 못할 슬픔이 그림자처럼 드리워져 있었다.

도승지가 왕에게 아뢰었다.

"전하, 향을 피우소서."

왕은 한참 동안 어둠 속에 나무토막처럼 서 있었다. 혼이 나간 사람처럼, 우두커니 선 채 검은 그림자만을 드리웠다.

차가운 봄바람이 그의 볼을 스쳤다. 그 바람결에 지난날들의 고통스러운 기억들이 느리게 지나갔다.

음력 2월 9일, 후금의 왕자 아민이 오만하기 그지없는 서신을 보내왔었다.

조선이 화친을 원한다면 종전처럼 명나라를 섬기지 말고 후금과 형제의 나라가 되자는 내용이었다. 후금이 형이 되고 조선이 동생이 되라는 굴욕적인 요구였다. 도저히 받아들일 수 없는 내용이었다. 당장 다른 방도를 찾을 수 없어 고심하고 있었다. 왕의 뇌리에는 그 서신의 비웃음 섞인 문장들이 생생하게 떠올랐다. 시간이 흐르자 아민은 더욱 강하게 조선을 압박해 왔다. 심지어 조선의 국왕에게 직접 말과 소를 잡아 하늘에 맹약해야 한다는 터무니없는 요구까지 했다. 조선의 체면으로는 도저히 받아들이기 어려운 굴욕적인 조항이었다.

그 모든 굴욕의 순간들이 오늘 밤, 이 대청에서 현실이 되는 비참함에 왕의 가슴은 찢어졌다.

조선 조정에서는 맹약문을 문서로 주고받는 방식을 주장했다. 그러자 아민의 불만이 터져 나왔다. 그는 조선 조정에 보낸 서신에 노골적으로 협박을 일삼았다.

"화친을 체결하면서 맹세가 없다면, 이는 겉으로는 화친을 말하면서 속으로는 원치 않는다는 뜻이다. 한번 싸워서 승부를 겨루고 싶다는 속셈인 것이다. 그리하고 싶다면 대장부답게 날짜를 정해 싸워보자. 누가 이기든 지든, 그때 가서 맹약을 정해도 늦지 않다. 서둘러 결정하라."

왕은 끓어오르는 분노와 굴욕감을 애써 삼켰다.

그달 말, 유해는 조선의 대신 앞에서 거만하게 말했다.

"후금을 세우신 천조께서 몽골과 화친할 때 흰 말과 검은 소를 잡아 천지에 제사를 지냈소. 이웃 나라와 화친할 때도 그리하였소. 이렇게 하지 않고서야 어찌 신의를 보일 수 있겠소?"

그는 강압적인 태도로 자신들의 방식대로 왕이 직접 말과 소를 잡아 그 피로 맹약식을 거행하자고 강하게 요구했다. 피비린내 나는 맹약식을 강요한 것이다. 하지만 조선은 여전히 문서를 만들어 주고받는 형식을 고수했다. 그들이 받아들일 수 있는 최대한의 타협안은 향을 피우고 하늘에 고하는 정도였다. 이 때문에 양측의 의견은 좁혀지지 않았다.

"말과 소를 잡아 맹약을 맺는 방식은 조선에서는 듣지도 보지도 못한 일이오. 조선 사람은 부모의 삼년상 중에는 절대로 살생하지 않소이다. 더구나 국왕이 상중인데 어찌 그런 일을 한단 말이오?"

대신은 격앙된 목소리로 항변했다. 그러자 옆에 있던 후금 사신이 냉혹하게 말을 받았다.

"두 짐승을 잡는 것이 좋겠는가, 아니면 조선 백성들이 모두 도륙당하는 것이 좋겠는가?"

살벌한 분위기 속에서 협의는 이미 불가능했다. 이는 협상이 아닌, 그들이 선택한 방식을 따르라는 일방적인 지시에 가까웠다. 조선의 대신은 아무 말도 못 한 채 그저 눈만 끔벅거릴 뿐이었다. 상식은 통하지 않았다. 칼자루를 쥔 쪽은 그들이었기에, 대신은 기가 막혔지만, 고개를 떨굴 수밖에 없었다. 사신은 냉담하게 덧붙였다.

"성안으로 들어가서 올리기 좋은 대로 하시오. 마음대로 하시오."

그는 매몰차게 안으로 들어가 버렸다. 이런 형세를 왕에게 보고해야 하는 대신의 마음은 타들어 갔다. 분위기가 이러하니, 행궁 안에서는 맹약의 방식을 놓고 대신들의 의견이 분분했다. 하지만 왕은 단호했다. 더 이상 시간을 끌 여유가 없었다. 대신들의 논의를 잠자코 듣던 왕은 입을 열었다.

"근래에는 신료들의 걸굴을 보기가 부끄럽다. 그러나 적을 방어하는 방도는 싸우는 것, 지키는 것, 화친하는 것, 이 세 가지뿐이다. 오늘의 형세는 이미 싸울 수도 없고, 지킬 수도 없으니, 어찌 화친하지 않을 수 있겠는가?”

그는 솔직하게 자신의 막막한 심정을 토로했다. 이는 지극히 현실적인 판단이었다.

왕은 대신들과 마소를 잡는 문제에 대해서도 깊이 논의했다. 대신들은 이전에는 전혀 없었던 맹약 방식에 대해 강하게 반발했다.

“전하, 예로부터 조선의 군왕께서는 마소를 잡는 것은 물론이요, 복중에 피를 보는 일도 없었사옵니다. 이는 조선의 법도에 어긋나는 일이니, 어떤 경우에도 윤허해서는 아니 되옵니다.”

“그러하옵니다, 전하. 조선은 태조대왕께서 창업하신 이후 지금까지 단 한 차례도 그런 수모를 겪은 적이 없사옵니다. 군왕으로서의 체통을 지키셔야만 나라를 바로 세우실 수 있사옵니다. 그런 치욕을 겪으시고서 어찌 훗날, 이 나라를 다스리시겠나이까?”

대신들은 앞다투어 맹약에 나서는 것을 극렬히 반대했다. 하지만 그들에게는 뚜렷한 대안도 없었다. 장녕전 안이 격렬한 반대로 시끄러워지자, 왕은 힘겹게 입을 열었다.

“적이 만일 군사를 이끌고 다시 쳐들어온다면, 그때 가서 말을 잡아 맹세하고 싶어도 할 수 있겠는가? 내 스스로 수모를 겪는 것 정도는 피하지 않겠다.”

그러자 이경직이 분위기를 살피며 아뢰었다.

“전하, 지금은 받아들이기 어렵다는 뜻을 굽히지 않으시다가, 정말 어쩔 수 없는 형세에 이르거든 그때 가서 점차 언급하여 맹세하는 예를 행하도록 하는 것이 어떻겠사옵니까?”

왕은 그의 말을 잠시 생각하더니 고개를 끄덕였다.

“그 말이 옳다. 양사의 장관들은 내 말을 들어라. 위로는 종묘사직이 있다. 아래로는 백성이 있기에, 오늘날 내가 이 회맹에 나서는 것은 결코 좋아서 하는 것이 아니다."

왕은 속내를 조심스레 내비치면서도, 거스를 수 없는 현실을 분명히 짚었다.

당초 후금은 왕이 직접 말과 소를 잡아 그 피로 맹약을 맺어야 한다고 강하게 주장했다. 조선으로서는 도저히 받아들이기 어려운 요구였다. 백정이나 하는 일을 국왕에게 강요하는 것은 상상할 수 없는 치욕이었다. 수없이 밀고 당기며 타협안이 제시되었다. 한쪽에서는 조선의 방식대로 향을 피워 하늘에 고하고, 다른 한쪽에서는 후금의 요구대로 마소를 잡아 맹약을 맺기로 했다.

왕은 갑작스러운 오한에 온몸을 떨었다. 그는 애써 흐트러진 정신을 가다듬었다.

"전하, 향을 피우소서."

도승지의 낮은 목소리가 다시 한번 어둠을 갈랐다. 그제야 왕은 미리 준비된 향을 들어 촛불에 천천히 불을 붙였다. 손이 자잘하게 떨렸다. 희뿌연 향연기가 어둠 속으로 피어올랐다. 왕은 두 손으로 향을 받쳐 들고, 정중하게 중앙과 좌우를 향해 흔든 후, 은은한 향기를 허공에 흩뿌렸다.

"이 땅을 보살피는 모든 천지신명이시여, 부디 굽어살펴주소서. 오늘, 이토록 참담한 지경에 이르렀으니, 부디 다시는 이러한 비극이 되풀이되지 않도록 굽어살펴주소서. 바라옵건대, 이 나라가 영원히 강건하여 어떠한 적이 침입하더라도 능히 지켜낼 수 있는 강국이 되게 하여 주시옵소서. 다시 한번 간절히 비나이다."

왕은 홀로 흐느끼듯 읊조렸다. 이윽고 그는 향로에 향을 꽂았다.

의식은 침통하고 엄숙하게 진행되었다. 향 연기가 피어오르자, 좌부승지 이명한이 맹세문을 낭랑하면서도 슬픈 어조로 읽어 내려갔다. 촛불

앞에서 그의 목소리는 더욱 애절하게 울려 퍼졌다.

"정묘년 모년 모월, 조선 국왕은 후금과 화친의 맹약을 맺었습니다. 양국은 서로의 영토를 굳게 지키며 맹약을 성실히 준수하고, 분쟁이나 무리한 요구를 삼가기로 약속하였습니다. 어느 한쪽이라도 이를 어기고 먼저 군사를 일으킬 경우, 하늘의 엄중한 벌을 받기로 맹세합니다. 이에 양국의 모든 신하는 신의를 지켜 태평을 함께 누릴 것을 천지신명께 엄숙히 서약합니다."

이명한의 목소리는 너무나 구슬프고 애절하여, 듣는 이들의 심금을 울렸다. 그의 떨리는 목소리는 봄밤의 슬픈 피리 소리처럼, 강화의 들판에 스며들었다. 처량한 소리는 왕의 찢어지는 마음을 더욱 아프게 했다.

왕은 싸늘하게 식은 고요 속에 무겁게 서 있었다. 끓어오르는 슬픔을 억누르느라 입술이 파르르 떨렸다. 차마 소리내어 울 수도 없었다. 대신들 또한 한밤의 짙은 슬픔에 짓눌린 망령처럼 그 자리를 지켰다. 그들의 침묵은 왕의 고통을 더욱 깊게 만들었다.

좌부승지는 낭독을 마친 맹세문을 천천히 접어, 서쪽 계단 위의 탁자 위에서 불태웠다. 연기가 피어오르며 맹세문이 사라지는 것을 보며 왕의 가슴은 더욱 답답해졌다. 자신의 혼이 불타 사라지는 것 같은 고통이었다.

"예가 끝났사옵니다, 전하."

도승지는 울먹이는 목소리로 간신히 아뢰었다. 왕은 아무 말 없이, 계단을 내려와 장녕전 안으로 들어섰다. 그의 발걸음은 온몸에 쇠사슬을 감고 걷는 듯 천근만근이었다. 그의 그림자는 어느 때보다 길고 어둡게 드리워져, 질척하게 따라붙었다. 왕의 영혼을 잠식하듯 그의 뒤를 쫓았다. 후금을 대표하여 참석한 유해 또한 단을 내려와 물러갔다.

짧은 의식이었지만, 인조에게는 영겁의 시간처럼 느껴졌다. 행궁의 빈 전각에 홀로 앉아, 한없는 생각에 잠겼다. 온통 치욕과 비애가 뒤엉켜 있었다. 그 어떤 위안도 찾을 수 없었다. 조선의 왕으로서 겪어야 할 이 모든 고통이 그의 영혼을 갉아먹었다. 오윤겸, 김류, 이귀, 이정구, 신경진, 신경유 등 조선의 대신들은 유해와 함께 서쪽 단으로 이동했다.

후금의 맹약 의식을 위한 자리였다. 그들이 도착하자, 후금 사람들은 그들이 지켜보는 앞에서 검은 소와 흰 말을 거침없이 잡았다. 순식간에 행궁 서쪽 단에는 피비린내가 진동했다. 그들의 손놀림은 숙련되고 잔인했다. 능숙하게 짐승의 가죽을 벗기고, 뼈마디를 잘라냈다. 예리한 날이 살을 바르는 소리가 섬뜩하게 귓가를 파고들었다. 잡은 소와 말의 머리를, 벗겨낸 가죽 위에 올려놓았다. 이어 예리한 도끼로 힘껏 내리찍었다. 그 광경에 조선 대신들은 질겁하며 움찔 놀랐다. 그 도끼가 자신들의 머리를 내리찍는 듯한 살벌한 위협감을 느꼈다. 그들은 갓 잡은 검은 소와 흰말의 피와 생골을 그릇에 따로 담았다.

대신들은 그들의 잔혹한 살육 행위에 저절로 눈살을 찌푸렸다. 그것은 그들의 맹약 방식이었다.

비위가 약한 대신들은 울컥 치밀어 오르는 구역질을 간신히 참았다. 애써 고개를 돌린 채, 억지로 의식에 참여했다.

홍문관 교리 이행원이 후금의 맹세문을 낭독했다.

"조선국의 여러 대신들과 대후금국의 대신들은 흰 말과 검은 소를 잡아 함께 맹약을 맺었습니다. 이제부터 두 나라는 마음과 뜻을 같이하여 화친을 지키기로 하였으며, 어느 한쪽이라도 불순한 뜻을 품고 이를 어길 경우에는 이 짐승들처럼 피와 뼈가 흩어지는 엄중한 벌을 받게 될 것임을 하늘 앞에 맹세하겠습니다. 이에 양국의 대신들께서는 각기 공정한 도리를 따르고 조금도 속임이 없이 행동할 것을 다짐하시며, 피 섞인 술을 마시고 제물의 살을 나누어 먹음으로써 하늘의 보살핌과 복을 함께 누리기를 기원합니다."

이번에는 후금의 대신 남목태가 조선과의 맹세문을 낭독했다.

"조선 국왕은 지금 대후금 아민 왕자와 맹약하였소. 두 나라가 이미 아름다운 화친을 맺었으니, 이후로는 마음과 뜻을 합하여야 할 것이오. 만약 조선이 후금을 적대시하여 병마를 정비하거나 성곽을 새로 쌓아 불순한 마음을 갖는다면, 하늘이 무서운 재앙을 내릴 것이며, 아민 왕자 또한 만일 불량한 마음을 갖는다면, 하늘이 준엄한 벌을 내릴 것이오. 만약 양국의 두 임금이 마음을 같이하고 덕을 함께 하여 공정한 도리로써 처신한다면, 하늘의 보호를 받아 많은 복을 누릴 것이오."

맹세가 끝나자, 소와 말의 피를 섞은 대접이 돌아가며 건네졌다. 후금의 대신들은 역겨운 기색 없이 대접에 입을 대고 꿀꺽꿀꺽 피를 삼켰다. 입가에 묻은 붉은 피를 혀로 핥으며, 조선의 대신들을 매섭게 훑어보았다. 하지만 조선의 대신들은 역겨움을 억누르며 떨리는 손으로 피를 받아 마셨다. 목울대가 옥죄었다. 어찌할 도리가 없었다. 이어서 짐승의 골을 나누어 먹는 고통스러운 의식이 이어졌다. 희고 끈적한 생골 조각을 입에 넣고 차마 삼키지 못하고 우물거렸다. 조선 대신들은, 후금 대신의 비릿한 시선과 마주치자, 질끈 눈을 감고 억지로 골 조각을 목 너머로 삼켰다.

마침내 양국의 맹세 절차가 모두 끝났다. 밤은 깊어 갔다. 후금의 대장 유해가 왕에게 작별을 고했다. 왕은 미리 작성해 둔 서신을 유해의 편에 정중하게 건네주었다.

"조선과 귀국은 본래 원한이 없었으며 이번에도 화친의 뜻을 받아 맹약을 이루었습니다. 앞으로 서로 신의를 지켜 태평을 도모하자고 합니다. 다만 귀국 군사들이 조선 깊숙이 들어오며 많은 백성을 포로로 잡아간 일은 매우 안타까운 일입니다. 그들은 모두 가족을 둔 사람들이니 강을 건너기 전에 돌려보내 주시기를 간절히 청합니다. 이는 귀국의 의로운 명성을 더욱 빛내는 일이 될 것이며, 아울러 화친 이후에는 약탈과 폭력을 거두는 것이 마땅하다고 생각합니다."

인조가 피눈물을 흘리며 쓴 서신이었다. 그것은 치욕스러운 간청이었다. 자신의 백성을 자기 땅에서 지키지 못하고, 오랑캐들에게 제발 백성들을 해치지 말아 달라고 애원하는 비참한 서찰이었다.

어둠이 짙게 드리운 아득한 밤이었다. 비국 제조가 왕을 조용히 알현했다. 멀리서 들려오는 소쩍새의 울음소리만이 처량하게 밤의 정적을 깨뜨렸다.

"전하, 송구하여 감히 얼굴을 들 면목이 없사옵니다. 그러하오나, 부득이 전하께 꼭 여쭈어야 할 일이 있어, 이렇게 찾아뵈었사옵니다. 지금 여러 장수들은 각기 자신의 병사들을 잘 단속하고 신중하게 처신하여 경솔하게 움직이지 않도록 명하시고, 만약 적들이 신의를 저버리고 수상한 움직임을 보이거든, 그때를 틈타 모든 군사를 합하여 공격하라고 명하여 주시옵소서."[55]

비국 제조는 행조[56] 바닥에 엎드려 감히 고개를 들지 못했다. 긴 한숨이 흘렀다. 왕은 용상에 앉아 그저 눈을 감고 있었다. 아득한 잠에 빠진 듯, 미동도 없이 그렇게 앉아 있었다.

"전하, 부디 하교하여 주시옵소서."

당상이 다시 간절하게 아뢰었다.

"그리하라."

왕은 짧고 힘없는 독소리로 답했다. 이렇게 굴욕적인 맹약 의식은 끝이 났다. 오랑캐라 멸시하던 그들을 형제의 나라로 칭하기로 합의한 것이다. 그러나 그것은 진정한 합의가 아니었다. 그들의 발아래 무릎을 꿇은 비참한 결과였다. 때문에 행조의 분위기는 무겁고 침울하기 그지

---

55) 인조실록 15권: 인조 5년 3월 3일 경오 5/7 기사 / 1627년 비국이 기회를 보아 청 군대를 공격할 것을 청하다.

56) 행조: 전시를 맞아 임금이 다른 지역으로 움직인 상태의 조정을 말함.

없었다.

한성 이북의 넓은 땅은 이미 저들의 잔인한 말발굽 아래 참혹하게 유린당했다. 수많은 백성이 저들의 칼날 아래 목숨을 잃은 뒤였다. 짓밟힌 자존심과 사무치는 자괴감에 숨 쉬는 것도 고통스러웠다. 그 모든 고통의 정점에 서 있는 왕의 심정은 더 말할 것도 없었다.

강화도로 피난을 왔기에 몸은 극도로 지쳐 있었다. 육체의 피로함은 아무것도 아니었다. 얼마나 많은 백성들이 죽었는지도 알 수 없는 참담한 형국에, 왕 자리를 지키는 게 도리어 견딜 수 없는 고역이었다.

무거운 마음으로 국정에 임했지만, 올라오는 장계들은 모두 그의 고통스러운 심정을 더욱 깊게 할 뿐이었다. 그 어디에도 희망적인 내용은 찾아볼 수 없었다. 숨을 쉴 때마다 폐부를 긁는 답답함이 밀려왔다. 그러다 보니 장계를 올리는 관리들 또한 죽을 맛이었다. 있는 그대로 보고하자니 불충이요, 보고하지 않자니 또한 불충이었다.

그렇게 암울한 날들이 속절없이 흘러가고 있었다.

18. 성의 방책

정봉수는 즉시 장수들에게 임무를 부여했다. 김종민을 중군으로 삼았다. 진충루에 제장들을 모아 회의를 열었다. 의기가 충천했다. 정봉수, 김종민, 정기수, 이광립 형제, 심일, 최인립, 백우립 등 40여 장수가 자리했다. 마지막에 아들 정경호가 앉았다.

진충루는 오랜만에 활기가 넘쳤다.

"공들이 나를 대장으로 추대하였으니 내 마땅히 이 한 몸 바쳐 나라에 보답하겠다. 오늘 비록 오합지졸을 모아 거사를 시작하나, 제장들의 의지가 어떠한지 걱정이다. 실패하면 만대에 수치를 남길 것이다. 바라건대 부디 충의를 떨쳐, 한마음으로 힘을 다해 죽어도 후회가 없어야 한다. 알겠는가?"

정봉수의 목소리는 결기에 차 있었다.

"염려 마십시오. 죽기를 각오하였습니다. 존경하는 영산 나리를 따르는 길이니 이 몸이 진토가 되어도 변심은 없을 것입니다."

김종민이 대표로 말했다.

정봉수는 제장들을 배치했다. 각자 성으로 돌아가 자리를 잡았다. 수문장은 성문을 굳건히 지켰다. 다른 장수들은 구역을 점검하고 의병들과 결의를 다졌다.

정봉수는 김종민, 이광립, 정기수를 내실로 불렀다. 가장 중요한 전략을 논의하기 위해서였다. 김종민이 먼저 말했다.

"영산 나리, 장사준은 의거에 합류할 뜻이 없어 보입니다. 그의 죄를 바로잡지 않으면 무슨 일을 벌일지 모릅니다. 지금 제거해야 후환이 없을 것입니다."

그의 목소리에는 강한 확신과 함께 장사준에 대한 불신이 스며있었다. 이광립이 동의했다.

"옳습니다. 장사준은 속셈을 알 수 없는 자입니다. 성안에 두면 따르는 자가 생겨 불씨가 될 수 있습니다. 제거해야 합니다."

정기수도 나섰다.

"장사준은 오랑캐와 한통속입니다. 그가 성안에 있는 건 오랑캐들과 같이 있는 것과 같습니다. 당장 목을 베어 오랑캐 진영에 보내야 합니다."

제장들은 장사준 제거를 주장하며 격분했다. 이광립은 그의 목을 군문에 효수하자고까지 했다.

"아니다. 이제 막 거사를 시작했다. 수비가 불안하다. 장사준을 죽이면 오랑캐가 즉시 쳐들어올 것이다. 승리를 장담하기 어렵다. 잘 대우해서 적을 누그러뜨려야 한다. 방비가 완료되면 그때 죄를 물어도 늦지 않다. 특별한 명령이 있을 때까지 경거망동하지 마라. 지금까지처럼 잘 대우하고, 성 밖으로 나가지 못하게 감시하라. 알겠는가?"

그는 감정에 휩쓸리지 않고, 큰 그림을 보고 있었다. 모두 수긍했다.

"알겠습니다. 생각지 못했습니다."

그들은 놀라움과 함께 정봉수의 심오한 지략에 경외심을 느꼈다.

"절대 내색하지 마라."

정봉수가 거듭 당부했다.

정봉수는 그동안 산성에 있었던 변화를 간략하게 적어 평안도 병마절도사에게 급히 보고했다. 다만 개전의 정이 남아 있다고 생각하여 장사준은 그대로 협수장으로 기록했다.

궁지에 몰린 장사준은 문응신, 김덕황 등 측근을 불러 모았다. 사병들에게 무욕당을 지키게 하고 내실에서 대책을 논의했다.

"정봉수 형제를 믿은 게 잘못이다. 나쁜 놈들. 그렇게 잘해줬는데 배신하다니."

장사준은 분노에 치를 떨었다. 측근들은 그의 분노를 지켜보며 잠자코 있었다.

"앞으로 어찌하실 생각이십니까?"

문응신이 두려움을 누르고 물었다.

"그래서 불렀다. 분허서 어떠한 생각도 안 난다. 어찌하면 좋겠느냐?"

장사준이 방책을 요구했다.

"저들이 막 거사를 치렀으니 지켜보시지요. 어떻게 될지 모릅니다. 오합지졸 백성들이 언제까지 따를지도 의문입니다. 우리에게는 후금 대군이 있습니다. 함부로 뜻 할 것입니다."

문응신이 침착하게 말했다. 그의 말은 장사준의 분노를 진정시키려는 듯 차분했다.

"제 생각은 그렇습니다. 그렇지 않았다면 벌써 죽였을 겁니다. 하지만 이렇게 살아서 방책을 구하고 있지 않습니까?"

문응신이 설득하듯 달했다.

"숨어있다가 기회가 되면 후금 군사를 끌어들이면 됩니다. 순식간에 무너질 것입니다. 기다리는 게 순리입니다."

"저들이 진정되고 백성들이 순해지면, 의주에 다녀온다는 핑계로 성을 나가십시오. 후금 군부에 정황을 자세히 알리십시오. 군사를 끌어들이면 쉽게 성을 빼앗을 수 있습니다."

김덕황의 말이 이어지자, 장사준은 귀를 기울였다. 그의 눈이 번쩍였다. 머리가 빠르게 회전했다. 그의 안색에도 서서히 생기가 돌기 시작했다.

"아주 태연하게 생활하십시오. 그래야 나갈 기회가 올 것입니다."

문응신이 재차 당부했다.

"산 아래 군영에 가서 병력을 구하여 숲에 매복시키고 밤에 혼자 성에 들어오시면 아무도 의심하지 않을 것입니다."

"저희가 안에서 소요를 일으켜 혼란하게 만들겠습니다. 아랫사람을 시켜 민가에 불을 질러 성 밖 군사들에게 알리고, 성문을 열어드리겠습니다."

"알겠네. 좋은 계략이네."

장사준은 김덕황의 손을 잡고 숨을 돌렸다. 죽어가던 몰골에 계략이 번득였다. 그는 비로소 생기를 되찾았다. 세 명의 사내는 어둠 속에서 머리를 맞대고 앞으로 할 일을 은밀히 모의했다. 장사준은 아무 일 없는 듯 행동했다. 태연하고 자연스러웠다.

철산 앞바다, 미곶에서 불과 5리 떨어진 곳에 작은 섬 가도가 있었다. 한때 요동벌판을 호령하던 명나라 장수 모문룡에게 허락된 땅이었다. 후금의 거센 공격에 밀려 갈 곳을 잃은 그가 광해군에게 도움을 청했을 때, 조선은 이 섬을 내어주었다. 잠시 숨을 고르고 전열을 가다듬어 후금을 치겠다는 맹세는 헛된 약속이 되었다.

모문룡은 차일피일 시간을 보내며 가도에 눌러앉았다. 요동에서 피난 온 백성들과 패잔병들을 합쳐 2만 명이 넘는 인파가 섬에 모여들었다. 그는 자신이 모 씨임을 내세워 '털은 가죽이 없으면 몸 붙일 곳이 없다'며 섬 이름을 가죽 피자를 붙여 피도로 바꾸었다. 옆에 있던 신미도는 '용은 구름에서 나온다'는 뜻의 운종도로 고쳐 불렀다. 자신이 용이기에 피도에 몸을 붙이고 운종도에서 역사를 일으켜 세울 것으로 생각했다.

　명나라로 돌아가지도, 후금과 싸우지도 않은 채 모문룡은 가도에 은거하며 주변의 조선 백성들을 괴롭혔다. 전란으로 후금군에 밀려 신미도로 진을 옮긴 그는 해적질을 일삼으며 해상을 오갔다. '오랑캐에게 투항한 자들을 처단한다'는 명분으로 무고한 조선 백성들을 도륙했다. 심지어 오랑캐가 쳐들어오기 전부터 모문룡의 부하들은 서북로 백성들을 약탈하고 겁탈했다.

　조선 조정에서 세금 징수권을 받았다고 속여 토호들을 괴롭히고 백성들의 재산을 갈취했다. 조선 조정은 모문룡의 횡포에 골머리를 앓았다. 그의 이름만 들어도 백성들은 공포에 질렸다. 조정은 무력감에 한숨만 쉬었다.

　이런 내막을 잘 알고 있던 정봉수는 적잖게 마음이 상했다. 명나라 군사들을 직접 칠 수는 없었다. 임진왜란 때 조선을 도왔던 우군으로 받아들이는 것이 조정의 뜻이었다. 고민 끝에 정봉수는 명나라 군과의 합동작전을 제안하기로 마음먹었다. 그는 철산 미곶에 주둔하고 있던 명나라 부장 왕사선에게 밀지를 보냈다.

　왕사선 역시 신미도에서 파견되어 미곶에 주둔하며 조선 백성들을 괴롭히는 데 앞장서고 있었다. 정봉수는 조선 군사가 살아 있는 것을 보여준다면 그들이 함부로 그런 짓을 하지 못할 것으로 판단했다.

　"왕사선 장군, 나는 조선의 전 영산현감 정봉수라는 의병장이오. 오늘날 용천부 산하 용골산성을 접수하여 이곳을 지키고 있소이다. 내가 제안하건대, 귀 명나라 군과 합동으로 후금 군사들을 무찔러 전공을 세우면 어떻겠소? 귀 명나라 군사는 철산에서 의주 쪽으로 공략하면 나는 용골산 밑에서 도주하는 후금 군사들을 참살하겠소이다."

　정봉수의 밀지를 받아 든 왕사선은 코웃음을 쳤다. 그의 눈에는 비웃음과 경멸이 교차했다. 후금에게 패해 나라가 거덜 난 마당에 감히 후금 군사들을 치겠다는 정봉수의 제안이 어처구니없게 느껴졌다. 더욱이 자신은 명나라 군부에 속한 엄연한 장군이었다. 반면 정봉수는 의병장에 불과했다. 함께 어깨를 나란히 하며 협공하자는 게 못마땅했다. 게다가 그는 후금과 싸울 의향이 전혀 없었다. 오히려 후금 군의 동태를 살피며 신미도로 도망칠 기회만 엿보고 있었다.

"조선 강역이 후금의 수중에 들어간 마당에, 용골산성을 지킨다는 현감 출신 의병장이 후금 군사들을 친다니, 가당키나 한 소린가?"

왕사선은 혼잣말로 중얼거리며 밀지를 가져온 조선군에게 고개를 끄덕였다.

"그리하겠노라고 전하거라."

그는 '밀져봐야 본전'이라는 생각으로 정봉수의 제안을 수락하는 척했다. 그의 태도는 거만하기 짝이 없었다. 조선 의병이 후금 군사를 공격하여 그들의 세력을 약화시킨다면 더할 나위 없이 좋은 일이었다. 설령 실패하여 조선 의병이 위기에 처한다 해도 왕사선에게는 손해 볼 것이 없었다.

정봉수 역시 그들이 합동작전에 참여하면 좋고, 그렇지 않더라도 큰 어려움은 없을 것이라 생각했다. 애초에 그들이 함께 전투에 나설 것이라고는 기대하지 않았다. 단지 협조 의사를 전달했을 뿐이었다. 왕사선의 오만한 수락 뒤에는 정봉수의 깊은 혜안이 숨겨져 있었다.

용골산성을 점령한 다음 날부터 정봉수는 단 하루도 쉬지 않고 백성들을 동원하여 훈련을 거듭했다. 백성들을 지켜야 한다는 무거운 책임감이 확연했다. 동생 정기수에게는 변발한 군사들을 딸려보내 성아래 적들의 정보를 수집하도록 지시했다. 모든 움직임은 치밀한 계획의 일부였다.

철산 집에 보관하고 있던 낭선을 우마에 실어 산성으로 가져오게 했다. 후금 군사를 만나면 장사준의 명령이라 속여 그들을 안심시키기도록 했다.

그는 그동안 익혀온《기효신서》의 진법을 응용한 '철산병법'을 적용
했다.

척계광의《기효신서》가 12명을 기본 단위로 구성한 것과 달리, 정봉
수의 철산병법은 5명을 기본 단위로 재구성했다.

가장 앞에는 방패병을 세워 적의 공격을 막았다. 그들의 방패는 백성
들의 마지막 희망을 지키는 듯 견고했다. 뒤에는 낭선과 장창병, 궁수를
배치하여 공격력을 높였다. 예기가 서린 낭선과 기다란 장창은 적에게
공포를 안겨줄 듯 위협적이었다. 가장 뒤에는 화병을 배치하여 원거리
공격을 지원했다. 평상시에는 종대로 이동했다. 전시에는 횡대로 전환하
여 성을 지키는 훈련을 숨 가쁘게 반복했다. 그들의 눈동자는 희망으로
이글거렸다.

산성에서의 전투는 성을 지키는 게 주목적이었다. 평지 전투와 달리
성에서 아래를 보고 공격하는 태세였다.

장창과 낭선은 양쪽에서 성에 기어오르는 자들을 제압하도록 했다.
중간에 있는 방패병은 기어오르는 적을 베도록 주입시켰다. 궁수는 활
로 성 가까이 온 적을 쏘도록 했다. 뒤에 있는 화병은 비격진천뢰[57]와
같은 폭탄을 다루도록 훈련시켰다. 폭탄이 거의 남지 않을 때는 돌로
적을 격살하는 훈련에 주안을 두었다. 커다란 돌들이 굴러떨어지는 소
리는 적에게 치명적인 위협이 될 터였다. 돌팔매질도 이들의 훈련 내용
이었다. 물론 이에 앞서 활로 적을 제압할 때는 화공이 보조궁수가 되어
화살을 조달하고 뒤이어 돌로 그들을 치도록 했다.

모든 훈련은 생존을 위한 처절한 몸부림이었다.

---

57) 비격진천뢰: 임진왜란 때 발명된 폭탄으로 화약과 철편, 뇌관을 속에 넣고 검은 쇠로
박처럼 만들었다. 지연심지에 불을 붙여 위에서 굴리거나 던져서 터뜨렸다.

　용골산성은 이제 단순한 피난처가 아니라, 결전의 요새로 변모하고 있었다. 의병들은 같은 훈련을 지겨울 만큼 반복했다. 그들의 땀방울 하나하나에 나라를 지키겠다는 비장한 각오가 서려 있었다. 이들과 달리 기병들은 성의 공터에서 적을 공격하고 방어하는 훈련을 이어갔다. 그들의 말발굽 소리가 성안에 울려 퍼졌다. 전열도 달리했다. 기병대의 경우 앞에 방패병이 서면 양옆으로 낭선이 서고, 그 뒤에 궁수와 보조궁수가 섰다. 5명을 1개 조로 움직였다. 이들은 기존 군사들이 중심이 되었다. 적이 활을 쏘며 달려오면 방패병이 앞에서 화살을 막았다. 가까이 오면 낭선병이 적의 기병을 제압했다. 가벼운 낭선이 허공을 가르는 소리가 섬뜩하게 울렸다. 멀리서 달려오거나 달아나는 적은 궁수와 보조 궁수가 활로 저격하도록 했다. 보조 궁수는 화살을 공급하고 이들의 먹거리를 책임지며 훈련의 효율을 높였다.

　모든 이들이 이런 5인 체제의 단위 부대에 잘 적응했다. 그들의 움직임은 점차 정교해지고 빨라졌다. 분대 훈련이었다. 일반 의병들은 수비하는 훈련을 했다. 매일 보초를 서며 적병이 나타났을 때를 대비한 훈련을 반복했다.

　장수는 1개 부대를 이끌도록 했다. 1개 부대는 1천 명으로 구성했고. 부장들은 분대 20개 조를 이끌었다. 1개 조는 5명씩으로 1백 명이었다. 자신들이 맡은 의병들을 대장간의 칼같이 단련시켰다. 용골산성 전체가 훈련장이었다. 의병은 모두 전사가 되었다. 모든 의병이 성의 곳곳에서 훈련에 임했다. 성벽 위에서는 활시위를 당기며 힘쓰는 소리가 끊이지 않았다. 성벽 아래에서는 함성과 함께 목검 부딪히는 소리가 요란하게 울렸다.

　일반 백성들도 예외가 아니었다. 젊은 사내들은 당연히 의병으로 분대에 편성되어 전투 훈련을 받았다. 젊은 아녀자들은 돌을 머리에 이고 지고 성 위로 날랐다. 흙먼지를 뒤집어쓴 채 땀을 흘리는 그들의 얼굴에는 힘겨움이 엉겨있었다. 그럼에도 치욕스러운 굴욕을 다시는 당하지 않겠다는 굳은 의지가 녹아있었다.

늙은 부녀자들은 밥을 짓고 음식을 장만해서 그들을 먹였다. 따뜻한 밥 한 끼는 지친 몸과 마음에 작은 위안이 되었다. 돌을 들 힘이 있는 아이들은 모두 나와 성을 돌며 쌓여 있던 돌을 사용하기 편리하도록 곳곳에 옮겨놓았다. 작고 여린 손으로 돌을 나르는 아이들까지 힘을 보탰다.

모든 백성이 시간 날 때마다 먹거리를 확보하기 위해 성 주변을 다니며 산나물을 뜯었다. 그런 시간을 제외하면 훈련이었다. 나물을 뜯으면서도 '낭선', '장창'이라고 빈 소리를 하면 해당 의병이 대처하는 연습을 했다.

훈련은 매일 끊임없이 반복되었다. 의병들은 각자의 임무를 몸에 새기듯 확실하게 익혔다. 성을 지키는 방비에 자신감이 넘쳤다. 그들은 이제 어떠한 적이 쳐들어와도 능히 막아낼 수 있으리라는 확신으로 가득 찼다.

용골산성은 단순한 산성이 아니었다. 백성들의 피와 땀, 그리고 불굴의 의지로 굳건히 다져진 거대한 방패이자 창이 되어가고 있었다. 그들의 숨소리, 발걸음 하나하나에, 승리에 대한 간절한 염원이 들어있었다. 하지만 단 한 가지, 폭탄 확보라는 근본적인 문제가 정봉수의 마음을 짓눌렀다. 화약을 만들 수 없으니, 폭탄을 장만할 방도가 막막했다. 정봉수는 백방으로 수소문했지만, 성안에는 화약을 다룰 줄 아는 이가 아무도 없었다. 체부에서 내려준 비격진천뢰 몇 기로는 턱없이 부족했다. 폭탄 제조는 그 무엇보다 시급한 당면 과제였다.

정봉수는 용천과 선천, 피현 등지에 피난 온 이들 중에 화약을 다룰 수 있는 사람이 있는지 수소문했다. 전란 통에 그런 인물을 구하는 것은 쉬운 일이 아니었다. 그의 마음은 답답함에 짓눌렸다. 그렇게 여러 날이 흘렀다.

남루한 행색의 사내가 용골산성으로 찾아왔다. 키는 크지 않았고 외모는 곱상했다. 하나 오랜 방랑 탓인지 겉모습은 초라하기 그지없었다. 제대로 먹지 못해 수척해 보였다. 성품마저 강골로 보이지 않았다. 그의 눈초리는 예리하게 살아 있었다. 굶주림 속에서도 잃지 않은 강한 정신력이 그곳에 엿보였다. 용골산성을 찾은 그는 스스로를 염초장[58]이라 소개했다. 성문을 지키던 부장은 즉시 정봉수 의병장에게 이 소식을 전했다.

"뭐라? 염초장이란 자가 제 발로 걸어왔다는 말이냐?"

정봉수는 자리에서 벌떡 일어섰다.

"이보다 더 기쁜 일이 또 어디에 있겠느냐. 즉시 그를 진충루로 데려오라."

억누를 수 없는 기쁨이 터져 나왔다. 부장은 재빨리 자리를 떴다.

정봉수는 진충루를 오가며 기쁨을 감추지 못했다. '지성이면 감천'이라고 했던가. 그가 풀어야 할 가장 중요한 숙제를 해결해 줄 인물이 제 발로 걸어들어왔으니, 생각만 해도 유쾌한 일이었다. 얼마 지나지 않아 키가 크지 않은 사내가 진충루에 올라왔다. 그는 오랜 기간 문전걸식을 하며 숨어다닌 듯, 온 얼굴이 수염으로 뒤덮여 있었고 머리는 변발을 하고 있었다. 살아남기 위한 궁여지책이었다. 정봉수는 외모 따위는 중요하지 않았다. 그의 생각에는 오직 염초장의 능력만이 중요했다.

"그대가 염초장이라고 했는가?"

정봉수는 사내를 보자마자 손을 덥석 잡으며 물었다.

"그렇습니다. 군기감[59]에서 화약을 다루었으나, 전란 직전 의주성 성

---

58) 염초장: 조선시대 군기감에 속하여 염초를 만드는 일을 맡아보던 사람.

59) 군기감: 조선시대 병조에 속하여 병기, 기치, 음장, 잡물 따위의 제조를 맡았던 관아.

주 이완 부사의 요청을 받아 그곳에 가던 길에 전란을 만났소이다. 하여 돌아가지 못하고 이곳저곳을 떠돌다 나리께서 염초장을 긴히 구하신다는 소문을 듣고 이리 찾아왔습니다."

염초장은 떨리는 목소리로 자신의 사연을 이야기했다. 삶의 고단함과 함께 한 가닥 희망이 그곳에 엉겨 있었다.

"잘 왔네. 참으로 잘 왔구려. 그럼 화약과 폭탄을 만들 수 있다는 말인가?"

"화약의 원료가 되는 염초와 황만 있으면 화약을 만들 수 있습니다, 주철공[60]이 철환을 만들어주면 그곳에 화약을 넣어 폭탄을 만들 수 있습니다."

염초장의 말에 정봉수의 눈에는 확신이 번졌다.

"잘 되었네. 참으로 잘 오셨네. 내 그토록 고심하던 일을 그대가 풀어줄 수 있겠구려."

정봉수는 기쁨을 감추지 못하고 그를 환대했다. 용골산성의 운명을 바꿀 중요한 전환점이 찾아온 셈이었다.

그는 본향이 함안인 조삼래 염초장이었다. 평안도 흥남에서 태어난 그는 본래 화약 제조에 관심이 많았다. 고려 말 최무선 때부터 내려온 비법을 배우고 익히며 스스로 연구에 매진했다. 한때는 처자식을 뒤로하고 화약 연구에 전념하는 바람에 집안이 거덜 나기도 했다. 그럼에도 그는 화약 연구에 혼신을 다했다. 이런 사실이 알려지면서 조정에 발탁되어 군기감에 들어가 겸초장이 되었다.

조선에 염초장은 많지 않았다. 군기감에 35명 정도가 배치되어 있었는데, 이들은 고급 기밀을 지닌 기술자들이었다. 35명의 취토장[61]과 함

게 화약에 필요한 염초를 구하는 일에 전력했다.

조삼래가 의주 부사의 초청으로 그곳에 가기 위해 한성을 벗어난 것도 의주성에 화약을 보강해 주기 위해서였다. 지방관청에서는 화약의 원료가 되는 염초를 만들고 적정량 이상은 한성에 올려보내도록 했다. 조정에서는 전국에서 확보한 염초를 비축해 둔 뒤 필요할 경우 지방 관청에 배분하는 형식을 취했다.

조삼래가 의주 근처에 도달했을 때 후금의 침공 소식을 접했다. 그는 누구보다 먼저 도망을 선택했다. 적에게 염초공이라는 사실이 발각되면 죽음이거나 포로로 끌려가기 때문이었다. 일반 백성들처럼 적당히 살 방도는 없었다. 후금 역시 화약을 만드는 염초공이 필요했으므로 그를 끌고 가는 것은 당연한 일이었다. 하지만 후금이 너무나 급작스럽게 한성을 향해 밀고 내려가는 바람에 그는 뒤처지고 말았다. 물론 신분을 속였지만, 후금의 휘하에서 갖은 고초를 겪었다. 고통과 생존을 위한 처절한 몸부림의 흔적이 고스란히 엉겨있었다. 그가 용골산성에서 염초장을 구한다는 풍문을 듣고 기를 쓰며 도망쳐 온 것도 이런 연유였다.

조삼래는 정봉수에게 화약의 원료가 되는 황을 구해달라고 요청했다.

"그런데 염초는 어찌 구하는가?"

정봉수가 궁금증을 자극하며 물었다.

"그것은 소인이 구하겠습니다. 염초는 본시 희귀한 물질이라 구하기가 참으로 어렵습니다. 그러니 소인이 직접 구하겠습니다."

"염초란 것이 어디에 있는가?"

정봉수는 조삼래의 능력에 대한 기대감에 더욱 질문을 이어갔다.

"염초는 본래 귀한 물질이라고 하지 않았습니까. 측간 바닥이나, 도자기 굽는 가마, 담벼락 밑, 구들장 밑의 흙을 긁어 그곳에서 구하지요. 관아의 추녀 아래 흙도 취토법으로 다루어 염초를 구합니다."

조삼래는 담담하게 염초를 구하는 방법을 설명했다.

"참으로 어려운 일이구면."

정봉수는 혀를 내둘렀다.

"흙 한 무더기에서 겨우 밥그릇 하나 정도의 염초를 구하지요. 그러니 매우 귀한 물건입니다."

조삼래의 설명에 정봉수는 고개를 끄덕였다.

"내 그대를 위해 도와줄 일은 무엇인가?"

"나리께서는 취토장 한 명을 세워주시고 다섯 명의 조수를 주시면 그들로 하여금 흙을 구하도록 하겠습니다."

정봉수는 즉시 그에게 한 명의 취토장과 다섯 명의 조수를 붙여주었다. 그는 취토장에게 성과 성 밖의 민가를 돌며 염초가 들어있는 흙을 구하도록 했다. 염초 녹은 흙을 구하는 것은 여간 어려운 일이 아니었다. 산성에서 그것을 구하고 다시 성을 내려가 숨어다니며 그 흙을 구했다. 염초는 식물의 생육에 필요한 요소이기에 식물이 없는 흙에 녹아있었다. 그러다 보니 당연히 부엌 바닥이나 화장실 앞, 아궁이 아래 같은 곳에 있었다.

조삼래는 성 언저리에 염초밭을 만들었다. 그곳에서 취토장이 수집해 온 흙과 짚 그리고 재를 넣어 오줌에 버무렸다. 그것을 수시로 뒤섞어 주며 염초를 만들었다. 퀴퀴한 냄새가 진동했다. 조삼래는 그곳에서 염초를 얻고 산성에서 흔하게 구한 숯과 유황을 섞어 화약을 만들었다. 그의 손놀림은 능숙하그 빨랐다.

정봉수는 그를 위해 성의 한쪽에 화약 제조 막사를 설치했다. 아무나 드나들지 못하도록 엄히 경계를 서도록 일렀다. 그리고 조삼래의 진언에 따라 대장간 옆에 막사를 지어 그곳에서 주철을 녹였다. 벌겋게 달아오른 쇠가 녹아내리는 풍광이 밤을 밝혔다. 그것으로 박처럼 속이 텅 빈 작은 공을 만들도록 했다. 속 빈 박 모양의 공은 주둥이만 구멍이 뚫린 형태였다. 어린아이 머리만 한 것부터 어른 머리만 한 것까지 다양

하게 만들었다. 주둥이를 통해 화약을 넣고 능철[62]을 넣은 다음 심지를
박으면 폭탄이 되었다. 문제는 능철이었다. 네 귀가 뾰족하고 예리하게
만들어진 능철은 폭탄이 폭발할 때 동시에 날아가는 파편이었다. 그것
이 있어야 폭탄으로서의 위력을 발휘할 수 있었다.

"나리, 능철을 구해야 폭탄이 완성될 수 있습니다. 그런데 능철이 없
으니 어찌해야 할지 모르겠습니다."

조삼래는 정봉수를 찾아와 폭탄 제조의 어려움을 호소했다. 난감함이
역력했다.

"능철이라면 끝이 예리하게 생긴 쇳조각이 아닌가?"

정봉수는 침착하게 되물었다.

"그렇습니다. 성내에 그런 능철이 없으니 답답합니다."

"걱정할 것 없네. 못 쓰는 가마솥을 깨면 능철 못지않은 편철이 될 것
일세. 그것으로 능철을 대신하면 되지 않겠는가?"

정봉수의 기발한 해결책에 조삼래는 감탄했다. 그렇게 해서 무쇠솥
조각을 넣은 폭탄이 만들어졌다.

조삼래는 진려포통[63]도 빼놓지 않았다. 진려포통을 만들기 위해서는
소목이 필요했다. 그들은 작은 물장군처럼 나무로 통을 만들도록 했다.
조삼래는 그 속에 화약을 넣고 무쇠솥을 깬 조각을 채우고 심지를 박
았다. 심지에 불을 붙이면 터지도록 했다.

폭탄이 만들어지면서 용골산성은 이제 더욱 견고한 방비를 갖추게 되
었다. 성안에는 폭탄이 쌓여가는 모습과 함께, 적을 물리칠 수 있다는
강한 자신감이 넘쳐났다.

---

62) 능철: 끝이 송곳처럼 뾰족한 네 개의 발을 가진 쇠못.

63) 진려포통: 나무로 제작한 통에 화약과 능철을 넣어 폭발시키는 무기. 현대의
수류탄.

조삼래가 용골산성에 들어온 다음부터, 군막에는 든든하게 폭탄들이 쌓여갔다. 화약 냄새가 진동하는 막사 안에서 정봉수의 가슴은 어떤 적도 두렵지 않다는 자신감으로 가득 찼다.

그는 조삼래가 만든 폭탄을 성 밖 바위틈에 넣고 폭발시켜 보았다. 심지에 불을 붙이고 잠시 뒤, "꽝!" 하는 우레같은 소리와 함께 용골산이 진동했다. 거대한 바위가 산산조각나며 튀어 올랐다. 그 엄청난 위력에 많은 이들이 혼비백산했다. 놀라움과 경외감이 뒤섞인 탄성이 터져 나왔다.

정봉수는 흐뭇한 표정을 지으며 조삼래의 노고를 위로했다. 그는 마침내 모든 준비가 완료되었다는 안도감과 만족감이 역력했다. 이제 정봉수의 용골산성은 적의 침공에 대비한 모든 준비를 마쳐가고 있었다.

정봉수는 애초에 용골성을 지키던 군사 5백 명 가운데 잘 훈련된 3백 명을 특별히 선발하여 별도 관리했다. 이들은 기민함이 남달랐다. 적진에 뛰어들어도 손색이 없을 정도의 전사들이었다. 그들의 움직임은 빈틈이 없었다. 그들의 존재는 용골산성의 심장부에 숨겨진 비수와 같았다. 적의 동태를 살핀 다음, 물밀듯이 적을 치기 위함이었다.

용골산성은 이제 단순한 방어 거점을 넘어, 언제든 반격이 가능한, 살아 숨 쉬는 요새가 되어가고 있었다.

성 아래에서 첩보가 올라왔다. 오랑캐들이 용골산 아래 명오리로 군병을 옮겨 의주를 향했다는 내용이었다. 철산 미곶에 나가 있던 명나라 부장 왕사선에게 보낸 밀지가 현실이 되고 있었다. 정봉수는 부장 최인립과 3백여 명의 정예병들에게 즉시 하명했다.

"오랑캐들이 용골산 서쪽 끝을 돌아 의주로 향했다는 첩보가 있다. 제장들은 나를 따라 용골산 서단 솔밭에 몸을 숨기고 있다가 이곳을 지나는 오랑캐들을 엄습한 다음, 가능하면 정면 대결을 피하고 소기의 목적을 달성한다. 알겠느냐?"

정봉수는 냉철한 어투로 하명했다.

정봉수는 자신이 앞장서고, 뒤에 부장 최인립을 세웠다. 어두운 밤을 틈타 정예병을 이끌고 용골산 능선을 따라 내려갔다. 병사들은 모두 자세를 낮추고 주변을 응시하며 걸음을 재촉했다.

산의 서쪽 끝자락은 의주로 가는 길목이었다. 그들은 풀숲에 몸을 숨기고 날이 밝기를 기다렸다. 잘 훈련된 병사들이라 정봉수의 지휘에 한 치의 오차도 없었다. 정봉수는 현지 지형에 맞는 세부적인 작전을 지시했다. 각 지형에 맞게 분대장들을 배치하고 공격 방향에 대해서도 일일이 일렀다. 모두 작전 지역으로 흩어져 숨을 죽이며 숲에 몸을 숨기고 있었다. 풀 한 포기도 움직이지 않는 완벽한 매복이었다.

날이 밝아올 즈음이었다. 성에서 올라온 기별처럼, 한 무리의 오랑캐들이 말을 타고 오고 있었다. 그들은 기병들을 앞세우고 포로들 사이마다 군병들이 창을 들고 감시하며 뒤따랐다. 적잖은 병력이었다.

오랑캐들은 수백에 달하는 아녀자들을 데려오고 있었다. 앞선 병사가 칼을 들고 선도하면, 뒤에는 창을 들고 아녀자들을 몰았다. 백성들 사이사이마다 군병들이 따라붙어 도망치지 못하도록 감시했다. 수십 명씩 한 줄에 구슬 꿰듯 올가미로 목을 맸다. 조금이라도 주춤거리면 즉각 채찍질이 반복되었다. 똑바로 걷지 못하면 그 자리에서 베어버렸다. 오랑캐들의 잔인한 모습에 의병들의 눈에서는 불꽃이 튀었다. 끌려가는 아녀자들은 한쪽 손을 묶어 굴비 엮듯 굵은 새끼줄에 매달아 이동하고 있었다. 그들은 죽지 못해 움직이고 있었다. 신발도 신지 못한 채 헐벗은 몸으로 그들에게 끌려가는 몰골이 비참했다. 먹을 것은 물론 용변도 제때 보지 못해 처참했다. 그들의 모습을 보는 것만으로도 피가 솟구쳤다. 이들은 조선의 백성들이었다.

정봉수는 숨을 길게 들이켰다. 밀려오는 오랑캐들의 역한 냄새가 코를 찔렀다. 포로 뒤에는 오랑캐들이 민가에서 노략질한 가축을 몰고 뒤따랐다. 그들은 느릿느릿 의주 방면으로 이동하고 있었다. 이곳은 자신들이 점령한 지역이라 경계를 늦추고 있었다. 오랑캐 군졸들은 말 등에 앉아 시끄럽게 떠들거나 졸면서 오고 있었다. 군사들이 줄잡아 이백 명은 족히 돼 보였다. 그들은 다가올 죽음을 꿈에도 모른 채 느슨한 행군을 이어갔다.

산성에서 내려온 조선 정예병들은 풀숲에 몸을 숨기고 각자 훈련받은 대로 진용을 갖추었다. 그들이 그물망 안으로 들어올 때까지 숨을 죽였다. 긴장감이 최고조에 달했다.

거대한 무리가 정봉수의 정예병이 쳐놓은 포위망 안으로 들어왔다. 물고기들이 그물망으로 들어오듯, 오랑캐들은 아무런 경계도 없이 그들이 쳐놓은 포획망 속에 기어들었다. 그들이 포위망 안에 완전히 들어왔을 때, 정봉수는 활을 들어 적장으로 보이는 사내를 겨냥했다. 그는 앞선 기병대의 선두쯤에서 말을 타고 오고 있었다. 숨을 죽이고 서서히 시위를 당겨 그를 조준했다. 그의 눈초리는 맹수처럼 예민했다. 그러자 다른 의병들도 몸을 최대한 숨기고 활시위를 당겼다. 수백 개의 화살이 동시에 팽팽하게 당겨지는 소리가 풀숲에 은밀하게 울렸다. 정봉수는 팽팽하게 당겨진 시위를 일순간에 놓아버렸다. 시위를 벗어난 화살은 뱀처럼 사선을 그으며 날아가 적장의 목 한가운데를 관통했다. 덩치 큰 적장은 말 위에서 미친 듯이 괴성을 지르며 몸부림치다 아래로 굴러떨어졌다. 화살 맞은 꿩처럼 퍼덕거렸지만 즉사했다. 그의 죽음은 지옥의 시작이었다.

신호는 적장이 괴성을 지르며 몸부림치는 것이었다. 일제히 궁수들이 적을 향해 활을 들어 시위를 놓았다. 일순간에 수백 개의 화살이 풀숲을 벗어나 오랑캐들의 가슴을 향해 혹은 머리를 향해 날아갔다. 기습은 순식간이었다. 곳곳에서 비명과 절규가 터져 나왔다. 아수라장이 되었다.

"기습이다!"

오랑캐 가운데 누군가가 소리쳤지만, 이미 때가 지난 뒤였다. 연이어 화살이 슝슝거리는 소리를 내며 적병을 향해 날아갔다. 숲에서 몸을 숨기고 날리는 화살이라 어디에서 날아오는지도 정확히 몰랐다. 그저 오랑캐들은 쓰러지고 고꾸라졌다. 아수라장 속에서 오랑캐들의 공포는 극에 달했다. 화살에 맞지 않은 이들이 말을 타고 달려들었다. 가까이 다가오자 낭선이 그들을 제압했다. 그들이 칼로 내리치기 전에 낭선으로 말의 앞가슴을 찔렀다. 그러자 말이 앞발을 들고 벌떡 일어서는 바람에 등에 탄 기병은 그 자리에 나가떨어졌다. 긴 장대 끝에 달린 창으로 넘어진 적을 찔렀다. 그가 일어서려 하자 방패병이 칼로 그를 난도질했다. 분대 전투의 완벽한 승리였다.

정봉수가 훈련시킨 군진이 실전에서 탁월한 능력을 발휘했다.

의병들은 승리에 대한 강한 자신감에 휩싸였다. 이 때문에 오랑캐들은 한꺼번에 몰살당했다. 몇 명은 말을 타고 달아나려 했다. 하지만 도주로에 숨어있던 궁수들이 그들을 향해 재차 화살을 날리는 바람에 몇 걸음도 더 가지 못하고 고꾸라졌다. 궁수와 보조 궁수의 역할이 컸다.

정봉수가 진용을 지휘하며 적을 참살하는 동안 끌려가던 백성들이 그 자리에 죽은 듯이 엎드려 있었다. 그들은 갑자기 나타난 의병들이 오랑캐들을 참살하자 한편으로는 감사하고 다른 한편으로는 두려워 숨을 죽였다. 그들은 혼란과 두려움, 그리고 희미한 희망 사이에서 갈팡질팡했다.

기백 명에 달하던 오랑캐들을 섬멸한 정봉수는 그제야 포로로 끌려가던 백성들 앞으로 다가갔다.

"두려워 말고 모두 일어서라. 나는 용골산성의 의병장 정봉수다. 너희들은 어디에서 끌려오던 참이더냐?"

그의 목소리는 힘찼지만, 따뜻함이 배어 있었다. 아녀자들이 눈치를 살피며 나릿나릿 일어섰다. 대부분 포로는 오들오들 떨고 있었다. 오한이 걸린 이들 처럼 몸을 가누지 못했다. 자신들의 귀를 의심했다. 용골산성 의병이란 말이 믿기지 않는 표정이었다.

"걱정하지 마라. 이제 너희는 해방이다."

정봉수는 다시 크게 외쳤다. 포로들은 그제야 안심하며 울음을 터뜨리거나 서로 부둥켜안으며 환호성을 질렀다. 그 자리에서 풀쩍풀쩍 뛰는 이들도 있었다. 졸도하는 아녀자도 있었다. 한순간에 죽음의 문턱에서 벗어난 이들이었다.

"소인들은 철산과 정주, 곽산, 등지에서 끌려가고 있었사옵니다, 나리. 살려주셔서 감사하옵니다."

"감사하옵니다."

그들은 연신 읍소했다. 머리는 떡이 지고 온몸은 진흙투성이로 형태만 조선 아녀자일 뿐이었다. 보는 것만으로 비참했다. 포로들은 연신 엎드려 절을 올렸다.

"이들은 모두 조선의 백성들이다. 포박을 풀어주라. 그리고 산성으로 돌아가자."

정봉수의 명에 따라 일사불란하게 움직였다. 의병들은 포박을 풀어주고 그들을 이끌고 산성으로 향했다.

부장 최인립은 노획물을 되찾았다. 그들이 약탈해 가던 소와 돼지가 수십 마리에 달했다. 말도 3필을 획득했다. 기마병이 있었다면 더 많은 말을 노획했을 텐데, 그들은 걸어서 산을 내려온 터라 말을 따라잡지 못했다.

새벽의 승리는 용골산성의 의병들에게 뜨거운 희망과 함께 값진 실전 경험을 안겨주었다.

성으로 돌아온 정봉수는 공로에 따라 노획물을 의병들에게 모두 나누어 주었다. 그는 백성들을 구했다는 뿌듯함을 즐겼다. 오랑캐들에게

서 구출한 포로가 기백 명이었다. 그들에게는 별도의 움집을 마련해 주도록 지시했다. 이런 사실이 주변 지역으로 금방 바람처럼 퍼져갔다.

용천부와 의주는 발칵 뒤집혔다. 자신들의 점령지 내에서 기백 명의 군사들이 몰살당하는 사건이 발생했다는 건 충격이었다. 그런데 이 사건이 누구의 짓이냐가 문제였다. 모문룡의 부대에서 저질렀을 가능성은 희박했다. 그들이 그곳까지 진출했다는 건 믿기 어려웠다. 신미도에서 거의 벗어나지 않고 있었기 때문이었다. 그렇다고 장사준이 부사로 있는 용골산성에서 일을 저질렀을 리는 만무했다. 오랑캐들은 사건이 누구의 짓인지를 파악하기에 골몰했다. 이런 정보가 신미도의 모문룡 군진에도 전해졌다.

"아니 조선의 의병들이 적진에서 그토록 과감한 작전을 수행한다는 게 도무지 믿기지 않는다. 기백 명의 적을 참살한 것이 사실인가?"

모문룡이 흥분을 감추지 못했다. 그러나 그는 다른 한편으로 자신들이 해야 할 일을 해준 조선 의병들에게 감사하고 있었다. 정봉수의 전공을 자신이 이룩한 것으로 포장하여 명나라 조정에 보고할 거리가 생긴 것이었다. 부장들을 돌아보며 사실을 확인하고 싶었다. 누구에게 물어도 확인되지 않았다. 모문룡은 부장들을 나무라며 못마땅한 표정을 지었다. 그제야 독부의 왕사선이 정봉수가 보내온 밀지를 그에게 슬그머니 올렸다.

"일전에 정봉수란 자가 밀지를 보내왔사옵니다. 그 밀지에 신과 협공하자고 제안하여 신은 못 들은 척했사옵니다. 그랬더니 그리 사건을 저질렀사옵니다."

왕사선은 구차한 변명을 늘어놓았다.

모문룡은 왕사선이 내민 밀지를 읽고 난 뒤 안색이 돌변했다. 뛸 듯이 기뻐하던 것과는 달리 험악하게 변해갔다.

"이런 못난 작자 같은 이라고. 왜 밀지에 대한 보고를 이제야 하느냐?

게다가 이 얼마나 훌륭한 일이냐. 우리를 대신하여 적을 무찔렀는데. 함께하지 않고 무엇을 했더냐? 그랬다면 적의 수급[64]을 조정에 올렸을 것 아니더냐?"

모문룡이 밀지를 내던지며 역정을 냈다.

그는 한 명의 적 수급이 아쉬운 판이었다. 이번 전투를 함께 했다면 기백 명의 수급을 획득할 기회였다. 어차피 자신의 공로로 포장하여 보내겠지만, 수급은 정봉수 의병장에게 구해야 할 판이었다. 명나라 조정에 보낼 전리품 가운데 가장 값진 것이 적 수급이었다. 왕사선이 고개를 떨어뜨렸다. 그의 얼굴에는 수치심과 함께 뒤늦은 후회가 가득했다.

"내 수하에 정봉수 같은 장수만 있었어도 이런 수모를 당하지 않았을 것이로다."

모문룡은 자리에서 획 돌아앉았다. 그의 불편한 심기가 그대로 노출됐다. 왕사선은 움찔했다. 정봉수의 제안을 수용했다면 큰 공을 세웠을 텐데 하는 아쉬움이 닿섰다. 그는 코가 빠진 모습으로 쫓겨 물러났다. 그의 발걸음은 무거웠다. 어깨는 축 처져 있었다. 그는 다시 정봉수의 밀지가 오기를 기다렸지만, 다시 오지 않았다. 게다가 조선 백성들을 함부로 괴롭히지 못했다. 혹 그 화가 자신들에게 미칠 수 있다는 두려움에 정봉수를 새롭게 인식했다. 왕사선의 마음속에는 정봉수에 대한 경외심과 함께 알 수 없는 두려움이 자리 잡기 시작했다.

---

64) 수급: 전투에서 획득한 적군의 머리.

19. 음모를 품다

고요한 적막이 무욕당[65]을 누르고 있었다. 장사준은 은둔한 채였다. 무성한 나무만이 그의 침잠을 감싸안았다. 봄바람이 적막한 지붕 위를 쓸쓸히 지나갔다. 그러나 그 어둠 속에서 장사준의 복수는 날을 세우며 연마되고 있었다.

정봉수는 그의 자존심에 깊은 상처를 남겼다. 믿었던 자에게 뒤통수를 맞았다는 사실은, 걷잡을 수 없는 분노의 불씨를 지폈다. 이 굴욕을 씻어내기 위해서는 껍데기 같은 무욕당을 박차고 나가야 했다. 밤낮으로 고뇌하던 그는, 마침내 '의주 탐문'이라는 허울 좋은 핑계를 떠올렸다. 다른 도리는 없었다. 그리고 그마저도 정봉수의 허락이 있어야만 가능한 일이었다. 장사준은 떨리는 마음으로 정봉수에게 면담을 청했다. 뜻밖에도 정봉수는 흔쾌히 그의 청을 받아들였다.

진충루 아래 관아 문을 열고, 장사준은 조심스러운 발걸음으로 안으로 들어섰다. 예전의 거만함은 온데간데없이, 그의 안색에는 짙은 그늘이 드리워져 있었다.

"어서 오시오, 장 영감."

---

65)　무욕당: 장사준의 택호, 욕심 없이 사는 집이란 의미를 담고 있었다.

정봉수의 목소리는 따뜻했지만, 장사준에게는 낯설게 느껴졌다.

"어찌 된 일이오이까? 통 소식이 없어 염려했소이다."

아무 일도 없었다는 듯, 정봉수는 옛날처럼 그를 살갑게 대했다. 손수 따뜻한 차를 내왔다. 마주 앉은 두 사람 사이에 잠시 어색함이 흘렀다. 장사준은 머뭇거리며 속내를 털어놓았다.

"영산 나리께 간청드릴 일이 있어, 이렇게 면담을 청했소이다."

그의 목소리는 기어들어 갔다. 시선은 불안하게 흔들렸다.

"무슨 요청이오?"

정봉수는 차를 음미하며 차분하게 되물었다.

"실은 저 또한 이 용골산성에 뿌리내린 백성으로서, 가만히 있을 수만은 없다고 생각했소이다. 하여 저 오랑캐들의 정세를 직접 탐문하여 돌아오고자 하외다."

장사준은 애써 침착한 척 말을 이었다. 정봉수의 눈을 똑바로 바라보지 못했다. 그의 이마에는 식은땀이 맺혔다. 눈동자가 흔들렸다.

정봉수는 놀란 기색으로 되물었다.

"장 영감께서 직접 오랑캐들의 움직임을 살피시겠다는 말씀이시오?"

"그렇소이다. 그들의 동태를 파악하고, 혹 우리 용골산성을 넘보려는 기색은 없는지 적의 규모는 어느 정도인지, 언제쯤 어떤 방식으로 움직일지 이러한 정보들을 알아오는 것이, 지금 우리에게 가장 필요한 일이 아니겠소이까?"

장사준의 시선은 멀리 산성 너머를 향했다. 그는 꽤 그럴듯한 명분으로 정봉수를 설득했다. 그러면서도 눈길을 피했다.

정봉수는 그의 속셈을 뚫어 보며 의미심장한 미소를 지었다. 덫에 걸린 사냥감을 보는 예리함이 그곳에 있었다.

"참으로 귀한 말씀이오. 용천에 머무는 오랑캐들의 정보를 알지 못해 답답하던 차에, 장 영감께서 나서주신다면 천군만마를 얻는 것이나, 다름 아니지요. 게다가 장 영감의 가족분들이 모두 의주에 계시지 않소이까?”

정봉수의 마지막 말에 장사준의 눈알이 크게 흔들렸다. 그의 표정에는 당혹감과 함께 불안감이 스멀거렸다.

“그렇소이다. 제 처자식들이 모두 저들의 손아귀에 있는 의주에 있소이다. 겸사겸사 그들의 안부도 확인하고 돌아오려 하오이다.”

그는 애써 태연한 척했다. 목소리는 미세하게 떨리고 있었다. 정봉수는 말없이 고개를 끄덕였다. 그의 무언은 장사준에게 알 수 없는 압박감으로 다가왔다. 잠시 뜸을 들이던 장사준은 눈치를 보며 말을 꺼냈다.

“영산 나리, 외람되오나, 성이 위태로워지면 저들에게 도움을 요청하는 것도 하나의 묘책이 될 수 있소이다. 그리하지 않으면 백성들에게 큰 화가 미칠까 염려되오이다.”

그는 여전히 자신의 생각이 옳다는 것을 내비쳤다. 그의 목소리는 점점 기어들어 갔다. 정봉수는 잠시 눈을 감았다. 생각에 잠긴 그의 모습에, 장사준은 초조하게 반응을 기다렸다. 혹여 불허할까 안절부절못했다. 답답한 기류를 느꼈다. 정봉수의 침묵은 불안감을 더욱 증폭시켰다. 짧은 시간이었지만, 장사준에게는 영겁처럼 느껴졌다.

“좋소이다. 다녀오시오. 다만 저들의 정세를 낱낱이 살피고 돌아오신다면, 더없이 큰 도움이 될 것이오.”

정봉수의 목소리는 장사준의 모든 의도를 꿰뚫는 서늘함이 섞여 있었다.

장사준은 안도의 한숨과 함께, 이제야 복수의 기회를 잡았다는 교활한 미소를 숨기고 황급히 무욕당으로 돌아갔다. 정봉수의 마음이 바뀌기 전에 산을 내려가야 한다는 조급함이 온몸을 휘감았다. 최소한의 짐만 챙긴 그는, 곧장 성문을 향해 내달렸다. 그의 발걸음은 절박했다. 그러나 굳게 닫힌 성문 앞에서, 부장이 그를 가로막고 있었다.

"어딜 가시는 길이시오?"

그는 장사준을 아래위로 훑어보며 냉랭하게 물었다. 과거 성주였던 그의 위엄은 그림자조차 찾아볼 수 없었다. 부장의 차가운 시선에 장사준은 움찔했다.

"나는 장사준 부사일세. 영산 나리께서 특별히 허락하시어 의주에 잠시 다녀오려는 길이니, 문을 열어 주시게."

떨리는 목소리였지만, 장사준은 애써 위엄을 보이려 했다. 그의 이마에는 식은땀이 맺혔다. 부장은 꿈쩍도 하지 않았다.

"잠시만 기다리시오. 진충루에 확인을 받아야 하외다."

그는 옆에 있던 다른 장수에게 장사준을 맡기고, 즉시 진충루로 달려갔다. 그곳에는 정봉수와 중군 김종민을 비롯한 여러 장수들이 모여 있었다.

"나리께 급히 여쭐 갈씀이 있어 달려왔습니다. 장사준이 지금 성문을 나가려 하기에 붙잡아 두었습니다. 나리께서 허락하셨다고는 하나, 특별한 하명을 받은 바가 없어 일단 붙잡아 두었습니다."

그러자 중군 김종민이 부장을 보며 말했다.

"잘했네. 마침 그 문제를 논의하기 위해 이곳에 모여 있었네. 영산 나리의 뜻을 기다리고 있었네. 잠시만 기다리게."

제장들은 정봉수 앞에 모여 서로의 눈치만 살폈다. 분위기를 깬 것은 중군 김종민이었다.

"영산 나리, 지금 장사준을 성 밖으로 내보낸다면, 저자는 틀림없이 용천과 의주로 달려가 오랑캐들에게 이 성의 모든 형세를 고할 것입니다. 그리되면 우리 성은 순식간에 위기를 맞을지도 모릅니다. 게다가 저자는 이 성의 약점을 누구보다 잘 알고 있습니다. 지금 저자를 처단하는 것이, 오히려 더 큰 이득이 될 것입니다."

김종민은 확신에 차 있었다. 모든 제장들이 그의 주장에 고개를 끄덕였다. 그들의 눈에는 장사준에 대한 적개심이 뚜렷했다. 그러나 정봉수는 입을 다문 채 부장들이 하는 얘기를 듣고만 있었다. 그의 생각은 달랐다.

"우리는 지금 오랑캐와 보루를 사이에 두고 대치하고 있지만, 우리 병사들은 오합지졸과 다름없다. 시간이 길어지면 필시 고향으로 돌아가려는 마음이 간절해질 것이다. 몇 달 지나지 않아 군량미 또한 바닥을 드러낼 것이다. 하지만 지금은 수비가 이미 완벽하니, 장사준을 이용하여 오랑캐를 격동시킬 필요가 있다. 싸움을 서둘러 끝내는 것이, 오히려 승산이 높다. 그러므로 나는 그를 보내는 것이다."

정봉수의 강한 어조에 아무도 이의를 제기하지 못했다. 그것은 철저히 계산된 전략이었다.

"영산 나리, 그럼 장사준을 내보내겠습니다."

부장이 성문에 도착하여 장사준을 풀어주었다. 장사준은 해방되었다는 안도감에 알 수 없는 미소를 지으며 성 밖으로 나섰다.

"장사준은 필시 다시 돌아올 것이다. 그때는 가슴속에 계략을 품고 올 것이니 특별히 유념하라."

정봉수는 확신을 담아 말했다. 그리고는 장사준의 그림자가 산 아래로 완전히 사라질 때까지, 그 뒷모습을 쫓았다. 그의 시선은 모든 것을 꿰뚫어 보는 듯 차가웠다.

장사준은 예상대로 쏜살같이 말을 달려 의주에 이르렀다. 그리고 오랑캐 총대장 아민 앞에 무릎 꿇고 용골산성의 실상을 낱낱이 고했다. 자신이 겪었던 축출 과정은 물론, 이전 용골산 인근에서 후금 군사 2백여 명이 몰살당한 사건 역시 정봉수의 소행이라 고자질했다. 그는 감히 고개를 들지 못하고 아민의 처분만을 기다렸다.

"뭐라? 그자가 기어이 일을 냈단 말이냐. 내가 그때 그대에게 그토록 경계하라 이르지 않았던가?"

아민은 격노하여 목소리를 높였다.

"대장군님, 죽을죄를 지었사옵니다. 저들의 배신으로…"

장사준은 바닥에 납작 엎드린 채 떨리는 목소리로 아뢰었다.

"고약한 놈들. 감히 우리 후금 군사를 몰살시켜? 용서치 않으리라."

아민은 벌떡 일어나 집무실 안을 성큼성큼 걸어 다녔다. 손에 든 가죽 끈 달린 지휘봉이 오투 자락을 매섭게 때렸다. 그는 이를 악물고, 서기에게 명하여 즉시 간찰을 준비하도록 했다. 붓이 종이 위를 빠르게 움직이며 아민의 말을 옮겨 적었다.

"의병대장 정봉수는 들으라. 그대가 용천에 왔다는 소식을 뒤늦게 접하였다. 어찌하여 진작 나에게 알리지 않았는가? 만약 일찍이 통지하였다면, 험한 산성에서 그토록 외로이 지내도록 내버려 두었겠는가. 그 점이 참으로 안타깝다."

아민은 정봉수의 존재를 이미 충분히 인지하고 있었다고 강조했다. 그러나 서신은 뒤로 갈수록 노골적인 협박과 위협을 드러냈다.

"내가 이토록 간절히 그대를 보고자 함에도 답이 없다면, 감히 용서치 않을 것이다. 더군다나 성문을 활짝 열고 내려와 내 앞에 예를 갖추어라. 그렇지 않는다면, 대군을 이끌고 올라가 산성의 풀 한 포기도 남겨 두지 않으리라. 부디 나의 이 말을 헛되이 여기지 말고, 그대가 현명하게 조처 하기 바란다. 정묘년 모월 모일, 대후금 총대장군 아민."

붉은 봉투에 담긴 아민의 간찰이 용골성에 도착했다. 편지를 받아 든 정봉수는 냉소적인 웃음을 흘리며 그의 서신을 갈기갈기 찢어버렸다.

"영산 나리, 답장은 내리지 않아도 되겠소이까?"

김종민이 나직하게 물었다. 일말의 불안감이 섞여 있었다.

"답장이라니, 개의치 않아도 되네."

정봉수는 태연하게 잘라 말했다.

며칠이 지나도록 답이 없자, 후금의 총대장 아민은 더욱 분노했다. 모욕감에 몸을 떨던 그는, 장사준과 함께 용골산성을 습격할 계략을 모색했다.

"저에게 군사 삼백 기만 주십시오. 그들을 이끌고 성으로 돌아가겠습니다."

궁지에 몰린 장사준이 간절하게 아민에게 청했다.

"삼백 기를 이끌고 돌아간단 말이냐?"

아민은 매서운 눈으로 장사준의 속을 응시했다. 어둠 속에서 그의 눈매가 송곳처럼 꽂혔다.

"성 아래 숲에 군사를 숨긴 채, 홀로 성에 들어가 내응자와 함께 혼란을 일으키고 성문을 열겠습니다. 그때 군사들이 들이닥친다면, 완벽한 기습이 가능할 것입니다."

장사준은 낮고 은밀하게 속삭였다.

"그것이 정말 가능하겠느냐?"

아민은 의심스러운 눈길을 거두지 않았다.

"확실하옵니다. 지금 용골산성은 오합지졸에 불과합니다. 백성들로 이루어진 의병 따위가 날뛰고 있을 뿐이니, 충분히 해치울 수 있습니다."

장사준은 필사적으로 아민의 허락을 기다렸다.

"좋은 계략이로다. 그렇다면, 우리 군에게는 어떻게 신호를 보낼 셈인가?"

아민은 신중하게 되물었다.

"성안에서 불길이 치솟으면, 성문이 열린 것으로 알고 즉시 공격해서 들어오면 됩니다."

"좋다. 군사 3백 기를 내어줄 터이니, 반드시 성공하도록 하라. 알겠는가?"

아민은 재차 다짐받았다. 그리고 즉시 부하 장수를 불러 장사준이 요구한 정예 군사 3백 기를 딸려 보냈다. 그들은 최정예 부대로, 전투마다 선봉에 서서 혁혁한 공을 세우기로 명성이 자자했다.

장사준은 그들을 이끌고 용골산성을 향해 출발했다.

의주에서 용골산성까지는 1백 리의 먼 길이었다. 서둘러 의주를 나섰기에, 그들은 늦은 오후에야 용골산성에서 30리 떨어진 지점에 다다랐다. 이어 해가 진 다음 그는 용골산 아래 빽빽한 소나무 숲에 병사들을 은밀히 매복시켰다. 성안에서 불길로 신호를 보내면 즉시 출병하기로 거듭 약속했다.

장사준은 고요하게 가라앉은 밤의 어둠을 이용하여 홀로 성안으로 숨어들었다. 그러나 그의 은밀한 침입은 즉시 발각되어 보고되었다. 과거 같았으면 생각지도 못할 일이었다. 이전에는 누가 성안으로 들어오든 아무도, 고하지 않았다. 수령의 엄한 명령에도 불구하고, 성안 사람들은 수시로 드나들었기에 일일이 보고하는 일은 없었다. 푼돈 몇 닢이면 눈감아 주는 것이 다반사였다. 무슨 일이 벌어져도 모른 척 잡아뗄 뿐이었다. 하지만 훈련을 받은 의병들은 쥐새끼 한 마리 얼씬거리는 것도 놓치지 않고 꼼꼼히 보고했다. 게다가 사전에 장사준이 성안으로 들어오면 즉시 보고하라는 엄명이 내려진 터였다. 당연히 장사준이 성문을 통과하는 순간, 그곳을 지키던 의병은 즉시 상관에게 보고했다. 상관은 다시 주번사령 이촉립에게 이 사실을 알렸다.

장사준은 지체없이 무욕당으로 향했다. 무욕당은 관아와 가까운 곳에 있는 장사준의 거처였다.

정봉수의 입가에는 알 수 없는 미소가 스쳤다.

“주번사령, 즉시 장사준에게 가서 내가 그의 안부를 묻는다고 전하게.”

정봉수의 지시는 평범했다.

이촉립은 즉시 장사준의 거처인 무욕당으로 향했다. 그곳에는 몇 명의 하인들이 집을 지키고 있었다. 그들의 모습에는 경계심과 함께 어딘가 모를 수상함이 감돌았다. 이촉립은 모르는 척하며 집 안으로 들어가려 했다.

"영산 나리께서 장 부사 영감께 안부를 여쭈라고 하셔서 왔네. 안에 장 부사 영감 계신가?"

그는 정중하게 물었지만, 눈은 하인들의 움직임을 꼼꼼히 살피고 있었다.

"잠시만 기다리십시오. 그런데 누구라고 전해 드릴까요?"

하인은 탐탁지 않은 표정으로 이촉립을 아래위로 훑어보며 물었다. 불쾌감이 섞여 있었다.

"본부 주번사령 이촉립이라고 전해주게."

하인은 마지못한 발걸음으로 무욕당 안으로 사라졌다. 이촉립의 시선이 어둠 속에서 무욕당 주변을 맴돌았다. 희미한 달빛 아래, 장사준의 그림자 외에도 집 안 곳곳에 어렴풋이 여러 명의 존재가 느껴졌다. 안채 섬돌 주변에 놓인 신발들은 그 수를 짐작하게 했다. 어둠은 정확한 인원 파악을 방해했다. 다만, 묘한 기류는 네댓 명 이상의 낯선 이들이 함께 있음을 암시했다. 이촉립은 온 신경을 곤두세웠다. 이촉립이 수상한 낌새를 포착하고 무욕당 주변을 서성이자, 하인이 닫힌 문을 열고 나왔다.

"영감마님께서 먼 길을 달려오셔서 피곤하시니, 내일 아침에 찾아뵙겠다고 전하라 하셨습니다."

그의 말투는 어딘가 모르게 거만했다. 이촉립은 불안한 예감을 떨칠 수 없었다. 그의 촉은 위험을 감지했다.

"알겠네. 영산 나리께 그대로 전하지."

이촉립은 속내를 감춘 채 태연하게 발길을 돌려 관아로 돌아왔다. 그리고 즉시 정봉수에게 본 것을 상세히 보고했다.

“안채에 낯선 신발이 여러 벌 놓여 있었습니다. 적어도 네다섯 명은 되어 보였습니다.”

그의 목소리는 긴장감으로 낮게 울렸다.

“그래?”

곁에 있던 정기수가 의아한 듯 고개를 갸웃거렸다. 그는 형의 심상치 않은 표정을 읽고 자리에서 일어섰다.

정기수는 곧바로 장수 몇 명을 데리고 무욕당으로 향했다. 그러나 그가 도착했을 때는, 안채 앞의 신발이 이미 감쪽같이 사라진 뒤였다.

장사준은 방 안을 불안하게 서성이며 깊숙한 생각에 잠겨 있었다. 먼 길을 달려왔다는 그의 말과는 달리, 그의 눈매는 밤의 어둠만큼이나 깊고 음험한 계략으로 가득 차 있었다. 피로한 기색은 찾아볼 수 없었다.

“장 부사 영감. 소인, 정기수입니다.”

정기수는 무욕당의 문을 거칠게 열고 안으로 들어섰다. 예상대로 하인이 황급히 그의 앞을 가로막았다.

“영감마님께서는 먼 길을 오시어 몹시 피곤해하시옵니다. 부디 내일 다시 찾아주시길 부탁드립니다.”

“알았으니 비켜라.”

정기수는 하인의 만류를 무시하고 그를 밀치며 안으로 발을 들였다. 하인은 뒤따라 들어오며 격하게 항의했다.

“여기가 어디라고 함부로 들어오는 것이오.”

하지만 정기수는 힘찬 목소리로 장사준을 불렀다.

“장 부사 영감.”

그는 거침없이 장사준의 방으로 성큼성큼 다가갔다. 하인의 제지가 미치기도 전에 방문을 활짝 열어젖혔다. 방문이 열리자, 장사준은 혼비백산한 표정으로 몸을 움찔 떨었다. 당황한 기색을 감추지 못했다.

“기, 기수, 자네가 어찌…”

그는 말을 온전하게 잇지 못했다.

"장 부사 영감께서 먼 길을 다녀오셨다기에 인사를 여쭙고자 왔소이다. 하지만 너무나 피곤해 보이시니, 내일 다시 찾아뵙도록 하겠소이다."

정기수는 정중하게 허리를 숙여 인사하고 물러섰다. 서둘러 관아로 돌아왔다.

"그래, 어떠하든가?"

정봉수는 다소 초조한 표정으로 동생에게 물었다.

"분명히 무언가를 숨기고 있었습니다. 필시 음모가 있을 것이옵니다. 형님. 오늘 밤, 면밀히 살펴보셔야 하옵니다."

정기수의 목소리는 긴박했다.

"나도 같은 생각이네."

이미 밤은 깊어, 한밤중을 향해 치닫고 있었다. 성 밖을 정탐하고 돌아온 군사의 급한 보고가 전해졌다.

"나리. 오랑캐들이 북산 아래 소나무 숲에 은밀히 매복하고 있다 하옵니다."

당직사령 이촉립의 목소리가 떨렸다.

"누가 정탐했는가? 직접 이야기를 듣고 싶다."

이촉립은 즉시 정탐을 다녀온 군사를 불러들였다. 그는 머리를 조아리며 관아로 들어섰다. 십대 후반쯤 되어 보이는 젊은 군사의 안색에는 아직도 격한 흥분이 가시지 않았다.

"자네 이름이 무엇인가?"

"삼식이라고 하옵니다. 저희 아비가 삼시 세끼 굶지 말라고 그렇게 지어주셨다고 하옵니다."

"참으로 귀한 이름이로다. 삼시 세끼 굶지 않고 사는 것만으로도 얼마나 큰 복인가. 아버님께서 심오한 뜻을 담아 지어주셨구면."

정봉수는 청년의 손을 잡고는 나직이 말했다. 그제야 삼식의 떨리던 눈알이 조금은 안정을 되찾았다.

"오늘 초병 임무를 맡아 가만히 산을 내려가는데, 북산 소나무 숲에서 이상한 소리가 들려 살금살금 다가가 보았사옵니다. 그런데 그곳에 오랑캐들이 우글거리고 있었사옵니다."

그는 두려움에 질린 눈으로 북쪽을 가리켰다.

"언뜻 보기에, 몇 명이나 되어 보이던가?"

"어둠 속이라 정확히 셀 수는 없었사옵니다. 하지만 수백 명은 족히 넘어 보였사옵니다. 어두운 소나무 숲 전체가 적들로 가득 찬 듯했사옵니다."

그는 여전히 놀란 가슴을 진정시키지 못하고, 숨을 두어 번 더 길게 내쉬었다.

"기백 명이나?"

"예. 소나무 숲 아래 온통 적들이 득시글거렸사옵니다."

"그래 참으로 고생이 많았다. 일이 잘 마무리되면, 후한 상을 내리겠다."

정봉수는 초병을 물리고 주번사령에게 다시 한번 정탐하도록 명했다.

날렵한 의병들을 이끌고 은밀히 성을 나섰던 심일은, 얼마 지나지 않아 숨을 헐떡이며 가쁘게 돌아왔다.

"영산 나리. 저자들이 벌써 성 밑 가까이 다가왔사옵니다. 방비를 서두르셔야 하옵니다."

현장을 직접 확인하고 온 심일의 목소리는 급박했다.

정봉수는 주번사령에게 중군을 포함한 모든 장수들을 비상소집하라 명했다. 그리고 의병들에게는 각자 맡은 지역에서 철저히 방어하도록 지시했다.

이촉립이 즉시 비상 신호를 올렸다. 곧이어 중군 김종민이 달려왔다. 다른 장수들도 잇따라 관아에 모였다. 의병들은 잠자리에 들지도 못하고 뛰어나와 성채로 내달렸다. 성 전체가 온통 부산스럽게 움직였다. 영문을 모르는 이들이었지만 군말 없이 자신의 위치를 찾아갔다. 손에는 병장기가 들려 있었다. 그제야 의병들은 서로 수군거리며 정보를 주고받았다.

긴급회의가 소집되었다. 그들은 숨 막히는 국면에서 지금까지의 형편을 공유했다. 장수들은 한목소리로 외쳤다.

"먼저 장사준을 처단해야 적을 막을 수 있습니다. 서둘러야 합니다. 시간이 얼마 남지 않았습니다."

그들에게는 장사준에 대한 강한 적개심과 함께 위기감이 감돌았다.

"…"

정봉수는 입을 다문 채 아무 말도 하지 않았다. 그는 장수들의 말처럼 장사준을 베어야 할지 깊이 고뇌하고 있었다. 개인적으로 그에게 빚진 마음이 있었다. 하지만 대의를 위해서는 그를 자를 수밖에 없는 여건이었다. 겉으로는 드러내지 않았다. 그의 속은 격렬한 갈등으로 타들어 가고 있었다.

"형님. 장사준은 분명히 모의를 꾸미고 있습니다. 지금 저자를 처단하지 않으면, 무슨 일을 저지를지 모릅니다. 아니, 이미 일을 꾸미고 돌아왔을지도 모릅니다. 제장들의 말대로, 저자를 베십시오."

정기수가 간절하게 재차 요청했다.

"이 성안에는 장사준과 내통하는 자들이 적지 않습니다. 분명 저자가 일을 벌인다면, 내부에서 호응하는 자들이 나타날 것입니다. 그리되면 성은 혼란에 빠질 것입니다. 그러기 전에 저자를 처단해야 합니다. 싹을 잘라내는 것이 현명한 처사입니다. 부디 허락해 주십시오, 영산 나리. 더 늦으면 반드시 후회하게 될 것입니다."

중군 김종민이 간청했다.

중군의 말처럼, 정봉수가 가장 우려하는 것은 내부의 동요였다. 장사

준을 살려둔다면, 필시 내응하는 자들이 나타날 것이 분명했다. 그럼에
도 그를 직접 처단하는 것은 그의 마음에 묵직한 갈등을 불러일으켰다.
하지만 이제 더 이상 살려둘 방도가 없었다. 정봉수의 얼굴에는 고통스
러운 결단이 드리워지고 있었다.

그는 어두운 표정으로 느리게 고개를 끄덕였다.

"처단하라."

중군의 말이 옳았다. 성안에는 장사준을 따르는 무리들이 적지 않았
다. 그들이 봉기한다면 걷잡을 수 없는 혼란이 벌어질 것이었다.

김종민은 이개립, 이촉립, 이희로 등 여러 장수들과 군사들을 이끌고
무욕당으로 향했다. 그들의 발걸음은 빠르고 거침없었다.

관아 뒤편에 자리한 무욕당은, 불길한 운명을 예감한 듯 짙은 어둠
속에 잠겨 있었다. 다만, 작은 창문 틈새로 희미한 불빛만 새어 나왔다.
현장에 도착한 장수들은 군사들에게 무욕당을 겹겹이 포위하도록 명령
했다. 그리고 그들은 천천히 안으로 발을 들였다. 가까이 다가가자, 어
둠 속에서 하인들의 거센 외침이 터져 나왔다.

"영감마님, 군사들입니다. 피하십시오."

그들은 무욕당 안으로 진입하려는 장수들을 필사적으로 가로막았다.
그러자 이개립이 푸른빛을 띤 칼을 허공에 휘둘렀다. 순식간에 하인들
은 힘없이 쓰러져 바닥에 나뒹굴었다. 이미 목숨이 끊어진 후였다. 무욕
당의 공기는 순식간에 싸늘해졌다.

장수들은 굳게 닫힌 대문을 부수듯 거칠게 밀고 들어가, 마침내 장사
준의 내실 문을 활짝 열어젖혔다.

장사준은 간신히 베개에 몸을 기댄 채 떨고 있었다.

"네 이놈, 장사준. 감히 이 나라를 배신하고 오랑캐의 앞잡이가 되다
니. 그러고도 살기를 바랐더냐."

중군 김종민이 차디찬 칼끝을 그의 목덜미에 들이대며 꾸짖었다. 분

노와 경멸이 뒤섞여 있었다. 하지만 장사준은 그 순간에도 후금의 위세를 빌려 협박하려 했다.

"너희들은 저들을 모른다. 만약 항복하지 않는다면, 너희뿐만 아니라 백성들에게도 크나큰 화가 닥칠 것이다. 그것을 알고도 이러는 게냐."

장사준은 필사적으로 몸을 일으키며 설득하려 했다. 그의 모습이 애처로웠지만, 이미 때가 늦었다. 그 순간, 이촉립이 성큼 다가서며 날 선 장검으로 그의 목을 인정사정없이 내리쳤다. 둔탁한 소리와 함께 장사준의 머리가 방바닥에 굴러떨어졌다. 하얀 창호지에는 붉은 선혈이 핏방울처럼 튀어 올랐다. 방 안은 순식간에 핏빛으로 물들었다. 장사준의 생명은 그렇게 허무하게 끝났다.

장수들은 장사준이 머물던 무욕당을 샅샅이 뒤졌다. 그곳에서 장사준의 심복 열댓 명이 은밀히 숨어있는 것을 발견했다. 그들은 이미 성 밖에 잠복한 오랑캐들을 끌어들일 만반의 준비를 끝낸 채, 장사준의 명령만을 기다리고 있었다. 각자 무장을 갖추고 있었다. 그러나 갑작스러운 장수들의 습격에 미처 손도 쓰지 못했다. 예리한 검날은 그들의 목과 허리를 가리지 않고 찢고 잘랐다. 강하게 저항하던 문응신과 김덕황만이 생포되어 포박당한 채 관아로 끌려왔다.

"무슨 흉계를 꾸몄느냐. 당장 사실대로 고하라. 그렇지 않으면 즉시 너희도 베어버릴 것이다."

중군 김종민이 싸늘하게 그들을 내려다보며 칼을 뽑아 들었다.

"성 밖에 후금군이 와 있다는 소식을 듣고, 내응할 준비를 하고 있었습니다."

문응신이 떨리는 목소리로 실토했다.

"누구의 명령이었더냐."

"장사준 영감의 명령이었습니다."

"내응은 어찌할 작정이었느냐?"

김덕황은 고개를 들지 못했다. 김종민이 칼을 높이 쳐들었다. 베일 듯한 눈초리가 그를 쏘아보았다. 살벌한 냉기가 감돌았다. 그제야 김덕황은 숨을 몰아쉬며 입을 열었다.

"성안 곳곳에 불을 지르고 성문을 열면 저들이 쳐들어오기로…"

그의 목소리는 공포에 질려 흐느꼈다.

"누가 성문을 열기로 했느냐?"

"내응하는 자들이 있습니다."

김종민의 목소리는 냉혹했다. 김덕황은 두려움에 떨며 주변의 눈치를 살폈다. 그러자 김종민이 시퍼런 날을 그의 목에 바짝 들이댔다. 차가운 쇠붙이의 감촉에 김덕황은 숨도 똑바로 쉬지 못했다. 마침내 그는 입을 열었다.

"대략 삼십 명 정도 됩니다. 그들이 내응하기로 했습니다."

그의 목소리는 거의 들리지 않았다.

"그들이 누구냐. 당장 대라. 그러지 않으면 지금 네 목을 베어버리겠다."

김종민의 목소리는 더욱 차가워졌다.

"장우민, 장상수, 민즈식…."

그의 입에서 나오는 이름 하나하나가 곧 죽음의 선고였다.

신문을 마친 장수들은 그들을 성안 곳곳에 끌고 다니며 죄상을 알렸다. 동시에 정봉수에게 모든 실정을 상세히 보고했다. 그리고 오랑캐들이 올려다보고 있는 성벽 위로 끌고 올라가 소란을 피웠다.

"제발 살려주시오. 살려만 주신다면, 목숨을 다해 충성을 맹세하겠소이다."

그들은 울부짖으며 처절하게 하소연했다. 모든 것을 장사준에게 떠밀었다. 장수들은 오랑캐들이 훤히 내려다보이는 성벽 위에서 그들을 붙잡고 발버둥 치게 하며 고래고래 고함을 지르게 했다. 그들의 절규는 늦은 밤의 정적을 깨고, 메아리 없이 허공으로 흩어져 갔다. 오랑캐 진영에서는 알 수 없는 술렁거림이 감돌았다.

밤의 장막 아래, 부장 심일과 최인립, 백우립은 숨소리도 죽인 채 정예병들을 이끌고 성 밖 풀숲으로 숨어들었다. 목표는 어둠 속에 도사린 오랑캐 매복 부대였다.

성 위에서 벌어지는 소란 덕분에, 후금 병사들의 신경은 온통 그곳에 쏠려 있었다. 성 위에서 무슨 일이 일어나는지 정신을 팔고 있었다. 그러면서 곧 장사준이 올릴 횃불 신호에 신경을 곤두세우며 기대하고 있었다. 그들은 다가올 죽음을 꿈에도 모른 채 방심하고 있었다.

정예병들은 그림자처럼 오랑캐들의 뒤로 접근했다. 섬광처럼 예리한 단검이 어둠 속에서 번뜩이며, 매복한 적들의 목을 하나둘씩 조용히 끊어냈다. 갑작스러운 습격에 미처 신음도 내지 못하고 쓰러져갔다. 누군가 서 있던 말의 엉덩이를 강하게 후려쳤다. 놀란 말은 날뛰며 미친 듯이 산 아래로 질주했다. 다른 말들도 연쇄적으로 놀라 사방으로 흩어졌다. 말들의 날뛰는 소리에 오랑캐들은 혼란에 빠졌다. 그들은 은신처에서 뛰쳐나와 어둠 속으로 정신없이 달아나기 시작했다. 혼란과 공포가 그들을 덮쳤다. 숨 막히는 정적 속에서, 또 다른 정예병들이 달아나는 오랑캐들을 향해 무자비하게 칼날을 휘둘렀다. 잘린 목들은 가을 바람에 낙엽처럼 힘없이 나뒹굴었다. 3백 명의 오랑캐들이 예측 불허의 공포 속에서 비명을 지르며 어둠 속으로 흩어졌다. 서로 발에 걸려 넘어지고 엎어지며 처참하게 꼬꾸라졌다. 그들의 비명은 밤하늘에 울려 퍼졌다. 나무숲은 피로 물들었다.

성 위에서는 배신자들의 잘린 머리가 돌덩이처럼 둔탁한 소리를 내며 성밖으로 굴러 떨어졌다. 이제 장사준을 처단하는 과정에서 드러난 내통자들의 운명이 침통한 고요 속에 놓이게 되었다.

정봉수는 무겁게 입을 다문 채 진충루 깊숙이 앉아 있었다. 중군 김종민은 신문 과정에서 밝혀진 30명 남짓한 배신자들을 진충루 아래 마당으로 끌어냈다. 그들은 손발이 밧줄에 단단하게 결박되어 있었다.

그들은 이미 각자 배신의 역할이 정해져 있었다. 성문을 열 사람, 초막에 불을 놓을 사람, 관아를 습격할 사람, 가축을 몰아낼 사람, 적군이 성안에 당도했을 때 길을 안내할 사람….

그들은 공포와 체념에 고개를 떨구고 있었다.

제장들은 한목소리로 그들의 즉각적인 참수를 건의했다.

"이번 기회에 적의 앞잡이 노릇을 한 역적들을 단 한 명도 남김없이 처단해야 합니다. 그래야 다시는 감히 배신을 꿈꿀 엄두도 내지 못할 것입니다."

"옳습니다. 이 기회에 간악한 자들의 뿌리를 완전히 뽑아야 합니다. 절호의 기회입니다. 저들을 모조리 베어 죽여야, 후환을 남기지 않고 배신자들의 씨를 말릴 수 있습니다."

"엄벌로 다스려야 합니다. 만약 장사준의 음모가 발각되지 않았다면, 지금쯤 저들의 세상이 되었을 겁니다. 용서받지 못할 역적들입니다. 당장 백성들이 보는 앞에서 저들의 목을 베어 효수해야 합니다."

부장들은 하나같이 격앙된 목소리로 변절자들의 처형을 주장했다. 몇몇 부장들은 이미 섬뜩하게 날이 선 칼을 뽑아 들고 그들 주변을 서성였다. 진충루의 결정이 내려지기만을 기다리고 있었다. 성안 백성들은 숨 막히는 긴장 속에 처참한 광경을 지켜보고 있었다. 분노와 두려움이 그곳에 뒤섞여 있었다.

정봉수는 모든 장수들의 말을 묵묵히 경청했다. 깊은 묵언 속에서 한참 동안 생각에 잠긴 그는, 마침내 고개를 천천히 가로저었다.

"제장들의 충정은 충분히 알겠다. 하지만 저들 또한 어찌 처음부터 나라를 배신하고 싶었겠는가. 살기 위해, 혹은 처자식을 살리기 위해 부득이하게 오랑캐에게 붙었을 것이다. 이런 자들을 모두 죽인다면, 이는 우리의 포악함을 드러내는 결과만을 낳을 것이다. 한 사람의 병사가 아쉬운 판국에, 스스로 전력을 약화시킬 필요가 있겠는가?"

정봉수는 조용하게 말을 줄였다.

"하지만 그래도 본때를 보여야 하지 않겠습니까? 이는 명백한 배신입니다. 역적들입니다."

중군 김종민이 단호하게 나섰다. 그는 여전히 강경한 입장이었다.

"아니다. 적들의 위세가 너무나 강성하여 내 마음도 흔들렸거늘, 하물며 힘없는 백성들의 마음이야 오죽했겠는가. 더 이상 이 문제를 재론치 말라."

정봉수는 뜻밖에도 그들을 풀어주라고 명했다. 그는 그들의 죄를 용서하고, 각자에게 새로운 임무를 부여하도록 지시했다. 심지어 그들에게 최선을 다해 성을 방비하는 데 앞장서 줄 것을 간곡히 당부했다. 그의 결정은 모두를 놀라게 했다.

"살려주셔서 감사합니다, 영산 나리. 죽을힘을 다해 충성을 다하겠습니다."

죽음의 문턱에서 돌아온 자들은, 그 자리에 엎드려 눈물을 흘리며 일제히 충성을 맹세하고 또 맹세했다.

"너희는 이제 조선에 충성하여, 다시는 의리를 저버리는 일이 없도록 하라. 그것이 백성으로서 마땅히 행해야 할 도리다."

정봉수는 짧은 한마디를 남기고 돌아섰다. 한동안 격렬했던 소란은 그렇게 가라앉았다.

용골산성에는 이제 배신자들의 죽음 대신, 새로운 충성심이 싹트는 고요한 밤이 찾아왔다. 그러는 동안, 몇몇 부장들 사이에서 불길한 기류가 감돌았다. 그들은 서로 눈길을 주고받으며 다시 은밀하게 입을 모았다.

그 자리에는 어쩐 일인지 좌수 이광립이 보이지 않았다. 그의 행방과 나타나지 않은 이유는 알 수 없었다. 그는 중요한 순간에 자리를 비운 것이다.

"영산 나리. 이광립은 과거 장사준의 밑에서 좌수라는 직책을 맡았던 자입니다. 그러므로 오늘 비상소집에도 나타나지 않은 것입니다. 장사준이 처단될 것을 미리 짐작했던 것이 분명합니다. 저자만은 반드시 처단해야 합니다. 부디 허락해 주십시오."

제장들은 다시 한번 정봉수 앞에 엎드려 간청했다. 하지만 정봉수는 여전히 고개를 저었다.

"이광립에 대해서는 내가 너무도 잘 알고 있다. 그는 평소 충의로운 사람이었다. 단지 장사준의 강압적인 협박 때문에 부득이하게 좌수 자리에 있었을 뿐이다. 더는 논하지 마라."

정봉수는 잘라 말했다. 그러자 제장들은 더 이상 아무 말도 하지 못했다.

그럼에도 제장들이 그를 제거하려 한다는 은밀한 얘기가, 이광립의 귀에까지 흘러 들어갔다.

이광립은 장수들이 장사준을 죽인 뒤 자신마저 제거하려 한다는 소식을 듣고 극도의 불안감에 휩싸였다. 그는 누가 언제 자신에게 칼끝을 들이댈지 모른다는 극심한 공포에 시달렸다. 그때부터 그는 관아에 모습을 드러내지 않았다. 항상 날 선 단검을 품에 숨긴 채 스스로를 방어했다. 다른 사람들과의 교류도 완전히 끊었다. 그의 형제들 또한 그와 함께 은둔 생활을 했다. 이러한 소식을 정봉수가 전해 들었다.

"한동안 이 좌수를 보지 못했던 것이 그 때문이었군. 마음 약한 사람 같으니."

정봉수는 정기수를 불렀다.

"자네가 이광립과 그의 형제들을 만나보게. 절대 산성 안에서 그들에게 해를 끼치는 일은 없을 것이라고 전하고, 안심하고 관아로 나오라고 말하게."

정기수는 즉시 이광립의 거처로 달려갔다. 그곳에서 얼굴이 반쪽이 된 이광립을 발견했다. 그의 형제들 또한 어둡고 음습한 토굴 거처에 웅크리고 있었다. 칼을 뽑아 든 채 경계하고 있었다. 앙칼진 고양이가 제 집을 지키듯, 누구든 다가서면 칼로 찌를 살기마저 느껴졌다. 정기수는 숨을 죽이며 그들에게 다가갔다.

"내가 누군지 아시겠소?"

그는 다정한 목소리로 가장 안쪽에 앉아 있는 이광립을 바라보며 물었다.

"…"

이광립은 말없이 고개만 끄덕였다. 그는 여전히 불안감에 흔들렸다.

"형님의 간절한 부탁이오. 형님께서 이렇게 전하라고 하셨소. '그대는 어찌 나를 믿지 못하는가? 우리 형제가 어찌 그대를 죽이고 살겠는가? 그런 일은 절대 없을 것이니, 부디 나를 믿어주게나.' 하셨소."

정기수의 목소리는 진심을 담고 있었다.

"…"

이광립은 불안하게 정기수를 바라보았다. 그는 여전히 의심과 공포 사이에서 갈등하고 있었다.

"이것이 우리 형님의 진심이오."

이광립은 아무 말 없이 눈만 깜빡거리고 있었다.

정기수는 가만히 손을 내밀었다. 그제야 형제들 틈에 앉아 있던 이광립이 떨리는 손으로 정기수의 손을 붙잡고 뜨거운 눈물을 흘렸다. 그는 억눌렀던 감정을 터뜨리며 서럽게 울었다. 그의 형제들 또한 하나같이 눈물을 흘리며 정기수의 손을 잡았다. 이광립은 눈치를 살피며 문밖으로 나섰다. 그의 형제들도 닫혔던 마음의 문을 열고 평소처럼 바깥 활동을 시작했다.

용골산성은 또 한 번의 위기를 넘기고, 새로운 신뢰가 싹트는 희망의 기운이 감돌았다.

정봉수는 장사준의 재물을 모두 한데 모았다. 그리고 공을 세운 장수들에게 그 재물을 골고루 나누어주었다. 특히 처음 후금 군사들의 매복을 발견한 어린 군사에게는 후한 포상을 내렸다.

정봉수는 진충루에 모든 장수들을 소집했다.

"오랑캐가 그동안 용골성을 치지 않은 것은, 실은 장사준 때문이었다."

그는 잠시 침을 삼켰다.

"내가 그를 처단하는 데 망설였던 이유 또한 거기에 있었다. 하지만 이제 장사준은 죽었다. 제장들은 이 사실이 외부로 단 한 마디도 새어 나가지 않도록 철저하게 보안을 유지하라. 만약 이 소식이 알려지면 오랑캐들이 필시 격렬하게 쳐들어올 것이다."

그는 엄중하게 경고했다.

"…"

장수들의 눈동자에는 긴장감이 수정처럼 맺혔다. 그들은 정봉수의 말에 깊이 공감하며 고개를 끄덕였다.

"지금부터는 이곳 용골산성 전체가 전쟁터라고 생각하고 모든 국면에 대비해야 한다. 그러기 위해서는 무엇보다 군령이 엄중하게 서야 한다. 제장들은 각자 스스로 솔선수범하여 군령이 확립되도록 최선을 다하라. 알겠는가? 털끝만큼이라도 흐트러진 모습을 보여서는 아니 될 것이다."

정봉수의 목소리는 분명하고 엄숙했다.

그들은 정봉수를 절대적으로 신뢰했다. 아울러 다가올 전투에 대한 각오를 다졌다. 용골산성에는 이제 전운의 그림자가 드리워지고 있었다. 의병들은 더욱 단단하게 뭉치고 있었다.

성벽을 따라 선 의병들의 그림자는 밤마다 더욱 길어졌다. 스산한 밤 공기를 가르며 날 선 창들이 번득였다. 잠시 눈을 붙일 때도 그들은 창을 베개 삼았다. 혹여 적이 기습할지 모르는 극도의 긴장감 속에서 잠 못 이루는 밤을 보냈다. 삼엄한 경계 태세는 들불처럼 번져나갔다. 그 소문은 주변 마을을 뒤흔들었다.

20. 전추태산

　산성 주변의 백성들은 용골산성으로 봇물 터지듯 밀려들었다. 갓난아이를 품에 안고 노부모의 손을 이끈 채, 그들은 비탈진 산길을 허겁지겁 올랐다. 산성의 품으로 들어선 이들의 물결은 끝없이 이어졌다. 그 수만큼 의병의 규모는 눈덩이처럼 불어났다.

　낫과 호미를 쥐었던 거친 손들이 이제는 칼과 창을 잡았다. 그 어색함은 쉬이 가시지 않았다. 뒤늦게 합류한 의병들의 움직임은 여전히 서툴렀다. 칼은 위협적이지 않았다. 활시위는 굼벵이처럼 느릿하게 당겨졌다.

　숙련된 후금 군사들과 맞서기에는 역부족이었다. 뼈아픈 현실이 모두의 뇌리를 스쳤다. 당장이라도 적이 들이닥칠 판인데, 훈련에 임하는 의병들의 모습은 흡사 아이들의 서툰 장난처럼 보였다. 부장들의 얼굴에는 답답함과 초조함이 역력했다.

　훈련장을 묵묵히 둘러본 정봉수는 고민이 깊어졌다. 어설픈 칼의 움직임, 위태롭게 흔들리는 창의 자세. 저들을 이끌고 강력한 후금 정예군과 진정으로 맞서 싸울 수 있을까? 성을 지키기 위해 모였지만, 과연 저들이 적의 침략을 막아낼 진정한 힘을 가질 수 있을까? 어둠 속에서도 그의 생각은 꼬리에 꼬리를 물었다. 그러나 물러설 곳은 없었다. 싸워 이기지 못하면, 그들에게 남는 것은 오직 참혹한 죽음뿐이었다. 그것을 누구보다 잘 알고 있었다.

절박한 훈련이 한창이던 때였다. 정봉수는 훈련 중이던 의병들을 진충루 아래 넓은 마당으로 불러 모았다.

"모두들 잠시 훈련을 멈추고 내 말을 들어라!"

뒤늦게 합류한 의병들은 영산의 위엄에 압도된 듯, 누구 하나 쉽게 입을 열지 못했다. 혹여나 함부로 말했다간 호된 질책이라도 받을까, 두려워하며 서로의 눈치만 살폈다. 정봉수는 그런 그들의 불안감을 간파하고 가장 앞에 앉아 있던 앳된 사내를 지목했다.

"자네는 하던 일이 무엇인가?"

"저는 나무꾼이었습니다요."

사내의 목소리는 작게 떨렸다.

"나무꾼? 그렇다면 가장 능숙하게 다루는 연장은 무엇인가?"

"예, 성에 들어오기 전에는 나무를 베어 팔며 살아왔기에 도끼를 가장 잘 다룹니다요."

"그렇지. 자네는 분명 도끼를 잘 다루겠지. 그럼 자네는 어떠한가?"

정봉수는 옆에 앉은 다른 젊은 사내에게 물었다. 그의 질문에 닫혔던 의병들의 입이 하나둘씩 열리기 시작했다.

"영산 나리, 소인은 평생 농사만 짓던 놈이라 괭이질이라면 자신 있습니다요."

"그렇군. 그럼 자네는?"

"저는 낫을…. 낫질이라면 누구에게도 뒤지지 않습니다요. 꼴 베는 일에는 도가 텄습니다요."

그렇게 모든 이들에게 돌아가며 묻자, 백성들은 저마다 익숙한 농기구의 이름을 읊었다. 도끼, 낫, 자귀, 괭이. 그들의 입에서 연장의 이름이 나올 때마다, 정봉수는 희망의 불씨를 발견했다. 이어 결연한 목소리로 명했다.

"모두 지금 당장 자기 손에 가장 익숙한 농기구를 가지고 이곳으로 다시 모여라!"

늦게 산을 오른 이들은 즉시 움막으로 흩어져, 평생의 동반자였던 농기구를 들고 황급히 돌아왔다.

정봉수는 즉시 대장간에 특별한 주문을 했다. 도끼날은 최대한 넓게 펴도록 했다. 괭이는 굽은 부분을 곧게 펴고 한쪽 날은 예리한 칼로 만들도록 지시했다. 낫 또한 날을 약간 넓히고 손잡이 쪽에도 날을 세워, 손에 쥐는 방식에 따라 길이를 조절하도록 했다. 자귀 역시, 날을 키우고 자루를 길게 만들었다. 쇠스랑을 들고 온 이에게는 튼튼한 참나무 장대로 자루를 교체해 주었다. 그의 지시 하나하나에는 절박한 형국을 타개하려는 지략이 번득였다.

"이 모든 농기구는 평소에 생명을 키우는 도구이지만, 전장에서는 능히 훌륭한 병장기가 될 수 있다."

정봉수는 그들이 개조된 농기구를 들고 훈련에 임하도록 독려했다.

나무꾼은 도끼로 적이 성벽을 기어오를 때 내리찍는 훈련을 했다. 괭이를 잘 다루는 의병은 땅을 파듯 휘둘러 성벽을 타고 오르는 적을 쳐내는 연습을 했다. 또 낫과 자귀를 잘 다루는 농부 의병들은 평소 다루던 솜씨를 그대로 활용하여 적을 베고 찌르고 막는 훈련에 집중했다. 놀랍게도 훈련의 성과는 즉각적으로 나타났다. 그들은 도끼와 낫, 괭이, 자귀를 자기 팔다리처럼 자유자재로 다루었다. 그들에게 자신감이 되살아났다.

"죽기로 싸우면 반드시 살길이 열릴 것이다. 하지만 살길부터 찾으려 뒷걸음친다면, 우리에게 남는 것은 오직 죽음뿐이라는 것을 명심하라. 우리는 단 한 치도 물러설 곳이 없다. 오로지 이 성을 지켜내는 것만이 우리가 살길이다. 그러기 위해서는 죽을 각오로 싸워야 한다."

정봉수는 기회가 있을 때마다 정신 교육을 잊지 않았다. 전투 단위 또한 새롭게 재편했다. 새롭게 들어온 의병들은 다섯 명을 기준으로 분대를 조직하고, 농기구를 개조한 무기로 숙련된 장창과 날렵한 낭선을 대신하도록 했다. 활을 쏘는 궁수와 화약을 다루는 화병은 기존의 임무를 그대로 수행하도록 했다. 농기구를 똑바로 다루지 못하거나 힘이 약한 젊은 아녀자들에게는 활 쏘는 법을 집중적으로 가르쳤다. 그들은 이제 더 이상 나약한 백성이 아니었다. 성을 지켜낼 전사가 되어가고 있었다.

칼과 창이 익숙지 않은 백성들에게 활은 한 줄기 희망이 되었다. 비록 오랜 숙련이 필요한 무기라지만, 정봉수는 그 속에서 가능성을 보았다. 그는 아녀자와 병장기에 서툰 사내들에게 모두 활을 쥐여주며, 끈질긴 인내심으로 훈련에 매달렸다. 젊은 시절 익혔던 《기효신서》의 병술을 바탕으로, 그는 체계적인 활쏘기 교육을 시작했다.

"선관지형 후찰풍세(先觀地形 後察風勢)!"

정봉수의 우렁찬 목소리가 훈련장에 울려 퍼졌다.

"먼저 전장의 지형을 세밀하게 살피고, 그 후에 바람의 흐름을 정확히 파악하라!"

그의 설명에 의병들은 고개를 끄덕이면서도 난해함을 감추지 못했다.

"비정비팔 흉허복실(非丁非八 胸虛腹實)!"

이어서 정봉수는 발의 위치와 호흡법을 강조했다.

"두 발의 위치는 '정(丁)'자도 아니고 '팔(八)'자도 아닌 안정적인 자세를 취하고, 가슴은 활짝 펴고 배에 힘을 주어 호흡을 깊게 하라!"

의병들은 그의 설명을 따라 하며 어색하게 자세를 취했다.

"전추태산 발여후악호미(前推泰山 發如後握虎尾)!"

정봉수는 활을 쥐는 손의 자세와 발사 후의 동작을 설명했다.

"활을 쥔 손은 거대한 태산을 밀어내듯 하고, 화살을 쏜 후에는 성난 호랑이의 꼬리를 만지듯 손을 자연스럽게 펴라!"

"발이부중 반구저기(發而不中 反求諸己)!"

마지막으로 그는 정신력의 중요성을 역설했다.

"화살을 쏘아 과녁에 맞지 않으면, 외부 탓을 하지 말고 자신의 자세와 마음가짐에 문제가 없는지 스스로 되돌아보라!"

정봉수는 가장 기본적인 자세부터 차근차근 가르쳤다. 성안 백성들은 그의 가르침에 깊이 몰입했다. 그들은 일상생활 속에서도 끊임없이 호흡법을 익혔다. 틈만 나면 활시위를 당기듯 손가락에 힘을 주어 당기는 연습을 했다. 문고리를 잡아당기고, 새끼줄을 잡아당겼다. 손가락에 걸리는 것이라면 무엇이든 당기는 연습에 필사적으로 매달렸다. 아녀자들은 밥을 짓는 동안에도 발의 위치를 연습하며, 자신을 단련된 전사로 만들어갔다.

"아니, 뭐라고 했더라? 선관지형 후찰 어쩌고 했던 것 같은데."

"맞아, 맞아. 그런데 뭐가 그렇게 어려운지. 그냥 쏘면 되는 거 아니겠어?"

의병들은 여기저기서 어설픈 활 쏘는 시늉을 하며 투덜거렸다.

"전추태산 발여후 으호미, 발여후 악호미, 발여후악 호미 도대체 무슨 말인지."

하지만 그들의 투덜거림 속에서도 배움에 대한 열의는 사그라지지 않았다.

"선관지형 후찰풍세, 비정비팔 흉허복실, 전추태산 발여후 악호미, 발이부중 반구저기."

어떤 이들은 천자문을 외듯 손바닥에 적어놓고 끊임없이 중얼거리며 다녔다. 정봉수는 활쏘기의 기본 자세가 얼마나 중요한지를 거듭 강조했다. 의병들은 새로운 것을 배운다는 사실에 흥미를 느꼈다. 비록 글자는 몰랐지만, 귀로 들은 소리를 흉내 내어 외우려고 애썼다. 오직 선비들만 알던 병법을 무지한 백성들에게까지 가르치자, 모두 글을 읽듯 열심히 따라 했다. 정봉수는 자세 하나하나를 꼼꼼히 교정해 주며 설명했다.

"전추태산. 활 잡은 손을 태산 밀듯하고. 발여후 악호미. 화살을 쏜 다음에는 성난 호랑이의 꼬리를 만지듯 깍지 낀 손을 자연스럽게 펴는 것이다."

그의 세심한 가르침은 의병들의 이해를 도왔다.

정봉수는 활을 쏠 때도 궁수 전체의 호흡을 하나로 모으는 집단 사격 훈련을 강조했다. 먼저 장대에 푸른색 깃발이 오르면, 모든 궁수는 활을 들고 화살을 시위에 걸었다. 곧이어 흰색 깃발이 올라가면, 일제히 시위를 당겼다. 붉은색 깃발은 발사 신호였다. 검은색 깃발은 화병들에게 폭탄을 준비하고 적의 동태를 주시하라는 신호로 사용했다. 정교한 지휘체계 속에서 백성들은 점차 진정한 궁수로 거듭나고 있었다.

훈련은 지칠 줄 모르고 맹렬하게 반복되었다. 활시위를 당기는 손끝은 물집으로 가득했다. 어깨는 쑤시고 저렸지만, 그들은 멈추지 않았다. 개인적인 활쏘기 실력 향상을 넘어, 모든 궁수가 한순간에 화살을 쏟아붓는 집중포화 훈련에 매진했다. 수백 개의 화살이 동시에 허공을 가르는 소리는 새 떼가 한꺼번에 날아오르는 듯했다. 그 소리는 전장의 긴장감을 그대로 재현했다.

돌을 던지는 훈련에도 엄격한 규율이 적용되었다. 정해진 순서에 따라, 가능한 한 모든 의병이 동시에 화살을 쏘고 돌을 던지도록 훈련했다.

장대 옆에 선 기수는 깃발로 신호를 보내는 단순한 임무를 수없이 반복하며 팔이 저미는 고통을 감내했다. 그의 손끝 하나에 수백 명의 움직임이 달려 있었기에, 그는 극도의 집중력을 발휘했다. 그렇게 용골산성의 모든 백성은 자신을 무장된 전사로 탈바꿈시켜 나갔다. 찢어진 옷소매와 흙먼지 묻은 볼에는 검붉은 의지가 새겨졌다.

용골산성은 이제 더 이상 나약한 백성들의 피난처가 아니었다. 훈련으로 단단하게 무장된 하나의 거대한 전투 집단으로 변모하고 있었다.

21. 돌아온 전사

　용골산성 문 앞으르 섬뜩한 광기를 머금은 젊은 사내가 그림자처럼 다가섰다. 그의 헝클어진 머리카락은 떡이 져 있었다. 찢어진 옷을 누더기처럼 몸에 걸치고 있었다. 처참한 몰골이었다. 온몸에서는 퀴퀴한 악취가 코를 찔렀다. 신발도 신지 못한 채, 맨발로 험한 산길을 오른 그의 발은 부르트고 갈라져 차마 눈 뜨고 보기 힘들 지경이었다. 그는 절규에 가까운 애끓는 목소리로 외쳤다.

　"영산 나리를 만나게 해주시오."

　문루를 지키던 의병이 매섭게 호통쳤다.

　"아니, 어디서 굴러먹던 놈이기에, 이리 와서 소란을 피우느냐?"

　의병은 짜증과 경멸감이 섞인 말투로 물었다.

　그러나 사내는 흙바닥에 대자로 드러누워 완강하게 버텼다.

　"나는 영산 나리를 만나야 하오. 그렇지 않으면 이곳에서 단 한 발짝도 움직이지 않겠소!"

　거지꼴을 한 주제에, 성문을 열어 주지 않으면 꼼짝도 하지 않겠다는 그의 고집스러운 태도는 가관이었다. 문루의 의병은 당장 내려가 매질을 하고 싶었다. 하지만 의병장의 엄격한 명령에 어긋나는 일이었다.

　'성을 찾아오는 모든 이는 이 나라의 백성이다. 그들의 행색이 어떠하든, 지위가 높든 낮든 함부로 대하지 말고 따뜻하게 맞이하라. 만약 그들을 하대하거나 천대하는 자가 있다면, 내가 절대로 용서치 않을 것이다.' 정봉수는 의병들에게 귀에 못이 박히도록 신신당부했던 것이다.

의병은 진충루에 이 기이한 방문객을 보고했다. 정봉수는 자신을 찾아온 비렁뱅이를 진충루 아래로 불러오도록 했다. 가까이 다가가자, 그의 몸에서는 역겨운 냄새가 진동했다. 인도하는 의병은 한 손으로 코를 움켜쥐었다.

정봉수가 진충루 난간 앞으로 다가섰다.

"영산 나리, 부디 먼저 죄를 물어, 저를 참해주십시오."

사내는 격한 오열에 한동안 목이 메어 말을 잇지 못했다.

"대체 너는 누구이며, 무슨 죄를 지었기에 스스로 죽음을 청하는 것이냐? 자초지종을 알아야 참하든 말든 할 게 아니냐?"

"저는 의주성에서 무사로 복무했던 서림이라고 합니다. 고향은 선천 대목산 아래입니다."

"선천 대목산이라면 철산과 그리 멀지 않은 곳이로군."

"그러하옵니다. 음력 정월 보름 의주성이 함락되기 직전, 차마 죽음을 맞을 용기가 없어 성을 빠져나왔습니다. 고향에 남겨진 처자식에 대한 걱정 때문에 그곳에서 스러질 수가 없었습니다."

"…"

"선배 부장께서는 백의종군하는 한이 있더라도 어서 빨리 피신하라 하셨습니다. 이곳에 머무르면 틀림없이 날이 밝기 전에 죽을 것이라고."

"…"

"저는 염치 불고하고 그 길로 도망쳤기에 이렇게 살아남았습니다. 하지만 살아있는 것이 사는 것이 아닙니다. 제발 저를 참해주십시오. 이 고통스러운 삶에서 벗어날 수 있도록 부디…."

정봉수는 굳게 입을 다물고 그의 애원을 들었다. 그의 마음속에는 동정과 함께 그를 어떻게 처리할지 고심하고 있었다. 전란 중에 성을 지키지 않고 도주하는 행위는 군율에 참형이었다. 과연 그에게 그 군율을 적용하는 것이 합당한 것인지, 자신이 그럴 자격이 있는 것인지. 되뇌고 있었다.

서림은 의주성이 함락되기 직전, 성에서 간신히 탈출했다. 그는 곧바로 인근 숲에 몸을 숨긴 채 숨 막히는 시간을 보냈다. 오랑캐들의 준동이 워낙 심했기에 감히 움직일 엄두도 내지 못했다. 공포에 질려 숨죽이고 있었다. 나뭇가지 사이로 비치는 햇살조차 그에게는 사치였다. 오랑캐들이 의주성을 비우고 용천으로 진격한 뒤에야, 비로소 그곳을 벗어날 수 있었다.

늦은 밤, 서림은 오랑캐들이 성을 비운 것을 확인한 다음, 잔뜩 움츠린 채 폐허가 된 성안으로 기어들어 갔다. 그는 불안과 두려움으로 요동쳤다. 그러나 그곳은 생지옥 그 자체였다. 발을 디딜 틈도 없이 모든 거리는 붉은 피로 뒤덮여 있었다.

백성들의 토막 난 시체들이 산처럼 쌓여 피비린내를 풍겼다. 어른, 아이 할 것 없이 온전한 시신은 단 하나도 찾아볼 수 없었다. 심지어 서너 살밖에 되지 않은 어린아이들의 시신은 차디찬 검에 찢겨 있었다. 두 눈으로 보고도 믿을 수 없는 참혹한 광경이었다. 그는 숨도 쉴 수 없었다.

'인간의 탈을 쓰고 어찌 이토록 잔인하단 말인가? 이것이 정말 인간의 소행이란 말인가!'

그의 뇌리는 극심한 충격으로 마비되었다.

더 이상 볼 수 없었다. 눈을 떠도 오랑캐들의 칼날이 선명하게 보였다. 눈을 감으면 그 끔찍한 형상들이 더욱 또렷하게 다가왔다. 특히 서너 살밖에 되지 않은 어린아이들의 공포에 질린 표정은, 눈을 감을수록 더욱 선명하게 눈앞을 갬돌았다. 목 잘린 어린아이의 눈을 감겨주지 못한 죄책감에 시달렸다. 자신만 살아남았다는 사실에 극심한 죄책감을 느꼈다. 견디기 힘든 날의 연속이었다.

서림은 굽이진 산길을 따라 고향 선천으로 발걸음을 옮겼다. 그러나 그가 마주한 것은 또 다른 지옥이었다. 말발굽에 짓밟히고, 사람들의 발에 밟혀 터진 뇌와 으깨진 간이 길바닥에 널려 있었다. 아녀자들이 끌려간 뒤, 남겨진 아이들의 애끓는 울음소리가 온 들판을 가득 채웠다. 길가의 개울과 작은 연못에는 시체들이 수북하게 쌓여 있었다. 잘린 팔다리는 서로 뒤엉켜 있었다. 핏물이 흘러내려 물빛은 온통 핏빛으로 물들어 있었다. 논 가운데 웅덩이는 시체로 가득 메워져 작은 언덕을 이루고 있었다.[66]

가족들은 뿔뿔이 흩어져 아무도 남아 있지 않았다. 그들이 어디로 갔는지, 피난길에 살아있는지도 알 수 없었다. 막연한 불안감에 휩싸여 불탄 집터를 헤맸다. 그러던 중에 간신히 죽음을 면한 고향 마을의 이웃을 만났다. 노인은 아내와 자식을 오랑캐들의 손에 잃고 홀로 살아남았다고 했다.

"저희 식구들은 어찌 되었는지요?"

"아이고, 말도 말게."

노인은 서림의 질문에 울음을 터뜨리며 말을 잇지 못했다.

"오랑캐 놈들이 마을로 쳐들어오던 날 자네 부모도, 놈들이 그만 칼로…."

노인은 대답 대신 통곡했다.

---

66) 《양주십일기》: 후금이 1645년 봄에 북경 양주성을 점령한 뒤 후금 병사들이 저지른 만행을 현장에서 살아남은 왕수촌이 기록하여 후세에 전해진 책. 이 책은 청나라 통치 기간 내내 금서였으나 한두 권이 일본에 전해져 반청 운동의 도화선이 되었다. 이 책의 '끌려가는 조선 여인' 부분 인용.

서림도 얼굴을 땅에 묻고 울부짖었다. 한순간에 부모를 모두 잃었다. 게다가 그의 어린 두 아들도, 그들의 잔혹한 만행을 보고 울부짖다 그 자리에서 무참히 살해당했다. 다만 그의 아내만이 살아남았다.

"그러나 살아는 있지만 산 것이 아니네. 그놈들이…."

"어디로 갔는지…?"

"그놈들이 끌고 갔네. 마을 아녀자들도…."

노인은 그 자리에 맥없이 주저앉았다. 자신의 어린 딸과 젊은 사위 또한 그들에게 끌려갔다고 흐느꼈다.

서림은 시신을 하나하나 들추며 부모와 어린 두 아들을 찾아 헤맸다. 그들은 오랑캐의 칼에 찢겨 있었다. 서림은 싸늘한 그들의 시신을 끌어안고 통곡하고 또 통곡했다. 그의 울부짖음은 폐허가 된 마을에 메아리쳤다.

서림은 홀로 부모와 어린 두 아들의 시신을 수습하여 마을 뒷산에 묻었다. 제정신으로는 도저히 살아갈 수 없었다. 그는 이미 반쯤 미쳐 있었다. 매일 밤, 칼에 맞아 죽어간 어린 자식들과 부모의 환영이 그를 짓눌렀다. 단 한 순간도 편히 잠들 수 없었다.

의주성이 무너진 지 두어 달이 지난 뒤였다. 복수의 칼을 가슴 깊이 갈며 폐허가 된 고향을 등졌다. 그리고 찾아든 곳이 용골산성이었다.

"영산 나리. 제발 저를 죽여 주십시오. 이 고통의 늪에서 벗어날 수 있도록 부디 저를 참하여 주십시오."

정봉수는 한동안 말없이 그의 이야기를 들었다. 애틋한 사념 끝에 입을 열었다.

"자네는 이미 의주성에서 죽었다. 그런데 내가 어찌 죽은 자를 다시 참하겠는가? 사람은 한 번 죽는 법. 이미 의주성에서 죽었으니 이곳 용골산성에서 다시 태어나라. 그리고 새롭게 용사가 되어 이 나라에 진 빚을 갚아라. 그리하면 자네의 짓눌린 삶 또한 맑게 정화될 것이다."

정봉수는 부장에게 그의 헝클어진 머리카락을 깨끗하게 잘라내도록 명했다. 그리고 잘라낸 머리카락을 진충루 앞에서 불태웠다. 그의 과거를 불사르고, 새로운 생명이 다시 살아났음을 알렸다. 그 의식이 있은 다음, 놀랍게도 서림의 흐릿했던 눈동자가 제빛으로 돌아왔다. 그의 마음도 점차 생기와 결의로 채워졌다. 그는 진정으로 용골산성에서 새로운 삶을 시작했다. 그의 어깨를 짓누르던 죄책감과 고통의 무게가 덜어진 듯했다.

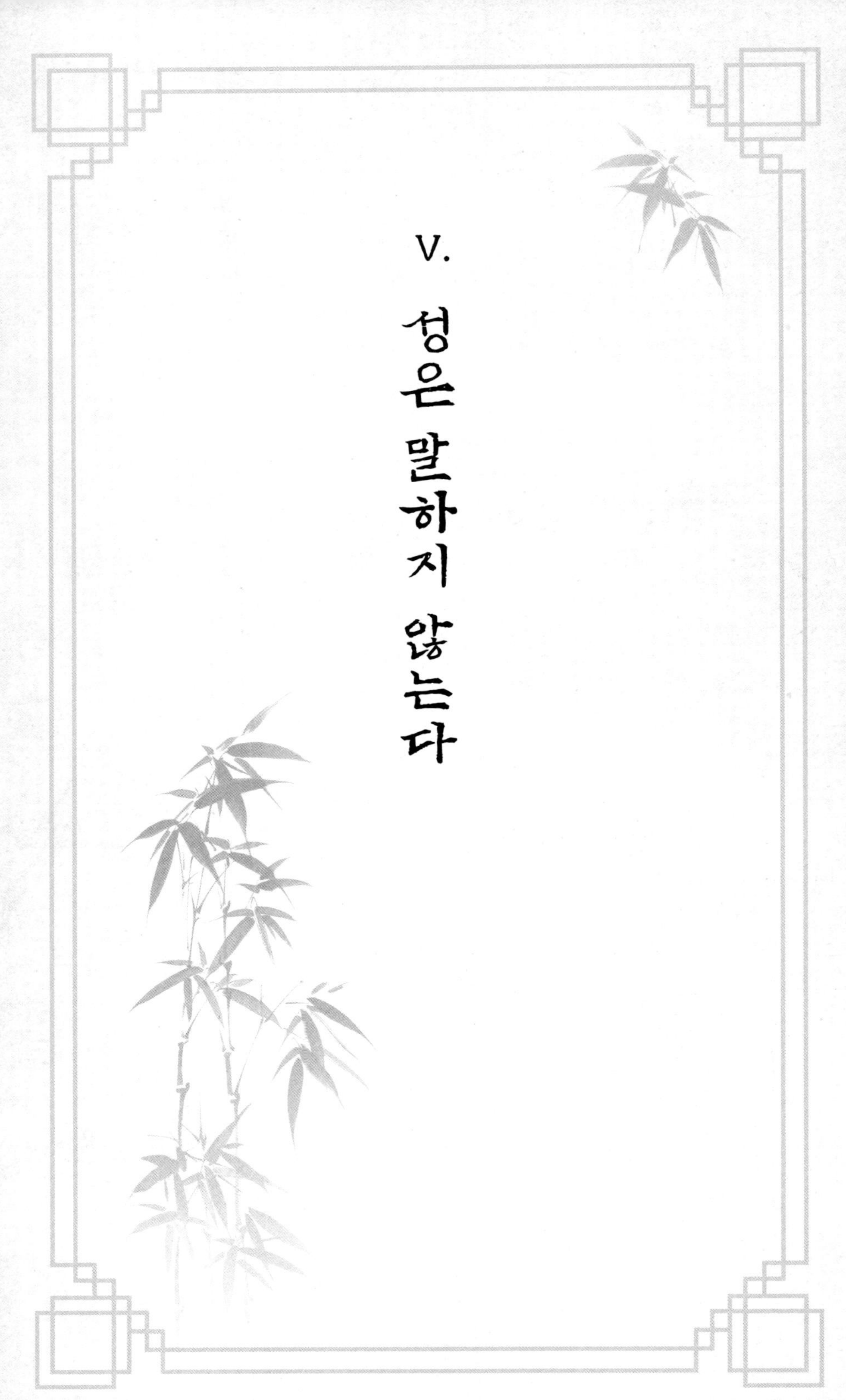

V.

성은 말하지 않는다

22. 눈엣가시가 되다

용골산성에 첩보가 날아들었다. 피현 너머, 매일 같이 1백여 기의 오랑캐들이 번갈아 나타나 조선 땅의 풀을 말들에게 뜯어 먹인다는 내용이었다. 단순히 말에게 풀을 먹이는 행위로 치부해도 될 일이었다. 하지만 정봉수는 그러지 않았다.

그 사소한 침탈도 묵과하지 않았다. 오랑캐들이 감히 이 땅의 신성한 풀을 더럽히는 것 자체가 죄악이었다. 더군다나 용골성 인근에 그림자처럼 출몰하는 것 또한 용납하지 못할 명백한 도발이었다. 피현은 용천과 지척이었다.

"이 땅의 풀 한 포기도 조선의 것이다. 어찌 저들이 감히 이 땅에 들어와 풀을 먹이는가. 이 나라 강토를 짓밟는 자는 그 누구든 우리의 적이다. 유병장[67]은 그리 생각하지 않는가?"

정봉수의 시선이 매섭게 유병장 이진선을 향했다. 갑작스러운 질문에 이진선은 당황한 기색을 감추지 못하고 머뭇거렸다.

"유병장은 정예 기마 1백 기를 이끌고 가서, 저들이 피현까지 내려와 말먹이는 오만한 버릇을 단단히 고쳐주어라. 알겠는가?"

---

67)　유병장: 유생들로 이루어진 의병을 지휘한 부장.

　정봉수의 명령은 추상같았다. 단 한 치의 틈도 없었다. 이진선도 주저하지 않았다.

　정봉수는 적의 말들이 살찌고 기운이 왕성해지면, 필시 머지않아 닥쳐올 전투의 불길한 징조라고 직감했다. 1백여 기의 말들을 매일 같이 풀 먹여 살찌우는 저들의 움직임은 심상치 않았다. 나름의 대비가 필요하다고 판단했다.

　유병장 이진선은 즉시 정예 기마 1백 기를 이끌고 피현 너머로 질풍처럼 달려갔다.

　기마병들의 말발굽 소리가 대지를 흔들었다.

　피현 너머에 이르자, 백여 기의 오랑캐들이 말에게 싱그러운 봄풀을 뜯기고 있었다.

　이진선은 날렵한 기마병들을 은밀하게 풀었다. 그들은 적들에게 그림자처럼 접근했다. 그러고는 순식간에 매서운 화살을 그들에게 쏘아 날렸다. 쉭쉭 거리는 화살 소리가 봄날의 정적을 갈랐다.

　놀란 오랑캐들의 비명이 뒤섞였다. 기습의 짜릿한 쾌감은 바로 이런 것이었다. 아무리 같은 수의 적이라 할지라도, 허를 찌르는 기습 앞에서는 속수무책이었다. 정봉수가 그토록 기습을 강조했던 이유가 여기에 있었다. 오랑캐들은 혼란에 빠져 이리저리 흩어졌다. 용골산성의 기마병들은 맹렬하게 적을 몰아붙였다. 이진선은 6명의 적을 베고 6필의 말을 전리품으로 획득하는 공을 세웠다.

　정봉수는 제장 회의를 소집하여, 혁혁한 공을 세운 유병장 이진선을 극진히 치하했다. 그는 승리의 정황을 생생하게 묘사하며, 어떤 작전으로 어떻게 적을 섬멸 했는지, 장수들 앞에서 상세히 설명하도록 했다. 모든 경험은 공유되어야 한다는 것이 정봉수의 확고한 신념이었다.

　다음 날, 불길한 첩보가 용골성에 다시 날아들었다.

　적 20여 기가 산성 북쪽 이십 리 지점에서 방화와 약탈을 자행했다는 내용이었다. 끈질기게 용골성 주변을 맴도는 적들의 움직임은 결코 가벼운 문제가 아니었다. 그것은 단순한 동태 파악일 수 있었다. 용골성의 전반적인 전투태세를 떠보는 간교한 탐문일 가능성도 있었다.

정봉수는 첩보의 내용을 심각하게 받아들였다.

즉시 30여 기의 기마병을 출격시켰다. 그들에게는 적에게 은밀하게 접근하여 기습전을 펼치라는 엄명이 내려졌다. 하지만 현장에 도착한 부장은 약탈에 열중하고 있던 오랑캐들을 발견하자, 끓어오르는 분노를 참지 못하고 정면으로 돌격해 버렸다. 그것은 과도한 자신감이었다. 9명의 적을 베는 전과를 올렸으나 이날 전투에서 용맹한 병사 2명을 잃었다. 최근 들어 가장 큰 손실이었다.

정봉수는 명령을 어기고 정면 승부를 건 부장을 호되게 질책했다. 어떤 처지에서도 명령에 절대적으로 복종할 것을 엄중하게 경고했다. 개별 장수의 즉흥적인 판단에 따라 움직인다면, 돌이킬 수 없는 오류를 범할 가능성이 농후하다고 판단했다.

정봉수는 부장들의 전투 방식을 손바닥 보듯 꿰뚫고 있었다. 적은 병력으로 최대한의 효과를 거둘 수 있는 유일한 전법은 바로 기습이었다. 그는 그 점을 철저하게 주지시켰다. 반드시 그렇게 실행하도록 하명했다.

사방은 이미 적들의 땅으로 변해 있었다. 고립된 용골산성만 홀로 버티고 있었다. 삶의 터전을 잃은 수많은 피난민이 마지막 보루로 끊임없이 몰려들었다.

심각한 문제는 식량 부족이었다. 봄날에 간신히 거두어들이는 산나물만으로는 늘어나는 백성들의 굶주린 배를 채우기에 부족했다. 풀죽을 쑤고 쑥국을 끓여 연명했지만, 성안에 몰려든 사람이 워낙 많아 식량을 공급하는 것은 갈수록 버거운 일이 되어갔다. 출전하는 군사들에게는 노획한 물자나 양곡을 나누어주어 당장의 굶주림을 달래주었다. 그러나 일반 백성들을 구제할 여력은 턱없이 부족했다.

정봉수는 오랑캐들의 수급 6급을 짚으로 꽁꽁 싸매고, 노획한 모자를 함께 담아 모문룡이 머무는 독부로 보냈다. 간절한 마음으로 그에게 도움을 요청하며 후한 상을 내려 줄 것을 간청했다. 자존심이 상하는 일이었지만, 절박한 형세에서 다른 방도는 없었다.

심상치 않은 분위기로 보아, 조만간 대규모 전투가 벌어질지도 모르는 위기 국면이었다. 이런 때 비상식량마저 확보하지 못한다면, 의병들의 사기는 땅에 떨어질 것이 뻔했다. 식량 확보는 무엇보다 시급한 문제였다. 정봉수가 자신의 자존심을 굽히고 모문룡에게 간절히 매달린 것도 바로 이런 연유였다.

그러자 모문룡은 뜻밖에도 적의 머리를 거둔 공에 대한 보상으로 은 3백50냥을 내주었다. 겉으로는 후한 포상이었지만, 실상은 용골성을 지키는 의병장 정봉수가 머리를 조아린 대가였다. 자존심은 짓밟혔지만, 어찌 되었든 절박한 처지에 도움을 준 것은 참으로 감사한 일이었다. 정봉수는 즉시 그 은으로 모문룡이 머물던 신미도에서 쌀을 사들이도록 했다.

한편, 모문룡은 정봉수가 넘긴 적의 수급을 명나라 조정에 보내 자신의 공으로 둔갑시켰다. 그 덕분에 그는 훨씬 더 많은 포상을 받았다. 이후로도 그는 적의 머리를 가져오는 자에게 후한 포상을 약속했다. 하지만 곡식을 용골산성까지 안전하게 운반하는 것이 새로운 과제였다.

당시 후금의 오랑캐들은 이미 선천과 곽산을 장악하고 있었다. 육로는 막혀 산성으로 곡식을 옮길 길이 막막했다. 정봉수는 어쩔 수 없이 모문룡에게 배를 빌렸다. 그러고는 야음을 틈타 바닷가로 접근했다. 이어 좁은 강을 거슬러 올라, 겨우 용골산성이 멀지 않은 곳까지 곡식을 운반했다. 그런 다음 험한 산길을 따라 산성 안으로 끌어들였다.

용골산성 인근에서 약탈을 일삼던 오랑캐들이 잇따라 의병들에게 고초를 겪었다는 소식이 의주 후금 본영에 전해졌다. 그들의 움직임은 이전과는 비교가 안 될 정도로 민첩하고 공격적으로 변해갔다.

아민에게 용골산성은 눈엣가시였다. 어떻게든 밟고 지나가야 할 거점이었다.

용골산성도 자신이 장악한 점령지였다. 그런데 정봉수가 의병을 일으켜 고개를 쳐들고 있었다. 점령지 가운데 되살아난 곳은 그곳뿐이었다. 그곳을 허물어 본때를 보여야 한다는 게 아민의 생각이었다. 다시 함락시키기 위한 대책 마련에 골몰했다.

며칠이 지났다. 피 냄새 나는 소식이 아민의 군영에 벼락같이 떨어졌다. 부장으로 보이는 사내가 새파랗게 질린 안색으로 아민에게 숨을 헐떡이며 보고했다.

“대장군! 용천 부사 장사준이 며칠 전 용골산성을 기습하려다 실패한 직후, 의병들에게 처참하게 살해당했다는 급보가 들어왔습니다.”

“뭐라고? 용천 부사 장사준이 그날 살해당했다고?”

아민은 자리에서 벌떡 일어섰다.

“그러하옵니다.”

“아니. 감히 후금의 왕자이며 총대장군인 내가 임명한 관리를 죽이다니. 이는 대후금 황제 폐하의 권위에 대한 명백한 도전이다. 당장 저들을 모조리 도륙 내겠다.”

아민은 격한 분노를 삭이지 못해 방을 오갔다. 그것은 단순한 반항이 아니었다. 자신을 우롱하는 극악무도한 모욕이었다.

“그동안 장사준이 인질로 잡혀 있어, 차일피일 미루었는데. 미룰 필요가 없다.”

아민은 혼잣말처럼 주절거렸다. 침이 튀겼다.

“용골산성은 쉽사리 허물기가…”

보고를 위해 들어온 부장이 눈치 없이 말을 꺼냈다.

"무어라? 용골성은 지난 전투에서 우리가 이미 복속시키지 않았더냐. 더 적은 병력으로도 함락시켰던 보잘것없는 산성이다. 그런데 무엇이 그리 두려워 어렵다는 게냐?"

아민은 보고하던 부장에게 고함을 질렀다. 그러자 옆에 있던 다른 부장이 분위기를 살피며 조용하게 입을 열었다.

"그러하옵니다, 대장군. 대군을 이끌고 공격하면 하루거리도 되지 않습니다."

그의 말 속에는 아민의 자존심을 긁지 않으려는 치밀한 계산이 엿보였다.

"지금 당장 쳐들어가서 그 역적을 산산이 도륙 내겠다. 대후금을 얼마나 하찮게 여기면 감히 대명천지에 우리 관리를 처단한단 말이냐. 당장 출전을 준비하라."

아민은 즉각 출전 준비를 명령했다.

다른 한편으로, 아민은 정봉수에게 자신의 시퍼런 분노가 고스란히 담긴 간찰을 보냈다.

"조선은 지금 우리 후금과 더불어 형제의 예로 굳은 맹약을 맺었다. 그런데 변변치 못한 일개 배신한 신하가 작은 성에 병사들을 모아 감히 이토록 패륜적인 잘못을 저지르고 있다. 너는 나라를 배반한 역적이 아니고 무엇이냐. 조속한 시일 내에 용골산성의 무뢰한 의병들을 해산시키고 당장 성문을 활짝 열어라. 만약 스스로 성문을 열고 나오지 않는다면, 후금의 전 병력을 투입하여 성안의 모든 백성들을 무자비하게 도륙할 것이다. 모월 모일. 대후금 총대장군 아민."

그의 말이 완전히 틀린 것은 아니었다. 후금 군부와 조선 조정은 지난 3월 3일, 서로 형제의 예로 맹약을 맺었다. 조선은 후금의 무력 앞에 무릎을 꿇고, 침략이 시작된 지 두 달도 채 되지 않아 그들과 굴욕적인 맹약을 체결했다. 명목상으로는 형제 국가였지만, 실상은 저들의 강력한 힘에 굴복한 형국이었다. 이런 형편에서 정봉수가 감히 의병을 일으켜 용골성을 내놓지 않고 완강하게 저항하고 있으니, 아민은 자존심이 상했다. 아민의 즉각적인 공격 명령은 이러한 복잡한 사정을 담고 있었다.

아민은 조선 왕의 굴욕적인 맹약 문서를 손에 쥐고 있었다. 그는 도성까지 내려갔던 대군이 의주로 돌아올 때까지 묵묵히 기다렸다. 그들이 돌아오는 지역마다 최소한의 병력만을 남겨 관리하도록 했다. 그리고 주력 부대는 의주에 집결시켰다.

조선과의 협상을 주도하고 돌아온 유해 대장군으로부터 그간의 상세한 전황을 보고받았다. 물론 그는 아민의 명령에 따라 움직였다. 하지만 조선 조정의 속내와 내밀한 움직임에 대한 자세한 보고를, 직접 들을 기회는 없었다.

총대장군 아민은 조선과의 맹약을 기념하며 유해를 위해 특별히 술자리를 마련했다. 진수성찬과 기름진 음식을 상 위에 가득 차려놓고, 술을 권했다. 의주 기생들을 양옆에 앉혀 술 시중을 들게 했다. 술잔이 몇 차례 오가며 분위기가 무르익었다. 아민의 붉게 달아오른 뺨 위로 만족스러운 미소가 번졌다.

"그동안 조선에 들어와 고초가 있었지만, 유해 장군 덕분에 슬기롭게 극복하여 마침내 조선의 맹약을 받아낼 수 있었다."

"과찬의 말씀이옵니다. 모두 왕자님의 탁월하신 영도력 덕분에 오늘의 기쁨이 있는 것이 아니겠사옵니까. 조선의 왕이 왕자님의 발아래 무릎을 꿇었다는 것은, 생각만 해도 참으로 유쾌한 일이 아니고 무엇이겠사옵니까?"

유해는 능숙하게 아민의 기분을 살폈다.

"그럴 테지. 조선의 왕이 내 앞에 무릎을 꿇었다는 것은, 역사에 길이 남을 만한 사건이다. 그 또한 모두 유해 장군의 뛰어난 공 덕분이지."

아민은 노골적으르 유해를 치켜세웠다. 그러자 유해는 현장에서 느꼈던 일들을 자랑처럼 늘어놓았다.

"조선은 참으로 의외였사옵니다. 이토록 무능한 나라가 또 있을까. 저리 무능한 대신들이 나라를 쥐락펴락하다니, 믿기 어려웠사옵니다. 조선 왕은 대체 뭐 하는 자인지…. 보름 만에 한성까지 내려가는데, 제대로 된 조선 군사를 보지 못했사옵니다. 고함 한 번 지르자, 성문이 와르르 무너지고 장수들은 혼비백산하여 달아났사옵니다. 이게 과연 나라란 말이옵니까?"

유해는 술잔을 내려놓으며 가소로운 미소를 머금었다.

"나도 그리 생각했다. 조선에서 투항한 자들의 귀띔은 들었지만, 설마 이 정도일 줄은 몰랐다. 하나 우리 대군이 파죽지세로 남하하는 보고를 받고서야, 그 말이 과연 사실이었음을 깨달았다. 참으로 한심한 작태가 아니고 무엇이겠는가?"

유해는 맞장구를 치며 술잔을 비웠다. 조롱 섞인 미소가 떠나지 않았다.

"더욱 가관은, 협상하는 과정에서도 있었사옵니다. 호통 한 번 쳤을 뿐인데, 대신이라는 각자들이 벌벌 떨며 혼비백산하는 꼴이라니. 참으로 어리석고 한심한 작자들이 아닐 수 없었사옵니다. 심지어 우리 사신이 '두 마리의 짐승을 잡는 것이 좋겠는가, 아니면 조선 백성들을 모조리 도륙하는 것이 좋겠는가'라고 매섭게 다그치자, 글쎄 그 대신이라는 자가 오줌을 지렸는지 앞섶이 축축하게 젖지 않겠사옵니까. 소신은 속으로 터져 나오는 웃음을 참느라 혼쭐이 났었사옵니다."

"뭣이라? 그런 웃지 못할 일이 있었단 말이더냐?"

아민은 배를 잡고 웃으며 고개를 절레절레 흔들었다.

밤은 깊어 가는 줄 모르고 흘러갔다. 술잔이 오가고, 기생들의 노랫소리가 끊이지 않았다. 두 사람은 취기가 오를수록 더욱 거침없는 대화를 이어갔다. 눈동자는 풀리고 혀는 꼬여, 이제는 속내를 털어놓아도 좋을 만큼 술기운이 온몸에 퍼져 있었다.

"솔직히 심양으로 돌아가기 전에 반드시 해결해야 할 숙제가 남아 있다."

아민은 곁눈으로 유해의 반응을 살피며 나지막이 읊조리듯 말했다.

"이 일을 유해 장군이 도와준다면 더할 나위 없이 기쁠 터…."

"왕자님께서 명만 내리신다면, 이 유해가 어찌 감히 거역하겠사옵니까?"

유해는 풀린 눈을 억지로 가다듬으며 말했다. 아민의 의중을 정확히 파악하려 애썼다.

"헌데 심양으로 귀환하시기 전에 풀어야 할 숙제가 무엇이옵니까?"

유해는 아민의 표정을 읽으며 물었다. 그제야 아민은 자세를 바로잡고 입을 열었다.

"저 용천 땅에 있는 용골산성을 완전히 초토화시키고, 그곳의 의병장 정봉수란 작자를 끌어다 내 앞에 무릎 꿇게 만드는 것이다. 그자는 우리가 임명한 용천부사 장사준을 참살했다. 도저히 용서할 수 없는 놈이다."

다시 아민의 눈썹이 치켜 올랐다.

유해는 고개를 갸웃거리며 물었다.

"용골산성이라면 그 콩알만 하다는 작은 성채를 말씀하시는 겁니까? 그리고 정봉수라는 자는 그곳 의병들의 우두머리라 들었사옵니다만."

"바로 그자다."

아민은 취기를 털어내듯 고개를 끄덕였다.

"그깟 조그만 성과 하찮은 의병장을 그리 어려워하실 필요가 있사옵니까? 대군이 있으니, 내일이라도 당장 진격하면 간단히 해결될 일이옵니다."

유해는 호언장담하며 술잔을 들어 올렸다.

"그럼, 당장 쳐들어갈까?"

아민의 되물음에는 어딘가 모르게 묘한 무게감을 담고 있었다. 그는 유해의 반응을 살폈다. 독단적 명령보다 장수들의 동조가 필요했다. 아민의 속셈이었다.

유해는 지그시 입술을 물고 앉아 있었다. 그의 머릿속에서는 계산이 복잡하게 돌아가고 있었다. 이 선택이 자신의 앞날에 적지 않은 영향을 미치리라는 것을 직감했다.

"왕자님, 송구하오나 이 점은 깊이 헤아려 보셔야 할 듯하옵니다."

유해는 눈에 힘을 주며 입을 열었다.

"무엇인가?"

"왕자님께서는 곧 심양으로 돌아가셔서, 처리하셔야 할 막중한 국사가 산적해 있사옵니다. 그런데 보잘것없는 작은 성 하나를 허문다고 해서 과연 무슨 큰 도움이 되겠사옵니까? 소신의 생각으로는 그저 조용히 심양으로 귀환하시는 것이 훨씬 득이 될 것이옵니다."

술기운을 빌렸다고는 하나, 유해의 목소리는 의외로 냉철하고 명료했다. 그는 아민의 자존심을 건드리지 않으면서도 현실적인 조언을 했다. 아민은 그의 말을 가만히 듣더니 고개를 끄덕였다.

"나 역시 자네 생각과 다르지 않다. 하지만 대후금의 관리를 참살한 자를 처단하지 않고 돌아간다면, 평생 마음속에 박힌 티눈처럼 나를 괴롭힐 것이다. 이는 대후금의 명예를 되찾는 것이다. 기어이 저 성을 허물고 정봉수라는 작자를 끌어내 내 앞에 무릎 꿇리는 것을 보고 싶도다."

아민은 술잔을 들어 길게 들이켰다. 후금의 명예를 논했지만, 실속은 무너진 자존심이 그의 목덜미를 짓누르고 있었다.

유해 또한 말없이 술잔을 들어 단숨에 비웠다. 그리고 빈 잔을 공손히 아민에게 내밀었다. 아민은 묵묵히 그의 잔을 받아 바닥이 드러날 때까지 들이켰다. 이번에는 아민이 다시 술잔을 유해에게 건넸다. 어둠 속에서, 두 사내의 복잡한 속내를 담은 묘한 시선이 잠시 마주쳤다.

23. 삼만 대군의 침공

　3월 보름이 지나면서 계절은 완연한 봄빛으로 물들었다. 그럼에도 용골산성에는 살얼음판을 걷는 긴장감이 맴돌았다. 정봉수는 심상치 않은 정세를 직감했다. 진충루에 제장들을 긴급히 불러 모았다. 이날 오랑캐 총대장 아민의 간찰이 왔다. 정봉수의 목소리는 서릿발처럼 서늘하게 가라앉았다.

　"놈들이 장사준의 죽음을 알았으니 이제 얼마지 않아 저들이 쳐들어올 것이다."

　중군 김종민이 입을 열었다.

　"그렇습니다. 놈들이 그토록 신임하던 장사준을 베고, 허를 찔러 후미를 기습했으니, 가만히 있을 리 없습니다. 며칠 전부터 놈들의 움직임이 심상치 않았습니다. 매일 성 아래에 군사를 집결시키는 것이 그 증거입니다."

　제장들은 입을 다물고 무겁게 고개를 끄덕였다. 산성 위에서 내려다보이는 적들의 움직임이 심상치 않았다. 곧 닥쳐올 처절한 혈투를 예고하는 전조였다.

　용골산을 중심으로 후금의 영채가 사방으로 검은 곰팡이처럼 쉴 새 없이 번져나가고 있었다. 처음에는 몇 개의 깃발과 허술한 군막만이 눈에 띠었다. 그러다 어느덧 용골산 주변은 핏빛 깃발과 음산한 군막으로 뒤덮였다. 바람결에 흩날리는 무수한 깃발들은, 검은 파도의 거대한 비늘처럼 번뜩였다. 검은 물결의 중심에는, 후금 총대장 아민의 군막이 섰다. 위압적인 괴수의 아가리처럼 자태를 드러냈다.

후금 군사들이 용골산을 겹겹이 에워싸고 군막을 친 지 수일이 지났다. 산성 주변 20리는 온통 잿빛 적들의 군영으로 뒤덮였다. 거대한 거미줄처럼 용골산을 옭아맸다. 며칠 동안이나 산 아래에 똬리를 튼 후금 군대는, 그림자처럼 성 전체를 휘감고 있었다. 언제 쳐 오를지 모르는 판국이었다.

용골산성은 외로운 섬처럼 적들에게 포위되어 있었다. 성안의 백성들은 다가올 폭풍을 직감하며 숨죽였다.

3월 27일이었다.

새벽닭이 울기도 전이었다. 칠흑 같은 어둠 속에서, 송곳 같은 나팔 소리가 새벽의 정적을 찢었다. 곧이어 땅을 울리는 요란한 북소리가 맹렬하게 울려 퍼졌다.

아민은 모든 군의 진형이 갖춰지자, 기다렸다는 듯이 총공격 명령을 내렸다. 군사들은 하나같이 놋쇠 편경을 두드렸다. 귀를 찢는 쇳소리가 하늘을 찌르며 울려 퍼졌다. 요란스러운 소리가 혼을 빼놓았다.

검은 개미 떼처럼, 셀 수 없이 군사들이 산자락을 기어오르기 시작했다. 봄바람에 나부끼는 형형색색의 깃발들은, 거대한 독사의 비늘처럼 번뜩였다. 산 아래 우뚝 솟은 아민 총대장의 깃발은, 맹수의 꼬리처럼 바람을 갈랐다. 깃발을 붙잡은 병사들은 거센 바람에 이리저리 휘둘려, 허수아비처럼 흔들렸다. 산 중턱에도, 대장군들의 깃발이 검은 그림자를 길게 드리웠다.

용골산성은 숨 막히는 긴장감 속에 얼어붙어 있었다. 성안의 모든 이들은 매섭게 벼려진 날 위에 위태롭게 서 있었다. 매일 주변사령의 지휘 아래 진행된 철통같은 대비 태세 점검은, 더욱더 철저하고 엄중하게 진행됐다.

정봉수는 그동안 성벽을 샅샅이 살폈다. 조금의 빈틈도 허용하지 않았다.

새벽의 짙은 어둠이 채 걷히기도 전이었다. 숨 막힐 듯 급박한 소식이 멀리 들리는 북소리와 함께 정봉수에게 전해졌다.

"영산 나리, 대군입니다!"

주번사령이 숨 가쁘게 내실로 뛰어 들어왔다. 죽은 사람처럼 창백하게 질려 있었다.

"얼마나 되는 거 같은가?"

정봉수는 갑옷을 걸치고, 투구를 움켜쥔 채였다. 이미 며칠 밤을 잠 못 이루며 비상근무를 이어가고 있었다.

"어림잡아 기만은 족히 넘어 보입니다."

주번사령의 목소리는 떨리고 있었다.

"뭐라? 기만 대군이라고?"

"적어도 3만은 될 듯합니다."

정봉수는 두 눈을 크게 부릅떴다. 3만 대군. 지금까지 그 어떤 전투에서도 경험하지 못한 압도적인 병력이었다. 그들은 검은 파도처럼 맹렬한 기세로 몰려오고 있었다.

"무엇을 하는가. 북을 울려라!"

정봉수는 굳은 표정으로 진충루에 걸린 북을 울리도록 명령했다.

"둥! 둥! 둥!"

북소리는 새벽의 정적을 깨웠다. 묵직한 울림은 바람을 타고 산과 숲을 넘어, 용골산성 전체를 뒤흔들었다. 깊은 잠에 빠져 있던 의병들은, 갑작스러운 북소리에 벼락이라도 맞은 듯 황급히 자리에서 일어났다. 심상치 않은 일이 벌어졌음을 직감한 그들이었다. 단단한 결의를 다지며 서둘러 예리하게 벼려진 무기를 손에 움켜쥐었다.

후금 군부는 조선에 남은 마지막 자존심마저 짓밟기 위해, 마침내 거대한 발톱을 드러냈다. 군세가 움직일 때마다 공기는 갈라졌고, 그 틈마다 살기가 서늘하게 번져나갔다. 다가오는 것은 전투가 아니라, 압도적인 파멸처럼 느껴졌다.

정봉수는 산 아래가 내려다보이는 진충루 난간에 몸을 기댔다. 새벽은 아직 어둠을 떨쳐내지 못했다. 음산한 기운이 산자락을 휘감고 있었다. 그 아래로, 검은 융단처럼 깔린 적의 깃발들이 끝도 없이 펼쳐져 있었다. 바람이 스치자 깃발들은 일제히 뒤틀리며 출렁였다. 그 모습은 마치 검은 파도가 밀려와 산을 삼키려는 듯 맹렬했다. 곧 피와 불이 뒤따를 것임을, 정봉수는 온몸으로 느끼고 있었다.

징 소리와 둔탁한 북소리가 요란하게 새벽을 깨웠다.

"총공세입니다."

중군 김종민이 헐떡이며 진충루로 달려와 절박하게 외쳤다.

정봉수는 고개를 끄덕였다.

"마침내 올 것이 왔다. 죽기 아니면 살기다."

조선의 강토를 짓밟고, 죄 없는 백성들을 짓이겨 온 저 잔혹한 오랑캐들에게, 마침내 값비싼 대가를 치르게 할 순간이었다. 말발굽 아래 스러져간 수많은 영혼의 울부짖음이 귓가를 찔렀다. 그 절규를 이 자리에서 되돌려줄 기회였다. 정봉수는 차가운 칼자루를 더욱 세게 움켜쥐었다. 결단에 흔들림은 없었다. 숨을 고르고, 결의를 한 번에 끌어올렸다. 주변사령이 의병들의 집합 상태를 보고했다. 정봉수는 천천히 진충루의 낡은 난간 앞으로 걸어 나갔다. 그 아래 마당에는, 차가운 갑옷으로 무장한 제장들이 도열해 있었다. 그 뒤로 많은 의병들이 구름처럼 모여 있었다.

"오랑캐 놈들이 총공세를 시작했다."

정봉수의 목소리가 진충루를 넘어 용골산성 전체를 뒤흔들었다.

"이른 새벽부터 시작된 저들의 공격은, 결코 쉽지 않은 싸움이 될 것이다. 하지만 우리는 단 한 발도 물러설 곳이 없다. 이곳에서 이기지 못하면 우리 모두는 뼈도 남기지 못할 것이다. 남녀노소 그 누구 할 것 없이, 죽을힘을 다해 싸워야 한다. 평소 갈고닦은 기량과, 피나는 훈련의 결실을 단 한 치의 망설임 없이 쏟아부으면 반드시 승리할 것이다. 부디 그 어떤 형세에서도 흥분하지 말라. 침착하고 냉정하게 대응하라."

정봉수는 의병들을 내려다보며 다시 목소리를 높였다.

"용골산성은 예로부터 그 어떤 강한 적도 감히 넘보지 못했던 천혜의 요새다. 이 성의 굳은 역사가 바로 그 사실을 증명하고 있다. 얼마나 많은 우리의 형제자매들이, 얼마나 많은 죄 없는 백성들이 저들의 잔혹한 손에 힘없이 스러져갔는가. 오늘 바로 이 자리에서 우리는 그들의 뼈아픈 원수를 반드시 갚을 것이다. 우리를 대신해 억울하게 죽어간 이 땅의 모든 고귀한 영혼들을 위해 저들에게 가장 처절하고 끔찍한 복수를 반드시 선사할 것이다."

의병들이 이를 깨물었다.

"죽음을 두려워하지 말고 최후의 일각까지 용감하게 싸우자. 우리는 반드시 승리할 것이다 해 질 녘이면 우리는 승리를 쟁취하고 개선의 힘찬 노래를 함께 부를 것이다. 그렇게 해야 하지 않겠는가."

정봉수가 차갑게 빛나는 칼을 높이 치켜들었다. 그의 강한 의지에 감동한 의병들은 우레와 같은 함성으로 뜨겁게 화답했다.

"옳소! 옳소! 옳소!"

"이제 각자의 위치로 돌아가 달려드는 저 오랑캐들을 있는 힘껏 막아내라. 죽을힘을 다해 저들을 저지하라. 그것만이 우리가 살아남을 수 있는 유일한 길이다."

정봉수의 목소리는 흔들림이 없었다. 함성을 뒤로하고, 의병들은 모래

알처럼 흩어졌다. 각자에게 주어진 임무를 수행하기 위해 쏜살같이 달려 나갔다.

정봉수는 부장들을 이끌고, 장대로 향했다. 그곳으로 향하며 의병들의 어깨를 다독였다. 의병들에게 용기와 힘을 불어넣었다. 정봉수의 존재는 이들에게 단순한 지휘관을 넘어선 희망의 상징이었다.

찢어지는 징 소리와 땅을 울리는 북소리가, 귓가를 시끄럽게 두드렸다. 검은 물결처럼 산을 기어오르는 후금 군사들이, 한 걸음 한 걸음 성벽을 향해 다가설수록, 북소리의 간격 또한 턱밑까지 조여 오는 공포처럼 더욱 촘촘해졌다.

그들의 느릿한 진격은 심리전이었다. 쉴 새 없이 울려 퍼지는 북과 징 소리는, 죽음의 그림자처럼 서서히 산성을 좁혀왔다. 그들의 전술은 의병들을 짓누르는 잔혹한 덫과 같았다.

정봉수는 장수들에게 각자의 방어 구역으로 돌아가, 침착하게 성을 지킬 것을 명했다.

“오늘이야말로 놈들이 모든 힘을 쏟아부어 총공세를 펼칠 것이다. 그대들은 각자 맡은 구역에서, 우리의 용맹한 의병들과 하나 되어 최선을 다하라. 그동안 피땀 흘려 연마했던 훈련을 믿고, 침착하게 대응하면 능히 저들을 막아낼 수 있다. 의병들이 조금이라도 겁먹거나 흔들리는 기색을 보이지 않도록, 서두르지 말고 차분하게 그들을 이끌어라.”

의병들은 지난날 뼈를 깎는 고통 속에서 갈고닦았던 기량을 떠올리며, 굳은 각오로 각자의 성벽 앞에 섰다. 손에는 벼려진 무기가 들려 있었다. 이제, 붉은 피로 물들 처절한 전투만이, 그들을 기다리고 있었다.

후금군들이 굳게 닫힌 성 남문에서 그리 멀지 않은 곳까지 거친 기세로 밀고 왔다. 북소리와 징 소리는, 거대한 짐승의 울음처럼 세상을 뒤덮었다. 귓속을 파고드는 찢을 듯한 굉음은, 정신을 혼미하게 만들었다.

적들은 검은 화살에 얄팍한 서찰을 묶어 성안으로 쏘아 올렸다. 내용은 간악한 계략이었다. 성안의 불안한 백성들을 교묘하게 이간질하고, 헛된 협박으로 어리석은 내응을 유도하려는, 치졸한 술책이었다. 정봉수는 코웃음을 쳤다.

용골산성의 의병들은 조금도 흔들리지 않았다. 오히려 성벽 위로 당당하게 올라서서, 끓어오르는 분노를 담아 적들을 향해 욕설과 매서운 꾸짖음을 퍼부었다.

"더러운 오랑캐 노예 놈들아! 진정으로 싸울 의향이 있다면, 어서 빨리 덤벼라! 너희들의 역겨운 살점을 씹고, 뼈까지 발라주마. 이 짐승만도 못한 놈들아!"

의병들의 입에서는, 격렬한 분노가 끓어오르는 용암처럼 거침없이 쏟아져 나왔다.

싸움은 그렇게 시작되었다.

분노한 오랑캐 장수들은 동, 서, 남 삼면의 병사들을 사납게 독려하며 험한 산자락을 기어오르기 시작했다. 북쪽 능선은 깎아지른 절벽이었다. 그들은 다른 세 방향에서 동시에 공격을 퍼부었다. 방패를 든 적들은, 검게 뒤덮은 거대한 그림자처럼 함성을 질렀다. 쏟아질지도 모를 화살비를 막기 위한 필사적인 몸부림이었다. 3만 대군이 일제히 내지르는 찢어지는 함성은, 하늘을 뒤흔드는 천둥 같았다. 그들이 맹렬한 기세로 산성 위로 쏘아 올린 검은 화살들은, 삽시간에 하늘 전체를 칠흑 같은 어둠으로 물들였다. 적들은 어느새 성 바로 아래까지 육박해 왔다. 멀리서 바라보았던 군대와는 차원이 다른, 압도적인 위용이었다. 작은 용골산성을 겹겹이 에워싼 적들의 무시무시한 숫자는, 그저 바라보는 것만으로도 위협이었다. 싸울 의지마저 송두리째 앗아갈 만큼 공포를 불러일으켰다.

의병들은 성벽 안쪽에 몸을 숨겼다. 숨 막히는 긴장감 속에서 다가오는 적들의 움직임을 예리하게 주시했다.

장대에 오른 정봉수는, 깃발을 이용하여 전군에 명령을 내렸다. 평소 뼈를 깎는 훈련을 통해 숙달된 대로였다. 다섯 명의 의병이 1개 조를 이루어 성벽 안쪽에 은밀하게 매복해 있었다. 양쪽 끝에는 날카로운 낭선이 배치되었다. 그 중간에는 방패를 든 방패병과 활을 든 궁수가, 장대 꼭대기의 깃발 움직임을 주시했다. 뒤쪽에는 숙련된 화병들이, 폭탄을 준비하고 있었다. 폭탄이 없는 화병들은, 숙련된 보조 궁수로서 활시위를 당길 만반의 대비를 마쳤다. 그들의 옆에는, 산에서 주워 온 돌무더기가 수북하게 쌓여 있었다. 그 모든 것이, 용골산성을 지키는 의병들의 강력한 무기였다.

장사준이 배신하여 후금에 항복하는 바람에, 다행히 폭탄이 아직 남아 있었다. 뛰어난 화약 기술을 가진 조삼래가 심혈을 기울여 만든 폭탄 또한 적지 않았다. 게다가 조삼래가 만든 진려포통 폭탄도 쌓여있었다. 그것을 숙련된 화공들에게 배분했다. 진려포통은 비격진천뢰만큼 파괴적인 위력을 지니지는 못했다. 하지만, 충분히 위협적인 무기였다. 각 조마다 1개 이상의 폭탄을 보유한 의병들은, 평소 훈련을 통해 숙달한 대로 일사불란하게 움직였다.

성 주변을 뒤덮은 굉음 때문에, 그 어떤 큰소리도 들리지 않았다. 오직 장대 위에서 바람에 나부끼는 깃발의 움직임만이, 그들의 유일한 소통 수단이었다. 용골산성 내부에도 결전의 비장함이 짙게 드리워졌다.

정봉수는 길게 숨을 내쉬며, 느리게 활을 들어 올렸다. 그의 매서운 시선은, 화려한 갑옷과 투구, 그리고 섬광처럼 칼을 번쩍이며 사납게 군사들을 지휘하는 적장에 고정되었다. 가늘게 뜬 매서운 눈으로 목표를 정확하게 조준했다.

장대 꼭대기에 선 기수의 손에 푸른 깃발이 하늘로 솟아올랐다. 활을 들라는 신호였다. 성벽에 그림자처럼 붙어있던 숙련된 궁수들과 활을 든 의병들도, 일제히 활을 들어 올리고, 몸을 낮추었다. 보조 궁수들 또한 활을 든 채, 긴장감 속에 숨을 죽였다.

아래에서 쏘아 올린 무수한 화살들이 하늘을 검게 물들였다. 성 위에서 아래로 쏟아지는 화살은 아직 보이지 않았다. 더욱더 자신감을 얻은 적들은 성벽으로 격렬하게 다가섰다. 승리에 대한 오만함이 역력했다. 적진에서 누군가의 우렁찬 목소리가 하늘을 갈랐다.

"성안에 화살이 없다! 두려워 말고 돌진하라!"

어리석은 적병들은 방패를 내리고, 굶주린 늑대 떼처럼 강렬한 기세로 성벽을 향해 달려들었다. 성 아래, 적들의 험악한 인상이 뚜렷하게 눈에 들어왔다. 거친 숨을 헐떡이며 성벽을 기어오르는 그들의 모습은, 지옥의 한없이 깊은 심연에서 솟아오른 악귀들의 섬뜩한 형상과 같았다. 작은 돌멩이 하나만 던져도 정확하게 맞출 수 있을 만큼, 가까운 거리였다. 험악하게 인상을 찌푸린 얼굴, 핏발 선 눈동자까지, 모든 것이 생생하게 눈에 들어왔다. 적들은 점점 더 거칠게 다가왔다. 작은 용골산성에 후금 군사들이 끈끈한 검은 엿처럼 달라붙어 맹렬하게 기어올랐다.

장대에서 적장이 있는 곳까지는, 숙련된 궁수의 눈으로 보아도 족히 2백 보가 넘는 아득한 거리였다.

정봉수는 왼눈을 감고, 화살촉 위에 올려진 선명한 적장의 얼굴을 매섭게 노려보았다. 멀리, 작은 손톱만 하게 보이는 적장의 얼굴은, 화살촉 위에서 위태롭게 춤을 추며 흔들렸다. 정봉수는 심호흡을 하며 자잘하게 떨리는 숨을 가다듬었다. 그의 모든 감각은 화살 끝에 집중되었다.

바로 그 순간, 장대 꼭대기에서 하얀 깃발이 쏜살같이 하늘로 솟아올랐다. 활시위를 당기라는 명령이었다. 모든 의병들은, 온 힘을 다해 시위를 당겼다.

"전추태산. 활 잡은 손은, 거대한 태산을 밀어내듯 굳건하게."

의병들의 목소리는 숨 막히는 긴장감 속에서도, 주문처럼 속으로 되뇌었다. 놈들의 거친 숨소리마저 들릴 듯 가까워졌다. 험한 성벽을 기어 오르거나, 바로 아래에서 내려다보이는 그들의 붉은 눈은, 지옥의 밑바닥에서 기어 나온 악귀의 형상과 다름없었다.

정봉수는 거칠게 고동치는 맥박을 억누르며, 적장의 검은 투구가 화살촉 위에 정확히 겹치기를 기다렸다. 마침내, 그의 손가락이 활시위를 놓았다. 바람을 가르며 날아간 검은 화살은, '팍.'하는 예리한 소리와 함께, 적장의 목 한가운데를 잔인하게 파고들었다.

적장은 힘없이 꼬꾸라지며 혀를 길게 내밀었다. 핏물이 검붉게 터져 나오며 그의 생명을 앗아갔다. 그제야 정봉수는 활시위를 쥔 팔을 천천히 내렸다. 붉은 깃발이 신속하게 하늘로 솟구쳐 올랐다. 쏘라는 명령이었다.

"발여후 악호미. 화살을 쏜 직후에는, 사나운 호랑이의 꼬리를 만지듯 가볍게 놓아라."

의병들은 가슴에 새긴 가르침을 속으로 되뇌며, 일제히 활시위를 놓았다. 용골산성의 의병들은, 하나의 생명체처럼 동시에 몸을 일으켜 화살을 쏘아댔다. 검은 화살은 하늘을 뒤덮는 빗줄기처럼 쏟아져 내렸다. 기어오르던 적병들의 갑옷과 육신을 무자비하게 파고들었다. 머리, 이마, 눈, 가슴, 억센 다리, 휘두르는 팔, 그 어떤 곳도 성난 화살의 공격을 피하지 못했다.

깃발은 쉴 새 없이 푸른색, 흰색, 붉은색으로 바뀌었다. 그 신호에 따라 의병들은 숙련된 사냥개처럼 일사불란하게 화살 비를 퍼부었다. 아녀자들이 산에서 주워 온 거친 돌멩이 또한, 적들의 머리와 눈을 향해 무자비하게 쏟아졌다. 공격의 선봉에 섰던 천여 명의 적병들이, 허수아비처럼 힘없이 쓰러져 성벽 아래 널브러졌다. 굴러온 돌덩이처럼 계곡 아래로 굴러떨어진 시체들은, 깊이 패인 계곡을 가득 메웠다. 골짜기마다 죽은 오랑캐들의 시체가 산처럼 쌓여갔다.

고통을 참지 못해 괴성을 지르는 자, 마지막 숨을 헐떡이며 발악하는 자, 혼돈과 절망 속에서 신음하는 자들로 가득했다. 북소리와 징 소리, 그리고 처절한 비명과 절규가 뒤섞였다.

오랑캐 대장은 성황당 돌무더기 위에 올라서서, 필사적으로 도망치는 병사들을 사납게 독려했다. 앞서 나가던 적들이 힘없이 쓰러지자, 뒤따르던 적들은 그들의 시체를 발판 삼아 기어올랐다. 하지만 성안에서 쏟아지는 무수한 화살은, 어김없이 그들의 갑옷과 육신, 그리고 머리를 잔인하게 관통했다.

비극, 지옥, 아비규환. 그 어떤 단어로도 감히 형용하기 어려운 광경이 눈앞에 펼쳐졌다. 그런데도, 미친 듯이 날뛰는 적들은 멈추지 않았다. 죽고 또 죽어도, 굶주린 짐승처럼 멈추지 않고 거칠게 기어올랐다.

성안의 화살은 점점 바닥을 드러내고 있었다. 심지어 산에서 주워 온 돌멩이마저 부족한 실정이었다.

검은 깃발이 하늘로 솟구쳐 올랐다. 숙련된 화병들에게 폭탄을 즉시 준비하라는, 신호였다. 곧이어 하얀 깃발이 다시 맹렬하게 올라갔다. 화약통 심지에 불을 붙이라는 명령이었다. 마지막으로 붉은 깃발이 타오르듯 올라갔다. 준비된 폭탄을 던지라는 신호였다. 숙련된 화병들의 몫이었다. 성 위의 병사들은, 화약통 심지에 재빠르게 불을 붙이고, 기어오르는 적들을 향해 온 힘을 다해 던졌다.

"쾅, 쾅쾅…"

조삼래가 심혈을 기울여 만든 진려포통은, 폭발과 함께 송곳 같은 무쇠 조각들을 사방으로 무자비하게 흩뿌렸다.

"쾌앙! 쾌광!"

적들은, 찢어지는 비명을 지르며 힘없이 쓰러졌다. 쇠붙이보다 예리한 무쇠 파편은, 그 어떤 무기보다 치명적인 파괴력을 지니고 있었다. 폭탄은 조를 나누어 던졌다. 한꺼번에 모든 화력을 소진해서는 안 되었다.

홀수 조가 먼저 던지면, 다음에는 짝수 조가 던졌다. 용골산성의 모든 이들이 하나 되어 힘을 합쳤다. 늙고 병든 노약자들도, 작은 소반과 낡은 동이에 산에서 주워 온 돌을 담아 전선으로 나르며 힘을 보탰다. 쏟아지는 적들의 검은 화살을 재빠르게 주워, 칼을 든 병사들에게 건네는 것 또한 그들의 몫이었다.

용골산성은 하나가 되었다. 거대한 바위처럼 죽음을 향해 달려드는 적들을 온몸으로 막아섰다. 처절한 싸움은 시간이 흐를수록 더욱 강렬하게 타올랐다. 붉은 해가 서쪽 하늘로 힘없이 기울 무렵, 양 진영은 모든 것을 건 마지막 혈투를 벌이고 있었다. 특히 쫓기듯이 공격해 오는 후금 군사들은, 뒤에서 장검을 든 독전대의 무자비한 위협에 시달렸다. 앞으로 나아가면 의병들의 매서운 공격을 받았다. 뒤로 물러서면 독전대의 시퍼런 날이 목덜미를 겨누었다.

용골성의 의병들은 마지막 남은 힘을 다해 싸웠다. 찌르고, 베고, 내리쳤다.

정봉수는 장대 위에서 전장을 지휘하며, 매서운 눈으로 연신 활시위를 잡아당겼다. 그의 얼음송곳 화살은, 미친 듯이 달려드는 적장의 이마를 잔인하게 꿰뚫었다. 가슴을 무자비하게 관통했다. 단단한 복부를 파고들었다. 쓰러지는 적장들은 마지막 비명을 내질렀다. 그들의 시체는 붉은 피로 물든 전장의 한복판에 힘없이 널브러졌다. 정봉수의 활시위는 죽음의 전령과도 같았다.

붉은 피가 튀고, 잘린 머리가 흙바닥을 뒹구는 전장은, 그야말로 살아 있는 지옥이었다. 처절한 함성과 고통의 절규가 뒤섞여, 귓전을 울렸다. 이성은 이미 마비되었다. 오직 살아남기 위해 눈앞의 적을 죽여야만 하는 짐승의 본능만이 타올랐다.

눈앞에는 붉은 피에 젖은 차디찬 날이 번뜩였다. 귓가에는 죽음을 알리는 살기 어린 화살 소리가 매섭게 지나갔다. 살기 위해서는, 오직 죽

여야만 했다. 후금 군사들과 용골성의 의병들은, 서로를 죽여야만 살아
남을 수 있는 처절한 운명이었다.

후금 장수들은 이리저리 뛰어다니며 미친 듯이 병사들을 독려했다.

"공격하라! 더욱 서차게 공격하라!"

그들은 칼을 휘두르며, 겁에 질린 군사들을 사납게 재촉했다.

전장은 광기로 가득 차올랐다. 해는 점점 더 붉게 물들어갔다.

정신을 잃을 정도로 싸움이 치열하던 때였다. 성 위에 있던 어린 의병
하나가 진려포통을 들고 머뭇거렸다. 그는 폭탄을 어디에 던져야 할지
갈피를 잡지 못했다. 두려움에 떨며 주변을 두리번거렸다. 그의 눈 끝에
는 극심한 공포와 혼란이 뒤섞여 있었다. 바로 그 비탄의 순간, 폭탄이
그의 머리 위에서 터져 버렸다.

"콰앙!"

어린 의병의 가냘픈 몸은, 검은 연기 속으로 산산이 조각나 사라졌다.
그의 잘린 손가락과 내장이 핏빛 빗줄기처럼 하늘에서 쏟아져 내렸다.
폭발의 무시무시한 충격으로, 주변에 있던 의병들 또한 산산이 찢겨 흩
날렸다. 그들의 눈에는 충격과 경악이 가득했다. 성벽의 일부가 굉음과
함께 무너져 내렸다. 폭탄의 무시무시한 위력은, 철옹성 같았던 용골성
의 한쪽 성곽을 허물어뜨렸다.

후금 장수의 우렁찬 목소리가 붉은 피로 물든 전장을 뒤흔들었다.

"성벽이 무너졌다! 총공격하라!"

절체절명의 순간이었다. 무너진 성벽의 틈새를 타고, 파도처럼 후금
군사들이 거친 기세로 머리를 들이밀었다. 건물에 붙어 치솟는 불길을
진압할 여유도 없었다. 성안의 백성들과 의병들에게 좌절의 기운이 번
져갔다.

후금 군사들은 검은 연기를 뚫고 무자비하게 돌진했다. 그들은 처참
하게 허물어진 성벽에 낡은 사다리를 잽싸게 걸쳤다. 이어 성벽 위로 기

어올랐다. 성이 무너지는 것은, 이제 시간문제였다.

성벽은 한쪽이 무너지기 시작하면, 거대한 댐이 터지듯 걷잡을 수 없이 무너져 내리기 마련이었다. 그토록 단단했던 방죽도, 한번 장맛비에 휩쓸려 뚫리면, 순식간에 온 들판을 물바다로 만드는 것과 같은 이치였다. 인간의 힘으로는 감히 막을 수 없는 절망적인 형국이었다. 성안에는 위기감이 짙게 드리워졌다. 이제 철옹성 같았던 용골성이 마침내 무너지는 것인가, 모두가 그렇게 생각을 하고 있었다.

향교 학생 최내흘과 심철이 매섭게 낭선을 굳게 잡았다. 먼저 성벽을 넘어 기어들어 온 적들의 몸통을 찔렀다. 적들은 찢어지는 비명을 지르며 성벽 아래로 힘없이 떨어져, 낭떠러지로 굴러 즉사했다. 하지만 적들은 더욱 강렬한 기세로 밀고 들어왔다. 이번에는 유병장 백위와 정시창이 서릿발 같은 칼을 쥐고, 타오르는 불길 속으로 거침 없이 뛰어들었다. 그들은 마지막 남은 힘까지 끌어모아 칼을 휘둘렀다. 성벽 위로 머리를 내민 적병의 머리가 눈 깜짝할 사이에 잘려 나갔다. 팔과 다리가 토막 난 적들은 찢어지는 비명을 지르며 힘없이 쓰러졌다.

성벽 위로 칼을 휘두르며 기어오르던 적병에게, 날렵한 정시창은 잽싸게 그의 다리를 베었다. 한쪽 다리가 잘린 적병은 균형을 잃고 성벽 아래로 추락했다. 독기 오른 벌떼처럼, 무너진 성벽의 틈새를 파고드는 적병들을 향해, 용골성의 의병들은 마지막 힘을 다해 필사적으로 칼을 휘둘렀다.

죽음을 각오한 의병들의 저항에, 적들은 더 이상 감히 다가서지 못했다. 쉴 새 없이 터져 나오는 진려포통의 굉음이 붉은 피로 물든 전장을 격하게 뒤흔들었다. 적들은 혼비백산하여 물러섰다. 그렇게, 무너진 성벽은 간신히 막아낼 수 있었다.

후금 군사들은 꾀를 냈다.

나무 관을 머리에 덮어쓰고, 땅속에서 기어 나오는 갑벌레처럼 성벽을 기어올랐다. 화살 비도, 돌덩이 공격도, 그 기괴한 방어구 앞에서는 속수무책이었다. 징그러운 물고기 비늘처럼 촘촘하게 달라붙은 적들은, 낡은 사다리를 딛고 성벽 위로 서서히 다가왔다.

용골산성의 의병들은 당혹감과 함께 새로운 위협에 직면했다. 용골성 인근 작은 마을에서 괴력으로 이름난 소봉이가, 우람한 팔뚝으로 집채만 한 돌덩이를 번쩍 들어, 나무 관을 덮어쓴 적들을 향해 내리쳤다. '콰작.' 파열음과 함께 관이 산산이 부서졌다. 뒤따르던 적병들이 힘없이 매달린 꼭두각시 인형처럼 성벽 아래로 우수수 떨어져 내렸다. 그 허점을 놓치지 않고, 성안의 숙련된 궁수들이 화살 비를 퍼부었다. 적들은 찢어지는 비명을 지르며 힘없이 쓰러졌다.

남쪽 성벽을 지키던 우직한 나무꾼 호식이는, 낡은 성가퀴 뒤에 몸을 납작 숨기고 있었다. 그의 눈앞에 낡은 사다리가 덜컹거리며 걸쳐지고, 적들이 오직 앞만 바라보며 기어올랐다.

첫 번째 적병이 성벽에 손아귀를 걸치고 머리를 불쑥 내밀었다. 호식이는 번뜩이는 도끼날로 그의 목덜미를 인정사정없이 내리쳤다. '쩍.' 단말마와 함께, 적병의 몸은 끊어진 밧줄처럼 힘없이 아래로 떨어져 내렸다. 뒤이어 끈질기게 올라오던 또 다른 적병 또한, 호식이의 무자비한 도끼날에 목이 맥없이 잘려 나갔다.

호식이는 오늘, 처음으로 전투에 참여했다. 처음으로 인간의 탈을 쓴 적을 자신의 손으로 버었다. 두려움도 잠시, 자신의 도끼날에 적의 머리가 잘 익은 수박처럼 굴러떨어지는 광경을 똑똑히 목격했다.

조선의 백성으로서, 마땅히 해야 할 일을 해냈다는 벅찬 자긍심마저 그의 가슴을 가득 채웠다. 우직한 나무꾼 호식이는, 어느새 날렵한 맹수처럼 도끼를 든 민첩한 전사로 거듭나 있었다.

목동 출신의 순박한 갈문이는, 예민하게 빛나는 커다란 낫을 쥐고 동문 쪽 성벽을 지켰다. 바위 뒤에 몸을 숨기고 낫자루를 움켜쥔 그는, 성벽을 기어오르는 적들의 목덜미를, 무자비한 저승사자처럼 인정사정없이 내리쳤다. 굵은 소나무 줄기를 베는 것보다 훨씬 쉬운 낫질이었다. 적들의 목은 맥없이 툭툭 잘려나갔다. 평소 그에게 낫은 땔감을 마련하는 단순한 도구였다. 하지만, 전장에서는 그 어떤 무기보다 강력한 살상 병기로 돌변해 있었다. 그는 성벽 위를 날렵하게 뛰어다니며, 낫으로 적들을 무자비하게 참살했다. 자루가 짧은 낫을 재빠르게 허리춤에 꽂고, 자루가 긴 낫으로 기어오르는 적의 목을 낚아채듯 잡아당겼다. 옆에 있던 의병들이 송곳 같은 낭선과 장창으로 적의 몸통을 여지없이 찔렀다. 숙련된 협공은 더 효과적이었다. 순둥이 달문이의 눈에도 복수심과 함께 광기가 서려 있었다.

아비 없이 모진 풍파 속에서 억척스럽게 자라온 또순이 또한, 붉은 피로 물든 전장에 당당하게 나섰다. 그녀는 송곳 쇠꼬챙이로 만든 장창을 쥐고 성벽에 거머리처럼 끈질기게 붙어 기어오르는 적들을 마구 찔러댔다. 대장장이가 예리하게 만들어준 창은, 적들의 머리와 가슴을 가리지 않고 거침없이 꿰뚫었다. 적들은 속수무책으로 비명도 지르지 못한 채 힘없이 쓰러졌다. 그녀의 창에 죽은 적들의 숫자는, 벌써 열 명을 훌쩍 넘어섰다. 또순이는 여인의 심약함 대신 전사의 강인함에 물들어 있었다.

적들의 두 번, 세 번째 공격은 모두 처참한 실패로 돌아갔다.

성벽 밖에 죽은 시체가, 산처럼 쌓여 있었다. 한때 장사준과 함께 조선을 배신한 뒤 정봉수의 선처로 목숨을 부지했던 막둥이 또한, 괭이를 개조한 무기를 쥐고 달려드는 적들을 매정하게 베고 찔렀다. 끝녀, 봉필이, 주막거리 지 씨까지. 그 누구도 물러서지 않았다.

매서운 낭선과 장창은, 성벽을 기어오르는 적들에게 더없이 효과적인 살상 무기였다. 대나무 장대를 깎아 만든 뾰족한 가지들은, 벽에 붙은 적들의 눈을 예리하게 찔러댔다. 적들은, 낭선의 위력에 공포를 느꼈다.

낭선은 그들에게, 곧 죽음을 의미하는 병기였다.

용골성의 의병들은 각자의 방식으로 성벽을 지켰다. 오직 죽기 아니면 살기로 싸웠다. 산성은 평범한 백성들의 피와 땀으로 지켜지고 있었다.

성 밖에서 온몸에 후금 군사들의 피를 뒤집어쓰고 기습전을 펼친 용맹한 전사도 있었다. 그는 바로 의주성에서 돌아온 서림이었다. 그는 단검과 장검을 양손에 굳게 쥐고, 산성 밖의 후금 군사들 사이에 그림자처럼 은밀하게 숨어들어 전투를 벌였다. 공격의 고삐를 조여 오는 적들을 옆에서 잽싸게 치고 빠졌다. 날렵한 맹수처럼 기습전을 능숙하게 펼쳤다. 그의 움직임은 죽음의 춤과도 같았다. 소나무 숲에 몸을 낮게 숨기고 있다가, 적들이 무심하게 그곳을 지나치면, 땅속에서 솟아오른 귀신처럼 급작스럽게 일어나 검으로 적의 목덜미를 무자비하게 잘라버렸다. 모든 것은 삽시간에 벌어지는 광경이었다. 숲을 지나가는 적병들의 숫자가 워낙 많다 보니, 누가 옆으로 힘없이 쓰러져 목이 잘렸는지도 분간하지 못했다.

그는 적들의 수급을 무려 수십 급이나 거두었다. 그의 온몸은, 뜨거운 붉은 피로 뒤범벅이 돼어 있었다. 흰자위만이, 어둠 속에서 빛나는 짐승의 눈처럼 하얗게 살아 있었다. 의주성에서 무참히 목이 잘린 어린아이와 부모, 아내, 그리고 자식들의 원한을 반드시 갚겠다는 일념만이 타오르고 있었다.

성벽 주변은, 오랑캐들의 시체로 뒤덮였다. 그 수를 헤아릴 엄두도 내지 못할 정도였다. 이날 처절한 전투는, 새벽 닭이 울기도 전인 묘시, 오전 5시부터 시작되었다. 붉은 해가 서쪽 하늘로 힘없이 기울어진 신시, 오후 6시가 되어서야 적들은 마침내 꼬리를 내리고 물러났다. 11시간에 걸친 치열한 사투 끝에 얻어낸 결과였다. 그 험난한 시간 동안, 적들은 무려 5차례나 대대적으로 공격을 감행했다. 그 결과는 오랑캐들의 대참

패였다.

기천의 적들이 붉은 피를 흘리며 쓰러져 죽었다. 또 다른 수천 명의 적들은 상처를 입었다. 3만 명에 달하는 적들 가운데, 헤아릴 수 없는 엄청난 사상자가 발생했다. 용골산성 아래는 피로 물든 시체들이 산을 이루었다. 다친 적들은, 머리가 깨지고 눈알이 빠지고 온몸에 무수한 화살을 맞았다. 팔이 힘없이 잘리거나 다리가 부러진 그들이었다. 고통에 신음하며 어기적거리며 처참하게 물러났다. 그들이 물러나자, 제장들이 장대로 몰려와 추격을 간절하게 요구했다.

"영산 나리! 지금이야말로 달아나는 적들을 뒤쫓아, 남김없이 도륙 낼 절호의 기회이옵니다!"

중군 김종민을 비롯한 제장들이 한 목소리로 입을 모아 외쳤다.

모두 뜨거운 의기에 불타고 있었다. 당장이라도 달려 나가 적들을 섬멸할 기세였다. 하지만 정봉수는 단호하게 징을 울리라고 명령했다. 장대에 서 있던 기수가, 묵직한 징을 힘껏 울렸다.

"징, 징, 징."

그것은 진격하던 의병들에게, 성으로 다시 물러나라는 신호였다. 성문 밖으로 뛰쳐나가 기습전을 펼쳤던 의병들 또한, 묵직한 징 소리를 듣고 다시 성안으로 돌아왔다.

"오늘의 전투는, 실로 놀라운 대승이다. 참으로 천만다행한 일이다. 이 압도적인 전승으로 인해, 우리 용골산성의 사기는 하늘을 찌를 듯 충천하고 있다. 하지만 저들을 뒤쫓다가, 만에 하나라도 불리한 형세에 부닥친다면, 우리의 사기는 순식간에 꺾이고 말 것이다. 게다가, 성의 방어 태세 또한 단번에 허술해질 수 있다. 그러므로 섣불리 저들을 쫓기보다는, 성을 지키며, 차분하게 후일을 기약하는 것이 훨씬 더 현명한 방책이다."

정봉수는 제장들에게 담담한 어조로 신중하게 말했다.

용골산성의 하루는 길고도 험난했다.

"장하다. 장해. 우리 용골산성의 의병들이 참으로 장하고 자랑스럽구나."

정봉수는 또순이, 호식이, 달문이에게 아낌없는 칭찬과 따뜻한 격려를 건넸다. 그는 성을 지나며 마주치는 모든 의병과 군사들의 어깨를 따뜻하게 안아주고, 지친 그들의 등을 부드럽게 다독여 주었다. 젊은 의병들에게는 눈을 맞추고, 볼을 부드럽게 어루만지며 진심으로 격려했다. 의병들 또한 서로를 격려하며, 오늘 거둔 값진 승리의 뜨거운 기쁨을 함께 나누었다. 그들의 안색에는 피로 속에서도 빛나는 자부심이 가득했다.

정봉수가 막 진충루의 섬돌을 오르고 있었다.

붉은 선혈을 온몸에 뒤집어쓴 채, 부러진 인형처럼 힘없이 어기적거리며 다가오는 사내가 보였다. 그의 두 손에는 번득이는 단검과 검붉게 물든 장검이 쥐어져 있었다. 온몸에서는 격렬한 전투의 흔적이 확연했다. 금방이라도 쓰러질 듯 기진맥진한 모습이었다. 그는 정봉수의 발치 앞에 다가와, 무릎을 꿇었다.

"의주 무사 서림이옵니다. 오늘에야 억울하게 스러져간 어린 영혼들의 사무친 원한과 원수를 만분의 일 이나마 간신히 갚았사옵니다."

그의 목소리는 격렬한 감정에 떨렸다. 이윽고 그는 그 자리에 힘없이 엎드려 뜨거운 눈물을 하염없이 쏟아냈다. 그의 눈물은 오랜 한의 응어리가 터져 나오는 듯했다.

정봉수는 붉은 피로 얼룩진 서림의 팔을 붙잡아 일으켜 세웠다. 그의 고통을 따뜻하게 감싸안았다.

용골산성은 승리의 기쁨과 함께, 긴 밤의 경계를 준비하며 다음 전투에 대비했다.

제장들을 물린 정봉수는, 아직도 가슴속 깊숙한 곳에서 끓어오르는 흥분을 쉽사리 가라앉히지 못했다. 이 왜소한 산성에서, 기천의 의병으로 무려 3만 대군을 격파했다는 사실은, 도저히 믿기 어려운 기적이었다.

그는 연신 칼자루를 힘주어 움켜잡았다. 자신의 지휘에 묵묵히 따라준 의병들과 순박한 백성들이, 더없이 자랑스러웠다. 그의 눈가에는 뜨거운 눈물이 핑 돌았다. 그동안 참으로 힘겨웠던 피로가, 거짓말처럼 깨끗하게 사라지는 기묘한 해방감을 느꼈다. 전투의 최전선에서 모든 것을 걸고 지휘한 자만이 비로소 맛볼 수 있는 벅찬 쾌감이었다.

다음 날 이른 새벽, 전장을 정리하기 위해 성 밖으로 나선 의병들의 눈앞에는, 죽은 적들의 시체가 벌채된 나무토막처럼 지천으로 널브러져 있었다. 그 수를 도저히 헤아리는 것도 불가능할 정도였다.

의병들은 적들이 아래에서 올려다볼 만한 능선 여기저기에, 시체들을 쌓아 올린 후 불로 태워버렸다. 그것은, 살아남은 적들에 대한 심리적 압박이었다. 다시 용골산성을 넘보지 말라는 경고였다. 적들의 시체가 타들어 가는 역겨운 냄새가, 매캐하게 콧속으로 스며들었다. 검은 연기가 죽음의 장막처럼 용골산을 뒤덮었다. 멀리서 바라보아도, 용골산의 화장 연기가 자욱하게 산허리를 휘감고 있었다.

"영산 나리 적장과 장수들의 시체는 어찌 처리하면 되겠습니까?"

부장이 머뭇거리며 물었다.

"그 수가 얼마나 되는가?"

"나리의 화살에 목을 맞아 죽은 적장을 비롯하여, 적장의 숫자는 4구이며, 일반 장수의 시체는 헤아릴 수 없을 만큼 많사옵니다."

부장의 목소리는 담담했다.

"그들의 사체는 적들이 훤히 잘 볼 수 있는 지점에 매달아 놓고 태워버려라. 용골산성은 적들의 죽음터임을 똑똑히 보여줄 필요가 있다."

그들의 사체는 따로 실어 옮겼다. 적들이 훤히 잘 올려다볼 수 있는 지점에 사지를 벌려 매달았다. 그러고는 거친 불길로 태워버렸다. 적들이 남기고 간 낡은 경채를 부수어, 땔감으로 사용했다. 듣기만 해도 온몸에 소름이 돋는 이야기였다.

용골산성은 승리를 넘어, 적들에게 잊을 수 없는 공포와 교훈을 안겨 주었다.

후금 총대장군 아민은 분노에 휩싸여 속이 부글부글 끓어올랐다. 3만 대군을 이끌고 침공한 후, 절반에 가까운 병사를 잃은 전투는, 지금까지 그 어떤 전투에서도 없었다. 상상도 못한 참패였다. 도저히 믿고 싶지 않은 충격적인 결과였다.

"콩알만 한 보잘것없는 성 하나 무너뜨리지 못하다니. 그것도 처참하게 대패하고 반쯤 죽은 몰골로 돌아오다니. 이것이 도대체 말이나 될 법한 이야기인가."

아민은 분노에 휩싸여 고래고래 고함을 질렀다. 그의 눈은 핏발이 선 채 일그러져 있었다.

"산성이 워낙 험준하여 대군이 일시에 접근하기 어려웠사옵니다. 그것이 패인이었사옵니다."

장수가 떨리는 목소리로 숨을 누르며 아뢰었다.

"패인은 무슨 놈의 패인이냐? 그렇다면 지난번에는 대체 어떻게 굴복시켰더냐. 더 적은 병력으로도 손쉽게 접수하지 않았더냐?"

아민이 장수를 매섭게 쏘아보았다. 살기마저 감돌았다.

장수들은 더 이상 감히 입을 열지 못했다. 아무리 머리를 틀어쥐고 곰곰이 생각해 보아도, 도저히 이해되지 않는 결과였다. 그동안 조선의 성들은, 후금 군의 압도적인 위세에 짓눌려 한번 싸워보지도 못하고 맥없이 무너졌다. 창성진도 그러했다. 한성으로 향하는 길목의 그 어떤 성도, 후금 군에 맞서 적극적으로 저항하지 못하고 맥없이 허물어졌다. 평안병사 남이흥이 지켰던 안주성도, 제대로 싸워보지도 못하고 함락되었다. 평양성도, 개성도, 한성도 마찬가지였다. 하지만 용골산성은 달랐다. 조선에서 가장 작고 보잘것없는 성 중 하나였다. 걸음으로 1천3백 보가 될 법한 작은 성이었다. 그런 산성을 함락시키지 못하고, 절반에 가까운 병력을 손실 당한 후금군은, 극심한 충격에 휩싸였다. 이날 전투에서 후금군은, 무려 만 명 이상의 사상자를 냈다. 반면 용골산성에서는, 고작 30명 남짓한 백성만이 안타깝게 전사했을 뿐이었다. 어린 의병의 실수로 비롯된 오폭이 가장 큰 요인이었다. 물론, 부상자는 적지 않았다. 쏟아진 무수한 화살이 성안 곳곳에 박혔다. 용골산성 의병 봉기 이후 가장 뼈아픈 희생이었다.

정봉수는 전사한 백성들의 넋을 기렸다. 슬픔에 잠긴 가족들을 진심으로 위로했다. 정성을 다해 장례를 치렀다. 성 밖에 큰 둘레의 구덩이를 파고, 신분의 귀천을 가리지 않고 모두 함께 묻어 주었다. 전란 중이라 온전한 장례를 치를 수 없었다. 모두가 슬픈 현실을 이해하고 함께 뜨거운 눈물을 흘리며 슬픔을 나누었다.

24. 승전보를 전하라

용골산성은 단순한 성이 아니라, 조선 백성의 불굴 의지를 상징하는 요새가 되었다.

정봉수는 빛나는 전승을 조정에 알리기로 결심했다. 제장들과 머리를 맞대고 방안을 논의했다.

"비록 다른 곳에서도 오랑캐들을 격퇴했다는 소식이 들려오겠지만, 오늘 우리가 거둔 이 눈부신 대승은 꺼져가는 조선의 희망과 같다. 그러므로 이 기쁜 소식을 행조에 상세히 알리고자 한다. 하지만 사방이 오랑캐들로 겹겹이 가로막혀 그 방도를 찾기가 어렵구나. 혹, 좋은 계책이 있는 장수는 없는가?"

정봉수가 제장들을 하나하나 훑어보았다. 그러나 모두 입을 굳게 다문 채, 꿀 먹은 벙어리처럼 묵묵히 앉아 있었다. 격렬한 싸움에 지친 탓도 있었지만, 묘책을 쉽사리 떠올리기는 어려웠다. 고민과 난감함이 짙게 드리워졌다. 부장 백우립이 걸걸한 목소리로 입을 열었다.

"영산 나리, 이 중차대한 고민을 방으로 내걸어 보시는 게 어떻겠사옵니까? 적진을 뚫고 행조까지 달려갈 자를 공개적으로 모집하는 것이옵니다. 소신의 어리석은 생각으로는, 분명히 그런 담대한 용사가 있을 것이옵니다."

"참으로 훌륭한 생각이다. 그렇다면 백부장이 즉시 방을 써서, 기꺼이 자처할 자가 있는지 널리 찾아보도록 하라. 이 중차대한 임무를 완수하는 자에게는, 후하고도 넉넉한 부상이 반드시 따를 것이다."

백우립은 즉시 붓을 들어 정성껏 방을 썼다. 눈에 잘 띄는 성내 곳곳에 붙였다. 성안의 모든 백성의 시선은, 과연 누가 이 험난한 길을 나설 것인가에 집중되었다. 겹겹의 적진을 홀로 뚫고, 머나먼 행조까지 달려갈 만한 용맹한 자가 있을지, 모두 숨을 죽이고 초조하게 기다렸다.

"과연 누가 나서려나? 그런데 행조가 무엇인가?"

한 백성이 옆 사람에게 조용하게 물었다.

"피난 간 조정을 행조라고 하는 거야. 지금 강화도로 피난을 갔다고 하잖아."

다른 백성이 짐짓 아는 체하며 대답했다.

"아, 그렇구먼. 그럼, 행조에 이 소식을 꼭 알려야 하는 건 맞는데 저 험한 적진을 뚫고 가야 한다니…"

"그래 말이야. 내가 젊고 힘 좋을 때 같았으면 당장에라도 나서겠다만 등에 업힌 처자가 있으니…"

늙은 사내는 애석한 표정을 지었다.

"영감! 지금 무슨 말씀을 그리 함부로 하시는 게유. 누구 죽는 꼴 보려고 그러시는 감유?"

그의 아내는 깜짝 놀라 남편을 타박했다. 집마다 백성들은 서로의 눈치를 살폈다. 아낙들은 혹이라도 자기 남정네가 이 위험한 일에 응모할까, 밤새도록 속을 졸였다. 그들의 눈 자리에는 걱정과 불안감이 가득했다. 그러나, 하루가 흘러가도록, 선뜻 나서는 자는 보이지 않았다. 용골산성의 기적적인 승리에도 불구하고, 적진을 뚫어야 하는 임무의 위험은 그 어떤 용기 있는 자도 선뜻 나서지 못하게 만들었다. 정봉수는 고민에 잠겼다. 그렇다고, 언제 다시 격렬한 전투가 벌어질지 모르는 위태로운 실정에, 장수를 보내는 것은 큰 부담이었다. 그저 똘똘하고 충성스러운 심부름꾼 정도면 족하다고 생각했다.

부장 백우립이 숨 가쁘게 진충루로 달려왔다.

"영산 나리. 드디어 자원자가 나왔사옵니다."

"뭣이라? 누구인가?"

정봉수는 자리에서 벌떡 일어섰다.

"놀랍게도 전 만호[68] 이응무 어르신과 이름 모를 전사 장초라는 자이옵니다."

"이 만호께서? 참으로 고맙고도 귀한 분이시구면. 그리고 누구라고?"

정봉수는 놀라움을 금치 못하며 되물었다.

"전사 장초라고 하옵니다."

백우립이 다시 한번 또렷하게 고했다.

"장초라? 낯선 이름이구면. 당장 두 분 모두 이 자리로 모셔오도록 하게."

백우립은 재빠르게 몸을 돌려 진충루를 내려갔다. 얼마 지나지 않아, 백우립은 두 사람을 정중하게 데리고 다시 진충루를 찾았다.

"영산 나리, 인사 올립니다. 만호 이응무라고 합니다."

백발이 성성한 노무사는 정중하게 예를 갖추었다.

"그럼요. 익히 잘 알고 있소이다. 이 만호께서 어찌 이토록 험난한 일에 선뜻 나서셨소이까?"

정봉수는 그의 손을 덥석 잡았다. 그는 하얀 머리카락을 바람에 날리며, 옷매무새를 단정하게 갖추고 있었다. 과거 장사준의 변발령을 잠시 따랐으므로 앞머리는 짧았지만, 뒷머리는 길게 늘어뜨리고 있었다.

"소인은 전사 장초라고 하옵니다."

---

68) 만호: 조선시대 종4품의 무관.

옆에 서 있던 검게 그을린 사내가 나지막이 말했다.

"참으로 장하다."

정봉수는 그의 손 또한 따뜻하게 잡아주었다.

두 사람은 허리를 깊숙이 숙여 정중하게 다시 예를 표했다.

만호는 종4품의 무관이었다. 그는 오랫동안 만호를 지냈던 노련한 무관 출신이었으므로, 조선군의 생리에 대해 누구보다 잘 알고 있었다. 요즘의 대대장 정도에 해당하는 벼슬이었다. 그럼에도 그는 정봉수에게 깍듯하게 예를 다했다. 넓게 벌어진 어깨는 듬직하고 믿음직스러웠다. 비록 나이는 환갑에 이르렀지만, 정봉수가 간절히 요구하는 험난한 임무를 수행하기에는 부족함이 없어 보였다. 흔들림 없는 충성심이 반듯한 외모에 성겨 있었다.

반면 장초는 스스로를 전사라고 칭했지만, 그의 초췌한 몰골에서는 오직 예민하게 빛나는 두 눈만이 강렬한 인상을 남겼다. 남루한 복장과 햇볕에 새까맣게 그을린 그의 얼굴은, 초라하기에 그지없었다. 과연 저 사내가, 명을 머나먼 행조에 온전히 전할까? 정봉수의 마음속에는 짙은 의구심이 피어올랐다. 그러나 그는 곧 자신의 의심을 애써 누르고 두 사람을 마주했다.

"두 분의 숭고한 용기에 진심으로 감사드리오. 두 분의 용기는, 꺼져가는 이 조선의 마지막 희망이 될 것이오. 내, 두 분의 소중한 가족에 대해서는 특별히 보살피도록 할 것이오. 부디 용골산성의 소식을, 머나먼 행조에 반드시 전해주시오. 그리한다면, 멀리 강화도에 계신 주상전하께서도 더없이 기뻐하시며, 두 분에게 크나큰 상을 반드시 내리실 것이오."

정봉수는 진심을 담아 간절하게 뜻을 전했다.

"예, 영산 나리. 부디 염려 마십시오. 반드시 그리하겠습니다."

노련한 이응무가 당당한 목소리로 대답했다.

정봉수는 그들에게 지난날 용골산성에서 벌어졌던 전투의 상세한 내용을 정성껏 기록한 치계를 만들어 주었다. 그리고, 험난한 여정에 필요한 노잣돈을 쥐어주었다. 워낙 어려운 시국이었으므로, 넉넉하게 줄 수는 없었다.

그는 두 사람이 반드시 강화도에 당도하기를 간절히 기원했다. 각기 그들의 손을 따뜻하게 맞잡고, 여정에 필요한 용기를 북돋아 주었다. 그들의 손이 맞닿자 묵직한 책임감이 서로에게 전해졌다.

이들은 이른 새벽, 짙은 어둠이 채 가시기도 전에 성문을 나섰다. 각자 걷는 길은 달랐지만, 대략 지름길로 간다고 해도 1천 리가 넘는 머나먼 길이었다. 온전하게 치계를 조정에 전하는 것만이, 그들에게 주어진 유일하고도 숭고한 임무였다. 족히 20일 이상이 걸리는 험난한 여정이었다. 게다가 한성 이북 지역은 적들의 손아귀에 들어간 판국이라, 따뜻한 밥 한 끼 얻어먹을 곳도 마땅치 않았다. 굶주림과 추위에 떨며, 때로는 훔쳐 먹거나, 구걸하며 험난한 길을 걸어가야 할 운명이었다.

노련한 전 만호 이응무는 서해안을 따라 강화도로 향하는 길을 택했다. 반면, 전사 장초는 산길을 택했다. 과연 누가 먼저 험난한 여정을 극복하고, 치계를 온전하게 조정에 전하게 될지는, 아무도 알 수 없는 일이었다.

그들의 등 뒤로 새벽 안개가 자욱하게 깔렸다. 앞에는 미지의 위험이 도사리고 있는 아득한 길이 펼쳐져 있었다.

25. 곡성

  침잠한 밤, 성벽을 넘어 애끓는 여인의 울음소리가 처량하게 들려왔다. 그 슬픔에 잠긴 곡성은, 넋이라도 잃은 듯 몇 날 며칠 이어졌다. 낮에는 격렬한 전투의 잔향과 분주한 움직임에 묻혀 희미하게 들릴 뿐이었다. 그러나 적막한 밤이 찾아오면 더욱 사무치게, 성안 사람들의 젖은 가슴을 후벼 팠다. 그 울음소리는 승리의 환희 뒤에 가려진 상실감을 대변하는 듯했다. 돌이켜보면, 지난 전투에서 적지 않은 생명들이 스러져갔다. 성안에 곡하는 이들이 있는 것은 당연한 일이었다. 전투 직후 치러진 장례식에서, 수많은 이들이 뜨거운 눈물을 흘렸다. 그들은 모두 정든 이웃이었다. 생사를 함께했던 전우였다. 타지에서 피난 와서, 낯선 무기를 들고 싸우다 스러져갔다. 그들은 평범한 백성이었기에, 더욱 애처롭고 슬펐다. 그들의 희생은 용골산성의 승리를 값지게 만들었지만, 동시에 지울 수 없는 아픔이었다.

  장례는 정봉수 의병장의 따뜻한 보살핌 아래 치러졌다. 몸소 제장들을 이끌고 장례의 모든 과정을 꼼꼼하게 챙겼다. 슬픔에 잠긴 가족들의 젖은 눈물을 닦아주었다. 그들의 아린 마음을 진심으로 어루만져 주었다.

  의병들에게, 그의 따뜻한 마음은 더없는 위로였다. 격렬한 전투에서

스러져간 사랑하는 가족의 마지막 가는 길이었다. 의병장이 직접 눈물을 글썽이며 정성껏 보살펴 주는 것은, 더없는 영광이었다. 백성들은 그런 그의 따뜻한 마음에 감사와 존경을 표했다. 정봉수는 그 어떤 죽음에도 소홀함 없이, 마지막까지 예를 다해 장례를 치러주었다.

누구에게나, 죽음의 그림자가 언제 덮칠지 모르는 불안한 형편이었다. 먼저 간 이들은 그저 잠시 먼저 갔다는, 슬픈 의미만 있었다. 간신히 살아남은 자들도, 사는 것이 아니었다. 그저, 또다시 살아남아야 하기에, 서로의 온기를 느끼며 하루하루를 간신히 버텨나갈 뿐이었다. 용골산성 사람들은 매일매일, 삶과 죽음의 경계에서 아슬아슬하게 줄타기하고 있었다.

장례식이 끝나고도 며칠이 지나도록, 애끊는 울음소리는 성안에서 그치지 않았다.

작은 성에서 오랫동안 처량하게 울려 퍼지는 슬픈 곡성은, 결코 좋은 징조가 아니었다. 의병들의 사기가 저하 될 수 있었다. 마음을 다잡아도 살아남기 어려운 험난한 판국이었다. 마음이 여려지면, 결국 닥쳐올 것은 죽음과 처참한 패비뿐이었다.

정봉수는 동생 정기수에게, 밤마다 성안을 슬픔으로 물들이는 애끊는 울음소리의 사연을 알아보도록 했다.

여인은 며칠째 식음을 전폐한 채, 넋을 잃은 듯 처절하게 흐느끼고 있었다. 창백한 그녀의 뺨은, 쉴 새 없이 흘러내리는 뜨거운 눈물로 얼룩져 있었다. 헝클어진 검은 머리카락은, 처절한 슬픔을 더욱 처연하게 만들었다.

정기수는 조용하게 말을 건넸다.

"무슨 슬픈 일이 있으신지 말해주시게."

여인은 고개를 숙인 채, 흐느끼다 잠시 울음을 멈췄다. 이어 자신의 슬픈 이야기를 간신히 털어놓았다. 그녀의 이름은 박실이었다. 지난 전투에서 성을 지키다 후금 군사의 화살에 맞아 억울하게 숨진 의병 김민의 소중한 딸이었다.

김민은 그녀를 애틋한 정으로 귀하게 키웠다. 박실의 슬픔은 오로지 아버지를 잃은 아픔이었다.

김민은 본래 의주 땅의 양반이었다. 유복한 환경에서 태어나 세상 물정 모르는 순진한 선비로 살았다. 조상이 물려준 넉넉한 전답 덕분에 부족함 없이 편안한 삶을 누렸다. 임진왜란이 발발했을 때도, 그는 고향 의주에 머물렀다. 이 때문에 전쟁의 참혹한 참상을 직접 겪지는 않았다. 그의 삶은 전쟁의 그림자가 드리운 시대와는 동떨어져 있었다. 기나긴 왜란이 끝나자, 김민은 아내에게 집안일을 모두 맡겼다. 철없는 호기심에 사로잡혀 팔도유람에 나섰다. 온 세상이 전쟁의 상흔으로 신음하고 있었다. 그는 호기심에 눈이 멀어, 현실을 외면했다.

"전쟁이 끝난 지 얼마나 되었다고 팔도유람이라니요. 서방님, 참으로 가당치도 않은 말씀이시옵니다."

그의 아내는 애절하게 만류했다. 김민은 아내의 간절한 호소를 애써 외면했다.

"사내가 한번 마음먹은 일은, 반드시 끝을 봐야 하는 법. 어찌 중도에 포기한단 말이오. 부인, 부디 걱정 마시오. 반드시 무사히 돌아오리다."

결국 그는 집을 나섰다. 주변 사람들은 그를 손가락질하며 미친놈이라 수군거렸다. 김민은 아랑곳하지 않았다. 넓은 세상을 향해 가벼운 발걸음을 내디뎠다. 그의 행동은 무모할 정도로 세상 물정에 어두웠다.

평안도를 지나 황해도 땅을 밟은 김민은, 눈앞에 펼쳐진 비참한 광경에 숨을 멈췄다. 굶주림에 뼈만 앙상하게 남은 가엾은 백성들을 보았다. 비탄과 격렬한 분노로 일그러진 그들과 마주했다. 그들의 삶은 그야말로 아비규환 그 자체였다. 그는 자신이 그동안 누려왔던 안락함이 얼마나 행복한 일인지 알았다. 동시에 세상의 고통을 외면한 채 살아온 자신이 얼마나 이기적이고 한심한 존재였는지, 비로소 뼈저리게 깨달았다. 그는 철없던 방황은 끝낼까, 생각 중이이었다. 그래도 조금은 더 다녀보자고 마음먹었다.

황해도 해주 인근 잿마루를 지날 때였다. 그곳에서 김민은 운명처럼 가엾은 한 어린 소녀를 만났다. 왜구에게 소중한 부모를 잃고 홀로 남겨진 어린 소녀였다. 겨울 나뭇가지처럼 참담하게 말라 있었다. 텅 빈 그녀의 작은 눈동자는 아득한 절망으로 가득했다. 해골처럼 앙상한 그녀의 작은 몸은, 금방이라도 힘없이 부스러질 듯 위태로워 보였다.

높고 거친 잿마루는, 어린 소녀가 홀로 넘기에는 너무나 위험한 곳이었다. 해가 뉘엿뉘엿 서산으로 힘없이 기울었다. 산그림자가 길게 늘어져 어둠을 키워갈 즈음이었다. 김민은 그 아이를 발견했다.

잿마루, 앙상한 나무 그늘에, 작고 검은 무언가가 힘없이 웅크리고 있었다. 처음에는 그저 검은 돌덩이인 줄 알았다. 하지만 가까이 다가가자, 그것은 앙상한 팔다리를 힘없이 움츠린 어린 소녀였다. 김민의 마음 속 깊은 곳에서 알 수 없는 연민과 책임감이 샘솟기 시작했다. 검은 그림자 속에 묻혀 있던 아이의 새까맣고 텅 빈 눈동자가, 어둠 속에서 슬픈 보석처럼 희미하게 빛났다. 김민은 가만히 아이 앞에 쪼그리고 앉았다. 작은 눈동자에는 짙은 두려움이 녹아있었다. 그리고 간절한 희망의 마지막 불씨가 위태롭게 뒤섞여 있었다. 어둠 속에서 마지막 남은 작은 불씨를 간절하게 붙잡으려는 모습이었다. 그 애처롭고도 간절한 눈빛은, 낚싯바늘이 되어 김민의 마음 깊숙이 파고들었다.

"너는 어찌하여 이곳에 홀로 있느냐?"

"…"

"집은 어디냐?"

"…"

"부모님은 계시느냐?'

“…”

아이는 아무런 대답도 하지 않았다. 그저 슬픈 눈만 힘없이 깜박거릴 뿐이었다. 주변을 둘러보았다. 그 누구도 보이지 않았다. 함께 잿마루를 넘던 무리만이, 멀찍이서 담뱃대를 물고 느긋하게 한담을 나누고 있었다. 잠시 숨을 고른 일행이, 짐을 주섬주섬 챙기며 서둘러 갈 길을 재촉했다.

“선비양반, 어서 갑시다. 더 늦으면 산적이나 무서운 범에게 해를 당하기 십상이오.”

그들 중에 험악한 인상의 한 사내가 큰 소리로 재촉했다.

“정주면 못 가는 법이지. 전란 통에 부모 잃은 아이들이 어디 한둘인가.”

다른 사내가 봇짐을 짊어지고 힘없이 일어서며 냉정하게 중얼거렸다. 그들의 목소리는 김민의 마음을 더욱 흔들었다. 김민은 힘없이 자리에서 일어섰다. 험한 고갯마루에 홀로 남겨진 가엾은 어린아이를 두고 가자니, 자꾸만 뒷머리가 당겼다. 그렇다고 데리고 가자니, 가야 할 길이 너무나 멀고 험난했다.

붉은 해는 더욱 깊숙이 서쪽 하늘 아래로 힘없이 떨어지고 있었다. 그의 무거운 발걸음은 땅에 뿌리라도 박힌 모양으로 쉽사리 떨어지지 않았다.

“여봐요. 선비양반. 어서 빨리 갑시다. 해가 완전히 떨어지면, 산적이 준동하는 험악한 곳이구면.”

동행하던 또 다른 사내가 더욱 거친 목소리로 서두르라고 닦달했다. 그들의 재촉은 김민의 마음을 조급하게 만들었다.

“해주를 지나 경기를 돌아 머나먼 남도로 가려면, 가야 할 길이 너무나 먼데. 혹 누가 이 고개를 지나가지 않으려나…”

김민은 괴로운 듯 두 눈을 질끈 감았다. 마침내 매정하게 발길을 돌리려던 참이었다.

"아… 아찌…"

작고 가냘픈 어린 목소리가, 애처롭게 메아리처럼 그의 귓가를 울렸다. 김민은 애써 냉정하게 외면하며 힘겹게 발걸음을 옮겼다. 그의 맥동이 쿵쾅거렸다. 그래도 유람 길을 멈출 수는 없다는 생각에 고집스럽게 발을 내디뎠다. 하지만 그 작은 외침은, 점점 더 크게 울려 퍼지며 그의 무거운 발목을 붙잡았다. 가슴에 걸린 낚싯바늘이 당겨지는 느낌이었다.

'아찌… 나… 나 좀 데려가요…'

그 간절하고도 애처로운 외침은, 예리한 송곳처럼 그의 폐부에 깊숙이 박혔다. 김민은 격렬한 갈등 속에서 괴로워했다. 뇌리에서 무책임한 방랑자의 삶과 어린 생명의 애처로움이 교차했다.

'나는 갈 길이 멀고 먼 데…'

하지만, 차마 냉정하게 발길이 떨어지지 않았다. 아이의 앙상한 작은 몸과, 슬픈 눈동자가, 자꾸만 그의 눈앞에 아른거렸다. 외면하려 할수록 더욱 선명해지는 아이의 모습이 마음속 어둑한 곳에 자리를 잡았다. 결국, 김민은 무거운 발걸음을 돌려, 아이에게 천천히 다가갔다.

"선비양반 참으로 마음씨가 곱구면. 굶어 죽어가는 목숨 하나 살리는 일이니, 힘이 닿는다면 당연히 거두어야지."

"맞소. 우리 같은 무지한 백성들은 제 새끼 하나 간수하기도 힘들어 눈 질끈 감으면 그만이지만 선비양반은 다르지 않소."

동행하던 순박한 사람들의 따뜻한 말이, 김민의 등을 따뜻하게 떠밀었다. 그들의 격려는 그의 불안한 마음에 작은 안도감을 주었다. 아이는 깃털처럼 가벼웠다. 얼마나 오랫동안 굶주렸던지, 괴나리봇짐에 업힌 작은 몸은, 한 줌도 되지 않았다.

김민은 아이를 업고, 다시 유람 길에 힘겹게 나섰다. 그의 어깨에 얹힌 작은 무게는, 이제 책임감의 무게로 다가왔다. 이 마을 저 고을을 힘겹게 떠돌며, 간신히 아이의 굶주린 배를 채웠다. 계곡물에 옷을 빨아 입히고 멱을 감겨주었다. 졸지에 어미 잃은 아이를 거둔 아비가 되었다. 가는 곳마다 사람들의 따뜻한 동정을 샀다.

"멀쩡하게 생긴 양반이 어쩌다 홀아비가 되었누?"

"전란 통에 온전한 사람이 어디 있겠소? 홀아비, 과부가 된 이들이 어디 한둘이오."

"저 어린것이 무슨 팔자에 어미를 잃고 아비 등에 업혀 험한 세상을 떠도는고…."

순박한 사람들은 안타까운 눈으로 김민과 아이를 바라보았다. 아이 덕분에 따뜻한 밥을 얻어먹기도 하고, 때로는 곤경을 간신히 피하기도 했다. 그렇게 아이와 함께 힘겨운 시간을 보내면서, 김민은 점점 아이에게 묵직한 정을 느끼게 되었다. 앙상했던 아이의 작은 몸에도 조금씩 생기가 돌기 시작했다. 메마른 가지에 푸른 새순이 돋아나듯, 아이의 창백했던 안색에 핏기가 살포시 감돌았다. 김민의 마음속에도 새로운 희망과 따뜻한 행복이 싹트기 시작했다.

김민은 황해도를 돌아, 경기도를 유람했다. 애초에는 조선 팔도를 두루 유람할 생각이었다. 계집아이 때문에 평안도를 지나 의주로 돌아왔다. 그의 유람은 더 이상 호기심이 아니었다. 이제 그의 발걸음은 사랑과 책임감으로 이끌리는 진정한 귀향이었다. 집에는, 계집아이만 한 어린 아들이 있었다.

김민은 그러고도 오랜 세월이 지난 다음, 그 아이에 대해 비로소 자세히 알게 되었다. 그 아이는 고향이 정확히 어디인지는 알지 못했다. 해주 땅에서 살았다고 했다.

"소인의 부모님은 고래 등 같은 큰 기와집에서 사셨사옵니다."

그녀의 슬픈 말로 미루어 짐작하건대, 그녀의 아비는 관아에서 중요한 일을 하며 그곳에서 살았다. 그녀의 성은 박씨였다. 그러나, 운명의 모진 장난처럼, 정유재란의 불길이 그녀의 행복했던 가정을 덮쳤다.

"왜놈들이 들이닥쳐 소인의 집안은 풍비박산이 나고 말았사옵니다. 하나 있던 소중한 오라버니마저 생사도 알지 못하옵니다. 그렇게 홀로 남겨진 고아가 되어 이 사람 저 사람을 힘없이 뒤따르다 해주 고갯마루에서 아버지를 처음 뵈었던 것이옵니다. 소인의 나이가 겨우 네댓 살쯤 되었을 때였사옵니다."

어린 시절의 처절했던 기억이 배어 있었다. 김민과의 만남은 단순한 우연이 아닌, 운명적인 구원이었다.

김민은, 그 어린 고아 소녀를 귀하게 양녀로 삼아 따뜻한 사랑으로 키웠다. 마음씨 착한 부인 또한, 늦게 얻은 어린 딸을 진심으로 기뻐하며 따뜻한 정을 쏟았다. 그러다, 매정하게도 부인이 먼저 세상을 떠나게 되었다. 김민의 듬직한 아들은 장가를 들어 새로운 가정을 꾸려 떠났다.

홀로 남겨진 김민은, 그의 곁을 묵묵히 지키던 그 어린 딸과 함께 새로운 삶을 시작했다. 시간이 흘러, 어느덧 20여 년의 세월이 흘렀다. 어린 소녀는 꽃다운 혼기가 찬 아름다운 규수로 성장했다.

하지만 전란을 피해 용골산성으로 힘겹게 피난 온 김민은, 지난 전투에서 후금 군사의 화살에 맞아 숨을 거두고 말았다. 그의 소중한 딸은, 싸늘하게 식어버린 아버지의 주검 앞에서 통곡했다. 아버지의 차가운 산소를 차마 떠나지 못했다. 매일 밤 뜨거운 눈물로 슬픔에 잠겼다. 그녀의 처연한 모습은, 주변사람들의 마음을 아리게 했다.

정봉수는 그녀를 관아로 불러, 애틋한 슬픔을 진심으로 위로했다.

"참으로 기구한 운명을 타고났구나."

정봉수의 나지막한 위로에, 그녀는 아무런 말 없이 뜨거운 눈물만 하염없이 흘릴 뿐이었다.

"이제 앞으로 어찌 살아가려느냐?"

"반드시 아버지의 원수를 갚을 것이옵니다. 어린 저를 거두어 서른이 넘도록 귀하게 길러주신 아버님의 뼈에 사무친 원수를 갚지 않고 어찌 자식이라 감히 하겠나이까?"

"…"

"저 오랑캐 놈들이 다시 쳐들어온다면, 저놈들을 물고 뜯어서라도 기 필코 아버님의 원수를 갚을 것이옵니다. 부디 제게 그 간절한 기회를 주 십시오. 저 성 위에 올라 다가오는 적들을 갈가리 찢어 죽이겠사옵니 다."

그녀는 뜨거운 눈물을 글썽이며, 간절한 목소리로 애원했다.

"아비의 처절한 원수를 갚겠다는 그 마음은 참으로 가상하구나."

정봉수는 잠시 말을 멈췄다가, 다시 입을 열었다.

"다음에 적들이 다시 쳐들어온다면 그때 다시 한번 심사숙고하여 결 정하도록 하자."

"부디 제게 그 간절한 기회를 주십시오. 저 또한 용골산성의 의병으로 서 억울하게 쓰러져 가신 아버지의 몫까지 반드시 해낼 것이옵니다."

"알겠다. 너의 그 의지를 높이 사마."

정봉수는 그녀의 강렬한 의지에 깊이 감탄하여, 성안 살림을 그녀에게 맡겼다.

오랫동안 거친 남자들만이 득실거리던 삭막한 관아에는, 그녀의 섬세 하고 따뜻한 손길이 절실히 필요했다. 그녀는 빈틈없이 관아의 살림을 꼼꼼하게 돌보았다. 사랑하는 아버지의 갑작스러운 죽음으로 인한 사 무치는 슬픔은, 쉽사리 그녀의 여린 마음속에서 사라지지 않았다. 그녀 는 슬픔 속에서도 자신의 몫을 다하는 강인한 여인이었다.

그녀가 관아에 들어오자, 용골산성의 병사들에게도 활기가 감돌기 시 작했다. 오직 거친 남자들만이 득실거리던 삭막한 관아였다. 그녀의 존 재는 따스한 봄바람처럼 새로운 활력을 불어넣었다. 부장들의 거친 옷매무새와 무뚝뚝한 말투에도, 은은한 변화의 조짐이 감돌기 시작했다. 그녀의 존재는, 메마른 땅에 내리는 단비처럼, 용골산성에 새로운 푸른 생기를 조용히 불어넣고 있었다. 박실은 단순히 살림을 돌보는 이를 넘어, 용골산성의 사기를 북돋우는 존재가 되어가고 있었다.

26. 행조의 희망

강화행궁의 시간은 멈춰버린 듯 굳어 있었다.

후금과의 굴욕적인 화약 이후, 궁궐은 깊고 차가운 늪에 가라앉았다. 인조의 눈가에서 웃음기가 사라진 지 오래였다. 싸늘한 그림자만 드리워져 있었다. 대신들의 어깨는 무거운 좌절감에 짓눌려, 닫힌 돌문처럼 굳어 있었다. 짙은 먹구름이 태양을 영원히 가린 모습이었다. 한 줄기 희망도, 웃음소리도 허락되지 않았다. 죽음 같은 정적만 감돌았다. 모든 것이 얼어붙은 차가운 분위기였다.

대신들은 매일 아침, 형벌처럼 행조에 나와 굳은 표정으로 묵묵히 서 있었다. 그들의 눈은 이미 생기를 잃고, 참담함만이 텅 빈 동공을 채우고 있었다. 굳게 다문 입가에는 쓴 침묵만이 맴돌았다. 행궁에서 해결하는 오찬도 모래를 씹는 기분이었다.

그들의 일상은 굳은 기색만큼이나 싸늘하고 무미건조했다. 오후에도 숨을 죽이는 분위기 속에 그림자처럼 버티고 서 있었다. 해가 지고 나서야, 주검처럼 힘없이 퇴청했다. 매일 반복되는 무의미한 일상이었다. 그들은 살아 있으나, 싸늘한 주검과 다름없는 존재들이었다. 그들의 삶은 비애 그 자체였다. 간혹 올라오는 상소들은 날 선 비수처럼, 행궁의 적막을 잔인하게 찢었다.

"비굴한 맹약에 대한 책임을 반드시 물어야 하옵니다."

"나라를 이 지경으로 만든 자들에게, 그 죄를 물어 엄벌해야 하옵니다."

"역적을 당장 참스하여, 억울하게 쓰러져간 백성들의 원혼을 달래야 하옵니다."

유생들의 격렬한 주장은, 행궁의 공기를 더욱 무겁게 짓눌렀다. 그들은 오랑캐들과 최후의 일각까지, 처절하게 싸워야 한다고 외쳤다. 온 조선의 백성들이 단 한 사람 남을 때까지, 결코 오랑캐에게 무릎 꿇고 항복해서는 안 된다고 주장했다. 죽는 한이 있어도 오랑캐들과 더러운 화약을 맺어서는 안 된다는 게 그들의 생각이었다. 그들의 격렬한 외침은, 논리적으로는 더할 나위 없이 옳았다. 하지만, 냉혹한 현실의 거대한 벽 앞에서는, 한없이 무력하게 부서져 내렸다. 행궁은 싸늘한 무덤과 같았다.

왕의 고뇌는 깊고 어두운 늪과 같았다. 왕인들 어찌 스스로 비굴하게 오랑캐 앞에 무릎을 꿇고 싶었겠는가. 하지만, 냉혹한 현실은 그의 의지를 무참히 짓밟았다. 고통스러운 선택을 해야만 했다. 시간이 흐를수록, 그의 아픔은 더욱 짙어지고, 깊어졌다. 눈가에는 씻을 수 없는 회한과 고통이 그림자처럼 드리워져 있었다. 밤마다 왕은 끝없는 자책과 회한의 질문들에 시달렸다.

'정녕 죽는 한이 있어도 끝까지 처절하게 싸워야만 했던 것인가? 그것이 진정 백성을 위한 정의였는가? 그래야 먼저 간 조상들을 뵐 떳떳한 면목이 서는 것인가? 백성의 절반 이상이 도륙을 당해도 그 더러운 화약을 맺지 말았어야 했던 것인가?' 그의 고뇌는 끝없이 이어지는 족쇄처럼 정신을 얽매었다. 왕은 절망의 수렁 속으로 점점 더 깊숙이 빠져들었다. 식욕은 이미 사라졌다. 온몸의 기력은 쇠잔해져 갔다. 하지만, 그의 정신만은 더욱 또렷하게 살아나, 마지막 남은 자존감마저 잔인하게 갉아 먹었다. 살아있는 송장처럼, 고통스러운 자책감 속에서 하루하루를 힘겹게 버티고 있었다.

평안도 병마절도사 김기종의 치계는, 왕의 애절한 고통을 더욱 심화시켰다. 그는 후금의 손아귀에 들어간 평안도를 버리고, 후방으로 비겁하게 물러나 있었다. 그곳에서 들려오는 처참한 소식만을 보고할 뿐이었다.

평안도의 백성을 지키는 병마절도사로서, 후방에 도망 나와 치계를 올리는 행위 자체가 수치스러운 일이었다. 자신의 관할지역을 지키지 못하고, 무슨 염치로 행조에 보고를 올린단 말인가. 하지만, 그는 여전히 평안도 병마절도사라는 직책을 유지하고 있었다. 적진의 정보를 외면하지 못했다. 어떻게든 소식을 모아, 행조에 보고해야 했다.

평안도는 후금의 강력한 주력 부대가 주둔하는 곳이었다.

보고되는 소식들은 늘 암울하고 무거웠다. 후금 군의 잔인한 약탈과 횡포, 억울하게 도륙당하고 굶주림에 신음하는 조선 백성들의 비통한 보고들이 끊임없이 이어졌다. 그 소식을 듣는 것도 고통스러웠다. 평안도에서 올라오는 보고를 접할 때마다, 왕의 가슴은 찢어지는 고통에 신음했다. 당장이라도 군사를 일으켜 오랑캐들을 모조리 몰아내고 싶었다. 하나 비극적인 현실은 그의 의지를 무참히 짓밟았다. 무너진 국력으로는, 그들의 기세를 감당할 힘도 남아 있지 않았다.

비국은 참상을 애써 축소하여 보고했다. 왕은 그저 보고를 묵묵히 받아들일 뿐이었다. 그런 나날 속에, 평안도 병사 김기종의 또 다른 장계가 행조에 올라왔다.

비변사는 그 내용을 파악하자마자 경악했다. 행조에 보고하는 것을 주저했다.

평안도에서 온 소식이라면, 대신들은 치를 떨었다. 그리고 극도로 불안정한 왕의 심기를 고려할 때, 장계가 혹시라도 독이 되어 그의 마지막 남은 희망마저 앗아가는 것은 아닐지 하는 걱정이 앞섰다.

"평안 병사 김기종이 올린 이 치계를 조정에 올려야 할지 도저히 확신이 서지 않는구나."

비국 제조는 낭청[69]들을 불러놓고, 고뇌에 잠긴 표정으로 말했다. 그의 목소리는 무겁게 가라앉아 있었다. 낭청들은 하나같이 입을 모아, 보고를 미루자고 주장했다.

"전하의 심기가 불편하신 형국에 함부로 보고를 올렸다가는 돌이킬 수 없는 큰 화를 입을 수도 있사옵니다."

"아직 구체적인 내용을 파악하지 못한 실정에 장계만을 믿고 섣불리 보고하는 것은 매우 위험한 일이 옵니다."

"그러하옵니다. 장계만을 믿고 그대로 계를 올렸다가 만약 그것이 사실이 아니라면 저희 비국에 벼락이 떨어질 수도 있사옵니다. 시간을 두고 사실 여부를 면밀히 살핀 연후에 계를 올리는 것도 절대 늦지 않다고 사료되옵니다."

그들은 신중하게 말했다. 비국에는 말을 속으로 삼키는 느낌과 활줄 같은 긴장감이 일었다.

비국 제조가 구석에 앉아 있던 막내 낭청을 지목했다.

"소신의 어리석은 생각으로는 지금 전하께 올리시는 것이 오히려 합당하다고 사료되옵니다. 요즈음처럼 전하의 심기가 극도로 불편하실 때 작은 희망의 불씨라도 올려드리는 것이 오히려 쇠약해진 기력을 회복하시는 데 도움이 될 수도 있다고 여겨지옵니다. 부디 서둘러 올리시는 것이 합당하옵니다. 사실 여부를 확인하는 것은 그 연후에 해도 늦지 않습니다."

---

69) 낭청: 비국 즉 비변사의 종6품 관원으로 정원은 12명이었으며 문관이 4명 무관이 8명으로 구성되어 있었다.

그는 또록또록한 어투로, 진중하게 자신의 논리를 펼쳤다. 잠시 깊은 생각에 잠겨 있던 비국 제조는, 결심을 한 듯, 치계를 들고 행조로 향했다. 행궁으로 발걸음을 옮기면서도, 그는 몇 번이나 머뭇거렸다. 그러다, 마음을 다잡았다.

비국 제조는 간절하고도 절박한 외침으로 입을 열었다. 꽁꽁 얼어붙은 싸늘한 호수를 깨뜨리는 돌멩이처럼, 그는 일성을 던졌다.

"전하. 평안도 병마절도사 김기종의 치계이옵니다."

굳어 있던 대신들의 시선은 여전히 미동도 하지 않았다.

"놀랍고도 반가운 기별이라 급히 행조에 달려왔나이다."

비국 제조는 떨리는 목소리로 신중하게 아뢰었다. 흥분과 긴장이 교차했다. 대신들이 무료함에 코를 뺀 채 묵묵히 도열하고 있던 참이었다. 비국 제조의 떨리는 목소리에, 일제히 고개를 돌렸다. 답답할 만큼 무거운 공기가 고여 있던 행궁의 편전이라, 모두의 귀가 곤두섰다.

왕은 평안도 병마절도사가 올린 치계라는 말에 고개를 가로저었다. 굳게 다문 입술은 완강한 거부의 뜻을 담고 있었다. 비국 제조를 굳이 쳐다보려 하지도 않았다. 고개를 돌리고 오른손을 노량하게 내저었다. 더 이상 듣고 싶지 않다는 명백한 의사 표현이었다. 낙담과 체념으로 가득했다.

"전하, 실로 놀라운 소식이옵니다."

비국 제조는 낮은 목소리로 주청했다. 대신들은 의아하게 비국 제조를 쳐다보았다.

왕이 시전을 멈추었다. 어렴풋한 눈으로 비국 당상을 내려다보았다.

"용골산성의 의병장이자, 전 영산현감 정봉수가 평안병사에게 치보를 보내왔다고 하옵니다. 그 치보의 내용은 이러하옵니다."

비국 제조는 긴장한 듯 침을 삼켰다.

"소신은 본래 철산 땅의 백성 정봉수이옵니다. 오랑캐의 침략을 받아

살아날 길 없어 헤매며 여기저기를 다녔사옵니다. 일찍이 용골산성이 천혜의 요새라는 말을 익히 들어왔던 터라 온갖 어려움을 무릅쓰고 간신히 그곳에 도착하였사옵니다. 적에게 짓밟힌 용천, 의주, 철산에서 삶의 터전을 잃고 정처 없이 떠돌던 수많은 백성이 마지막 보루인 용골성으로 하나둘씩 모여들었사옵니다. 그들은 과거 현감을 지냈다는 이유만으로 소신에게 의병장이 되어 적에 맞서 싸워주기를 간절히 청하였사옵니다. 드디어 사방에서 의병을 모집하니 며칠 지나지 않아 병사들의 수가 무려 4천에 이르렀사옵니다.”

행조의 모든 중신이, 놀라움과 기대감에 고개를 쭉 빼고 있었다. 비국 제조의 떨리는 목소리에 귀를 기울였다. 그들의 모습에는 경탄과 함께 믿을 수 없다는 기색이 역력했다. 비국 제조는 숨을 고르며, 치계를 계속 읽어 내려갔다.

“의주 출신의 용맹한 김종민을 중군으로 삼고, 미곶첨사 장사준, 이광립 등과 한마음으로 계획하여 정예병을 선발했사옵니다. 적들의 정세를 낱낱이 살피며 곧 굳세게 출전하려 하옵니다.”

비국 제조는 떨리는 손으로 치계를 천천히 내려놓았다. 그는 벅찬 감격으로 상기되어 있었다.

“아니, 그게 대체 무슨 말이더냐?”

그제야, 식었던 왕의 내면에 희미한 관심의 불꽃이 되살아났다. 그의 말투는 여전히 반신반의하는 기색이었다.

“사천 명의 정예병으로 출전하려 하다니, 아니 대체 어느 때의 일이더냐. 이미 후금에 처참하게 패하여 치욕적인 화의를 맺은 마당이다. 그렇다면 아직 적에게 함락되지 않은 성이 남아 있다는 말이더냐? 그것이 아니라면, 난리가 나기 이전의 이야기를 지금 한 것이더냐?”

도무지 믿기 어려운 놀라운 이야기였다. 한성 이북의 모든 성이 적에게 무너졌다는 보고를 받았다. 왕 또한 그렇게 알고 있었다. 그런데, 적에게 함락된 성에서 의병을 일으켜 다시 일어선다는 것은 실로 놀라운 기적과 같은 일이었다. 스러져 간 패잔병들의 절규만이 가득했던 텅 빈 전장이었다. 그런 곳에서 4천의 의병들을 일으킨 것은 칠흑 같은 어둠을 뚫고 솟아오르는 한 줄기 강렬한 횃불이었다. 행궁에 희미한 희망의 빛을 던졌다.

"분명 옛이야기가 아니라 바로 지금 적에게 함락된 성에서 의병을 일으킨 산성의 놀라운 소식이옵니다."

비국 제조는 떨리는 목소리로 힘주어 대답했다. 기대와 확신으로 여전히 상기되어 있었다.

"지금 어디라고 했느냐?"

왕의 목소리는 격렬한 떨림과 놀라움이 기묘하게 뒤섞여 있었다.

"용골산성이라고 아뢰었사옵니다."

"용골산성?"

"용천과 염주에 걸쳐 솟아 있는 용골산의 산성이옵니다."

정봉수의 이야기는, 한 편의 감동적인 전설과도 같았다.

"정봉수에 대해 좀 더 알지 못하는가?"

"정봉수는 전에 영산현감을 지냈으며 그의 아비가 세상을 떠나자, 시묘살이를 위해 스스로 그 벼슬을 버리고 철산으로 들어갔던 자라고 하옵니다. 그 외에는 아직 별다른 내용을 파악하지 못하였사옵니다."

비국 제조가 조심스럽게 아뢰었다. 그의 목소리는 여전히 긴장으로 떨렸지만, 그 안에 담긴 내용은 왕의 마음을 뒤흔들었다.

왕은 믿기지 않는 눈으로 자리에서 벌떡 일어섰다. 그의 싸늘했던 기운이 다시 뜨겁게 타올랐다. 짙은 패배의 그림자가 드리운 왕좌에서, 그는 다시 한번 간절한 희망의 끈을 붙잡았다.

"다시 똑똑히 말해보거라. 그 정봉수란 자가 어찌했다는 말이더냐."

그의 용안에는 흥분과 함께 믿기지 않는 감격이 교차했다.

비국 제조는 더욱 큰 목소리로 치계의 내용을 다시 한번 상세히 아뢰었다.

"정봉수가 적의 침략을 피해 떠돌아다니다가 용골산성이 천혜의 요새라는 이야기를 듣고 그곳으로 들어갔으며, 적에게 짓밟힌 용천, 의주, 철산의 수많은 피난민이 정봉수를 의병장으로 옹립하였다고 하옵니다. 그리하여 사방에 의병을 모집하여 그 수가 무려 4천 명에 이르렀으니, 적의 허점을 엿보아 곧 진군하려 한다는 놀라운 치보였사옵니다."

"용천이 적에게 무너진 후에 의병을 일으켜 용골산성을 회복하다니. 도저히 믿기지 않는구나."

왕의 격앙된 목소리는, 감정을 애써 숨기지 못하고 떨렸다.

비국 제조는 왕의 흥분을 살피며 말을 이었다.

"전하, 정봉수는 무려 4천 명의 의병을 모아 용골산성을 지키고 있사옵니다. 하지만 적에게 완전히 고립된 성은 외부의 후원이 없다면 오래 버티기가 실로 어렵사옵니다. 특히 식량이 떨어진다면…"

그의 목소리는 점점 낮아졌다. 그 안에 담긴 간절한 절박함은, 왕의 마음을 깊숙이 파고들었다.

왕은 용상 앞을 초조하게 서성이며 중얼거렸다.

"4천의 의병들이… 용골산성에… 이런 충성스러운 장수가 몇 명만 더 우리 조선에 있었다면…"

그의 표정에는 참담한 패배와 아련한 희망이 기묘하게 뒤섞였다.

비국 제조는 왕의 눈치를 살피며 다시 입을 열었다.

"평안도 감사로 하여금 은밀히 소식을 전하여, 절망에 빠지지 않도록 독려해야 하옵니다. 만약 세태가 극도로 어렵게 된다면, 어쩌면 철수를 신중히 고려해야 할지도…"

그는 말을 줄였다. 그 안에는 간절한 호소가 서려 있었다. 왕의 낙심이 다시 깊어질까 봐 염려했다.

"철수라니. 아직 희망은 사라지지 않았다. 용골산성을 지키는 정봉수와 그 휘하의 4천 명의 용맹한 의병들이 있지 않은가. 그들의 숭고한 충의를 어찌 헛되이 하겠는가."

왕의 목소리는 결연했다. 행조에 그림자처럼 묵묵히 서 있던 대신들 또한, 서로를 마주 보며 놀라움을 금치 못했다. 참으로 오랜만에, 행조에 온기가 돌기 시작했다.

"정봉수의 숭고한 충성과 용맹이 이와 같으니 마땅히 중히 논상해야 하지 않겠사옵니까. 장사준은 당초에 성을 지키지 못한 죄가 분명히 있사오나 오래지 않아 정봉수와 협심하여 성을 지켰으니 역시 가상하옵니다. 그들이 이룬 혁혁한 공로를 보아 모두 넉넉한 상을 내리시옵소서."

비국 제조는 다시 허리를 깊숙이 숙이며 간절하게 아뢰었다.

"당연히 그리해야 할 것이다. 이 소식을 조금이라도 일찍 알았으면 좋았을 것을 어찌 이제야 전하여 왔느냐. 용골산성에 대한 그 어떤 작은 소식이라도 닿는 대로 즉시 짐에게 상세히 고하도록 하라. 아울러 정봉수에 대해서도 소상히 알아서 고하도록 하라."

왕의 용안은 일순간 짙은 어둠에서 벗어나, 희미한 빛을 발하기 시작했다. 오랜만에 찾아온 생기가 돌았다.

용골산성은, 이제 왕에게 마지막 남은 자존심이었다. 후금에 굴욕적인 맹약을 맺던 그 끔찍했던 날, 그토록 비참했던 그의 무너진 마음을 그나마 붙잡아 일으켜 줄 수 있는 곳은, 오직 용골산성 뿐이었다. 울고 싶었던 마음, 당장이라도 칼을 뽑아 들고 피를 토하며 죽고 싶었던 그 처절한 심정을, 조금이라도 위로해 줄 곳은 오직 그곳뿐이었다.

왕은 마주 잡은 두 손에 간절한 염원을 담았다. 용골산성 용사들의 안녕을 빌고 또 빌었다.

'부디 적에게 꺾이지 말고 버텨다오. 간절히 그대들의 무사함을 염원하노라.'

그의 마음은 온통 '정봉수'라는 세 글자로 가득 차 있었다. 그의 메마른 가슴에, 꺼져가던 희미한 불씨가 다시 조용하게 타오르기 시작했다.

왕은 다음날 비국 당상에게 물었다.

"영상, 정봉수에 대해 혹 더 알아낸 것이 있더냐?"

"선조대왕 5년 철산 땅에서 태어난 하동 정씨 가문의 자손이옵니다."

증조부는 통정대부[70] 정세웅이고, 조부는 어모장군 정인각이며, 아비는 절충장군 정양연이옵니다."

"아비와 조부가 모두 장군을 지낸 명문 무관 집안이니 그 또한 분명 범상치 않은 걸출한 인물이겠구나."

왕은 감탄과 함께 고개를 끄덕였다.

"정봉수는 임진왜란 때 무과에 급제하여 선전관이 되었으며, 선조대왕을 호종하며 부장의 자리까지 올랐다고 하옵니다."

비국 제조는 왕의 뜨거운 반응에 힘입어 더욱 명확한 목소리로 아뢰었다.

"할바마마를 충실히 호종하던 충성스러운 인물이라면 그 무예가 분명 범상치 않겠구나. 그러하니 그토록 의병을 거느리고 험준한 성을 지키고 있었다는 말이 비로소 믿음이 가는구나. 그 후에는 어떤 관직에 있었더냐?"

"예, 사복시 주부와 감찰 그리고 영산현감을 역임하였사옵니다."

"더 이상 벼슬을 하지는 않았더냐?"

왕은 안타까운 듯 되물었다. 이토록 뛰어난 인물이 더 큰 역할을 하지 않았다는 사실이 아쉬웠다.

"그 이후 벼슬에 오른 기록은 찾을 수 없었사옵니다. 다만 그가 무안

---

70) 동정대부: 조선시대 정3품 당상관. 왕 앞에서 열리는 의정부, 육조회의에 참여하는 고위 관료. 문관이다.

현에 머물 때 현감으로 있으면서 흑산도 앞바다에 나타난 왜구를 홀로 무려 6명이나 처단했다는 치계가 보고된 바 있사옵니다.”

“정봉수는 그때부터 비범한 기개를 드러냈었구먼. 그런데 어찌하여 더 높은 벼슬을 탐하지 않았던 것이냐?”

왕은 더욱 궁금해하며 물었다.

“영산현감으로 있을 때 그의 아비 정양연이 병환이 깊어지자, 벼슬을 스스로 버리고 효심으로 지극정성 아비를 봉양했다고 하옵니다. 아비가 세상을 떠나고 오랜 시묘살이를 하며 십여 년의 긴 세월 동안 오직 무예 연마와 병법 연구에만 매진하며 살았다고 하니 그의 무예와 병술이 분명 남다를 것이라 감히 짐작해 보옵니다.”

“효자로구나. 그러니 의병장이 되어 용골산성을 지키고 있는 것이렸다.”

왕의 목소리는 감탄에 떨렸다.

그 이후 왕은 매일 용골산성의 소식을 애타게 기다렸다. 오랜 가뭄 끝에 간절하게 단비를 기다리는 농부 같았다. 비국 제조는 왕의 마음을 헤아리고, 숨을 죽인채 입을 열었다.

“전하, 정봉수와 장사준은 의기로 용골산성을 지키고 있사옵니다. 그들은 쓰러져 가는 조선의 마지막 남은 희망을 지키고 있사옵니다. 정봉수는 비록 관직이 높지 아니하여 호령이 쉽지 않을 것이오니 특별히 당상으로 승직시키는 것이 마땅하다고 감히 아뢰옵니다.”

비국 제조는 왕의 눈치를 살피며 나직하게 말을 이었다.

“그런 다음 평안도 수령이 궐직 될 때를 기다려 그에게 제수하시옵소서.”

그의 말은, 정봉수를 단순한 영웅을 넘어, 쓰러져 가는 나라의 기둥으로 세우려는 간절한 염원을 담고 있었다. 왕은 잠시 생각에 잠겼다.

“참으로 좋은 제안이로다.”

왕의 눈가에는 환한 미소가 어렸다.

"장사준은 처음에 적의 매서운 협박을 받았다는 이야기가 있었사옵니다. 그러나 마침내 나라를 위하여 충성을 바쳤사옵니다. 밝히기 어려운 과거의 작은 죄를 가지고 혁혁한 공을 덮을 수는 없을 것이옵니다."

비국 제조는 장사준에 관한 이야기를 망설이며 꺼냈다.

"그리고 자못 심도 있는 계책 또한 가지고 있었다고 하옵니다. 곽산 군수 안철을 즉시 가차하고, 장사준을 그 자리에 제수하되, 우선은 용골성에 머물러 있으면서 정봉수와 협력하여 성을 더욱 강하게 지키도록 명하시옵소서."

비국 당상은 허리를 깊숙이 숙여 아뢰었다.

"정봉수는 당상에 제수하고 평안도 수령이 궐직 되면 즉시 그 자리에 제수하라. 다만 장사준은 혁혁한 공을 더욱 세울 때까지 기다렸다가 관직을 제수해도 절대 늦지 않을 것이니 다시 한번 심사숙고하여 조처하도록 하라."

왕은 비국 당상의 주청대로 명을 내렸다.

그의 용포에 수놓인 황금빛 자수가, 파도처럼 일렁였다.

　비참한 패배를 맛본 후금은, 감히 용골산성의 방어선을 넘볼 엄두도 내지 못했다. 용천과 피현 등 주변 지역을 맴돌며 잔혹한 노략질을 일삼는 것으로, 체면치레를 대신했다. 그들의 횡포에 대한 소식은, 산성으로 끊임없이 전해졌다. 삶의 터전을 잃은 백성들이 속속 산성으로 피난처를 찾아 몰려들었다. 그들이 겪은 참상을 상세히 전했다.

　적들이 용골성과 불과 20리도 채 떨어지지 않은 회군천에 운집했다는 소식이 들어왔다. 그들은 3개의 둔영으로 나누어 집결해 있다는 첩보였다. 적들은 매일 날렵한 기병들을 풀어 주변 마을에서 약탈과 무자비한 방화를 자행했다.

　"적들이 전술을 바꾼 모양이옵니다. 성을 정면으로 공격하는 대신 노략질을 일삼고 있습니다. 이는 명백한 분풀이옵니다. 적들을 그대로 두고 볼 것이 아니라 기습하여 우리의 용맹함을 똑똑히 보여주는 편이 낫지 않겠사옵니까?"

　중군 김종민이 결의에 찬 표정으로 나서서 말했다. 이는 용골성의 모든 용맹한 제장들의 일치된 의견이었다. 그들은 당장이라도 산을 내려가, 적들을 모조리 도륙 내겠다고 앞을 다투었다. 하지만, 정봉수는 고개를 가로저었다.

"우리는 갑옷도 갖추지 못한 보병이 아닌가. 그런데 적들은 매서운 활과 철갑 기병까지 갖추고 있으니, 성벽에 기대어 지키며 적의 허점을 신중히 엿보는 것만 못하다. 그러니 지금은 기회를 기다리는 것이 현명할 것이다."

정봉수는 모든 장수들에게 신중하게 처신할 것을 요구했다. 그의 말에 장수들은 잠시 주춤했지만, 이내 그의 지혜를 따랐다.

그렇게 여러 날의 시간이 흘러갔다.

성에서는, 다가올 전투에 대비하기 위해, 군진을 새롭게 편성했다. 스러져 간 전우들의 슬픔을 뒤로하고, 새로 합류한 의병들에게 새로운 임무를 부여했다. 지난 전투의 결과를 철저히 분석하여, 의병들의 배치 방법 또한 새롭게 조정했다.

적들이 대규모로 몰려올 가능성이 높은 취약 지역에는, 의병들을 두텁게 배치했다. 하지만, 북쪽 능선처럼 절벽으로 이루어진 곳은 감시망을 강화하는 대신, 의병들의 배치 범위를 넓혔다. 훈련은 쉴 새 없이 계속되었다. 의병들의 사기는 하늘을 찔렀다. 지난 전투의 승리에 힘입어, '백전백승'이라는 자신감에 가득 찼다. 훈련에도 더욱 적극적으로 임했다. 용골산성은 다시금 활기 넘치는 공간으로 변모하고 있었다. 산성의 군사력이, 밖에서 짐작하는 것보다 훨씬 강하다는 것을, 그들 스스로 깨닫고 있었다. 또다시 전투가 벌어진다 해도 절대로 두려워하지 않을 거란 생각이 충만했다. 도리어, 훈련을 통해 갈고닦은 실력을 바탕으로, 적들과 당당히 맞서 싸우고 싶다는 생각마저 들었다.

오랑캐들은 포로가 된 조선군을 용골산성에 보냈다. 그 역시 서찰을 들고 왔다. 내용은 지난번과 크게 다르지 않았다. 위협과 회유, 그리고 설득을 늘어놓는 뻔한 이야기였다. 용골산성의 의병들은 이제 그런 속 보이는 협박에 흔들리지 않았다.

정봉수는 진충루로 모든 제장들을 불러 모았다. 따스한 봄 날씨만큼이나, 진충루에도 생기가 넘실거렸다.

"적들은 우리가 완전히 고립된 비참한 상태에 처했음을 잘 알고 있다. 그래서 매일 싸움을 걸어왔지만, 우리는 성벽을 지키며 감히 밖으로 나가 싸우지 않았다. 그러므로 적의 마음은 필시 나태해졌을 것이다. 이번에는 우리가 적을 기습할 때다. 알겠는가?"

'기습'이라는 말에, 제장들의 눈이 반짝거렸다. 그들이 그토록 간절히 희망하던 바였다. 상승하는 기세를 등에 업고, 후금 군사들에게 본때를 똑똑히 보여주겠다고 마음먹고 있었다.

가장먼저 기습에 나선 부장은 최인립이었다. 그는 수십 명의 정예병을 선발했다. 그리고 캄캄한 밤, 산에서 숨을 죽이며 내려갔다. 발소리도 없이, 칠흑 같은 어둠 속으로 사라졌다. 그들이 나타난 곳은, 양책의 후금 군 진영이었다.

최인립이 먼저 목책 넘어 낮은 자세로 안으로 들어갔다.

경계를 서고 있던 후금 군의 입을 틀어막고, 다른 손으로는 그자의 목을 매섭게 베었다. 곧이어 수병이 다른 쪽 후금 군의 입을 틀어막고, 예리한 단검으로 목을 도려냈다. 목이 떨어진 육신이 푸들거리는 소리 외에는, 그 어떤 소리도 들리지 않았다. 최인립과 정예병들은 한 치의 망설임도 없었다.

병영의 문이 조용히 열렸다. 밖에 대기하고 있던 정예병들이, 매서운 바람처럼 후금 군의 영내로 들이닥쳤다. 바로 그때, 뒷간에 다녀오던 후금군이 소리쳤다.

"기습이다!"

하지만 이미 영채를 조선 군사들이 점령한 상태였다.

수많은 후금군이 삽시간에 심각한 손상을 입었다. 혼비백산하여 도망가느라 정신이 없었다. 잠자던 후금 군들은 동서남북을 분간치도 못하고, 닥치는 대로 마구 달아났다. 오랑캐들은, 용골산성에서 감히 기습을 하리라고는 꿈에도 생각하지 못했다.

정예병들은 적들을 무자비하게 참살하고, 그들의 수급을 거두었다. 말 63필을 얻어 성으로 돌아왔다.

말 63필이면, 별도의 기마병들을 구성할 정도의 숫자였다.

다음 날도 정예병들은 출동했다. 이번에는 이희로와 김여의 두 부장이 나섰다. 각기 40여 명의 정예병을 거느리고, 성을 내려갔다. 방화와 잔혹한 약탈을 자행하는 적들을 기습하기 위해서였다. 그들은 갈산의 연대 아래에서, 말들에게 꼴을 먹이던 적들을 만났다. 하지만 병력이 노출되고 말았다. 달리 도리가 없었다. 정면으로 승부를 걸었다. 날렵한 정예병들은 적들을 만나, 순식간에 7명을 베었다. 나머지 적들은 모두 심각한 상처를 입고 달아났다. 병력이 노출된 이상, 더 이상의 진출은 어려웠다. 그들은 수급을 챙겨 성으로 돌아왔다. 이희로와 김여의는 아쉬움 속에서도 임무를 완수한 자부심이 묻어났다.

후금군에게, 용골산성의 정봉수는 갈수록 끔찍한 골칫거리였다. 수시로 배후를 공격당했다는 보고가 끊임없이 이어졌다. 용골산성 의병들의 기습으로, 수십 명의 병사들이 손상을 입었다는 보고 또한 꼬리를 물었다. 그들도 나름대로 방책이 절실히 필요했다.

"무슨 좋은 방도가 없겠느냐. 용골산성의 정봉수라는 자는 생각만 해도 골치가 아프다. 저런 작은 성 하나 접수하지 못해. 뒤통수를 맞고 있으니, 대후금의 체면이 말이 아니로다."

아민이 역정을 냈다. 부장들은 아무도 감히 대답하지 못했다. 모두 고개를 떨어뜨리고 있었다. 그들은 아민의 분노에 숨을 죽인 채 입을 닫았다.

"총대장군님. 나름 대책이 될지는 모르겠사오나 전혀 계책이 없는 것은 아니옵니다."

멀찍이 낮은 자리에 앉아 있던 한윤이 숨을 죽이고 눈치를 살피며 말을 건넸다.

“지금 포로로 잡아들인 조선 군사가 적지 않사옵니다. 투항한 조선 백성들 또한 많사옵니다. 이들을 모아 별도의 군을 만드는 것은 어떠하겠사옵니까?”

“별도의 군을 조직한단 말이더냐?”

아민이 놀라움과 의심이 뒤섞인 목소리로 되물었다.

“그러하옵니다. 적을 적으로 치는 이이제이[71]란 말이 있지 않사옵니까. 조선 군에서 투항해 온 군사들과 투항한 조선 백성을 별동대로 만들어 조선 군과 맞붙여 싸우게 한다면 일거양득이 되지 않겠사옵니까.”

아민의 싸늘한 눈이 번득였다. 그의 입가에 음흉한 미소가 어렸다.

“참으로 기발하고 좋은 계략이로구나. 당장 그들을 모아 별동대를 조직하도록 하라.”

“그럼, 누가 책임지고 별동대를 조직해야 하는 것이옵니까?”

옆에 있던 부장이 망설이며 물었다.

“한윤이 별동대의 대장이 되어 그들을 훈련시키고 전투에 임하도록 하라.”

아민이 그 자리에서 한윤을 별동대 대장으로 임명했다. 그러자, 아민 산하의 장수들의 표정이 얼음을 깨문 듯 굳어져 버렸다. 한윤이 별동대 장에 오른다는 사실이, 그들을 못마땅하게 만들었다.

“항복한 조선 군사와 투항한 조선 백성들로 구성된 부대의 이름을 별동대로 하는 것은 어찌 거북스럽사옵니다. 도리어 후금 군사들의 사기가 떨어질까, 심히 우려되옵니다.”

부장이 머뭇거리며 의견을 제시했다.

“음, 그도 그럴 만하도다. 조선 군과 우리 후금 군사를 같이 놓고 본

---

71) 이이제이: 오랑캐를 오랑캐로 무찌른다는 말.

다는 것은 탐탁지 않다. 다른 이름으로 무엇이 좋겠는가?"

"소부대라고 이름 지으면 어떻겠사옵니까. '우군'으로 말입니다."

누군가가 비아냥거리듯 말했다. 아민이 고개를 끄덕거렸다.

후금 사람들은 평소에 소를 어리석은 동물이라고 생각했다. 따라서 조선인들로 구성된 부대는, 어리석은 사람들이 뭉친 군대라는 멸시하는 의미로 '소부대'라는 이름을 붙였다.

"좋다. 소부대면 어떻고 말 부대면 어떻겠는가. '우군'으로 하도록 하자. 그러면 우군의 대장은 한윤이 맡는다."

아민은 별동대의 이름을 우군으로 바꾸고, 즉시 추진하라고 하명했다. 이렇게 만들어진 부대의 군사 수는, 무려 4천에 달했다.

모두가 조선 사람들이었다.

'우군'은 변발하고 후금의 앞잡이 노릇을 하는 한윤의 지휘를 받다 보니, 그들의 자존심은 심하게 상했다. 적에게 항복한 것만으로도 마음이 편치 않았다. 그런데 이제 후금의 '우군'이 되어, 조국에 대항하려니 더욱 답답했다. 그들의 마음속에는 수치심과 비참함이 가득했다. 졸지에 그들은 조국을 배신한 역적이 되었다. 끝없는 실의의 늪으로 빠져드는 것은 당연했다. 살기 위해 굴욕적으로 항복했지만, 그들의 마음속에서는, 결코 조선에 칼끝을 겨누고 싶지 않았다.

조선의 냉혹한 국법은, 반역자를 멸문지화하고, 역사에 수치스럽게 기록했다. 그것은 그 어떤 형벌보다 무겁고 참혹한 응징이었다. 후금의 '우군'이라는 이름 아래 강제로 묶인 그들은, 결코 스스로 반역자가 되기를 원치 않았다.

"살려고 항복은 했지만 그렇다고 어찌 역적이 될 수 있겠소."

자존심을 짓밟힌 사내가, 입술을 떨며 간신히 중얼거렸다.

"그럼, '우군'에 들어가면 우리 모두 역적이 되는 것이 아닌가. 차라리 이 자리에서 죽는 편이 나을 것이네. 무슨 다른 방도라도 없겠는가?"

그들의 실의에 빠진 외침은, 주변 동료들의 싸늘한 가슴을 더욱 무겁게 짓눌렀다. 그들은 고개를 떨구고 길게 탄식을 내쉬었다.

"무슨 방도가 나오지 않겠소. 4천에 달하는 우리 조선 사람들이 모두 역적이 되어서야 쓰겠소."

또 다른 사내가, 간절한 희망의 마지막 불씨를 붙잡으려고, 떨리는 목소리로 힘겹게 말했다. 졸지에 후금의 '우군'이라는 굴레를 쓴 그들이었다. 비탄에 빠진 조선 사람들은, 밤마다 삼삼오오 모여, 탈출 방안을 간절하게 모색했다. 그들의 마음속에는 역적이 될 수 없다는 생각이 들끓고 있었다. 이러한 흉흉한 분위기가, 정봉수의 귀에도 전해졌다. 그의 뇌리에는 기발한 계책이 떠올랐다.

"그러면 그렇지. 뼛속까지 조선 사람인 그들이 어찌 오랑캐의 앞잡이가 된단 말이더냐."

그는 믿음이 담긴 기색으로 혼잣말했다.

지필묵을 준비하라고 부장에게 조용히 일렀다. 부장이 조용하게 지필묵을 그의 앞에 내려놓았다. 그의 속뜻을 헤아리지 못한 채 눈치를 살피며 물었다.

"지필묵은 대체 무어에 쓰시려고 그러시옵니까?"

"그럴 만한 일이 있다."

정봉수는 의미심장한 미소를 지으며 짧게 대답했다. 그는 잠시 생각에 잠겨, 정신을 가다듬고, 격문을 쓰기 시작했다. 그의 마음속에는, 그들 또한 뼛속까지 조선 사람이라는 믿음이 자리 잡고 있었다.

"우군에 배속된 조선 백성들은 보라.

조선의 백성들이여. 그대들은 이 땅의 혼신이다. 조상 대대로 이 땅을 지키고 일구며 살아온 게 우리다. 그럴진대 오랑캐들의 위협이 무섭다고 저들의 혼신 노릇을 한다는 게 말이나 될 법한 이야기인가. 돌이켜 천만 번 곱씹어 보아도 그것은 아니다. 이 땅은 이 땅의 혼신이 지킨다. 이 땅은 우리가 지킨다. 아무리 오랑캐들의 칼이 무서울지라도 우리는 이 땅을 지킬 것이다. 그게 이 나라 백성으로서의 소명이고 의무다. 그래야 죽어 조상 뵐 면목이 있다. 죽어서도 이 땅의 귀신이 될 자격이 있다.

이 나라와 백성을 배신하고 오랑캐의 앞잡이로 죽으면서 어찌 이 나라 귀신이 되길 바라겠느냐. 조상이 너희를 받아들이지 않을 것이며 산 조상들도 역시 너희를 용서하지 않을 것이로다.

나이가 들어 세상을 살아보니 죽어 조상 뵐 면목 없는 짓은 않는 게 상책이다. 깊이 생각하여라. 오늘의 구차한 삶을 구하기 위해 영원히 역적으로 살아서는 아니 된다. 지난 시간의 잘못은 변란 중에 흔히 있는 일이다. 그걸 탓할 자 누가 있느냐. 그러함에도 계속 오랑캐의 앞잡이로 산다면 이 나라 역사가 용서치 않으리라.

용골산성은 늘 문을 열고 있다. 언제든지 그대들이 온다면 기쁜 마음으로 맞으리라. 다시 생각해 보아라. 그대들은 조선의 아들이고 조선의 신민이다. 우리가 죽는 한이 있어도 그것만은 잊어서는 아니 될 것이로다.

정묘년 모월 모일. 용골산성 의병장 정봉수.”

정봉수의 격문은 매서운 바람을 타고 산 아래로 흘러갔다.

먹 냄새가 채 마르지 않은 장지 위 글자들은 횃불 아래 붉게 타올랐다. 밤의 장막을 뚫고 나간 격문은 숨죽인 ‘우군’들의 군막에 스며들었다. 늦은 밤, 은밀히 피어나는 여운 같았다.

격문이 ‘우군’의 병사들 손에 닿자, 그들은 놀라움과 함께 혼란스러운 감정에 휘말렸다. 어떤 이는 격문을 품에 숨겼다. 어떤 이는 떨리는 손으로 글자 하나하나를 쓰다듬었다. 정봉수의 절절한 호소는 그들의 억눌렸던 양심과 조국에 대한 충심을 다시금 일깨웠다. 굴욕감과 죄책감에 시달리던 그들의 마음속에, 한 줄기 희망의 빛과 함께 뜨거운 불씨가 지펴지기 시작했다. ‘우군’의 진영에는 미묘한 동요와 함께 긴장감이 감돌았다.

하루가 꼬박 지나고, 새벽의 냉기가 채 가시기도 전이었다. 용골산성 아래가 술렁였다. 짙은 어둠 속에서 형체를 알아볼 수 없는 그림자들이 웅성거렸다. 불안과 희망이 뒤섞인 숨소리가 어둠을 갈랐다.

"여보시오! 성문을 열어주시오!"

메마른 외침이 새벽의 정적을 깨뜨렸다.

"밖에 뉘시오? 아직 날도 밝지 않았거늘…"

성벽 위에서 무장한 의병의 칼칼한 목소리가 어둠 속으로 파고들었다. 경계심이 가득했다.

"나는 의주 무사 백원효라 하오. 정봉수 의병장님의 격문을 보고 이렇게 달려왔소이다."

어둠 속에서 긴 그림자가 나섰다. 그의 목소리는 닫힌 성문을 두드리는 묵직한 울림을 지니고 있었다.

"잠시 기다리시오. 즉시 진충루에 전갈을 넣겠소. 영산 나리의 하명이 없이는 그 누구도 들일 수 없소."

성문을 지키던 의병 하나가 쏜살같이 주번사령에게 달려갔다. 새벽의 어둠을 가르며 그의 발소리가 숨차게 울렸다.

"주번사령님. 의주 무사 백원효라는 자가 1백여 명은 족히 넘어 보이는 무리를 이끌고 와서 성문을 열어달라고 합니다. 격문을 보고 왔다합니다."

의병의 목소리는 급했다.

"의주 무사 백원효? 격문을 보고 왔다고? 그 많은 무리를 이끌고?"

주번사령의 눈이 강철같이 빛났다. 의심의 그림자가 그의 미간에 드리웠다. 그의 뇌리는 만일의 사태에 대한 경고음으로 가득했다.

"알겠네. 영산 나리께 여쭈어보고 성문을 열지 결정하겠네. 혹 저들이 후금의 앞잡이로 변장하여 기습하려는 것은 아닌지 면밀히 살펴야 할 것이야.”

주번사령의 말에는 냉철한 판단력이 전제되고 있었다.

사령은 서둘러 관가 내실로 향했다. 잠들어 있던 정봉수를 깨우는 그의 목소리는 새벽의 정적을 무겁게 흔들었다.

“영산 나리. 주번사령이옵니다.”

“아직 해가 뜨지도 않았는데, 무슨 일인가?”

정봉수는 놀라 자리에서 일어났다. 흐트러진 의관을 바로잡았다.

“성 밖에 의주 무사 백원효라는 자가 1백 명이 넘는 무리를 이끌고 산으로 올라왔습니다. 나리께서 내리신 격문을 보고 왔다고 하옵니다.”

사령의 보고에 정봉수의 눈썹이 살짝 움직였다.

“그래? 혹 그들이 습격하기 위해 꾸민 짓은 아니겠지?”

“그래서 드리는 말씀 이온데, 날이 밝거든 저들의 행색을 자세히 살펴 보고 성안으로 들일지를 결정하시는 것이 좋을 듯하옵니다. 우리 군사 들도 만일의 사태에 대비할 시간이 필요하옵니다.”

주번사령은 여전히 신중했다.

“자네 말이 옳네. 날이 밝거든 저들을 보고 판단하도록 하지.”

주번사령은 다시 성문으로 내려가 어둠 속의 무리를 살폈다. 희미한 새벽빛 속에서 드러난 그들의 행색은 밤낮 험한 길을 걸어온 탓에 지쳐 보였다.

백원효라는 사내는 굳어버린 기색으로 성문을 응시하고 있었다. 그의 눈에는 간절한 염원이 고여 있었다.

주번사령은 고심 끝에 백원효만을 우선 성안으로 들였다. 그의 허리 춤에서 칼을 거두고, 두 명의 날렵한 의병에게 명하여 조사실 옆에 대기 하도록 했다. 만일의 사태에 대비한 조치였다.

“어찌 이 새벽에 이곳까지 오게 되었소?”

“실은 모두 우군에 소속된 병사들이옵니다. 지난밤, 저희끼리 은밀히 약속하여 영채를 빠져나왔소이다. 그리고 날이 밝기 전에 모두 함께 이곳으로 올라온 것이외다."

백원효는 불안한 듯 주위를 살폈다. 흔들리는 촛불처럼 위태로워 보였다. 주번사령은 우군에 대해 물었다. 박원효는 우군이 만들어진 배경과 정황에 대해 장황하게 설명했다. 주번사령은 해가 뜰 때까지 시간을 끄는 것도 필요했다.

"지금 이곳에 온 이들은 모두 몇 명이오?"

"2백 남짓이옵니다."

"모두 우군에 편성되었던 자들이오?"

"예, 틀림없이 우군 소속 군병들입니다."

"그럼, 무엇 때문에 이곳까지 오게 된 것이오?"

"용골산성 의병장 정봉수 나리께서 돌리신 격문에 깊이 감읍하여 모든 군병이 나리와 뜻을 함께하기를 원하여 이리 달려왔나이다."

"잘 오셨소. 이곳은 조선의 마지막 자존심과 같은 곳이오. 우리는 긍지를 가지고 이 성을 지키고 있소이다."

주번사령이 백원효를 신문하는 사이, 어둠이 걷히고 희미한 햇살이 산등성이를 넘어왔다. 성안에는 비상 징이 울리고, 의병들은 저마다 무기를 들고 자신의 자리를 굳게 지켰다.

새벽의 차가운 공기 속으로 따스한 온기가 흘러나왔다. 백원효를 맞이하는 정봉수의 입가에는 따뜻한 미소가 번졌다.

"어서 오시게, 백 무사. 비록 우리가 전란의 고통 속에 살고 있지만, 조선의 백성임을 잊어서는 안 될 것이야. 백 무사의 그 웅대한 결단에 진심으로 감사드리네."

정봉수는 백원효에게 다가가 그의 굳은 어깨를 덥석 끌어안았다.

"영산 나리… 그동안 저희는 참으로 부끄러운 삶을 살았습니다. 하나 나리께서 저희를 이리 기꺼이 받아주시니, 그 은혜 어찌 갚아야 할지 모

르겠습니다. 저희를 역적의 굴레에서 벗어나게 해주신 은혜 결코 잊지
않겠습니다."

백원효는 정봉수 앞에 무릎을 꿇고 뜨거운 눈물을 쏟아냈다. 감격
과 후회, 그리고 해방감으로 떨렸다. 그의 뒤를 따라온 2백여 명의 군병
들 또한 고개를 숙였다. 그들의 어깨는 묵은 짐을 벗어 던진 듯 가벼워
보였다.

백원효의 군병들이 용골산성으로 들어오자, 무너지는 모래성처럼 우
군들의 대열이 걷잡을 수 없이 허물어지기 시작했다. 강물을 거슬러 오
르는 연어 떼처럼, 포로로 잡혀갔던 병사들이 줄줄이 산성으로 달려왔
다. 그 수가 3천에 달했다. 후금 진영에서는 이 갑작스러운 대열의 이탈
에 혼란과 분노가 치솟았다. 사태의 책임을 물어야 한다는 후금 장수들
의 주장이 이어졌다. 그 책임은 우군을 구성하도록 제안하고, 책임을 맡
았던 한윤에게 있었다. 아민은 그동안 그에게 보냈던 신뢰를 내려놓았
다. 한윤도 더 이상 신임을 얻지 못했다.

갑작스러운 병력 증가에 용골산성은 발 디딜 틈도 없이 비좁아졌다.
기존에 성을 지키던 사람들은 낯선 이들의 등장에 불안감을 감추지 못
했다. 식량 부족은 더욱 심각한 문제로 다가왔다. 그래서인지 성안에는
활기와 함께 미묘한 긴장감이 감돌았다.

"성 밖에서 저토록 많은 병력이 한꺼번에 몰려왔으니, 이를 어찌해야
좋을꼬?"

정봉수는 수심 가득한 시름에 잠긴 채 제장들에게 물었다. 중군 김종
민이 신중한 표정으로 입을 열었다.

"나리, 지금 성안은 너무나 협소합니다. 이 많은 사람이 좁은 공간에
함께 기거한다면, 필시 또 다른 문제가 발생할 것입니다."

그는 현실적인 문제를 우려하고 있었다.

"그러게, 말이네. 좋은 방안이 없겠는가?"

부장 이촉립이 나섰다.

"소신의 생각으로는 외성을 쌓아 저들을 별도로 수용하는 것이 좋을 듯합니다."

그의 제안에 정봉수의 눈이 번뜩였다.

"아직 저들의 속내를 완전히 알 수 없지 않습니까. 혹 불순한 마음을 품은 자가 있을지도 모르는 일이니, 저들에게 직접 외성을 쌓도록 하고 그곳에 거처를 마련해주는 것이 합당합니다."

김종민이 여전히 경계심을 안고 다부지게 말했다.

"그것참 좋은 생각이네. 어느 정도 규모로 쌓는 것이 좋겠는가?"

"적의 야습을 막을 수 있을 정도면 충분합니다. 혹 적이 대규모로 쳐들어오면 외성에서 저항하다가 내성으로 철수하면 될 것입니다."

김종민의 설명에 정봉수는 고개를 끄덕였다.

"음, 그렇다면 누가 저들을 맡아 관리하는 것이 좋겠는가?"

정봉수의 시선이 제장들에게로 향했다. 중군 김종민이 주위를 둘러보며 말했다.

"당연히 이촉립 부장이 맡는 것이 가장 합당해 보입니다. 이미 훌륭한 계책을 내놓았으니, 대장을 맡아 저들의 훈련과 관리를 총괄하는 것이 좋을 듯합니다."

다른 장수들도 그의 의견에 동의하며 고개를 끄덕였다.

"좋네. 그럼 이촉립 자네가 외성의 대장을 맡고, 백원효 무사를 부장으로 삼아 저들을 관리하도록 하게. 내일부터 즉시 성을 넓혀 외성을 쌓도록 하라."

정봉수는 확고한 어투로 하명했다. 그렇게 용골산성에는 새로운 바람이 불기 시작했다. 3천에 달하는 군병들이 땀방울을 흘리며 돌을 나르고 쌓았다. 그들의 손길이 더해질수록 반달 모양의 외성이 서서히 그 모습을 드러냈다. 비록 내성처럼 견고하지는 않았지만, 야습을 막기에는 충분했다. 용골산성의 방어력은 한층 강화되었다.

새로운 군병들이 합류하자, 용골산성은 전에 없던 활기로 가득 찼다. 기존의 5천 병력에 3천이 더해져, 8천이 넘는 사람들이 좁은 산성 안에서 북적거렸다. 오랫동안 잊고 지냈던 삶의 온기가 그곳에 되살아났다.

산성 안에는 작은 시장도 생겨났다. 백성들은 저마다 가지고 있던 물건들을 내다 곡식과 바꿨다. 귀한 쌀 한 톨, 보리 한 줌이 간절한 거래의 대상이었다. 녹슨 칼과 창, 낡은 옷가지, 손으로 엮은 짚신, 날이 선 칼날, 닳아빠진 호미와 괭이까지, 서로에게 필요한 물건들이 오갔다. 시장에는 생기 넘치는 활력이 가득했다.

성 한쪽에서는 흙으로 지은 작은 집에서 풀무질하는 대장장이들의 망치 소리가 끊이지 않았다.

성안 사람들은 성 주변의 비탈진 땅을 개간하여 밭을 일구었다. 척박한 땅을 파고 씨앗을 심었다. 그들은 희망을 키워나갔다. 부지런한 이들은 성에서 조금 떨어진 언덕까지 개간하여 먹거리를 마련했다. 용골산성 주변의 자그마한 평지들은 모두 성안 백성들의 소중한 일터가 되었다. 비록 흙이 많지 않아 농사가 쉽지는 않았다. 그래도 그들이 땀 흘려 얻은 작물들은 쏠쏠한 보탬이 되었다. 밭에서 일하는 백성들은 힘든 노동 속에서도 희망을 찾고 있었다.

"올봄에 맛보는 이 신선한 채소들을 보게. 정말이지 살맛이 나는구면."

"맞는 말씀이야. 능선 밭에서 갓 수확한 채소 맛은 정말 각별하더구면. 어찌나 달고 싱싱한지. 이런 채소만 먹어도 힘이 절로 나네."

의병들은 소소한 이야기를 나누며, 고된 산성 생활 속에서도 작은 기쁨을 찾아갔다. 그러나 창고에 쌓인 곡식만으로는 많은 사람들의 배를 채울 수 없었다. 정봉수는 직접 밭을 갈고 씨앗을 뿌리며 농사에 매진할 것을 독려했다. 칼과 창을 들고 밭으로 나가 일하다, 적의 침입을 알리는 징 소리가 울리면 즉시 무기를 들고 성벽에 올랐다. 철저한 대비 덕분에 기습당하는 일은 없었다.

군병들의 보호 아래, 백성들은 안심하고 농사에 전념했다. 이른 봄부터 시작된 농사는 풀죽을 끓여 먹기 위해서라도 절실했다. 달래, 냉이, 민들레, 씀바귀, 고들빼기, 들나물, 두릅, 쑥, 원추리, 곰취, 머위 순, 옻나무 순, 가죽 순까지, 산에는 먹을 것이 지천이었다. 그들은 자연이 베풀어준 풍요 속에서 척박한 현실을 잠시나마 잊을 수 있었다.

용골산성은 이제 단순한 피난처를 넘어, 희망의 보루이자 삶의 터전으로 변모하고 있었다.

28. 목숨을 건 전령

이응무는 용골산성의 승전 소식을 품고 어둠 속으로 말을 몰았다. 예순을 바라보는 나이에도 그의 등은 꼿꼿했다. 이마와 볼에는 모진 풍파의 흔적이 깊게 새겨져 있었다. 그래도 종4품 무관 출신의 위엄은 여전했다. 그의 말 탄 모습은 살아 움직이는 청동 조각과 같았다. 누구라도 그의 기세에 압도되어 감히 길을 막아설 엄두를 내지 못할 터였다. 굳건한 의지와 함께 쓸쓸한 회한이 그곳에 깃들어 있었다.

호서[72] 땅이 고향인 그는 북녘땅에 머물렀으나, 전란의 불길에 휩싸여 용골산성까지 피란 온 신세였다. 혼란스러운 시국에 그 역시 제 역할을 하고 싶었다.

행조에 승전보를 전하는 임무는 그에게 마지막 봉사의 기회였다. 그의 마음속에는 묵직한 사명감이 자리 잡고 있었다. 더욱 간절한 바람은 고향으로 돌아가는 것이었다. 임무를 완수하고 낯선 땅에서의 불안한 삶을 끝내고 싶었다. 그리운 고향 땅 호서에서 여생을 보낼 수 있기를 기대했다.

고향 소식도 떠나온 지 오래되어 까마득했다. 아내와 자식들은 무사

---

72) 호서: 제천시에 있는 저수지 의림지의 서쪽이란 의미로 충청도를 이르는 말이다.

할까? 혹독한 전쟁의 화마 속에서 그들은 과연 살아남았을까? 수많은 걱정이 그의 마음을 쉴 새 없이 불안하게 했다. 오직 임무 완수만이 그에게 희망을 던져주었다. 부디, 살아 돌아갈 수만 있다면. 그는 고향 호서에 대한 그리움과 가족에 대한 애틋함으로 저며 들었다.

한편, 장초의 처지는 이응무와 극명히 달랐다. 그는 용천 땅의 이름 없는 소작농이었다. 신분은 천민이었다. 근근이 살아가던 그는, 전쟁의 참화를 피해 어린 자식과 아내를 이끌고 용골산성으로 흘러들어왔다. 가진 것이라고는 손바닥만 한 논뙈기도 없었다. 뼈 빠지게 농사를 지어도 겨우 입에 풀칠하는 것이 고작이었다. 그의 모습에는 오랜 가난과 전쟁의 피로가 그림자처럼 드리워져 있었다. 그의 아내는 닳아빠진 몸으로 쉴 새 없이 일했다. 가난의 굴레는 벗어날 수 없었다. 갓난아기 하나 똑바로 건사하기 힘든 팍팍한 삶이었다. 그러다, 용골산성에 나붙은 방을 보았다. 까막눈이라 글은 읽을 수 없었지만, 사람들의 이야기를 들어보니 전령을 구한다는 내용이었다.

"임자. 영산 나리께서 전령을 찾는다는구먼."

어둠이 짙게 드리운 밤이었다. 장초는 움막 구석에 쭈그리고 앉아 옆에 누운 아내에게 나지막이 말했다. 그는 지친 현실 속에서 작은 희망을 엿보고 있었다. 달빛 아래, 아내의 형체만이 어렴풋이 보였다.

"기래요? 그런데 전령이 뭐이라는 기야요?"

아내가 졸린 눈을 비비며 자리에서 몸을 돌렸다.

"임금님 계신 곳에 간찰을 전하는 일이라는구먼."

"뭐이요? 임금님 계시는 곳에? 그럼 대궐 구경을 하는 기야요?"

아내의 눈이 어둠 속에서 호기심에 휘둥그레졌다.

"구경은 무슨 구경. 전란 통에 그저 간찰만 전하는 거지."

장초는 피식 웃었다.

"여하튼 간에 대단한 일이구먼. 그런데 말이야요. 그 먼 곳을 어찌 간다는 기야요?"

어둠 속에서 아내가 고개를 빼꼼히 들이밀며 걱정스러운 듯 물었다.

"전쟁 때문에 오랑캐 놈들이 온 나라를 짓밟고 있으니, 놈들을 피해 산 넘고 물 건너 가야 한다는 구면."

"뭐이라고요? 그럼 엄청나게 위험…"

위험하다는 아내의 말에 장초는 움찔했다. 목울대가 턱 막히는 듯 그의 눈에는 망설임이 머물렀다.

"그려. 그러니까 아무도 안 나서는 게지. 그냥, 내가 한번 가볼까 혀서."

"뭐이라고요! 그런 위험한 길을 이녁이 왜 가려고 하는 기야요. 어쩌려고…."

아내가 벌떡 일어나 따지듯 물었다. 금방이라도 울음을 터뜨릴 것 같은 기색이었다.

"내래 과부 만들 작정을 한 거이구먼. 안 그래도 무서운 세상에 내래 혼자 어찌 살라고. 이녁 없으면 내래 못 살아…."

아내는 펄펄 뛰며 안된다고, 못 간다고, 성을 내며 두 다리를 쭉 펴고 앉아 흐느끼기 시작했다.

"이렇게 죽도록 일만 하다 죽을 수는 없지 않겠는가. 이번에 전령으로 나서서 팔자를 고치면, 양반이 될 수도 있다는구면? 양반 말이여."

장초는 거칠어진 손으로 곰방대를 눌러 담뱃불을 붙였다.

"뭐이라고요? 우리가 양반이 된다고?"

아내는 울음을 뚝 그치고 되물었다. 믿음이 가지 않는 모양이었다. 그녀의 눈은 어둠속에 더욱 휘둥그레졌다.

"다시 한번 말해보기요. 이녁이 지금 뭐이라고 한 기야요?"

"양반이 될 수도 있다고 혔지."

"누가 우리를 양반 만들어준다는 기야요?"

"임금님께서 그러실 수도 있다고 하지 않는감. 궐까지 무사히 가면 우리 팔자가 활짝 필 거구면. 천한 것으로 평생 종살이만 할 것이 아니라, 양반이 되어 떵떵거리며 살 수 있다는 말이여. 저 어린 자식 놈을 위해서라도 한번 가볼까 하는 거여."

장초는 말끝에 힘을 주며 곰방대를 힘차게 빨아들였다. 희뿌연 연기가 어둠 속에 방안을 가득 메웠다.

"죽지만 않으면 팔자를 고칠 수도 있다는 말씀이야요?"

아내는 눈물을 훔치며 물었다. 희망과 불안감이 뒤섞였다.

"그려. 죽기 아니면 살기로 한번 해 보는 거여. 그래서 궐에만 가는 날이면 우리는 틀림없이 양반이 되는 거여. 암만."

장초는 스스로 확신하고 있었다. 단죽의 담배를 길게 빨아 연기를 허공으로 내뱉었다. 짙은 연기가 다시 골방 안에 가득하게 고였다.

양반이라는 말에 아내는 울음을 멈췄다. 팔자를 고쳐볼 만한 가치가 있는 일이었다. 평화로운 세상이었다면 감히 꿈도 꿀 수 없는 기회였다. 전란이야말로 그들에게 주어진 유일한 희망인지도 모를 일이었다.

아내는 눈을 가늘게 뜨고 묵묵히 생각에 잠겼다. 죽느냐 사느냐의 문제였다. 과부로 살고 싶지는 않았다. 그렇다고 이대로 희망 없이 살 수도 없었다. 그렇다면 장초의 말처럼 한번 도전해 보는 것도 나쁘지 않았다.

"당신, 정말 하겠시요?"

아내는 눈물을 훔치며 다짐받듯 물었다.

"해 봐야지. 죽기 살기로 하면 못 할 것도 없지. 그래서 양반이 된다면야 무엇이 두렵겠는가. 어린 자식이 양반이 된다는데. 그래서 한번 가보려고 하는 거여. 이판사판 아니겠는감."

장초는 결연한 목소리로 대답했다. 그렇게 장초는 전령 모집에 응했다. 그의 마음속에는 지긋지긋한 가난을 벗어나고자 하는 간절한 열망과 함께 위험에 대한 불안감이 교차했다. 어린 자식과 아내를 위한 희망, 그것만이 그의 발걸음을 재촉했다.

한편, 전 만호 이응무는 밤의 어둠을 뚫고 말을 달렸다. 그는 해안 길을 따라 강화로 향할 생각이었다. 정봉수의 치계를 품에 안고 밤낮없이 길을 재촉했다. 사람들의 눈을 피해야 한다는 말을 들었지만, 크게 개의치 않았다. 아무리 전란 중이라 해도 사람 사는 세상에 사람을 보지 않고 움직일 수는 없는 노릇이었다. 가능한 한 해안가의 야트막한 언덕과 소나무 숲길을 따라 달렸다. 편안한 마음으로 가면 될 일이라고 생각했다. 고향에 대한 그리움이 손끝에 만져지는 느낌이었다. 그렇게 하루 만에 철산을 지나 곽산 땅까지 이르렀다. 1백 리 길이었다. 이 정도 속도라면 10일 안에 강화 도착이 가능하다는 계산이었다.

해 질 녘, 서쪽 하늘은 붉게 타오르는 노을로 물들어 아름다운 광경을 연출하고 있었다. 전란 중이라고는 믿기지 않을 만큼 해안가는 고요했다. 달빛이 좋다면 밤새 달려 주막에서 잠을 청할 생각으로 말에 박차를 가했다. 그가 막 흑참봉 아래 소나무 숲을 지나갈 때였다. 갑자기, 숲속에서 거무튀튀한 흑곰처럼 덩치 큰 사내가 쏜살같이 튀어나왔다. 그는 넓적한 칼을 어깨에 멘 채 이응무의 앞길을 가로막았다. 살벌한 눈이 어둠 속에 빛나고 있었다. 그 모습은 영락없는 험악한 산적이었다.

"게 섰거라. 여기가 어디라고 함부로 지나느냐."

낮고 텁텁한 목소리가 어둠을 갈랐다. 투박한 낯짝에 텁수룩한 검은 수염을 기른 사내였다.

"네 이놈, 어디 감히 어른 가는 길을 막느냐."

이응무는 애써 침착한 목소리로 꾸짖었다. 그의 마음속에는 당황스러움과 함께 무관으로서의 자존심이 일었다.

"어른이라니. 이놈이 죽고 싶어 환장을 했구나. 당장 말에서 내리지 못할까.”

젊은 사내는 눈을 부릅뜨며 막무가내로 칼을 휘둘렀다. 번뜩이는 칼날이 말을 위협했다. 놀란 말이 앞발을 높이 쳐들며 벌떡 일어섰다. 균형을 잃은 이응무는 땅바닥으로 곤두박질쳤다.

“아니, 이놈이. 내가 누군지 알고 이러느냐? 나는 용천만호 이응무다.”

그는 흙먼지를 툭툭 털며 일어섰다. 다행히 소나무 숲 아래 부드러운 모랫바닥 덕분에 크게 다치지는 않았다.

“나는 명나라 모문룡 도독 휘하의 군병이다. 어디를 가는 놈인데 신고도 없이 함부로 지나느냐. 게다가 변발한 꼴이 네놈은 후금 놈이렷다. 아니라면 그들의 앞잡이거나…”

사내는 거들먹거리며 자신의 신분을 밝혔다.

‘명나라 군병이라니.’

이응무는 속으로 안도의 숨을 내쉬었다. 후금 오랑캐가 아니라는 사실만으로도 천만다행이었다. 그의 얼굴에는 긴장이 풀리는 기색이 확연했다.

“참으로 다행이다. 나는 조선의 무사다. 명나라 군병이라면 우리 조선과는 이럴 처지가 아닐 텐데.”

이응무는 목소리를 낮추며 천천히 다가섰다. 그러나 어둠 속의 사내는 조금도 누그러지지 않았다. 오히려 큼지막한 칼을 높이 쳐들며 으르렁거렸다.

“나는 모른다. 처지고 나발이고 돈을 내놓아라. 그렇지 않으면 죽이겠다.”

사내는 오직 금품만을 요구하며, 다른 말은 들으려 하지 않았다. 몇 번이고 말을 걸어보았다. 그는 막무가내로 돈을 내놓으라며 고함을 질렀다. 이응무는 당혹감과 함께 분노가 치밀어 올랐다.

그는 명백한 강도였다. 모문룡의 군병이라고는 하나, 약탈만을 일삼는 질 나쁜 졸개에 불과했다.

"조선의 행조에 중요한 공문을 가지고 가는 전령이라고 하지 않느냐. 무슨 말인지 모르겠느냐!"

이응무는 격분하여 목소리를 높였다. 안면이 붉게 상기되었다.

"내놓을 돈이 없으면 죽어야지, 무슨 말이 그리 많으냐."

명나라 군병은 칼을 휘두르며 이응무에게 달려들었다. 이응무 또한 칼을 뽑아 맞섰다. 그러나 이미 늙고 지친 몸으로는 역부족이었다. 마음 같아서는 단칼에 악당을 베어버리고 싶었다. 하지만 칼을 쥔 손에는 힘이 실리지 않았다. 두어 번 허공을 가르듯 칼을 휘두르는 사이, 군병의 장검 끝이 이응무의 목을 스치고 지나갔다.

"컥."

뜨거운 피가 솟구쳐 흘렀다. 그의 저고리는 붉은 피로 물들어갔다. 이응무는 더 이상 버틸 수 없었다. 그 자리에 힘없이 쓰러져 흘러나오는 피를 손으로 막았다. 그러나 검붉은 선혈은 손가락 사이를 비집고 나와 팔을 타고 흘러내렸다. 의식은 점점 희미해져 갔다. 눈앞에는 고향과 가족의 모습이 아련하게 스러져 갔다. 결국 이응무는 낯선 명나라 군병의 칼끝에 허망하게 생을 마감하고 말았다. 그의 품에 든 중요한 치계는 끝내 조정에 전달되지 못했다. 한 노장의 마지막 충심과 희망은 차가운 밤공기 속으로 흩어지고 말았다.

한편, 전사 장초는 애초부터 산길을 택했다. 그는 용골산을 돌아 피현과 구성 방면의 깊은 산속으로 방향을 잡았다. 어느 고을을 지나치는지 알 수도 없었다. 그저 첩첩산중을 넘고 깊게 패인 계곡을 따라 걸었다. 오직 밤에만 움직였다. 낮에는 가능한 한 울창한 계곡 속에 몸을 숨긴 채 미동도 하지 않았다. 맑은 계곡물을 마시고, 운 좋게 다람쥐라도 잡으면 구워 허기를 달랬다. 뱀이나 산토끼가 눈에 띄면 놓치지 않고 잡아먹었다. 무엇이든 먹을 수 있는 것이라면 닥치는 대로 식량 삼았다. 해가 지면 다시 남쪽으로, 남쪽으로 발걸음을 옮겼다. 그의 얼굴에는 피로와 생존을 위한 처절한 의지만 새겨져 있었다.

짙은 산속에서 밤을 보내는 동안 가장 두려운 것은 호랑이였다. 호랑이가 자주 출몰하는 지역이었다. 맹수를 피하는 것이 가장 큰 걱정거리였다. 하지만 그것 또한 자신의 운명이라고 생각했다. 담대하게 나선다면, 짐승인들 감히 겁을 내지 않겠느냐고 자신을 스스로 다독였다.

산에서 내려와 드넓은 평야 지대를 지날 때를 제외하고는, 사람 그림자도 보기 힘들었다. 그나마 밤에만 이동했으므로 사람 만날 일은 더욱 없었다.

온 세상이 오랑캐들의 세상이 되었다고는 하지만, 어두운 산속은 그들과 거리가 멀었다. 간혹 피난 간 빈 농가를 발견하면, 그곳을 샅샅이 뒤져 먹을거리를 구했다. 허름한 방에서 잠을 청했다. 다행히 산중에 화전민들이 머물던 움막이 남아 있어 간신히 몸을 의탁할 수 있었다. 운좋을 때는 약간의 먹거리도 구했다. 그의 노정은 고독하고 처절한 생존 그 자체였다.

사냥꾼처럼 활을 비스듬히 등에 메고 험준한 산길을 올랐다. 옆구리에는 족제비와 이름 모를 새들의 털이 주렁주렁 매달려 있었다. 가시에 발이 찔리고, 부러진 나무 그루터기에 옷이 찢기고 살갗이 긁혔다. 찢어진 발은 차가운 계곡물에 씻고, 주변의 풀잎을 찧어 상처 부위에 덮었다. 그리고 질긴 칡넝쿨로 발을 칭칭 동여매고 다시 걸었다. 칡뿌리 또한 식량이 되어주었다. 그는 나무뿌리를 캐 먹고, 쌉쌀한 산나물을 뜯어 먹으며, 묵묵히 강화도를 향해 나아갔다. 그의 발걸음은 고통 속에서도 멈추지 않는 끈기를 보여주었다.

천민 신분에 고된 소작농으로 잔뼈가 굵은 몸이라, 험한 산속에서 버텨내는 데는 익숙했다. 배가 고프면 차가운 계곡물로 허기를 달랬다. 운좋게 개구리나 들쥐라도 잡히면, 잽싸게 불에 구워 먹었다. 그의 생존력은 놀라울 정도였다. 그렇게 숱한 고생 끝에, 그는 행조가 있는 강화도 가까이 다다랐다. 그곳이 강화도라는 사실은, 인근 마을에 이르러서야 비로소 귀동냥으로 알게 되었다. 그제야 안도감이 마음 구석에서 안개처럼 일어났다. 그러나 강화도로 들어가는 길목 나루터와 선착장 곳곳에도 후금의 초소가 세워져 있었다. 장초의 얼굴은 다시금 어두워졌다.

밤의 어둠을 틈타 주변 정황을 샅샅이 살폈다. 뾰족한 묘책이 떠오르지 않았다. 나무를 타고 바다를 건너기로 마음먹었다. 그러기 위해 그는 꼬박 하루를 해안가 덤불 속에 숨어있었다.

밀물과 썰물 시간을 확인하고, 거친 물살의 흐름을 꼼꼼히 살폈다. 뗏목으로 사용할 만한 마른나무 둥치도 눈여겨봐 두었다. 그것은 다행히도 해안가로 밀려온 커다란 나무 둥치였다. 그의 힘으로도 어렵지 않게 옮길 수 있을 만한 크기였다. 그는 오직 밤이 깊어지기만을 기다렸다. 강화 나루와 제법 멀리 떨어진 북쪽 해안가는, 상대적으로 경계가 허술했다. 오랑캐들의 모습은 거의 찾아볼 수 없었다. 그가 그쪽을 택한 이유도 바로 그것이었다.

마침내 밤이 깊어지고 썰물이 시작되었다. 장초는 끙끙거리며 커다란 나무 둥치를 끌고 바다로 나아갔다. 옷을 모두 벗어 나무 위에 매달았다. 맨몸으로 차가운 바닷물 속으로 뛰어들었다. 봄이라고는 하지만 바닷물은 얼음처럼 차가웠다. 심장이 얼어붙는 느낌이었다. 그래도 방도가 없었다.

그는 거친 물살을 헤치며 나무 둥치를 밀고 나아갔다. 추위와 격렬한 경계심에 떨렸지만, 의지만큼은 꺾이지 않았다. 밤바다의 냉기는 뼛속까지 스며들었다. 턱이 덜덜거리며 이빨이 부딪혔다. 멀리 희미하게 보이는 강화도를 향해 나아갈 수 있는 유일한 길이었다. 그날따라 달빛은 유난히 밝았다. 온 세상이 차가운 달빛과 수많은 별, 그리고 검푸른 바다의 어둠으로 가득했다.

멀리서 깜빡거리는 불빛이 새어 나오는 곳이 있었다. 그는 그곳이 강화도라고 굳게 믿었다. 낮에 숨어서 봐 두었던 지점이었다. 다행히 물결은 잔잔했다. 평생 농사만 짓던 몸이라 바다가 두려웠다. 그러나 어린 시절 마을 강가에서 뗏목을 탔던 기억을 떠올리며 두려움을 억눌렀다.

5리가 넘는 거친 바다를 뗏목에 매달려 헤엄쳐 건넜다. 그는 마침내 강화도 해안가 숲속에 몸을 숨길 수 있었다. 그곳 역시 산길의 연속이었다. 해변을 지나 울창한 숲을 헤치고, 졸졸 흐르는 개울을 건너, 가파른 산비탈을 기어올랐다. 날이 밝으면 행궁이 있는 곳을 찾아갈 생각이었다. 우선은 멀리까지 내려다볼 높은 지점에 오르는 것이 급선무였다. 그의 몸은 극도의 피로와 추위에 신음했다.

힘겹게 산 정상에 오르자, 차가운 달빛만이 서럽게 그를 비추고 있었다. 산 아래로는 행궁의 모습은커녕, 작은 불빛도 보이지 않았다. 장초는 낙엽 쌓인 구덩이에 지친 몸을 기대어 잠이 들었다. 한참 만에 눈을 떴다. 이미 하늘은 밝게 빛나고 있었다. 그제야 그는 산 아래를 내려다보았다. 곳곳에 초라한 민가들이 띄엄띄엄 흩어져 있을 뿐이었다. 이곳이 정말 강화도가 맞는지도 확신이 서지 않았다.

장초는 다시 해가 지고 어둠이 짙게 내려앉은 후에야, 불빛이 새어 나오는 민가 쪽으로 조심스럽게 내려갔다. 초라한 초막이었다. 호롱불 빛만이 간신히 새어 나오는 외딴집이었다. 주변에는 두꺼운 어둠만 고요하게 내려앉아 있었다. 그는 가만히 문 앞에 다가가 기척을 살피고, 떨리는 손으로 방문을 두드렸다.

"여보시오. 안에 아무도 없소?"

대답은 없었다.

"여보시오. 밤길이라 길을 여쭙고자 하는데… 아무도 안 계시오?"

그는 조금 더 세게 방문을 두드렸다. 그러자 마침내 초로의 사내가 머뭇거리며 방문을 빼꼼 열었다.

“뉘시오, 이 밤중이….”

사내는 불도 들지 않은 채, 오직 방문만 조금 열었다. 호롱을 등진 형체로 보아 나이가 지긋한 노인처럼 보였다.

“혹시… 여기가 강화도 맞소?”

장초는 잔뜩 긴장한 목소리로 물었다.

“그렇소만.”

“그렇다면… 행궁은 어디에 있소?”

“행궁이라니… 나라님께서 계시던 행궁 말씀이오?”

“그렇소.”

그제야 집주인 사내는 경계심을 풀었는지, 장초를 방 안으로 들였다. 방 안에서는 퀴퀴한 냄새가 진하게 풍겨왔다. 안쪽에 있던 늙은 아낙은 인기척을 느끼고 조용히 자리를 피했다.

“어찌하여 행궁을 찾으시오?”

“나는 용천 용골성에서 행궁에 긴요한 간찰을 전하기 위해 먼 길을 달려온 전령이오.”

“용천 용골성이라면?”

“압록강 근처에 있는 성이외다.”

“아, 그러시오. 참으로 먼 길을 오셨구려.”

“한 달 가깝게… 1천 리 길을 더 걸어왔소이다. 혹시… 먹을 거라도 조금만 나눠주실 수 있겠소?”

그제야 장초는 온몸에서 힘이 쭉 빠지는 것을 느꼈다. 행궁 가까이에 왔다는 안도감보다는, 기나긴 여정의 고단함이 한꺼번에 밀려왔다.

안주인은 어둠 속에서 삶은 감자 몇 개와 보리개떡 덩어리, 그리고 소금에 절인 야채 몇 조각을 내어주었다. 그나마 강화도는 평야 지대가 많고, 오랑캐들의 발길이 닿지 않은 덕에 먹을거리가 비교적 온전하게 남아 있었다.

장초는 허겁지겁 감자와 보리개떡으로 허기를 채웠다. 세상에 이보다 더 맛있는 음식은 없을 것 같았다. 아낙이 건네주는 따뜻한 숭늉을 마시고 나서야 겨우 허리를 펼 수 있었다.

"이제야 겨우 살 것 같구먼요. 주인장, 정말 감사하오. 이 은혜는 절대 잊지 않겠소이다."

그는 진심으로 감사했다.

"은혜랄 게 뭐가 있소."

사내는 겸연쩍게 대답했다.

"그런데… 행궁은 어디에 있소?"

"여기서 30리 길이니, 거의 다 오신 것이나 마찬가지외다. 저 산 너머로 가면 꼬박 반나절이면 닿을 수 있을 것이오… 그런데, 나라님께서는 이틀 전에 도성으로 돌아가셨다는 소문이 있소이다."

사내는 장죽을 입에 물고 짙은 담배 연기를 길게 내뿜으며 말했다.

"뭐라고요? 도성으로 돌아가시다니요?"

장초의 목소리는 갈라지고 흔들렸다. 그의 안색은 하얗게 질렸다. 눈동자는 흔들리는 촛불처럼 위태로웠다.

"환도하셨다는 말씀이오. 자세한 내막은 알 수 없지만, 그런 소문이 강화도에 파다하게 퍼져 있소이다."

초로의 사내가 담배 연기를 길게 내뿜으며 말했다.

장초는 하늘이 무너져 내리는 허망함을 느꼈다. 앞이 노랗게 변하는 것 같았다. 그토록 힘겹게 숨어온 길이었다. 임금께서 도성으로 돌아가셨다니. 그의 가슴은 무거운 돌덩이가 내려앉은 듯 답답했다. 서둘러 사실 여부를 확인하고 싶었다. 하지만 주인장은 이밤이 지난 뒤에 확인해도 늦지 않다며 잠자리를 피해 주었다.

다음날 장초는 초로의 주인장 부부에게 허리가 꺾이도록 깊이 인사하고, 곧장 행궁을 향해 발걸음을 옮겼다. 절뚝거리며 끌고 온 다리는, 그 어느 때보다 무겁게 느껴졌다. 장초는 마지막 남은 힘을 다해 행궁을 찾아 나섰다. 그러나 초로 노인이 전한 소문은 매서운 현실이었다. 4월 12일. 왕이 강화도를 떠나 도성으로 돌아갔다는 소식이었다. 그 기별은 비수처럼 그의 폐부를 파고들었다.

장초가 행궁의 차가운 문턱을 넘은 것은 왕이 행궁을 비운 지 이틀 뒤였다.

닫힌 행궁의 문은 싸늘했다. 그곳에는 왕의 온기는 남아 있지 않았다.

여기서 멈출 수는 없었다. 용골산성의 간절한 승전 소식을 반드시 전해야 했다. 그는 다시 이를 깨물었다.

강화도가 아닌, 저 멀리 도성을 향해 발길을 돌렸다. 산길을 넘고, 거친 강물을 건너, 그는 묵묵히 도성을 향해 나아갔다. 목숨을 건 사명감만이 그를 지켰다. 다행히 도성으로 향하는 길은 이전과는 달랐다. 흩어졌던 사람들이 하나둘씩 모여들면서 길동무들이 생겨났다.

장초는 자신이 전령이라는 사실을 숨기고, 장사꾼들의 무리에 자연스럽게 섞여 그들의 뒤를 따랐다. 왁자지껄한 장꾼들의 틈에 숨어, 그는 함께 험한 고개를 넘고, 드넓은 나루를 건넜다. 그들의 등짐을 나눠 지며 낯선 이들과 동행하여 걷는 길은 외롭지 않았다. 몸은 고단했지만, 마음은 도리어 편했다. 그래도 마음 한쪽에는 언제 발각될지 모르는 불안감이 그림자처럼 드리워져 있었다. 그렇게 또다시 이틀의 시간이 흘렀다. 굽이굽이 이어진 길을 따라 걷고 걸었다. 마침내 장초는 웅장한 도성의 성문 앞에 다다랐다.

산성에서 올린 정봉수의 치계가 장초의 손을 거쳐 한성에 당도했다.

전사 장초는 찢어지고 해진 옷에 흙먼지를 뒤집어쓴 채였다. 가슴 깊이 품은 간찰 한 통을 부여잡고 한 달 가깝게 기나긴 여정을 홀로 헤쳐 왔다. 1천 리가 넘는 혐난한 길이었다. 굶주림과 추위, 짐승의 위협 속에서 수없이 죽을 고비를 넘겼다. 밤이면 어둠 속에 숨어 산을 넘고 강을 건넜다. 오랑캐의 눈을 피해 깊은 산 속으로, 또 다른 산속으로 숨어드는 고된 여정이었다. 더욱이 강화도를 돌아 도성으로 향했으니, 며칠의 시간이 더 흘렀다.

그의 몰골은 흡사 굶주린 귀신과 같았다. 뼈만 앙상하게 남은 남루한 행색에는 검은 땟물이 줄줄 흘렀다. 찔리고 긁힌 발은 온통 상처투성이였다. 똑바로 걷는 것도 힘겨웠다. 바다를 건너는 고생까지 더해졌으니, 그의 초라한 모습은 말이 아니었다. 그가 도성에 도착했다고 해서 모든 고난이 끝난 것이 아니었다. 넝마 같은 행색으로는 굳게 닫힌 성문을 통과하는 것도 쉽지 않았다.

도성문을 지키는 문지기는 그를 최전방에서 온 필사의 전령으로 여기지 않았다. 그저 떠돌아다니는 거지나 다름없이 냉대했다. 그나마 장꾼들 틈에 묻어 그들과 함께 도성문을 통과했다. 어렵사리 당도한 비국에 치계를 전하는 일 또한 순탄치 않았다.

수많은 우여곡절과 모멸을 견뎌낸 끝에, 장초는 간신히 임금이 거처하는 궁궐을 찾아낼 수 있었다. 용천과 산성의 허름한 집들만 보아왔던 그의 눈에, 높고 웅장한 대궐은 끝없이 펼쳐진 새로운 세계처럼 다가왔다. 높게 쌓아 올린 돌담은 그의 기세를 단숨에 꺾어버렸다. 한참 동안 대궐 주변을 배회하던 그는, 마지막 남은 용기를 모아 닫힌 궁문으로 다가섰다.

"어디서 온 놈인데 감히 간찰 따위를 들먹이느냐."

궁궐을 지키던 수문장이 장초를 쏘아보며 고함을 질렀다. 단번에 그의 기세는 꺾여 버렸다. 옆에 찬 커다란 칼과 붉고 푸른 도포 자락을 휘날리며 호통치는 수문장의 위압적인 모습은 범상치 않았다.

"저는… 저… 철산 용골산성에서… 간찰을 가지고 온… 전사 장초라고 하옵니다…."

장초는 잔뜩 겁먹은 목소리로 더듬거리며 대답했다. 수없이 굶주리고 지쳐 갈라진 틈 사이로 간신히 새어 나오는 말이었다.

"이놈아. 간찰을 들고 왜 대궐을 찾느냐. 그런 것은 마땅히 주인을 찾아 전해야 할 일이지. 이곳은 주상전하께서 계시는 대궐이니라. 내 말을 알아듣겠느냐."

수문장은 옆에 서 있던 졸개들에게 눈짓하며 당장이라도 그를 끌어낼 듯 험악한 표정을 지었다. 초라한 행색과 물에 빠진 생쥐 같은 몰골은 누가 보아도 길을 잘못 든 것이 분명했다. 아무리 전란 중이라 할지라도, 임금이 계시는 신성한 궁궐을 그런 초라한 차림으로 찾을 수는 없는 노릇이었다.

왕이 머무는 곳에는 당연히 지켜야 할 예의가 있는 법이었다. 수문장은 망설임 없이 졸개들에게 명령했다. 건장한 졸개 서너 명이 달려들어 장초의 팔을 붙잡고 문밖으로 질질 끌어냈다.

"아니 되옵니다. 아니 되옵니다, 나리!"

장초의 절규가 찢어지는 듯 터져 나왔다.

그의 맥동은 1천 리 길을 달려온 것처럼 모질게 고동쳤다. 얼음장 같은 불안감이 온몸을 휘감으며 마지막 남은 희망마저 질식시켰다. 뼈를 깎는 여정과 죽을 고비를 수없이 넘기며 지켜낸 간찰이었다. 그리고 그 속에 담긴 용골산성 병사들의 절박한 염원까지… 모든 것이 이대로 허무하게 스러질 것만 같았다.

필사의 몸부림은 거친 숨소리와 함께 거대한 궁궐의 문턱에서 부질없이 흩어졌다. 잡힌 팔은 으스러지도록 아팠지만, 그 고통은 마음의 고통에 비하면 아무것도 아니었다. 이대로 끌려 나간다면, 용골산성과 그 안의 모든 이들은, 결국 비참한 최후를 맞이할 것이었다. 더욱이 양반이 되는 꿈조차 허망하게 날아갈 판이었다. 그의 마음속에는 임금에게 전해야 할 치계의 내용이 타오르는 불길처럼 선명하게 떠올랐다. 그는 마지막 기력을 다해 비명을 질렀다.

"아니 됩니다! 제발!"

장초는 끌려 나간 뒤 또다시 돌아와 애원했다. 다시 끌려 나가면서 필사적으로 발버둥 쳤다. 온몸의 근육이 비명을 질렀다. 다음날도 또 그다음 날도 수문장에게 애원했다. 하지만 매번 같은 우사를 당했다. 그는 쇠사슬에 묶인 죄수처럼 끌려가지 않기 위해 이를 악물었다.

"용골산성의 영산 나리께서 반드시 궁에 전하라고 신신당부하신 간찰이옵니다."

목소리는 쉬어 있었다. 필사적인 외침은 찢어지는 듯했다. 그러나 그의 절규는 웅장한 궁궐의 돌담에 부딪혀 산산이 부서질 뿐이었다. 수문장의 눈자위는 분노로 시뻘겋게 달아올랐다.

"영산 나리라고? 그게 대체 누구냐?"

수문장이 더욱 거세게 고함을 지르고 있을 때, 마침 그 광경을 목격한 한 젊은 관리가 다가왔다.

수려한 외모에 단정하게 관복을 갖춰 입은 젊은 사내였다. 그의 걸음걸이와 태도에서는 흐트러짐 없는 기품이 묻어났다.

"나는 비국 낭청이오. 이 자가 대체 무엇을 전하려 한다는 말이오?"

그가 수문장에게 다가서며 차분한 목소리로 물었다. 수문장은 젊은 관리의 위엄에 한발 물러서며 머뭇거렸다. 조금 전까지 호통을 치던 기세는 온데간데없었다.

"저놈이… 평안도 용천 용골성에서 보낸 간찰이라며…. 벌써 사흘째 저러지 않겠사옵니까."

젊은 관리의 시선은 장초의 너덜너덜한 행색 속에서도 숨겨진 진실을 찾고 있었다.

"용골산성이라면 정봉수 의병장이 보낸 치계…."

그 말에 장초의 가슴이 철렁했다. 정봉수 의병장을 아는 이가 있다니.

그는 끝없는 나락에서 한 줄기 빛을 본 듯했다.

"그러하옵니다, 나리! 바로 우리 영산 나리께서… 행궁에 전하라고… 이 간찰을 목숨보다 귀하게 품고… 천 리 길을 달려왔사옵니다."

장초는 울먹이는 목소리로 간절하게 외치며, 젊은 관리 앞에 납작 엎드려 그의 눈치를 살폈다.

"이 자는 내가 데려가겠소."

비국 낭청은 단호한 목소리로 말하며, 장초를 이끌고 비변사로 향했다. 수문장은 더 이상 반박하지 못하고 꿀 먹은 벙어리처럼 서 있었다.

장초는 젊은 관리의 뒤를 따르며, 꿈을 꾸는 것 같았다. 기적처럼, 정말 기적처럼 달려온 전사 장초의 간절한 치계는 마침내 조정의 핵심 부서인 비국에 전달될 수 있었다.

정봉수의 치계가 올라왔다는 소식이 전해지자, 혼란스러운 전황 속에서 들려온 먼 변방의 소식에 그들은 숨을 죽였다. 용골산성이 어찌 되었는지, 모두가 궁금해하는 마당에 접하는 소식이었다. 옥좌에 앉은 인조 또한 심대한 관심을 드러냈다. 그의 시선은 치계가 놓인 곳에 박혀 있었다. 엄숙한 무게가 어린을 감쌌다. 대신들 역시 숨소리도 죽인 채, 왕의 반응과 치계의 내용에 온 신경을 곤두세웠다. 불안한 전황 속에서 한 줄기 빛을 찾으려는 듯, 모두의 시선은 천천히 치계를 집어 드는 비국 제조에게 쏠렸다. 마침내, 비국 제조가 가만히 치계를 펼쳐 들었다.

"전하, 용골산성 정봉수가 올린 치계를 읽겠사옵니다. 막 도착한 터라 미처 자세히 살피지 못하고 전하께 먼저 아뢰는 것이옵니다."

낡은 한지에 투박한 글씨로 쓰인 치계를 펼쳤다. 통상적으로 왕에게 올리는 보고서는 여러 번 다듬고 정리하여 말끔한 형태로 올라왔다. 그러나 정봉수의 치계는 그야말로 현장의 날것 그대로의 기록이었다. 이는 전쟁의 참상과 급박함을 여실히 보여주는 증거였다.

"그리하라."

왕은 숨을 죽인 채 나지막이 명했다. 어전의 모든 대신 또한 침을 삼키며 귀를 기울였다. 작은 숨소리도 들리지 않을 만큼 팽팽한 긴장감이 엉겨있었다.

"용골산성 의병장 정봉수, 삼가 아뢰옵나이다."

비국 당상은 잠시 숨을 고른 다음 내용을 읽어 내려갔다.

"미곶 첨사 장사준은 부사 이희건이 돌아오지 않자, 스스로 머리를 깎고 오랑캐 장수 아민에게 투항하였사옵니다."

그 구절이 끝나자마자, 왕은 자리에서 벌떡 일어나 격앙된 목소리로 외쳤다.

"무어라! 장사준이란 놈이 아민에게 투항했다는 말이더냐!"

왕의 용안은 순식간에 붉어졌다.

거친 숨을 몰아쉬며 믿기 어렵다는 표정을 지었다. 치계의 첫 구절부터 심상치 않은 내용에 왕은 더욱 굳어졌다. 배신감과 분노, 그리고 혼란스러운 전황에 대한 불안감이 용안에 고스란히 담겼다.

"계속하여 읽어보아라."

왕의 미간에는 걷잡을 수 없는 분노가 서서히 엉겨 붙기 시작했다.

"장사준은 오랑캐들에게 내자를 인질로 맡기고 용천 부사가 되기를 청하였사옵니다. 이어 그 자리에 오르자 스스로 백성들의 피땀 어린 관곡을 내어 오랑캐를 위문하는 술을 빚고, 죄 없는 백성들의 소를 강탈하여 오랑캐를 호궤[73]하는 반찬으로 상납하는 만행을 저질렀사옵니다."

"…"

"백성 중에 오랑캐처럼 머리를 깎지 않은 자가 있으면 협박하여 강제로 머리를 깎게 하고, 조금이라도 순종하지 않으면 무참히 죽이는 극악무도한 짓을 서슴지 않았사옵니다."

---

73)　호궤: 군사들에게 음식을 만들어 위로함.

"아니, 저런…. 일전에 저자가 충의롭다고 하여 벼슬을 내리려 했거늘, 저토록 간악한 짓을 저질렀다면 어찌 용서하겠느냐!"

왕은 용상에서 벌떡 일어나 어전을 초조하게 오갔다.

"신이 지난달 산성으로 들어가 용천, 의주, 철산 세 고을의 백성들을 불러 모아, 의로운 기치 들도록 간곡히 타일렀사옵니다. 점차 무리가 모여들어 그 수가 거의 4천 명에 이르렀사옵니다. 그 후, 역적 장사준이 신에게 글을 보내어 항복할 것을 강요하였으나, 신은 답하지 않았사옵니다. 그러자 며칠 뒤, 장사준이 수백 명의 오랑캐들을 몰래 끌고 와서 산성 밖 7리 지점에 숨겨두고 다시 협박하였사옵니다. '만약 항복하지 않으면 그대에게 화가 미칠 뿐만 아니라, 죄 없는 백성들에게까지 끔찍한 화가 미칠 것이다.'라고 하였사옵니다. 이에 신은 드디어 사준과 그의 악독한 공모자 십여 명을 처단하였사옵니다. 성안의 남녀노소 할 것 없이 모두 기뻐하였사옵니다. 이리하여, 우리는 날렵한 적 기병들을 베기도 하고, 적의 말들을 빼앗기도 하는 공을 세웠사옵니다."

보고를 읽는 비국 당상의 목소리가 점차 힘을 얻었다. 특히 장사준을 처단했다는 대목에서는 작은 탄성이 터져 나올 뻔했다.

"장하다! 정말 장하구나. 장사준 같은 역적은 당장이라도 능지처참해야 마땅하도다."

왕은 무릎을 치며 정봉수를 칭찬했다.

"이 일을 비밀에 부치려 하였으나, 결국 후금 군영에 알려지면서 적장 아민이 크게 분노하여 용골성을 쳐들어왔사옵니다. 자신이 임명한 용천 부사를 신이 처단한 것에 대한 극심한 분노였사옵니다."

비국 당상의 목소리가 다시 어전을 채웠다. 왕은 다시금 굳어졌다.

"아민이라면… 후금의 우두머리가 아니더냐. 그래서 어찌 되었느냐. 어서 서둘러 그 다음 내용을 읽어보아라."

왕의 재촉에 비국 당상은 다시 치계에 시선을 고정했다.

"후금의 수괴 아민은 극도로 분노하여 호시탐탐 용골성을 공략할 계략만을 짜고 있었사옵니다. 조선의 역적 한명련의 아들 한윤이 아민을 꼬드겨 소위 '우군'이라는 괴상한 부대를 만들었사옵니다. 그 '우군'이라는 것은 다름 아닌, 붙잡혀간 조선의 군사들과 힘없는 우리 백성들을 강제로 끌어모아 만든 오합지졸 포로부대였사옵니다."

"역적 한명련의 그 간악한 아들 한윤이… 저 오랑캐 놈들의 앞잡이가 되다니. 괘씸한 놈. 같은 조선 백성을 치려 하다니…."

왕은 '한명련'이라는 이름이 나오자, 온몸을 부르르 떨었다. 그 역적의 아들이 오랑캐와 손을 잡고 동족을 공격하려 했다는 사실에 왕의 분노는 극에 달했다. 배신과 기만에 대한 분노가 어전을 가득 메웠다.

"이에 신은 즉시 그 '우군'에 격문을 보내, 부디 어리석은 행동을 멈추고 다시 조선의 신민으로 돌아올 것을 간곡히 타일렀사옵니다. 그러자 놀랍게도, 밤을 틈타 3천 명에 달하는 '우군'이 용골산성으로 스스로 피신해 오는 바람에, 산성의 의병은 7천 명에 달하게 되었사옵니다."

이 대목을 읽자마자 용안에 화색이 돌았다. 참담한 난국에 한 줄기 빛을 본 표정이었다.

"정봉수는 참으로 놀라운 지략가로다!"

왕은 그 대목에서 감탄사를 터뜨렸다.

격렬한 분노로 들끓었던 그의 마음은, 용골산성 의병들의 용맹함과 정봉수의 뛰어난 지략에 감탄하며 환희로 물들었다. 어전의 대신들 역시 작게 탄성을 내뱉으며 정봉수의 지략에 감탄하는 분위기였다.

"아민은, 한성을 짓밟던 오랑캐들이 의주로 물러나자, 이번에는 그 모든 군사를 이끌고 용골성을 짓밟을 계략을 실행에 옮겼사옵니다."

비국당상이 말을 이었다. 다시금 긴장감이 스며들었다.

"작은 용골성을 함락시키기 위해… 그 거대한 군대를 모두 투입했다는 말인가?"

왕은 혼잣말처럼 되뇌었다. 답답함과 놀라움이 뒤섞인 그의 표정은 심하게 일렁였다. 용골산성의 규모를 아는 왕으로서는 상상하기 힘든 일이었다.

"이번 침공의 선봉에는, 유해라는 자가 나섰다고 하옵니다."

"아니. 유해라면… 이곳 강화까지 쳐들어왔던 그자가 아니더냐."

왕은 비국 당상을 쳐다보며 물었다. 그의 눈에는 유해에 대한 강렬한 증오심이 서려 있었다.

"그러하옵니다, 전하. 그 악귀 같은 놈이 돌아가 아민에게 보고하고, 이번에는 기어이 용골성을 함락시키겠다며 앞장섰나 보옵니다."

비국 당상의 말에 왕의 눈자위가 다시금 어둡게 변했다. 용골산성이 처한 형국이 더욱 위태롭게 느껴졌다.

"그래서 어찌 되었는가."

왕은 다시금 재촉하며 침을 삼켰다. 어전의 공기는 다시 비단실 같은 긴장감으로 가득 찼다. 그들은 숨도 제대로 쉬지 못한 채, 비국 당상이 떨리는 목소리로 읽어 내려가는 치계에 온 신경을 집중했다. 어전에는 오직 당상의 목소리와 대신들의 억눌린 숨소리만이 가득했다.

"아민은, 의주, 창성, 곽산에 주둔하고 있던 모든 군대를 끌어모아, 마침내 용골산성 아래로 집결시켰사옵니다."

비국 당상의 목소리가 전해지자, 왕은 잠시 몸을 움찔거렸다. 비국 제조는 마른침을 삼키며 떨리는 목소리로 다음 내용을 읽어 내려갔다.

"그들은 유해를 앞세워 무려 3만에 달하는 대군으로 용골성을 짓밟으려 쳐들어왔사옵니다."

그 말에 어전에는 정적이 흘렀다. 대신들도 하얗게 질린 모습으로 숨을 죽였다. 일부는 헛숨을 들이켰다.

"3만 대군이라고 하였느냐! 그렇다면 이번 침략에 나선 후금의 전 군이 저 작은 용골산성을 공격했다는 말이더냐!"

왕은 자리에서 벌떡 일어났다. 경악과 분노, 그리고 절망감이 뒤섞였다.

"어찌 저 작은 산성에 후금의 모든 병력이 달려들 수 있단 말인가."

"그러하옵니다."

비국 당상은 짓누르는 무게 속에 간신히 대답했다. 그의 목소리도 갈라지는 듯했다.

"…"

3만 대군. 그것은 단순한 숫자가 아니었다. 조선의 운명을 뒤흔든 웅대한 파도와 같았다. 용골산성이 그 파도를 막는다는 것은 쉽지 않았다.

"이날 처절한 전투는 묘시에 시작되었사옵니다. 하늘을 뒤덮은 검은 구름처럼, 개미 떼처럼 쏟아져 올라온 오랑캐 대군이 겹겹이 성을 에워쌌사옵니다. 그때부터 무려 다섯 차례나 치열한 공방전이 이어졌사옵니다. 성안의 남녀노소와 의병들은 있는 힘을 다해 화살과 포, 돌덩이, 그리고 폭탄까지, 닥치는 대로 적들에게 던지며 맞서 싸웠사옵니다. 놀랍게도 첫 번째 전투에서 적의 선봉에 섰던 1천여 오랑캐들이 한꺼번에 즉사하는 일이 벌어졌사옵니다."

비국 당상의 목소리가 다시 울렸다. 이번에는 전장의 생생한 묘사에 어전의 모든 이들이 숨을 죽였다. 3만 대군의 공격, 다섯 차례의 공방전, 그리고 1천여 오랑캐들의 즉사라는 대목에서는 놀라움과 함께 한 줄기 희망이 피어올랐다.

왕은 자리에서 다시 벌떡 일어섰다. 후금의 대규모 군대를 맞아, 단 한 번의 공격으로 1천여 명을 즉사시키다니. 그것은 실로 믿을 수 없는 기적과 같은 소식이었다. 왕은 두 손에 땀을 쥐고 치계에 귀를 기울였다.

"대단하다! 참으로 대단하구나! 첫 전투에서 1천여 적들을 즉사시키다니, 듣고도 믿기 어려운 일이로다. 어찌 저런 용맹한 장수가 그 깊은 산중에 묻혀 있었단 말이냐. 오늘이야말로 내 묵은 체증이 시원하게 내려가는 듯하구나. 아아 참으로 장하도다!"

왕은 흥분을 감추지 못하고 탑전을 이리저리 오가며 감탄사를 연발했다.

"그렇게 다섯 차례나 맹렬하게 쳐들어와 싸우기를 거듭하다가 마침내 해가 서산으로 기울 무렵, 거대한 오랑캐 군대는 처참하게 물러갔사옵니다. 수많은 적이 부상 당해 엉금엉금 기어가고, 혹은 다른 자들의 부축을 받으며 혼비백산 달아났사옵니다. 물러간 뒤에 성 아래를 살펴보니 그야말로 시체가 산을 이루고 있었사옵니다. 아마도 1만 명이 넘는 적들이 죽거나 다친 것으로 추정하고 있사옵니다. 그런데 놀랍게도 우리 의병들의 피해는 미미하여 전사자가 36명에 불과했사옵니다."

비국 당상의 목소리가 울려 퍼지자, 어전에는 경탄과 감격의 탄성이 터져 나왔다. 1만 명의 적을 섬멸하고 아군의 사망자가 고작 36명이라니, 실로 믿기 어려운 대승이었다.

"이것이야말로 대첩이로다! 대첩이야! 참으로 장하도다! 이보다 더 기쁜 소식이 또 어디에 있겠는가. 대체 무슨 신묘한 전술로 저 거대한 3만 대군을 단숨에 무찔렀단 말이냐. 이것이야말로 조선의 위력이로다! 숨겨진 조선의 저력이로다! 정봉수의 놀라운 전술을 우리 전군이 본받을 수만 있다면 조선도 이토록 처참하지만은 않을 것이로다!"

왕은 감격에 겨워 눈물을 글썽이며 말했다.

"이번 전투는 저 오랑캐들이 강화에 와서 굴욕적인 맹약을 맺고 돌아가던 그 시점이 아니었던가. 그런 오랑캐 대군을 격파하다니 참으로 놀라운 일이 아닐 수 없도다. 그렇지 아니한가?"

왕은 두 주먹을 불끈 쥐었다. 자신을 비참하게 무릎 꿇렸던 그 오랑캐 군대였다. 그들이 처참하게 정봉수에게 패배했다는 소식은, 그의 억눌렸던 울분을 시원하게 풀어주었다. 왕의 애틋한 한을 풀어준 것은, 오직 용골산성뿐이었다.

"그러하옵니다, 전하. 정봉수의 위엄과 용맹은 실로 하늘을 찌를 듯하옵니다."

대신들 또한 감격에 찬 목소리로 입을 모았다. 그들의 눈가에도 뜨거운 눈물이 맺혀 있었다. 하마터면 벅찬 감격에 모두 울음을 터뜨릴 뻔했다. 어전은 승리의 기쁨과 감동으로 충만했다.

다시 비국 당상은 한껏 고조된 목소리로 치계를 읽어 내려갔다.

"그러나 신이 어렵게 모은 군사들은 이제 화살 한 대, 군량 한 톨 남아 있지 않사옵니다. 그나마 기다리던 군량미마저 끊긴 지 오래이니 앞으로의 사태가 심히 염려스럽사옵니다."

비국 제조는 마지막 문장에서 애처로운 목소리로 보고를 마무리 지었다.

왕의 용안에는 다시 어두운 근심의 그림자가 드리워졌다. 승리의 환희는 삽시간에 사라지고, 싸늘한 현실이 그를 덮쳤다.

용골산성의 기적 같은 승리 뒤에 숨겨진 절박한 현실이 마음을 답답하게 눌렀다.

"어찌하면 정봉수를 도울 수 있겠는가? 내 당장이라도 달려가 그를 돕고 싶으나 그것이 어찌 가능한 일이겠는가. 다른 방도는 정녕 없는 것인가?"

왕은 두 손을 맞잡고 간절하게 외쳤다.

"정봉수의 치계를 살펴보니 그는 의로운 병사들을 스스로 모아 성을 굳건히 지켰사옵니다. 그리고 먼저 적과 내통한 역적 장사준을 과감하게 처단하여 사기를 드높였사옵니다. 수많은 적이 쳐들어왔을 때는 죽음을 두려워하지 않고 온 힘을 다해 싸워 마침내 적의 선봉을 무찌르고 성을 온전히 보전하였사옵니다. 옛 기록을 찾아보아도 이토록 놀라운 공적은 실로 찾아보기 힘든 일이옵니다.”

비국 당상은 신중하게 왕의 눈치를 살피며 말했다. 그의 눈시울 또한 붉게 젖어 있었다. 그도 정봉수의 활약에 깊이 감동한 듯했다.

“그렇고말고. 과연 그렇고말고! 내 평생 이토록 용맹하고 지혜로운 장수에 대해 들어본 적이 없노라.”

왕은 고개를 끄덕이며 연신 감탄사를 쏟아냈다.

“그러나 용골산성은 홀로 외롭게 적들을 막아내고 있을 뿐 뒤를 받쳐 줄 구원병이 전혀 없으니, 적들이 서쪽으로 퇴각할 때 반드시 전력을 다해 다시 공격해 올 것이 심히 염려되옵니다. 바라옵건대 김기종과 정충신으로 하여금 서둘러 해로를 통해 군량과 군기를 보내도록 명하시옵소서. 또한, 정봉수를 지금 즉시 김기종의 장계에 따라 용천부사 겸 조방장[74]으로 승진시켜 제수하여 그의 공을 치하해 주시옵소서.”

“암! 그래야지! 그토다 더한 벼슬이라도 내려야 마땅하지 않겠는가! 그 깊은 산중에서 적의 칼날 아래 외로이 조선의 기개를 드높이고 있으니 참으로 장하고 또 장하도다.”

왕은 감격에 겨운 목소리로 대신들을 둘러보며, 기쁜 마음을 전했다. 참으로 오랜만에 호탕한 어투였다.

“상물을 하사하시는 데 있어 그 치계를 가지고 온 장초와 함께 감사에게 보내어 그의 노고를 치하하시옵고, 상물을 전달하도록 하시옵소서. 그리고 이번 전투에서 공을 세운 장수들을 일일이 조사하여 상세히 보고하도록 하시옵소서. 그들의 공에 따라 마땅한 상을 내리옵소서.”

비국 당상은 감동을 억누르며 떨리는 목소리로 아뢰었다.

“참으로 지당한 말이로다. 짐이 이토록 흔쾌하고 기쁜 마음은 일찍이 느껴본 적이 없도다. 정봉수야말로 진정 조선의 자랑이며 조선의 자존

---

74) 조방장: 조선시대 관직. 적의 침략을 방어하는 장수.

심이다.”

왕은 연신 무릎을 치며, 가슴 벅찬 통쾌함을 감추지 못했다.

“장초라는 전사는 죽음을 무릅쓰고 그 먼 길을 달려와 이 치계를 전하였사옵니다. 그는 아직 변변한 벼슬도 받지 못한 무명의 전사라고 하옵니다. 그에게도 마땅한 논상을 베풀어 뭇 전사들의 용기를 북돋는 계기로 삼으시옵소서.”

“아뢴 대로 시행하라. 즉시 선전관을 보내어 군량과 군기의 수송을 독촉하고 정봉수는 가자[75]하고 장초는 당상으로 승진시켜 보내라. 알겠는가!”

왕의 목소리는 담대하고 힘찼다. 어전에는 왕의 강력한 의지가 퍼져 나갔다.

“예. 성심을 다하여 어명을 받들겠나이다.”

비국 제조는 감격에 겨운 목소리로 왕의 명을 받들었다. 왕 또한 벅찬 흥분을 감추지 못하는 모습이었다.

“비국 당상은 들어라. 지금 그 장초라는 자가 아직 궁궐에 머무르고 있다고 하였느냐?”

“그러하옵니다, 전하. 전사의 몸으로 조정에 올릴 치계를 품고 머나먼 강화를 돌아 이곳 도성까지 무려 천 리가 넘는 험난한 길을 달려왔다고 하옵니다.”

“이토록 기쁜 소식을 전하기 위해 그 먼 길을 달려온 용감한 전사를 내 직접 만나보고 싶구나. 당장 그를 대령하라. 내 친히 그의 충심을 어루만져 주리라.”

그것은 갑작스럽고도 따뜻한 어명이었다. 천신만고 끝에 도착한 장초에게 마침내 영광이 찾아온 것이었다.

---

75) 가자: 조선시대 관원들의 임기가 찼거나 근무 성적이 좋은 경우 품계를 올려주는 일.

　비국 관료들은 왕의 갑작스러운 어명에 발칵 뒤집혔다. 남루한 차림의 전사를 어전에 들여 알현케 하기에는 체통이 서지 않는 일이었다. 급히 사람을 시켜 장초를 따뜻한 물로 씻기고, 궁에 있던 새 옷으로 갈아입혔다. 다음날, 그들은 장초를 이끌고 대궐로 향했다. 그는 딴사람이 되어 있었다.

　장초는 낯선 길을 따라 걷는 내내 정신이 혼몽했다. 몸을 씻고 새 옷을 입었지만, 그의 영혼은 여전히 천 리 길의 고단함과 문지기에게 당했던 모멸감 속에 머물러 있었다. 미로처럼 얽힌 복잡한 길을 지나, 대궐 문을 들어서야 비로스 어전에 다다랐다.

　숨 막힐듯한 장엄한 분위기가 그를 압도했다. 웅장한 규모도 그러했지만, 엄숙하고 장중한 기운에 쉬이 숨도 쉴 수 없었다. 용상 높이 앉아 있는 임금의 용안을 함부로 올려다보는 것은 불충이었다. 그는 어전에 들어서자마자 무릎을 꿇고, 엉금엉금 기어서 안으로 나아갔다. 늘어선 중신들의 앞에 엎드려 이마를 차가운 바닥에 대고 숨을 죽였다. 그의 맥동은 북처럼 격렬하게 울렸다. 온몸의 피가 역류하는 듯했다. 한편으로는 꿈인가 생시인가 분간하기 어려울 정도였다. 이토록 고귀한 자리에 자신이 발을 들이고 있다는 사실이 믿기지 않았다.

　내관이 조용한 목소리로 장초의 입궐을 알렸다.

　“전하, 용골산성의 전사 장초 입시이옵니다!”

　그 단단한 목소리가 끝나기도 전에, 왕은 자리에서 벌떡 일어나 성큼성큼 어탑[76]을 걸어 내려왔다. 왕의 갑작스러운 행동에 어전의 모든 신하들은 놀라 숨을 죽였다. 왕은 엎드린 장초의 바로 앞으로 다가와, 나직하고도 따뜻한 목소리로 말했다.

　“고개를 들라.”

---

76)　어탑: 왕이 앉거나 눕기도 하는 자리. 평상이나 침상의 형태를 한 의자를 말했다.

“…”

장초는 감히 얼굴을 들 엄두도 내지 못하고, 두려움에 떨기만 할 뿐이었다. 그의 온몸은 경직되었고, 심장이 목구멍까지 치솟았다.

“얼굴을 들라”

왕은 다시 한번 부드럽게 명했다. 거듭되는 하명에, 그제야 장초는 두려움을 누르고 이마가 겨우 보일 만큼 고개를 들었다. 그의 시야에 왕의 옷자락과 신발이 어렴풋이 들어왔다. 그러나 더 이상 고개를 드는 것은 두려움이었다. 억지로 고개를 들면 목이 꺾일 것 같았다. 그는 곧바로 다시 엎드려 차가운 바닥에 얼굴을 깊이 묻었다. 땀방울이 그의 이마를 타고 흘러내렸다.

“너의 이름이 무엇이냐?”

“용골산성의 전사 장초라고 하옵니다.”

장초의 목소리는 여전히 떨렸지만, 그의 입에서 자신의 이름과 소속이 또렷하게 흘러나왔다. 그는 왕 앞에서 자신이 용골산성의 전사임을 당당히 밝히고 있었다.

장초의 목소리는 여전히 기어들어가며 떨렸다. 방금 전까지 자신의 목숨도 하찮게 여기는 궁궐 문지기에게 천대받던 자신이었다. 이제 왕의 존안 앞에 엎드려 있다는 사실이 믿기지 않았다. 퉁퉁 부어오른 발을 엉성하게 묶은 천에는, 붉은 피가 군데군데 배어 나와 있었다. 그의 몸은 상처투성이였지만, 그의 영혼은 감격으로 충만했다.

“참으로 장하구나. 그토록 외지고 험한 산속에서 후금 대군을 물리쳤다니, 내 너희의 그 숭고한 은공을 절대 잊지 않겠노라. 더욱이 너는 그 귀한 소식을 전하려 천 리가 넘는 머나먼 길을 달려왔으니, 너의 그 충성심이야말로 가히 하늘을 감동시킬 만하구나.”

인조의 음성은 나직했지만, 그 말 한마디 한마디에는 진심 어린 격려와 감사가 응축되어 있었다.

장초에게 왕의 목소리는 한 줄기 따뜻한 햇살이었다. 얼어붙었던 마음이 순식간에 녹아내렸다.

"황공하옵니다. 전하."

장초는 떨리는 목소리로 황공하다는 말만 되풀이했다. 이마를 바닥에 댄 채 엎드려 뜨거운 눈물만 하염없이 흘리고 있었다. 그것은 감격의 눈물이었다. 감히 임금의 용안을 뵈올 것이라고는 상상도 하지 못했다. 자신의 처지가 너무나 미천하여, 감히 꿈속에서도 그 고귀한 존재를 꿈꿀 수 없었다. 그런데 지금, 그는 눈앞에 우뚝 선 임금 앞에 엎드려 있었다. 그저 벅찬 감동에 휩싸여, 고개도 들지 못하고 흐느끼고 있을 뿐이었다. 온몸의 신경이 왕의 존재에 집중되어 다른 어떤 생각도 하지 못했다. 어떤 말도 떠오르지 않았다. 그의 머릿속은 하얗게 비어버렸다. 용골성의 이름 없는 최하급 전사에 불과했던 그가, 임금을 뵌다는 것은 더없는 영광이었다.

왕은 어탑으로 오르려다 말고, 다시 발길을 돌렸다. 그러고는 자신이 입고 있던 용포를 벗어 그의 어깨 위에 따뜻하게 덮어주었다. 왕의 손길이 그의 어깨에 닿자, 장초는 전기에 감전된 듯 몸을 떨었다. 그의 맥박이 터질 듯이 뛰었다. 뜨거운 감격이 온몸을 휘감았다. 용포의 부드러움과 왕의 체온이 느껴졌다.

"머나먼 길을 오느라 고생이 얼마나 심했을꼬. 이제 부디 돌아가 편히 안식을 취하도록 하라."

왕의 목소리는 지친 아들을 위로하는 아버지처럼 자애로웠다. 장초는 그 따뜻한 말에 더욱 감격했다.

"황… 황송하옵나이다. 전하."

장초는 떨리는 목소리로 황송하다는 말만을 되풀이할 뿐이었다.

왕의 용포가 어깨에 닿자, 지나온 천 리 길의 모진 고통과 설움이 눈 녹듯 사라졌다. 그제야 왕은 돌아서 어탑으로 천천히 올라갔다. 그가 완전히 등을 돌릴 때까지, 장초는 감히 고개를 들지 못했다. 왕의 등 뒤에서 뿜어져 나오는 위엄이 여전히 그를 압도했다.

왕은 즉시 해당 관청에 명하여, 비단과 금관자[77]를 마련하여 정봉수에게 보내라고 하교했다. 왕의 하교는 어전에 모인 대신들에게도 큰 놀라움과 함께 정봉수와 장초에 대한 왕의 애틋한 마음을 여실히 보여주었다.

왕에게 그들의 공은 그 어떤 보상으로도 부족했다. 그것은 단순히 작은 승리가 아니었다. 쓰러져가는 조선의 자존심을 다시 일으켜 세운 값진 승리였다. 동시에 오랑캐에게 짓밟혔던 왕의 구겨진 체면을 회복시켜 준 승리였다.

장초는 조용하게 뒷걸음질 치며 어전에서 물러 나왔다. 정신이 여전히 혼몽했다.

등에 걸쳐진 용포를 어찌해야 할지 몰라 머뭇거리자, 문 앞에서 대기하고 있던 내관들이 다가와 두 손으로 공손하게 그것을 받들어 들었다. 장초는 용포를 돌려주면서 그곳에 남아 있는 왕의 체온을 느꼈다.

"가시지요, 나리."

비국 낭청이, '나리'라는 호칭으로 장초를 불렀다. 이전의 냉대가 아닌, 진정한 존경심이 녹아있었다.

장초는 자신도 모르게 고개를 들었다. 자신을 향해 환하게 웃는 낭청의 얼굴을 보았다. 그의 헌신과 용기가 마침내 조정의 마음을 움직였다. 왕의 따뜻한 배려와 대신들의 인정 속에서, 용골산성 이름 없는 전사 장초는 비로소 자신의 존재감을 찾았다.

그의 발걸음은 여전히 무거웠지만 마음만은 그 어느 때보다 가벼웠다.

---

77) 금관자: 망건에 부착하는 금으로 된 단추 모양의 장식, 당줄을 꿰어 넘기는 구실을 한다. 조선시대 정2품 이상 관리들이 착용했다.

VI.

포위된 시간

장초의 소식을 알 리 없는 용골산성은 긴장감에 휘감겼다.

용천 땅에서 오랑캐 적병 30기가 무자비한 약탈을 자행하고 있다는 첩보가 날아들었다. 정봉수는 즉시 부장 이주천에게 날랜 기병 50기를 딸려 보냈다. 이주천과 그의 기병들은 바람처럼 달려가 오랑캐들을 덮쳤다. 그들의 움직임은 훈련된 사냥개 무리 같았다. 순식간에 여섯 명의 목을 베고 말 3필을 노획하여 개선했다. 용골산성의 사기는 하늘을 찔렀다. 그들은 잘 훈련된 정예병으로 거듭나 있었다. 눈동자마다 용기가 번득였다. 그 누구도 두려워하지 않았다. 싸우면 반드시 이긴다는 강렬한 자신감이 충만했다. 산성의 전사들은 투지와 신념으로 가득 차 있었다.

며칠 뒤 또다시 성 아랫마을에 검은 그림자가 드리웠다는 소식이 전해졌다. 마을을 샅샅이 뒤지고 약탈을 일삼는 것은 물론, 차마 입에 담을 수 없는 악행까지 저지르고 있었다.

"영산 나리! 성 아래에 오랑캐들이 다시 나타나, 성내의 목부와 목동들이 감히 마을로 내려가지 못하고 있사옵니다. 풀이 한창인 계절에 짐승들을 먹이지 못하면, 머지않아 성안의 식량마저 바닥날 것이옵니다. 부디 조처가 필요하옵니다!"

부장의 급박한 오침에 정봉수의 시선이 싸늘하게 식었다. 식량 문제는 군량만큼이나 중요한 생존의 문제였다.

"그렇다면 누가 나서서 저 오랑캐들을 막겠는가?"

정봉수의 말에 모두 입을 다물었다. 위험천만한 임무임을 모두가 알고 있었다. 그 침묵을 깬 것은 이개립이었다.

"좋다, 그대의 용기를 높이 산다. 기병 30기를 이끌고 나가, 저 오랑캐들의 행태를 똑똑히 겸탐하고 돌아오라."

정봉수는 이개립의 용기에 만족스러움을 표시했다. 단순히 전투를 벌이는 것이 아니라, 적의 사정을 파악하는 것이 우선이었다.

이개립은 기병 삼십 기를 이끌고 쏜살같이 산을 내려갔다. 그들의 말발굽 소리는 점차 희미해졌다. 그들이 산 아래 마흘리에 이르렀을 때, 앞을 분간하기 어려운 짙은 안개가 시야를 완전히 가로막았다. 장대한 회색 장막이 드리워져 지척도 분간하기 어려웠다. 안개 속으로 깊숙이 들어서자, 동서남북의 방향 감각마저 완전히 마비되었다. 앞으로 나아가고 있는 것인지, 아니면 그저 마을 주변을 맴돌고 있는 것인지도 알수 없었다.

이개립의 눈매에 불안감이 스쳤다. 돌아가려 했지만, 사방이 막혀, 용골산이 어디쯤인지 분간조차 되지 않았다. 완벽하게 길을 잃었다. 숨을 죽이고 주변의 동태를 살피며 천천히 앞으로 나아갔다. 짙은 안개는 살아있는 생명체처럼 그들을 집어삼키며 끈적하게 달라붙었다. 그들이 넓은 들판처럼 보이는 곳을 헤쳐 나가고 있었다. 보이는 것은 발밑에 돋아난 푸른 풀잎뿐이었다. 짙은 안개는 그들의 시야를 완전히 가로막아, 한 치 앞도 분간이 어려웠다. 그때, 갑자기 눈앞에서 송곳 같은 말 울음소리가 들렸다. 하마터면 그대로 부딪힐 뻔했다.

희미한 안개 속으로 드러난 형체는, 으스스한 병장기를 손에 든 무장한 적들이었다. 어렴풋이 보이는 모습으로 미루어, 그들은 분명 조선 군병이 아니었다. 긴장감이 극에 달했다. 손에는 식은땀이 흘렀다.

이개립은 번개처럼 칼을 뽑아 휘두르자, 매서운 날이 삽시간에 적의 목을 베어버렸다. 그러나 곧이어 사방에서 그림자처럼 검은 형체들이 덮쳐왔다. 짙은 안개 때문에 아무것도 보이지 않았다. 오직 거친 숨소리와 예리한 칼 부딪히는 소리만이 요란하게 귓가를 울렸다. 죽음의 춤이 시작된 것이다.

이개립을 뒤따르던 의병들은 즉시 말을 몰아 짙은 안개 속으로 망설임 없이 돌진했다. 그들은 눈앞이 캄캄했지만, 말들의 거친 숨소리만으로 적의 위치를 간신히 짐작했다. 격렬한 검무의 향연이 펼쳐졌다. 어디에서 날아오는지도 모르는 화살들이 쉴 새 없이 쉭쉭거리는 소리를 내며 안개 속을 가로질렀다. 보이지 않는 저승사자들이 그들을 노리는 듯했다.

이개립이 막 말고삐를 잡아 돌리려는 때, 매서운 화살이 그의 허벅지를 꿰뚫고 깊숙이 박혔다. 격렬한 고통에 신음도 흘릴 수 없었다. 온몸에 힘이 풀렸다. 더 이상 움직이지 못했다. 옆에 있던 수병이 그를 발견하고, 자신의 몸으로 이개립을 감싸며 가로막았다. 수병의 등 뒤로 느껴지는 따뜻한 온기에 이개립은 잠시 정신을 차렸다.

"철수하라."

이개립은 끊어질 듯 가는 목소리로 명령했다. 이미 주변의 적들은 혼란 속에서 흩어져 달아난 뒤였다. 순식간에 벌어진 처참한 교전이었다. 짙은 안개 속에서 혼란은 계속되었다. 얼마나 시간이 흘렀을까. 그의 눈앞이 점차 밝아지는 것을 느꼈다. 마침내 짙은 안개가 서서히 걷히기 시작했다. 저 멀리, 익숙한 용골산의 능선이 희미하게 모습을 드러냈다. 안개가 걷히자 드러난 것은 참혹한 싸움의 흔적이었다. 이개립은 고통스러운 신음을 억누르며 옆에 있는 수병에게 명령했다.

"우리 군의 피해 전황을 어서 확인하라."

수병은 떨리는 목소리로 대답하고, 주변을 살피기 시작했다. 잠시 후, 수병이 급한 목소리르 보고했다.

"다행히 다른 피해는 없습니다."

이개립은 안도의 한숨을 내쉬었다. 동료들의 안전이 확인되자 비로소 허벅지의 고통이 더욱 선명하게 느껴졌다.

"다행이로구나. 적들은 어찌 되었는가?"

병사들은 주변에 흩어진 적들의 시체를 살폈다. 언제 다시 공격해 올지 모르는 긴장된 여건 속에서, 일부 병사들은 여전히 경계 태세를 유지하고 있었다.

"다섯 명을 베었습니다."

"수급을 거두어 서둘러 돌아가자."

이개립은 뚝뚝 떨어지는 붉은 피를 애써 무시하며, 겨우 말을 타고 용골산성을 향해 돌아왔다. 그들이 흘린 피의 대가로 얻은 말 세 필도 함께였다.

성으로 돌아온 이가립은 박힌 화살을 뽑아내고 상처를 치료했지만 중상이었다. 당분간은 제대로 움직일 수 없었다. 치료가 되지 않으면 목숨마저 위태로운 형편이었다. 그는 오직 치료에만 매달렸다. 그의 고통은 용골산성의 끈질긴 저항을 대변하는 듯했다. 그 사이에도 용골산성의 주변에서는 소규모 기습 작전이 매일 감행되었다. 오랑캐들의 약탈과 위협은 끊이지 않았다.

용골산성에는 다양한 정보들이 끊임없이 입수되었다. 성으로 피난 온 백성들은 바깥세상에서 들었던 이야기들을 소상하게 전했다. 고통에 신음하는 백성들의 아픔이 고스란히 배어 있었다. 정봉수는 그런 이야기를 들을 때마다, 백성들의 고통을 조금이라도 덜어줄 수 있는 방책을 적극적으로 강구했다.

용골산성은 단순한 피난처가 아니라, 희망을 잃지 않는 저항의 보루가 되고 있었다.

그러던 어느 날이었다. 의주에서 오랫동안 살았다는 한 노인이 용골 산성을 찾아왔다. 그는 망설임 없이 의병장 뵙기를 청했다.

"영산 나리. 의주에서 찾아온 노인이 나리께 꼭 드려야 할 사연이 있다고 뵙기를 청하고 있사옵니다."

부장의 보고에 정봉수는 잠시 생각에 잠겼다. 피난민들의 호소는 끊이지 않았지만, 이 노인의 청에는 특별한 절박함이 느껴졌다.

"내 만나보겠네. 그 노인을 진충루로 오라 이르게."

부장은 얼마 지나지 않아 남루한 옷을 입고, 굶주림과 고된 여정에 지쳐 푹 꺼진 눈을 가진 늙은 사내를 데리고 진충루로 올라왔다. 노인의 초라한 행색은 그가 겪었을 고통을 짐작하게 했다.

늙은 사내는 꿇어앉아 큰절을 올렸다. 진충루 바닥에 납작 엎드려 떨리는 목소리로 말했다.

"의주 땅에 최교진이라는 악랄한 자가 있사옵니다. 그는 본래 의주 향교에 교생으로 있던 배은망덕한 놈이옵니다."

"그런데?"

"그 역겨운 놈이 오랑캐에게 스스로 항복하여 그들의 앞잡이가 되기를 자처하며 의주의 모든 기밀 사항을 낱낱이 저 오랑캐들에게 밀고하였다고 들었사옵니다."

정봉수는 고개를 갸웃거렸다. 사무친 원한을 설명하기에는 부족해 보였다.

"그것만이 아니옵니다. 그 천하의 죽일 놈 최교진은 오랑캐 대장의 앞잡이가 되어 저희 마을을 불바다로 만들고, 제 처자와 어린 손주들 그리고 죄 없는 마을 사람들을 모조리 포로로 잡아갔사옵니다. 이 늙은 놈이 홀로 이렇게 떠돌아다니는 것도 바로 그 천벌을 받아 마땅한 놈 때문이옵니다."

“원한이 사무칠 만도 하구려.”

그제야 정봉수는 무거운 탄식을 내뱉으며 고개를 끄덕였다.

최교진의 악행은 거기서 멈추지 않았다.

용천 땅에 문여탁이라는 선량한 백성이 살고 있었다. 그는 노인의 처남이었다. 용골산성에 몸을 숨기면, 오랑캐의 칼끝을 피할 거라 믿었다. 그래서 어린 자식들과 아내를 이끌고 용골산성을 향해 힘겹게 산길을 오르려 했다. 그러나 최교진은 이 가족의 마지막 희망마저 짓밟았다. 그들의 계획을 후금 군사들에게 낱낱이 밀고하고, 추격을 시작했다. 문여탁은 어린 식솔들을 이끌고 필사적으로 도망쳤다. 최교진이 자신들을 추격하고 있다는 사실을 뒤늦게 알고 용천의 골짜기 숲속에 몸을 숨겼다. 그러나 그들의 숨바꼭질은 채 반나절도 이어지지 못했다. 결국, 짐승처럼 숲을 샅샅이 뒤지던 최교진은 문여탁의 어린 자식들과 아내, 늙은 어머니까지 열 명이 넘는 식솔들을 생포하여 의주로 끌고 갔다. 그곳에서, 그의 가족들에게 ‘후금을 배신했다’는 터무니없는 죄를 뒤집어씌워 무참히 죽였다.

“이놈의 내자 또한 그놈의 손에 억울하게 죽었사옵니다.”

늙은 사내는 슬픔을 참지 못하고, 마침내 짐승처럼 울부짖기 시작했다. 그의 절규는 진충루를 가득 채웠다. 그는 한동안 흐느끼다, 떨리는 목소리로 다시 입을 열었다.

“죽은 제 처가 가장 예뻐하던 어린 조카딸은 악독한 정응신이라는 놈에게 넘겼다고 들었사옵니다. 이러니 어찌 이 늙은 놈의 가슴에 사무치는 원한이 뼛속까지 스며들지 않겠사옵니까.”

늙은 사내는 흐르는 뜨거운 눈물을 거친 손으로 훔쳤다.

“알겠네. 그 짐승만도 못한 자를 반드시 내 손으로 붙잡아 그 죗값을 톡톡히 치르게 하고 그대의 사무친 원한을 깨끗하게 풀어주겠네.”

정봉수의 목소리는 차갑게 가라앉아 있었다. 그는 백성들의 고통을 외면하지 않았다.

"영산 나리. 부디 그리만 해주신다면 이 늙은 놈은 당장에라도 기꺼이 눈을 감을 것이옵니다. 그 천하의 원수를 잡아주시기만 한다면 저는 그놈의 창자를 꺼내어 씹어 먹을 것이옵니다."

늙은 사내는 이를 악물고 울부짖었다.

"그자가 지금 어디에 있는지 혹 아는가?"

"최근에 용천 땅 양하리라는 곳에 나타났다는 소식을 들었사옵니다. 서둘러 내려가신다면 분명 그곳에 있을 것이옵니다. 제가 나리께 그토록 급히 뵙기를 청한 것도 바로 그 때문이옵니다."

노인의 말에 정봉수는 이를 굳게 깨물었다. 이제 최교진의 위치를 알게 되었으니, 망설일 이유가 없었다.

정봉수는 늙은 사내를 물러나게 하고, 즉시 용천 지리에 밝은 자를 양하리로 보냈다. 은밀하게 최교진의 행적을 낱낱이 염탐하도록 했다. 노인의 말처럼, 최교진은 그곳에 머물고 있었다. 놀랍게도 다음 날이면 의주로 되돌아간다는 믿을 만한 정보까지 입수되었다.

정봉수는 즉시 작전 회의를 소집했다. 그들은 최교진이 머물고 있는 용천 땅 양하리에 병력을 파견하기로 결정했다. 이번 작전의 지휘는 부장 임중헌에게 맡겼다. 정봉수는 그에게 정예병 3백 기를 붙여주었다. 작전은 신속하고 은밀하게 진행됐다.

그들은 아직 어둠이 짙게 드리운 이른 새벽, 산을 내려갔다. 그리고는 양하리 넓은 갈대밭에 은밀하게 매복했다. 그곳의 갈대는 유난히 키가 컸던 덕분에, 3백 명의 정예병들이 몸을 숨겼음에도 그들의 흔적은 전혀 찾아볼 수 없었다. 그들은 숨소리도 죽인 채, 뱀처럼 엎드려 깊은 잠에 빠진 척했다. 초병들은 숨 막히는 긴장감 속에서, 오랑캐들이 나타나기만을 기다렸다. 새벽의 찬 기운이 그들의 피부를 파고들었다. 하나 누구 하나 흐트러지는 기색 없이 집중했다. 마침내 붉은 해가 동쪽 하늘을 물들이며 새벽이 밝아오자, 저 멀리 안개 속에서 어슴푸레한 군마의 그림자가 나타났다.

열댓 명의 후금 군사들이 칼을 뽑아 든 채, 쇠사슬에 굴비처럼 엮인 조선인들을 끌고 그곳을 지나고 있었다. 산 채로 지옥으로 끌려가는 처참한 행렬이었다. 모두 고개를 떨군 채, 허탈한 모습으로 땅만 내려다보며 힘없이 터덜터덜 걷고 있었다. 지칠 대로 지쳐, 그들의 걸음걸이에는 아무런 힘이 남아 있지 않았다. 이 행렬 속에 최교진이 있을 것이라 확신한 임중헌의 눈이 번뜩였다.

임중헌은 절호의 기회를 놓치지 않고, 은밀히 매복해 있던 병사들에게 신호를 보냈다. 그의 손짓 하나에 3백 기의 정예병들이 맹수처럼 갈대밭을 박차고 튀어나왔다. 쏜살같이 오랑캐들과 조선인 포로들의 행렬을 에워쌌다. 그러고는 우렁찬 함성과 함께 그들의 행진을 단숨에 멈춰 세웠다.

오랑캐 병사들은 갑작스러운 기습에 혼비백산했다. 조선인 포로들도 덩달아 놀란 눈으로 어쩔 줄 몰라 했다.

"우리는 용골산성에서 내려온 의병들이다! 조선백성들은 모두 그 자리에 꼼짝 말고 앉아라! 만약 우리의 명령을 거역한다면, 너희 모두를 화포로 산산이 찢어 죽일 것이다!"

임중헌의 거친 고함이 새벽의 정적을 갈랐다.

"말을 탄 자들이 움직이면, 단 한 놈도 살려두지 말고 모두 사살하라!"

임중헌의 차가운 명령이 다시 한번 주변의 공기를 얼어붙게 만들었다.

3백여 명의 정예병들이 활시위를 팽팽하게 당긴 채, 오랑캐들을 겨누고 있었다. 그들의 손가락은 시위에 걸려 있었다. 죽음의 그림자가 머리 위로 드리워져 있었다. 오랑캐들은 굳은 채로 얼어붙었다. 누구도 감히 움직일 엄두를 내지 못했다.

"조선 군사들 중 몇 명은 일어나 저 오랑캐들을 포박하라! 너희들의 손으로 너희들을 핍박한 원수들을 묶어라!"

임중헌의 외침은 노예처럼 끌려가던 자신들에게, 원수를 직접 묶을 기회를 주었다. 망설임 끝에, 몇몇 용기 있는 조선 병사들이 일어섰다. 그들의 손은 떨리고 있었지만, 자신들을 짐승처럼 끌고 가던 오랑캐들을 향해, 한 걸음씩 다가가기 시작했다.

쇠사슬의 차가운 감촉이 그들의 손목에서 사라지자, 억눌렸던 분노가 마침내 폭발했다. 끌려가던 조선 군사들은 순식간에 최교진과 정응신의 멱살을 움켜쥐었다. 배신자들의 눈에는 당황과 공포가 뒤섞였다. 그들은 자신들의 눈앞에서 벌어지는 형세에 경악했다. 가해자와 피해자의 자리가 뒤바뀌었다. 족쇄 풀린 분노는 거침이 없었다. 그들은 격하게 원수들을 짓밟았다. 숲속의 정적을 깨고 터져 나오는 울분은 폭풍 같았다.

임중헌은 포로들을 끌고 성으로 돌아가기 전에, 용천 땅의 반역자들을 모조리 색출해낼 것을 명했다. 장대진, 이성시, 백거의, 군사 최탁립, 관노 순파회. 그들은 모두 용천 일대에서 오랑캐의 앞잡이 노릇을 하며 백성들을 핍박했던 배신자들이었다.

포로가 되었던 조선 병사들과 새롭게 포박한 배신자들을 이끌고 임중헌은 개선했다. 산성으로 돌아온 그는 정봉수에게 숨 막혔던 전말을 상세히 보고했다.

정봉수는 그의 노고를 치하하며, 앞서 이야기를 전했던 늙은 사내를 불렀다. 그리고 그에게, 그의 가족을 죽음으로 몰아넣은 최교진과, 그의 조카딸을 유린한 정응신이 처참하게 최후를 맞이하는 광경을 지켜보겠느냐고 물었다. 늙은 사내는 떨리는 목소리로, 그렇게 하겠다고 답했다. 마침내 늙은 사내가 끌려온 최교진을 확인하자, 억눌렸던 울분이 터져 나왔다. 그는 짐승처럼 울부짖으며 달려들어 최교진을 물어뜯으려 했다. 부장이 간신히 그를 붙잡아 말렸지만, 분노에 찬 노인은 살기등등했다. 그는 최교진의 면상에 침을 뱉으며 절규했다.

"죽여도 시원찮을 놈! 내 어린 식솔들을 모조리 끌고 가서 어찌… 어찌했느냐! 이 역적 놈아!"

최교진은 고개를 숙인 채 아무런 말도 하지 못했다. 조국을 배신하고 동족을 핍박했던 자들이었다. 그들은 결국, 성안 사람들과 늙은 사내가 지켜보는 앞에서, 차가운 칼날 아래 처참한 최후를 맞았다. 그들의 죄악은 그렇게 역사의 뒤안길로 사라져갔다.

30. 두 번째 침공

한동안 잠잠했던 용골산성에, 긴급을 알리는 전령의 발길이 끊이지 않았다. 조만간 후금의 군대가 다시 한번 용골산성을 덮칠 것이라는 첩보가 연이어 날아들었다. 3만 대군의 처참한 패배 이후 잠시 숨을 고르던 오랑캐들이었다. 그들은 복수의 칼을 갈며 다시 침략을 준비하고 있었다.

진충루에 모든 장수들이 모였다. 그러나 그들의 얼굴에는 이전의 비참함 대신, 묘한 침착함이 감돌았다. 3만 대군을 격파했던 경험은, 그들에게 어떤 강력한 적이라도 다시 한번 물리칠 수 있다는 자신감을 심어주었다. 그들은 더 이상 두려워하지 않았다. 장수들은 머리를 맞대고 다양한 작전을 논의했다. 매복 기습, 성문 돌파, 화공 등 저마다의 계책을 내놓았다. 그러나 입을 다문 채 그들의 이야기를 듣고 있던 정봉수의 표정은 어딘가 탐탁지 않았다. 그는 장수들의 제안이 충분하지 않다고 생각하고 있었다. 마침내 백우립이 힘주어 입을 열었다.

"이번 전투에서는 우리가 먼저 움직이는 것이 어떻겠사옵니까? 사기가 충만한 우리 의병들을 은밀히 잠복시켜, 저들이 산길을 올라오는 길목에서 허를 찌르는 것입니다. 비록 약간의 희생이 따를 수도 있겠지만, 저들의 기세를 단번에 꺾어버리는 데는 더없이 좋은 계책이라고 생각하옵니다."

그러나 정봉수는 고개를 가로저었다.

"그대의 생각은 가상하나 그로 인해 너무나 큰 희생이 따를 수 있다."

그는 잠시 옅은 숨을 내쉬었다. 모든 시선이 그에게 집중되었다.

"이번 전투에서는 성을 텅 비운 것처럼 아무런 대응도 하지 않는 작전을 쓸 것이다. 모든 의병들을 성안에 포진시킨 다음, 숨소리도 죽이고 쥐 죽은 듯 기다리는 것이다. 그리고 저들이 방심한 채 성 바로 코앞까지 다가왔을 때, 일시에 맹렬한 화살을 퍼붓는 것이다. 성안의 모든 백성들에게 숨을 죽이라고 명해야 한다. 개도 짖어서는 아니 된다. 병사들의 움직임에 그 어떤 작은 소리도 내서는 아니 된다. 알겠는가? 며칠 안에 저들이 쳐들어올 것이 분명하다. 그러니 죽은 듯이 숨을 죽이고 있다가 단 한 번의 일격으로 모든 화력을 쏟아붓는 것이다. 모두 명심하고 또 명심하라. 알겠는가!"

정봉수의 전술은 상식을 뛰어넘는 것이었다. 완벽한 침묵 속에서 적을 기다리는 것은 극도의 인내심과 담력이 필요했다. 하지만 장수들은 정봉수의 비범한 지략을 경험했기에 그의 명을 의심하지 않았다.

"예! 영산 나리의 명대로 따르겠습니다!"

장수들의 외침이 진충루에 울려 퍼졌다. 정봉수는 다시 한번 그들의 결의를 다짐받았다.

"이번 전투의 승패는 얼마나 철저하게 숨을 죽이느냐에 달려 있다. 명심하고 또 명심하라."

정봉수의 목소리가 진충루에 낮게 울려 퍼졌다. 그의 전술은 이제부터 용골산성의 모든 이들에게 내려진 엄중한 임무가 되었다. 숨 막히는 고요 속에, 용골산성은 다시 한번 거대한 폭풍을 맞이할 준비를 했다.

정봉수의 엄중한 하경이 즉시 성안의 모든 의병들에게 전달되었다. 그의 전술에 의문을 품는 장수들도 있었다. 그러나 그들 역시 정봉수에 대한 절대적인 신뢰를 바탕으로 그의 명령에 따르기로 했다.

용골산성은 시간이 멈춘 성이 되었다. 숨소리도 들리지 않았다. 늘 왁자지껄했던 활기찬 모습은 온데간데없이 사라졌다. 무거운 정적만이 감돌았다. 의병들은 일상적인 훈련도 소리를 최대한 죽인 채 반복했다. 가능한 한 수신호로 의사를 전달하는 방식을 몸에 익혔다. 그들의 움직임은 그림자처럼 조용했다. 이 완벽한 침묵 속에서, 용골산성의 모든 이들은 다가올 전투를 기다렸다.

그렇게 며칠의 시간이 흘렀다. 예상대로, 오랑캐 군관 최유가 날랜 기마 50기를 이끌고 용골산성 아래에 나타났다. 그들은 조롱과 협박을 퍼붓기 시작했다.

엉덩이가 딱 벌어진 튼튼한 말을 타고, 검은 철갑옷으로 빈틈없이 두른 철기군이었다. 검은 투구를 쓰고, 손에는 시퍼런 장검을 들었다. 유유히 성 앞을 오가며 위협적인 기세를 드러냈다. 그들의 갑옷은 활을 쏘아도 뚫고 들어갈 틈이 보이지 않았다. 장검을 쥔 손등도 두꺼운 장갑으로 감싸고 있었다. 한눈에 보기에도 철저하게 무장한 정예 철기군이었다. 그들이 말을 타고 성문 앞을 오갈 때마다, 번쩍이는 철갑옷과 치렁거리는 말 장식들이 부딪히며 요란한 소리를 냈다. 그 소리는 고요한 산성에 더욱 큰 위압감을 주었다.

"용골성의 종장부들아! 쥐새끼처럼 숨어있지 말고 어서 성문을 열고 나와 항복하라! 콩알만 한 성을 지키며 무슨 대장부인 척 거들먹거리고 있느냐!"

최유의 목소리가 성벽에 부딪혀 울려 퍼졌다. 그러나 성안에서는 그 어떤 대꾸도 들려오지 않았다. 주검 같은 적막감만 흘렀다. 오직 매서운 바람 소리와 최유의 고함만이 성벽에 부딪혔다.

"정봉수라는 놈은 대체 어떤 겁쟁이냐! 쥐처럼 산속에 숨어 앉아 치마폭이나 뒤집어쓰고 웅크리고 있는 졸장부가 아니더냐! 그게 아니라면,

당당하게 성문을 열고 나와 맞서 싸워라!"

최유는 더욱 거세게 도발했지만, 여전히 싸늘한 침묵만이 닫힌 성문을 지킬 뿐이었다. 오랑캐들은 그 기이한 적요 속에서 불안감을 느끼기 시작했다. 보통의 성이라면 이미 동요하거나 최소한 대꾸라도 했을 터였다. 하나 용골산성은 유령 성처럼 아무런 반응이 없었다. 그들은 자신들이 알지 못하는 함정이 있을지도 모른다는 의심을 품기 시작했다. 그들은 오만함 대신 미묘한 긴장감에 사로잡혔다. 그러나 용골산성은 죽음 같은 묵언으로 오랑캐들의 조롱에 응수했다. 닫힌 성문은 미동도 없었다. 성벽 위에서는 그 어떤 움직임도, 작은 소리도 들려오지 않았다. 오직 매서운 바람만이 텅 빈 성벽을 쓸쓸하게 맴돌 뿐이었다. 이 기이한 고요함은 최유와 그 부하들의 신경을 서서히 긁어댔다.

"겁을 먹고 아예 나오지도 못하는 게로구나!"

최유는 더욱 거친 믁소리로 성벽을 향해 조롱을 퍼부었다. 그의 부하들은 덩달아 킬킬대며 장창을 휘둘렀다. 허수아비를 겁주듯, 그들의 창 끝은 허공을 갈랐다. 그들의 거만함은 하늘을 찔렀다.

"정봉수라는 놈은 대체 어떤 놈이냐! 그 잘난 낯짝이나 한번 보자꾸나."

최유의 도발은 점점 더 노골적이고 모욕적으로 변해갔다. 하지만 용골산성은 여전히 묵묵부답이었다. 그들의 조롱은 허공을 맴돌다 차가운 적막에 부딪혀 산산이 흩어질 뿐이었다. 오랑캐들은 자신들의 위협에 질려 감히 나오지 못하는 것이라 단정하고 더욱 거세게 날뛰었다.

성벽 안, 의병들의 가슴속에서는 분노가 타올랐다. 특히 최유의 모욕적인 발언은 그들의 인내심을 극한으로 시험했다.

"아니, 저런 막되어 먹은 놈 같은 이라고. 감히 우리 영산 나리를…"

분노에 찬 의병 하나가 자리에서 벌떡 일어서려 했다. 그러나 재빠르게 옆에 있던 의병이 그의 입을 거칠게 틀어막았다.

"쉿! 숨소리도 죽이라고 엄히 명하지 않으셨는가! 대체 볼기를 얼마나 맞으려고!"

의병들은 치솟는 분노를 억누르며 숨을 죽인 채 바닥에 납작 엎드려 있었다. 정봉수의 엄명은 그 어떤 도발에도 꿈쩍하지 말라는 것이었다. 그들은 복수심에 이글거렸다. 동시에 정봉수의 비범한 지략에 대한 신뢰가 있었기에 이 고통스러운 인내를 견뎌냈다. 그들은 이 적막감이 거친 폭풍을 제압하는 술수임을 알고 있었다. 아무런 대응이 없자, 오랑캐들은 기승을 부리며 고함을 지르고 활을 쏘아댔다. 그들의 광란은 점점 더 격렬해졌다. 용골산성은 여전히 묵묵함으로 맞섰다. 그들은 칼을 성문에 내던지고, 예리한 창을 꽂으며 광분했다.

정봉수의 싸늘한 눈이 마침내 포수를 향해 신호를 보냈다. 숙련된 포수는 그의 눈짓을 놓치지 않았다. 가장 뚜렷한 소리로 광기를 부리던 후금 군사를 정확히 겨냥했다. 그의 손놀림은 수년간 갈고닦은 장인의 그것처럼, 한 치의 망설임도 없었다.

"콰앙!"

천지를 뒤흔드는 굉음과 함께 화약 연기가 피어올랐다. 곧이어 호언장담하던 오랑캐 하나가 말 위에서 힘없이 꼬꾸라졌다. 성 앞의 울퉁불퉁한 돌밭으로 처참하게 곤두박질쳤다. 날뛰는 말발굽 소리와 함께, 오랑캐 진영은 삽시간에 극심한 혼란에 빠졌다. 한 번의 포격은 그들의 거드름을 산산조각 냈다. 최유의 남은 졸개들은 혼비백산 도망치기 시작했다. 단 한 발의 총포 소리가, 그들의 허세를 산산이 부수고 적들을 격퇴시켰다. 모든 것이 눈 깜짝할 사이에 벌어진 일이었다. 다시 성과 그 주변에는 쥐 죽은 듯 고요함만 감돌았다. 그 어떤 환호성도 터져 나오지 않았다. 숙련된 포수 단 한 명이 성을 지킨 고요함이었다. 이 정적은 오랑캐들에게 승리보다 더 큰 공포를 안겨주었다. 다음 날, 마침내 후금의 본격적인 총공격이 시작되었다.

후금 총대장군 아민은 분노에 찬 모습으로 다시 장수 최유를 전면에 내세웠다. 그의 눈에는 지난 패배에 대한 치욕과 이번에는 기필코 용골성을 함락시키겠다는 광기 어린 결의가 불타올랐다. 이번에도 대규모 부대를 이끌고, 요란한 북소리를 울리며 세 방향에서 동시에 용골산성을 공격해 왔다. 그들은 세 갈래의 파도처럼 산성을 향해 밀려들었다.

일부는 동쪽 산길을 따라, 또 다른 적들은 요란한 징 소리를 울리며 남쪽에서 꾸역꾸역 기어올랐다. 서쪽에서도 적잖은 무리의 적들이 북과 작은 징 소리를 앞세우고 요란하게 용골산을 에워싸며 공격해 왔다.

일순간에 용골산 전체가 검은 물결로 뒤덮였다. 적게 잡아도 1만 명 이상은 족히 되어 보였다. 그들은 요란한 깃발을 쉴 새 없이 흔들었다. 나팔을 불어대며, 둥둥 울리는 북소리에 맞춰 겹겹이 포위망을 좁혀왔다. 그들이 울리는 북소리와 징 소리는 땅을 뒤흔들고 귀를 찢을 듯 쩌렁쩌렁 울렸다. 그 굉음만으로도 산성 병사들의 기세를 꺾기에 충분해 보였다. 멀리서 바라보면, 수많은 검은 개미 떼가 산을 기어오르는 듯한 압도적인 광경이었다. 그러나 용골산성은 정봉수의 치밀한 작전대로, 여전히 꼼짝도 하지 않았다. 사람이 살지 않는 텅 빈 성처럼, 모든 의병들은 숨을 죽이고 적들의 움직임을 예리하게 주시했다.

적병들은 꾸역꾸역 산을 기어올라 와, 마침내 손에 닿을 듯 가까운 거리에서 용골산성을 겹겹이 포위했다. 그들이 성 가까이 다가오자, 그 위세는 더욱 위협적으로 느껴졌다. 거대한 뱀이 먹이를 휘감듯, 이중 삼중으로 성의 세 방향을 완전히 에워싼 형국이었다. 낭떠러지와 가파른 산세로 이루어진 북쪽만이 비어 있었다. 그들은 공격 대열이 완전히 갖춰지기를 기다리며 잠시 숨을 골랐다. 그 시간에도, 요란한 북소리와 징 소리만은 끊임없이 울렸다. 살얼음 같은 긴장감이 이어졌다.

의병들은 여전히 소리를 삼켰다. 자신들의 목숨을 건 한판을 기다리고 있었다. 그들의 각오는 검날처럼 예리했다

　마침내 적은 공격 준비가 완료되자, 요란한 나팔을 불었다. 그 소리는 짐승의 포효처럼 산 전체를 뒤흔들었다. 나팔 소리와 동시에, 1만에 달하는 오랑캐 군대가 일제히 칼을 높이 쳐들고, 맹렬한 기세로 성을 향해 돌진했다. 그들의 함성은 하늘을 찢는 듯 우렁찼다. 우레와 같은 굉음은 산성 병사들의 고막을 찢을 듯했다. 땅이 진동하고 먼지가 치솟았다. 그러나 성안에서는 그 어떤 움직임도 보이지 않았다. 의병들은 성벽 안쪽에 바싹 몸을 붙이고, 숨소리도 죽인 채 엎드려 있었다.

　정봉수의 치밀한 작전에 따라 장군대도 텅 비어 있었다. 성벽 위에는 그림자 하나 보이지 않았다. 모든 것이 텅 빈 허깨비 성처럼 느껴졌다. 외부의 요란한 함성에도 성안은 완벽한 침묵에 잠겨 있었다. 수상한 낌새를 느낀 오랑캐들은, 혹시 성안에 정말로 아무도 없는 것은 아닌가 하는 생각에 휩싸였다. 며칠 전까지만 해도 간헐적으로나마 반응을 보이던 성이었다. 게다가 하루 전에는 포를 쏜 성이었다. 그런데, 오늘은 죽은 듯 고요했다. 그것은 전투를 치러야 할 성의 모습과는 거리가 멀었다.

　"장군. 아무래도 성안에는 아무도 없는 것 같습니다. 어제는 포를 쏘더니 오늘은 아예 그 어떤 기척도 느껴지지 않습니다. 분명 무슨 변고가 있는 것이 분명합니다. 어제 한 명만 남아 우리에게 포를 쏜 것이 아닐까 생각되옵니다."

　후금 부장이 갸웃거리며 말했다.

　"그럴 리가 있느냐! 성을 모두 비우고 도망쳤다는 말이더냐?"

　최유는 눈을 찌푸리며 되물었다. 당혹감과 불신이 뒤섞여 있었다. 지난 패배의 치욕을 설욕하기 위해 만반의 준비를 갖추고 왔건만, 정작 적이 없다는 보고는 그의 자존심을 자극했다.

　"혹 그럴지도 모르겠사옵니다. 며칠 전에 우리가 대대적으로 공격할 것이라는 정보를 담은 간찰을 보내지 않았사옵니까. 아마 미리 겁을 먹고 야밤을 틈타 모드 도망친 것이 아니겠사옵니까."

부장은 나름대로 논리적인 추측을 내놓았다. 하지만 최유는 여전히 의심스러운 눈빛을 거두지 못했다.

"글쎄. 저들이 성을 비웠다는 확실한 첩보는 없지 않느냐?"

"물론 확실한 첩보는 없사옵니다. 하지만 워낙 교활한 놈들이니 야밤을 틈타 은밀하게 성을 비웠을 수도 있사옵니다."

"아무튼 좀 더 지켜보도록 하자."

최유는 헛다리를 짚고 있다는 불길한 생각을 애써 감추었다.

후금 병사들은 신중한 모습으로 성벽 가까이로 진격했다. 여전히 그 어떤 대응도 느껴지지 않았다. 개 짖는 소리도 들리지 않는, 기이한 적막감이 감도는 산성의 모습은 오싹한 느낌마저 안겼다. 이 정도의 사정거리까지 다가섰다면, 통상적으로는 포를 쏘거나 화살을 날려야 했다. 하지만, 어떤 공격 준비의 기척도 보이지 않았다.

전투에서 사정거리를 놓치는 것은 곧 패배를 의미하는 것이었다. 사정거리 밖에서 공격을 준비하다가, 순식간에 사정거리 안으로 달려들어 맹렬한 공격을 퍼붓는 것이 일반적인 전술이었다. 그런데 적이 코앞까지 다가섰음에도 불구하고 방어하지 않는 것은, 분명 심상치 않은 변고였다.

최유와 부하들의 마음속에는 알 수 없는 불길함이 드리워지기 시작했다. 그들은 자신들의 눈앞에 펼쳐진 고요함이 곧 폭풍의 전조임을 깨닫지 못했다. 산에는 봄바람 소리만이 윙윙거릴 뿐이었다. 온 천지는 형형색색의 꽃으로 뒤덮였다. 앙상했던 나무들은 어느새 푸른 잎을 틔웠다. 아직 완전히 푸르지는 않았지만, 땅에는 작은 새싹들이 돋았다. 진달래꽃도 군데군데 수줍게 피어 있었다. 춥지도 덥지도 않은, 전투하기에는 더없이 좋은 날씨였다. 다만 변덕스러운 바람만이 때때로 매섭게 불어왔다. 산성 안에는 스프링 같은 긴장감이 감돌고 있었다.

오랑캐들은 마침내 성벽 바로 아래까지 다가섰다. 그들은 극도의 경계심을 유지하며 조심스럽게 접근했다. 그들의 눈은 성벽 곳곳을 훑었지만, 여전히 성안에서는 그 어떤 미동도 느껴지지 않았다. 시간이 멈춘 완벽한 적막감만이 그들을 맞이하고 있었다. 이 기묘한 정적은 오랑캐들의 마음속에 알 수 없는 불안감을 불러일으켰다.

성안의 병사들은 모두 활을 옆에 가지런히 놓은 채, 성벽 가까이에 납작 엎드려 숨을 죽이고 있었다. 그들의 시선은 닫힌 성문에 고정되어 있었다. 정봉수의 공격 신호가 떨어지기만을 간절히 기다렸다. 손에는 땀이 흥건했지만, 누구 하나 흐트러지는 기색 없이 명령을 기다렸다. 날씨마저 화창했던 탓에, 그들은 일찌감치 성벽 가까이에 모여 앉아 소리를 죽이고 햇볕을 쬐고 있었다. 때로는 병기를 매만지며 굳은 몸을 가볍게 풀기도 했다. 그러다 문득, 제장들의 은밀한 지시에 따라 성벽 안쪽으로 바싹 몸을 붙이고 엎드렸다. 아직 새벽에는 냉기가 남아 있었지만, 완연한 봄이었다. 푸릇한 풀 내음이 코끝을 간지럽혔다. 몇몇 병사들은 풀잎을 뽑아 쌉쌀한 맛을 음미하기도 했다. 그것은 조여 오는 긴장감을 잠시나마 잊게 해주는 작은 위안이었다.

요란한 나팔 소리와 둥둥 울리는 북소리 사이로, 수많은 적의 발소리가 땅을 흔들기 시작했다. 간간이 섞여 들려오는 말발굽 소리는, 적들이 바로 코앞까지 다가왔음을 실감하게 했다. 미세한 긴장감이 뱀처럼 스멀스멀 온몸을 휘감았다. 의병들은 정봉수의 명령만을 숨죽여 기다렸다.

"성에 아무도 없다! 성벽을 올라라!"

마침내, 누군가가 성 밖에서 확신에 찬 목소리로 고함을 질렀다. 그 소리는 순식간에 번져갔다. 지휘부의 명령이 떨어지기도 전이었다. 여전히 나팔 소리는 드높이 울려 퍼지고, 북은 둥둥 울렸다. 오랑캐들은 일제히 맹렬한 기세로 성벽을 기어올랐다. 엉성한 사다리를 놓고, 혹은 짐승처럼 성벽에 매달렸다. 하지만 그 어떤 방어의 기미도 느껴지지 않았다. 참으로 놀라운 일이었다. 그들의 선두가 거의 성벽의 8부 능선까지 다다랐을 때였다.

정봉수는 기수에게 공격 나팔을 불도록 지시했다. 곧이어, 찢어지는 쇠나팔 소리가 텅 빈 성안에 힘차게 울려 퍼졌다. 그 소리는 고요했던 성을 깨우는 우레와 같았다. 푸른 깃발이 오르고 곧이어 흰 깃발이 쏜살같이 하늘로 솟아올랐다. 성벽에 그림자처럼 납작 엎드려 숨을 죽이고 있던 수많은 의병들이, 일제히 활시위를 팽팽하게 당기며 화살촉을 적들에게 겨눴다. 오랑캐들의 바로 눈앞이었다.

"전추태산. 활 잡은 손을 태산을 밀 듯이 힘껏 당겨라!"

눈앞에서 수많은 화살촉이 자신들을 정면으로 겨누고 있는 것을 발견한 후금 병사들은, 놀란 토끼처럼 눈을 동그랗게 뜨고 어찌할 바를 몰랐다. 바로 붉은 깃발이 솟아올랐다.

"공격!"

누군가가 외쳤다.

"발여후 악호미!"

하늘을 뒤덮는 검은 그림자처럼, 무수한 화살이 한꺼번에 쏟아져 내렸다. 송곳 같은 검은 비가, 성벽을 오르던 오랑캐들을 향해 무자비하게 쏟아졌다. 화살은 인정사정없이 오랑캐들의 얼굴과 몸통에 날아가 박혔다. 어떤 자들은 목을 관통당했다. 입을 크게 벌린 채 사지를 버둥거리며 성 아래로 힘없이 추락했다. 화살이 왼가슴에 정확히 박힌 자들은, 비명도 지르지 못한 채 그대로 즉사했다. 한쪽 눈이나 볼에 화살이 박혀 몸부림치는 이들도 적지 않았다.

그것은 도저히 믿을 수 없는 광경이었다. 불과 몇 초 전까지만 해도 텅 비어 있었던 성에서, 어찌 저렇게 많은 화살이 쏟아져 나올 수 있는지. 화살의 검은 그림자는 하늘을 뒤덮은 먹구름처럼 쉴 새 없이 아래로 쏟아져 내렸다.

성벽에 매달려 있던 적들은 힘없이 나뭇잎처럼, 여기저기서 우수수 떨어져 나갔다. 한꺼번에 쏟아진 화살을 피하지 못하고 아래로 추락하는 자들이 수백 명에 달했다. 뒤이어 성벽을 오르던 자들 또한, 퍼붓듯 날아드는 화살을 피할 길이 없었다. 그들의 머리 위로 무자비한 화살이 쉴 새 없이 쏟아져 내렸다. 간신히 화살을 피한 자들은, 혼비백산 뛰어내리다 서로 뒤엉키고 넘어졌다. 낭떠러지로 곤두박질치며 떨어지는 모습은 그야말로 처참한 광경이었다. 단 한 번의 기습적인 공격으로, 1천 명이 넘는 적들이 목숨을 잃고 성 아래에 널브러졌다.

성 아래는 단번에 아비규환으로 변했다. 곳곳에서 고통에 찬 비명과 신음 소리가 귀를 찢었다. 화살에 맞아 몸부림치며 고래고래 고함을 지르는 자들도 있었다. 엉덩이를 하늘로 쳐든 채 숨을 헐떡이는 군사들도 있었다. 그곳은 생지옥이었다.

후금 군의 두 번째 맹렬한 공격은, 이렇게 허무하게 무너져 내렸다. 그들은 뒤통수를 강하게 얻어맞은 듯, 어안이 벙벙한 표정을 감추지 못했다. 어떻게 물러났는지도 기억하지 못할 정도였다. 정신은 완전히 혼란에 빠져 있었다. 한동안, 간신히 화살 사정거리를 벗어난 지점에서 숨을 헐떡이며 전열을 가다듬을 뿐이었다.

정봉수는 승리의 기쁨을 뒤로하고, 성안을 순찰하며 지친 의병들을 위로했다. 일일이 그들의 손을 따뜻하게 잡아주고, 어깨와 등을 다독여주었다. 두 번째 전투였지만, 끔찍한 광경을 목격한 탓인지 모두 넋이 나간 표정이었다. 성 아래 수많은 적이 처참하게 죽어 있는 모습은, 그들에게 묘한 흥분과 함께 희열을 동시에 안겨주었다.

정봉수는 성벽 곳곳을 살피며 전황을 보고받았다. 승리의 보고는 잇따랐다. 장수들은 흥분한 목소리로 자신들이 거둔 전과를 하나둘씩 정봉수에게 달려와 고했다.

물론 완벽한 승리만은 아니었다. 격렬한 전투 속에서 몇몇 의병들이 안타깝게 목숨을 잃었다. 그러나 당장이라도 적의 재침이 있을지 모르는 긴박한 판국이라 그들의 슬픔을 깊이 헤아릴 겨를은 없었다. 정봉수는 짧은 위로와 격려의 말로 남은 자들의 아픔을 다독이며, 다시 한번 굳건한 방어 태세를 갖추도록 독려했다. 그렇게 성벽을 한 바퀴 돌아온 지 얼마 지나지 않아, 불길한 북소리가 다시 한번 용골산성을 뒤흔들었다.

후금의 군사들이 복수심에 불타 다시 쳐들어왔다. 이번에는 이전과는 확연히 다른 전술이었다. 그들은 단단한 방패를 머리 위까지 덮어쓴 채, 멧돼지 떼처럼 광기 어린 기세로 용골산성을 향해 돌진해 왔다. 그러나 용골산성의 철옹성은 그들의 무모한 공격을 쉽게 허락하지 않았다. 성벽을 기어오르려는 자들은, 곧바로 차가운 죽음을 맞이했다. 번개 같은 검이 그들의 목을 베었다. 강철 화살이 팔다리를 뚫었다. 성 아래에서도, 검은 비처럼 쉴 새 없이 화살이 쏟아져 올라왔다. 용골산성은 다시 한번 격렬한 방어 태세에 들입했다.

이에 맞서 용골산성의 의병들은 지혜롭게 대처했다. 그들은 솥뚜껑처럼 둥글고 단단한 나무 방패나, 억센 나뭇가지를 엮어 만든 투박한 방패를 들고나와 몸을 숨긴 채 적들이 쏘아 올리는 화살비를 효과적으로 막아냈다. 아이러니하게도, 후금 군사들이 쏜 화살은 오히려 용골산성에 귀중한 실탄을 공급하는 결과를 낳았다.

머리에 커다란 나뭇단을 인 아낙네들은 빗발치는 화살 사이를 용감하게 누비며 성내 곳곳에 떨어진 화살들을 재빠르게 거두어 의병들에게 올려주었다. 의병들은 그들이 준 화살로 다시 매섭게 적들을 격퇴했다. 뿐만 아니었다. 용골산성은 비밀리에 준비해 온 강력한 폭탄으로 무장하고 있었다. 화약 냄새가 끊이지 않는 가운데, 숙련된 화병들의 활약은 그야말로 혁혁했다. 그들은 오랜 훈련을 통해 능숙하게 다루게 된 진려포통을 자신의 손발처럼 자유자재로 사용했다. 세찬 기세로 산성 가까이 다가오는 적들의 무리가 포착될 때마다, 섬광과 함께 엄청난 굉음이 울려 퍼졌다. 폭탄은 불을 뿜어 적들을 산산이 조각냈다.

용골산성은 굳은 방어와 지혜로운 전술, 그리고 숨겨진 강력한 화력으로 끊임없이 밀려드는 후금의 대군에 맞서 당당하게 버티고 있었다.

후금군의 사기는 산산이 조각나 흩날렸다. 그들의 격렬했던 기세는 간데없이 사라지고, 오직 살기 위한 본능만이 허우적거렸다. 패잔병들은 혼비백산 도망치듯 산 아래로 꽁무니를 뺐다. 부상병들은 신음하며 서로를 부축했지만, 온전하게 두 발로 내려가는 이들은 드물었다. 어둠은 그들의 비통한 퇴각을 더욱 깊숙이 감춰주었다.

후금 군부의 체면은 땅에 떨어진 채 처참하게 짓밟혔다. 누구에게 책임을 물을 수도 없었다. 격분한 아민이 책상을 부수고 술통을 깨뜨렸지만, 벌어진 참담한 현실은 달라지지 않았다. 그의 얼굴은 분노로 시뻘게져 있었다.

"도대체 이것이 무슨 개망신이란 말이냐! 저 조그만 성에서 우리 후금의 정예 1만 대군의 절반이나 사상을 입고 물러나다니! 이것이 말이 된다고 생각하느냐! 그대들은 정녕 대후금의 용맹한 장군들이 맞긴 한 것이냐! 아니 어째서 그 빌어먹을 용골산성에만 가면 박살이 나서 돌아온다는 말이냐!"

아민은 휘하 장수들을 앞에 앉혀놓고 고함을 질렀다. 격정을 삭이지 못한 채 거친 숨을 몰아쉬었다. 그러나 장수들은 감히 그의 얼굴을 쳐다보지도 못한 채, 무거운 숨을 속으로 삼켰다. 한숨만 내쉴 뿐이었다.

"대답을 해보란 말이다! 꿀 먹은 벙어리처럼 입을 닫고 있을 셈이냐!"

아민의 질문에도 대답은 없었다. 장수들은 고개를 숙인 채 감히 입을 열지 못했다.

"도무지 무슨 영문인지 알아야 대처를 할 것 아니냐! 깨질 놈이 깨져야지! 저 손바닥만 한 작은 산성 하나 접수하지 못하여 우리 대후금 군부가 이토록 극심한 모욕을 당해야 한단 말이냐!"

여전히 싸늘한 냉기만이 그들의 죄를 질책했다. 아민은 분노에 치를 떨었지만, 정작 아무도 용골산성을 뚫지 못하는 이유를 명확히 설명하지 못했다. 이 예측 불가능한 패배는 후금군 전체에 침잠한 충격을 안겨주었다.

"황제 폐하께는 무슨 낯으로 이 치욕스러운 치계를 올린단 말이냐! 콩알만 한 성 하나 함락시키지 못하여 우리 대군 1만 명의 절반이나 흔적도 없이 사라졌다고 보고를 드려야 한단 말이냐!"

침묵은 더욱 깊어지고 무거워졌다. 아민은 독주를 벌컥벌컥 들이켰다. 그의 목젖이 크게 움직였지만, 독한 술도 그의 타는 갈증을 해소하지 못했다. 눈은 핏발이 서 있었다. 입술은 바싹 말라 있었다. 그는 어떻게든 이 굴욕적인 패배를 설욕할 생각이었다. 하지만 머릿속에는 그 어떤 명확한 계책도 떠오르지 않았다. 오직 혼란과 좌절만이 가득했다.

반면, 용골산성의 백성들은 연이은 승리 속에서 강한 자신감을 얻어가고 있었다. 전투가 결코 쉬운 일은 아니었다. 그렇다고 감당해 내지 못할 만큼 두려운 일도 아니라는 것을 깨달았다. 대장이 시키는 대로, 그리고 그동안 훈련받은 대로 낭선과 장창으로 찌르고, 낫과 호미, 도끼와 같은 농기구로 베고, 자르고, 쪼개는 것이 바로 전투의 전부였다. 이제 그들은 더 이상 적을 두려워하지 않았다. 수많은 적이 온 산을 에워싸고 공격해도, 눈 하나 깜짝하지 않을 만큼 담대해졌다. 수없이 많은 적을 죽였다. 그들의 끔찍한 사체를 직접 목격했다. 어느새 용맹한 전사로 거듭나 있었다. 입가에 묻은 붉은 피를 핥으며, 미친 듯이 적진을 뛰어다녀도 전혀 어색하지 않을 만큼 강인해졌다. 흰옷을 입고 전투에 임했지만, 전투가 끝난 뒤에는 모든 피복이 붉은 피로 처참하게 물들어 있었다. 얼굴이며 손, 다리, 온몸은 적들의 죽음으로 얼룩졌다.

그러나 성안의 몇몇 백성들은, 도리어 이렇게 변해버린 자신들의 모습이 두려웠다. 적을 죽이는 데 눈 하나 깜짝하지 않고, 칼과 창으로 무정하게 치고 찌르기를 반복하는 자신들이 무서웠다. 이 끔찍한 전투가 벌어지기 전까지만 해도 그렇지 않았다. 작은 토끼 한 마리 제대로 잡지 못했던 나약한 존재들이었다. 그런데 몇 번의 전투를 치른 후부터, 그들의 마음속에는 그 어떤 두려움도 남아 있지 않았다. 도리어 끓어오르는 적개심과 걷잡을 수 없는 분노만이 그들을 뜨겁게 태우고 있었다. 스스로도 감당하기 힘들고 낯선 변화였다. 그러나 이 처절한 전장에서 살아남기 위해서는, 어쩔 수 없이 강해져야만 했다.

정봉수는 그날 전투에서 쓰러진 싸늘한 주검을 정성껏 거두었다.

전란의 와중이라 전투에서의 희생은 숙명과 같았다. 그 수를 최소화시키는 것이 자신의 소임이자 무거운 책임이었다. 한 명 한 명을 차가운 구덩이에 묻기 전에 전사자들의 얼굴을 가만히 어루만져 주었다. 솟구치는 뜨거운 눈물을 애써 삼켰다. 감기지 않은 눈은 손으로 감겨주었다.

그는 한 사람 한 사람, 쓰러져간 영웅들의 아픔을 자신의 아픔처럼 깊이 받아들였다. 마지막 길을 떠나는 모습이 조금이라도 깨끗하도록, 정성껏 얼굴을 닦아주었다. 전란 중이라 쉽지 않은 일이었다. 그것이 의병대장으로서 해야 할 최소한의 도리였다. 그의 곁을 따르는 부장들 또한, 침통한 기색으로 장례를 함께 했다.

"언젠가는 나 또한 이곳에 차갑게 누워있을 걸세. 그대들과 함께 영원히 함께 할 것이네. 부디 아무 걱정 말고 편히 잘 가게."

정봉수는 눈물을 삼키며, 차례로 전사자들의 싸늘한 손을 잡아주었다.

상처 입은 이들을 위해 의료시설이 필요했다. 성안 마을과 인접한 곳에 이엉 군막을 세웠다. 부상병들을 치료하기 위한 임시 야전 병원이었다. 흙바닥 위에 기둥을 세우고, 마른 건초를 깔아 만든 허술한 공간이었다. 지붕은 엉성하게 엮은 이엉으로 덮여 있었다. 풀 더미 위에 힘없이 누워있는 부상병들의 간호는, 성내로 피난 온 의원과 아녀자들의 몫이었다. 힘든 치료를 드맡아 했다. 닳아빠진 침통에서 침을 꺼내어 꽂고, 산에서 뜯어온 약초를 짓찧어 상처 부위에 붙였다. 무엇보다 시급한 것은, 피를 멎게 하는 지혈이었다. 피 냄새가 진동하는 그곳에서는 생과 사의 경계가 희미해지고 있었다.

정봉수는 수시로 근막을 찾아 부상병들의 상태를 살폈다. 그의 발걸음은 무거웠다. 그는 부상병의 고통스러운 신음을 들어주고, 아픔을 함께 나누었다. 전장에서 입은 부상은, 곧 죽음으로 이어지는 경우가 대부분이었다. 희망보다는 절망이 더 가까이 있었다.

어깨에 깊숙이 박힌 화살의 고통 속에서 사경을 헤매다, 간신히 깨어난 젊은 의병이 있었다. 그는 핏기 하나 없이 창백했다. 숨소리는 위태롭게 이어졌다. 정봉수는 그의 손을 잡고, 오랫동안 말없이 곁을 지켰다. 가슴은 먹먹한 슬픔으로 가득 차 있었다. 아버지처럼 따뜻하고 다정한 정봉수의 손을 붙잡은 젊은 의병은, 흐르는 뜨거운 눈물을 멈추지 못했다. 정봉수는 손으로 젊은 의병의 눈물을 가만히 닦아주었다.

"어찌 그리 슬피 우느냐?"

정봉수는 나지막하고 부드러운 목소리로 물었다. 어린 나이에 용골산에 들어와 산성을 지키다 어깨에 치명적인 화살을 맞은 젊은 장정의 마음을 어찌 모르겠는가. 정봉수는 잠시 고개를 돌려, 멀리 성 밖 굽이진 산길을 바라보았다.

"고향이 어디냐?"

"의주이옵니다…."

젊은 의병은 힘겹게 다지막 남은 기력을 다해 대답했다.

"부모님 걱정에 우는 게로군."

"전란 중이라… 저 혼자만 간신히 몸을 피했는데… 의주에 계신 부모님은 어찌 되셨는지…"

젊은 의병의 눈에서 다시 뜨거운 눈물이 흘러내렸다.

"어찌 그렇지 않겠나. 그래도 조금만 참아라, 이 전란도 그리 오래가지는 않을 게다. 그때 함께 고향에 가자. 내 너를 동행하마."

정봉수는 젊은 의병의 다른 쪽 팔을 따뜻하게 잡아주었다. 젊은 의병은 흐르는 눈물을 힘겹게 삼키며 고개를 끄덕였다. 그러나 얼마 지나지 않아, 그의 몸은 힘없이 정봉수의 품에 기대어 마지막 숨을 조용히 내쉬었다. 품에 안긴 젊은 생명은 그렇게 꺼져갔다. 정봉수는 차가워진 손을 놓지 못하고 한참 앉아 있었다.

정봉수는 식사도 하지 못한 채, 밤낮으로 지친 의병들을 살폈다. 그들은 이제 유일한 희망이자, 쓰러져 가는 조선의 마지막 불꽃이었다.

정봉수가 헌신적으로 성내를 돌며 의병들을 보듬는 사이, 백성들 사이에서는 후일담이 꼬리를 물었다.

"영산 나리는 신묘한 재주를 지닌 분이구먼. 온 조선 팔도가 오랑캐 놈들의 발굽 아래 짓밟혔는데, 우리 산성만 강건하니 말이여."

"우리도 대단허구먼. 성에 기어오르는 놈들을 단칼에…. 그날 나도 몇 놈을 해치웠으니까."

"나도 두 놈의 멱을 땄지. 성돌을 돌아서는데 나쁜 놈들이 글쎄…"

늙은이와 어린아이 할 것 없었다. 용골산성의 백성들은 모이는 곳마다 그날의 숨 막혔던 전투 이야기로 꽃을 피웠다. 흥미진진한 무용담이 밤하늘의 별처럼 끊임없이 쏟아져 나왔다. 그들은 하나같이 죽기 아니면 살기로 처절하게 싸웠다는 이야기를, 침 튀기며 자랑스럽게 늘어놓았다.

제장들 또한 한목소리로 감탄을 쏟아냈다.

"우리 용골성의 의병들은 실로 놀라웠소이다. 평소 갈고닦은 훈련 덕분인지, 그 용감무쌍하게 싸우는 모습은 참으로 대단했소이다."

"정말이지, 이제 진정한 용사가 되었소이다. 그 어떤 강적이라도, 우리 용골성의 강건한 의지를 꺾을 수는 없을 것입니다."

그들은 침까지 투겨가며, 숨 막혔던 전투 뒷이야기를 흥미진진하게 풀어냈다. 하지만 승리의 기쁨 뒤에는, 또 다른 현실적인 문제가 그들의 목을 조여 왔다. 바로, 극심한 배고픔이었다. 그러지 않아도 매년 봄이면 겪어야 하는 끔찍한 보릿고개가 있었다. 하필이면 전란까지 겹쳐, 보리의 싹마저 자취를 감춘 절박한 처지였다. 굶주린 배를 채우기 위해 소나무 껍질을 벗겨 먹으려 해도 쉽지 않았다. 그나마 얼마 남지 않은 풀뿌리도 찾기 어려웠다. 성안의 양식 창고도 바닥을 드러내고 있었다.

후금군 또한 마찬가지였다. 그들은 점령지에서 약탈한 식량으로 간신히 버티고 있었다. 하지만 그들은 장기전을 대비하며 더욱 악랄한 계책을 꾸미고 있었다. 그들은 항복한 조선 백성들 가운데 일부를 회유하여 후금 병사로 만들었다. 이어 그들에게 농사를 짓도록 강요했다. 스스로 식량을 자급자족하여, 오랫동안 조선 땅에 머무를 속셈이었다. 그들의 야심은 단순한 승리가 아니었다. 앞으로 있을 대명 전쟁의 물자를 공급하고 나아가 새로운 분국 수립을 준비하고 있었다.

한반도 북방지역을 강점하고 이곳에 아민의 나라를 세우려는 속셈도 들어있었다.

이러한 암울한 현실을 냉철하게 내다보면서, 용골산성 안에서도 생존을 위한 필사적인 대책 논의가 이어졌다. 가장 시급한 사안은 식량이었다.

"싸울 때마다 혁혁한 대승을 거두니, 물론 더없이 좋습니다. 하지만 이제 움막에 가도 먹을 것이라곤 쥐꼬리만큼도 남지 않았으니 참으로 답답한 노릇입니다."

장수들도 한숨을 쉬며 말했다.

"그렇습니다. 당장이라도 올봄에는 씨앗을 구해 농사를 시작해야 합니다. 부지런한 성내 백성들이 밭을 일구어 채소를 얻는 것은 물론 좋은 일입니다. 하지만 알곡이 있어야 의병들의 굶주린 배를 채울 수 있습니다. 풀죽 한 그릇으로 전장의 기운을 감당할 수 있겠습니까.”

다른 장수가 답하며 현실적인 어려움을 토로했다.

“정녕 맞는 말이다.”

정봉수가 고개를 끄덕였다.

“영산 나리께서 명나라 독부에 간절히 씨앗을 요청하여 농사를 지어 보는 것이 최선의 방책이 아니겠습니까?”

“저 오랑캐 놈들의 흉악한 행태를 보아하니 쉽사리 돌아갈 의사는 전혀 없어 보입니다. 그러니 우리 또한 장기전에 대비해야만 할 것이옵니다.”

제장들의 의견은 하나로 모아졌다. 어떻게든 씨앗을 구해, 당장의 굶주림을 해결하고 장기적인 생존 기반을 마련해야 한다는 것이었다. 모두가 절박한 심정으로 그 의견에 동의했다. 그들은 이제 단순한 전투를 넘어, 생존을 위한 또 다른 전쟁에 직면해 있었다.

정봉수는 즉시 명나라 모문룡이 있는 독부와 조선 조정에 간절한 서찰을 보냈다. 장문의 편지에는, 비굴하리만큼 간곡한 어조로 씨앗을 빌려줄 것을 애원했다. 간찰의 자구마다 백성들의 굶주림과 생존에 대한 절박함을 고스란히 담았다. 그러나 냉정한 독부는 그의 요청에 아무런 응답도 하지 않았다. 즈정 또한 마찬가지였다. 여러 방면으로 끊임없이 성안의 식량난과 절박한 형편을 알리는 급전을 연이어 보냈다. 하나 돌아오는 것은 싸늘한 바람뿐이었다. 그래도 마지막으로 기댈 곳은, 모문룡이 버티고 있는 독부였다. 그들의 도움을 받고 싶지 않았지만, 곡간에 곡식을 쌓아놓고 있는 곳은 그곳뿐이었다.

정묘년 당시 모문룡의 직책은 명나라 동강진 도독부 좌도독이었다.

동강진을 관할 하는 최고 사령관이었다. 51세의 나이에도 여전히 기개 넘치는 모습으로 진영 막사에 앉아 있었다. 그는 30여 년의 군 생활로 강인함이 몸에 배어 있었다.

그는 본래 저장성 항저우 출신이었다. 10대에 명나라 군에 몸을 던져 전장의 이슬과 함께 살아온 몸이었다.

1621년, 후금 황제 누르하치가 명나라 심양과 요양을 함락했다. 이 과정에서 그곳에 살던 모문룡의 일족들을 학살했다. 후금군의 칼날 아래 스러져간 일족이 1백여 명에 달했다. 명나라 남부에서 함께 이주한 거의 모든 일족이 참살당했다.

명 조정은 모문룡에게 유민을 수습하고 후금의 배후를 공격하라는 특명을 내렸다. 그에게 남은 병력이라곤 수군 197명과 병선 4척이 전부였다. 그러나 모문룡은 낙담하지 않았다. 그는 이 초라한 병력을 이끌고 요동반도 주변의 섬들을 하나하나 공략해 나갔다. 저도와 광록도 등 2천 리에 달하는 해안을 장악했다. 후금이 해군에 취약하다는 점을 십분 활용했다. 해군을 이용한 게릴라전을 극대화했다. 그의 기세는 파죽지세였다. 한때 패퇴했던 요동반도까지 넘보는 대담함을 보였다. 그의 활약은 명 조정에 보고되었다.

명 조정에서는 놀라지 않을 수 없었다. 후금에게 요동을 빼앗긴 처지라 자존심이 여간 상한 게 아니었다. 그런 마당에 모문룡의 요동 해안 봉쇄는 기적에 가깝다고 판단했다.

명 조정은 그를 장군인 총병으로 승진시켰다. 그의 나이 46세 때였다. 그는 2천 리에 가까운 요동반도의 해안에 동강진이란 별도의 독립적인 기구를 만들었다. 그곳을 관장하며 요동반도를 지나는 배들을 통제하고 그들에게 조공을 받아 운영했다.

여기에 머물지 않았다. 모문룡은 수시로 빼앗긴 요동반도를 침공하여 여순 등지의 내륙도시를 점령했다. 유민들도 하루가 다르게 몰려들었다. 이런 전공으로 그는 48세에 동강진의 좌도독이 되었다. 초고속 승진이었다. 모문룡의 활동은 후금의 골칫거리가 되었다.

후금은 어렵게 요동지역을 점령했지만 정작 바다를 내주고 말았다. 게다가 해안의 수많은 도시가 모문룡에 의해 무너졌다. 후금 누르하치는 조카 아민에게 5천 명의 군사를 주며 요동지역을 특별히 관리하도록 명했다.

아민이 이끄는 5천의 병력은 끈질기게 추적하며 모문룡을 요동반도에서 내몰았다. 후금군은 포위망을 좁히며 거칠게 모문룡을 압박했다. 1백여 명의 병사로는 도저히 5천 대군을 상대하기에 버거웠다. 그는 연이은 쓰라린 패배 속에서 필사적으로 조선 함경도로 피신했다.

후금은 모문룡이 조선으로 국경을 넘자, 조선 조정에 월경을 요청했다. 모문룡을 잡기 위해서는 부득이 조선 국경을 넘어야 했다. 반면 조선의 처지에서는 곤란했다. 명과 친선을 맺고 그들을 대국으로 섬기고 있는 마당에 명나라 장군의 피신을 막을 수 없었다. 게다가 그를 잡기 위해 월경을 요청하는 후금에 국경을 열어 준다는 것도 간단한 문제가 아니었다.

광해군은 고민했다. 나날이 세력을 불리고 있던 후금의 눈치를 살펴야 했다. 그렇다고 명과의 관계를 해칠 수도 없었다. 광해는 어려움 속에서 나름의 묘책을 강구했다. 후금에는 국경을 열어주고 모문룡에게는 퇴로를 마련해주는 생각이었다.

후금은 광해의 월경 승인이 떨어지자, 밀물같이 국경을 넘어 모문룡이 숨어있던 함경도를 공략했다. 그들은 포위망을 좁히며 모문룡을 추격해 나갔다. 전황이 급박했다. 머지않아 모문룡이 후금에 포획될 지경이었다. 모문룡은 광해에게 급전을 보냈다. 탈출구를 만들어주면 그곳에 들어가 후금을 교란하겠다고 약속했다. 그것이 조선에 도움이 될 것임을 강조했다. 광해는 은비리에 모문룡에게 탈출구를 열어주었다. 그곳이 가도였다.

모문룡은 포위망을 벗어나 철산 가도로 숨어들었다. 그곳에 머물며 후금의 남진을 막겠다고 다짐했다. 광해군은 명과의 관계를 고려하여 가도 체류를 승인했다.

모문룡은 가도에 들어가 군진을 새롭게 갖추었다. 가도를 '동강진'이라고 칭하며 세력을 키웠다. 명나라 유민을 불러 모았다. 후금을 피해 도망 온 패잔병들을 규합했다. 모문룡은 그들을 훈련시켜 정예병으로 만들었다. 모문룡은 가도를 거점으로 요동지역 공략에 나섰다. 그는 조선과의 약속을 지키겠다며 후금의 후방을 끊임없이 교란했다. 그러면서 그곳에 있던 젊은 명나라 사내들을 군으로 흡수했다. 1백 명에 불과했던 군대는 요동 점령으로 1만여 명으로 늘어났다. 당연히 가장 큰 골칫거리가 되었다. 이는 조선도 마찬가지였다. 처음에는 후금의 후방을 교란하는 점에서 긍정적이었다. 하지만 세력이 기대 이상으로 커지면서 가도를 반영구적으로 점령할지 모른다는 우려가 생겼다. 게다가 1만 대군이 작은 섬에 포진하자 그들을 내보내는 것도 쉬운 일이 아니었다. 조선은 점점 골치가 아프기 시작했다. 게다가 모문룡은 가도에 둔전을 일구고 염전을 개발하겠다고 조선에 요청했다. 그곳을 자기 영지로 삼으려는 의도였다.

광해군은 그들이 가도를 영구 점령할 것을 우려해 허락하지 않았다. 그러자 모문룡은 안면을 바꾸었다. 그는 조선을 상대로 해적질을 일삼기 시작했다. 그의 군사들은 조선 해안을 오가며 약탈을 자행했다. 광해군은 모문룡을 어떻게 해야 할까를 고심하고 있었다. 이러던 와중에 1623년, 인조반정이 일어났다.

능양군이 광해를 내쫓고 자신이 왕위에 올랐다. 그가 인조였다. 국면은 더욱 복잡해졌다.

광해는 명나라 황제의 인준을 받은 왕이었다. 그를 내쫓은 인조는 명나라를 설득해야만 했다. 육로가 후금에게 막혀 북경으로 가지 못했다. 해로밖에 없었다. 자연히 명 조정과 연줄이 닿아있는 모문룡에게 의탁했다.

모문룡에게는 절호의 기회였다. 그는 이 일을 빌미로 노골적으로 생떼를 부렸다. 그의 군사들을 함경도로 들여보내 약탈과 수탈을 일삼았다. 그가 조선 조정에서 뜯어간 양곡만 해도 26만 8천 7백여 석에 달했다, 은도 매년 수십만 냥을 갈취했다.

정봉수는 이런 정도를 알고 있었다. 조선의 군량이 떨어져도 가도 모문룡의 군량은 떨어질 일이 없다는 것을 꿰뚫고 있었다. 그렇다고 모문룡이 순순히 양곡을 내줄 것이라고는 생각하지 않았다.

정봉수는 다시 부장 몇 사람을 독부로 보내, 눈물로 애걸복걸하며 간청하도록 했다. 지난 전투에서 거두어들인 적들의 수급을 함께 보냈다. 장수로서 자존심이 돋시 상했다. 성안의 굶주린 의병들을 먹이기 위해서는, 이제 더 이상 치사함이나 체면 따위는 문제가 되지 않았다. 그들에게는 한 톨의 곡식이라도 절실했다. 백성들의 생명을 위해서는 어떤 수치도 감수할 각오였다.

그런데 하늘도 감동했던 것일까. 장만 체찰사가 머물고 있던 평양 체부[78]에서, 군관 계천립 등이 곡식 3백 석을 싣고 산성을 찾아왔다. 그가 상부에 올린 장계가 체부에 전달되어, 드디어 간절한 염원이 이루어진 것이었다.

"이리 감사할 때가 또 어디 있겠소!"

정봉수는 맨발로 뛰어나갔다. 마소에 실린 곡식들을 보았다. 계천립을 비롯한 군관들을 정중하게 맞았다. 따뜻한 물로 몸을 씻게 하고 귀한 음식과 술로 후하게 대접했다.

---

78) 체부: 체찰사가 지방에 나가 일을 보는 관아.

정봉수는, 떨리는 손으로 그들의 거친 손을 붙잡았다. 굶주림에 지친 성안의 백성들을 굽어살펴야 하는 그의 처지에서, 그 무엇과도 바꿀 수 없는 소중한 선물이었다. 눈에는 이슬이 맺혔다.

"장만 체찰사 대감의 엄하신 하명으로 평양 체부에서 이렇게 왔소이다."

계천립 또한 감격에 겨운 목소리로 대답했다.

그들은 먼 길을 돌아 산성으로 왔다. 묻고 또 물었다. 낮에는 몸을 숨기고 밤에만 이동했다. 계천립은 혀를 내둘렀다. 평양 체부에서 수백 리 산길을 온 것이었다.

정봉수는 한 사람 한 사람의 손을 따뜻하게 잡아주며, 그들의 노고를 진심으로 위로했다. 성안 창고에 곡식이 쌓이자 백성들은 환호성을 질렀다. 그들의 입가에는 오랫동안 잊었던 미소가 피어났다. 용골산성은 다시금 활기를 되찾는 듯했다.

계천립이 오고 얼마 지나지 않아, 또 다른 희소식이 날아들었다. 독부로 떠났던 또 다른 부장이, 마소들을 이끌고 산길을 힘겹게 올라온 것이다. 그들의 짐에는 무려 6백80석에 달하는 귀한 쌀이 가득 실려 있었다. 먼지투성이가 된 마소들의 등에는 생명줄과도 같은 곡식 가마니가 수북이 쌓여 있었다. 독부에 다녀온 부장 심일은, 감격에 겨운 목소리로 정봉수에게 보고했다.

"나리. 저희가 독부에 간절히 청하여 쌀 3백 석을 빌려왔사옵니다. 그리고 모장군께서 저희에게 하사하신 귀한 상금으로, 쌀 3백 석을 더 구해 돌아왔사옵니다."

심일의 눈은 피곤에 젖었지만, 희망으로 빛나고 있었다.

"참으로 잘하였다. 이리 반갑고 고마울 데가 또 어디 있겠는가!"

정봉수는 감격에 겨워 그들의 거친 손을 일일이 붙잡고 뜨거운 눈물을 훔쳤다. 메마른 그의 눈가에, 오랜만에 촉촉한 눈물이 맺혔다.

"그런데 저 80석은 무엇인가?"

정봉수는 넉넉하게 실려 온 쌀의 총량에 의아함을 느끼며 물었다.

"나리, 참으로 기구한 인연이옵니다. 혹 이충걸이라는 자를 아시옵니까?"

심일의 물음에, 정봉수는 잠시 생각에 잠겼다. 그의 미간이 살짝 찌푸려졌다.

"이충걸이라. 들어는 보았으나 직접 함께 일해 본 적은 없는 사람인데…"

정봉수는 고개를 갸웃거렸다. 낯선 이름은 아니었지만, 뚜렷한 기억은 떠오르지 않았다.

"이충걸은 이희건 용천부사가 계실 때 중군을 맡고 있었사옵니다. 이용골산성에서 부장으로 활동하다가 이희건 부사께서 돌아가시자 산성을 버리고 홀로 도망쳤던 비겁한 자이옵니다."

심일의 설명에 정봉수의 눈꼬리가 올라갔다.

"그런데 어찌하여 그 못된 자의 이름을 지금 거론하는가?"

정봉수의 목소리가 차갑게 식었다. 배신자의 이름은, 불쾌감을 불러일으켰다.

"그를 독부에서 우연히 만났사옵니다. 산성을 버리고 명나라에 투항했다고 하옵니다."

정봉수는 쓴 한숨을 내쉬었다. 실망과 분노가 뒤섞였다. 배신자에 대한 경멸감과, 그가 조선을 배신했다는 사실에 대한 비통함이 그의 마음을 무겁게 했다.

"비겁한 이충걸이 자신의 죄를 조금이나마 씻고자 속죄의 뜻으로 쌀 80석을 저희에게 보냈사옵니다."

심일의 떨리는 목소리가 이어졌다. 그는 정봉수의 분노를 짐작하고 조심스러워했다.

“그가 영산 나리께 진심으로 송구하다 전해달라고 간곡히 부탁하였
사옵니다. 죽을죄를 지었으니 부디 너그러이 용서하여 주십사 그리 애
원하였사옵니다.”

“못된 사람.”

정봉수는 더 이상 아무 말도 하지 않았다. 배신자의 뒤늦은 사죄는,
그의 분노를 조금도 누그러뜨리지 못했다. 그의 마음속에는 배신에 대
한 쓸쓸함이 배어났다. 하지만 한편으로는 그 쌀이 굶주린 백성들에게
얼마나 절실한지 누구보다 잘 알고 있었다.

용골산성의 딱한 사정을 전해 들은 동부사 남이웅이, 쌀 10석을 보내
왔다. 이 모든 것을 합치니, 용골산성에 도착한 쌀은 무려 1천 석에 달
하는 엄청난 양이었다. 텅 비어 가던 용골산성의 식량 창고는 다시 채워
졌다. 성안 사람들이 1달 남짓은 버틸 식량이었다. 굶주림에 신음하던
백성들과 의병들에게는 숨통이 트이는 기적이었다.

32. 서로의 기별

　조정에서는, 용골산성에서 들려오는 정봉수의 소식들이 특별한 무게로 다뤄졌다.

　희망의 빛줄기도 찾기 어려운 시기였다. 온 나라가 후금의 침략으로 휘청이고, 백성들의 사기는 땅에 떨어져 있었다. 이런 판에 용골산성의 승전보는 가뭄의 단비였다. 백성의 메마른 가슴을 적셔주었다.

　후금에 무릎 꿇으며 조선의 자존심이 산산이 부서져 땅에 떨어진 상태였다. 오직 정봉수만이 홀로 굳건히 버티며, 후금의 정예 군사들을 '박살'내고 있었다.

　정봉수는, 짓밟힌 왕의 자존심을 조금씩이나마 되살려주고 있었다. 수치와 치욕으로 얼룩진 조선의 역사를 씻어낼 수 있는 유일한 희망은, 오직 정봉수에게 달려 있었다. 당연히, 그의 승전 소식을 담은 치계는, 어둠을 뚫고 스며드는 한 줄기 빛과 같았다.

　"전하. 평안병사가 긴급히 올린 용골산성의 승전 치계이옵니다."

　"오오. 참으로 반갑고 기쁜 소식이로구나."

　왕과 대신들은, 기대감에 두 귀를 세웠다. 어떤 장계보다 먼저, 정봉수의 치계가 보고되었다. 그의 소식이 올라오는 즉시, 조정의 모든 업무는 잠시 멈춰 섰다. 숨죽인 무게만이 어전을 감쌌다.

비국 당상은, 떨리는 손으로 천천히 치계를 펼쳐 들었다. 그의 목소리
는, 감격과 경외감이 뒤섞여 미묘하게 떨렸다. 그 역시 승전 소식에 들떠
있었다. 그러면서도 혹여나 좋지 않은 소식이라도 담겨 있을까, 하는 불
안감을 감추지 못했다.

"3만 대군을 물리치고 한동안 잠잠했던 용천 땅에 다시 심상치 않은
전운이 감돌았사옵니다. 그러더니 얼마 전 후금의 호행사[79] 군관 최유
라는 자가 아민의 명령을 받들어 적 50여 기를 이끌고 용골산성에 와서
항복을 요구하였사옵니다."

비국 제조가, 분노를 억누르는 듯 떨리는 목소리로 아뢰었다. 오랑캐
에 대한 끓어오르는 적개심이 역력했다.

왕은, 두 손에 차가운 땀이 배어 나오는 것을 느끼며, 바짝 마른 입술
을 힘겹게 축였다. 항복 요구라는 말에 가슴이 철렁 내려앉았다. 정봉수
에 대한 믿음이 그를 지탱했다.

"소신은 산성 의병들에게 아무런 대응도 하지 말고 텅 빈 성처럼 고
요하게 있도록 조처했사옵니다. 그러자 저들이 성 앞으로 다가와 오만
방자하게 거드름을 피우며 성안의 백성들에게 입에 담기도 역겨운 욕을
했사옵니다. 소신은 적들이 방심하여 성벽 가까이 다가왔을 때 일시에
총포 한 발을 쏘아 그들을 단번에 물리쳤사옵니다."

"정말 놀라운 지략이로다! 용골산성의 이야기만 들어도 내 억눌렸던
힘이 솟아나는 듯하구나. 건방지게 최유라는 자가 용골산성을 너무나
얕잡아 보았던 모양이로다. 그래서 그자는 어찌 되었느냐. 어서 속히 고
하여 보라. 내가 간절한 기다림에 목이 타들어 가는구나."

왕은, 답답한 마음에 몸을 앞으로 쭉 빼고 앉아, 그의 귀를 더욱 가까

---

79) 호행사: 임금의 행차를 수행하는 책임관원. 당시 후금 왕자 아민을 수행하는 책
임관리.

이 내밀었다. 그의 초조한 모습은, 용골산성의 소식에 온통 집중되어 있었다. 비국 당상은, 왕의 간절한 기다림에 재빨리 이어 아뢰었다.

"최유가 물러난 뒤 다시 후금의 총대장군 아민의 명령을 받아 이번에는 대규모 군대를 이끌고 용골산성을 향해 맹렬하게 진격해 왔사옵니다."

왕은, 불쾌함을 감추지 못했다. 후금 총대장군 아민에 대한 분노와 그의 오만함에 대한 경멸감이 일그러진 용안에 고스란히 드러났다.

"그자가 대군을 보내 진격하도록 명하였다면 그 군사의 규모는 대체 얼마나 된다는 말이더냐?"

왕의 시선은 비국 당상의 입술에 고정되었다.

"자그마치 1만여 명의 후금 정예 군사를 최유에게 딸려 보내어 용골산성을 공격했다고 하옵니다."

"무어라? 이번에는 1만여 명? 그 정도의 규모라면 가히 대군이라 칭할 만하지 않더냐!"

왕의 심중에는, 농후한 걱정과 불안감이 확연했다. 1만여 명의 대군으로 작은 용골산성을 공격했다면, 필시 수많은 사상자가 발생했을 것으로 생각했다. 게다가 용골성은 지난 3만 대군과의 격전으로 군량과 병장기도 넉넉하지 않다고 보고를 받은 상태였다. 걱정되는 것은 당연했다. 더 나아가, 필사적으로 방어하는 조선 군사들의 피로 또한 극심할 것이라는 우려가 그의 뇌리를 스쳤다. 왕의 마음은 더욱더 조바심으로 타들어 갔다.

"이번에는 정봉수가 어찌 대군에 맞서 대처하였는가?"

왕은, 두 손에 차가운 땀을 쥐며 물었다. 과정도 그러했지만, 그 처참한 전쟁의 결과가 너무나도 궁금했다. 그는 간절한 마음으로, 용골산성이 부디 무사하기만을 기원했다. 그의 입술은 바짝 타들어 가는 듯했다. 그는 더욱 귀를 기울여 다음 보고에 집중했다. 조정의 분위기는 숨 막히는 긴장감으로 가득 찼다.

"이번에도 소신은 여전히 텅 빈 성처럼 고요하게 적들을 속여 방심하게 만들었사옵니다. 저들이 성벽 밑까지 안심하고 기어 올라왔을 때 일시에 성중에서 맹렬한 석거포를 쏘고 무수한 화살을 빗발처럼 쏟아부었사옵니다. 당연히 적병들을 섬멸하다시피 하였사옵니다. 적들은 두 번 세 번 끈질기게 공격해 왔으나 모두 물리쳤사옵니다. 이번에도 적들의 사상자는 이루 헤아릴 수 없을 정도로 막대하였사옵니다. 현장에서 적군 절반 정도의 엄청난 사상자가 발생한 것으로 추정되었사옵니다."

비국 당상의 보고가 이어지자, 왕의 용안에 서서히 희열이 번졌다.

"결국 적들은 또다시 격렬하게 공격해 왔으나 번번이 대패하자 마침내 포위를 풀고 스스로 물러나 용천으로 돌아갔사옵니다."

"참으로 장하도다! 참으로 가상하구나! 어찌 정봉수는 저리도 병법에 능통한 것인가. 그의 승전 치계가 올라올 때마다 놀라움을 금치 못하겠구나."

왕은, 그제야 길게 참았던 숨을 내쉬었다. 그를 짓누르던 무거운 돌덩이가 한순간에 사라진 듯했다. 왕은 두 손을 높이 치켜들며 감격에 겨운 눈으로 하늘을 우러러보았다. 천지신명께 애틋하게 감사를 드리고 싶었다. 항복이라는 불명예를 짊어진 조선에, 아직 꺼지지 않은 희망의 불씨가 살아 있었다. 바로 용골산성이었다. 정봉수는 어둠 속에서 빛나는 한 줄기 희망이었다.

"내 답답했던 속이 이제야 시원하게 뻥 뚫리는 듯하구나! 만약 이 강토의 수많은 백성이 용골산성의 정봉수처럼 저 오랑캐들에게 죽음을 각오하고 맹렬하게 맞서 싸웠더라면 이 뼈아픈 수모와 치욕은 없었을 것이다."

왕은, 정봉수의 용맹함에 깊은 감탄과 칭찬을 아끼지 않았다. 다른 한 편으로는, 수많은 무능하고 비겁한 장수들에 대한 실망감과 섭섭함을 감추지 않았다.

"전하. 진정 그러하옵니다. 저 오랑캐들이 수없이 용골산성을 공격해 왔으나 오직 정봉수 홀로 외로운 성을 지키면서 충성스럽고 용맹스러운 기개를 더욱 드높였사옵니다. 그런데도 조정에서는 그를 직접적으로 도와줄 변변한 방안을 마련하지 못하고 있으니 그저 안타까울 따름이옵니다. 바라옵건대 해조[80]로 하여금 군장을 넉넉히 주어 정충신을 진중으로 보내게 하소서. 그리고 용맹한 군사들을 더욱 모집하여 육로로 혹은 배편으로 신속히 달려가서 그의 기세를 더욱 북돋아 주소서. 용골산성이 비록 포위에서 풀리기는 하였으나 이 위태로운 정황은 결코 여기서 그만둘 수 없을 듯하옵니다."

비국 당상의 목소리는, 굳은 맹세처럼 비장함마저 깊게 배어 있었다. 절망 속에서 한 줄기 희망을 갈망하는 소리였다. 왕이 그토록 애타게 기다리는 소식이기에, 그의 어조는 더욱 엄숙하고 간절했다.

"당연히 그렇게 하여라. 그들을 도울 다른 방도가 있는지도 알아보도록 하여라. 용골산성은 지금 쓰러져 가는 조선의 마지막 자존심이자 억압받는 백성들의 간절한 희망의 불씨다. 그들의 꺾이지 않는 기개를 끝까지 지켜낼 수 있도록 돕는 것이 내가 마땅히 해야 할 일이 아니고 무엇이겠는가?"

왕은, 자리에서 벌떡 일어났다. 그는 어탑을 내려와 어전의 차가운 전돌 바닥을 초조하게 서성거렸다.

왕은 강화도로 도망갔다 다시 텅 빈 도성으로 돌아왔다. 그의 몸과 마음은 만신창이가 되어 있었다. 무엇보다 그의 기력을 가장 크게 갉아먹는 것은, 뼛속 깊이 사무치는 자괴감이었다. 오랑캐 후금에게 무릎을 꿇었다는 치욕스러운 사실은, 그의 자존심을 산산이 짓밟는 끔찍한 수

---

80) 해조: 조선시대 바다를 총괄하던 기관.

모였다. 그것도, 고작 3만여 명의 오랑캐들에게 밀려, 허둥지둥 강화도로 도망친 비참한 나날을 떠올릴 때마다, 속에서는 격렬한 분노가 용솟음쳤다. 그는 끊임없이 되뇌었다.

"조선에 남아 있는 군병이 모두 얼마인데. 어찌 저 오랑캐 후금의 고작 3만 군사 따위에게 온 나라가 속수무책으로 굴복했단 말이더냐."

그것은, 머리로도 가슴으로도 받아들여지지 않는 암울한 현실이었다. 그의 마음속에는, 격렬한 분노와 함께 묵직한 무력감이 뼈저리게 파고들었다. 그러나, 오직 용골산성의 정봉수에 관한 이야기를 들을 때만큼은, 억눌렸던 기운이 되살아났다. 희망의 불씨가 일렁였다.

"작고 외로운 성에서 수없이 적들의 허를 찌르며 배후를 공격하고, 무려 3만 대군과 1만 대군을 잇달아 패퇴시키다니, 참으로 장하고 가상하도다. 어떻게든 용골산성을 지원해야 한다. 비국은 무슨 수를 써서라도 그리하라. 알겠느냐!"

그러나, 왕의 희망과는 달리, 용골산성은 서서히 굶주림으로 인해 시들어 가고 있었다. 용맹한 기병들이 목숨을 걸고 성 밖으로 나가, 적들의 수급을 베어 돌아왔지만, 그것은 텅 빈 배를 채워줄 먹거리가 아니었다.

성안의 식량은 늘 바닥으로 치닫고 있었다. 한 달 전 1천 석에 달하는 쌀이 들어왔지만, 의병들의 숫자가 너무나 많은 데다 피난민이 몰려들어, 소진되는 것은 금방이었다. 아낀다고 아꼈지만, 달포가 지나면서 또다시 식량문제가 수면 위로 떠올랐다.

병사들의 사기는 날마다 꺾여가고 있었다. 며칠 밥 구경을 하나 싶었지만 곧 죽으로 때를 이었다. 그러다 풀죽으로 내려앉았다. 어쩌면, 그들은 굶주림에 대한 처절한 앙갚음으로, 눈에 불을 켜고 적들을 베고 있었다. 그들이 목숨을 걸고 성 밖으로 나가 기습하는 유일한 목적은, 오랑캐들이 조선 백성들에게 잔인하게 노략질한 곡식들을 다시 빼앗아 돌아오는 것이었다.

기습 작전에 나서는 병사들에게는, 위험을 무릅쓴 대가로 빼앗아 온 양곡을 조금씩이나마 나누어 주었다. 그들은 다른 성안의 굶주린 백성들보다는 그나마 약간의 여유가 있었다. 그러나, 가장 안타까운 것은, 기습에 나설 힘도 없는 가난한 집안의 굶주린 백성들이었다. 그들은, 텅 빈 창고처럼 두터운 허탈감으로 가득 차 있었다.

용골산성은 승전의 환희 뒤에 숨겨진 또 다른 고통과 마주하고 있었다.

33. 조선의 칼잡이

음력 5월 보름이었다.

하늘은 짙푸른 물감을 풀어놓은 듯 맑았다. 장마를 코앞에 둔 계절의 숨 막히는 무더위는 끈적하게 세상을 짓눌렀다. 그럼에도 용골산성은 새벽녘이면 서늘한 바람이 불어와 땀을 식혀주었다.

고요한 새벽, 산성의 공기는 오히려 청량하고 상쾌했다. 산성에서 아래를 굽어보면, 끝없이 펼쳐진 산야는 한 폭의 평화로운 그림과 같았다. 이름 모를 새들의 지저귀는 소리가 새벽의 정적을 깨웠다. 깊은 계곡을 따라 흐르는 맑은 물소리는 듣는 이의 귀를 즐겁게 했다. 풍족한 먹을거리만 있다면, 이곳은 그야말로 이상향과 다름없는 낙원이었다.

해 질 녘, 붉은 노을이 서쪽 하늘을 물들이고 있을 무렵이었다.

찌는 더위를 뚫고, 지친 기색이 확연한 몇 명의 사내들이 용골산성을 찾아왔다. 그들의 옷차림은 남루했다. 먼 길을 달려온 듯 말들도 거친 숨을 몰아쉬고 있었다. 그들 중 유독 범상치 않은 외모의 한 사내가, 굳게 닫힌 성문 가까이 다가와 힘찬 목소리로 외쳤다. 그의 쩌렁쩌렁한 목소리는 석양 아래 묘한 울림을 주었다.

"성문을 열어라. 나는 평양에서 온, 전 안주목사 김완이다."

그제야 문루 위에서 졸고 있던 초병이, 인기척에 놀라 고개를 빼꼼히 내밀고 되물었다.

"어디서 오신 누구시라고요?"

"전 안주 목사 김완이 왔다고 전하거라!"

"잠시만 기다리시오. 영산 나리께 보고를 드리고 조치를 여쭙겠습니다!"

초병은 숨 가쁜 목소리로 대답하며, 옆에 서 있던 다른 초병에게 성문을 맡기고, 진충루를 향해 쏜살같이 달려갔다.

"영산 나리. 평양에서 전 안주 목사 김완이라는 분이 찾아왔사옵니다."

숨을 헐떡이며 보고하는 초병의 말에 정봉수는 자리에서 벌떡 일어났다.

"무어라? 안주 목사 김완 영감이?"

정봉수는 눈을 가늘게 뜨며 되물었다. 그의 눈이 새파랗게 빛났다. 김완이라는 이름은 그에게 단순한 방문객이 아니었다.

"그러하옵니다. 행색은 초라해 보였으며, 먼 길을 달려와 몹시 지쳐 보이셨사옵니다. 하지만 그 풍채는 한눈에 보아도 힘이 장사처럼 느껴졌사옵니다."

초병의 말에 정봉수의 눈이 더욱 커졌다.

"장사처럼 보였다고? 그렇다면 한시라도 빨리 그분을 모셔 오도록 하라!"

정봉수는 즉시 부장에게 예를 갖춰 김완을 맞이하도록 했다.

"김완 영감은 잘 아시는 분이십니까?"

중군 김종민이 호기심 가득한 눈으로 정봉수에게 다가와 물었다.

"암, 내가 잘 알지. 조선 최고의 무사 중 한 분이시네. 그분이 평안도 방어사[81]를 지내실 때 왕래가 잦았었네."

---

81) 방어사: 조선시대에 방위를 위해 군사 요지에 파견 나가 있던 종2품 무관 벼슬

"저희도 그분에 관한 이야기는 익히 들어왔사옵니다."

"그럴 걸세."

정봉수는 중군과 부장들을 거느리고, 발걸음을 재촉하여 진충루 아래로 내려섰다. 몇몇 군사들이 말을 타고 먼지를 일으키며 진충루 쪽으로 다가왔다. 언뜻 보아도 김완이 앞장서고 있었다. 그들은 말에서 내리자마자, 정봉수에게 허리를 깊이 숙여 예를 표했다.

"영감께서 먼 길을 오시느라 얼마나 노고가 많으셨는가?"

정봉수는 성큼성큼 걸어 나가, 김완의 투박한 손을 덥석 붙잡았다. 그의 커다란 덩치만큼이나, 그의 손은 거칠고 단단했다.

"환란 중에 소신을 이리 따뜻하게 환대해 주시니 그저 감사할 따름이옵니다."

김완은 그제야 환하게 웃었다. 오랜만에 만나는 반가움이었다.

"무슨 말씀을. 이 누추한 성에 귀한 발걸음으로 찾아주시니 오히려 내가 감사할 따름이네. 이게 대체 얼마 만인가?"

정봉수는 김완의 손을 놓지 않고 활짝 웃었다.

"나리께서는 말씀을 낮추시지요. 벌써 한 사오 년은 족히 되지 않았습니까? 소신이 평안도 방어사로 있을 때 뵌 것으로 기억하고 있습니다."

"그러셨던가, 세월 참 빠르구먼. 자 어서 진충루로 오르시게."

정봉수는 김완의 등을 가볍게 두드리며 진충루로 향했다. 두 사람의 만남은 전란 속에서도 한 줄기 빛과 같았다.

김완은 1577년, 영암군 서호면 몽해리 구음평이라는 작은 마을에서 태어났다.

정유재란 당시, 나라를 지키고자 무과에 급제하여 무사로서 관직에 나갔다. 정봉수의 무과 5년, 호위무사 직계 후배였다. 경상도 방어사 고언백의 휘하에서 맹활약하며 일찍부터 이름을 떨쳤다.

그는 대담하고 민첩했다. 뛰어난 지략까지 겸비하여 무사로서 자질을 충분히 갖추고 있었다. 보통 사람보다 유난히 큰 체격과 엄청난 힘을 자랑했던 그는, 커다란 가마솥도 능숙하게 들어 올릴 정도였다. 특히 활과 칼을 다루는 솜씨는, 가히 신기에 가까웠다.

정유재란 때의 일이다. 그는 임무를 끝내고 다음 임지인 호남으로 향하던 중이었다.

남원 인근에 왜적이 출몰했다는 첩보를 입수했다. 혼자서 감당하기에는 어려움이 있었다. 그는 고향 선배이자 학문으로 명망이 높았던 조경남 등 동지들을 규합했다.

더 많은 이들이 모였지만 정작 왜적과 대항할 이들은 많지 않았다. 의욕은 분기했지만, 실제 싸움에서 칼을 들 사람은 서너 명에 불과했다. 그들이 조경남과 정사달, 박언량이었다. 남원 주천 궁장현을 넘어가던 길이었다.

김완은 혈기 왕성한 약관의 나이라, 그의 몸은 바람처럼 가벼웠다. 고갯마루를 향해 막 산굽이를 돌려는 참에 갑자기 조경남이 걸음을 멈추고 말을 뒤로 물렸다.

"쉿!"

그가 조용하게 외쳤다. 모두 말을 세웠다. 조경남은 눈으로 고갯마루를 가리켰다. 그곳에 왜놈들이 수북하게 보였다. 그들은 서둘러 말에서 뛰어내려 길섶으로 몸을 숨기고 숨을 죽였다. 자세히 살펴보자 줄잡아 20여 명은 넘는 왜적들이 그곳에 있었다. 그대로 간다면 외나무다리나 다름없었다. 아직은 시간이 있었다. 선배 조경남과 동지들은 예상치 못한 형세에 적잖게 당황하는 기색이었다.

아군은 4명에 불과했지만, 적들은 20여 명이 넘었다. 게다가 그들은 조총으로 무장한 군인들이었다. 정면으로 승부를 건다면 필패였다. 주눅이 들 수밖에 없었다. 뒷걸음질이라도 치고 싶은 심정이었다.

"크… 큰일 났구마이. 저 고갯마루 말이여. 왜 왜놈들이잖여?"

조경남이 바짝 긴장된 모습으로 물었다. 그들은 숲에 숨어 동태를 살폈다. 고갯마루에는 왜놈들이 짐을 풀어놓고 쉬고 있었다.

"어쩌까이? 그냥 갈 수도 없고 말이여."

박언량이 김완의 눈치를 살피며 조심스럽게 입을 열었다.

"아니라니께. 발길을 돌리야제. 아직 늦지 않았구마이. 4대 20이여. 싸워 승산이 없구마이."

조경남은 필사적으로 발을 돌리려 했다. 정사달은 눈치만 살폈다. 그들도 쉬운 싸움이 아니란 것 알았다. 하지만 김완은 달랐다. 그는 눈을 한시도 적들에게서 떼지 않고 조용하게 입을 열었다.

"형님. 제가 혼자 저들에게 다가가겠소이다. 형님은 최대한 은밀하게 접근하여 활로 엄호하시요. 그라고 박형과 정형도 각자의 위치를 확보하고 활로 엄호하시오. 내가 칼을 뽑으면, 내 주변의 적들을 하나하나 저격하시오."

김완은 조경남과 박언량, 정사달을 차례로 살핀 다음, 말했다.

"그럴 수야 없제."

조경남은 그렇게 대답했지만, 그의 시선은 산굽이에 메어 둔 말머리로 옮겨갔다.

"그것이 최선이오. 우리가 말을 탄 모습을 누군가 봤을 수도 있소. 아무도 가지 않으면 무장하고 이쪽으로 올 수도 있소. 그러면 도망가는 길밖에 더 있겠소. 내가 혼자 갈 테니 숲에 숨어 나를 엄호 하시오."

김완이 매섭게 말을 잘랐다.

조경남은 김완보다 일곱 살이나 많았다. 그 역시 정유재란 때 나라를 위해 싸우고자 과거를 보았으나, 아쉽게도 낙방했다. 글쓰기를 좋아하고 학문을 숭상하는 선비였던 그는, 무사와는 거리가 멀었다. 하지만 활에는 나름의 자신이 있었다. 박언량과 정사달도 의병에 동참하여 정유재란을 관통하고 있던 참이었다.

　모두 말없이 고개를 끄덕거렸다. 조경남을 비롯한 3명은 고개가 걸려 있는 산 쪽으로 몸을 숨겼다. 그들은 산의 위쪽으로 올라 자리를 잡고 고갯마루 왜놈들을 향해 화살을 날릴 생각이었다. 작전은 그렇게 착수됐다.

　김완은 침착하게 왜적들의 숫자를 헤아리고 그들의 태도를 살핀 다음, 고갯마루 위로 말을 몰았다. 그의 살기 어린 눈매는, 어둠 속에서 빛나는 맹수의 그것처럼 번득였다.

　고갯마루의 왜적들은 여전히 한가롭게 휴식을 취하고 있었다. 험한 산길을 오르느라 지쳤던지, 일부는 조총을 내려놓고 나무 그늘에 편안하게 누워 쉬고 있었다. 또 다른 자들은 산비탈에 기대앉아 졸고 있었다. 그들은 김완을 발견하고 잠시 멈칫했다. 이내 경계를 풀고 나른한 표정으로 그를 내려다보고 있었다.

　김완은 천천히 그들이 길을 가로막고 있는 고개로 다가갔다. 시간을 벌 필요가 있었다. 동료들이 자리 잡을 시간이 필요했다. 그들이 고개 위쪽으로 오르려면 약간의 시간이 더 필요했다.

　"조센진. 감히 혼자서 이 재를 넘으려는 게냐?"

　"조센진치고는 제법 담력이 좋군그래."

　"흥, 그래 봐야 결국 기천한 조센진일 뿐이지."

　왜놈들은 깔보듯 낄낄거렸다. 돌아가며 한마디씩 냉소적인 말을 내뱉었다. 그들은 김완이 불과 몇 미터 앞으로 다가갈 때까지도 방심한 채 조롱을 멈추지 않았다. 마침내 그들 앞에 다다른 김완은, 서서히 말에서 내려섰다. 그는 예리한 눈으로 왜놈들의 움직임을 살폈다. 머릿속으로는 시간을 계산했다.

　김완은 망설임 없이 그들이 있는 쪽으로 다가갔다. 그의 발걸음에는 추호의 망설임도 없었다.

　왜놈들 가운데서 턱을 거만하게 쳐든 한 사내가 성큼성큼 다가왔다.

그의 독특한 머리 모양과 화려한 복장으로 보아, 무리의 우두머리쯤 되어 보이는 자였다. 왼쪽 눈 밑에 자리 잡은 검은 점이 유난히 도드라져 보였다.

왜놈은 턱을 높이 쳐들며, 하찮은 벌레를 짓밟듯 김완의 앞을 가로막았다.

왜놈이 불과 한 발짝 거리까지 다가오자, 그의 쳐든 턱과 기분 나쁘게 빛나는 눈빛, 그리고 듬성듬성 돋아난 콧수염이 김완의 눈에 선명하게 들어왔다. 왼쪽 눈 아래의 검은 점이 살아 움직였다.

왜놈은 비릿한 미소를 지으며 칼자루에 손을 올리고, 일본도를 뽑아 들 자세를 취했다.

"어디서 기어 나온 놈인데. 여기가 어디라고 함부로 지나가려는 게냐?"

"급한 일이 있어 부득이 이곳을 지나야겠소. 길을 비켜주시오."

김완은 흔들림 없는 모습으로 왜놈의 눈을 똑바로 응시했다. 단 한 점의 동요도 없었다.

"뭐시기? 겁대가리 없는 조센진 주제에 길을 비키라고 명령하는 게냐?"

왜놈은 싸늘한 기세로 일본도를 뽑았다. 위협적으로 김완의 턱을 조용하게 밀어올렸다. 차갑고 버려진 칼날의 냉기가, 김완의 턱 끝에 예민하게 느껴졌다.

"길을 비켜주시오. 정말 급한 일이오."

김완은 조금의 흔들림도 없이, 다시 한번 차분하게 말했다. 그의 침착함은 왜놈의 분노를 더욱 부추겼다.

"뭐야? 조센진 새끼. 길을 열라고?"

왜놈은 칼끝으로 김완의 눈 밑을 살짝 그었다. 따끔하는 통증과 함께 작은 칼자국에서 붉은 피가 흘러내렸다. 김완은 손끝으로 천천히 눈 밑을 만져보았다. 붉은 선혈이 미끈거리며 묻어났다.

이번에는 왜놈이 한발 물러서며 칼을 높이 쳐들었다. 곧이어 반 숨을 쉬었을 즈음 매섭게 아래로 빗겨 쳤다. 김완은 몸을 오른쪽으로 살짝 피하며 동시에 허리춤에서 칼을 뽑아 올렸다. 섬광처럼 뽑힌 그의 검은, 그 왜놈의 목과 턱 사이를 스치고 지나갔다.

"크 윽…"

얇고 붉은 실선이 왜놈의 목과 턱 사이에 선명하게 그어졌다. 그의 눈은 놀라움과 함께 서서히 공허해졌다.

왜놈은 얼음 조각처럼 그 자리에 우두커니 멈춰 서 있었다. 갑자기 그의 몸은 굳어버린 나무처럼 뻣뻣해졌다. 그러고는 그대로 앞으로 털썩 쓰러졌다. 믿을 수 없는 광경에 놀란 것은, 오히려 다른 왜놈들이었다. 방금 전까지 멀쩡했던 그들의 대장이, 순식간에 앞으로 고꾸라진 것이다. 뒤에 멍하니 서 있던 왜놈들은, 그제야 허둥지둥 칼을 뽑으려 칼자루에 손을 올렸다. 그러나 김완은 바람처럼 재빠르게 몸을 회전시키며, 그들 한가운데를 쏜살같이 지나쳤다. 세 명의 왜놈 머리가 그 자리에서 떨어져 나뒹굴었다.

그의 칼은 보이지 않는 바람처럼, 너무나도 빠르게 스쳐 지나갔기에 형체도 인식할 수 없었다. 그 끔찍한 광경을 바로 눈앞에서 목격한 왜적들은, 충격에 넋을 잃었다. 입만 멍하니 벌리고 굳어 있었다.

네 명의 왜적이 비명도 지르지 못하고 머리가 떨어져 나갔다. 그제야 정신을 차린 다른 왜적들이 칼을 뽑아 들고 맹렬하게 덤벼들었다. 그러자 숲 자리에서 날아 온 화살이 쏜살처럼 그들의 가슴에 박혔다. 왜놈들은 칼을 들어 올리려다 그 자리에 무릎을 꿇었다.

김완은 곧이어 한 명씩 차례대로 맞섰다. 날아오는 칼을 신속하게 막아내며, 상대의 오른쪽 무릎 뒤쪽 힘줄을 정확하게 베었다. 고통에 신음하며 적이 풀썩 주저앉는 순간, 그의 칼은 목을 지나고 있었다.

뒤따라오던 왜적들은 차례대로 좌우로 움직이며 달려들었다. 그들 역시 그의 날 선 칼의 제물이 되고 말았다. 그것은 삽시간에 벌어진 잔혹한 칼춤과 같았다. 왜적들은 장작처럼, 나뒹굴었다. 비명이 귀를 찔렀다. 김완의 기합 소리가 그 틈을 비집고 울려 퍼졌다. 허공에는 섬뜩한 벼린 기운만이 번개처럼 날아다녔다. 눈 깜짝할 사이였다. 열 명이 넘는 왜적들이 칼을 뽑아 들고, 거친 기세로 동시에 김완에게 달려들었다. 그들을 향해 화살이 더욱 빠르게 날아들었다. 어떤 자들은 허벅지에 화살이 꽂혔고 어떤 놈은 머리에 화살을 맞았다.

왜놈들도 그냥 있지 않았다. 숲을 향해 일제히 조총을 쏘아댔다.

"탕! 타당!"

풀숲에 숨어있던 정사달이 몸을 벌렁 누였다. 조총 탄이 그의 왼발을 관통했다.

박언량은 연신 당기던 활이 부러졌다. 그는 활을 버리고 칼을 뽑아 든 다음 왜놈들을 행해 뛰어 내려왔다. 조경남도 활이 부러져 더는 활을 쏘지 못하고 칼을 뽑아 들었다. 이들은 합세하여 고갯마루로 뛰어 내려갔다.

왜놈들은 김완의 칼 앞에서는 속수무책이었다. 내리치는 칼을 가볍게 받아넘기며, 순간적으로 몸을 회전시켜 왜적의 목을 베어버렸다. 또 다른 적이 칼로 그의 머리를 향해 내리쳤다. 하지만 이미 그자의 팔은 힘없이 잘려 나가 땅에 떨어져 있었다. 그것은 가을바람에 힘없이 떨어지는 낙엽과 같은 허망한 몸짓이었다.

고갯마루는 삽시간에 전장이 되었다. 10여 명의 왜적들이 토막 나고 다른 자들도 거의 참살 당했다. 몇 안 되는 자들만 산 밑으로 미친 듯이 도망쳤다.

김완의 온몸은 적들의 붉은 피로 흠뻑 물들었다. 동지들도 다르지 않았다. 그가 잠시 거친 숨을 고르고 있을 때, 조경남과 박언량이 헐떡거리며 다가왔다.

"우리도 힘을 보탤 생각으로 싸웠는디, 아우님이 순식간에 저 많은 놈들을 처리하는 바람에…"

"무슨 말씀을, 형님과 박 동지가 도와주는 바람에 물리쳤소이다. 그런데 정사달은?"

조경남은 그제야 주변을 둘러보았다. 정사달이 보이지 않았다. 그들은 서둘러 숲속으로 정사달을 찾아 나섰다.

정사달은 멀지 않은 곳에 드러누워 신음하고 있었다. 왼발에서는 선혈이 흘러내렸다. 조총 탄환이 그대로 관통을 한 탓에 발을 쓰지 못했다. 그를 말에 태워 남원으로 향했다.

그날의 김완 전과는 전설이 되었다. 이뿐만이 아니었다. 훗날 김완은 전라도 구례군 산동면 원촌들에서도, 홀로 열 명이 넘는 왜놈들의 목을 베었다고 전했다.

20세 전후의 젊은 나이에, 김완은 이미 칼잡이 무사로서 조선에 그만한 적수가 없는 경지에 올라가 있었다. 그의 이름은 전설처럼 퍼져 나갔다.

"남원 황산 장치에서 그대가 정말 대단했다는 소문이 자자하더니만 과연 사실이었구먼."

박언량과 정사달도 이날 전투를 지켜보았던 터라 혀를 내둘렀다.

조경남은 떨리는 손으로 자신의 허리춤에서 수건을 꺼내어, 김완의 얼굴에 묻은 붉은 피를 가만히 닦아주며 감탄을 연발했다.

김완은 그저 묵묵부답이었다.

"그때 말이여. 조선의 젊은 무사가 홀로 왜놈 수십 명을 무 자르듯 순식간에 베어버렸다고 말이여."

조경남은 김완의 묵묵부답에도 아랑곳하지 않고 이야기를 이어갔다. 박언량은 그저 고개만 끄덕이며 말을 몰았고 정사달은 고통을 참느라 이를 앙다물었다.

"…"

"그 끔찍한 현장에 있었다는 사람이 나가 묵던 주막에서 밤새도록 그 야그를 얼마나 실감나게 풀어놓던제, 나는 황당무계한 허풍이라고 생각허면서도 어찌나 유쾌하게 들었던제, 아직도 생생하게 기억하고 있구면."

그의 말에는 이제야 그 주인공을 만났다는 벅찬 감격이 엉겨 있었다.

"황산 장치라고 분명히 그렇게 말혔어. 그래서 나가 지금도 그곳 이름을 또렷이 기억하고 있제. 황산 장치 말이여."

조경남은 다시 한번 확신에 찬 목소리로 말했다. 김완은 여전히 말이 없었지만, 그의 시선은 조용히 한 점을 응시했다.

과거의 기억이 현재의 전설과 맞닿았다.

정유재란이 한창이던 때였다. 온 나라가 전쟁의 화염에 휩싸여 있던 시절, 김완은 다음 임지인 남원으로 급히 돌아가던 길이었다. 산길을 넘어 남원 인월면의 작은 마을 앞을 지나던 그는 시종 한 명만을 데리고 있었다. 마을 어귀 냇가의 너럭바위 위에는 왜군들이 진을 치고 있었다. 서른 명이 넘는 왜군들이 약탈한 물건을 늘어놓고 술을 마시며 떠들고 있었다.

남원으로 가는 지름길은 그곳을 지나야만 했다. 김완은 낡은 도포를 걸친 채 평범한 선비처럼 태연하게 말을 몰아 지나가려 했다. 그러나 왜군들이 그를 불러 세웠고, 어린 병사를 보내 그를 너럭바위로 끌고 갔다. 왜군 대장은 김완을 모욕하며 위협했다. 그의 태연한 태도는 왜군들의 분노를 더욱 자극했다.

대장은 어린 병사에게 김완을 베어 보라 명령했다. 겁에 질린 어린 병사는 떨리는 손으로 칼을 들어 올렸다. 그러나 칼이 내려오는 순간 김완의 몸이 번개처럼 움직였다. 그는 그 칼을 빼앗아 단숨에 왜군 대장의 목을 베어 버렸다.

그 뒤로 벌어진 일은 순식간이었다. 김완의 칼은 번개처럼 번뜩이며 왜군들 사이를 헤집고 다녔다. 놀라 칼을 뽑기도 전에 왜군들의 목이 떨어지고 팔이 잘려 나갔다. 일부는 조총을 쏘았지만, 김완의 움직임을 따라잡지 못했다. 너럭바위는 삽시간에 피로 물들었다. 서른 명이 넘는 왜군들이 그 자리에서 쓰러졌다.

모든 싸움이 끝난 뒤 김완은 자신을 끌고 왔던 어린 병사를 내려다보았다. 그는 공포에 질려 엎드린 채 목숨을 구걸하고 있었다. 김완은 아무 말 없이 칼을 그의 앞에 던져두고 돌아섰다.

그는 냇물에 피 묻은 손을 씻고 옷자락을 정리한 뒤 아무 일도 없었다는 듯 말에 올랐다. 그리고 시종과 함께 다시 남원을 향해 길을 떠났다. 그의 뒤에는 피로 물든 너럭바위와 쓰러진 왜군들의 시체만이 남아 있었다.

세상에 비밀은 없는 법이다.

그날의 끔찍하면서도 통쾌했던 광경을, 담 너머에서 혹은 숲속에 몸을 숨긴 채 숨죽여 지켜본 마을 사람들이 있었다. 그들은 입에서 입으로, 전설처럼 그의 이야기를 끈질기게 전했다. 술판에서, 혹은 북적이는 저잣거리에서, 기회만 닿으면 오래된 옛날이야기를 꺼내듯 흥분된 목소리로 주절거렸다. 그 이야기는 굶주린 사람들에게 한 줄기 빛과 같았다.

그들의 생생한 이야기에 귀 기울이던 백성들은, 억눌렸던 울분이 해소되는 장쾌함에 속으로 뜨거운 박수갈채를 보냈다. 오랫동안 왜놈들에게 짓밟히고 수탈당하기만 했던 백성들에게, 김완의 용맹함은 청량제가 되었다. 그것은 묵은 체증이 단번에 내려가듯, 그들의 맺힌 한을 시원하게 풀어주는 기쁨이었다.

"들으면서도 솔직히 그런 무시무시한 사람이 세상에 있을까. 속으로는 늘 의심 했었제. 그런데 훗날 그 놀라운 위인이 바로 아우님이었다는 야그를 듣고 얼마나 놀랐던제…"

조경남은 감격스러운 목소리로 김완에게 말을 건넸다. 여전히 김완에 대한 경이로움을 간직하고 있었다.

김완은 여전히 말이 없었다. 깊은 생각에 잠긴 듯, 미동도 하지 않았다. 그의 내면에서는 과거의 기억과 현실이 교차하는 듯했다.

"정말 깜짝 놀랐었제. 그러면서도 속으로는 정말 그 모든 것이 사실이었을까? 묘한 의구심이 끊임없이 샘솟았제…"

그들은 묵묵히 앞서나가는 김완의 뒤를 따랐다. 조경남은 자기 눈으로 직접 김완의 놀라운 무술을 목격했기에, 이제는 그 어떤 의심도 남아 있지 않았다.

"그란데 오늘 아우님을 다시 뵈니께 말이여. 그날 나가 들었던 그 놀라운 야그가 결코 헛소문이 아니란 걸 실감했다닝께. 참으로 대단허셔. 그러니 무과 시험을 단번에 합격허셨겠제."

"…"

"황산 장치. 그 끔찍했던 너럭바위에 수십 명의 왜놈들의 잘린 머리가 굴러다니는 돌멩이처럼 널려 있었다는 야그는 그야말로 전설이었제. 그 반석은 온통 붉은 피로 흥건한 피바다를 이루었다고 하더마이. 그 후로 말이여. 그곳 고을 사람들은 그 바위를 '피 바위'라고 불렀다제."

조경남은 흥분된 목소리로 그날의 이야기를 생생하게 묘사했다. 그의 말에서 그 끔찍했던 현장의 모습이 절절히 느껴졌다.

김완은 여전히 아무런 말이 없었다. 그는 오직 앞만 응시하며, 묵묵히 말을 몰아갈 뿐이었다.

당시의 김완은, 가히 조선 제일의 검객이라고 칭해도 과언이 아니었다. 그가 검을 번개처럼 뽑아 들면, 그의 칼을 온전히 목격한 사람은 거의 없었다. 어찌나 빠르고 날렵하게 허공을 가로지르는지, 맨눈으로는 도저히 그 움직임을 따라잡을 수가 없었다. 그의 칼은 단순한 무기가 아니라, 살아있는 예술이자 죽음의 춤이었다.

하지만, 그토록 강렬했던 그의 성격 탓에, 많은 고초를 겪었다. 날 선 칼이 스스로를 깎아내듯, 그의 강인함은 때로 그를 시험했다.

지리산 장치에서 수십 명의 왜군을 베어버린 이듬해, 김완은 전라 병마절도사 이광악을 따라 남원에 머물고 있었다. 그 무렵 그는 아버지 김극조를 죽음으로 몰아넣은 원수 한덕수가 남원에 온다는 소식을 듣게 되었다. 한덕수는 과거 계축옥사 때 김극조가 역모에 연루되었다고 모함했다. 그로 인해 김극조는 혹독한 고문 끝에 억울하게 목숨을 잃었다. 그때부터 김완의 가슴에는 깊은 원한과 복수심이 자리 잡았다.

당시 한덕수는 도원수 권율의 비장으로 있으면서 병력 점검을 위해 남원을 방문했다. 김완은 원수를 갚을 기회를 노렸다. 하지만 그와 단둘이 마주할 틈을 찾지 못했다. 결국 뜻을 이루지 못한 채 남원 판관의 임기를 마치고 한양으로 올라가게 되었다.

얼마 뒤 그는 한양에서 마침내 한덕수를 다시 만나게 되었다. 김완은 복수의 기회를 놓치지 않고 멀리서 활을 당겨 화살을 쏘았다. 화살은 빗나갔다. 한덕수는 목숨을 건졌고, 김완은 살인미수의 죄로 붙잡혀 오랜 세월 옥살이를 하게 되었다. 그 과정에서 그가 오래전부터 한덕수를 죽이려 했다는 사실까지 드러났다.

긴 옥살이를 마친 뒤에도 그의 재능은 묻히지 않았다. 그는 왕명으로 시행된 무과 시험인 곤무재를 통해 늦은 나이에 다시 관직에 나아갔다. 이후 내금위장을 지내며 인조를 호위했다. 평안도 방어사와 창성 방어사를 역임하며 나라의 변방을 지켰다. 한때 복수심에 사로잡혔던 그의 칼은 점차 개인의 원한이 아닌 나라와 백성을 지키는 데 쓰이게 되었다.

그 무렵 정봉수는 철산에서 창성 일대를 둘러보다가 김완을 만나게 되었다. 두 사람은 오래전 창성에서 인연을 맺은 사이였다. 정봉수는 먼 길을 유람하던 자신을 극진히 대접해 주었던 김완의 옛일을 떠올렸다.

김완은 이후 이괄의 난 때 남이흥 장군의 휘하에서 싸워 공을 세워 진무공신 3등에 책록되었다. 구성 부사로 임명되기도 했다. 그러나 지병이 악화되어 관직에서 물러나야 했다.

얼마 뒤 그는 안주 목사로 임명되었다. 그러나 정묘호란이 발발하면서 상황은 급변했다. 평양에서 안주성이 적에게 포위되었다는 소식을 듣고 그는 1천6백 명의 병력을 이끌고 급히 출발했다. 하지만 도중에 구름처럼 몰려오는 후금 대군을 만나 싸워 보지도 못한 채 회군할 수밖에 없었다. 말이 회군이지 도망쳤다는 죄명이 주어졌다. 결국 조정은 그에게 백의종군을 명했다.

그렇게 떠돌다시피 하여 김완은 용골산성에 이르게 되었다. 그는 잃어버린 명예를 되찾기 위해 다시 싸우겠다는 결심을 굳혔다. 정봉수 역시 그의 결의를 높이 평가했다. 두 사람은 서로의 손을 굳게 맞잡으며 힘을 합쳐 끝까지 용골산성을 지켜내겠다는 의지를 다졌다. 장마를 앞둔 무더운 날씨 속에서 산성의 공기는 긴장과 결의로 무겁게 가라앉아 있었다.

적의 기병 30기가 피현 방면에서 약탈을 자행하고 있다는 급박한 기별이 산성에 전해졌다. 정봉수는 심각한 표정으로 제장들에게 누가 나서서 그들을 토벌할 것인지 물었다.

"이번에는 제가 다녀오겠소이다."

김완은 제장들을 둘러보며 말했다.

"아니. 영감께서 정말로 나서려고 하시는 겐가?"

정봉수는 놀라며 그를 만류할 생각이었다. 일전에 그가 나서겠다고 말했지만 그냥 하는 소리로 받아들였다. 게다가 김완의 나이도 예사롭지 않았다. 김완은 정봉수를 조용하게 응시하며, 흔들림 없는 눈으로 답했다.

"백의종군하라는 어명이 있었으니, 이번 일을 시작으로 공을 세워 잃어버린 저의 명예를 회복하겠습니다. 나리. 부디 소신도 토벌 작전에 나설 수 있도록 명을 내려주십시요."

김완은 명예 회복을 향한 간절함을 호소했다. 온몸에서 비상한 기운이 뿜어져 나왔다. 정봉수는 그의 강한 의지에 감탄하면서도, 한편으로는 나이를 생각하지 않을 수 없었다. 그는 잠시 망설였다.

"그래도 그렇지. 한창때도 아닌데 어찌 무리하게 공을 세우려 하시는 겐가?"

김완은 빙긋이 웃으며, 정봉수를 안심시켰다. 그의 미소에는 노련한 무인의 여유가 깃들어 있었다.

"걱정 마십시오. 이 김완의 칼은 아직 녹슬지 않았습니다."

정봉수는 그의 청을 더 이상 거절하지 못했다. 그는 마침내 결심하고 고개를 끄덕였다.

"알겠네. 부디 몸조심하시게."

정봉수의 허락이 떨어지자, 김완은 즉시 말을 타고 피현으로 쏜살같이 달려 나갔다. 그의 뒤로는, 혹시 모를 불의의 사태에 대비하기 위해 정봉수가 특별히 선발한 정예 기병 서른 기가 그림자처럼 따랐다.

김완은 몹시 큰 체격에도 불구하고, 하늘을 나는 듯이 날렵하게 말을 몰았다. 그는 오랜만에 느껴보는 전장의 흥분으로 고동쳤다.

오랑캐들 또한 극심한 식량난에 허덕이고 있었다. 보급품이 제대로 도착할 리 없는 막막함 속에서, 그들이 살아남을 수 있는 유일한 방법은 오직 조선 백성들에게서 약탈하는 것뿐이었다. 그들은 집마다, 마을마다 돌아다니며 닥치는 대로 식량을 빼앗았다. 조금이라도 저항하는 기색을 보이면, 가차 없이 참살하고 집을 불태우는 만행을 저질렀다. 이러한 끔찍한 일들은, 거의 매일 반복되었다. 단순히 약탈만 하고 돌아갔다면, 그나마 제보도 올라오지 않았다. 하지만 그들은 무고한 백성들을 잔인하게 죽이고, 삶의 터전인 집까지 불태우는 극악무도한 짓을 저질렀기에, 분노한 백성들의 제보가 끊이지 않았다.

서른 기의 오랑캐 기병들이 마을을 휩쓸고 지나갔다. 그 마을은 순식간에 쑥대밭으로 변해버렸다.

김완이 정예 기병들을 이끌고 피현으로 급히 내려갔을 때, 그들은 여전히 약탈에 혈안이 되어 인근 마을을 짓밟고 있었다. 마을은 비명과 함께 불타는 냄새로 가득했다. 그의 눈앞에는 무참히 유린당한 백성들이 널브러져 있었다.

"네 이놈들! 이곳이 어디라고 감히 들어와 노략질을 일삼느냐!"

김완의 호통 소리가, 마을에 천둥처럼 울려 퍼졌다. 그의 매서운 눈은, 분노로 이글거리고 있었다. 그의 칼은 이미 칼집에서 반쯤 뽑혀 나와 있었다.

김완은 사나운 사냥개처럼, 거침없이 말을 몰아 후금 군사들이 떼 지어 모여 있는 곳으로 질주했다. 적들을 발견하자, 그는 망설임도 없이 단숨에 그들을 향해 돌진했다. 그의 뒤를 따라, 조선의 정예 기병들도 거친 기세로 말을 내달렸다. 그러나 후금 군사들은 예상외로 겁먹지 않았다. 도리어, 늙은 장수가 홀로 말을 달려오는 모습에, 도리어 말머리를 돌렸다. 한번 붙어보자는 심산이었다. 그들은 먹잇감을 발견한 늑대처럼, 떼 지어 김완을 향해 달려들었다.

김완을 뒤따르던 조선 병사들의 마음속에는 불안감이 급습했다. 비록 김완의 놀라운 무용담은 익히 들어 알고 있었다. 하지만 홀로 적진을 향해 내달리는 그의 모습은, 그들을 얼어붙게 했다. 혹시 변을 당하는 건 아닐까. 우려가 그들의 마음속을 눌렀다.

우려와 달리 김완은 전광석화처럼 말을 몰았다. 마을로 들어서는 벌판이었다. 마침내 후금 군사들과 서로를 향해 마주 내달리는 일촉즉발의 위기였다. 그들은 정면으로 달려드는 기차처럼, 조금도 속도를 늦추지 않았다. 말들의 거친 숨소리와, 땅을 박차는 격렬한 말발굽 소리가, 긴박하게 들려왔다. 김완이 가장 선두에서 후금 장수와 충돌하는 순간이었다.

후금 장수 또한 덩치가 만만치 않았다. 덥수룩한 검은 수염을 기르고, 험상궂은 면상은 겉보기에도 우악스러워 보였다. 그의 몸에는 엄청난 힘이 꿈틀거리고 있었다. 그는 폭이 넓고 긴 칼을 머리 위로 높이 쳐들었다. 김완을 단번에 내려칠 기세였다. 햇살을 받아 섬뜩하게 빛나는 시퍼런 날은, 제대로 맞힌다면, 단번에 말의 목도 잘라낼 기세였다. 누가 보아도, 절체절명의 위기에 놓인 것은 김 목사였다. 그의 목이, 그 무자비한 칼 아래 힘없이 떨어질 것이라는 예감이 앞섰다. 뒤따르는 군사들은 마음을 졸였다. 하지만 실제 정황은 달랐다. 그들의 예측을 완전히 빗나갔다. 그와 마주치는 순간, 김완은 믿을 수 없는 민첩함으로 몸을 말의 안장 아래로 숙였다. 그리고 동시에, 그의 허리춤에서 뽑아 든 예리한 칼을, 땅에서 솟아오르는 맹수처럼 가볍게 거꾸로 쳐올렸다.

"툭."

섬뜩한 파열음과 함께, 후금 장수의 덥수룩한 얼굴이 순간 끔찍하게 두 쪽으로 갈라졌다. 붉은 선혈이 화산처럼 하늘로 솟구쳐 올랐다. 얼굴이 두 쪽 난 몸뚱이가 말에서 떨어져 나가며 둔탁한 소리를 냈다. 김완은 멈추지 않고, 달리던 말의 속도를 더욱 끌어올렸다. 쫓아오던 후금 병사들의 목 또한, 차례로 무자비하게 날려버렸다. 그것은 정말이지 눈 깜짝할 사이에 벌어진 광경이었다.

맹렬한 말의 속도로 쫓아오던 후금 군사들은, 칼을 쳐들고 내리칠 틈도 없이, 목과 팔이 잘려 힘없이 땅에 떨어졌다.

김완은 가벼운 회초리를 휘두르듯, 날렵하게 칼을 다루었다. 그렇게 일곱 명의 후금 군사 머리가 차례로 핏빛 허공을 날아올랐다. 그제야, 이 광경에 혼비백산한 오랑캐들은, 황급히 말머리를 돌려 필사적으로 달아나기 시작했다. 그의 뒤를 따르던 조선의 정예 기병들은 그저 멍하니 말을 달릴 뿐이었다. 그들에게는, 감히 칼을 휘두를 틈도 주어지지 않았다. 후금 병사들이 모두 도망친 뒤에야, 김완은 천천히 말을 멈춰 세웠다. 그의 말은 격렬한 질주에 지친 듯, 거친 숨을 헐떡였다.

"떨어진 저들의 수급을 모두 거두어 돌아가자."

김완의 낮은 목소리가 피비린내 가득한 들판에 울려 퍼졌다. 그의 주변에는 무참히 잘린 적들의 시신만이 널브러져 있었다.

김완은 차가운 표정으로, 칼을 든 채 말을 몰며 뒤따르던 부장에게 냉정한 어조로 하명했다.

"적장의 수급도 빠짐없이 챙겨라. 그리고 저들이 약탈한 곡식들은 모두 거두어 오도록 하라."

뒤따르던 기병들은, 방금 목격한 김완의 칼솜씨에 넋을 잃었다. 산에서 내려올 때의 그들과는 완전히 다른 분위기였다. 숙연하고 경건한 기운이 감돌았다.

기병들은 김완의 표정조차 감히 놓치지 않으려, 그의 일거수일투족을 살폈다. 벌어진 입은, 도무지 다물어지지 않았다. 그들의 군기는 순식간에 팽팽하게 조여 들었다.

김완은 자신의 칼날에 묻은 붉은 핏자국을 깨끗하게 닦아낸 후, 묵묵히 말을 돌려 용골산성을 향해 나아갔다. 그의 존재감은 이전과는 비교할 수 없을 정도로 커져 있었다.

산성에 오른 병사들은, 영웅담을 읊듯 흥분된 목소리로 놀라운 전투 광경을 상세하게 전했다.

"지금까지 그렇게 빠르고 신기에 가까운 칼솜씨는 단 한 번도 본 적이 없어. 정말 믿을 수가 없었다니까."

"야. 정말 바람처럼 가른다는 말이 딱 그 말이더라. 김 영감의 그 번개

같은 날이 바로 그랬어."

"봤어? 칼이 아예 보이지도 않아. 얼마나 빠르게 움직이는지 스치는가 싶었는데 글쎄 그 험악한 적장의 면상이 반으로 쩍 갈라져 버렸다니까."

그 놀라운 소문은 산성 안으로 빠르게 퍼져나갔다. 백성들은 그의 용맹함에 혀를 내둘렀다. 그의 이름을 입에 올릴 때마다 경외감을 감추지 못했다.

다음 날, 후금 군사 수십 기가 용천으로 향하는 길목의 넓은 들판에서, 보리를 베어가고 있다는 소식이 산성에 들렸다. 즉시, 제장들의 긴급 대책 회의가 소집되었다. 그 자리에서, 정봉수는 전날 김완이 세운 혁혁한 전과를 극찬하며 그의 용맹함을 높이 치하했다.

"영감께서 그토록 날렵하고 신속하게 오랑캐들을 제압하셨다는 놀라운 이야기를 소상히 전해 들었네. 참으로 대단하네. 내 익히 영감의 뛰어난 칼솜씨를 알고 있었지만, 이토록 경이로운 경지에 이르렀는지는 미처 짐작 못했네."

김완은 겸손한 태도로 고개를 숙였다.

"무슨 과찬의 말씀을…. 나리께서도 과거 호위대장으로 대왕마마를 가까이서 호위하실 때 그 빼어난 칼솜씨는 온 조선 팔도가 익히 아는 사실이 아닙니까."

"이제는 세월이 흘러 예전 같지 않네! 그려…."

"소신은 그저 몇 명의 적들을 베었을 뿐이나, 나리께서는 홀로 수천의 적들을 쳐부수었으니, 그 용맹함이야말로 가히 천하무적이라 칭송받아 마땅합니다."

김완은 오히려 정봉수의 겸손함에 존경을 표하며, 그의 용맹함을 높이 치켜세웠다.

"그래도 영감께서 이렇게 우리 용골산성에 버팀목이 되어주시니 그 든든함이 이루 말할 수 없네."

“그리 말씀해 주시니 몸 둘 바를 모르겠습니다.”

다른 부장들은, 두 사람의 대화를 묵묵히 듣고만 있었다. 직접 눈으로 보지 않고서는, 도저히 믿기지 않는 놀라운 이야기였기 때문이다. 잠시 후, 정봉수는 굳은 표정으로 제장들을 향해 입을 열었다.

“요즈음 오랑캐들이 용천 길목의 청보리를 마구 베어가고 있다. 굶주린 우리 백성과 의병들이 나누어 먹어야 할 양식이다. 식량을 강탈해 가는 자들을 용서할 수 없다.”

정봉수의 어조는 매서웠다.

“오늘은 누가 나서겠는가?”

제장들이 일제히 앞으로 나섰다.

“이번에도 소신이 나서겠습니다.”

김완 목사가 망설임 없이 자원했다.

“영감께서 또다시 그 위험한 길을 나서려는 겐가?”

정봉수가 염려하자, 김완은 호탕하게 웃었다.

“백의종군의 치욕을 벗으려면 전공을 세워야 하지 않겠습니까. 이번 공을 조정에 상세히 보고해 주십시오.”

그의 결연한 뜻을 꺾을 수 없었다.

이른 새벽, 김완과 제장들은 용천으로 이어지는 길목의 솔숲에 몸을 숨겼다. 동이 트자 드넓은 청보리밭이 눈앞에 펼쳐졌다. 전란으로 거두지 못한 보리가 푸른 물결처럼 일렁이고 있었다. 해가 오르자 후금 병사 수십 명이 나타나 낫으로 보리를 베기 시작했다. 몇몇 기병이 주변을 경계하고 있었다.

김완이 낮게 말했다.

“내가 홀로 들판을 가로질러 달려들겠다.”

“혼자서 말입니까?”

“그래야 놈들이 내게 몰릴 것이다. 그 틈에 너희는 사방에서 포위해 보리를 베는 자들을 치라."

짧은 작전 준비가 끝났다. 김완은 준마에 올라 보리밭 한가운데로 돌진했다. 느닷없는 돌격에 후금 병사들이 당황했다. 그들은 노장이 무모하게 뛰어든 것으로 여겼다.

그러나 착각이었다.

김완의 칼이 번뜩였다. 앞을 가로막은 기병이 말 위에서 고꾸라졌다. 이어 달려들던 자들도 차례로 떨어졌다. 칼은 멈춤이 없었다. 적진 한복판을 꿰뚫고 지나가자, 말 위에 선 채 버티던 병사들이 하나둘 쓰러졌다.

공포가 번졌다. 보리를 베던 군사들이 흩어져 달아났다. 그때 숲에 숨어있던 조선 군사들이 일제히 뛰쳐나왔다. 낫을 든 병사들은 제대로 항거하지 못했다. 들판은 순식간에 제압되었다.

김완은 말을 돌려 천천히 돌아왔다. 주변에는 쓰러진 적들만 남아 있었다.

"수급을 거두고 우다차를 끌고 돌아가라."

"예, 영감."

군사들은 전공을 정리하고, 적들이 베어놓은 청보리가 실린 우마차를 산성으로 옮겼다.

김완의 흰옷은 피로 물들어 있었다.

"다치신 곳은 없으십니까?"

"없네. 옷만 버렸을 뿐이네."

그는 담담히 답하고 말을 몰았다. 이번 기습으로 여러 기의 수급을 거두고, 약탈당하던 보리를 되찾았다. 산성의 궁핍한 식량 사정에 잠시 숨통이 트였다. 그러나 근본적인 식량 부족은 여전히 해결되지 않은 채 남아 있었다.

　용골산성에는 후금 군들의 노략질 소식이 끊임없이 날아들었다. 그들의 손길은, 검은 곰의 발톱처럼, 조선 백성들의 마지막 남은 곡식마저 빼앗고 있었다.

　산성 안에는 불안감이 짙게 드리웠다. 병사들과 백성들의 눈 끝에는 갈수록 그림자가 깊어졌다.

　"저 오랑캐 놈들의 약탈이 갈수록 극심해지는 것은 식량 보급이 끊어진 지 이미 오래되었기 때문일 것이다."

　정봉수는 적의 형세를 꿰뚫었다.

　"아마도 저들은 현지에서 스스로 모든 것을 약탈하여 자급자족하라는 지시를 내렸을 것이다. 그만큼 저들에게 식량 문제는 발등에 떨어진 불과 같이 절박한 문제가 되었다는 증거다."

　용골산성 내부의 심각한 식량 문제도 짚었다.

　"하지만 우리의 현실 또한 저들과 조금도 다르지 않다. 당초 산성 안에는 넉넉한 곡식이 있었다. 하나 장사준이 적장의 환심을 사기 위해 걸핏하면 술과 음식을 아낌없이 마련해 바치는 바람에 우리의 빈약한 곡간은 더욱 일찍 바닥을 드러내고 말았다. 이 문제가 지금 오랑캐들의 노략질보다 훨씬 더 큰 재앙이다. 이 비통함을 어찌 헤쳐 나가야 할지 밤낮으로 고민하고 있지만 방책이 마땅치 않다."

정봉수의 미간에는 잠 못 이룬 밤들의 흔적이 또렷했다. 그러나, 그의 절박한 호소에도 불구하고, 용골산성의 제장들은 입을 다문 채, 아무런 대답도 하지 못했다. 그들의 침묵은, 무거운 돌덩이처럼, 답답한 공기 속에 내려앉아 있었다. 그들 역시 해결책을 찾지 못하고 있었다.

"벌써 우리의 의병들이 기천 명을 훌쩍 넘어섰다. 갈수록 굶주린 백성들이 모여드는데 우리의 식량 창고는 비어만 가니 답답하다. 대체 무슨 기발한 방도가 없겠는가?"

정봉수는, 암담한 심정으로 다시 한번 제장들에게 물었다. 돌아오는 것은 꿀 먹은 벙어리처럼 닫힌 입과 힘없이 떨구어진 고개뿐이었다. 오직 칼날 하나에 목숨을 걸고 싸움터에 나서는 무사들이었다. 당장의 굶주림보다 더 심각한 문제는 없었다. 답답함을 깨고 신중한 목소리가 들려왔다. 정기수였다.

"형님. 모문룡의 독부에 간절히 곡식을 요청하면 혹 조금이나마 도움을 받을 수 있지 않겠소이까?"

정봉수는, 잠시 생각에 잠겼다. 그의 입술이, 가늘게 떨렸다. 모문룡에게 또다시 손을 내미는 것은 자존심 상하는 일이었다. 하지만, 다른 방도가 없음을 깨달았다.

"나 또한 그런 생각을 수도 없이 해 보았네. 내 당장 독부의 모 장군에게 서신을 보내어 도움을 청해 보아야겠네. 이 산성은 천혜의 요새이고 우리의 의병들은 죽음을 두려워하지 않는 결사의 마음으로 뭉쳐 있지만 만약 양곡마저 완전히 바닥을 드러낸다면 이 모든 필사의 저항이 무슨 의미가 있겠는가. 조정에 이 위급한 정황을 알린다 해도 험한 산길이 막혀 한 달 안에 구원받기란 불가능에 가까울 것이네. 다른 현실적인 방도가 없네. 차라리 저 오랑캐 놈들의 수급을 모아 모문룡에게 보내어 군량과 무기라도 얻을 수 있다면 우리의 숨통이 조금이나마 트일 수도 있을 것이네."

그는 마지막 희망을 걸고 있었다.

"그리하시지요. 나리."

제장들은, 그의 마지막 남은 방안에, 동의했다.

정봉수는, 떨리는 손으로 첩문을 정성껏 작성했다. 그리고 짚으로 꽁꽁 싼 오랑캐의 수급 15기를 독부가 있는 신미도로 보냈다. 예상외로 모문룡은 크게 기뻐하며, 수급을 가져온 조선의 장수를 후하게 위로했다. 그리고, 그 15기의 수급에 걸맞은, 약간의 양곡을 인심 쓰듯 내주었다. 그러나, 더 많은 양식을 간절히 구하는 정봉수의 요청에는, 냉정하게 묵묵부답으로 일관했다.

정봉수는, 마지막 희망을 붙잡고 다시 한번 간찰을 모문룡에게 보냈다. 그의 떨리는 붓끝에는, 절박한 심정이 고스란히 녹아있었다.

"선천 곽산 창성 의주 등 북방 국경 지역의 오랑캐들이 더욱 사납게 날뛰며 무고한 우리 백성들을 이전보다 더욱 끔찍하게 살육하고 있사옵니다. 저 오랑캐들을 성 밖으로 나가 공격하려 하니 오히려 불리한 형국에 부닥칠까, 심히 걱정되옵니다. 그렇다고 성벽만을 지키려 하니 쌓아둔 양식이 바닥을 드러낼까, 두렵기에 그지없사옵니다. 바라옵건대 모 도독께서는 부디 저희에게 양식 수백 섬을 너그러이 빌려주시옵소서. 곤경에 처한 저희를 굽어살피시어 이 정의로운 의거의 공을 끝까지 이루게 도와주시옵소서."

정봉수는, 그의 마지막 남은 자존심마저 내려놓고 처절하게 애원했다. 하지만 모문룡은 끝까지 냉담하게 답하지 않았다. 갈수록 줄어드는 양식은, 용골산성에 가장 시급하고 절박한 문제가 되어 있었다.

후금은 더욱더 용골산성을 압박해 왔다. 이제 그들은 산성 남쪽 불과 10리 떨어진 곳으로 영채를 옮겨 언제든지 공격해 올 수 있다는 위협을 노골적으로 드러냈다.

산 아래를 조금만 내려다보면, 그들의 검은 무리가 운집하고 흩어지는 모습이 훤히 보였다. 그것은, 굶주림과 싸우는 용골산성의 백성들에게, 극심한 심리적 압박감을 안겨주는 잔인한 행위였다. 성벽을 지키는 병사들의 마음을 옥죄었다. 자신들이 납치했던 조선 여인을, 조롱하듯 성안으로 보냈다.

"어찌 혼자 이곳까지 오게 되었느냐?"

중군 김종민은, 성 밖에서 불안하게 서성이던 초라한 행색의 여인을 붙잡아 추궁했다.

그녀는, 울먹이는 목소리로 간신히 말을 이었다. 찢어진 옷자락과 피폐한 몰골은 오랑캐들의 만행을 짐작하게 했다.

"너를 보낸 이유는 무엇이냐?"

김종민의 추궁에, 여인은 떨리는 손으로 품속 깊이 감춰두었던 간찰을 꺼냈다. 그것은, 후금 군사들이 굶주림에 지친 용골산성의 백성들에게 보내는 서신이었다. 위협과 조롱이 가득 담겨 있었다. 김종민은 즉시 그 간찰을 정봉수에게 보고했다.

"지금 너희와 우리의 싸움은 오직 우리 병사들만 헛되이 피로하게 만들 뿐이다. 또한 너희 군사들은 결국 모조리 죽음을 맞이하게 될 것이다. 이미 안주 서쪽의 넓은 토지와 수많은 백성들은 우리의 휘하에 완전히 귀속되었다. 너희가 지키고 있는 용천은 안주의 바로 서쪽에 있으니 당연히 우리의 영토가 아니겠는가. 너희는 고집을 버리고 현명하게 잘 생각해 보아라. 우리의 막강한 군사들이 어찌 너희 보잘것없는 용천 한 고을을 격파하지 못하겠는가. 만일 지금이라도 순순히 항복한다면 그것은 우리에게 좋을 뿐만 아니라 너희에게도 큰 공이 될 것이다. 하지만 우리의 대군이 머지않아 이곳에 이르게 된다면 너희는 그저 덧없이 죽어갈 것이다. 그 점을 부디 깊이 명심하도록 하라."

정봉수는, 협박적인 간찰을 읽어 내려가는 동안, 겉으로 크게 신경 쓰지 않는 듯, 덤덤한 표정을 유지했다.

지금 그에게 가장 절박한 문제는 극심한 식량 부족이었다. 온 성안의 굶주린 백성들은, 메마른 땅이 단비를 기다리듯, 간절하게 양식이 도착하기만을 애타게 기다리고 있었다. 날마다 굶주림에 신음하는 이들이 늘어가는 현실이었다. 어떻게든 이 비참한 형세를 타개할 방법을 찾아야만 했다.

그는, 다시 한번 목숨을 걸고 싸워 획득한 오랑캐들의 수급과, 그들의 투구를 모아, 모문룡이 머무는 독부로 보냈다. 서신에는, 양식을 빌려달라는 애끓는 호소가 절절하게 담겨 있었다. 그의 자존심은 산산이 부서진 지 오래였다. 굶주린 백성들을 구할 다른 방도는, 더 이상 남아 있지 않았다.

"더럽고 잔악한 오랑캐들이 창궐하여 무고한 백성들을 무참히 살육하니 갈 곳 없는 가엾은 백성들이 이 외로운 성에 마지막 희망을 걸고 모여들었습니다. 한없이 부족한 양식으로 수많은 굶주린 입들을 근근이 먹여 살리고 있사옵니다. 성을 지키는 병사들은 모두 홀몸이 아니어서 위로는 늙으신 부모님을 모시고 있고 아래로는 어린 처자식을 거느리고 있사옵니다. 병사 단 한 사람이 받는 얼마 되지 않는 박봉으로 7, 8명의 가족의 굶주린 배를 채워야 하니 그 울부짖는 소리가 날마다 더욱 급박해지고 있사옵니다. 아침저녁으로 풀뿌리와 나무껍질로 겨우 목숨만을 부지하고 있사옵니다. 이는 모영선 장군께서도 분명히 두 눈으로 목격하신 바 이옵니다. 저희의 운명이 오직 모문룡 도독의 너그러우신 손길에 달려 있사오니 부디 이 가엾은 백성들을 널리 구원해 주시옵소서."

마침내, 며칠 밤낮을 애타게 기다리던 모문룡의 답서가 용골산성에 도착했다.

정봉수는 떨리는 손으로 서신을 펼쳤다. 그러나, 냉혹한 현실을 외면한 채 공허한 찬사만을 늘어놓았다. 화려한 수사 속에 기만적인 속셈이 고스란히 드러나 있었다.

"정봉수는 그 충성스러운 마음이 해를 뚫고 장대한 기상이 하늘까지 뻗쳐 힘껏 오랑캐들을 섬멸하였다. 게다가 정의로운 의기로 삼군을 감동시키고 고무시켰으니 응당 그의 뛰어난 공을 높이 기리어 특별한 우대를 베풀어야 할 것이다."

겉으로는 극진한 찬사를 늘어놓았다. 모문룡은 정작 굶주림에 신음하는 용골산성을 구휼할 마음은 털끝만큼도 없었다. 도리어, 자신의 심복 부장인 모영선을 은밀히 보냈다.

용골산성의 절박한 실정을 낱낱이 염탐하게 했다. 그의 얄팍한 술수가 정봉수의 눈에는 훤히 보였다. 그럼에도 불구하고, 벼랑 끝에 몰린 정봉수에게는, 독부어 매달리는 것 외에는 다른 선택지가 남아 있지 않았다.

엎친 데 덮친 격으로 때아닌 불청객들이 산성을 덮쳤다. 그들은 몽골군이었다. 하나같이 우람한 체구에 기골이 장대했다. 툭 튀어나온 광대뼈와 매섭게 찢어진 눈이 초원의 맹수처럼 번뜩였다. 넓게 벌어진 어깨와 굵은 팔뚝은 그들이 광활한 초원을 말을 타고 누비며 싸워 온 전사들이라는 사실을 말해주고 있었다.

그들의 침략은 이번기 두 번째였다. 첫 번째 공격 때에도 후금 아민의 명을 받고 산성을 공격했다. 하지만 하루 낮도 버티지 못하고 허둥지둥 물러났다. 그러나 그들은 패배를 잊지 않았다. 이번에는 지난 패배에 대한 분노와 복수를 품고 다시 돌아왔다.

산 아래에는 몽골군의 함성이 거칠게 울려 퍼졌다. 말들이 발굽으로 땅을 차며 먼지를 일으켰다. 전사들은 성벽을 향해 파도처럼 밀려들었다.

성 위에서 그 광경을 내려다보던 정봉수의 눈빛은 차갑게 가라앉아 있었다.

“모두 침착하게 대응하라.”

그의 목소리는 크지 않았지만 단단했다.

“저들은 초원의 전사다. 말을 달리는 평야에서는 무서운 적이지만 이 험한 산성에서는 어린아이와 다르지 않다. 진형을 흐트리지 말고 각자의 자리를 지켜라.”

명령이 떨어지자 성 위의 병사들이 일제히 움직였다. 궁수들은 활시위를 당겼고 장창을 든 병사들은 성벽 아래를 노려보았다.

잠시 뒤 몽골군이 성 아래까지 밀려들었다.

적장으로 보이는 자가 뒤에서 고함을 질렀고 곧이어 함성이 들렸다.

“우라아!”

괴성과 함께 몽골 전사들이 성벽을 기어오르기 시작했다. 특별한 전술도 보이지 않았다. 막무가내였다. 어떤 자들은 바위틈을 붙잡고 짐승처럼 기어올랐다. 어떤 자들은 서로의 어깨를 밟고 성 위로 몸을 던졌다. 각기 자신의 힘을 믿고 돌진하는 형세였다.

“지금이다!”

정봉수의 외침과 동시에 하늘이 어두워졌다.

‘슉- 슈슉!’

화살이 비처럼 쏟아졌다. 성벽 아래에서 몽골군들이 하나둘 쓰러졌다. 어떤 자는 목에 화살이 꽂힌 채 비명을 지르며 굴러떨어졌다. 어떤 자는 성벽을 반쯤 오르다 그대로 아래로 곤두박질쳤다. 눈알에 화살을 맞은 자는 놀란 들소처럼 뛰어다녔다. 성 아래 사체들이 즐비하게 깔렸다. 숙련된 산성의 궁수들이었다. 예리한 화살이 몽골군의 가슴을 깊이 파고들었다.

한차례 격심한 전투가 지나갔다. 그러나 몽골군은 물러서지 않았다.

거구의 전사 하나가 바위를 움켜쥐고 성벽을 단숨에 기어올랐다. 팔이 허벅지만큼 굵은 사내였다. 산성을 잡은 손이 작은 솥뚜껑만 했다. 마침내 그의 머리가 성벽 위로 불쑥 솟았다. 부리부리한 눈과 튀어나온 광대뼈 큰 두상이 괴물처럼 보였다.

여린 의병이 두려움에 한 발 뒤로 물러섰다.

그 순간 정봉수가 몸을 날렸다. 그는 장검을 빼 들고 단숨에 적의 목을 날렸다.

칼이 번개처럼 번뜩였다. 몽골 전사의 굵은 목이 잘려 나갔다. 거대한 몸이 피를 토하며 성 아래로 떨어져 둔탁한 소리를 냈다.

"더 올라오게 두지 마라!"

정봉수는 피 묻은 칼을 들어 올렸다. 그의 목소리에 의병들의 기세가 다시 살아났다.

몽골군 몇 명이 밧줄을 던져 성벽에 걸었다. 전사들이 밧줄을 붙잡고 기어오르기 시작했다.

정봉수는 그 모습을 놓치지 않았다.

"밧줄을 끊어라!"

칼이 번쩍이며 내려갔다. 밧줄이 끊어졌다.

밧줄에 매달려 있던 몽골군들이 한꺼번에 아래로 떨어졌다. 땅에 부딪힌 몸들이 뒤엉키며 처참한 비명을 질렀다. 틈을 주지 않고 화살이 어김없이 날아갔다.

그러나 그때였다.

몽골 장수 하나가 돌처럼 튀어 올랐다. 그는 다른 전사들의 어깨를 밟고 성벽 위로 몸을 던졌다. 거대한 도끼가 번쩍이며 정봉수를 향해 떨어졌다.

"죽어라!"

도끼가 바람을 가르며 내려왔다. 시퍼런 칼날이 살아있었다.

정봉수의 몸이 번개처럼 옆으로 비켜섰다. 눈빛이 교차했다.

“콰앙!”

도끼가 성벽 돌을 찍었다. 섬광이 번쩍였다. 다음 정봉수의 칼이 허공을 가르며 돌아갔다. 예리한 칼날이 허공을 자르며 빛을 발했다.

번쩍-

몽골 장수의 목에 붉은 선이 그어졌다. 잠시 뒤 머리가 천천히 몸에서 미끄러져 떨어졌다. 성벽 위가 순간 조용해졌다.

다음 순간 조선 의병들의 함성이 터져 나왔다.

“대장님이다!”

정봉수는 숨을 고르며 성 아래를 내려다보았다. 몽골군의 사기가 눈에 띄게 꺾이고 있었다.

그는 곧장 외쳤다.

“지금이다! 화살을 퍼부어라!”

다시 화살이 비처럼 쏟아졌다.

몽골군은 더 이상 버티지 못했다. 절반이 넘는 병력이 쓰러졌고 살아남은 자들은 부상자를 부축하며 허둥지둥 퇴각하기 시작했다.

산 아래에는 몽골군의 시체가 겹겹이 쌓였다. 전장은 서서히 고요해졌다.

정봉수는 피 묻은 칼을 천천히 거두며 성벽 위에 섰다.

멀리 달아나는 몽골군의 등을 바라보며 그는 낮게 말했다.

“여기는 초원이 아니다. 여기는… 용골산성이다.”

성 위에서는 승리의 함성이 다시 한번 울려 퍼졌다.

몽골군의 2차 침공은 그렇게 막을 내렸다.

용천에 내려가 은밀하게 정탐 활동을 벌였던 백성이 용골산성으로 돌아왔다. 그는, 서해란 이름을 가지고 있는 철산사람이었다. 정봉수와는 같은 고향이었다. 그에 대해 비교적 잘 알고 있었다.

그는 머리를 변발로 깎고, 후금 상인의 허름한 복장을 하고 있었다.

이괄의 난 직후에 후금으로 넘어가, 재빠르게 후금 말을 배워 돌아온 인물이었다.

정봉수는 그를 완전히 신뢰하지는 않았다. 그러나 그가 가져다주는 정보는 때때로 매우 유용했다. 어찌 보면, 그는 용골산성의 귀중한 정보를 은밀하게 후금 측에 흘리는 이중간첩과 같은 위험한 역할을 하고 있었는지도 모른다. 그러나 지금 정봉수에게는 그의 정보가 절실했다.

"영산 나리. 제가 놀라운 소식을 접했사옵니다. 저 오랑캐들이 마침내 북쪽으로 철수하기로 결정했다고 하옵니다."

"무어라?"

정봉수는, 믿을 수 없다는 듯 눈을 크게 뜨며 되물었다.

"예. 저들이 조선 조정과 맹약을 맺고 형제의 나라가 되었다고 스스로 떠벌리고 다니며, 소기의 목적을 달성했으므로 마침내 철수하기로 최종 결정을 내렸다고 하옵니다."

"오랑캐들이 모두 철수하기로 했다는 말이더냐?"

"그것은 아닌 듯하옵니다. 많은 병력을 철수시키고 일부 잔여 병력만을 이곳에 남겨둔다고 하옵니다."

서해의 말에 정봉수의 기대는 다시금 실망으로 바뀌었다. 그의 미간이 살짝 찌푸려졌다.

"오랑캐들이 갑자기 철수를 결정한 까닭은 무엇인가?"

"첫째 이유는 조만간 여름 우기가 닥쳐오면 압록강을 건너기가 매우 어려워질 것이라는 현실적인 판단 때문이라고 하옵니다. 압록강에 거센 물이 불어나면 대규모 군대가 안전하게 강을 건너는 것은 극히 어려운 일이 될 것이옵니다."

서해는 침착하게 첫 번째 이유를 설명했다.

"또 다른 이유도 있는가?"

정봉수는 그의 말을 놓칠세라 눈을 보며 물었다.

“둘째 이유는 용골산성의 의병들이 만약 자신들의 후미를 기습한다면 막대한 병력 손실이 불가피할 거로 보기 때문이라 하옵니다.”

“흥미로운 이유로군.”

정봉수는, 그의 말을 곱씹었다.

“저들은 지난번 전투에서 입은 손실이 너무나 막대하다고 판단했다 하옵니다. 용골산성의 전략적인 가치에 비해 자신들이 당한 희생이 너무나 크다고 여기는 것이지요. 게다가 산성에서 출몰하는 의병들의 기습을 방치할 수도 없고, 그렇다고 제대로 싸우자니 만만치 않고, 결국 병력을 철수시키는 것이 현명하다고 결론을 내렸다는 이야기를 들었사옵니다.”

“그럴 테지. 저들이 험한 용골산성을 탐낸들 무슨 큰 득이 있겠나. 그저 자신들의 자존심 하나 때문에 어리석은 고집을 부렸을 뿐이지.”

정봉수는, 냉소적인 미소를 지으며 덧붙였다.

“게다가 결정적인 이유는 그 총대장 아민이 본국으로부터 심대한 어려움을 맞게 되었다는 소문이었사옵니다.”

서해의 말에 정봉수의 눈빛이 번뜩였다. 그는 이 대목에서 가장 중요한 정보가 나올 것임을 직감했다.

“그게 무슨 말인가?”

“조선 침공에 앞장섰던 3만 대군 가운데 그 절반 정도가 용골산성에서 궤멸당했다는 끔찍한 보고가 후금의 황제에게 올라갔다 하옵니다. 때문에 그의 입지가 매우 좁아졌다는 이야기입니다. 심지어 황제가 크게 노했다는 소문까지 은밀하게 흘러나오고 있사옵니다.”

정봉수는, 그의 보고를 묵묵히 들으며 고개를 끄덕였다. 아민의 몰락은 정봉수에게는 희소식이었지만, 동시에 후금의 다음 움직임이 어떠할지 고민스러웠다. 그 후에도, 후금 군사들의 철수에 관한 보고는 잇따라 용골산성에 들어왔다.

꼬리에 꼬리를 물고, 뱀처럼 끝없이 이어지는 후금 군대의 행렬이, 압록강을 건너 북쪽으로 사라지고 있다는 내용이었다.

염탐꾼들이 전해오는 유사한 보고는 계속되었다. 심지어, 풍문에는 후금이 머지않아 명나라를 공격하기 위해, 조선의 군사를 징발하여 앞세울 것이라는 소문까지 나돌았다. 그런데, 며칠 후, 북쪽에서 필사적으로 도망쳐 온 자들이 입을 모아, 소식을 전해왔다.

반죽음이 된 적들은 절반 이상이 심각한 부상자들이었다고 했다. 그들은 조선의 포로들에게 의지한 채, 간신히 발걸음을 옮기며 압록강을 건넜다고 했다. 한데 그들이 끌고 가는 것은, 약탈한 소와 말뿐만이 아니었다. 수많은 조선의 아녀자들과 젊은 남정네들을 굴비처럼 엮어, 끌고 갔다는 것이었다. 비탄에 젖은 울음소리가, 텅 빈 하늘을 가득 메웠다고 전했다.

"후미를 지키는 오랑캐 기병들이 아직도 능한과 청강 그리고 거련 등 요충지에 버티고 있사옵니다. 그들은 수십 기씩 떼를 지어 몰려다니며 무고한 우리 백성들을 잔인하게 살육하고 약탈을 일삼고 있사옵니다."

정봉수는, 당장에라도 칼을 뽑아 들고, 악랄한 오랑캐들을 모조리 도륙하고 싶었다. 하지만, 현실은 그의 마음처럼 움직여주지 않았다. 분노를 억누르고 냉정하게 정황을 더 지켜볼 수밖에 없었다.

하지만, 그보다 더욱 심각한 일은, 용골산성의 마지막 희망이었던 곡간 창고마저 완전히 바닥을 드러냈다는 점이었다. 험한 산성을 지키는 의병들에게는, 늙은 부모와 어린 처자들이 있었다. 얼마 되지 않는 곡식으로는, 겨우 열흘을 버티는 것도 버거웠다. 게다가, 굶주림에 신음하는 일반 백성들에게 나누어줄 곡식은, 더욱 턱없이 부족했다. 목숨을 걸고 싸우는 의병들을 우선 우대하는 것은, 어쩔 수 없는 조치였다.

극심한 배고픔에 지친 사졸들은 스스로 성을 나섰다. 그들은, 더 이상 정봉수에게 짐이 될 수 없다는 생각이었다. 아무에게도 알리지 않고 몰래 야음을 틈타 산성을 내려갔다. 발걸음에는 굶주림과 비통함이 무겁게 드리워져 있었다. 희미한 달빛 아래, 그들의 그림자는 쓸쓸하게 늘어졌다.

정봉수는, 조정에 여러 차례 간절하게 지원을 요청했다. 그의 치계에는 백성들을 살리고자 하는 애끓는 심정이 고스란히 녹아있었다. 하지만 조정에서는 야속하게도 아무런 응답이 오지 않았다. 이제 더 이상, 조정으로부터의 구원을 기대하는 것은 의미 없는 일이 되어 버렸다.

모문룡이 웅거하고 있던 신미도의 독부에도, 여러 차례 사람을 보내어 간절하게 도움을 요청했다. 그곳 역시 싸늘한 시선으로 일관할 뿐, 아무런 답이 없기는 마찬가지였다. 정봉수는 마지막 기댈 곳마저 사라진 현실에 낙담했다. 용골산성은 이제 완전히 고립된 채, 굶주림이라는 보이지 않는 적과 싸워야만 했다.

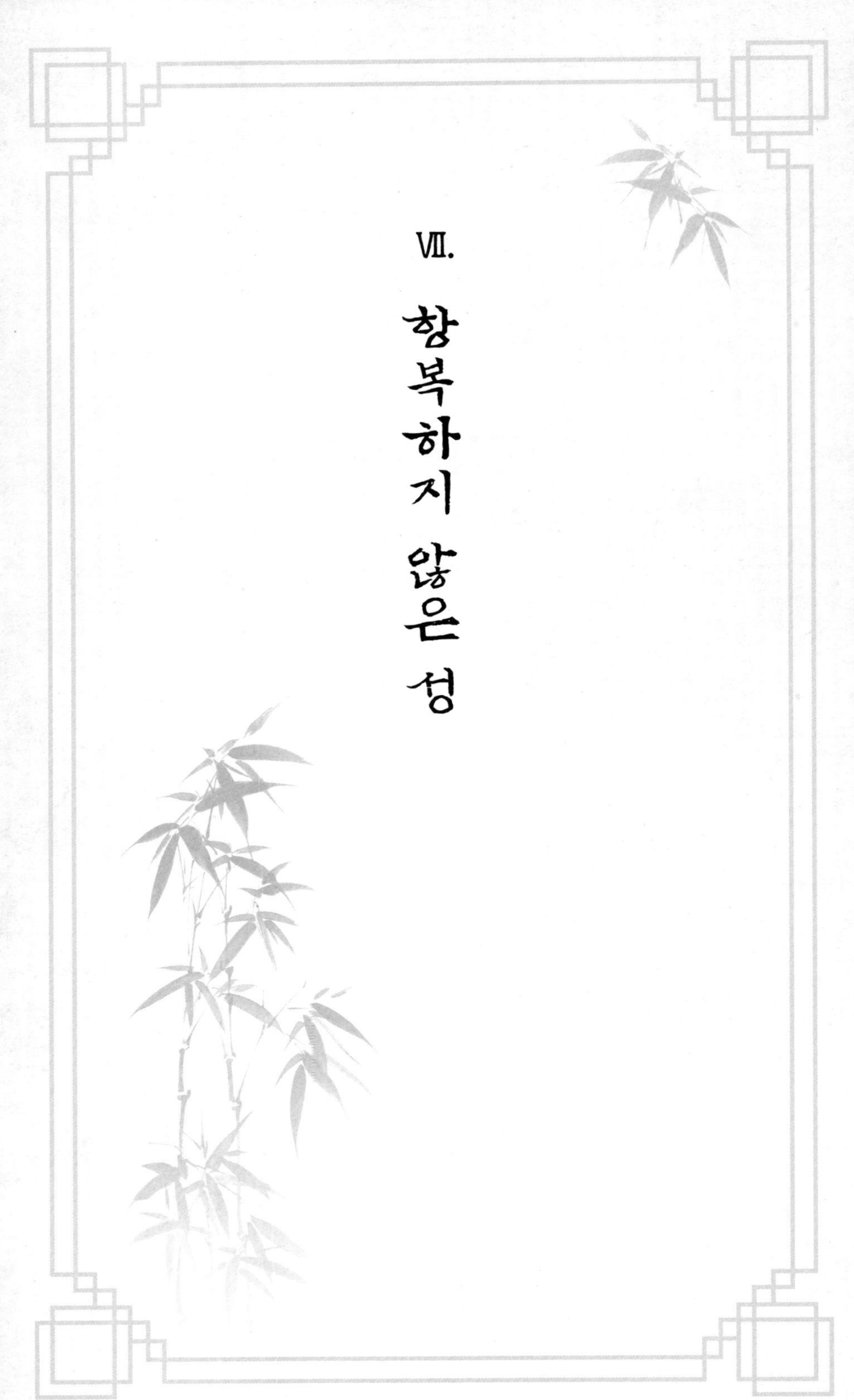

VII. 항복하지 않은 성

35. 타들어가는 밤

　인조의 속마음도 타들어 가는 것은 마찬가지였다. 그는 용골산성의 백성들이 굶주림에 신음하고 있다는 소식을 듣고, 안타까움에 밤잠을 이루지 못했다. 그의 용안에는 수심이 가득했다. 깊어진 눈가의 주름은 그의 고뇌를 말해주고 있었다.

　그는 조정의 대신들을 닦달하며, 서둘러 용골산성에 양곡을 운반하라고 채근했다. 군량을 지원하는 관향사들을 밤낮으로 들볶았다. 그들은, 당장의 어명에 겉으로는 즉시 따르겠다고 굽신거렸다. 속내를 들여다보면, 정작 보낼 양식은 단 한 톨도 남아 있지 않았다.

　조선 천지가, 춘궁기인 보릿고개였다. 경향 각지를 막론하고, 때를 찾아 배불리 먹는 이가 드물었다. 하물며, 끔찍한 전란 통에 모든 것이 파괴된 마당이었다. 용골산성에 양곡을 보내라고 아무리 채근한들, 그들에게 돌아오는 것은 텅 빈 메아리와 같은 대답뿐이었다. 그것은, 체찰사나 부원수라고 해서 다를 바가 없었다. 그들이라고, 하늘에서 곡식을 뚝 떨어뜨리는 용빼는 재주가 있는 것도 아니었다. 끔찍한 전란으로 인해 농사는 완전히 망친 상태였다. 보리라고 제대로 수확할 리 만무했다. 곡간은 이미 텅 비어 있었다. 아무리 왕의 엄중한 어명이라 할지라도, 그들은 도저히 따를 수가 없었다. 왕의 간절한 마음은 현실의 장벽에 부딮혀 산산이 부서지고 있었다.

정봉수는, 어두운 고뇌 끝에 진충루에 제장들을 불러 모았다.

장마기로 접어든 날씨에, 매일 억수 같은 소낙비가 쉴 새 없이 쏟아졌다. 하늘은 칠흑처럼 캄캄했다. 산은 어둠 속에 깊이 잠겨 있었다. 두텁게 물을 머금은 축축한 흙은, 발을 디딜 때마다 질척거리며 미끄러졌다. 곳곳이 무너져 내려앉았다. 깊은 계곡마다 흙탕물이 거센 도랑을 이루며 흘러내리고 있었다. 이러한 절망적인 실정에, 제장들의 얼굴은 짙은 침울함만이 무겁게 드리워져 있었다. 식량마저 완전히 바닥을 드러낸 형국에서, 더 이상 성을 지킨다는 것은, 불가능에 가까운 일이 되어 버렸다. 그들은, 이 끔찍한 현실을 어떻게든 돌파해야 할지 무거운 논의를 시작했다.

정봉수는, 한숨을 길게 내쉬며, 혼잣말처럼 나지막이 중얼거렸다. 기구한 운명에 대한 탄식과 함께, 끝없이 이어지는 참담함이 짙게 배어 나왔다.

"살다 보니 운명이 기구하여 산을 넘고 강을 건넜노라.

참으로 아득하게 먼 곳까지 왔으니 돌아갈 길이 막연하다.

이제 먹이고 재우며 긴 길 가야 하건만, 노자가 없구나."

제장들 또한, 정봉수의 독백에 두터운 한숨을 길게 몰아쉬었다.

"영산 나리. 정충신 브원수께서 간찰을 보내왔사옵니다. 하지만 그 내용이 너무나 참담하여 차마 입 밖으로 꺼내어 말씀드리기가 어렵사옵니다."

중군 김종민이, 침울한 표정으로 제장들을 나릿나릿 둘러보며 말했다.

"양식 문제는 이제 우리 산성만의 문제가 아닌 듯하옵니다. 부원수께서는 서부 지역의 군향[82]마저 완전히 바닥을 드러냈다고 전해 왔사옵

---

82) 군향: 군대의 양식

니다.”

“군향이 바닥을 드러내다니. 대체 이를 어찌해야 할지…”

김완 목사가, 놀란 눈으로 되물었다. 그의 목소리는, 한없는 좌절감으로 떨리고 있었다.

“그러니 말이네. 이 나라의 군사들을 먹여 살릴 곡간마저 완전히 비었다니 대체 무슨 말을 더 하겠는가. 주상께서는 용골산성에 곡식을 보내시려고 그토록 애타게 성화를 부리시는 모양이나, 정작 보낼 양곡이 단 한 톨도 남아 있지 않으니 답답할 노릇이지. 체찰사나 부원수께서도 이 참담한 심정을 그대로 적어 보내셨으니 이제 더 이상 무엇을 기대하겠는가.”

정봉수의 한숨에 체념이 짙게 배어 있었다.

“그리되면 대체 어찌하란 말이옵니까?”

정기수가 떨리는 목소리로 물었다.

“부원수께서는 이제 용골산성의 병사들도 의당 산성을 내려와 각자 살길을 찾아 흩어져야 하지 않겠느냐고 말했네.”

정봉수의 말에 회의장은 싸늘하게 식었다.

“누가 말이옵니까? 부원수 정충신 장군께서 그리 말씀하셨단 말이옵니까?”

누군가가 힘없이 되물었다.

정충신은 용골산성의 든든한 지원군이자 정신적 지주와 같았기에, 그의 입에서 그런 말이 나왔다는 것은 충격 그 자체였다.

“그러네.”

모두, 무거운 허탈감에 휩싸여 길게 한숨을 내쉬었다. 상부에서 더 이상 그들에게 내려줄 곡식이 없으니, 이제 각자 알아서 살길을 찾아야 한다는 얘기였다. 냉혹한 현실 앞에서, 제장들은 힘없이 어깨를 늘어뜨렸다.

조정의 대신들은, 후금 군사들이 이미 북방으로 물러났으니, 더 이상 산성을 굳건히 지킬 필요가 없다는 냉정한 뜻을 고수하고 있었다. 적들이 물러난 마당에, 굶주림에 지친 채 산성에 웅거하고 있는 의병들을 위해 양식을 보내는 것 또한, 그들에게는 탐탁지 않은 일이었다.

용골산성의 병사들은 이제 홀로 버려졌다는 비참한 현실을 직시해야만 했다.

"우리 또한 더 이상 이 굶주림을 견뎌내기가 어렵사옵니다. 필사적으로 나름의 생존 방책을 찾아야만 하옵니다."

제장들이 입을 모았다. 절박함이 엉겨있었다.

정봉수는, 간신히 말을 뱉어냈다.

"그리 생각하네. 이 절망적인 판국을 언제까지 그저 넋 놓고 버틸 수만은 없지 않겠는가? 조선 팔도 모든 창고가 텅 비었는데 어찌 이 험한 산성의 창고를 기적처럼 채울 수 있겠는가. 필사적으로 우리 스스로 살아남을 나름의 방책을 찾아보세."

정봉수는, 텁텁한 한숨과 함께 두 눈을 지그시 감았다. 그의 텅 빈 머릿속에는, 그 어떤 뾰족한 대안도 떠오르지 않았다. 그렇다고, 오랑캐들처럼 무고한 백성들을 약탈하며 연명할 수도 없는 노릇이었다. 그들은, 묽은 풀죽을 끓여 겨우 허기를 달랬다. 산에서 뜯어온 나물을 볶아 억지로 굶주린 배를 채우며 하루하루를 간신히 버텨나갔다. 텅 빈 속을, 헛된 희망과 굳은 의지로 채워나갈 뿐이었다. 그러던 좌적의 순간에 기적처럼 용골산성을 찾아온 귀인들이 있었다.

"평양에서 온 토포장 이효신 나리와 인산 첨사 이덕보 나리라는 분들이 상당한 병력을 이끌고 산성으로 다가오고 있사옵니다. 게다가 끌고 오는 마소의 숫자도 제법 많아 보이옵니다."

성문을 지키던 군병이, 숨 가쁘게 진충루로 달려와 떨리는 목소리로 보고했다. 토포장과 인산첨사. 듣기에도 생소한 낮선 관직이었다.

“토포장이라 하였느냐? 어찌 그리 많은 마소를 이끌고 온단 말이냐.”

정봉수는, 믿기지 않는 듯 눈을 크게 뜨며 되물었다. 그의 입술이 놀라움으로 가늘게 떨렸다.

토포장은 전란 속에서 도망친 군사들을 무력으로 붙잡아 다시 돌려보내는 임무를 맡은 부대의 우두머리였다. 그리고 첨사는, 조선 수군의 한 부서에 소속된 하급 무관이었다.

정봉수는, 한 가닥 희망을 붙잡는 심정으로 서둘러 성문으로 달려 나갔다. 그곳에는, 두 명의 낯선 장수와 제법 많은 수의 군병이 운집해 있었다. 튼튼한 마소들이, 짐을 가득 실은 달구지를 끌고 그들을 기다리고 있었다.

“용골산성의 의병장 정봉수라 하오.”

정봉수는, 두 낯선 장수에게 정중하게 허리를 굽혀 깊은 인사를 올렸다. 그의 뒤를 따라, 부장들 또한 놀라움과 기대감이 뒤섞인 표정으로 그들을 맞이했다.

“소신은 평양에서 체찰사 대감의 엄명을 받자와 달려온 토포장 이효신이라고 하오며 여기 함께 온 이는 인산첨사 이덕보이옵니다.”

이효신은, 정봉수에게 공손하게 예를 갖추며 겸손한 어조로 말했다.

“그 머나먼 길을 어찌 돌아 이곳까지 오셨소이까. 부디 안으로 드셔서 따뜻한 차라도 나누며 자세한 이야기를 하시지요.”

정봉수는, 낯선 귀인들을 진심으로 환대하며 정중하게 맞이했다. 부장들이, 그들을 앞장서서 안내했다. 그들의 뒤를 따라, 많은 수의 군병이 짐을 가득 실은 마소의 달구지를 끌고 성안으로 서서히 들어왔다. 그 달구지의 숫자는, 예상보다 훨씬 많았다. 정봉수는, 그들을 먼저 진충루로 안내했다.

“참으로 대단하시옵니다. 이 깊고 험한 산중에서 오랑캐들을 맞아 싸우고 계시다니 감읍하지 않을 이가 어찌 있겠소이까. 이 모든 놀라운 승리는 오직 정 부사님의 탁월하신 지도력 덕분이십니다."

이효신은, 정봉수에게 깊은 존경심을 담아 정중하게 말했다. 정봉수
는, 겸손한 표정으로 손사래를 치며 답했다.

"당치도 않으신 과찬의 말씀이외다. 이 모든 공은 오직 우리 백성들에
게 있소이다. 뜨거운 열정과 온 힘을 다해 저 오랑캐들을 막아내고 있기
때문이지요. 소신이 무슨 특별한 능력이 있다고 저 적들을 홀로 막아낼
수 있었겠소이까."

이효신은, 다시 정중한 표정으로 입을 열었다.

"오늘 소신이 용골성을 방문하게 된 것은 실로 조정의 매우 특별한
어명 때문이옵니다. 전하께서 용골산성의 놀라운 승전 소식에 깊이 감
동하시어, 서둘러 가장 빠른 배를 이용하여 양식과 탄약을 전하라 명하
시어 이 먼 길을 달려왔사옵니다."

"성은이 망극하옵니다!"

정봉수는, 감격에 겨운 모습으로 조정이 있는 남쪽 하늘을 향해, 꿇어
앉아 큰절을 올렸다. 부장들 또한, 감사의 눈물을 글썽이며 그의 뒤를
따랐다.

"이 보잘것없는 작은 성을 지킨다고 전하께서 이토록 양식과 탄약을
특별히 하사하셨다는 말씀을 들으니 몸 둘 바를 모르겠소이다."

정봉수는, 연신 허리를 깊이 굽히며 감사의 뜻을 표했다. 그의 겸손한
태도는, 오히려 보는 이들의 마음을 더욱 뭉클하게 만들었다.

"평양에서 워낙 먼 길을 달려오느라 많은 양을 싣고 오지는 못하였사
옵니다. 쌀 1백 석과 화약 1백 근 그리고 연환 1천 발이옵니다. 사방에
오랑캐들이 득실거려 배로 대동강을 따라 내려온 다음 남포를 돌아 험
한 해상으로 왔사옵니다. 서해안을 따라 철산에서 겨우 배를 대고 그곳
에서 우마를 구해 싣고 왔으니 참으로 험하고 어려운 길을 왔사옵니다.
부디 부족하더라도 너그러이 이해하여 주십시오."

"쌀 1되, 화약 1근, 연환 단 1발이라도 전하께서 친히 하사하신 귀한 물건이라면 저희에게는 더없는 영광이옵니다. 무슨 말씀을 그리하시오니까."

정봉수는, 감격에 겨운 떨리는 목소리로 답했다. 그의 진심 어린 감사는, 낯선 귀인들의 마음을 따뜻하게 녹였다.

"그리고 더욱 중요한 일이 남았소이다."

이효신이 진지한 표정으로 말했다.

"더 중요한 일이라니요?"

"정 대장을 용천부사에 특별히 제수하신다는 교지[83]를 친히 전해드리기 위해 이리 먼 길을 달려왔사옵니다."

정봉수는, 감격에 북받쳐 숨을 크게 들이쉬고, 예를 갖추어 허리를 깊이 굽혀 떨리는 두 손으로 왕의 교지를 받았다. 그는, 신중하게 교지를 받들어 놓고, 남쪽을 향해, 감사의 마음을 담아 4번 절을 올렸다. 눈가에 뜨거운 눈물이 맺혔다. 용골산성에는 오랜만에 희망의 빛이 드리웠다.

이효신은, 감격에 젖은 정봉수에게, 다른 장수들에 대해서도 그들의 혁혁한 공적을 상세히 기록하여 조정에 보고하면, 그 공에 걸맞은 훌륭한 관직과 푸짐한 포상을 내리겠다는 왕의 따뜻한 어명을 덧붙여 전했다. 오랜만에 정봉수의 입가에 미소가 번졌다.

마침내, 굶주림에 지쳐 앙상하게 메마른 용골산성에, 조정에서 쌀과 화약이 도착했다는 감격스러운 소식이, 메마른 대지에 단비가 내리듯 온 성안에 퍼져나갔다. 며칠 동안 굶주림과 허탈감에 짓눌려 있던 산성은, 기적처럼 잔치 분위기로 활짝 피어났다. 백성들의 굳게 닫혔던 입가에는, 비로소 환희와 감격이 뒤섞인 벅찬 미소가 번져나갔다.

---

83) 교지: 조선시대 4품 이상의 관리에게 내리는 왕의 명령장.

"전하께서 드디어 우리 용골산성에 쌀을 보내주셨다네. 정말 꿈만 같은 일이로고!"

"그려? 정말 대단하구려. 우리가 이 산성을 지킨 것이 그만큼 나라에 큰 공을 세운 모양이구려."

"그럼. 당연하지. 전하께서 친히 하사품을 내려주셨으니 그 은혜가 얼마나 깊고 크겠는가!"

"성은이 충만하게 담긴 귀한 쌀 한 톨은 저잣거리의 값싼 쌀 백 가마니보다 훨씬 더 귀하고 소중한 것이 아니겠는가!"

"그럼. 그렇다마다. 전하께서 우리 산성에 쌀을 보내주시다니, 참으로 감사하고 감격스러운 일이구려."

"이제 드디어 살았네. 살았어. 이 끔찍한 굶주림에서 벗어날 수 있게 되었어!"

남정네들과 아녀자들이 옹기종기 모이는 곳마다, 왕이 하사한 쌀, '하사미'[84] 이야기로 꽃을 피웠다. 굳게 닫혔던 마음의 문은, 따뜻한 온기로 서서히 녹아내렸다. 굶주림 속에서 오랜만에 터져 나온 웃음소리가 성안에 울려 퍼졌다.

정봉수는, 양식을 싣고 먼 길을 달려온 토포장 이효신을 극진히 대접했다. 그의 헌신적인 느고에 뜨거운 감사를 표하며, 따뜻하게 돌려보냈다. 정봉수의 눈가에도 잠시나마 평화로운 기색이 엿보였다.

인산첨사 이덕보는, 돌아갈 배편 사정으로 당분간 용골산성에 더 머물다 가겠다는 뜻을 밝혔다. 그는, 산성의 방어 태세와 굶주림 속에서도 꺾이지 않는 의병들의 용맹함에 깊은 감명을 받은 듯했다.

그러나 용골산성은 의병들의 숫자가 워낙 많아, 1백 석의 쌀로는 10일을 버티기도 어려웠다. 산성을 지키기 위해서는, 적어도 하루에 10가

---

84) 하사미: 왕이 백성이나 관리에게 내린 쌀.

마의 양곡이 절실히 필요했다. 의병들은, 먹는 양을 줄이고 또 줄였지만, 더는 견디기 힘든 지경이었다. 산성의 백성들이 늘 배를 움켜쥐고 신음하는 것도, 바로 이러한 이유 때문이었다. 왕의 은혜로운 하사품에도 불구하고, 얼마 지나지 않아 용골산성의 굶주림은 여전히 현재 진행형이었다.

끝없이 이어지는 지루한 장마였다. 하늘에 거대한 구멍이라도 뚫린 듯 쉴 새 없이 물줄기를 쏟아붓고 있었다. 산성으로 오르는 좁은 길은, 불어난 계곡물에 흔적도 없이 떠내려가 버렸다. 아랫마을과 간신히 이어지던 소통마저 끊겨 버린 산성이었다.

굶주림과 고립감에 지친 백성들은, 끝없이 쏟아지는 빗줄기가 야속했다. 뚫어진 하늘만 망연자실하게 올려다보며 어둑한 한숨을 내쉬고 있었다. 축축하고 어두컴컴한 움집에 몸을 잔뜩 웅크린 채, 하늘만을 원망할 뿐이었다.

급기야, 강화도에서 도성으로 환도한 조정에도, 용골산성의 심각한 분위기가 전해졌다.

비국 당상은, 전에 없이 곤란한 표정으로 무겁게 입을 열었다. 그는 한참 망설이며 말을 삼키다, 마침내 힘겹게 입을 떼었다.

"전하. 지금 평안 병사 김기종의 절박한 장계를 살펴보니 용골산성의 형세가 실로 극도로 고단하고 위급하옵니다. 정봉수도 끝내 그 산성을 사수하기 어렵다는 참담한 보고이옵니다. 이미 군향마저 완전히 바닥을 드러냈으니 아무리 지혜로운 체찰사라 할지라도 대체 무슨 수로 용골산성에 곡식을 보낼 수 있겠나이까."

"참으로 답답하구나. 그렇다면 이제 어찌하면 좋겠느냐."

왕은, 깊은 한숨을 길게 내쉬었다. 서로의 군량 창고마저 텅 비어, 저 작은 산성 하나도 건사하지 못하는 현실이, 너무나도 안타까웠다. 나라가 어쩌다 이 지경까지 이르렀는가 하는 생각에, 그저 한숨만 나올 뿐이었다.

형세가 이러다 보니 조정 대신들의 분위기도 녹녹하지 않았다. 그들은 삼삼오오 모일 때마다 용골산성의 정황을 입에 올렸다. 대체로 부정적이었다.

"아니 용골산성만 조선땅이 아니지 않소이까. 서로의 군향이 빈 마당에 용골산성에만 양극을 보낸다는 게 쉬운 일이겠소이까. 차라리 이 기회에 산성을 비우는 것도 방책이 될 것이외다."

"그렇소이다. 후금이 저토록 성화를 부리는 마당인데 굳이 작은 산성을 지킨다고 무슨 의미가 있겠소이까. 산성을 비우고 물러나는 것도 큰 그림이 될 것이외다."

"아니 무슨 말씀을 그리하시오. 전하께서 산성에 자존심을 걸고 있지 않소이까. 이런 와중에 산성을 비운다면 전하의 심기가 얼마나 허망하시겠소이까?"

"그렇다고 바닥난 서로의 군향 바닥을 긁어 용골산성으로 올려보낸다는 게 말이 되오이까. 소신의 생각으로는 이참에 성을 물려야 할 것이외다."

"조선의 최면을 위해서도 성은 지켜야 하외다."

"체면도 중요하지만 실리가 더 중요하지 않겠소이까. 작은 산성을 지킨다고 무슨 소득이 있겠소이까?"

대신들의 갑론을박이 이어졌다.

"차라리 주상 전하의 심려를 거두기 위해서는 용골산성 스스로 문을 열고 산을 내려오는 것이 합당할 것이외다. 대신들은 각기 선을 넣어 산성의 주장이 그리하도록 합시다."

대신들은 산성에서 스스로 성문을 열고 내려오도록 종용하기로 입을 모았다.

　이런 사정을 모를 리 없는 비국 당상은 대신들의 중론을 감안하여 아뢰었다.

　"대체로 형세가 점점 위급해지면 아무리 용맹한 정봉수라 할지라도 어찌 마음의 동요가 없을 수 있겠나이까. 은밀히 정봉수에게 전갈을 보내어 속히 다른 안전한 곳으로 피하도록 하는 것이 그나마 합당한 처사일 듯하옵나이다. 평안 감사와 부원수로 하여금 현 형세를 정확히 살피고, 적의 동태를 헤아려 이를 정봉수에게 상세히 전달토록 어명을 내리시옵소서."

　인조는 잠시 망설였다. 그의 마지막 남은 희망이었던 용골산성을 스스로 비우라는 결정을 내리는 것은, 비참한 일이었다. 그는, 혹시 다른 묘책은 없는 것일까, 간절하게 생각하고 또 생각했다. 그러나, 그의 머릿속에는, 그 어떤 기적과 같은 묘책도 떠오르지 않았다.

　"다른 묘책은 정말 없는 것이냐?"

　왕은, 작은 목소리로 간신히 되물었다. 마지막 희망이라도 붙잡고 싶은 간절함으로 가늘게 떨리고 있었다.

　"현재로서는 마땅한 묘책이 떠오르지 않사옵니다."

　비국 제조는, 말을 흐리며 답했다. 그것은, 그 또한 뾰족한 해결책을 찾기 어렵다는 표현이었다.

　"서둘러 그리하는 것이 옳을 듯 하나, 그래도 혹시 기적처럼 방도를 찾을 수 있을지도 모르니, 중신들과 다시 깊이 있게 논의하여 최종적으로 결정하도록 하라."

　왕은, 어떻게든 이 비참한 결정을 미루고 싶었다. 그의 마음속에서는, 아직 꺼지지 않은 작은 불씨와 같은 희망을 애절하게 붙잡고 있었다.

　"성안의 백성들이 필사적으로 피하기를 원치 않는다면 조정에서도 억지로 강요하지는 못할 일이옵니다."

　"그야 더할 나위 없이 다행스러운 일이 아니겠느냐. 하지만 작금에 이르러 성을 버리고 다른 안전한 곳으로 떠나간다고 해도 그를 감히 원망치 못하리라. 평안 병사 김기종과 부원수 정충신에게 좀 더 면밀히 국면을 살피도록 다시 한번 당부하여 전하여라."

"예, 전하. 그리하겠나이다."

조정에서, 용골산성의 존폐 문제를 심각하게 논의하고 있던 즈음이었다. 후금으로부터 사신이 도착했다는 급박한 전갈이 왔다. 그는, 총대장군 아민의 지시를 받은 후금 장군 유해가 보낸 자였다.

사신은, 조선의 대신들을 거들떠보지도 않고, 너무나도 당당하게 조선 국왕과의 직접 면담을 요청했다. 그의 태도는, 극도로 무례하고 건방졌다. 오직, 유해의 명령만을 앵무새처럼 되풀이할 뿐이었다.

조선 조정에서는, 그의 터무니없는 요청을 단호하게 거절했다. 결국, 조선 조정은 이조참판 최명길을 파견했다. 그는 후금 사신을 모화관에서 만났다. 분위기는 냉랭했다.

"머나먼 길을 오시느라 노고가 많으셨소이다."

최명길은, 끓어오르는 분노를 억누르며 겉으로는 정중하게 그를 맞이했다. 그의 표정은 담담했지만, 속으로는 부글부글 끓어오르고 있었다.

"조선이라는 나라는 어찌 이리도 신의가 없는 나라란 말이오."

후금 사신은, 처음부터 다짜고짜 꼬투리를 잡을 심산으로 차갑게 말을 꺼냈다. 그는, 조선 대신을 만나자마자 첫마디가 그러했다. 애초부터 조선을 멸시하고 압박하기 위해 작정하고 온 자처럼 보였다.

"그 무슨 말씀을 그리하시는 것이오?"

최명길은, 그의 터무니없는 발언에 당황하며 모르는 척 되물었다.

"아니 무슨 말씀이라니? 우리는 지난 모월 모일 흰 말과 검은 소를 잡아 하늘에 맹세하고 굳건한 형제의 나라가 되었소. 그런데 어찌하여 북방의 용골산성이라는 곳에서는 아직도 이 엄숙한 사실을 알지 못하고 정봉수라는 무례한 자가 여전히 날뛰고 있소이까?"

그는, 끝이 예민한 송곳을 들이밀 듯 매서운 눈으로 최명길을 쏘아보며 말했다.

"날뛰다니요? 그 무슨 황당한 말씀을 하시는지 도무지 알 수가 없소이다."

최명길은, 분노를 억누르며 모르는 척 딱 잡아뗐다.

"아니 모르다니? 저 무지몽매한 자가 두 나라의 엄숙한 맹약을 깨고 지금도 수시로 산에서 내려와 우리 후금 군사들을 괴롭히고 있소이다. 이것이 가히 말이나 될 법한 소리요."

그는, 쥐새끼처럼 간사하게 입을 놀리며, 그의 찢어진 눈을 아래위로 연신 끔뻑거렸다.

"금시초문이외다. 후금의 병사들이 그들을 못살게 굴었으니 항거하지 않겠소이까. 산성에 가만히 있는 자들이 스스로 산에서 내려와 수많은 후금 군사를 괴롭혔을 리가 있겠소? 게다가 후금의 군사는 그 숫자가 자그마치 기만 명에 달하는데 어찌 산성에 웅거하고 있는 고작 몇백 명의 미약한 의병들이 먼저 공격을 감행하겠소? 도무지 이해가 가지 않소이다."

최명길은, 그의 논리적인 반박에 속으로는 시원함을 느끼면서도, 짐짓 모르는 척 능청을 떨었다. 논리적으로 따져보면, 최명길의 말이 훨씬 더 합리적이었다. 기만 명에 달하는 강력한 군사를 가진 대병진이, 고작 몇백 명의 산성 의병들에게 괴롭힘을 당하고 있다는 그의 하소연은, 도저히 앞뒤가 맞지 않았다.

"아니 그럼, 소신이 거짓을 말하고 있다는 것이오니까? 소신은 용골산성과 관련한 대후금 황제 폐하의 엄숙한 명을 받들어 조선국에 그 뜻을 전하러 온 것이외다."

"용골산성 관련? 무엇을 전하겠다는 것이오? 용골산성의 가엾은 백성들이 먼저 후금의 강한 군대를 공격했다는 황당한 말을 전하겠다는 것이오이까?"

최명길은, 말 같지도 않은 소리를 전하기 위해, 후금 황제의 명을 받들고 왔다는 그의 주장을 냉소적으로 따져 물었다.

"두 나라는 굳건한 형제의 나라가 된 지 벌써 두 달이 지났소. 그런데도 용골산성의 정봉수라는 어리석은 작자는 아직도 전란이 끝난 줄도 모르고 여전히 날뛰고 있소이다. 만약 조선국이 즉시 용골산성을 소개시키지 않고 계속해서 대후금 군대를 괴롭힌다면, 지난번에 맺었던 불가침의 맹약은 지금부터 없었던 것으로 하겠다는 황제 폐하의 준엄한 칙령이올시다."

"아니 그게 무슨 말씀이시오!"

최명길은 그의 협박에 분노를 느끼며 소리쳤다.

"불가침의 엄숙한 약속을 짓밟고 어기는데 그 맹약이 무슨 의미가 있겠소이까?"

"그럼, 대체 어찌하려는 것이오."

최명길은, 그의 거만하고 협박적인 태도에 맞서, 결연하게 되물었다.

"다시 우리의 대군을 이끌고 들어와 조선의 만백성을 모조리 도륙하겠소. 어찌하겠소? 만백성이 도륙당하는 것을 선택하든지 아니면 당장 그 하찮은 용골산성을 깨끗이 비우든지. 둘 중 하나를 택하시오. 그것이 바로 우리 황제 폐하의 엄숙한 명령이오."

후금 사신의 목소리는, 예리한 송곳처럼 최명길의 폐부를 깊숙이 찔렀다. 큰일이었다. 그는 그의 협박에 거칠게 항의하며 설득하려 했다. 그는 꿈쩍도 하지 않았다. 오히려, 최명길이 그의 뜻을 왕에게 똑바로 전하지 않으면, 자신이 직접 왕궁으로 쳐들어가 그 뜻을 전하겠다고 광분하며 날뛰었다.

결국, 사신을 모화관에 덩그러니 남겨둔 채, 최명길은 사색이 되어 조정으로 황급히 돌아왔다. 그는 창백하게 질려 있었다.

"전하. 차마 입 밖에 내어 아뢰옵기에 황송하오나 실로 큰일이옵니다."

용상에 앉아, 묵직한 고뇌에 잠겨 있던 왕은, 창백하게 질린 이조참판의 모습을 보고 불안한 듯 물었다.

"무엇이 또 그토록 큰일이란 말인가?"

이참은, 떨리는 목소리로 간신히 입을 열었다.

"후금 사신이 용골산성을 당장 비우라고 강요하고 있사옵니다. 만약 그리하지 않으면 지난번 맺었던 불가침의 맹약을 파기하고, 다시 대군을 이끌고 쳐들어와 우리 죄 없는 백성들을 도륙하겠다고 협박했사옵니다. 이는 후금 황제 폐하의 엄명이라고 전했사옵니다."

이참은, 힘없이 말했다. 무례한 오랑캐들의 태도가 너무나도 불쾌했다. 그럼에도 그들의 협박에 맞서 대처할 그 어떤 방도도 떠오르지 않았다. 왕의 속은 뜨거운 불덩이라도 삼킨 듯 타들어 갔다.

용골산성을 어떻게 해야 할 것인가를 놓고, 조정의 대신들은 밤낮으로 서로 격하게 의견을 주고받았다.

"용골산성이 아직 문을 열지 않았단 말이오. 주장의 성질이 고약하구려."

"그리만 말할 일이 아니지 않소이까. 그 험한 곳을 지키고 있을 주장의 입장을 생각해보시오."

"그래도 그렇지. 후금이 저토록 강력하게 성문을 열라고 주장하지 않소이까. 맹약을 찢고, 다시 대군을 이끌고 들어와 백성들을 도륙 낸다면 어찌하시겠소이까. 이 정도에서 물려주는 것이 대의가 아니겠소이까."

"전하께 주청을 올려 용골성을 물리도록 어명을 내리심이 합당하다고 사료되오이다."

"최종 판단은 전하께오서 하실 것이외다. 어찌 신하 된 도리로 어명을 함부로 논할 수 있겠소이까."

"함부로라니요. 신료들이 이럴 때일수록 뜻을 모아, 전하께 올려야 한다고 생각하오이다."

뾰족한 결론을 내리지 못한 채 시간만 흘러갔다.

왕이 용골산성에 대해 남다른 애착과 기대를 걸고 있었다. 대신들은 감히 쉽게 결정을 내리지 못하고 그의 눈치만 살폈다. 그러나, 오랑캐 후금의 압력은 점점 더 거세져만 갔다.

후금 사신이, 모화관에 발이 묶인 채로 하염없이 시간을 보낸 지도 벌써 한 달이 다 되어가고 있었다.

조선 조정은, 이러저러한 핑계를 대며, 용골산성의 운명을 결정하는 중대한 사안을 계속해서 뒤로 미루었다. 끝없이 이어지는 장마도 핑계의 요인이었다. 장마틈에 산성을 비우는 것은, 굶주림에 지친 백성들의 안위가 걱정된다는 중요한 구실이었다. 실제로, 후금 사신이 모화관에 머무는 동안, 매일 억수 같은 장대비가 쏟아져 내렸다. 장마기로 접어든 때라, 지루한 비는 몇 날이고 끝없이 계속되었다. 그러나, 더 이상 산성을 비우지 않고 버티는 것 또한, 백성들의 고통을 외면하는 일이기에 점점 선택의 날이 가까워지고 있었다.

참담한 형국을 냉정하게 지켜보고 있던 김류를 비롯한 이귀 등 조정의 대신들은, 마침내 더 이상 지체가 어렵다고 판단했다. 앞을 다투어 용골산성을 포기해야 한다고 주장하기 시작했다.

"후금과 맹약을 맺었고, 용골산성 또한 결국 소개시켜야 할 필요성을 느끼고 있는 형국이옵니다. 이러한 절망적인 판국에 산성을 스스로 비워 저들의 뜻을 받아들이는 것이 만백성을 위해서 그나마 합당하다고 사료되옵니다. 전하."

대신들의 간절한 주청에, 왕은 답이 없었다.

"그러하옵니다. 전하. 아무리 용맹한 정봉수가 용골산성을 지킨다고 할지라도 이미 바닥을 드러낸 양곡으로는 산성 안의 굶주린 백성들을 더 이상 거두어 먹이기가 어렵사옵니다. 게다가 서부 지역의 군향마저 제대로 수급하기 어려운 절망적인 형편이옵니다. 이럴 바에는 차라리 산성을 스스로 비워 저들의 뜻을 받아들이면서 동시에 정봉수를 산에서 내려오도록 하는 것이 서로에게 도움이 되는 일이 아니겠나 생각되옵니다. 전하.”

왕은, 여전히 굳게 입을 다물었다.

“용골산성을 끝까지 지킨다 해도 앞으로 버틸 수 있는 시간은 불과 몇 달 뿐일 것이옵니다. 그럴 바에는 차라리 정봉수에게 산성을 스스로 비우고 안전한 안주로 돌아오라 엄히 명 하시옵소서. 그런 다음 훗날을 기약하며 힘을 기르는 것이 합당한 일이옵니다. 전하, 윤허하여 주시옵소서.”

왕은, 돌덩이처럼 앉아 있었다. 그의 침묵은, 침잠한 실망과 슬픔을 더욱 짙게 드리우는 듯했다.

대신들이 번갈아 가며 산성을 비우자고 끈질기게 주청했다. 용골산성이, 왕의 절대적인 관심사였던 것이 못마땅하던 터라, 앞을 다투어 산성을 비울 것을 요청했다.

왕은, 대신들의 냉정한 주청이 마땅치 않았다. 꺼져가는 마지막 희망의 불씨와 같았던 용골산성을, 어떻게 하면 다시 되살릴 수 있을까를 밤낮으로 고심했다. 하지만 대신들은 도리어 이 절망적인 형국을 핑계 삼아 산성을 스스로 비워, 오랑캐들의 속셈을 순순히 들어주자는 계산이었다.

왕은 대신들의 생각에 실망감을 느꼈다.

동지중추부사 원탁이, 침울한 분위기를 깨고 조용하게 앞으로 나섰다.

“전하, 일전에 평안 병사 김기종이 신에게 은밀한 서신을 보내왔사옵니다. 그 안에 용골산성의 군사를 이동시키는 문제를 거론하였사옵니다.

이에 신이 답하기를, 나라의 존엄과 강상이 아직 완전히 무너지지 아니한 까닭은 바로 그 산성이 굳건히 버티고 있기 때문이라 하였사옵니다. 오랑캐들 또한 으리를 얕보지 못하고 함부로 날뛰지 못하는 연유가, 다름 아닌 저 산성이 여전히 살아 숨 쉬고 있기 때문이라 전하였사옵니다.

또한 멀리 명나라의 모문룡이 우리를 의심하지 아니하는 것 역시 산성이 존재하기 때문이요, 훗날 우리가 후세에 떳떳이 말할 수 있는 근거 또한 오직 저 산성이 지켜내고 있는 의리와 절개에 달려 있다 하였사옵니다.

신은 그 뜻을 간절히 밝혀, 경솔한 판단으로 성의 기둥을 스스로 허무는 일이 없도록 거듭 당부하였사옵니다."

순간, 조정에는 찬물을 끼얹은 듯 싸늘하게 내려앉았다.

"전하, 정봉수가 저 산성을 처음 수호할 때부터 정예의 군사를 넉넉히 거느리고 있었던 것은 아니었사옵니다. 산성 안의 백성들 스스로가, 이 싸움의 끝이 곧 죽음일 수도 있음을 깨닫고, 목숨을 내놓겠다는 각오로 마음을 하나로 모았기에 능히 그 성을 지켜낼 수 있었사옵니다. 그리하여 노파와 힘없는 부녀자들까지도 성 위에 올라 돌을 던지고 화살을 쏘며, 한 사람의 병사처럼 맹렬히 적을 막았사옵니다. 적이 쉽사리 범접하지 못한 까닭이 바로 거기에 있사옵니다. 하오나 이제 와서 백성들을 성 아래로 물러나게 한다면, 그들은 더 이상 결사의 군사가 아니라 피폐한 백성에 지나지 않게 될 것이옵니다. 물을 떠난 물고기와 다를 바 없을 터이니, 그보다 더 통탄스러운 일이 어디 있겠사옵니까. 전하, 성을 지키는 것은 군사만의 일이 아니옵니다. 이미 저 백성들의 결의가 곧 성의 기둥이 되었사온즉, 그 의지를 꺾는 일은 곧 스스로 방패를 내려놓는 것과 다름없사옵니다."

왕은, 여전히 아무런 말도 하지 못했다.

"전하, 용골산성의 백성들이 군사를 이동한다는 논의를 전해 듣는 순간, 그들의 마음은 크게 흔들릴 것이옵니다. 한 번 동요한 민심은 쉽게 가라앉지 아니하여, 비록 용맹한 장수라 할지라도 더는 그들을 온전히 거느리기 어려워질 것이옵니다. 마침내 백성들은 성과 장수를 신뢰하지 못하고, 각자 살길을 찾아 흩어질지도 모르옵니다. 그리된다면 산성은 스스로 무너진 것과 다름없을 터이니, 이는 참으로 통탄할 일이옵니다. 신은 다만, 그와 같은 사태가 빚어질까 두려워 아뢰는 바입니다."

조정에는, 암울함이 깊어 숙연함마저 감돌았다. 원탁의 말이 너무나도 옳았지만, 이미 조정의 대세는 산성을 스스로 포기하는 쪽으로 기울어 져 있었다.

"장마 통에 어찌…."

인조는, 힘없이 혼잣말처럼 중얼거렸다. 그는, 한참 동안 망설였다. 그의 마지막 남은 자존심마저 이제는 버려야 할 형편이었다. 돌이켜보니, 참으로 참담했다. 불가침의 맹약을 앞세운 오랑캐들을 이기지 못해, 스스로 산성을 비우라고 명령해야 하는 이 굴욕적인 결정은, 자신을 칼로 베는 고통으로 내몰았다.

왕은, 한참이나 두 눈을 감고 있었다. 용안에는 검푸른 번뇌가 드리워져 있었다. 이마에는 땀방울이 송골송골 맺혔다. 그러다, 마침내 왕이 무겁게 입을 열었다.

"비국은 들어라. 용골산성을 스스로 비우고 정봉수가 안전하게 몸을 피신하는 데 최대한 어려움이 없도록 철저히 조치하도록 하라. 내 진정 마음은 그러하지 않으나 백성들을 염려하여 내리는 결정이니 나의 뜻으로 알고 따르도록 하라."

왕은, 침울한 표정으로 용상에서 힘없이 내려왔다. 억장이 무너졌다. 왕의 뒷모습은 한없이 초라해 보였다.

조정에서 내려진 전교를 품은 전령은, 용골산성을 향해 거칠게 말을 몰았다. 등에는 '령'자가 선명한 붉은 깃발을 꽂고 있었다.

그의 빠른 질주는, 산성에 드리워진 비탄의 그림자 같았다. 쏟아지는 햇살을 뚫고 묵묵히 갈려가고 있었다.

36. 불타는 산성

찌는 무더위 속에 메마른 계곡에서 흙먼지만 일었다. 내란과 전란으로 짓밟힌 땅은 사람들의 마음처럼 황폐했다. 묵혀둔 논밭은 잡초만 무성했다. 밤낮없이 후금 군사들이 날뛰는 한강 이북은 불모지나 다름없었다. 그나마 깊은 산골짜기 몇 곳을 제외하고는 기름진 땅이 버려져 있었다. 농사를 지을 백성들은 전란을 피해 산속 깊이 숨어버렸다. 군량미도 확보하기에 어려웠다. 후금의 칼 아래 억지로 농사를 짓는 자들만이 겨우 목숨을 부지할 뿐이었다.

조정에서 보낸 전령이 먼 길을 달려왔다. 헐벗은 산모퉁이를 돌아 용골산 아래에서 잠시 숨을 고르더니, 곧바로 산길을 따라 성으로 말을 몰았다.

사령의 다급한 외침이 달아오른 공기를 찢으며 성안에 울려 퍼졌다.

문루에서 망을 보던 부장은 '어명'이라는 말에 크게 놀라며 몸을 움찔했다. 내용이 무엇이든, 그 두 글자는 늘 무게를 지니고 있었다. 그는 지체없이 용골성 관아에 소식을 전했다.

정봉수는 불길한 예감을 떨치지 못한 채 정중히 자세를 바로 했다.

붉은 주단에 곱게 싸인 전교는 펼쳐지기 전부터 엄숙한 위엄이었다. 전령은 조심스레 선홍빛 천을 풀어 헤치고, 왕이 내린 명을 읽어 내려갔다. 그 내용은 뜻밖이었고, 동시에 치명적이었다. 용골산성을 즉시 비우라는 명령이었다.

어명을 받은 정봉수의 온몸은 심하게 떨렸다. 그는 하염없이 눈물을 흘리고 또 흘렸다. 그토록 어렵게 지켜온 성이었다. 수많은 의병의 피와 땀, 목숨으로 버텨 온 날들이 흐르는 강물처럼 스쳐 지나갔다. 그런데 이제 와서 이 성을 비우라니, 야속한 마음 금할 길 없었다. 그러나 동시에, 그러한 결정을 내릴 수밖에 없었을 왕의 고뇌 또한 생생하게 느껴졌다.

정봉수의 흐느끼는 소리가 높아지자, 진충루에 늘어선 장수들은 바닥에 얼굴을 묻고 통곡했다. 억울함과 허망함이 뒤섞인 울음이었다. 죽기 살기로 지켜온 성을 적들의 협박에 굴복하여 내놓아야 한다는 사실을 그들은 도저히 받아들일 수 없었다. 하지만 그것은 거스를 수 없는 왕의 명령이었다. 현실은, 그들이 이 성을 떠나야 한다는 냉혹한 사실이었다.

하루가 지났다.

정봉수는 진충루에서 마지막 제장 회의를 소집했다.

이른 새벽부터 끊임없이 내리는 궂은비는 축축하게 땅을 적셨다. 무겁게 내려앉은 하늘만큼이나 회의장의 분위기는 침울했다. 산성을 휘감는 안개는 희뿌옇게 피어올라 더욱 암울한 광경을 연출했다.

정봉수가 가운데 자리를 잡고 앉자, 장수들이 양옆으로 늘어섰다. 김완 목사 또한 무거운 표정으로 함께했다. 정봉수는 한동안 입을 다문 채, 모인 장수들의 모습을 하나하나 눈에 담았다. 마지막 인사를 나누듯, 그는 깊은 슬픔과 비장함이 뒤섞인 눈으로 그들을 훑어보았다. 그리고 마침내, 입을 열었다.

"전하께서 산성을 비우라는 전교를 내리셨다. 참으로 참담한 소식이지만 어찌하겠는가. 지금부터 제장들은 허심탄회하게 자신의 소신을 밝혀주길 바란다."

모두 숨 막히는 적막감 속에서 눈물만 흘렸다.

한편으로는 끔찍한 실정에서 벗어날 수 있다는 안도감도 희미하게 느껴졌다. 하지만, 그토록 끈질기게 지켜온 성을 스스로 포기해야 하는 사실은 그들에게 씻을 수 없는 상처를 남겼다. 성을 비운 뒤 고향으로 돌아가고 싶은 마음이야 간절했지만, 아직은 때가 아니었다. 곳곳에서 오랑캐들의 준동이 끊이지 않았기에, 섣불리 고향으로 돌아갔다가는 봉변을 당하기 십상이었다. 장수들의 눈가에는 무거운 근심과 불안감이 드리워져 있었다.

"영산 나리,"

마침내 한 장수가 머뭇거리며 입을 열었다.

"성을 비운 다음 저희는 어디로 향해야 하옵니까? 가야 할 거처가 있어야 하지 않겠사옵니까?"

정봉수는 침통한 표정으로 장수들을 둘러보았다. 중군 김종민이 몸을 앞으로 숙이며 망설이다 입을 열었다.

"형세가 이미 극도로 위태롭사옵니다. 만약 오랑캐들이 우리의 상태를 알게 된다면 필시 성을 공격해 올 것이고, 그리된다면 살아남을 자가 없을 것이옵니다. 부원수의 말처럼 안주로 달려가고 싶지만, 노인을 부축하고 어린아이를 이끌고 가는 많은 백성이 빠른 걸음으로 이동하기는 어렵사옵니다. 오랑캐들이 뒤쫓을까 두려우니 차라리 해도로 들어가는 것이 합리적이라 생각했사옵니다. 먼저 독부에 알리고, 굶주린 백성들을 구호한 다음 조정에 자세히 보고하여 처분을 기다리는 것이 낫겠다는 결론을 내렸사옵니다."

정봉수는 마침내 입을 열었다.

"조정의 뜻을 따르는 것은 너무나 당연한 도리이다. 하나 지금의 형국으로는 안주가 너무 멀다. 내 생각도 그대들의 의견과 크게 다르지 않다. 조정에 그리 보고하고 향후 진로는 그렇게 결정하도록 하자.”

그러자 모든 장수가 일제히 고개를 끄덕이며 동의의 뜻을 표했다. 정봉수는 다시 한번 장수들의 얼굴을 훑어보았다.

“그동안 참으로 고생들이 많았다.”

그는 울먹이는 목소리로 말을 이었다.

“하절기에 먼 길을 떠나는 것이니 부디 각별히 건강에 유의하라.”

정봉수의 마지막 말에, 회의장에 있던 모든 장수는 참았던 울음을 터뜨렸다. 그동안 숱한 고난과 역경 속에서 피와 땀으로 지켜온 성을, 이제 자기 손으로 비워야 한다는 현실 앞에 그들의 가슴은 무너져 내리는 듯했다.

쏟아지는 빗소리만이 그들의 슬픔을 더욱 깊게 만들었다.

추적거리는 빗속에 정봉수는 관아의 안채를 찾았다. 어둠이 내려앉은 그의 얼굴에는 깊게 팬 주름만큼이나 무거운 시름이 드리워져 있었다.

박실을 불렀다.

등잔불이 까무락거리는 어둠 속에서 고운 자태의 박실이 조심스러운 발걸음으로 들어왔다. 이어 그의 앞에 다소곳이 앉았다. 그녀의 그림자가 방 안의 어둠을 더욱 짙게 만들었다.

“이제 성을 비워야 하니 너도 네 갈 길을 찾아야 하지 않겠느냐?”

“…”

정봉수는 어렵게 입을 열었다. 그녀의 깊은 눈동자에는 헤아릴 수 없는 슬픔이 드리워져 있었다. 그녀의 입술은 미세하게 떨렸다. 박실은 고개를 숙인 채 조용히 눈물을 흘렸다. 그녀의 어깨는 가늘게 떨리고 있었다.

“갈 곳이 없사옵니다. 아비의 뼈가 이 산성에 묻혀 있으니 떠날 수 없사옵니다. 하지만 성을 비우라 하시니 갈 곳 없는 소녀는 어찌해야 할지 모르겠사옵니다."

그녀의 가녀린 어깨는 떨림을 멈추지 못했다. 애처로운 슬픔이 방 안을 가득 채웠다. 그녀의 목소리는 희미한 울림이 되어 정봉수를 더욱 아프게 했다.

"그럼 어찌하면 좋겠느냐?"

정봉수는 답답한 심정을 애써 감추며 나지막이 물었다. 박실은 아무런 대답도 하지 못하고 눈물만 흘릴 뿐이었다.

정봉수는 가엾고 불쌍한 그녀를 보며 안타까움을 느꼈지만, 뾰족한 해결책을 찾을 수 없었다. 한참의 적요가 흐른 뒤였다. 박실이 눈물을 훔치며 조용한 어조로 입을 열었다.

"영산 나리께서 소인을 거두어 주신다면 그 은혜 평생 잊지 않겠사옵니다."

그녀의 눈에는 마지막 희망이라도 붙들려는 절박함이 맺혀 있었다. 정봉수는 아무 말도 하지 않았다. 그의 머릿속은 복잡했다. 박실은 하염없이 눈물을 흘리며 바닥에 이마를 조아렸다. 그녀의 검고 긴 머리카락이 가지런한 가르마를 따라 애처롭게 흔들렸다.

"그리 마음을 정했다면 알겠다."

정봉수는 무거운 마음으로 천천히 고개를 끄덕였다. 전란의 와중에 홀몸도 건사하기 어려운 형편에서 젊은 여인을 데리고 가는 것은 분명 큰 부담이었다. 그러나 갈 곳 없는 그녀를 매몰차게 내칠 수는 없었다. 그는 그녀의 간절함에 마음이 움직였다. 정봉수는 운명처럼 그녀를 받아들이기로 결심했다.

문밖에는 추적거리는 빗소리만 요란하게 들렸다.

이틀 후, 새벽을 깨우는 징 소리가 용골산에 울려 퍼졌다. 의병장 정봉수의 명에 따라 성을 비우라는 신호였다. 기수는 장대에 올라 징을 세 번, 웅장하고도 슬픈 울림으로 두드렸다.

"징, 징, 징―"

용골산 정상에서 울려 퍼진 징 소리는 푸른 산등성이를 타고 멀리까지 애잔하게 퍼져나갔다. 그 소리를 신호 삼아, 짐 보따리를 든 백성들이 하나둘씩 성안 마당으로 모여들었다.

백성들은 저마다의 사연을 담은, 짐을 이고 지고 움집을 나섰다. 아이들은 앞으로 닥칠 고난은 알지 못한 채, 고향으로 돌아간다는 기대감에 들떠 이리 뛰고 저리 뛰며 재잘거렸다. 하지만 그런 아이들의 모습을 지켜보는 부모들의 마음은 어두웠다. 그들에게는 희망보다는 체념과 막막함이 깃들어 있었다.

당장 먹을 것 없어 배를 곯았지만, 죽고 사는 문제에 대해서는 깊이 생각해 보지 않았다. 그러나 이제 성문을 나서는 순간부터 그들에게 가장 절실한 문제는 어떻게 살아남느냐였다. 어디에 의지해야 할지, 어디로 가야 할지, 막막한 현실만이 그들의 어깨를 무겁게 눌렀다.

정봉수는 백성들을 진충루 앞으로 불러 모았다. 굳은 표정으로 누각 위에 올라섰다. 비장함과 함께 침잠한 슬픔이 엿보였다.

"용골산성의 백성들이여!"

그의 목소리는 비록 낮았지만, 쩌렁쩌렁 울려 퍼져 불안한 백성들의 마음을 잠시나마 붙잡았다.

"이제 우리가 이 성을 비우게 되면, 앞으로 어디로 가야 할지 매우 궁금할 것이다. 먼저, 자신의 고향이 안전하다고 믿어 돌아가겠다는 사람들은 막지 않겠다. 다만, 조정에서는 우리에게 안주로 들어가라고 명하였다. 하나 그곳은 너무나 먼 길이다. 이에 제장들과 논의한 결과, 먼저 가까운 독부에 들러 굶주린 배를 채우고, 그곳에서 조정에 자세히 보고하여 뜻을 따르기로 했다. 나 또한 개인적으로 그리할 생각이다. 백성들이여, 고향으로 돌아갈 사람들은 그리하고, 혹여 고향이 불안하여 나와 함께 동행하겠다는 이들은 나를 따라 독부에 들렀다가 안주로 함께 가도록 하자."

정봉수는 앞으로의 계획을 차분하게 설명한 다음, 진충루에서 내려왔
다. 그는 곧바로 성문 앞으로 나아가, 고향으로 발길을 돌리는 백성들
을 일일이 배웅했다. 떠나가는 한 사람 한 사람의 거친 손을 따뜻하게
잡아주며 위로의 말을 건넸다.

"그동안 고생 많았네. 부디 잘 사시게나."

그가 건넨 말은 짧았지만, 그 안에 담긴 진심은 묵직하게 백성들의
가슴에 와닿았다. 정봉수는 제장들을 앞세우고, 모든 백성이 무거운 발
걸음을 옮겨 성문을 완전히 빠져나갈 때까지 그 자리에 서 있었다. 그
의 등에서는 쓸쓸함이 바랜 색처럼 배어 있었다.

"영산 나리, 송구하옵니다. 올바르게 모시지도 못하고….."

고향으로 돌아가기로 결심한 몇몇 부장들이 연신 눈물을 훔치며 바
닥에 머리를 조아렸다.

"감사하네. 부디 건강하시게."

"영산 나리께서도 부디 건강하십시오."

절뚝거리는 걸음으로 이개립이 다가왔다. 전날의 습격으로 화살에 맞
아 얼굴은 반쪽이 되어 있었다.

"상처는 이제 좀 괜찮은가?"

"아주 좋아졌사옵니다. 그동안 진심으로 감사했사옵니다."

"참으로 고생 많았네."

정봉수는 그의 어깨를 따뜻하게 다독여 주었다.

백성들은 저마다 정봉수에게 짧은 인사와 감사의 말을 건네고 무거
운 발걸음을 옮겼다. 그들의 발걸음은 불안했지만, 정봉수를 향한 감사
만큼은 변치 않았다.

"그동안 저희를 지켜주셔서 정말로 감사했습니다."

"무슨, 그런…. 부디 잘 가시게."

　많은 백성이 엎드려 깊이 절을 올렸다. 그들은 한결같이 눈물을 글썽이며 정봉수의 옷깃을 붙잡고 감사의 마음을 전했다. 갈 곳 없던 자신들을 용골산성에 받아들여 굶주림과 추위, 죽음의 공포로부터 지켜준 것에 감사했다. 더욱이 후금의 포로가 되어, 장사준의 명령을 따르던 자신들을 구출해 준 것에 대한 깊은 고마움이었다.

　고향으로 향하는 백성들이 성문을 완전히 빠져나가는 데는 제법 긴 시간이 걸렸다. 그들의 발걸음 하나하나에는 삶의 무게와 떠나는 성에 대한 아쉬움이 고스란히 묻어났다. 그들이 모두 떠나고, 이제 독부로 향할 백성들이 느리게 발걸음을 옮기기 시작했다. 그들의 앞날에는 또 어떤 고난과 역경이 기다리고 있을지 아무도 알 수 없었다. 다만, 정봉수에 대한 두터운 신뢰와, 어떻게든 살아남아 다시 고향 땅을 밟고 싶다는 간절한 희망만이 빛나고 있었다. 그 희망의 빛은 불안한 현실 속에서도 꺼지지 않는 작은 불씨 같았다.

　텅 빈 용골산성 한쪽에서 정봉수는 마지막으로 아내, 수안 계씨를 마주했다.

　선천의 잔잔한 바람결을 닮은 그녀는 말수가 적었다. 하나 깊고 맑은 눈은 고요한 연못과 같았다. 성안 사람들은 모두 그녀가 정봉수의 아내임을 알았지만, 그녀는 결코 그 권위를 내세우지 않았다. 대신 궂은일에 앞장서고, 고통받는 이들을 묵묵히 보살폈다. 그녀의 따뜻한 손길은 늘 가장 약하고 소외된 이들에게 먼저 닿았다.

　"전란 중에 어찌 신분의 높고 낮음을 따지겠습니까. 모두가 힘을 합쳐 이 모진 위기를 헤쳐 나가야 합니다. 남정네들이 전장에서 승리하도록 돕는 것이 우리 아녀자들의 당연한 몫이지요."

　그녀는 성안의 여인들을 독려하여 전란에 나선 병사들을 위한 물품 지원을 아끼지 않았다. 상처를 입은 의병들의 군막을 찾아 헌신적으로 치료하고 돌보았다. 전쟁고아들을 따뜻하게 품어 그들의 굶주린 배를

채워주었다. 노약자들의 안위를 살피며 그들의 어려움을 덜어주는 데에
도 소홀함이 없었다. 정봉수가 칼을 들고 의병들을 이끌었다면, 그녀는
사랑과 헌신으로 아녀자들과 노약자들의 마음을 보듬었다. 그녀의 굳
건하고 따뜻한 마음은 정봉수에게 더없는 힘이 되었다.

"임자 그동안 참으로 고생 많으셨소."

정봉수는 그녀의 거칠어진 손을 잡았다. 그의 손길은 애틋함과 미안
함으로 떨렸다. 전쟁의 모진 풍파를 고스란히 겪어낸 숭고한 손이었다.
그녀의 손은 투박했지만, 그 안에 담긴 깊은 사랑과 헌신은 고스란히
살아 있었다.

"나리께서도, 아니 영감께서도 부디 건강하세요. 집안 걱정은 조금도
마시고 오로지 나랏일만 생각하세요."

그녀는 정봉수가 부사 자리에 오른 것을 격려하기 위함이었다. 그녀
는 떨리는 목소리로 간신히 말을 잇다가, 북받쳐 오르는 눈물을 참지
못하고 옷소매로 훔쳤다. 그녀의 맑은 눈동자는 눈물로 가득 차 촉촉
하게 빛나고 있었다. 그러다 저만큼 겸연쩍은 표정으로 서 있는 박실을
발견하고는 그녀를 불렀다. 망설이며 다가온 박실의 손을 따뜻하게 잡
으며 그녀는 간절하게 말했다.

"영산 영감을 부디 잘 부탁하네. 나는 오직 자네만을 믿네."

박실은 숙연한 표정으로 고개를 깊이 숙여 예를 표했다. 그녀의 눈가
에도 물기가 어렸다.

부인은 무거운 발걸음으로 백성들 사이를 걸어갔다. 그녀의 곁에는
늠름하게 자란 아들 경호가 아버지 곁에 서 있었다. 경호는 성문 앞에서
아버지에게 큰절을 올리고 돌아섰다. 북받쳐 오르는 눈물에 목이 메어
바로 말을 잇지 못했다. 그의 어깨는 슬픔으로 들썩였다.

"아버님 부디 건안하십시오."

"그래 너도 어머님을 잘 모시거라."

정봉수는 듬직하게 자란 아들의 어깨를 토닥였다. 그의 눈에는 대견함과 함께 미안함이 교차했다. 정경호는 봇짐을 짊어진 하인들과 함께 어머니의 뒤를 따랐다. 아들의 뒷모습은 유난히 듬직하게 보였다. 그들은 고향 철산으로 돌아가, 조상의 사당과 허물어진 집을 다시 일으켜 세울 생각이었다.

모든 백성이 떠나간 텅 빈 용골산성은 처량한 적막감만이 감돌았다. 싸늘한 바람이 황량한 성곽을 휘돌아 불었다. 푸른 풀들이 애처롭게 일렁거렸다. 그 풍경은 한겨울의 벌판보다 더 텅 비고 쓸쓸했다. 성 자체가 슬픔에 젖어 있었다.

정봉수는 성문 앞에 섰다. 그는 숙연한 표정으로 남쪽을 향해 세 번 깊이 절하고 무릎을 꿇었다. 그의 온몸에서 비통함이 뿜어져 나왔다.

"전하. 조선 백성의 피와 땀으로 지켜온 이 용골산성을 부득이 비우게 되었으니 부디 너그러이 용서하여 주시옵소서. 이 성은 비록 작고 허름하나 우리 조선 백성의 꺾이지 않는 자존심이었으며 살아있는 정신 그 자체였사옵니다. 부디 이 점만은 굽어살펴주시옵기를 간절히 기원하옵나이다. 훗날 기회가 닿는다면 반드시 이 산성으로 다시 돌아와 제 손으로 이 황폐한 성을 다시 일으켜 세울 것이오니 삼가 전하의 넓고 깊으신 은혜가 이곳에 다시금 드리우기를 간절히 바라옵나이다."

그는 다시 한번, 떠나가는 발걸음을 떼지 못하며 세 번 더 하직 인사를 올리고 무거운 몸을 일으켜 돌아섰다. 지난 며칠, 아니 몇 달, 더 많은 시간이 주마등처럼 그의 뇌리를 스쳐 지났다. 헐벗은 산에 올라 이곳을 지키며 살아온 시간은 기적과 같았다. 그 숱한 전투에서 단 한 번도 패하지 않고 승리를 거머쥔 것 또한 놀라운 일이었다. 크고 작은 부상 속에서도 온전하게 식솔들을 지켜냈던 것은 참으로 감사해야 할 일이었다. 이 모든 것은 이 나라, 조선이 있었기에 가능한 일이었다.

정봉수는 한참 빈 성안을 쓸쓸하게 둘러본 다음, 차마 떨어지지 않는 발걸음을 천천히 옮겼다. 뒤를 돌아보고, 또다시 뒤를 돌아보았다. 그의 굳었던 볼 위로 뜨거운 눈물이 하염없이 흘러내렸다.

가장 후미에는 그의 든든한 오른팔인 동생 기수와, 충직한 첨지[85] 이광립, 그리고 묵묵히 뒤를 따르는 당상 중군 김종민이 그림자처럼 따랐다. 그들의 뒤에는 홀로 남겨진 박실이 작은 보따리를 두 팔에 안고 조용히 걸어오고 있었다.

정봉수가 용골산성을 비웠다는 통지는, 채 반나절도 지나지 않아 용천에 주둔하고 있던 후금 군부에 신속하게 전달되었다. 보고를 받은 후금 군부는 즉시 의주에 이 전황을 알리는 동시에, 혹시 모를 조선군의 움직임에 대비하여 5백여 병사를 즉시 용골산성으로 보냈다. 그들에게 내려진 임무는, 다시는 조선군이 이 성을 사용하지 못하도록 철저하게 파괴하여 완전히 초토화하는 것이었다.

"다시는 조선 놈들이 이 산성에 발붙이지 못하도록 완벽하게 부수라는 상부의 엄명이다. 똑똑히 알아들었는가!"

후금 장수는 이를 악물고 매섭게 명령했다.

군사들의 외침이 차갑게 울려 퍼졌다.

"성안의 모든 기물을 파괴하고, 남아 있는 건물들은 단 하나도 남김없이 모조리 불태워 없애라. 혹여라도 저항하는 자들이 있다면 그 직위가 높고 낮든 간에 가차 없이 목을 베어 효수[86]하라."

후금 군부는 냉혈한 같은 장수를 선두에 세우고, 파괴와 복수의 흉흉한 기운을 내뿜으며 용골산성을 향해 진격했다. 그들의 발걸음은 땅을 울렸다.

---

85)　첨지: 조선시대 중추원에 속한 정3품 무관벼슬.

86)　효수: 죄인의 목을 잘라 높은 곳에 매달아 놓는 행위.

5백여 후금 군병들은 승리라도 거둔 듯 기세등등하게 산길을 올랐다. 형형색색의 깃발을 앞세우고, 요란한 북과 징을 울리며, 나팔을 불어댔다. 그것은 조선 천지에 그들의 승리를 알리고, 조선의 마지막 남은 자존심을 후금 군사들의 발로 처참하게 짓밟아버리겠다는 잔인한 의식과 같았다.

조선 침공에 가담했던 부대들의 깃발까지 모두 동원된 것 또한, 그러한 의미를 더욱 강조하기 위함이었다. 만약 정봉수가 성을 지키고 있었다면, 그들은 감히 이렇듯 거만하게 행동하지 못했을 것이다. 하지만 용골산성이 텅 비었다는 것을 알자, 그들은 묵은 앙갚음을 하듯 맹렬한 기세로 산을 올랐다. 그리고 마침내 성곽에 이르러, 총진대에 꼿꼿하게 서 있던 조선의 깃대를 뽑아버렸다. 그 자리에 후금 총대장군 아민의 거대한 깃발을 꽂았다.

붉은 바탕에 금빛 자수가 빛나는 커다란 깃발은, 이제부터 이 용골산성이 아민의 산성임을 과시하듯, 거센 바람에 천천히 펄럭거렸다. 그들은 자신들이 가져온 각양각색의 깃발들을 자랑스럽게 성곽 위에 촘촘하게 세웠다.

겉으로 보기에는 완벽하게 후금에 함락된 산성의 모습이었다. 바람에 펄럭이는 깃발 소리는 용골산성의 마지막 울음처럼 구슬프게 들려왔다.

그들은 성 마당 한가운데서 간단한 점령 의식을 치르고, 곧 커다란 장작불을 피웠다. 그리그 그 불씨를 이용하여, 성 곳곳에 무자비하게 불을 질렀다.

"모든 것을 모조리 태워라. 조선 놈들의 심장을 태운다는 마음으로 이 성에 남아 있는 그 어떤 흔적도 남김없이 없애버려라. 다시는 감히 고개를 쳐들지 못하도록 철저하게 짓밟아 흔적도 남기지 마라."

후금 장수의 잔혹한 명령이 떨어지자, 그의 졸개들은 광기 어린 웃음을 터뜨리며 신이 난 표정으로 불을 질렀다. 그들은 횃불을 들고 이리

저리 뛰어다니며, 보이는 모든 것에 불을 붙였다. 관아 건물은 물론, 백성들이 어렵게 삶의 터전을 일구었던 초라한 움집에도 가차 없이 불길이 던져졌다. 짚과 나무로 지어진 움집들은 일순간에 거친 불길을 토해내며 검은 연기와 함께 하늘로 솟구쳐 올랐다. 불타는 재와 검은 연기는 용골산 하늘을 온통 뒤덮었다. 채 타지 않은 검불들은 매캐한 바람을 타고 흩날리며 여기저기로 불씨를 옮겼다. 움집들은 일순 용골산성을 집어삼키는 불쏘시개가 되어버렸다. 불길이 만들어낸 거친 돌풍에 휩쓸려 날아다니며, 미처 타지 않은 건물들에까지 무자비하게 불을 옮겼다. 바짝 마른 관아 건물들은 불이 붙기가 무섭게 속절없이 타들어 갔다. 붉은 화마는 긴 혀를 날름거리며 삽시간에 건물을 삼켜버렸다. 굵은 기둥들이 타들어 가고, 굳건했던 대들보가 엿가락처럼 휘어졌다. 화마의 붉은 눈은 더욱 맹렬하게 타올라 서까래와 지붕 전체를 불길로 뒤덮었다. 쉴 새 없이 용마루가 무너져 내렸다. 붉게 달아오른 기와 조각들이 힘없이 쏟아져 내렸다.

용골산성은 그렇게, 처참한 불길 속에서 마지막 숨을 헐떡이고 있었다.

진충루의 웅장한 지붕에 붉은 불길이 옮겨붙자, 봄바람을 타고 매캐한 연기와 함께 거친 굉음이 터져 나왔다. 굵고 튼튼했던 기둥들은 쉴 새 없이 타닥거리는 비명을 질렀다. 한때 조선의 꼿꼿한 자존심을 드높였던 누각이었다. 이제 맹렬하게 타오르는 화마의 거대한 입속으로 속절없이 녹아들고 있었다.

수많은 전투에서 쓰러져간 의병들의 원혼이, 산 자들의 모든 흔적을 지워버리려는 듯, 붉은 불꽃 속에서 울부짖었다. 그것은 자신들에게 씻을 수 없는 고통을 안겨준 산 자들에 대한 처절한 복수이자, 사무치는 원한의 불길이었다.

불길은 삽시간에 관아를 집어삼키고, 백성들의 피땀 어린 곡식 창고와 나라의 방패가 되어주었던 무기고마저 잿더미로 만들었다. 장사준이 역모라는 이름으로 비참한 최후를 맞이했던 무욕당 또한, 일순간에 거센 불길에 휩싸여 흔적도 없이 사라져갔다.

정봉수가 깊은 시름에 잠기곤 했던 누각의 한켠, 제장들이 밤낮으로 머리를 맞대고 계책을 논했던 마루, 그 모든 소중했던 공간들이 이제 검붉은 불꽃 속으로 영원히 사라졌다. 세찬 불기운은 삽시간에 성 전체로 번져나갔다.

작은 용골산성은 거대한 아궁이처럼 이글거렸다. 모든 것을 녹여버릴 듯 타오르는 화마에 돌과 흙으로 지어진 견고한 성벽도 서서히 녹아내리고 있었다. 뜨겁게 달아오른 기와 조각들은 쉴 새 없이 터져 나가며 사방으로 흩날렸다. 곳곳에서는 화승총이 작렬하는 굉음이 끊이지 않았다. 심지어 불을 질렀던 오랑캐 군사들조차 불기운을 이기지 못하고 헐떡이며 성 밖으로 황급히 피신했다.

용골산성 전체가 용광로처럼 끓어오르고 있었다. 그들은 상부의 명령대로, 조선의 자존심을 짓밟고, 다시는 일어설 수 없도록 철저하게 용골산성을 파괴하고 있었다.

불길은 모든 것을 삼켜버렸다. 죽음과 삶의 경계도 무너뜨린 채, 존재하는 모든 것을 무자비하게 불태웠다. 아군과 적군의 구분도 없었다. 그저 태울 수 있는 모든 것을 앗아가고, 검은 연기와 잿더미만을 남길 뿐이었다.

정봉수는 일행들과 함께 무거운 발걸음을 옮겨, 이제 막 산모퉁이를 돌아내려 오고 있었다. 멀리 두고 온 용골산성 쪽에서 검은 연기가 죽어가는 짐승의 울음소리처럼 처절하게 하늘로 솟구쳐 올랐다. 짙은 연기는 삽시에 붉은 불길로 변해갔다. 그들이 삶의 터전으로 삼았던 소중한 공간이, 한순간에 걷잡을 수 없는 불바다가 되어 타오르고 있었다. 붉은 불꽃은 거대한 혀처럼 산꼭대기를 핥으며 하늘로 솟아올랐다. 매캐한 바람을 타고 더욱 거세게 타오르며 용골산성 전체를 집어삼키고 있었다.

"영산 나리. 성이 불타고 있사옵니다."

뒤따르던 부장들은 울먹이는 목소리로, 믿을 수 없는 광경에 절규하듯 외쳤다. 그제야 정봉수는 무거운 발걸음을 멈춰 뒤돌아섰다. 타오르는 불길을 바라보는 그의 눈은 참을 수 없는 슬픔과 허망함으로 가득 차 있었다. 그의 시선은 불길에 무너져 내리는 성을 맴돌았다.

"어쩌겠는가. 저것이 나라님의 뜻이라면 받아들여야 하지 않겠는가."

정봉수는 한동안 넋을 잃은 사람처럼, 붉게 타오르는 용골산성을 하염없이 바라보았다. 그의 눈에서는 뜨거운 외줄기 눈물이 흘러내렸다. 그의 뺨을 타고 흐르는 눈물은 불길만큼이나 뜨거웠다.

갈 곳 없어 떠돌던 그들에게, 용골산성은 마지막 안식처와 같았다. 마음을 졸이며 장사준을 몰아내고, 마침내 의병을 일으켰던 곳. 강한 적들을 맞아 죽을힘을 다해 싸웠던 곳이었다.

비록 적들을 물리치긴 했지만, 그 과정에서 성안은 치유하기 어려운 상처를 입었다. 수십 명의 귀한 목숨이 스러졌다. 더 많은 이들이 씻을 수 없는 상처를 안게 되었다. 적보다 손실이 적었다고는 하나, 그들은 모두 누군가의 소중한 아들이었다. 사랑하는 지아비였다. 또 누군가의 자랑스러운 딸이었다. 그리운 아내였다. 스러져간 많은 이들을 성 주변의 차가운 땅에 묻었다. 그렇게, 피와 땀으로 지켜낸 소중한 성이었다.

많은 이들이 서로를 부둥켜안고 흐느꼈다. 그곳에서의 기쁨과 슬픔, 희망과 절망의 모든 추억이, 이제 걷잡을 수 없는 불길과 함께 무정하게 사라지고 있었다.

"영산 나리. 이 일을 어찌하면 좋사옵니까. 영산 나리."

백성들은 비통한 목소리로 정봉수를 애타게 불렀다. 좁은 길바닥에 주저앉아 통곡하는 이도 있었다. 삼삼오오 모여 서로를 끌어안고 흐느끼는 이들도 있었다. 여인들은 차마 타오르는 성을 보지 못하고 돌아서서, 야속한 나무를 끌어안고 서럽게 울었다.

용골산성은 이들에게 단순한 거처 이상의 의미를 지닌 곳이었다. 국난을 피해 몸을 숨길 수 있게 해준 은신처였다. 고단했지만 정겹고 따뜻한 삶의 터전이었다. 그런 소중한 공간이 처참하게 불타고 있었다.

"영산 나리. 저 오랑캐 놈들을 당장이라도 달려가 모조리 작살내야 하지 않겠사옵니까. 우리가 어떻게 지켜낸 성인데 저들이 저토록 처참하게 부수도록 그저 내버려두어야 한단 말입니까?"

"그렇사옵니다. 물러설 것이 아니라 지금이라도 당장 저들을 도륙 내는 것이 당연한 도리이옵니다. 영산 나리. 더 이상 참을 수가 없사옵니다."

분노와 슬픔에 휩싸인 부장들이 일제히 달려와 울부짖으며 정봉수에게 간청했다. 그들의 온몸은 북받쳐 오르는 울분으로 떨리고 있었다. 당장이라도 정봉수의 경령만 있다면, 불길 속으로 뛰어들어 오랑캐들과 맞서 싸울 기세였다.

정봉수는 굳게 다문 입술을 더욱 앙다물었다.

"어찌겠는가. 그것이 나라의 명이 아니더냐. 우리는 나라의 명에 죽고 명에 사는 법이다. 어찌 저들의 파렴치한 행동에 분노가 일지 않겠느냐. 하지만 더 큰 아픔이 있어도 명을 따르는 것이 우리의 도리이다. 내일을 위해 오늘을 참는 것이다."

정봉수는 떨리는 손으로 옷소매를 들어 뜨겁게 흐르는 눈물을 거칠게 닦아냈다. 이어 무거운 발걸음을 돌렸다. 그의 뒷모습은, 붉게 타오르는 용골산성만큼이나 처절하고 암담해 보였다.

용골산성은 그렇게, 하룻낮과 밤 동안 처참하게 불타올랐다.

고구려 시대부터 천년 세월을 굳건히 이 나라의 산성으로, 그 누구의 침입도 허락하지 않았던 요새였다. 그러나 오랑캐들의 강압적인 압력에 스스로 성문을 열었다. 결국 그들의 손에 의해 무참히 불태워졌다. 그것은 역사의 슬픈 아이러니이자, 돌이킬 수 없는 비극이었다. 그래서, 정봉수의 찢어지는 아픔은 더욱 깊고 사무쳤다.

37. 죽음의 행군

음력 6월 중순이었다.

조선의 등줄기를 짓누르는 끈적한 무더위는 숨쉬기도 버거운 고통이었다. 장마가 물러난 후 시작된 건기는 하루가 다르게 세상을 불에 올린 솥뚜껑처럼 달구었다. 끝없이 울어대는 매미 소리는 지친 귓가를 송곳처럼 파고들었다. 작열하는 태양 아래 서서히 메말라가는 논처럼, 조선 땅은 갈증으로 신음하고 있었다.

그보다 앞서, 정봉수는 용골산성을 떠나기 전, 평안 병사에게 피를 토하는 심정으로 간찰을 보냈다. 젊은 의병들은 고향으로 돌려보냈다. 굶주림에 지쳐 쓰러져 가는 노약자들을 차마 외면할 수 없었다.

"부디 이들을 거두어 먹일 양곡을 내려주십시오."

그는 답장이 오기만을, 마른 논에 물이 닿기를 기다리는 농부처럼 애타게 기다렸다.

그러나 야속하게도 조정은 말이 없었다. 아니, 침묵보다 더 잔인한 명령이 평안 병사를 통해 내려왔다.

"어쩔 수 없다. 안주성으로 들어가라."

용골산성에서 안주성까지는 무려 3백 리 길이었다. 이글거리는 뙤약볕 아래 그 먼 길을 걸어간다면, 도착하기도 전에 절반이 넘는 사람들이 쓰러져 죽을 판이었다. 그것은 사실상 죽으라는 명령이나 다름없었다. 허탈감이 그의 온몸을 휘감았다. 이대로 주저앉을 수는 없었다. 그는 절박한 심정으로 서둘러 조정에 다시금 치계를 올렸다.

굶주린 노약자들이 너무 많아, 부득이 명나라 도독 모문룡의 군문이 있는 독부에 먼저 들어가 허기를 달랜 후에 안주로 향할 것을 윤허해 달라는 애끓는 내용이었다.

조정의 반응을 더 이상 기다릴 여유가 없었다. 그는 자신의 결정을 믿고, 어명이 떨어지기도 전에 발걸음을 옮기기로 결심했다. 그의 발걸음은 무거웠지만, 동시에 한 치의 망설임도 없었다.

성을 나서기 직전, 정봉수는 비통한 마음으로 제장들에게 엄숙히 하명했다. 그의 목소리는 낮았지만, 그 안에 담긴 무게는 천근만근이었다.

"성안의 백성들을 이끌고 머나먼 길을 나서기란 결코 쉬운 일이 아니다. 게다가 언제 오랑캐들이 뒤에서 칼끝을 들이댈지 모르는 일이다. 모두 한순간도 방심하지 말고 신경을 곤두세워야 할 것이다. 부장들은 이 점을 명심하고, 행렬의 앞과 뒤에 정예 군사들을 빈틈없이 배치하라. 선두는 내가 직접 맡을 것이다. 중군과 절반의 부장들은 뒤에 따르며, 혹시라도 적들이 추격해 오는지 끊임없이 살펴라. 만약 저들이 끈질기게 쫓아온다면 그땐 죽음을 각오하고 있는 힘을 다해 싸워야 할 것이다."

그의 말 한마디 한마디는 제장들의 가슴에 비수처럼 꽂혔다.

정봉수는 무거운 발걸음을 옮겼다.

명나라 도독 모문룡이 호령하는 군문, 대계도로 향했다. 철산 서쪽에 있었다.

그곳에 들어가 굶주림에 허덕이는 의병들을 먼저 먹이는 것이 급선무였다. 그의 마음은 오직 굶주린 백성들에게 양식을 먹일 생각으로 가득 차 있었다.

신미도에 웅크리고 앉아 호시탐탐 조선을 노리던 모문룡은, 이미 조선 조정으로부터 수십만 석에 달하는 막대한 양곡을 강탈해 갔다. 은화 또한 기십만 냥을 약탈했다.

모문룡은 막무가내였다. 그의 행동은 다름 아닌 날강도와 같았다. 조선 조정에게 그는 그야말로 떨쳐낼 수 없는 커다란 골칫덩어리였다. 그는 거머리처럼 조선의 피를 빨아먹으며 더욱 비대해졌다. 그러면서도 본국인 명나라로부터 매년 20만 냥이라는 거액의 은화를 지원받고 있었다. 그 돈으로 후금 군을 격퇴하고 있다고 거짓 보고를 일삼았다. 그러다 보니, 항복해 온 오랑캐들을 무자비하게 죽여 그들의 머리를 전공으로 부풀려 보고했다. 심지어 죄 없는 명나라 난민들을 잔혹하게 참살했다. 그들의 머리를 오랑캐의 것으로 둔갑시켜 조정에 보고하는 파렴치한 짓까지 서슴지 않았다. 날마다 상부에 허위 공적을 보고해야 했기에, 그는 끊임없이 후금 군사의 수급이 필요했다. 그의 양심은 이미 탐욕의 수렁 속에 빠져 헤어날 수 없었다.

정봉수는 그동안 수많은 전투에서 공을 세우며 확보했던 후금군의 수급을 모문룡에게 넘겨주었다. 그 대가로 굶주린 백성들을 먹일 양곡을 얻어냈다.

정봉수에게는 양곡이 절실하게 필요했다. 모문룡에게는 허위 공적을 위한 적의 수급이 필요했다. 조선 조정은 오랑캐의 수급을 거두었다는 형식적인 기록만 필요했다. 실제로 그것이 필요한 것은 아니었다. 이 기묘한 공생 관계 속에서 정봉수는 오직 백성을 살릴 방도를 찾고 있었다.

정봉수는 창고 깊숙이 소중하게 보관해 두었던 후금 군의 수급을 짚으로 꼼꼼하게 싸서 우마차에 실었다. 그리고 25명의 장수와 굶주림에 지친 5천여 군병, 그리고 노약자들을 이끌고 대계도로 향했다. 모문룡에게 군선 80척을 빌렸다. 전 안주 목사 김완도 함께했다. 그의 마음속에는 백성들을 살려야 한다는 일념뿐이었다.

대계도에 도착하자, 모문룡의 심복 부장인 모영선이 정봉수를 따뜻하게 맞이했다.

"아니, 이게 누구시오. 정봉수 대장 아니시오. 북방 오랑캐들의 간담을 서늘하게 했던 천하의 의병장, 정봉수 영감께서 어찌 이 누추한 독부의 대계도까지 친히 찾아주신 것이오이까?"

모영선은 호탕하게 웃으며 정봉수를 덥석 끌어안았다. 그의 굵은 팔뚝에서 환영의 힘이 굳건하게 느껴졌다.

정봉수는 그의 진심 어린 환대에 일말의 안도감을 느꼈다.

"과찬이시오, 모 부장. 그동안 독부의 모 도독께서 음으로 양으로 저희 의병들을 도와주셨기에, 저희가 이토록 미약하나마 이름을 알릴 수 있었던 것이 아니겠소이까. 이제 오랑캐들이 스스로 물러갔으니, 굳이 산성을 지킬 이유가 없어 이렇게 내려오게 되었소이다."

정봉수는 애써 사실을 숨기고 여유로운 미소를 지으며 능숙하게 응대했다.

그의 얼굴에는 오랜 고생의 흔적이 짙게 엉겨있었다. 하지만 지금만큼은 백전노장의 여유가 흘러넘쳤다. 그리고 함께 온 김완 목사 등 일행들을 모영선에게 차례로 소개했다. 정중한 인사가 오갔다.

모영선은 정봉수 일행이 잠시 머물 수 있도록 공간을 마련해 주었다. 비록 변변한 것은 없었지만, 금방이라도 무너질 듯한 움막도 밤의 차가운 이슬을 피할 소중한 안식처가 되어주었다.

정봉수는 움막 안에 앉아 잠시 눈을 감았다. 굶주림과 피로에 지친 백성들의 얼굴이 앞을 가렸다. 그들의 안식처가 되어줄 이곳에서, 그는 간절한 바람을 품었다.

그동안 힘들게 모아온 오랑캐들의 수급을 건넸다. 정봉수는 모영선에게 조용하게 말했다.

"그동안 숱한 전투에서 어렵게 모아놓았던 오랑캐들의 수급을 모두 신고 왔소이다. 부디 넉넉하게 양곡으로 바꿔주시오. 당분간은 오랑캐들의 머리를 구하기가 쉽지 않을 것이니 후하게 쳐주셔야 할 것이외다."

모영선은 정봉수의 말을 듣고 깊이 고개를 끄덕이며 감사의 뜻을 표했다. 진정한 전공과 허위 보고 사이에서, 그는 정봉수의 존재가 얼마나 귀한지 새삼 깨달았다.

"참으로 고마운 말씀이오, 정 대장께서도 잘 아시다시피 우리 조정에서는 날마다 오랑캐의 수급을 확인하며 재촉하고 있소이다. 우리 또한 그 압박 속에 심히 답답할 따름이이오. 공적을 보고하라고 닦달하는데, 솔직히 적의 머리를 거둔다는 것이 그리 쉬운 일이 아니질 않소이까. 중앙에 앉아 붓만 굴리는 벼슬아치들은 말을 타고 나가기만 하면 오랑캐 머리가 발밑에 굴러다니는 줄 알고 있으니 참으로 답답하고 한심한 노릇이지요."

모영선은 나름의 고충을 토로했다.

정봉수는 고개를 끄덕이며 그의 말에 공감했다. 허울뿐인 명분과 실리 사이에서, 그들은 각자의 방식으로 살아남기 위해 발버둥 치고 있었다.

모영선은 명나라 조정의 어처구니없는 처사에 꽤 격앙된 목소리로 불만을 토로했다. 묵은 체증처럼 그동안 켜켜이 쌓였던 울분이 고스란히 담겨 있었다. 하지만 그것은 오랫동안 정봉수와 쌓아온 두터운 친분 덕분에 터놓을 수 있는 속내였다. 신뢰가 없었다면 감히 꺼낼 수 없는 이야기였다.

"그렇고말고요. 어디나 중앙에 틀어박힌 관료들은 다 같소이다. 전선에 나가면 오랑캐 머리가 발에 차이는 줄로만 안단 말이지요. 게다가 시도 때도 없이 무모한 전투를 강요하니, 참으로 답답할 노릇이 아닐 수 없소이다. 하지만 전선에서 매 순간 시퍼런 날 위에서 싸우다 보면, 어찌 온전히 살아남을 수 있겠소이까. 피할 수 있는 싸움은 최대한 피하고, 정말 부득이하게 맞서 싸워야 할 때, 비로소 칼을 뽑는 것이지요.”

정봉수는 그의 답답한 심정을 헤아리듯 고개를 끄덕이며 그의 편을 들어주었다. 모영선에 대한 넉넉한 이해와 동감이 엉겨있었다.

“모 도독께서도 그동안 정 대장 덕분에 적잖은 공훈을 세우셨지요. 그 점, 늘 깊이 감사하게 생각하고 계시옵니다.”

정봉수는 속사정을 꿰뚫고 있었기에, 적의 수급을 양식과 맞바꿨다. 모영선 또한 그의 공을 인정하여 후한 값으로 양곡을 내주었다. 정당한 대가를 받은 셈이었다. 정봉수는 그 양곡으로 굶주린 의병들을 넉넉히 먹였다. 병사들의 앙상한 볼이 조금씩 채워지는 것을 보며 안도했다.

그러나 마음 한켠의 쓸쓸함은 쉬이 가시지 않았다. 가까스로 목숨은 이어가게 되었으나, 죽은 이의 머리로 산 자의 굶주림을 달래야 하는 현실은 결코 개운할 수 없었다. 생존을 위해 치러야 한 그 비릿한 대가가 그의 가슴을 뒤흔들고 있었다.

대계도에 머무는 동안, 뜻밖에도 모문룡이 정봉수에게 직접 면담을 요청해 왔다. 정봉수가 그에게 먼저 만남을 청한 것이 아니었다. 오만하기 그지없는 모문룡이, 오히려 정봉수를 보자며 여러 차례 모영선을 보내왔다. 이 의외의 제안에 정봉수는 내심 의아함을 감출 수 없었다. 무엇 때문에 그 거만하기 이를 데 없는 모문룡이 자신을 찾을까 하는 의문이 그의 머릿속을 맴돌았다.

“제 체면을 봐서라도 모 도독을 한번 뵙는 것이 어떻겠소이까?”

모영선은 난처한 표정으로 정봉수에게 간청했다. 그의 얼굴에는 모문룡의 강압적인 요구와 정봉수의 완강한 태도 사이에서 난감해하는 기색이 역력했다.

“정 대장께서 부디 한 번만 도독을 뵈어주십시오. 극진히 청하시는 뜻이 간절하십니다. 다만 이 만남은 극비리에 진행될 것입니다. 그 누구도 모르게 조용히 면담하시는 것으로 하시지요."

모영선의 끈질긴 설득에 정봉수는 더 이상 완강하게 거부하기에 어려웠다.

"내가 모 도독을 뵐 일이 대체 무엇이 있다고 그분을 찾아뵙겠소이까. 하지만 그대가 그토록 간곡히 함께 가자 청하니 어쩔 수 없이 모 도독을 뵙도록 하겠소. 다만 이는 대단히 중요한 일이오. 우리 조선 조정에서 이 사실을 알게 된다면 나를 크게 꾸짖을 것이오."

정봉수는 이 만남이 가져올 정치적 파장에 대해 크게 우려하고 있었다. 그는 자신의 결정이 불러올 후폭풍을 예상하며 가슴이 조여드는 것을 느꼈다. 결국 어두운 밤, 모영선은 작은 배를 대계도에 조용히 댔다.

대낮부터 쉴 새 없이 장대비가 쏟아지는 날이었다. 다행히 풍랑은 없었지만, 앞을 분간하기 어려울 정도로 굵은 빗줄기가 쉴 새 없이 쏟아졌다.

대계도에서 모문룡이 머무는 신미도는 먼 거리였다. 뱃길로 철산으로 간 다음 말을 달려 선천으로 들어갔다. 이어 그곳에서 다시 배를 타고 신미도로 들어갈 수 있었다. 그곳은 그의 고향 인근이라 지리에 누구보다 밝았다. 어둠이 짙게 드리운 밤바다는 언제 어떤 위험이 도사리고 있을지 알 수 없는 곳이었다.

정봉수는 빗줄기처럼 복잡하게 얽힌 심경으로 배에 몸을 실었다. 그의 마음을 알 수 없는 긴장감이 겹겹이 에워싸고 있었다. 정봉수를 태운 작은 배는 칠흑 같은 어둠을 헤치고 나아가, 마침내 모문룡이 머무는 신미도에 도착했다.

모문룡은 정봉수를 위해 온갖 진귀하고 기름진 음식을 푸짐하게 차려놓고, 귀한 술을 아낌없이 내놓았다. 그의 옆에는 아름다운 기생들이 줄지어 앉아 요염한 자태를 뽐냈다. 정봉수가 눈길을 주면, 그 누구라도 기꺼이 그에게 바칠 준비가 되어 있는 듯했다.

모문룡은 직접 술잔에 술을 가득 따라 정봉수에게 건네며 입을 열었다. 그의 옆에는 모영선이 잔뜩 몸을 숙인 채 앉아 있었다.

"정 대장. 참으로 뵙기를 소망하여, 오늘 이렇게 귀한 자리를 마련하였소. 그동안 용골산성에 의지하여, 적들을 그토록 처참하게 무찔렀다는 소식을 접할 때마다, 실로 경탄을 금치 못하였소. 변변찮은 백성들을 이끌고 들어가, 적의 대군을 수차례 격퇴시켰다는 이야기는, 듣고도 감히 믿기 어려웠소. 이는 실로 대단한 일이 아니고 무엇이겠소?"

모문룡은 입에 침이 마르도록 정봉수를 극찬했다.

"과찬의 말씀이십니다, 저희 조선 백성들은 본디 순박하나, 나라가 위기에 처하면 그 누구보다 먼저 분연히 떨쳐 일어서는 굳건한 심성을 지니고 있습니다. 소인은 그저 그들의 잠재된 힘을 잠시 빌렸을 뿐입니다."

정봉수는 겸손하면서도 기품 있는 태도로 칭찬을 받아넘겼다. 그의 말에는 허위와 가식이 없었지만, 모문룡은 그의 겸손함도 자신을 높이는 수단으로 받아들이는 듯했다.

술잔이 오가고, 흥겨운 풍악 소리가 울려 퍼졌다. 관능적인 기생들의 웃음소리가 은은하게 번져갈수록, 분위기는 더욱 무르익어 갔다. 몇 순배 술잔이 돌고, 기생들은 혼을 빼놓을 듯 농염한 자태와 교태로 정봉수의 마음을 흔들려 애썼다.

정봉수는 겉으로는 평온한 표정을 유지했지만, 그의 내면은 끊임없이 경계심을 곤두세우고 있었다.

모문룡은 슬며시 손짓하여 기생들을 물렸다. 본론을 꺼내듯 은근한 어조로 입을 열었다. 그의 눈에는 이전의 찬사 뒤에 숨겨진 진정한 의도가 번뜩였다. 정봉수는 직감적으로 그가 하려는 말이 무엇인지 짐작했다.

"정 대장. 이 기회에 배를 갈아타 보시는 것은 어떻겠소? 이 독부의 군을 맡아, 후금 적들을 정면으로 대적한다면, 이는 곧 조선에도 더없이 큰 공이 될 것이오. 아울러 대명에도 더 없는 공이 될 것이오. 더욱이 대장의 명예는 그야말로 영원히 빛나는 훈장이 될 것이오. 만약 정 대장이 아주 만분의 일이라도 이 제안에 마음이 동한다면 내 적극적으로 황제 폐하께 말씀을 올려 그리하도록 윤허를 받아낼 자신이 있소.”

제안은 단순한 권유가 아니라, 정봉수의 능력을 높이 평가하며 자신의 세력으로 끌어들이려는 노골적인 유혹이었다.

그러자 정봉수는 즉시 들고 있던 술잔을 내려놓았다. 그의 두 눈을 똑바로 마주 응시했다. 그의 시선은 차갑고 단호했다. 그리고 낮은 어조로 입을 열었다.

“도독께서 추천해 주심은 분에 넘치옵니다. 하나 소신은 조선의 장수로, 그 은혜를 입어 이 나이가 되도록 살아왔습니다. 그런데 이제 환갑을 바라보는 늙은 몸으로 어찌 하루아침에 배를 갈아탈 수 있겠습니까. 이는 천부당만부당하신 말씀입니다. 그 말씀은 부디 듣지 않은 것으로 하겠습니다.”

정봉수는 단연하게 자리에서 일어섰다. 그의 몸짓에는 일말의 망설임도 없었다.

모문룡은 새파랗게 질리며 당황스러움을 감추지 못했다. 옆에 있던 모영선도 깜짝 놀라 그의 팔을 붙잡으며 만류했다. 하지만, 그의 굳은 결심은 흔들리지 않았다.

정봉수는 모문룡에게 간단한 예를 표하고, 그 길로 쏟아지는 빗줄기를 헤치며 대계도로 돌아왔다. 그 후, 다시 모문룡을 만나지 않았다.

대계도는 섬이었지만, 제법 규모가 있는 마을이 형성되어 있었다. 고기잡이도 가능했다. 하지만 많은 난민들이 농사를 지을 만한 곳이 못되었다. 험한 돌투성이 땅을 일구어 밭을 만들어야 겨우 생계를 이을 수 있는 형편이었다. 게다가 모문룡이 주는 변변찮은 식량으로는 굶주린 배를 채우기도 어려웠다.

정봉수의 마음속에는 다시금 백성들의 굶주린 몰골이 떠올랐다. 이곳에서는 더 이상 버틸 수 없다는 절박감이 그를 괴롭혔다. 그곳에 머문 지 얼마 지나지 않아, 정봉수는 제장들과 함께 다른 생존 방도를 찾기위해 밤낮으로 머리를 맞대고 논의를 거듭했다.

"이곳은 땅도 척박하고, 떠돌아다니는 유민들만 가득하니 우리가 오래 머물 만한 곳이 못 된다. 우선 모문룡에게 얻은 양식으로 겨우 굶주린 배를 채우고 연명은 했지만 이제 다른 방도를 찾아야 할 텐데 딱히 떠오르는 묘책이 없구나."

정봉수는 참담한 한숨을 내쉬었다.

"그러하옵니다, 이곳은 모 도독의 독부라 언제 적들이 쳐들어올지 모릅니다. 가능하다면 하루라도 빨리 뭍으로 돌아가야 하옵니다."

중군 김종민이 염려하는 목소리로 말했다. 그의 말은 정봉수의 불안 감을 더욱 부추겼다.

"다른 제장들의 생각은 어떠한가?"

"저희 역시 다르지 않사옵니다. 이곳에 마냥 머물다 오랑캐들의 갑작스러운 침략을 받는다면, 제대로 싸워보지도 못하고 맥없이 당할 겁니다. 하루라도 빨리 정충신 부원수의 진중으로 옮겨가는 것이 어떨까 하옵니다."

첨지 이광립이 다른 제장들을 차례로 둘러보며 신중하게 의견을 제시했다.

"좋은 생각이다. 조정에서도 안주성으로 들어가라 명이 떨어지지 않았는가. 안주성까지는 너무 머니 정주성에 들렀다 가는 것으로 하자."

걷기도 힘든 노약자는 배로 옮기도록 했다. 독부에서 빌린 배가 몇 척되지 않아 많은 백성이 탈 수는 없었다. 게다가 뭍에서만 살던 이들이 배를 타고 먼 거리를 간다는 것은 고통이었다.

죽어도 뭍에서 죽겠다는 사람이 많았다. 결국 아주 일부만 배를 타고 이동하도록 했다. 걸을 수 있는 이들은 고통스러운 행군을 시작했다.

정봉수는 걷고 또 걸었다. 발바닥은 진흙과 피로 얼룩졌다. 독부에서 간신히 얻어낸 곡식으로 길바닥에서 허기를 달랬다. 그마저도 곧바로 바닥을 드러냈다.

이 고을 저 촌락을 지날 때마다, 그들은 거대한 비렁뱅이 떼처럼 구걸을 일삼았다. 하루 혼 끼라도 따뜻한 밥을 얻어먹는 자는 그나마 운이 좋은 편이었다. 그마저도 얻지 못하는 이들은, 빈 입으로 논물을 마시고, 개울물을 훔쳐 마시며 걷는 수밖에 없었다. 그들의 앙상한 몰골에는 생존을 향한 처절한 갈망만 남아 있었다.

늦더위는 여전히 기승을 부렸지만, 황량한 들녘에는 먹을 곡식이라고는 찾아볼 수 없었다. 전란으로 인해 농사를 제때 짓지 못한 탓에, 들판에는 바람에 흔들리는 피만 가득했다. 그나마 콩이며 조, 수수 같은 작물들은, 눈 밝은 자들의 약탈을 피해 농민들이 밤낮으로 지키기에 어려웠다.

가는 곳곳마다 먹을 것을 빼앗으려는 피난민들과, 그것을 지키려는 현지 백성들 사이에 처절한 싸움이 벌어져 들녘은 늘 소란스러웠다. 정봉수는 그 광경을 볼때마다 가슴이 찢어졌다.

"사흘을 굶으면 남의 담을 넘지 않는 이가 없다"라고 했던가.

용골산성에서 내려온 백성들은, 대규모 메뚜기 떼와 다름없었다. 살기 위해 닥치는 대로 풀뿌리를 캐 먹고, 나무 열매를 따 먹었다. 그들이 지나간 자리에는 그 어떤 것도 남지 않았다. 그러니 속병이 나는 것은 당연했다. 속병에 신음하는 이들은, 길바닥에 그대로 주저앉았다. 그러나 그들을 일으켜 세워줄 사람은 아무도 없었다. 일행에서 뒤처지는 순간, 그것은 곧 죽음을 의미했다. 엉금엉금 기어서라도, 필사적으로 일행의 뒤를 따라붙어야만 살아남을 수 있었다. 굶주림에 지쳐 며칠 밤낮을 건다 보니, 수많은 이들이 길가에 힘없이 주저앉았다. 심지어 형제자매도, 굶주린 그들을 돌볼 여력이 없었다. 우선은 자신부터 살아남아야, 비로소 형제도 자매도 돌볼 수 있는 것이 냉혹한 현실이었다.

정봉수는 이 잔인한 현실에 무력감을 느꼈다. 동시에 그의 책임감은 더욱 커져갔다.

전장에서 칼을 휘두르며 싸운 것도, 죽기 아니면 살기의 절박한 싸움이었다. 부원수 정충신의 진중으로 찾아가는 길 또한 다르지 않았다.

굶주림과 질병, 탈진으로 도태되는 자들은, 그저 이름 없이 사라져갈 뿐이었다. 그들이 지나가는 길섶에는, 힘없이 쓰러져 다시는 일어나지 못하는 백성들의 처참한 모습이 부지기수로 널려 있었다. 정봉수는 그들의 죽음을 곁에서 지켜보며 애틋한 슬픔과 회한에 잠겼다. 그는 굶주림에 허덕이는 노약자들을 이끌고, 천신만고 끝에 그달 하순에 이르러서야, 마침내 부원수 정충신의 진중인 정주에 도착했다. 그는 이미 지칠 대로 지쳐, 간신히 숨만 붙어 있는 상태였다. 그나마 곁에서 헌신적으로 그를 보살핀 박실의 정성 덕분에, 간신히 그곳까지 올 수 있었다.

박실 또한, 그 곱던 얼굴은 반쪽이 되어 있었다. 퀭한 눈에는 무거운 피로감이 드리워져 있었다. 그들의 모습은 살아남은 자들의 처절한 고통을 고스란히 보여주는 듯했다.

정충신은 초췌한 모습으로 도착한 정봉수와, 그가 이끌고 온 백성들의 수를 헤아렸다. 그의 표정에도 안타까움과 놀라움이 교차했다.

"영감 건장한 장정은 겨우 8백58명이고 굶주림에 지친 노약자는 9백95명입니다. 오늘 진중에 들어온 이들의 수가 이러하니 조정에 그리 보고하겠소이다."[87]

정봉수는 고개를 끄덕였다.

---

87)　인조실록 17권: 인조 5년 8월 24일 정사 1/1 기사 / 1627년

"산성을 나설 때 5천이 넘는 식솔들이 함께했는데… 이제 2천도 채 되지 않습니다. 3천이 넘는 이들이 도중에 흔적도 없이 사라졌으니 이 또한 운명이 아니고 무엇이겠습니까."

정봉수의 목소리는 바싹 마른 갈대처럼 힘없이 떨렸다. 그 또한 오랜 기간 굶주림에 시달려, 뼈와 가죽만 남은 참담한 모습이었다. 최근에도 사흘 동안 물 한 모금 마시지 못했다.

성에서부터 앓아온 속병은 더욱 깊어졌다. 끊임없이 격한 고통이 그를 덮쳐왔다. 창자가 끊어지는 극심한 통증은 주기적으로 반복되었다. 그럴 때마다 그는 배를 움켜쥐고 땅바닥에 엎드려 거친 숨을 몰아쉬었다. 그는 고통과 절망으로 일그러져 있었다. 그의 눈은 깊이를 알 수 없는 상실감으로 가득 차 있었다. 그런 그의 고통스러운 모습을 옆에서 지켜보는 정충신 부원수 또한, 안타까운 마음 금할 길이 없었다.

"참으로 멀고도 험한 길을 오셨소이다."

정충신이 보기에도, 정봉수의 행색은 너무나 딱하고 처참했다. 젊은 장정들도 올바르게 서 있지 못하는 형편이었다. 며칠 밤낮을 굶주렸으니, 그들이 온전할 리 없었다. 모두가 죽음의 문턱을 헤매는 위태로운 지경이었다.

"대감 이곳을 찾아온 이들은 너무나 굶주렸사옵니다. 부디 이들을 먹여주십시오. 내 마지막 바람이 있다면 그것뿐이옵니다."

정봉수는 퀭한 눈으로 간신히 말을 이었다. 바르게 앉아 있을 힘도 없었다. 그의 몸은 위태롭게 흔들렸다.

"영감. 이곳 또한 양식이 넉넉지 못하외다. 한두 끼 정도는 어찌어찌 해결하겠지만 더 이상의 식량 공급은 어렵소이다. 부디 의병을 이끌고 안주에 가서 휴식을 취하는 것이 좋겠소이다."

정충신의 말에 남아 있던 한 가닥 희망마저 부서졌다. 정봉수는 더욱 더 어두운 좌절감에 물들었다.

"이곳마저 그리 어려운 형편이옵니까?"

"조정에서는 충분히 거두어 먹이라는 하명을 받았소이다. 그보다 앞서 용골성에 충분한 양식을 지원하라는 어명도 분명히 있었소이다. 하지만 서로[88]의 군향이 텅 비어 있으니 어쩌겠소이까. 조정에는 그리하겠노라고 보고는 했지만 실상은 그러하지 못하였소이다."

정봉수는 더 이상 아무 말도 하지 못했다. 서부 지역 군사들을 먹여야 할 군 창고마저 텅 비어 있다면, 더 이상 무슨 말을 한들 소용이 있겠는가. 그의 입에서는 탄식도 나오지 않았다. 하늘이 무너지는 암울함에 휩싸였다.

정충신은 그들에게 겨우 풀죽을 끓여 허기를 달래게 해준 후, 마지못해 그들을 떠밀어 보냈다. 강의 거센 물줄기를 따라 힘없이 떠내려온 낡은 뗏목을, 강 한가운데로 밀어 넣듯, 정충신은 정봉수 일행을 떠밀었다. 곡간의 곡식이 바닥난 여건에서, 그 또한 어쩔 도리가 없었다. 정봉수는 정충신의 눈에서 '나 또한 어쩔 수 없다'라는 체념을 읽었다.

정주에서 안주까지는 또다시 1백 리의 머나먼 길이었다. 굶주림에 지친 몸으로 그 먼 길을 간다는 것은, 가볍게 여길 수 없는 고행이었다. 눈앞이 캄캄해지고, 세상이 노랗게 변하는 듯했다.

정봉수는, 어떻게 이 가엾은 백성들을 이끌고 가야 할지, 걱정이었다. 곡간의 식량이 바닥났다는데, 달리 무슨 방도가 있겠는가. 더 이상 망설일 여지가 없었다.

그들에게 남은 것은, 오직 조정의 명령대로, 머나먼 안주성을 향해 다시금 힘겨운 발걸음을 옮기는 것뿐이었다. 지옥 같은 길이 다시 시작되었다. 남은 백성들을 이끌어야 한다는 책임감이 천근의 무게로 다가왔다.

---

88)　서로: 황해도와 평안도를 통틀어 이르는 말.

그들은 다시, 희망도 희미해진 안주성을 향해 나섰다. 아무리 빨라도 사나흘은 꼬박 걸어야 할 험난한 길이었다. 건장한 장정들이라면 이틀이면 족할 거리였다. 굶주림과 피로에 지친 그들에게는 하루하루가 고통의 연속이었다.

가다 쉬고, 또다시 걷고, 쓰러지기를 반복했다. 노약자들은 길바닥에 한 번 주저앉으면, 다시는 일어설 힘도 남아 있지 않았다. 모두가 극한의 피로에 지쳐 있었기에, 누구도 나서서 그들을 일으켜 세워줄 기력이 없었다. 뒤처진 이들을 애타게 기다리다, 오지 않으면, 남은 이들은 애통한 마음으로 다시 걷기 시작했다. 낙오되는 자는, 그저 냉혹한 현실 속에서 도태될 수밖에 없었다. 모두가 정신이 나간 상태였다.

그렇게 나흘이라는 기나긴 시간을 걷고 걸어, 마침내 그들은 평안병사의 본영이 있는 안즈성에 겨우 도착했다. 그러나 그곳도, 남이흥 장군이 장렬하게 순국한 처참한 격전지였던 탓인지, 남아 있는 것이 별로 없었다.

웅장했던 관아 건물은 이미 불타 없어진 지 오래였다. 그 주변의 부속 건물들 또한 심하게 파손된 채 흉물스럽게 남아 있었다. 정봉수의 눈에 비친 안주성은 희망이 아니라, 또 다른 절망의 시작처럼 보였다. 그럼에도 불구하고, 안주성의 양식 사정은 다른 황폐한 지역에 비하면 비교적 나은 편이었다.

정봉수는 용골산성을 떠날 때부터 굶주림에 지친 백성들을 헌신적으로 거두어 먹였다. 마침내 텅 빈 배를 채우고 나니, 비로소 온몸에 안도감이 스며들었다. 참으로 멀고도 험난한 길이었다. 수많은 사람이 도중에 힘없이 쓰러져 나갔다. 떨어진 것이 아니라, 굶주림과 질병에 굴복하여 죽어 나갔다. 5천에 달했던 백성들의 수는, 1천여 명으로 줄어 있었다. 그들 중에는 새로운 삶의 터전을 찾아 뿔뿔이 흩어진 이들도 있었다. 대부분은 연약한 노약자들이었기에, 차가운 산짐승의 먹이가 되었을 가능성이 컸다. 너무나 많은 이들이 그렇게 스러져 갔기에, 뒤돌아보며 슬퍼할 겨를도 없었다.

정봉수의 마음은 무거운 돌덩이를 얹은 듯했다. 살아남은 이들을 보며 간신히 버티고 있었다.

안주성에 이르러서야 겨우 숨을 돌릴 수 있었다.

38. 조정의 분노

그러나 조정에서는 뒤늦게 격렬한 소용돌이가 휘몰아치고 있었다. 음력 7월 초였다. 심상치 않은 분위기가 조정 대신들 사이에 감돌았다. 뒤늦게야 정봉수가 조정의 명을 어기고, 안주성이 아닌 모문룡의 군문이 있는 대계도로 들어갔다는 전갈이 조정에 올라왔다.

"뭐라고? 용골성의 정봉수가 안주가 아니라 감히 모문룡의 군문으로 들어갔단 말이더냐?"

평안병사의 뒤늦은 치계가 조정에 도착하자, 조정은 발칵 뒤집혔다. 조정 중신들은 기다렸다는 듯이, 하나같이 정봉수를 향해 날이 선 비난의 화살을 쏘아붙였다.

"정봉수가 감히 조정의 어명을 어기고, 모문룡의 군문에 제 발로 들어가다니. 있을 수 없는 일이옵니다."

"누가 아니랍니까. 이 기회에 반드시 조정의 권위를 바로 세워야 하옵니다. 전하께서 그자를 터무니없이 어여삐 여기시니, 분수를 망각하고 하늘 높은 줄 모르고 날뛰는 것이옵니다."

"당장 전하를 모신 자리에서 정봉수의 죄상을 낱낱이 고하고, 엄벌을 내려야 하옵니다."

중신들은 하나같이 격앙된 목소리로 정봉수를 힐난했다. 그들이 분노한 것은, 정봉수가 조정의 명에 따라 안주성으로 곧장 가지 않고, 먼저 모문룡이 점거한 대계도로 향했다는 사실이었다.

굶주린 의병들과 백성들을 먹이기 위해 어쩔 수 없이 그런 선택을 했다는 그의 절박한 사정에 대해서는, 알려고도 하지 않았다. 오직 조정의 명령을 거역했다는 죄목에만 눈이 멀어 있었다. 시기와 질투, 그리고 자신들의 권위를 지키려는 강한 욕망이 뒤섞여 있었다.

게다가 모문룡은 조선의 장수들을 영입하여 명의 관문에 들이려는 술책을 계속하고 있었다. 일부 조선 장수들이 그의 회유에 넘어가 국적을 옮긴 이들도 있었다.

그러다보니 조선 조정은 더욱 예민하게 움직이고 있었다.

조정에는 신흠, 오윤겸, 이정구, 김류와 더불어 대사성[89] 이현영, 병조참판 최명길, 호조참판 이경직, 대사헌 정경세, 대사간[90] 김덕함 등 쟁쟁한 중신들이 어전에 도열해 있었다.

김류는 왕의 눈치를 살피며 조심스럽게 아뢰었다.[91]

"정봉수가 용골성의 군사를 함부로 내지로 옮긴 것은, 명백히 부당한 처사였사옵니다. 양식이 끊어질 듯하여 부득이 그런 계책을 썼다고는 하나, 이미 무너질 운명이었사옵니다. 게다가 성이 무너진 뒤에는, 마땅히 조선의 군문으로 와야 함에도 불구하고, 외딴 해도로 도망쳐 모문룡의 통제를 받겠다고 스스로 들어갔으니, 그 죄상을 따져보면 실로 가볍지 않을 것이옵니다. 이를 그대로 덮어둔다면, 앞으로 누가 감히 조정의 호령을 따르겠사옵니까?"

---

89)　대사성: 조선 성균관의 으뜸 벼슬로 정삼품 직급이었다.

90)　대사간: 조선시대 사간원의 수장으로 정삼품이었다. 왕에게 정사의 잘못을 간하는 일을 했다.

91)　인조실록 16권: 인조 5년 7월 7일 신미 1/2 기사 / 1627년

누군가가 왕의 환심을 사면, 다른 이들은 자연스레 관심 밖으로 밀려나는 것은 조정의 섭리였다.

중신들은 정봉수가 왕의 두터운 신임을 얻고 있는 것을 늘 못마땅하게 여겼다. 그러던 차에 정봉수가 조정의 명을 거역하는 듯한 행동을 보이자, 너나 할 것 없이 그의 죄를 물고 늘어졌다. 그들의 비난 핵심은, 정봉수가 조선의 조정이 아닌 명나라의 모문룡에게 먼저 발을 들였다는 데 있었다.

"절대로 용서되어서는 아니 될 일이옵니다. 이 기회에 군율을 엄하게 적용해야 할 것이옵니다. 전하."

대신들은 잇따라 격앙된 목소리로 정봉수를 힐난했다.

왕은 입을 다문 채 묵묵히 듣고만 있었다. 왕 또한 정봉수가 자신의 명을 따르지 않고, 모문룡에게 먼저 달려간 것에 대해 불편한 심기를 감추지 않았다. 그의 용안에는 실망감과 복잡한 감정이 뒤섞여 있었다. 그러나 마음 한켠에는, 여전히 정봉수에 대한 두터운 애정이 남아 있었다.

그가 용골산성에서 보여준 용맹과 지혜는, 실로 꺼져가던 조선의 자존심을 간신히 되살려준 빛과 같은 존재였기 때문이었다. 한편으로 생각하면, 그에게 너무나 감사한 일이었다. 다만, 조정의 엄중한 명령을 따르지 않고, 모문룡의 군문에 스스로 들어간 것은, 용납되지 않았다. 왕의 마음속에서는 고마움과 배신감, 그리고 복잡한 정치적 현실이 충돌하고 있었다.

"들건대 평안 감사가 사람을 보내어 그를 불러오게 하였다고 하니 그 회보를 기다려 처리하도록 하라."

왕은 어명을 신경질적으로 내뱉었다. 실망과 분노가 한데 엉켜, 억누를 수 없는 감정으로 번져갔다. 직접 정봉수에게 물어보고 싶었다. 왜 안주성으로 오지 않고, 무도한 모문룡의 군문으로 들어갔는지. 묻고 싶었다.

그러고 며칠 후, 정봉수가 올린 치계가 조정에 도착했다. 왕은 그것을 펼쳐보지 않았다. 그의 고집스러운 행동은 이미 정봉수에 대한 강한 불신과 실망감에 사로잡혀 있었다.

치계에는, 그가 굶주린 의병과 백성들을 이끌고 곧 안주로 향하겠다는 내용이 들어있었다. 또 이전에 다른 조선 장수가 이끌던 군병과 노약자 4백 명 또한, 모문룡의 군문에서 함께 데리고 나가겠다는 의사가 담겨 있었다. 그들을 그대로 내버려둔다면, 영원히 요동 사람들의 손아귀에서 벗어나지 못할 처지였다. 부득이 독부의 승낙을 받아 일시에 데려가려 한다는 호소가 담겨 있었다. 하나 조정 대신들은 그의 진심을 애써 외면했다.

왕은 오로지 정봉수가 안주를 먼저 선택하지 않았다는 단 하나의 이유만으로, 분노하고 있었다. 일종의 배신감이었다. 그토록 굳게 믿었던 그가, 감히 모문룡에게 기대려 했다는 사실이, 자존심을 심하게 건드렸다. 정봉수의 충정을 이해하기보다는, 자신의 입지와 권위에 대한 도전으로 받아들였다.

게다가 희망도 보이지 않았다. 그동안 용골산성은, 꺼져가는 조선의 마지막 희망과 같았다. 그곳에서 후금 군을 무찌른 소식을 전할 때마다, 실의에 빠진 백성들에게 한 줄기 빛과 같은 용기를 주었다. 하지만 이제 그 용골산성을 스스로 철수시키고 나니, 마음 둘 곳 없는 텅 빈 허탈감만이 왕의 가슴 깊숙이 파고들었다.

그것은 정봉수의 잘못이 아니었다. 조정 대신들의 강력한 주장에 못 이겨, 왕 스스로 그렇게 하라고 명했다. 그럼에도 막상 현실로 닥치니 왕은 허전함과 함께, 까닭 모를 짜증이 밀려왔다.

음력 8월로 접어들면서, 텅 비어 버린 용골산성이, 조선 조정에서 다시금 뜨거운 감자로 떠올랐다. 모든 것은 모문룡 때문이었다. 그의 존재 자체가 조선 조정에서는 암덩이였다.

신미도와 그 인근의 외딴섬들을 점령하고 횡포를 일삼던 명나라 도독 모문룡의 입지는, 생각보다 매우 불안정했다. 그가 거느린 군병은 고작 만여 명에 불과했다 그나마도 대부분은 전투력을 상실한 잔병들이었다. 겉으로는 위세를 떨쳤지만, 속은 텅 빈 강정이나 다름없었다.

조선의 특진관[92] 이경직은, 은밀히 모문룡의 군문을 염탐한 후, 충격적인 내용을 조정에 보고했다.

"그의 군사력은 겉으로 보이는 것과는 달리 너무나도 허약하기 짝이 없사옵니다. 군대의 수는 터무니없이 과장되어 있사옵니다. 그는 수많은 여자를 거느리고 호화로운 생활을 하면서, 명나라 조정에는 온갖 거짓 보고만을 일삼고 있사옵니다. 억지로 끌려오거나 도망쳐 온 명나라 백성들 또한, 달리 의지할 곳이 없어 부득이하게 그곳에 빌붙어 살고 있을 뿐이옵니다. 진심으로 그에게 복종하고 있는 자는 단 한 명도 없었사옵니다. 군율은 엉망진창이며, 병사들의 사기는 땅에 떨어진 지 오래이옵니다. 변변한 무기나 장비도 온전하게 갖춰져 있지 않았사옵니다."

이경직의 보고는 모문룡의 실체를 여실히 드러냈다. 그의 위세는 허상에 불과했다. 그의 군대는 부패와 무능의 결정체였다. 이 사실은 조선 조정에 큰 파장을 불러일으켰다.

모문룡 또한, 자신들의 허술한 실체를 누구보다 잘 알고 있었다. 그의 불안정한 군세와 부패한 실상은 언제 터질지 모르는 시한폭탄과 같았다. 그렇기에 그는 조선의 요새, 용골성에 관심을 기울였다.

일전에 그의 심복 부장인 모영선을 은밀히 용골산성에 보내어 성안의 동정을 샅샅이 살피게 했던 것 또한, 그러한 음흉한 속셈에서 비롯된 행동이었다. 그는 자신의 약점을 보완하고, 조선에서의 입지를 더욱 확고

---

92) 특진관: 조선시대 경연에 참여하던 벼슬, 삼품 이상 문관에만 주어졌다.

히 다지고자 했다.

"용골산성은 어떻던가?"

모문룡은 빛나는 눈을 가늘게 뜨고, 그의 충복에게 물었다.

"용골성은 실로 천혜의 요새와 같았사옵니다. 험한 산꼭대기 부근에 자리 잡고 있사옵니다. 거대한 바위 틈새를 빈틈없이 돌로 쌓아 만든 견고한 성이었사옵니다. 성벽의 높이 또한 매우 높았고, 성을 에워싼 치도 또한 잘 발달 되어 있었사옵니다. 밖에서 적들이 아무리 공격해도, 성을 지키는 것은 실로 용이한 곳이었사옵니다."

모영선의 설명은 용골산성의 전략적 가치를 명확히 보여주었다.

"아주 훌륭한 성이로군."

모문룡은 만족스러운 듯 콧소리를 냈다.

"하지만 너무 작은 것이 흠이었사옵니다."

모영선의 다음 말에 모문룡의 표정이 미묘하게 변했다.

"그리 작은가?"

"예, 아주 작았사옵니다. 손바닥만 하다고나 할까. 아무튼 정말 작은 성이었사옵니다. 걸어서 1천5백 보를 넘기지 못할 정도였사옵니다."

"뭐라? 1천5백 보도 안 되는 성이란 말이냐?"

"그러하옵니다."

"흐, 그게 무슨 성이냐. 강아지 집이지."

모문룡은 냉소적으로 말했다. 그의 실망감은 감춰지지 않았다. 용골산성의 견고함에는 감탄했지만, 그의 욕심을 채우기에는 규모가 너무 작았다.

"그것이 가장 큰 흠이었사옵니다."

"그런 손바닥만 한 곳에서 후금의 3만 대군을 격퇴했다는 말이더냐? 참으로 알다가도 모를 일이로다."

모문룡은 고개를 갸웃거렸다. 정봉수의 전공에 대한 경탄과 그 좁은 곳에서 어떻게 그런 일이 가능했는지에 대한 의구심이 일었다.

"조선 사람들이라 그런 좁은 곳에서 악착같이 싸우는지는 모르겠사오나 저희 눈에는 도저히 차지 않았사옵니다. 다만 성 자체가 워낙 견고하니 눈여겨볼 가치는 분명히 있사옵니다."

모영선은 은근히 덧붙였다.

모문룡이 깊이 고심하는 것은, 바로 '크기'였다. 자신이 거느리고 있는 신미도의 병력 1만여 명에, 얹혀사는 명나라 유민들까지 합치면, 무려 2만 명이 넘는 사람들이 기거해야 할 공간이 필요했다. 아무리 견고한 요새라 할지라도, 그 좁은 용골산성으로는 턱없이 비좁았다. 그렇기에 그는 선뜻 그곳을 차지할 엄두를 내지 못하고 망설였다. 그의 탐욕은 넓은 공간을 요구했다.

시간은 속절없이 흘러갔다.

마침내 정봉수가 그 산성을 스스로 비웠다는 소식이 그의 귀에 들려오자, 모문룡은 또다시 그곳을 자신의 새로운 은거지로 삼을까 심각하게 고민하기 시작했다. 그의 측근 부장들과 함께, 은밀히 그 가능성을 다각도로 타진하고 있었다.

"우리가 비록 지금은 이 외딴 신미도에 머물고 있지만 설령 가도를 되찾는다 한들 후금 오랑캐 놈들이 대대적으로 쳐들어온다면 방어가 절대 만만치 않다. 변변한 성벽 하나 없는 척박한 해안가에서 놈들을 막아내지 못한다면 속수무책으로 뚫리고 말 것이다. 반면 그 용골산성은 비록 많은 사람이 들어가기에는 너무나 비좁지만 적들을 막아내는 데는 그 어떤 곳보다 수월할 것이다. 대체 어찌하면 좋겠는가?"

용골산성이 손바닥만큼이라도 더 넓었더라면, 그는 당장에라도 그곳을 자신의 새로운 거점으로 삼았을 것이다. 하지만 그의 욕심을 채우기에는, 그 옹색한 요새는 너무나 협소했다. 그것이 그의 가장 큰 고민이었다.

39. 어명, 돌아가라

마침내, 모문룡이 텅 비어 있는 용골산성을 호시탐탐 노리고 있다는 심상치 않은 첩보가 조선 조정에 흘러들어왔다. 그 첩보는, 은밀히 그곳을 드나들며 정보를 빼내 오던 조선의 염탐꾼들을 통해 어렵게 입수되었다. 이 소식은 조정에 때아닌 긴장감을 불러일으켰다.

음력 8월 중순이었다.

어느덧 추석 명절을 지날 무렵이라, 완연한 가을빛이 온 세상을 부드럽게 감싸고 있었다. 푸르렀던 들판은 황금빛으로 서서히 물들어 갔다. 아침저녁으로 불어오는 바람결에는, 어느덧 옷깃을 여미게 만드는 싸늘한 기운이 느껴졌다. 계절은 평화로웠지만, 조정은 다시금 혼란의 소용돌이에 휩싸였다.

비국 당상은 가쁜 목소리로 왕에게 아뢰었다. 그의 이마에는, 긴장과 초조함이 뒤섞인 땀방울이 맺혀 있었다.

"전하. 이미 의주는 엄황으로 하여금 굳건히 지키도록 명을 내렸사옵니다. 그런데 모문룡이 일찍이 용골성의 지세를 탐내며 호시탐탐 노리고 있다는 첩보가 끊이지 않고 있사옵니다. 지금 그 요새가 텅 비어 있는 틈을 타서 저들이 몰래 들어가 점거할 음흉한 계략을 꾸민다면 이는 실로 감당하기 어려울 정도로 심각한 후환을 불러올 것이 자명하옵니다. 부디 서둘러 정봉수로 하여금 오랑캐 잔당들이 다시 침입해 오기 전에, 그리고 저 명나라 군사들이 발을 들여놓기 전에 속히 용골산성으로 들어가 그곳을 굳건히 지키도록 명을 내리시는 것이 지극히 마땅하옵니다.”

비국 당상은 머리를 조아린 채, 왕의 눈치를 살폈다. 그러나 왕의 표정은 여전히 냉담하기에 그지없었다. 그는 시큰둥한 표정으로 비국 당상을 내려다보며, 깊은 생각에 잠긴 듯 오랫동안 아무 말도 하지 않았다. 그러다 한참 만에, 나지막이 입을 열었다.

“정봉수가 지난번 일 처리에서 명백한 잘못이 있었으니, 죄가 없지 않다. 그런 자에게 다시 중차대한 임무를 그대로 맡기는 것은 매우 타당하지 않다.”

왕의 목소리는 차갑게 식어 있었다. 하지만 그의 속내는, 정봉수에게 다시 용골산성을 지키도록 명하는 것이야말로, 더없이 중요한 임무라고 여겼다.

용천부사 겸 의주부윤[93]으로서 용골산성을 지키는 행위 자체가, 조선의 안보에 막대한 의미를 지닌다고 생각하는 눈치였다. 왕의 자존심과 정봉수에 대한 복잡한 감정이 뒤섞여 있었다.

사실, 용골산성이 조선의 방어선에서 차지하는 전략적 가치는 그리 크지 않았다. 다만, 정봉수라는 인물이 그곳을 굳건히 지켰기에, 불굴의 의지를 상징하는 성채로 거듭났던 것이다.

따라서, 그곳에서 목숨을 걸고 싸웠던 의병들은, 그곳이 얼마나 춥고 배고프고 고된 곳인지 뼈저리게 알고 있었다. 그러나, 안타깝게도, 안락한 궁궐에 앉아 지도를 내려다보는 왕은, 그들의 고통을 바로 헤아리지

---

93)　용천부사 겸 의주부윤: 인조실록16권, 인조 5년 6월 9일 갑진 1번째 기사 1627년 명 천계(天啓) 7년 – 정봉수 등에게 관직을 제수하다.

못했다.

다시 비국 당상이 망설이며 아뢰었다. 왕의 완고한 마음을 돌려보려
는 간절함이 배어 있었다.

"전하, 정봉수가 곧장 안주로 향하지 아니하고, 감히 모문룡의 소굴
로 나아갔다는 소식을 들었을 때, 신들 또한 마땅히 그 책임을 물어야
한다고 주청하려 했사옵니다.

그러나 다시 깊이 헤아려 보건대, 온 나라가 오랑캐의 칼날 아래 흩어
지고 무너져 내리던 절망의 때에, 홀로 의병을 일으켜 외로운 산성을 굳
게 지키며 적에 맞서 싸운 자 또한 그이옵니다. 그 소식이 전해졌을 때,
백성들은 모두 감격하여 뛸 듯이 기뻐하였사옵니다. 나라의 숨이 아직
끊어지지 않았음을 그를 통해 보았기 때문이옵니다.

비록 이후의 처신에 있어 사안을 명확히 가리지 못한 과오가 없지 않
다 하나, 그 한 가지 허물로써 이전의 혁혁한 공을 덮어버리는 일은 결
코 온당치 않사옵니다.

신들의 소견이 비록 어리석으나, 지금은 곧바로 죄를 물을 때라기보
다, 다시 한번 기회를 주어 앞으로의 공으로써 스스로를 증명하게 함이
마땅하다고 여겨지옵니다. 이는 벌로써 기세를 꺾기보다, 은혜로써 충의
를 북돋우는 길이 될 것이옵니다."

그 간절한 말에도, 왕은 냉담하게 몸을 옆으로 돌리며 싸늘한 눈길을
피했다. 그의 불쾌감은 쉽게 사라지지 않았다.

"정봉수는 모문룡의 군진이 있는 줄만 알고 조선 조정이 있는 줄은
까맣게 몰랐으니 그 죄가 결코 작지 않다. 그러나 달리 방도가 없으니,
우선은 비국 당상이 고한 대로 시행토록 하라."

왕은 여전히 모문룡을 먼저 찾아간 정봉수에 대한 노여움과 불쾌감
을 감추지 못했다. 그의 머릿속에는, 오로지 안주로 오라는 자신의 어명
을 거역했다는 사실만이 가득 차 있었다. 결국, 정봉수에게 다시 텅 빈

용골산성으로 돌아가, 그곳을 지키라는, 어명이 떨어졌다.

정봉수는 안주성에 머물며, 간신히 기력을 회복하고 있었다. 뼈만 남았던 몸은 조금씩 살이 붙기 시작했다. 하루아침에 건강을 되찾을 수는 없었다. 그는 그저, 깊은 잠에 빠져들었다. 지칠 대로 지쳐, 혼절하듯 잠이 들었다. 건강을 회복하는 데는, 그저 충분한 휴식만이 유일한 방법이었다.

용골산성에서 굶주림으로 얻었던 지긋지긋한 속병은, 여전히 그의 속을 썩여댔다. 좋다는 약은 죄다 구해 먹어보았지만, 차도는 없었다. 매일 밤, 그는 칼로 에는 고통 속에, 죽지 못해 겨우 숨만 쉬는 나날을 보냈다.

안주성에서 그나마 건강은 조금씩 회복되어 가고 있었다. 곁에서 헌신적으로 그를 간호한 박실의 지극정성 덕분이었다. 박실의 헌신적인 간호는 정봉수에게 큰 위안이 되었다.

안주성에서 내어준 허름한 막사, 그 작은 방에 기대어 잠시 쉬고 있을 때였다. 여전히 속은 끊어질 듯 아팠다. 그는 배를 움켜쥔 채 고통을 간신히 참아내고 있었다. 이마에는 식은땀이 맺혀 있었다. 문득, 그는 기이한 생각을 했다.

'편안함에서 오는 고통일까? 죽음을 눈앞에 두고, 목숨을 걸고 싸울 때는, 그토록 심한 고통을 느끼지 못했던 것 같은데. 적의 목을 칼로 베어낼 때, 속이 아팠던가?'

도무지 기억나지 않았다.

'용골산성을 내려온 뒤부터 시작된 이 지긋지긋한 속병. 이 또한, 모든 것은 마음먹기에 달렸다는 일체유심조의 이치인가.'

정봉수는 그렇게 생각하며, 쓰라린 속을 달랬다.

평안병사 김기종의 수하에 있는 부장이, 다급한 표정으로 그를 찾아왔다.

"영감. 평안병사께서 영감을 뵙고자 하십니다."

"무슨 일이신가?"

"긴히 상의드릴 일이 있다고 하셨사옵니다. 저를 따라오시지요."

정봉수는 간신히 몸을 일으켜, 부장을 따라 관영으로 향했다. 아직 그의 걸음걸이는 불안정했다. 길쭉한 나무를 지팡이 삼아 짚지 않으면, 걷기도 불편했다. 그는 천천히 부장의 뒤를 따랐다.

그곳에는, 평안병사 김기종이 기다리고 있었다. 그는 자리에서 벌떡 일어나, 반가운 표정으로 정봉수를 맞이했다. 방 안은, 전에 없이 조금은 화사하게 꾸며져 있었다. 평안병사의 방임을 알리는, 낡은 병사깃발이 한쪽 벽에 걸려 있었다.

"그동안 참으로 고생이 많으셨소이다."

김기종은 정봉수의 거친 손을 따뜻하게 잡아주었다. 진심 어린 위로가 담겨 있었다.

김기종은 뼈만 남은 정봉수를 안쓰러운 눈으로 들여다보았다. 차마, 다시 용골산성으로 돌아가라는 모진 말을 꺼낼 수가 없었다. 그는 한참이나 망설였다.

안주성을 보수하고 있다느니, 백성들의 수가 많이 줄었다느니, 살아가는 것이 너무나 고단하다느니, 앞뒤가 맞지 않는, 변변찮은 말들을 그저 주절거릴 뿐이었다.

따뜻한 차를 나누는 동안에도, 그의 이야기는 겉돌기만 했다. 김기종의 망설임은, 그에게 내려진 새로운 명령이 얼마나 가혹한 것인지를 짐작하게 했다.

"대감 저를 보자고 하신 것은…?"

정봉수가 막막한 심사에, 먼저 본론으로 들어가자고 조용하게 말을 꺼냈다. 그의 퀭한 눈은 김기종의 불안한 표정을 읽고 있었다. 그에게 어떤 중요한 전달 사항이 있는 것이 분명했다. 정봉수는 어렴풋이 짐작했다.

"사실은 조정에서…"

김기종은 말을 하다 말고, 갑자기 입을 다물었다.

왕명을 정봉수에게 전하는 것이, 차마 입이 떨어지지 않을 정도로 고역이었다.

"조정에서 명이 있었사옵니까?"

정봉수가 다시 한번 신중하게 되물었다. 초조함과 함께 체념이 섞여 있었다. 그제야 김기종은 난처한 표정을 지으며, 마침내 솔직하게 입을 열었다.

"그러하외다. 차마 일이 떨어지지 않소이다."

김기종은 여전히, 초조한 모습으로 정봉수의 눈치만 살폈다.

"말씀하시지요. 명이 떨어졌다면 따르는 것이 신하의 도리이지요. 어찌 그걸 피하겠소이까?"

정봉수는 담담하게 말했다. 그러나 그의 목소리는, 텅 빈 그의 속처럼, 힘없이 기어들어 갔다. 그의 몸은 이미 한계에 다다랐다.

"사실은 정 부사께서 용천으로 돌아가시어 용골산성을 다시 지키시라는 어명이 떨어졌소이다."[94]

"용골산성을 다시…?"

정봉수는 그 자리에 힘없이 털썩 주저앉았다. 긴 한숨을 내쉬었다. 온 몸에서 힘이 쭉 빠져나가는 허탈감이 그를 덮쳤다. 그토록 힘겹게 지켜 냈던 산성을, 비우라고 해서 비웠는데 이제 와서 다시 지키라니.

그의 어깨가 축 내려앉았다. 다리에 힘이 풀려, 그대로 바닥에 주저앉

---

94)　인조실록 17권: 인조 5년 8월 11일 갑진 3번째 기사 1627년 명 천계(天啓) 7년
－ 비국이 정봉수에게 용골성에 들어가 수비하도록 하다.

았다. 그럼에도, 마지막으로 텅 빈 산성을 뒤돌아보며, 간절하게 읊조렸던 그의 혼잣말이, 뇌리를 스쳤다. 스스로에게 다짐했던 맹세와 같은 말이었다.

'항차 기회가 닿는다면 이 산성에 다시 돌아와 제 손으로 산성을 되살릴 것이오니 삼가 전하의 하해와 같은 은혜가 이곳에 미치게 하소서.'

문득, 예로부터 전해 내려오는, '말이 씨가 된다'는 이야기가 그의 귓가에 맴돌았다. 그는 씁쓸하게 웃었다.

김기종은 굳게 입을 다문 채, 묵묵히 정봉수의 창백한 얼굴을 안타깝게 바라보았다. 잠시 숨을 고른 정봉수는, 힘겹게 자리에서 일어섰다.

"조선의 신하 된 자로서, 임지로 가라면 그곳이 죽음의 땅이라 할지라도, 마땅히 가야 하지 않겠소이까. 병사 대감께 너무 심려를 끼쳐드려서는 안 될 것입니다. 다만 제 기력이 조금이라도 회복될 때까지만 이곳 안주성에 머물도록 부디 허락해 주십시오."

"그야 염려 마십시오."

김기종은 다시 그의 굳어진 손을 따뜻하게 감싸 쥐었다. 미안함과 안타까움이 섞겨 있었다.

정봉수는 그 후로도 며칠 동안 안주성에 더 머물렀다. 그리고 마침내, 낡은 짐 보따리를 꾸려, 멀고 험한 용골산성으로 돌아갈 준비를 시작했다. 오랜 굶주림으로 얻었던 지긋지긋한 속병은, 이상하게도 왕의 어명이 떨어지자마자, 거짓말처럼 그의 곁에서 물러나 있었다. 그에게 가장 소중한 것은, 그 어떤 고통보다, 다시 용골산성으로 돌아가라는, 그 한마디의 어명이었다. 물론, 아직 그의 몸은 완전히 회복되지는 않은 상태였다.

그가 다시 용골산성으로 돌아간다는 소식이 퍼지자 막사는 순식간에 텅 비어 버렸다.

마치 사형을 앞둔 죄수가 형리의 발소리를 피해 숨듯, 의병들은 흔적도 없이 사라졌다. 어제까지 웃음과 술기운이 맴돌던 막사에는 이제 늙고 병든 몇몇 노약자들만 남아 있었다.

정봉수는 아무 말도 하지 않았다.

그저 사정을 적은 방을 붙여 두었다.

용골산성으로 다시 들어가겠다는 뜻, 뜻을 함께할 사람이 있다면 나오라는 짧은 글이었다. 그러나 아무도 오지 않았다.

그들에게 용골산성은 전장이 아니라 지워지지 않는 악몽이 남아 있는 땅이었다. 굶주림과 화살비, 성벽 아래 쌓이던 동료들의 시신들…. 살아 돌아온 사람들에게 그곳은 아직도 밤마다 되살아나는 기억이었다.

그 땅을 다시 밟는다는 것은 이미 벗어났다고 믿었던 죽음 속으로 스스로 걸어 들어가는 일이었다.

정봉수의 가슴은 서서히 식어갔다.

이 모든 일을 홀로 감당해야 한다는 막막함이 그의 어깨 위에 무겁게 내려앉았다.

그는 남아 있던 사람들을 붙잡고 몇 번이고 효유했다.

"이제 병란은 지나갔다. 다시 그런 참혹한 일은 없을 것이네. 함께 가세."

그러나 닫힌 마음은 좀처럼 열리지 않았다. 그의 말은 허공 속에서 힘없이 흩어졌다.

정봉수는 며칠 동안 깊이 고심했다. 어명을 다시 입에 올리지 않았다. 이미 방을 붙였으니 더 말할 필요는 없다고 여겼다. 누군가는 그 글을 보고 마음을 돌리리라 믿었다. 하지만 막사를 찾는 이는 없었다. 그렇게 며칠이 흘렀다.

옆에서 그를 간호하던 박실이 조심스럽게 물었다.

"영감마님… 아무도 나서지 않으면 어찌하시겠습니까?"

정봉수는 잠시 말을 잇지 못했다. 한참 뒤 낮게 숨을 내쉬었다.

"기다려 보자꾸나. 그곳이 얼마나 험한 땅인지 내가 알지 않느냐. 내 마음조차 이러하거늘… 누가 또 그 죽음의 땅을 밟으려 하겠느냐."

담담하게 말했지만 그 속에는 깊은 쓸쓸함이 묻어있었다. 그들은 모두 사지에서 겨우 살아 돌아온 사람들이었다.

불타는 성벽과 무너지는 성루, 굶주림에 떨던 밤들…. 그 기억을 다시 꺼내는 것조차 고통이었다. 천금을 준다 해도 선뜻 나설 수 없는 땅이었다. 한나절이 더 지났을 때였다.

막사 문이 조용히 열렸다. 동생 정기수가 들어왔다. 그는 아직 전란의 상처를 완전히 벗지 못한 모습이었다. 얼굴에는 희미한 기색이 돌았지만, 몸은 여전히 야위어 있었다. 마른기침을 하며 형 곁에 앉았다.

"형님… 마음고생이 얼마나 많으십니까."

떨리는 손으로 형의 손을 잡았다.

정봉수는 고개를 저었다.

"마음고생이라니. 조선의 신하가 임금의 명을 따르는 것은 당연한 일이 아니겠느냐. 임지가 설령 죽음의 땅이라 하더라도, 어명을 받드는 것이 신하의 도리다."

담담한 목소리였다.

정기수는 더 말을 잇지 못했다. 잠시 침묵이 흐른 뒤 조용히 입을 열었다.

"형님… 이 몸도 형님을 따르겠습니다."

정봉수는 잠시 말을 잃었다.

그리고 동생의 손을 덥석 잡았다.

"고맙다. 내 차마 먼저 말을 꺼내지 못했구나."

두 형제는 그렇게 다시 뜻을 모았다.

그들이 지난날의 상처를 되짚으며 앞으로의 일을 의논하고 있을 때였다. 막사 밖에서 인기척이 들렸다.

중군 김종민이었다.

그는 정봉수를 보자마자 무릎을 꿇었다.

"부사 영감… 송구하옵니다. 차마 찾아뵙지 못하고 이제야 왔사옵니다."

그의 어깨가 가늘게 떨렸다.

정봉수는 아무 말 없이 그의 등을 두드렸다.

"고맙네, 중군… 와 주어 고맙네."

김종민은 눈물을 훔치며 고개를 들었다. 그의 얼굴에도 전란의 흔적이 깊이 남아 있었다.

얼마 지나지 않아 또 한 사람이 막사를 찾았다. 첨지 이광립이었다.

"부사 영감… 지난 일을 떨치지 못했습니다. 부디 용서하십시오."

정봉수는 고개를 저었다.

"무슨 용서인가. 이렇게 와 준 것만으로도 고마울 뿐이네."

그들은 오랜만에 한자리에 앉았다. 서로의 집안 소식을 묻고, 전란 속에서 겪은 아픔을 조곤히 나누었다. 누구 하나 온전한 사람은 없었다. 그러나 살아남은 이들에게는 아직 해야 할 일이 남아 있었다.

그날 이후 소문이 급속하게 돌기 시작했다.

정봉수가 다시 용골산성으로 돌아간다는 이야기였다.

며칠 뒤부터 안주성 막사로 사람들이 하나둘 찾아오기 시작했다. 대부분 젊은 장정들이었다. 몸에는 아직 전란의 상처가 남아 있었고, 눈빛에는 오래 눌러 두었던 분노와 슬픔이 서려 있었다.

그들은 조용히 말했다.

"저희도 따르겠습니다."

하루가 지나고 이틀이 지나자 그 수는 수백 명에 이르렀다.

정봉수는 허물어진 안주성 관아 마당에 그들을 모았다.

장정들의 눈빛은 검푸르게 빛나고 있었다. 두려움이 없어서가 아니었다. 이미 한 번 죽음을 마주했던 사람들이기에 두려움을 넘어선 결의가 그 속에 자리 잡고 있었다.

정봉수의 눈에서 조용히 눈물이 흘러내렸다.

그는 천천히 입을 열었다.

"우리는 용골산성에서 항복하지 않았다. 다만 산성을 비워 주었을 뿐이다."

장정들의 눈빛이 흔들렸다.

"이제 다시 산성을 일으켜 세울 것이다. 언제까지라도 항복하지 않는 성을 만들 것이다."

그는 칼을 높이 들어 올렸다.

"이 공역에 함께하는 그대들은 조선의 칼이 될 것이다. 조선을 지키는 역사가 될 것이다."

정봉수의 목소리가 하늘을 향해 울려 퍼졌다.

"다시 항복하지 않는 성을 만들자!"

순간 장정들의 함성이 안주성을 뒤흔들었다. 밝은 태양이 그들 위로 쏟아지고 있었다.

젊은 장정들은 각자 20일 치 식량을 짊어지고 황량한 용골산성으로 향했다. 발걸음은 무거워야 마땅했지만 이상하게도 가볍게 느껴졌다.

서로를 바라보는 눈빛 속에는 말로 다 할 수 없는 동지의 결의가 서려 있었다.

그들은 그 길이 고난의 길이라는 것을. 함께 가는 길이라면 끝내 무너지지 않을 것이라는 것을 알고 있었다.

그래서 그들의 발걸음은 멈추지 않았다.

40. 무너지지 않은 성

    왕은, 이미 정봉수를 의도적으로 못마땅하게 여기며, 그에 대한 모든 언급을 기피하고 있었다. 도리어, 왕 앞에서 정봉수의 이름만 꺼내도, 보고하는 중신들을 못마땅하게 여겼다. 이러다 보니, 조정 중신들 또한, 알아서 정봉수에 관한 이야기는 입 밖에도 꺼내지 않으려 했다. 자연스럽게, 그는 조정의 관심사에서 완전히 멀어져 버렸다. 더 이상 정봉수도, 텅 빈 용골산성도 그 누구의 시선을 끌지 못했다. 그저, 수없이 흩어져 사라진 이름 없는 성들과, 그곳을 묵묵히 지켰던 한 이름 없는 장수의, 슬픈 이야기일 뿐이었다. 그의 충정과 희생은 그렇게 외면당하고 있었다.

    그러한 냉랭한 분위기를 누구보다 잘 알고 있던 비국 당상은, 정봉수의 치계를 굳이 왕에게 보고하지 않고, 다른 수많은 장계와 함께 슬쩍 끼워 올렸다. 매일 쏟아져 들어오는 장계들은, 이미 왕의 어책상 위에 수북하게 쌓여 있었다. 내전의 어안 위에도, 전국 각지에서 올라온 장계들이 산더미처럼 쌓여 있었다. 그것은, 하루 종일 읽어도 다 읽지 못할 만큼 방대한 양이었다. 이러다 보니, 읽지 못한 장계들이 여기저기 굴러다니는 것은 당연한 일이었다.

    왕은 낮 동안 다 읽지 못한 장계들을, 밤이 깊어서야 비로소 내전으로 옮기도록 명했다. 그리고 어둠이 짙게 드리운 적막한 내전에서, 희미한 황 촛불 아래 홀로 앉아, 겹겹이 쌓인 장계들을 하나씩 읽어 내려갔다. 그러다 끝내 왕의 손에 닿지 않으면 퇴물이 되었다.

늦은 밤이었다. 적막한 창덕궁에, 어둠이 짙게 드리워져 있었다. 황 촛불만이 외로이 빛나는 내전 안에서, 흐느끼는 울음소리가 희미하게 들려왔다. 그 울음소리는, 물에 떨어진 먹물이 서서히 번져나가듯, 점점 크게 퍼져갔다. 마침내, 그의 애끓는 울음소리는, 굳게 닫힌 내전의 문틈을 비집고 새어 나와, 적막한 궁궐 안을 가득 채웠다.

왕은 점점 더 큰 소리를 내며, 참았던 울음을 터뜨리고 있었다. 홀로 앉은 텅 빈 내전이 그의 슬픈 울음소리로 가득 울릴 정도로, 서럽게 오열하고 있었다. 그의 울음은 깊은 후회와 자책감이 뒤섞인 통한이었다.

내관들은 기겁했다. 그러나, 아무리 왕의 울음소리가 크게 들려온다고 할지라도, 함부로 왕의 호출 없이 내전에 들어갈 수는 없었다. 그들은 닫힌 문에 귀를 대고, 애처롭게 흐느끼는 왕의 거동을 불안하게 살피고 있었다.

내관들도, 왕의 애절한 슬픔에 덩달아 마음이 무거워졌다. 왕이 이토록 슬피 우는 일이라면, 분명 어둡고 무거운 일이 벌어진 것이 분명했다. 궁궐 전체에 알 수 없는 기운이 감돌았다.

마침내, 격한 울음을 간신히 멈춘 왕이, 다급한 목소리로 비국 제조를 찾았다.

"밖에 내관 있느냐. 당장 비국 당상을 들라 하라."

왕은 여전히 떨리는 목소리로, 간헐적으로 울음을 삼키며 하명했다. 슬픔의 잔흔이 그대로 드러나 보였다.

"예 전하."

내관은 불안한 눈으로 대답을 고하고, 즉시 비국으로 달려가 제조의 호출을 전했다. 얼마 지나지 않아, 비국 당상이 거친 숨을 몰아쉬며, 가쁘게 내전으로 달려왔다.

"전하 찾아계시옵니까?"

비국 당상은 떨리는 목소리로 대답하며, 천천히 내전으로 들어가, 흐느끼는 왕 앞에 엎드려 절을 올렸다. 희미한 황 촛불이, 어둠을 간신히 몰아내고 있었다.

"경은 어찌하여 용골산성의 치계를 즉시 고하지 않았느냐?"

왕은 여전히 울먹이는 목소리였다. 뽀얀 비단 수건으로 눈물을 훔치며 떨리는 목소리로 물었다.

"전하의 심기가 워낙 불편하시기에 차마 더는 아뢰지 못하고 그저 장계로 올렸을 뿐이옵니다."

비국 당상 역시 괴르운 표정이었다.

"그럼, 정봉수가 올린 그 치계를 보았느냐?"

"보았사옵니다. 너므나 안타까운 내용에 저 또한 눈물을 피하지 못했사옵니다. 그렇다고 달리 취할 방도도 없어 더욱 가슴이 미어지는 듯 안타까웠사옵니다."

"나만 그런 것이 아니었구나. 당상 다시 이걸 읽어보아라."

"예. 전하."

비국 제조는 왕이 건네는 치계를 숨을 죽인 채 받아 들었다. 그는 무릎을 꿇은 채, 촛불 앞에 앉아, 치계를 읽어 내려갔다.

"신 용골산성 의병장 정봉수 주상 전하께 삼가 치계를 올립니다.

신은 그동안 빈 몸으로 산성에 들어가 굶주린 백성들과 함께 의병을 일으켜 오늘에 이르렀사옵니다. 오랑캐들의 손아귀에 넘어간 우리의 소중한 성을 의병들과 함께 피 흘려 되찾고, 그들과 혼연일체가 되어 죽을 힘을 다해 성을 굳건히 사수하였사옵니다."

비국 제조 또한, 북받쳐 오르는 감정을 억누르려는 듯, 연신 헛기침했다.

"돌이켜보건대 두 번이나 오랑캐의 강성한 대군을 만나 저들을 참혹하게 무찔렀사옵니다. 한번은 3만여 명에 달하는 오랑캐 대군을 감히 무참히 패퇴시켰고, 또 한 번은 1만여 명의 오랑캐 군사들을 격파하여 다시는 감히 침공할 엄두를 내지 못하도록 하였사옵니다. 또한 흉악한 몽골군의 침략을 받아 두 번이나 크게 물리쳤사옵니다.

모두 절반 이상이 목숨을 잃는 처참한 패배를 당하여 다시는 용골산성을 넘보지 못하도록 하였사옵니다. 또 크고 작은 오랑캐들의 침략을 10여 번이나 막아냈사옵니다. 성 아래 우리의 백성들이 사는 고을을 침략한 오랑캐들을 끝까지 추격하여 수십 차례나 도륙 냈사옵니다. 이 모든 공은 오직 용골산성 의병들의 용감하고 헌신적인 활동으로 이루어진 값진 성과였사옵니다. 하지만 이제 야속한 묘당의 하명으로, 피와 땀으로 지켜온 이 소중한 성을 스스로 비우게 되니 살을 에는 안타까움이 앞을 가리 오나이다."

왕은 두 눈을 질끈 감았다.

그의 눈꺼풀 아래로, 뜨거운 눈물이 흘러내려, 앙다문 턱 끝에 매달렸다. 가늘어진 어깨는, 격한 슬픔을 억누르느라 자잘하게 떨리고 있었다. 정봉수의 절규가 왕의 폐부를 꿰뚫었다.

"이곳 산성에 마지막 희망을 걸고 올라온 가엾은 자들은 모두 난리를 피해 정든 고향을 등진 불쌍한 백성들이옵니다. 이제 이들이 산에서 내려간다 한들 그들이 기댈 곳은 그 어디에도 남아 있지 않사옵니다. 고향집은 이미 잿더미로 변했고 기름진 논밭은 황폐해졌사옵니다. 부모 형제는 뿔뿔이 흩어져 생사도 알 길이 없사옵니다. 이 끔찍한 전란 속에 어디에서 이름 없이 스러져 갔는지 시신도 거두지 못한 가엾은 영혼들이 얼마나 많사옵니까. 이들은 앞으로 어떻게 살아가야 할지 알지 못한 채 그저 실의 속에서 방황하고 있사옵니다. 게다가 아직도 잔악한 오랑캐 놈들이 곳곳에서 발톱을 드러내며 준동하고 있으니 저 백성들의 앞날이 참으로 걱정이옵니다.”

비국 당상의 떨리는 목소리가, 마지막 말을 채 맺기도 전에 멈칫거렸다.

왕이, 그 대목에서 마침내 참았던 울음을 터뜨리고 있었기 때문이었다. 울음을 삼키기 위해, 그는 떨리는 손으로 입을 막았다.

비국 당상 또한, 더 이상 떨리는 목소리로 치계를 읽어 내려갈 수 없었다.

“죄송하옵니다. 전하. 울음이 복받쳐 차마 더 이상 읽을 수가 없어 그러하옵니다. 부디 저의 어리석음을 용서하여 주시옵소서.”

“내 마땅히 살펴야 할 백성들의 고통을 이름 없는 변방의 장수, 정봉수가 홀로 짊어지고 애쓰고 있으니 이 얼마나 한심한 임금인가. 산성을 지키던 일개 장수만도 못한 내가 어찌 감히 만백성의 어버이라 칭하겠는가. 참으로 송구스럽고 부끄럽구나.”

왕은 끝없이 흐르는 눈물을 멈추지 못했다. 그의 자책감은 극에 달했다.

“전하 황공하옵나이다.”

비국 당상은 바닥에 납작 엎드려, 떨리는 목소리로 간신히 아뢰었다.

“다시 다시 읽어보아라.”

“예, 전하.”

“소신은 그러한 형국에서도 묘당의 명을 받들어 이제 피와 땀으로 지켜온 이 성을 내려가려 하옵니다. 젊은 의병들은 이미 고향으로 돌려보냈으니 이제 제 곁에 남은 것은 5천여 힘없는 노약자들이 대부분이옵니다. 이 백성들을 조속한 시일 내에 거두어 먹이지 않는다면 아사자가 속출할까 심히 염려되옵니다. 용골성 창고는 이미 오래전에 바닥을 드러냈사옵니다. 힘없는 노약자들은 꽤 오랫동안 굶주림에 신음하고 있사옵니다. 당장 양곡이 지원되지 않는다면 내일도 기약할 수 없는 위태로운 백성들이 너무나 많사옵니다. 부디 굽어살펴 주시옵소서. 이런 비통함 속에서 안주성으로 들어가라는 어명을 받았사옵니다. 용골산에서 안주성까지는 무려 3백 리나 되는 험난한 길이옵니다. 명령에 따라 서둘러 안주성으로 달려가고 싶지만, 늙고 병든 노인을 부축하고 어린아이의 손을 잡고 그 먼 길을 걸어갈 백성들이 과연 얼마나 되겠사옵니까.

게다가 뒤에서 잔악한 적들이 매섭게 뒤쫓아 올지 두렵기만 하옵니다. 먼저 배를 타고 해도로 들어가 그곳에 있는 명나라 독부에 우리의 절박한 형편을 알리고, 굶주린 백성들의 허기를 달랜 연후에 안주로 향하겠나이다. 부디 저의 간절한 청을 굽어살펴 윤허하여 주시옵소서…."

비국 당상은 떨리는 손으로, 간신히 치계를 내려놓았다. 그리고 그 자리에 엎드려, 참았던 뜨거운 눈물을 하염없이 쏟아냈다. 그가 엎드린 자리 앞은, 그의 애끓는 눈물로 흥건하게 젖어 있었다.

"용골성의 사정이 저토록 비참하며 그 충성스럽고 연약한 백성들을 굶주림으로부터 구원하기 위해 부득이 독부로 향했던 그 가상한 뜻을 나는 까맣게 알지 못했다. 그 애끓는 충심을 헤아리지 못하고 오히려 그를 미워했으니 내가 어찌 감히 백성의 어버이라 하겠는가. 참으로 어리석고 미련한 것이 인간이란 생각이 들어 더욱 슬프고 부끄럽구나."

왕은 그렇게, 한참이나 더 흐느껴 울었다. 그의 눈물은 자신의 오해와 무능함에 대한 묵직한 자책이었다.

하늘은 더욱 어둡게 내려앉아, 차가운 가을비가 조용히 내리기 시작했다.

텅 빈 궁궐의 처마 끝에서, 낙숫물이 하염없이 떨어져 내렸다. 스산한 바람을 타고 몰려온 검은 먹구름이, 한동안 대궐에 차가운 궂은비를 흩뿌렸다. 왕의 눈물처럼, 비는 하염없이 내렸다.

정봉수는 폐허가 된 용골산성에 천천히 올랐다.

서늘한 가을비가 조용하게 내리고 있었다. 추적추적 떨어지는 빗줄기가 갈모[95]의 가장자리를 타고 흘러내렸다. 도롱이[96]에 스며든 빗물에서는 오래된 짚 냄새가 은은하게 배어 나왔다. 낮게 드리운 회색 하늘 아래, 산성은 오랜 세월을 홀로 버텨 온 노인처럼 말없이 서 있었다.

굳건하던 성문은 반쯤 무너져 흔적만 남아 있었다. 성가퀴는 군데군데 내려앉아 비에 젖은 돌더미로 변해 있었다. 단단히 맞물려 있던 성돌 틈에는 이름 모를 잡초들이 무성하게 돋아나 있었다.

발걸음을 옮길 때마다 오래된 기억들이 빗물처럼 가슴속으로 스며들었다. 산성을 떠나던 날의 장면이 선명하게 떠올랐다.

정봉수는 잠시 눈을 감았다.

'모두들… 잘 살려나.'

입 밖으로 나오지 못한 말이 가슴 속에서 조용히 맴돌았다. 성안으로 몇 걸음 더 들어섰다. 가슴 깊은 곳에서 허망함이 천천히 밀려왔다.

산성 한가운데 우뚝 서 있던 진충루는 흔적조차 남아 있지 않았다. 몸을 잠시 기댈 곳조차 변변치 않았다. 옛 관아터에는 검게 그을린 집 두어 채만이 쓸쓸하게 남아 있을 뿐이었다. 차가운 바람이 빗물을 몰고, 폐허가 된 산성을 스쳐 지나갔다.

관아 뒤편에서 인기척이 들렸다. 아무도 없어야 할 산성이었다. 정봉수는 고개를 갸웃거렸다. 일행은 말없이 그쪽으로 발걸음을 옮겼다. 관아 뒤편에는 초라하지만, 지붕을 얹은 초막이 서 있었다. 희뿌연 연기가 낮은 굴뚝에서 피어오르고 있었다. 매캐한 냄새가 코를 자극했다.

중군 김종민이 재빠르게 칼을 뽑아 들었다.

---

95), 96)　갈모와 도롱이: '갈모'는 대나무로 만든 삿갓 형태의 큰 모자이며, '도롱이'는 짚이나 갈대로 만든 덧옷 형태의 우의다. 모두 조선시대 우의로 사용됐다.

"안에 누가 있느냐!"

그의 목소리가 적막한 산성에 울려 퍼졌다. 그러자 어둠 속에서 한 사내가 불쑥 뛰어나와 허리를 깊이 숙였다. 뒤이어 몇몇 사내들이 허둥지둥 밖으로 따라 나와 허리를 조아렸다. 김종민의 칼끝이 그들을 향해 번뜩였다. 잠시 긴장감이 감돌았다.

맨 앞에 서 있던 사내가 천천히 고개를 들었다. 그는 적잖게 놀라는 표정이었다. 눈알이 호 동그랗게 변했다.

"영산 나리… 소신이옵니다. 의주 무사 서림이옵니다."

그 말이 끝나기도 전에 뒤따랐던 사내들이 연달아 허리를 일으켰다.

"낫 잘 쓰는 달문이옵니다."

"나무꾼 호식이옵니다."

"막둥이옵니다."

봉필과 지 씨도 그 자리에 서 있었다. 마지막으로 뒤에 서 있던 거구의 사내가 천천히 고개를 들었다.

"힘 잘 쓰는 소봉이옵니다, 나리."

빗속에서도 그들은 환하게 웃고 있었다. 정봉수는 한동안 입을 열지 못했다. 잊힌 줄 알았던 얼굴들이 그 자리에 서 있었다. 한 사람, 또 한 사람. 그의 눈빛이 조용히 흔들렸다.

"너희들이… 어찌…"

서림이 조용히 무릎을 꿇었다.

"나리께서 언젠가는 돌아오실 줄 알았습니다."

잠시 말을 잇지 못하던 그는 고개를 깊이 숙였다.

"이 산성은 저에게 새로운 삶을 준 땅입니다. 동지들이 이곳에 있습니다. 어딜 가겠습니까. 차라리 이곳을 지키며 살다 묻히고자 돌아왔습니다."

말끝이 떨렸다. 그의 어깨가 미세하게 흔들렸다. 다른 사내들도 고개를 끄덕이며 아무 말 없이 허리를 조아렸다. 오래 눌러 두었던 눈물이 그들의 눈가에 맺혀 있었다. 정봉수는 더 이상 말을 할 수 없었다.

그는 조용히 그를 끌어안고 다독였다. 비에 젖은 어깨가 서로 맞닿았다. 한 사람, 두 사람. 사내들이 조용히 다가와 그의 곁에 다가섰다. 아무도 말을 하지 않았지만, 그 침묵 속에는 수많은 말들이 담겨 있었다. 차가운 가을비가 그들의 어깨 위로 조용히 떨어지고 있었다.

정봉수는 천천히 고개를 들어 산 아래를 바라보았다. 구불구불 이어진 산길이 가느다란 실처럼 산허리를 타고 흘러 내려가고 있었다. 그 아래 작은 마을들이 안개 속에 희미하게 잠겨 있었다. 아득한 풍경이었다. 그의 눈가에 물기가 맺혔다. 한줄기 눈물이 빗물과 함께 주름진 뺨을 따라 흘러내렸다. 폐허가 된 성벽 너머로 차가운 비가 끝없이 내리고 있었다.

정봉수는 허리춤의 칼을 천천히 뽑아 들었다. 시퍼런 칼날 위로 먹구름 드리워진 하늘이 비치고 있었다. 그러나 칼끝에는 아직 꺼지지 않은 빛이 남아 있었다.

항복하지 않은 성 — 의병장 정봉수

이광희 지음

발행처	도서출판 청어
발행인	이영철
영업	이동호
홍보	천성래
기획	육재섭
편집	이설빈
디자인	이수빈 | 구유림
인쇄	정우인쇄

등록　1999년 5월 3일
　　　(제321-3210000251001999000063호)

1판 1쇄 발행　2026년 4월 30일

주소　서울특별시 서초구 남부순환로 364길 8-15 동일빌딩 2층
대표전화　02-586-0477
팩시밀리　0303-0942-0478
홈페이지　www.chungeobook.com
E-mail　ppi20@hanmail.net

ISBN　979-11-6855-448-1 (03810)